Knaur.

Knaur.

Im Knaur Taschenbuch Verlag ist bereits folgendes Buch des Autors erschienen:
Die Vergebung

Über den Autor:
Tim Griggs, geboren 1948, studierte Englisch und Archäologie in Leeds und London. Er lebte mehrere Jahre in Afrika, Asien und Australien und kehrte 1997 nach England zurück. Tim Griggs lebt heute mit seiner Frau in Oxford.

Tim Griggs

Die Versöhnung

Roman

Aus dem Englischen von
Theresia Übelhör

Knaur Taschenbuch Verlag

Die englische Originalausgabe erschien 2003
unter dem Titel »The End of Winter« bei Headline, London

Besuchen Sie uns im Internet:
www.knaur.de

Vollständige Taschenbuchausgabe Juni 2005
Knaur Taschenbuch Verlag
Ein Unternehmen der Droemerschen Verlagsanstalt
Th. Knaur Nachf. GmbH & Co. KG, München.

Umschlaggestaltung: ZERO Werbeagentur, München
Umschlagabbildung: Picture Press, Hamburg
Satz: Ventura Publisher im Verlag
Druck und Bindung: Clausen & Bosse, Leck
Printed in Germany
ISBN 3-426-62898-8

2 4 5 3 1

Für Jenny:

»Denn wie sollte ich
die Weisheit vergessen,
die du brachtest, den Trost,
den du gespendet hast?«

W. B. Yeats

I

Es war der Abend der letzten Abschiedsparty für meinen Vater.

So habe ich es jedenfalls in Erinnerung.

Meine Hausaufgaben lagen ausgebreitet vor mir auf dem Küchentisch. Die drei, die inzwischen seit zwei Stunden aus dem Restaurant zurück waren, wurden im Wohnzimmer immer ausgelassener. Sie wieherten vor Lachen, und ihre nervtötende Musik war zu laut aufgedreht, und sie unterhielten sich lautstark über sie hinweg und hörten einander gar nicht zu. Ich hasste es, wenn sie sich so benahmen. Ich hasste dieses heruntergekommene gemietete Haus. Ich hasste die grellbunten Schulbücher auf dem Küchentisch vor mir mit ihren Cartoons junger Leute, die Sport trieben, flirteten und idiotisch lächelten und mit denen ich mich identifizieren sollte. Mir war gar nicht nach Lächeln zu Mute. Mein Vater würde in zehn Stunden nach Afrika fliegen. Er würde monatelang an irgendeinem wilden und abgelegenen Ort sein, wo Männer mit Speeren jagten und die Sonne erbarmungslos auf verdorrtes Buschland herunterbrannte. Und er würde mich nicht mitnehmen. Ich war dreizehn. Ich hielt es für durchaus wahrscheinlich, dass ich nie wieder lächeln würde.

Die Musik war zu Ende, und Anthony rappelte sich auf die Füße. Seine plumpe Pinguingestalt füllte den ganzen Türspalt aus, durch den ich sehen konnte. Er konnte noch keine vierzig sein, aber er kleidete sich trotzdem richtig altmodisch – zerknitterter Nadelstreifenanzug mit Einstecktuch.

Er erhob sein Glas. »Auf Duncan.«

Seine Stimme war volltönend, so wie sie es immer nach ein paar Brandys wurde. Ich konnte meinen Vater beinahe hören, wie er ihn nachäffte. Er war ein hervorragender Imitator und verschonte niemanden, am allerwenigsten seinen ältesten Freund.

»Auf Duncan«, sagte Anthony noch einmal feierlich und zwinkerte wie eine Eule.

Ich knallte mein Buch zu, in der Hoffnung, sie würden es hören und es würde ihre blöde Party stören. Meine Mutter starrte mich unter Anthonys erhobenem Arm hervor an. In diesem Blick lag etwas Feindliches. Auch sie würde meinen Vater in ein paar Stunden verlieren, und sie war nicht gewillt, mir diese Stunden abzutreten. Sie wandte sich um, und der Trinkspruch wurde, begleitet vom Klirren der Gläser und weiterem Gelächter, wiederholt, und mit einem Mal war die Party zu Ende. Einen Augenblick später kamen sie auf ihrem Weg zur Hintertür in die Küche gepoltert, laut und erhitzt und von dem helleren Licht geblendet.

Anthony strahlte hinter seinen Brillengläsern, nahm aber zu keinem wirklich Blickkontakt auf. Er schlüpfte unbeholfen in seinen Mantel, seine Bewegungen alle ein bisschen zu weit ausholend. Ich wusste, dass er trotz der Ausgelassenheit traurig war über den Abschied. Es gab Zeiten, da fand ich Anthony lächerlich, aber er tat sein Bestes, mir ein Freund zu sein, wenn mein Vater fort war, und jetzt verspürte ich einen Anflug von Zusammengehörigkeitsgefühl mit ihm.

»Wir werden schon dafür sorgen, dass es ihnen gut geht, nicht wahr, Michael, alter Junge?« Anthony berührte zögernd meine Schulter. Er war Junggeselle und den Umgang mit Kindern nicht gewöhnt. »Deiner Mutter und den Kleinen. Wir werden anstelle des furchtlosen Abenteurers ein Auge auf sie haben, nicht wahr?«

Ich gab keine Antwort. Plötzlich war ich den Tränen nahe, und mir war klar, dass Anthony das wusste.

»Taten, mein Junge«, forderte er mich mit dröhnender Stimme in seiner typisch schroffen Art auf, vielleicht um die Aufmerksamkeit von mir abzulenken. »Genau das ist nötig, um unseren Geist zu beschäftigen. Kühne Taten!«

Das sagte Anthony häufig, aber seiner Vorstellung von kühnen Taten entsprach eine Fahrt zur Oper oder ein Ausflug zu irgendeinem Trödelmarkt. Beides übte keinen großen Reiz auf mich aus. Er stand da und schaute weniger als irgendjemand sonst, den ich bis dahin kennen gelernt hatte, wie ein Mann aus, der zu kühnen Taten fähig ist. Aber dann küsste meine Mutter ihn flüchtig auf die Wange und zog seinen Mantel fürsorglich um ihn, schob ihn zur Hintertür und sagte ihm, das Taxi würde nicht ewig warten.

Sie riefen sich auf Wiedersehen zu, und ein Wirbel kalter Luft drang herein, als die Tür geöffnet wurde, dann eilige Schritte auf dem Weg und ein Auto, das davonfuhr. Meine Mutter lehnte sich mit dem Rücken gegen die Tür, um sie gegen den winterlichen Wind zuzudrücken, und rieb sich über ihre nackten Arme, um sich zu wärmen. Ihr Lächeln erstarrte. Sie schaute mich nicht an. Ihre Augen waren auf die meines Vaters gerichtet. Er stand gegen die Wand gegenüber gelehnt, rauchte eine Zigarre, musterte die Knöchel seiner rechten Hand und betrachtete sie nachdenklich. Ich wusste, dass dies der Augenblick war, vor dem sie sich gefürchtet hatte, wenn die letzte Ablenkung verschwunden war und sie ihn klar sah, mit dem klaren Bewusstsein, dass er bald schon wieder fort sein würde.

»Geh schon hoch, Pat«, sagte er, ohne sie anzusehen. »Ich komme gleich nach.«

Sie ging direkt an ihm vorbei aus der Küche. Sie sagte nichts. Ihr Rücken war unnatürlich gerade, als sie durch das Wohnzimmer verschwand, und die Lautstärke und der Rhythmus ihrer Schritte auf der Treppe verrieten eine unglückliche Eindringlichkeit.

Mein Vater sah mich durch den Rauch seiner Zigarre hindurch

an. Er war hager und von seiner letzten Reise noch immer braun gebrannt, und dies, sowie die Zigarre, gab ihm für einen Augenblick das Aussehen eines Outlaws in einem alten Western. Er zog die Mundwinkel herunter und runzelte die Stirn. Das kannte ich: Männersolidarität angesichts weiblicher Theatralik. Ich hasste ihn wegen dieser offensichtlichen taktischen Spielchen, hasste seine Zweideutigkeit und seine lässige Selbstsicherheit, ja sogar sein gutes Aussehen. Alle sagten, ich hätte dieses Aussehen geerbt, aber in diesem Augenblick hoffte ich inständig, das möge nicht stimmen. Ich wollte gar nichts von ihm haben. Ich wusste, dass seine Sehnsucht fortzukommen größer war als meine, dass er bliebe, und das hasste ich am allermeisten.

Er schaute auf die Zigarre in seiner Hand, als habe er sie zuvor nicht bemerkt. »Ich weiß gar nicht, warum ich diese scheußlichen Dinger rauche«, sagte er. »Es ist der verdammte Anthony Gilchrist, der mich dazu verleitet.« Er blickte sich um, suchte nach einem Aschenbecher, konnte in der Küche keinen finden und ging wieder ins Wohnzimmer. Offenbar fand er dort einen, denn als er zurückkam, die Lippen in gespieltem Ekel vor dem Geschmack gespitzt, hatte er die Zigarre nicht mehr in der Hand. Er zog den Stuhl mir gegenüber zurück und setzte sich.

»Versteh mich doch«, sagte er in einem Ton, den er mir gegenüber bisher noch nie angeschlagen hatte. »Du musst das begreifen. Es ist mein Job.«

»Du könntest dir, verdammt noch mal, einen anderen Job suchen.« Meine Stimme klang erstickt. Ich hatte in seiner Anwesenheit noch nie geflucht.

»Ich bin Projektingenieur, Mike«, sagte er müde. »Ich muss dahin gehen, wo die Projekte sind. Das bedeutet ja nicht, dass es mir gefällt, euch zurückzulassen. Das weißt du doch, nicht wahr?«

»Deb und Paul ist es egal, wenn du fortgehst. Sie sind ja noch klein. In zwei Tagen haben sie es vergessen.« Ich war erstaunt, mich selbst so reden zu hören. Mein Gesicht brannte, und meine Stimme schien von irgendwo anders zu kommen. »Und Mum hat ja die Möglichkeit, dich auf jeder deiner Reisen zu besuchen.«

»Das sind keine Ferienreisen, Mike. Kein Spaß. Das würde dich langweilen.« Er langte über den Tisch, zog eines meiner Schulbücher zu sich und blätterte die Seiten durch, als habe er noch nie ein Wörterbuch gesehen. »Du wirst bald wieder in der Schule sein«, sagte er, um sich selbst zu beruhigen. »Dann ist alles in Ordnung.«

Ich warf ihm einen wütenden Blick zu und sagte nichts. Es hatte keinen Zweck. Die Kluft war zu groß. Ich dachte an das graue Internat in den Midlands und stellte mir im Gegensatz dazu die Welt vor, in die er reiste – heißer Staub, Fahrten in Allradautos, smaragdgrüne Wälder und kaffeebraune Flüsse. Wie konnte er nur auf den Gedanken kommen, dass ich lieber mein Leben führte, als an seinem teilzuhaben? Es hatte keinen Zweck, mit jemandem zu reden, der so wenig kapierte.

»Haben sie dir jemals etwas über Odysseus beigebracht, Mike?«, fragte er plötzlich und schob das Wörterbuch zur Seite.

»Den von Joyce oder den Griechen?«

Er verzog das Gesicht. »Das war nicht als Quizfrage gedacht. Den Griechen.«

»Was ist mit dem?«

»Er hat lange gebraucht, um vom Trojanischen Krieg nach Hause, nach Ithaka, zurückzusegeln. Neunzehn Jahre. Aber er ist schließlich zu seiner Frau und zu seinen Kindern zurückgekehrt. Als er bereit dafür war. Als die Götter bereit waren, ihn zurückkehren zu lassen.«

Ich sagte nichts. Ich hielt den Atem an.

»Ithaka gibt es wirklich«, sagte er, wie ich es irgendwie schon vorausgeahnt hatte. »Es ist eine griechische Insel. Im Ionischen Meer. Ich war immer der Meinung, es müsse etwas Besonderes sein, dorthin zu reisen.« Er lächelte. »Vielleicht sollten wir eines Tages alle zusammen dorthin fahren.«

»Wann?«, fragte ich hastig.

Von oben drang ein Geräusch herunter, gedämpft und undeutlich. Vielleicht war ein Ziergegenstand heruntergefallen. Wir beide hörten es, so wie es wohl beabsichtigt war, ein Signal, so fordernd wie das Zuknallen meines Schulbuchs. Mein Vater und ich warfen einen Blick zur Decke, dann schauten wir uns an, und ich wusste in diesem Augenblick, dass wir nie zusammen nach Ithaka oder sonst wohin reisen würden. Und von diesem Moment an konnte ich nichts mehr sagen.

Er streckte die Hand aus und drückte mein Handgelenk. »Ich muss mich darauf verlassen, dass du hier alles zusammenhältst, Mike.« Wieder lag dieser künstliche Unter-uns-Männern-Tonfall in seiner Stimme. »Ich muss wissen, dass du dich um alles kümmerst. Dich irgendwie um uns alle kümmerst. Bis ich wieder zurück bin. Nur für ein paar Monate. Dann sehen wir weiter.«

Ich konnte meine eigene Wut beinahe sehen, die wie Kohle in mir brannte. Aber mein Vater sah sie nicht. Er ließ mein Handgelenk los, stand auf und lächelte mich an, als hätten wir soeben alles gelöst. Dann ging er leise durch das Wohnzimmer, und ich hörte die Treppenstufen unter seinem Gewicht knarren. Als die Geräusche oben verstummten – laufendes Wasser, leise zugemachte Türen, der dumpfe Schlag von den Füßen gekickter Schuhe –, stand ich auf und ging leise ins Wohnzimmer. Ein paar leere Flaschen standen auf dem Tisch und Gläser mit Rotweinspuren auf den Armlehnen der Sessel. Das Zimmer stank nach Zigarrenrauch. Vor dem Gaskaminfeuer lag ein aufgeschlagener Atlas auf dem Boden, zeigte eine leuchtend bunte Landkarte von Afrika. Ich schaltete das Kaminfeuer und die noch laufende Stereoanlage aus, nahm zwei Gläser und brachte sie in die Küche, ich stellte sie auf die Spüle und machte dann die Lichter aus. Lange Zeit stand ich da und lauschte dem

Knacken des abkühlenden Kaminfeuers und dem heftig gegen das Küchenfenster blasenden Wind.

Ich machte die Hintertür auf und trat in die Winterkälte hinaus. Eine wilde Nacht, eine Nacht für Straßenräuber, mit schwarzen Bäumen, die in den Vorstadtgärten schwankten, und Schneeregen, der waagrecht zwischen den Häusern hindurchfegte. Ich schauderte, aber ich war frei, ich war ein Geist, ein freier Geist in Nacht und Sturm, ein Teil davon, vielleicht das Herz davon. Ich war von unbändigem Trotz erfüllt. Mich um sie kümmern? Sollten sie sich doch um sich selbst kümmern! Ich drehte den Schlüssel hinter mir im Schloss und rannte blindlings davon, die leere schwarze Straße hinunter.

2

Es war unheimlich still, stiller, als es hätte sein sollen: keine Stimmen, kein Klappern vom Graben, kein Rumpeln von Bulldozern oder Baggern. Das Erdbeben hatte die Gebäude auf beiden Seiten zu niedrigen Schuttbergen zusammenstürzen lassen. Gelber Staub hing in der Luft, der nach Zement und – inzwischen noch stärker – nach Verwesung roch. Wir standen neben dem Jeep und schauten uns um. Auf meinem Rücken sammelte sich in der zunehmenden Hitze der Schweiß.

Stellas Stiefel knirschten auf dem Splitt, als sie sich hinter mir bewegte, ein fast unmerkliches Signal, um mich daran zu erinnern, dass sie da war – teils Beruhigung, teils Ungeduld. Ohne sie anzusehen, legte ich mir die Hand über die Augen. Weit unter uns, auf der zerstörten Straße nach Caracas, stand der Truck von Patrick und Julio mit der Ausrüstung noch immer so leuchtend zwischen Zuckerrohrfeldern in der Sonne, dass es in den Augen wehtat. Selbst von hier aus konnte ich ihre ameisengleichen Gestalten ausmachen, die um das liegen gebliebene Vehikel herumliefen. Patrick, der Logistikspezialist, war ein korrekter Mann, der erwartete, dass die Dinge funktionierten – die Fahrzeuge, die Technik und die Menschen. Er würde wegen der Panne wütend und frustriert sein. Ich konnte mir vorstellen, wie er fluchte und gegen die Reifen trat.

Ich wandte mich an den Fahrer. »Ist das der Ort?«

Er murmelte zweifelnd etwas auf Spanisch und suchte nach seiner Straßenkarte. Das Geräusch des knisternden Papiers war in der Stille des angespannten Wartens sehr laut. Ich wusste, dass es der richtige Ort war, aber ich wollte Zeit zum Nachdenken gewinnen. Ich wollte nicht hier inmitten dieser Trostlosigkeit stecken bleiben, mit dem Rest des Teams liegen geblieben und außer Reichweite. Stellas Augen auf meinem Rücken passten mir nicht. Mir passte auch der Gedanke an das, was man möglicherweise von uns erwartete und was wir nicht würden leisten können, nicht.

Ich hörte schwere Stiefelschritte, und ein venezolanischer Major kam um den Rand des Schuttbergs auf uns zu. Es kam mir so vor, als sei er aus dem Nichts aufgetaucht. Er war ein sehr großer Mann, ein paar Zentimeter größer als ich, und hätte eine einschüchternde Gestalt sein können. Doch als er näher kam, konnte ich sehen, dass seine Augen matt vor Müdigkeit und seine Haut und seine Haare mit Staub und Schweiß bedeckt waren. Er hatte sich ein khakifarbenes Halstuch über den Mund gebunden, und das sowie die Pistole im Halfter an seiner Hüfte verlieh ihm das Aussehen eines Banditen aus einem Comicheft. Ich trat ein paar Schritte vor, um ihn zu begrüßen, aber im letzten Augenblick rief irgendjemand, der nicht zu sehen war, etwas, und ein Hund jaulte aufgeregt, und der Major hob die Hand wie ein Polizist, der den Verkehr regelt, und ich blieb wie angewurzelt stehen. Der unsichtbare Hund fing wieder zu bellen an, dieses Mal eindringlicher.

Der Major zog das Halstuch herunter und rief über seine Schulter hinweg, doch ohne den Blick von mir zu wenden: *»Qué pasa?«*

Die Antwort kam undeutlich, aber triumphierend, und jetzt waren mehrere Stimmen zu hören, aufgeregte Stimmen, allerdings konnte ich die Worte nicht verstehen. Der Major hielt, während er zuhörte, weiter die Augen auf mich gerichtet.

»Ich bin Michael Severin«, sagte ich. Ich tippte auf das ÄRZTE OHNE GRENZEN-Emblem auf meinem Kittel. »Man müsste uns erwarten.«

Der Major schaute ausdruckslos von mir zu Stella. Das Stimmengewirr hinter ihm war weiter zu vernehmen. Er sagte: »Sie sind gekommen, um uns zu helfen?« Er schien das nicht glauben zu können, vielleicht amüsierte es ihn sogar, und einen Augenblick sah ich die hoffnungslose Ironie der Situation so klar wie er: ein Mann und eine Frau gegen ein Erdbeben.

»Es kommen noch zwei mehr«, sagte ich und realisierte, wie schrecklich absurd das klang, »aber der Truck ist unten im Tal liegen geblieben.«

Er reckte zur Bestätigung, dass er verstanden hatte, das Kinn. Er zeigte keine Überraschung über unsere Probleme. Sie müssen ihm im Vergleich zu dem, was er in den letzten zwei Tagen erlebt hatte, wahrlich unbedeutend vorgekommen sein. Sein Name – P Rivera – stand in weißen Buchstaben auf einem schwarzen Plastikschild auf seiner Hemdentasche. Er schaute wieder auf mein ÄRZTE OHNE GRENZEN-Abzeichen.

»Sind Sie Franzose?« Er klang, als bereite ihm das Schmerzen, als sei dieses Detail wieder so etwas Verrücktes in einer Welt, die ohnehin schon verrückt genug war. »Die schicken Ärzte aus Frankreich zu uns?«

»Wir sind ein britisches Team.«

Er starrte mich verständnislos an.

Ich sagte: »Sollen wir anfangen?«

»Ja, vielleicht.«

Der Major machte einen Schritt, dann fiel ihm etwas ein. Er schaute von mir zu Stella und richtete sich zu voller Größe auf. »Ich muss … ich will Ihnen danken. Dass Sie zu uns gekommen sind. Für den Fall, dass das später vergessen wird. Für den Fall, dass es nicht ausgesprochen wird.« Zu meiner Verlegenheit salutierte er zackig und hielt die Hand ganze fünfzehn Sekunden gegen die Schläfe. Ich hörte, dass Stella sich hinter mir verlegen rührte. Ich wollte gerade etwas Flapsiges sagen, aber als ich aufblickte, sah ich, dass Major Rivera Tränen in den Augen standen.

Der Hund kletterte als Erster aus dem Loch, ein braunweißer Spaniel, der mit sich zufrieden war und freudig mit dem Schwanz wedelte. Er wirkte hier deplatziert, dachte ich, wie der Schoßhund einer älteren Dame. Nach dem Spaniel tauchte ein Unteroffizier auf, der von seinen Kameraden ans Tageslicht gezogen wurde. Er spuckte Dreck aus. Jemand reichte ihm eine Feldflasche, und er trank daraus, hustete, spuckte wieder und fing an, schnell auf Spanisch zu reden und dabei zu gestikulieren.

»Er sagt, da sei ein Tunnel unter der Kirche«, erklärte mir der Dolmetscher. »Nicht sonderlich lang. Er hat ein Markierungsband zurückgelassen. Der Hund hat einen Mann aufgespürt …« Er legte eine Pause ein, um auf die schnellen Aussagen des Unteroffiziers zu hören. »Er glaubt, es ist nur einer. Ein alter Mann, sagt er.«

»Ein toter Mann?«

»Nein, nein. Er redet. Betet vielleicht. Ist eingeklemmt. Vielleicht ist es Pater Rafael. Der Soldat konnte nicht näher herankommen, sagt er. Der Tunnel ist gefährlich. Wasser steht drin. Und er sagt, dass er gespürt hat, wie sich die Felsen bewegten.« Der Dolmetscher starrte mich weiter mit ausdruckslosen Augen an. »Ich glaube, er hatte Angst, weiterzugehen, der Soldat.«

»Sagen Sie ihm, dass ich ihn für einen Helden halte.«

Der Dolmetscher tat, worum ich ihn gebeten hatte, aber der Unteroffizier senkte nur den Kopf und hockte sich hin, um den Hund zu kraulen. Er wusste, dass er kein Held war, und ich kam mir wie ein Dummkopf vor, weil ich das gesagt hatte. Ich ging durch die kleine Ansammlung von Soldaten und Dorfbewohnern hindurch und kauerte mich neben das Loch. Jetzt stand die Sonne hoch am Himmel und wurde von dem geborstenen Mauerwerk zurückgestrahlt. Die Tunnelöffnung war samtschwarz, und eine leichte Staubwolke stieg daraus auf. Ich hörte das Knirschen und Rasseln von Grabungsgeräten, die nicht weit entfernt eingesetzt wurden, und in der Ferne ganz schwach das Klappern der Rotoren eines Hubschraubers, der von der Stadt heraufgeknattert kam. Aber ich war mir der Stille der Männer und Frauen um mich herum bewusst. Ich hörte hinter mir Schritte, und Stella legte die Hand auf meine Schulter.

»Vielleicht gelingt es ihnen, von oben an ihn heranzukommen.« Ihr schottischer Akzent kam ganz deutlich durch, kühl, sachlich, als würde sie im Pub zu Hause einen Drink bestellen. Es war beinahe komisch, das hier zu hören, an diesem Ort, wo es um ein Menschenleben ging.

Ich sagte: »Ach ja?« Ich rappelte mich auf und wischte mir den Staub von den Händen.

»Du weißt, wir müssen das nicht machen.« Jetzt benutzte sie ihre schulmeisterliche Stimme. »Ich sag es dir geradeheraus, Michael, ich bin dagegen. Wir sind nur das Team, das die Schäden feststellt. Wir sollten zumindest auf den Truck warten. Warten, bis die anderen da sind.«

Aber an ihrem Tonfall konnte ich erkennen, dass sie sich schon entschieden hatte.

Es war erstickend heiß in dem Tunnel und der Gestank so stark, dass ich ein paar Sekunden anhalten musste, um meinen Magen unter Kontrolle zu bekommen. Die Dunkelheit vor mir war so undurchdringlich, dass ich glaubte, sie auf meinem Gesicht zu spüren. Ich knipste die Taschenlampe an, und sie warf einen weißen Strahl in den Tunnel, traf auf uralte Balken und zerbrochene Backsteine und einen Wirrwarr von heruntergestürzten Bodenplatten, die in verrückten Winkeln kreuz und quer übereinander gekippt waren. Das Band des Unteroffiziers führte an der unteren Kante eines gefliesten Bodenstücks vorbei, das in das herabgestürzt war, was einmal die Krypta gewesen sein musste. Auf einer Seite hielt ein Backsteingewölbe den Schutt zurück, und ein Durcheinander aus Holzbalken und Beton bildete die rohe Decke. Auf allen vieren kroch ich weiter. Wenn ich meinen Kopf senkte, hatte ich noch ein paar Zentimeter Luft über mir. Ich fing an, mir einzureden, dass es nicht so schlimm werden würde, aber jedes Mal, wenn ich diese Worte in Gedanken wiederholte, wurden sie weniger überzeugend.

Ich konnte Stella hinter mir herkriechen hören, und mein Atmen klang laut in meinen Ohren. Ich hielt an und zwang meinen Körper stillzuhalten, streckte die Hand nach hinten und gab Stella ein Zeichen, leise zu sein, und lauschte auf die Geräusche um mich herum. Ein Klicken meines Gurtzeugs, als sich eine Schnalle bewegte. Wasser, das irgendwo in der Nähe plätscherte. Ganz unbewusst fasste ich in mein Hemd und tastete nach der Kette, an der mein Talisman hing. Der alte Sicherheitsschlüssel war im Laufe der Jahre, die ich ihn bei mir trug, zu glatter Bronze geworden, und ich rieb ihn auch jetzt wieder und fühlte, wie das meine Nerven beruhigte. Dann ein neues Geräusch, ein hoher, melodischer Ton, der wie ein Vogelruf mehrmals wiederholt wurde. Ich brauchte einen Augenblick, bis ich ihn als menschliche Stimme erkannte.

Ich bewegte mich vorwärts. Das Markierungsband des Unteroffiziers war zu Ende. Der Tunnel verengte sich, sodass ich meine Schultern hindurchzwängen musste, und dabei löste ich ein kleines Rinnsal zerbröckelten Mauerwerks aus, und das

Geräusch war in der Dunkelheit entsetzlich laut. Staub drang in meine Nase und meine Augen, ich bekam keine Luft, und als ich endlich wieder klare Sicht hatte, konnte ich sehen, wie der Staub im Strahl meiner Taschenlampe wirbelte und das Licht mattgelb färbte. Ich schwenkte den Strahl umher. Einen Meter zu meiner Rechten befand sich ein offener Steinsarkophag, vom Erdbeben zerbrochen, und der zusammengeschrumpfte Bewohner lag da und lachte mich durch elfenbeinfarbige bloßgelegte Zähne lautlos an. Ich hielt inne, mein Atem ging schwer.

Stella rief durchdringend: »Michael?« Sie kroch zu mir hin, und als sie das offene Grab sah, hielt sie die Luft an, wie ich es getan hatte. »Der hier hat eine Menge Blut verloren«, sagte sie.

Wieder kam die Stimme aus der Dunkelheit, unglaublich dünn, aber freudig, vielleicht ein Sprechgesang, vielleicht ein Loblied.

Ich sagte: »Ich kann ihn hören. Er singt.«

»Genau, was uns fehlt. Den ganzen Weg zurückzulegen, um einen verdammten Pavarotti auszubuddeln.«

»Wenn es Pavarotti ist, dann darfst du ihn tragen!«

Sie fasste mich am Arm. »Michael, glaubst du nicht, wir sind weit genug gegangen?«

»Was meinst du?«

»Du beantwortest eine Frage immer mit einer Gegenfrage. Wie kommt das?«

»Wieso fragst du das?«

»Es könnte weit genug sein, Michael«, sagte sie in anderem Tonfall.

»Ich kann ihn singen hören«, wiederholte ich, als sei dies schon Antwort genug. Darauf erwiderte sie nichts. Ich sagte: »Bleib hier und warte. Ich rufe dich, wenn du mir helfen kannst.«

Ein paar Meter machte der Tunnel Biegungen und fiel steil ab, dann öffnete er sich plötzlich zu einem großen Hohlraum. Ich registrierte, dass ich in Wasser stand – in vielleicht fünfundvierzig Zentimeter hohem, erstaunlich kaltem Wasser – und

dass sich der Geruch der Luft verändert hatte, dass sie nun unangenehm feucht war und stank.
Ich rief: »Pater Rafael? Können Sie mich hören?«
Pause. »Sind Sie Engländer?« Die Stimme des Mannes war klar und verblüffend nah.
»Ja, Engländer. Ich bin Arzt.« Ich dachte, es sei lächerlich, das zu sagen, aber mir fiel nichts Besseres ein.
»So?« Überraschenderweise fing die körperlose Stimme zu lachen an, ein harsches, keuchendes Geräusch. »Willkommen in meinem Land.«
Jetzt hatte ich ihn entdeckt, eine Bewegung vor der zerklüfteten Schuttwand, ganz unten, auf Höhe der Oberfläche des schwarzen Wassers: der Umriss seiner Schulter, seines Arms, seines Kopfes, und jetzt das Weiß seiner Augen und Zähne.
»Seien Sie vorsichtig«, sagte der Mann. »Da ist ein Brunnen.«
Ich tastete mich voran und fand festen Boden unter den Füßen. Ich machte einen weiteren Schritt, dann noch einen. Dieses Mal verschwand mein Bein bis zum Oberschenkel in dem schwarzen Wasser, und es war entsetzlich kalt. Ich tastete mit dem Fuß nach dem Brunnenrand und vorsichtig um ihn herum, meinen Rucksack hinter mir herziehend, bis ich mich vor dem Mann niederkauern konnte.
»Pater Rafael?« Im Licht der Taschenlampe konnte ich sehen, dass das Gesicht des Priesters schwarz vor Schmutz war, hier und da durch heruntertropfendes Wasser von Streifen durchzogen, die Augen unglaublich groß und leuchtend. Er war ein ziemlich alter Mann, wie ich sah, kahl, mit einem faltigen und humorvollen Gesicht. Ich fragte mich, ob er wohl im Delirium war. Seine beiden Arme waren frei und offenkundig unverletzt, und der Großteil seines Oberkörpers war nicht von Schutt bedeckt, aber mehr konnte ich nicht erkennen. »Können Sie sich überhaupt bewegen, Pater? Spüren Sie Ihre Beine?«
»Zeigen Sie mir Ihr Gesicht«, sagte der Priester. Die Aufforde-

rung überraschte mich, und als ich nicht sofort reagierte, tastete der alte Mann im Dunkeln, fand meinen Oberarm und packte ihn mit einer Klaue von einer Hand. »Ich würde gern das Gesicht eines anderen Menschen sehen«, sagte er.
Ich hockte mich auf die Fersen und leuchtete mir mit der Taschenlampe selbst in die Augen.
Pater Rafael musterte mich. Schließlich sagte er ganz leise: »Sie wissen, was es heißt, Angst zu haben, junger Mann.«
Ich antwortete nicht.
»Auch ich habe in diesen drei Tagen Angst gehabt«, sagte Pater Rafael. »Aber jetzt nicht mehr.«
»Sie brauchen jetzt keine Angst mehr zu haben.« Ich griff nach meiner Gürteltasche und zog geschäftig, hastig, den Reißverschluss auf, froh, etwas zu tun zu haben. »Jetzt können wir Ihnen helfen.« Dennoch war ich mir bewusst, dass es der Priester war, der mir Trost spendete, nicht umgekehrt. Ich verspürte ein starkes Bedürfnis weiterzureden. »Nun, da wir Sie gefunden haben, kriegen wir Sie hier auch raus.«
»Die Zeit zum Träumen ist vorbei«, antwortete Pater Rafael. »Das Wasser steigt. In einer Stunde, vielleicht weniger, werde ich ertrinken.«
»Wir kriegen Sie heraus«, wiederholte ich.
»Junger Mann, die Kirche liegt auf meinen Beinen. Und selbst Sie können die Heilige Mutter Kirche nicht innerhalb einer kurzen Stunde von der Stelle bewegen.« Wieder stieß Pater Rafael sein gepresstes, keuchendes Lachen aus. »Die Kirche ist ein Fels, nicht wahr? Und jetzt weiß ich, wie schwer der ist.«
Stella kam durch das seichte Wasser auf mich zugeplatscht, obwohl ich sie nicht gerufen hatte. Ich war sehr froh, ihre dunklen Umrisse im Lichtstreifen ihrer Helmlampe zu sehen, und meine Erleichterung ließ mich einen barschen Ton anschlagen.
»Pass auf den Brunnen auf«, sagte ich zu ihr. »Und überprüf Pater Rafaels Vitalfunktionen. Ich will mal sehen, was ihn einklemmt.«

Als wären wir gar nicht da, fing der alte Mann wieder an mit seiner dünnen Stimme zu singen, etwas auf Lateinisch, etwas Freudiges und Altes. Ich fuhr mit den Händen über seinen Körper, von seiner Hüfte an seinem rechten Bein hinunter. Es lag zum größten Teil unter der Wasseroberfläche. Direkt über dem Knie spürte ich eine Schwellung, die von einer Fraktur herrühren musste, obwohl er keinen Laut von sich gab, als ich sie betastete. Ich fuhr mit den Händen über sein linkes Bein. Es war in einem unmöglichen Winkel nach hinten verdreht, und dort, wo das Knie hätte sein sollen, glitten meine Finger in breiiges Fleisch, und ich spürte einen scharfen Knochen. Der alte Mann hörte auf zu singen, gab aber keinen Schmerzenslaut von sich. Ich schob mich hinter seinem Körper hindurch, und aus dieser Position konnte ich im Schein der Lampe sehen, dass das Bein von einer großen Mauerplatte zerquetscht war. Das offene Fleisch war bräunlich und aufgedunsen.

»Puls hundertdreißig und schwach.« Stella packte das Stethoskop in ihren Rucksack und sprach bewusst mit ausdrucksloser Stimme. »Blutdruck achtzig zu null. Er ist ziemlich dehydriert.« Nach einem Augenblick fuhr sie fort: »Vielleicht können wir Pumpen herschaffen. Den Wasserspiegel niedrig halten, bis Patrick mit dem Truck ankommt.«

»Nicht genug Zeit.« Ich schaute mich in der tropfenden Dunkelheit um. Eigentlich hätte ich es mir denken können, das Wasser war allem Anschein nach bereits gestiegen, seit ich angekommen war. Ich sagte: »Wir werden ihm das Bein abnehmen müssen, um ihn hier rauszukriegen.«

Stella antwortete nicht, aber ich konnte aus ihrem Schweigen Missbilligung heraushören. Ich wusste, dass sie die alten, unausgesprochenen Fragen stellte, die immer über Entscheidungen wie dieser hier hingen: Sind die zusätzlichen Schmerzen gerechtfertigt? Wer würde davon profitieren? Ich sagte: »Es ist eine Art Entfesselungsaktion, denn ich komme nur mit Mühe an die gequetschte Stelle heran. Mit ein bisschen Glück können

wir es unter intravenös gespritztem Midazolam und Fenantyl machen. Hol die Sachen aus dem Jeep. Ich bleibe hier bei ihm.«
Sie zögerte kaum länger als eine Sekunde, dann wandte sie sich um und platschte durch den Tunnel davon. Dieses Platschen war vielleicht das einsamste Geräusch, das ich je gehört hatte. Ich fragte mich, wie der Priester drei Tage in dieser Dunkelheit, inmitten dieser ganzen Verwüstung hatte überleben können. Ich holte tief Luft und fasste mich.
»Ich muss Ihnen erklären, was wir versuchen werden, Pater. Ich will nicht so tun, als blieben uns viele andere Möglichkeiten.«
Wieder streckte sich die knochige Hand aus. »Warum sind Sie hierher gekommen, junger Mann?«
»Das ist mein Job.«
»Mich zu retten?«, beharrte der Priester. »Sind Sie deshalb gekommen? Aber Sie haben mich schon gerettet – davor, allein zu sterben, ohne noch einmal das Gesicht eines guten Menschen gesehen zu haben. Aber deshalb sind Sie nicht gekommen. Nicht nur deshalb.«
Die Eindringlichkeit seiner Worte ließ mich innehalten und ihn ansehen. Das Licht fing sich in den Augen des Priesters, und das Weiße glänzte in der Dunkelheit wie Porzellan. Ich hatte das merkwürdige Gefühl, dass dieser Mann mehr über mich wusste, als er eigentlich hätte wissen können. Ich spürte, wie sich mir die Nackenhaare aufstellten.
»Wir haben eine Chance«, sagte ich und versuchte, meine Stimme fest klingen zu lassen. »Aber ich muss Ihnen …«
»Sie können uns nicht alle retten, junger Mann«, sagte Pater Rafael. »All die Leidenden und Kranken und Eingeschlossenen. All die Opfer.«
Ich konnte mich selbst in der Dunkelheit keuchen hören. »Aber ich muss es versuchen«, flüsterte ich. »Verstehen Sie nicht? Ich muss es versuchen.«
Der alte Mann lächelte, seine wenigen Zähne glänzten, und der

Griff seiner Hand umschloss meinen Arm wie ein Nussknacker. »Mein junger Freund«, sagte er, »wir sitzen beide in der Falle.«

Ich hörte Stella hinter mir durch das Wasser platschen, und ihre Stimme hallte durch den Tunnel, angespannt vor Angst. »Michael? Hast du das gespürt?«

Über das Pochen meines Pulses konnte ich nichts hören. War da etwas gewesen? Ein Rumpeln in der Erde, eher gespürt als gehört? So etwas konnte man sich leicht einbilden, hier unten mit diesem alten Kobold, der mich vom Rand des Todes viel sagend angrinste. Etwas flog mir gegen die Wange. Ich schaute nach oben. Die Platte über unseren Köpfen bröckelte unter dem Gewicht, das sie trug, und kleine Zementstückchen lösten sich, die von der Decke ins Wasser, auf meine Haut, auf meine Kleider fielen. Eines traf mich unter dem Auge und stach wie eine Wespe.

»Komm her«, rief ich ihr zu.

Sie kam hinter mich, sie keuchte, dann gingen wir zur Routine über, und ich brach die Fenantyl-Ampulle auf und zog die Spritze auf, die ich gegen das Licht hielt.

»Das wird Ihnen die Schmerzen nehmen, Pater.« Ich wandte mich Stella zu. »Geh dort rüber, hinter ihn, und binde ihm das Bein ab.«

Sie schob sich auf die andere Seite des Priesters und leuchtete mit ihrer Lampe in die Dunkelheit. »Mein Gott, Michael. Das ist unter Wasser! Das ist absolut hoffnungslos!«

»Tu's einfach, Stella!«

Sie packte mich an der Schulter, zog mich heftig an sich und flüsterte: »Hör mir zu. Du wirst uns noch alle umbringen. Hau ihm die Nadel rein, und dann nichts wie weg hier. Das ist das Beste, was du tun kannst.«

»Sie hat Recht, die da«, sagte der Priester. »Sie weiß ...«

Ich schaute verwirrt von einem zur anderen. Dann passierte es wieder, und dieses Mal gab es keinen Zweifel. Die Erde bebte.

Das Wasser um meine Beine kräuselte sich in gebrochenen Silberringen.

»Michael!« Stellas Stimme wurde eine ganze Oktave höher.

»Jetzt verschwindet! Schnell!« Der Priester ließ meinen Arm los und stieß mich so fest von sich, dass ich einen Schritt nach hinten stolperte und die Taschenlampe verlor, die ins Wasser klatschte und wie ein sich drehender Fisch spiralförmig durch den langen, dunklen Brunnenschacht verschwand. Über mir war ein riesiger Riss, und irgendetwas Schweres traf mich am Arm, und ich ließ die Spritze fallen. Stella schrie und zog mich so fest nach hinten, dass ich über den Brunnen rutschte, ohne es zu merken, und ich schlug im Dunkeln um mich, und dann konnte ich das Licht an ihrem Helm sehen und sie rufen und schluchzen hören, während sie an mir zerrte, und dann kam ich wieder auf die Füße, und wir krochen durch den Tunnel, der hinter uns Staub und den Geruch des Todes aushustete, als der Hohlraum einstürzte.

Soldaten träufelten mir aus einer Feldflasche kaltes Wasser über den Kopf und auf mein Gesicht. Auf einmal blendete mich das Sonnenlicht, und ich hustete fürchterlich, um meine Bronchien frei zu bekommen. Die Männer machten viel Aufhebens um mich, riefen mir Fragen zu, tasteten meine Arme und Beine nach Verletzungen ab. Ich hatte Abschürfungen und wunde Stellen, und mein Arm war verletzt, und meine Brust fühlte sich beengt an vor lauter Staub, und mein Puls raste mit wahnsinniger Geschwindigkeit. Aber das Licht und die Luft erfüllten mich mit einer sündigen Freude.

»Ich bin in Ordnung.« Ich winkte die Männer fort. »Lasst mir eine Minute.« Sie tauschten zweifelnde Blicke aus, traten aber zurück. Eine kleine Staubwolke hing über dem Tunneleingang, ein Fleck vor dem klaren blauen Himmel. Pater Rafaels Grabstein, dachte ich, eine Staubwolke in der Sonne. Das war mehr, als die meisten anderen dieser Leute bekommen würden.

Hinter mir saß Stella am Rand des Schuttbergs, das Gesicht auf ihren verschränkten Armen. Ihre Haltung lud einen nicht gerade ein, ihr Trost zu spenden. Einen Augenblick später stand sie auf und stolperte den Hang hinunter, ohne mich auch nur anzusehen.

3

Ich lehnte mich gegen das Balkongeländer und trank das San-Miguel-Bier aus der Flasche. Sie hatten uns in einer alten Kaserne dreißig Kilometer außerhalb von Caracas einquartiert. Der Balkon schaute auf einen kleinen, festgetretenen Kasernenhof und eine Reihe von Nebengebäuden. Drei Jeeps waren auf dem Parkplatz unten abgestellt, und Wachen mit Maschinenpistolen standen gelangweilt beim Tor herum. Es war beinahe dunkel, und die Lichter der Stadt jenseits der Umzäunung gingen nach und nach an und flimmerten in der warmen Luft. Ich konnte die Landelichter von Flugzeugen sehen, die auf den internationalen Flughafen zusteuerten, und die Lichter der nächsten Flieger in der Warteschleife reihten sich am kobaltblauen Himmel hinter ihnen auf. Sie würden weitere Lebensmittel, weitere Zelte und Notunterkünfte, weiteres Räumgerät, weitere Such- und Rettungsteams herantransportieren. Vielleicht würde hier bald genügend Hilfe ankommen. Vielleicht würde es keine weiteren Fälle wie Pater Rafael mehr geben.

Ich hörte, dass hinter mir die Tür geöffnet wurde. Ich vernahm das Geplapper und Geklapper von Leuten, die unten gemeinsam in der Kantine aßen, aber ich wollte mich nicht zu ihnen gesellen. Stella kam heraus und legte ein wenig entfernt von mir die Hände auf das Geländer. Wie ich hatte sie eine Flasche San Miguel dabei. Nach ein paar Augenblicken schlug sie nach einem Moskito auf ihrem nackten Arm. Sie schaute mich nicht an.

Ich sagte: »Keinen Hunger, hm?«

Sie antwortete nicht.

Ich sagte: »Ich auch nicht.«

Unten kam gerade ein vierter Jeep mit der Wachablösung an, und die Soldaten beider Schichten standen herum, hielten ihre Waffen liebevoll in den Armen. Sie schienen es nicht eilig zu haben fortzukommen. Sie rauchten, unterhielten sich und lachten eine Weile miteinander. Die roten Punkte ihrer Zigaretten bewegten sich in der Dunkelheit, und das gab Stella vielleicht den Anstoß, denn sie drehte sich um, lehnte sich mit dem Rücken an das Geländer, holte eine Packung aus ihrer Blusentasche, zündete eine Zigarette an und blies den Rauch genüsslich in den Himmel. Ohne mich anzusehen, streckte sie mir die Packung hin.

»Nein, danke.«

»Hast du Angst, es könnte deiner Gesundheit schaden?«

»Was hätte ich denn tun sollen, Stella? Ich habe ihn singen gehört.«

Sie drehte sich um und kam mit ihrem Gesicht ganz nahe an meines heran. »Weißt du, was dein Problem ist, Michael?« Ihr schottischer Akzent kam deutlich durch. »Du weißt nicht, wann du aufhören musst.«

»Tut mir Leid. Ich hätte dich zurückschicken sollen.«

»Mich zurückschicken?«, schrie sie. »Du hättest dich selbst zurückschicken müssen, verdammt noch mal, du Idiot, genau das hättest du tun müssen.«

»Ich dachte, wir könnten ihm helfen, das ist alles.«

»Michael, wir sind das Einschätzungsteam, verdammt, erinnerst du dich? Es wird von uns verlangt, dass wir die Lage sondieren, nicht nach singenden Priestern zu buddeln. Um

Himmels willen, wir hätten nicht einmal dort sein sollen. Eigentlich sollten wir ein nettes, ruhiges Operationsprogramm in Caracas durchführen.«

»Ich habe das Erdbeben nicht arrangiert, Stella. Wir waren eben gerade vor Ort, das ist alles.«

Sie schnipste die halb gerauchte Zigarette ins schwarze Nichts. »Für mich ist Schluss, Michael. Das war's für mich. Meine letzte Mission.«

»Das ist nicht dein Ernst.«

»Und wie, das meine ich absolut ernst. Ich fliege morgen nach Hause, genau wie vorgesehen.«

»Ich dachte, du würdest bleiben«, sagte ich vorsichtig. »Ich dachte, wir beide würden bleiben. Für eine Weile als Team zusammenarbeiten.«

»Ich gehe heim, und ich werde, verdammt noch mal, auch dort bleiben.« Nach einer ganz kurzen Pause fügte sie hinzu: »Ich werde Gordon heiraten.«

»Gordon! Weiß der das schon?«

»Er wird tun, was ihm gesagt wird«, antwortete sie. »Ich werde Gordon heiraten, und dann kriege ich vier oder fünf glückliche, dicke Kinder. Und ich werde eine Menge Topfpflanzen haben. Und einen Wellensittich.«

»Du wirst in die Geschichte der Gynäkologie eingehen.«

»Sehr witzig.« Sie starrte wütend in die Nacht.

Ich rief mir das Bild von Gordon ins Gedächtnis: würdig, in dunklen Anzügen, Brillenträger. Gordon war Versicherungsmathematiker. Der Rest des Notfallteams im Krankenhaus kannte Gordon und war nicht gut auf ihn zu sprechen. Sie rissen Witze über ihn, er wäre gerne Buchhalter geworden, ihm habe dafür aber das nötige Charisma gefehlt. Ich dachte an die Orte, an denen ich Stella bei der Arbeit gesehen hatte, in England und in Übersee – wie sie sich an einer Steilklippe abgeseilt hatte, um an einen in die Tiefe gestürzten Reisebus zu gelangen, wie sie bis zu den Achseln durch ansteigendes Hochwasser gewatet war. Wir beide hatten in Bosnien einmal zusammen in einem Keller operiert, in dessen Decke eine Panzergranate steckte, die nicht explodiert war.

»Du wirst vor Langeweile eingehen, Stella.«

»Nach dem heutigen Tag ist Langeweile für mich kein Problem.« Sie nahm einen Schluck Bier. Nach einer Weile drehte sie den Kopf und schaute mich an, und ihr Ärger schien sich verflüchtigt zu haben. »Du solltest es ebenfalls in Erwägung ziehen.«

»Ich will Gordon nicht heiraten.«

»Du gehst auf die vierzig zu. Du hast eine schöne Frau, die du nicht häufig siehst.«

»Cate hat Verständnis dafür.« Ich redete ein wenig abgehackt. Ich verstand nicht ganz, wieso, aber wann immer Stella auf Caitlin zu sprechen kam, merkte ich, dass ich es ihr übel nahm.

Stella schaute zur Seite. »Michael, du hast in London als designierter Nachfolger von Professor Curtiz genug zu tun. Warum überlässt du es nicht Jüngeren, den Helden zu spielen? Gönn dir eine Pause. Gönn uns allen eine Pause.«

»Du bist heute Abend ja richtig philosophisch.«

»Das kommt daher, dass ich beinahe von fünftausend Tonnen Schutt platt gequetscht wurde«, antwortete sie und fügte nach einem Moment hinzu: »Weißt du was, Michael? Es spielt keine Rolle, wie oft du wieder zurückgehst, du wirst sie nicht herausholen können. Vielleicht solltest du dem ins Auge sehen.«

Ich antwortete nicht.

Sie sagte: »Ich glaube, ich bin ein bisschen betrunken. Kommst du mit?«

»Nein, geh schon vor.«

Sie zögerte, als sei sie im Begriff, mir noch etwas zu sagen, dann beugte sie sich vor und drückte mir einen flüchtigen Kuss auf die Wange, schließlich ging sie durch die Tür und die Treppe hinunter.

Ich beobachtete, wie die Tür hinter ihr hin und her schwang.

Ich hatte ihr an einem warmen Abend in einem kurdischen Flüchtlingslager in der Türkei die Geschichte erzählt – den Großteil davon jedenfalls. Ich hatte ihr erzählt, dass ich – mit dreizehn – nicht stark genug gewesen war, um mich aus Anthonys Umklammerung zu lösen, als Wasser aus den Feuerwehrschläuchen schoss und Lichter blitzten und Pumpen dröhnten und Sirenen heulten und sich entsetzte Nachbarn versammelten und verzweifelte Schreie durch die Vorstadtstraße hallten. Ich hatte ihr nicht alles erzählt. Ich hatte ihr zum Beispiel nicht erzählt, wie fest mich Anthony gehalten hatte, so fest, dass es schmerzte, nichts von dem schnaubenden Geräusch, das er von sich gab. Damals hatte ich das Geräusch nicht erkannt. Ich hatte noch nie zuvor einen erwachsenen Mann weinen gehört. Ich erzählte ihr nichts von den Gestalten am Fenster des Schlafzimmers meiner Eltern, zwei größere und zwei kleine, die sich, Hand in Hand, vor dem immer heller werdenden Schein abhoben. Keiner außer mir sah sie dort, wie sie dastanden, als hätten sie sich für ein Familienfoto aufgestellt, in dem ich niemals wieder meinen Platz einnehmen würde. Ich glaube, außer mir sah sie keiner, weil sie nicht dort sein konnten, da sie zu diesem Zeitpunkt bereits tot sein mussten. Aber das machte keinen Unterschied, weil ich sie sah. Ich sehe sie noch immer. Ich erinnere mich, wie ich daran dachte, dass ich an diesem Abend erwartet hatte, Schwierigkeiten zu bekommen, weil ich so spät nach Hause kam. Ich hatte mir Schwierigkeiten *gewünscht.* Aber keine solchen.

Unten im Hof wurde einer der Jeeps gestartet, und vier der Wachsoldaten stiegen ein. Ein Chor von Abschiedsrufen und Späßen und Gelächter erschallte, und der Jeep holperte durch den Torbogen und schoss in die heiße Nacht davon. Ich nahm einen Schluck von meinem Bier und merkte, dass es warm geworden war, und mir wurde klar, dass ich, nachdem Stella gegangen war, eine gute Stunde oder länger hier gestanden haben musste. Die Soldaten waren auf dem Weg nach Hause, nahm ich an, und ich fragte mich: Gehen Soldaten abends wirklich nach Hause? Soldaten wie diese hier? Ich hoffte es. Mir gefiel der Gedanke, dass diese Männer zu schreienden Kindern, zu Unmengen von Tortillas und leidenschaftlichen Frauen in Baumwollkleidern mit verwaschenem Blumenmuster nach Hause gingen.

Nach einer Weile verließ ich den Balkon und ging in die Kantine hinunter. Es war spät, und der große, kahle Raum war fast leer. Ein halbes Dutzend deutscher Rote-Kreuz-Helfer spielten an einem Tisch in der Ecke Karten, tranken Bier und rauchten, und ein paar einheimische Frauen machten rund um sie herum sauber, putzten Tische ab und wischten den Boden auf. Aus einem Radio kam Geschnatter auf Spanisch, und ein Deckenventilator drehte schläfrig seine Kreise und verteilte den Zigarettenrauch. Ich war froh, nirgends eine Spur von Patrick oder Julio zu sehen. Ich wollte nicht reden.

In der Küche waren ein paar Frauen noch immer an der Arbeit, und ich ging zur Theke und nahm eine winzige Porzellantasse voll Kaffee entgegen, lehnte das Angebot, mir ein Sandwich zu nehmen, jedoch ab. Der Kaffee war sehr stark, und ich wusste, dass er mich wach halten würde, aber ich bezweifelte ohnehin, dass ich in dieser Nacht würde richtig schlafen können. Ich konnte hören, dass über den Hof Musik herüberwehte, und die Lichter einer behelfsmäßigen Bar durch die Jalousien blitzen sehen. Ich erinnerte mich an einen schäbigen Raum mit einer langen Theke und ein paar aufgestapelten Bierkisten.

Caitlin könnte zu Hause sein. Ich stellte mir vor, wie sie jetzt gerade durch die hellen, ordentlichen Zimmer unseres Hauses in Notting Hill ging, mit Haushaltsdingen beschäftigt war und vor sich hin summte. Oder vielleicht war sie oben im Dachzimmer – sie bezeichnete es als ihren Horst – und hörte Musik, las oder tat, was immer sie dort oben machte. Oder sie war beim Einkaufen. Ich schloss die Augen in der heißen Dunkelheit und sah die heruntergelassenen gestreiften Ladenmarkisen unten bei Notting Hill Gate vor mir. Und ich sah, wie sie sich durch diese Szene bewegte, groß und schön und schlank, die Tasche über die Schulter gehängt, die Sonnenbrille über die Stirn hochgeschoben, und ihre frisch geschnittenen Haare glänzten. In meiner Vorstellung trug sie in Zeitungspapier eingewickelte Narzissen und lachte mit den Händlern, die sie kannte – mit Stavros im Café, mit Julian, dem Blumenverkäufer, mit Ivan, der das Antiquariat führte. Sie alle schwärmten für sie, würden alles für sie tun. Jeder wollte sich um Caitlin kümmern. Ein solcher Schwall von Zärtlichkeit durchflutete mich, dass es mir einen Augenblick wehtat.

Die deutschen Rote-Kreuz-Mitarbeiter wurden allmählich immer fideler. Es waren alles kräftige Männer, und sie erfüllten den Raum mit ihrem Lärm und ihrer Ausgelassenheit. Dann rief einer von ihnen aus heiterem Himmel in nachgeäfftem Englisch: *»This is Venezuela. You are welcome to it!«*, und alle brüllten vor Lachen und schlugen auf den Tisch. Das musste unter ihnen wohl ein Runninggag sein, mit dem sie vielleicht irgendeinen wichtigtuerischen Funktionär nachmachten, der sie willkommen geheißen hatte. Aber dieser Akzent wie aus einer Operette versetzte mich augenblicklich wieder zurück, und ich konnte erneut den Zementstaub in der heißen Luft und die Verwesung riechen und das Weiß der Augen des alten Priesters sehen. Einen Augenblick später, nur eine geringe weitere Erschütterung, und Stella und ich wären noch immer dort, unter dem gleichen Schutt, der das Leben aus Pater Rafael gequetscht hatte. Vielleicht konnte ich doch etwas zu trinken gebrauchen. Ich stand auf, stellte die Tasse auf die Theke und verließ die Kantine, ging den langen Korridor entlang zur Tür und dann über den kühlen Staub des Hofs.

Vor der Bar blieb ich zögernd stehen. Der Lärm der Gäste drang heraus, eine bunt zusammengewürfelte Menge von Hilfskräften, Ärzten und Sanitätern aus vielen verschiedenen Ländern. Irgendjemand hatte eine Gitarre aufgetrieben und versuchte gerade, einen Flamenco zu spielen, und ein Chor von Gästen stimmte ein, hämmerte auf die Tische, schlug Bierflaschen gegeneinander, grölte und johlte. Stella kam gerade rückwärts mit einem Bier in der einen und einer Zigarette in der anderen Hand heraus, rief irgendjemandem noch etwas zu und lachte. Sie stieß mit mir zusammen, fuhr herum und sah auf. Sie konnte nicht richtig geradeaus schauen.

»Nanu, Doktor Michael. Ich habe mich schon gefragt, wohin du dich wohl verkrochen hast.« Sie schwankte ein wenig, und eine Haarsträhne klebte ihr über der Stirn. Sie spitzte den Mund und schaute mich immer eindringlicher an, und ihre Augenbrauen hoben sich ein klein wenig. Ich wusste, dass mir die ganze Sache ins Gesicht geschrieben stand. Ich konnte sehen, wie sie wieder nüchtern wurde, während sie mich betrachtete.

Ich nickte in Richtung Bar. »Ziemlich wilde Party.«

»Die lassen bloß Dampf ab.«

»Das ist gut.«

»Geh rein, wenn du einen fetten holländischen Anästhesisten nackt auf dem Tisch tanzen sehen und Carmen singen hören willst.«

»Klingt verlockend, aber ...«

»Du solltest sehen, wo er sich die Rose hingesteckt hat!«

»Damit ist es entschieden. Ich gehe ins Bett.«

Sie gab mir den Weg nicht frei. Stattdessen stellte sie ihr Bier auf ein Fenstersims und schaute mich weiter fragend an. Nach einer Weile strich ich ihr die Strähne aus der Stirn und legte meine Hände auf ihre Schultern. Ich gab ihr einen flüchtigen Kuss auf die Wange, dann schob ich sie zur Seite und ging davon. Ich war noch nicht am Ende des Korridors angelangt, da rief sie mich, und eigentlich hätte ich wissen müssen, dass sie das tun würde.

»Michael?«

Sie kam zu mir, schlang die Arme um meinen Hals und küsste mich. Sie schmeckte nach Zigaretten.

Ich trat von ihr zurück und versuchte, ihre Arme von meinem Nacken zu lösen. »Stella, ich …«

Sie zog die Augenbrauen hoch. »Ich weiß das alles, Michael, spar es dir also.«

»Was alles?«

»All den Mist über Treue und Vertrauen, den du mir erzählen willst.«

Ich gab den Versuch auf, mich von ihr zu befreien. »Ich sag dir was: Wenn du ein braves Mädchen bist, bring ich dich ins Bett und les dir eine Gutenachtgeschichte vor.«

Sie lächelte und lehnte sich entspannt gegen mich. Ich legte ihr den Arm um die Schulter. Ich konnte die Wärme ihres Körpers durch ihre Bluse spüren. Wir machten kehrt und gingen schwerfällig den Gang hinunter. Sie schob ihren Arm um meine Taille und drückte mich fest an sich.

Ihr Zimmer lag auf der Rückseite des Gebäudes mit Blick auf die Kasernenumzäunung und die ungeteerte Straße dahinter. Ich setzte sie aufs Bett, dann ging ich zum Fenster hinüber und zog die Läden zu. Die Luft hatte sich inzwischen ein wenig abgekühlt, und ich konnte Benzin und Nachtblumen und Staub riechen. So am Fenster stehend, hörte ich nur die Musik aus einer Kneipe am Ende der Straße, und hin und wieder donnerte unten ein Armeejeep oder ein Truck vorbei. Direkt auf der anderen Seite des Zauns hing eine Straßenlaterne an einem Stahlpfosten. Rund um die Lampe wimmelte es nur so von Insekten. Das Licht warf gelbe Strahlen durch die Ladenschlitze und malte Tigerstreifen auf das Bett und den Boden.

Stella zog sich ohne jede Spur von Koketterie aus, als wäre ich gar nicht im Zimmer. Vor gut neun Jahren hatte ich zum letzten Mal zugesehen, wie sie ihre Unterwäsche auszog, damals, an jenem Abend in der Türkei, und ich stellte fest, dass ich mich außerordentlich klar an die Art und Weise erinnerte, wie sie sich gab, wenn sie nackt war. Sie hatte einen kräftigen, festen Körper, und sie war völlig unbefangen, fast so, als stehe sie für eine Kunstklasse Modell. Ich merkte, dass ich wieder darüber schmunzelte, wie sie ihre Kleider nachlässig in die Ecke pfefferte: Häusliche Ordnung war nicht gerade Stellas Stärke. Sie war, diesen Gedanken konnte ich mir nicht verkneifen, in jeder Hinsicht völlig anders als Caitlin. Caitlin bewegte sich wie ein Luchs. Immer hatte sie den Duft des Geheimnisvollen um sich. Caitlin hatte nichts Prüdes, aber ein Teil von ihr blieb immer ihr Eigen, blieb zu entdecken. Bei Stella dagegen bekam man eindeutig das, was man sah.

Sie hatte zwei Gläser gefunden und schenkte jetzt aus einer Flasche irgendein gelbes Getränk ein. Sie stand ziemlich sicher auf den Füßen. Sie hielt die Gläser gegen das Licht und linste, ob sie auch gleich hoch eingeschenkt waren. Die durch die Ladenschlitze fallenden Lichtstreifen strichen über ihren Rücken und die Wölbung ihres Hinterteils. Es tat gut, sie zu beobachten, und während ich es tat, fühlte ich mich zunehmend getröstet und mit ihr vertraut. Ich konnte mich an jede Einzelheit erinnern, wie es mit Stella im Bett gewesen war – wie sie roch, wie sich ihre Haut anfühlte. Das erfüllte mich mit einer Art Nostalgie. Sie kam zu mir herüber und reichte mir den Drink.

Ich roch daran. »Mein Gott, was ist denn das für ein Gesöff?«

»Es wird schließlich von einem erwartet, dass man an Orten wie diesem hier Tequila trinkt, oder? Wenn du ihn zu Hause kaufst, ist es Pisse, aber vor Ort ist er klasse.« Sie ging zum Bett hinüber, warf die dünne Decke zur Seite und legte sich hin, dann stellte sie ihr Glas auf den Nachttisch und streckte sich aus. Sie wippte ein wenig auf der Matratze und ließ die Federn quietschen. Sie verschränkte die Hände hinter dem Kopf, dann setzte sie sich auf und nickte mir zu. Ich stand mitten im Zimmer, noch immer voll bekleidet. »Was ist los?«, fragte sie. »Schuldgefühle, auch ohne Sex?«

Ich ging zu ihr hinüber und setzte mich auf die Bettkante. Ich zog die Decke über sie. »Trink deinen schönen warmen Tequila aus.«

Sie schaute schnell zur Seite. »Wir beiden Dummköpfe sind heute beinahe umgekommen, verdammt. Ich will nur feiern, dass ich noch am Leben bin, das ist alles.«

»Tut mir Leid.«

Ein paar Takte lang sagte sie gar nichts, dann atmete sie hörbar aus. »Du bist immer so verdammt moralisch entschlossen, Michael. Du gibst dich zwar immer unbekümmert, aber im Innersten bist du ein knallharter Puritaner. Das bringt dir nicht viele Freunde ein.« Sie streckte die Hand aus und berührte mein Handgelenk. »Tut mir Leid. So hab ich das nicht gemeint. Aber du bist immer auf dieser verdammten Suche. Du lässt die Leute nie an dich herankommen. Nicht wirklich nahe. Ich meine nicht ... das. Ich meine *richtig* nahe.«

Ich zögerte. »Ich denke, ich bin ziemlich glücklich mit dem, was ich habe.«

Sie schaute mich direkt an. »Michael, wenn du so verdammt glücklich bist, was hast du dann hier zu suchen? In meinem Zimmer? Mitten in der Nacht? In diesem blöden Venezuela?«

Sie sah meine Augen und machte schnell einen Rückzieher. »Okay, okay. Ich glaube, du bist wegen des Wetters hierher gekommen. Die besten Katastrophen ereignen sich immer in den Tropen. In London herrscht schließlich ständig dieser scheußliche Winter.«

Winter. Ich war geblendet von einer intensiven Vorstellung: treibender Londoner Nieselregen und schwarze Abdrücke von Blättern auf dem Pflaster und knirschendes Eis unter den Füßen. Ja, was machte ich hier? Vielleicht war etwas dran an dem, was sie sagte. Vielleicht wurde ich tatsächlich von der starken Sonne und dem Geruch der Hitze angezogen, angelockt in eine Welt, in der die Grundfarben vorherrschten und die Kontraste stark waren. Sie hatte Recht. In London war immer Winter.

»Lass uns wenigstens darauf trinken.« Stella streckte mir ihr Glas entgegen. »Auf das Ende des Winters.«

Ich hob mein Glas und stieß mit ihr an. Wir tranken.
Es schien sehr still geworden zu sein. Ich konnte von der Kneipe vom Straßenende keinen Laut mehr hören, und nur das Zirpen der Nachtinsekten drang von draußen herein, das Geräusch der tropischen Stille. Ich hatte vorgehabt, noch etwas zu sagen, etwas über Dankbarkeit oder Zuneigung, aber auf einmal war ich von einem so heftigen Verlangen nach ihr gepackt, dass ich für einen Augenblick unfähig war, überhaupt irgendetwas zu sagen oder zu denken. Ich beugte mich ins Dunkel hinüber und küsste sie, überraschte sie damit und mich ebenfalls. Sofort waren ihre Arme um meinen Nacken geschlungen, und sie zog mich kräftig an sich, und ich hörte ihr Glas runterfallen und über den Boden rollen, und sie küsste mich gierig, und ich konnte Tequila und Salz und Zitrone schmecken, und sie atmete schwer in mein Ohr, murmelte eindringlich auf mich ein, zerrte an meiner Gürtelschnalle herum. Ich langte hinunter und legte meine Hand auf ihre und hielt sie fest.
Sie zog das Gesicht von meinem zurück. Ich konnte ihre Brüste sich schnell gegen mich heben und senken spüren. »Was ist?«, fragte sie. Und dann noch einmal, barscher: »Was ist, Michael?« Ich rollte mich weg und stand unbeholfen auf.
»Es tut mir wirklich Leid. Aber das ist …« Ich schaute zur Seite, während ich mein Hemd wieder in die Hose steckte.
»Wenn du jetzt sagen willst, dass das ein Fehler ist, Michael«, fuhr sie mich an, »dann knall ich dir eine, ganz bestimmt.«
Ich sah sie an. »Ich sollte nicht hier sein, Stella.«
Sie setzte sich im Bett auf und zog die Decke um sich. »Na, dann solltest du dich wohl lieber verpissen und dir überlegen, wo du denn sein solltest.«
Ich sagte: »Das sollte ich wohl.«
Ich ging zur Tür und machte sie auf. Ich trat in den Korridor hinaus und schaute noch mal zurück. Sie saß auf dem Bett, die Decke noch immer um sich gezogen, und starrte mich wütend

an. Aber als ich gerade die Tür hinter mir schließen wollte, erlosch das Feuer in ihren Augen, sie reckte das Kinn und ließ die Decke von ihren Brüsten sinken.

Patrick hatte in einem winzigen Raum im Erdgeschoss, der auf den Hof blickte, ein Kommunikationszentrum eingerichtet. Drei Metalltische waren in die Kammer gequetscht, voll gestellt mit Computern und Kommunikationsgeräten. Ich hatte das Satellitentelefon nie für Privatgespräche benutzt, und ich wusste, dass Patrick überrascht war, mich hier zu sehen. Er ließ es sich nicht anmerken und ging hinüber zu einem der Tische, stieg dabei über einen schlangenartigen Kabelsalat. Er nahm den Hörer, überprüfte die Leitung und gab ihn mir dann. Ich konnte das Freisignal hören.

»Du müsstest direkt durchkommen.«

»Gut.«

»Aber ich würde keine Zeit für Smalltalk vergeuden. Du hast nur ein paar Minuten, dann verliert sich die Verbindung zum Satelliten wieder.«

Ich hörte, wie die Tür geschlossen wurde, und realisierte, dass Patrick gegangen war. Ich wählte die Nummer. Sie nahm fast augenblicklich ab.

Ich sagte: »Cate?« Und bevor sie etwas antworten oder ich meine Meinung ändern konnte, fuhr ich fort: »Du hattest Recht. Du hattest mit allem Recht.«

Zuerst konnte ich nur das Rauschen der atmosphärischen Störungen hören.

»Michael«, kam ihre Stimme durch die Welt gehaucht. »Michael, das kannst doch unmöglich du sein. Nicht jetzt.«

»Es ist nichts passiert, Cate. Ich muss dir nur sagen, dass ich über alles nachgedacht habe.«

»Es ist nichts passiert«, wiederholte sie mit der gleichen geisterhaften Stimme, als wundere sie das.

»Ich werde dir alles erzählen, sobald ich zurück bin. Ich habe

noch nie irgendjemandem alles erzählt. Auch damit hattest du Recht. Danach können wir uns vielleicht daranmachen, wieder unseren gemeinsamen Weg zu finden. Anfangen, einander wieder zu finden.«
»Michael«, sagte sie kaum hörbar. »Ich möchte so gern gefunden werden.«
Ihre Intensität verwirrte und beunruhigte mich. Ich sagte: »Cate?« Ich fragte mich, ob sie vielleicht ein bisschen betrunken war. Ich stellte sie mir vor, einsam und traurig vor einer Flasche Wein, und ich fühlte mich schuldig. Oder vielleicht war es in London ganz früh am Morgen, und ich hatte sie aufgeweckt. Ich sagte: »Habe ich mich mit der Zeit vertan? Ist es sehr spät?«
»Es ist sehr spät, Michael«, antwortete sie. »Es ist sehr, sehr spät.«
Die Verbindung begann abzureißen. Zwischen dem Knacken der atmosphärischen Störungen konnte ich sie atmen hören. Wieder und wieder rief ich ihren Namen, aber ich schaffte es nicht mehr, dass sie mich hörte. Und trotzdem kam ihr Atmen noch immer bis zu mir durch, wie der Rhythmus des Meeres. Unerklärlicherweise hatte ich bei dem Geräusch das Gefühl, etwas Kaltes tröpfele in meinen Bauch hinab. Die Leitung war tot.

4

Mitten am nächsten Vormittag brach Stella auf, um ihren Flug zu erreichen. Bis dahin waren wir einander aus dem Weg gegangen, aber vom Fenster des Büros, das ich in Beschlag genommen hatte, sah ich, wie sie im Hof ihre Taschen in ein ramponiertes weißes Taxi lud. Niemand war da, um sie zu verabschieden. Sie mochte kein Aufhebens, und vielleicht hatte sie absichtlich diesen Moment gewählt, in dem alle beschäftigt oder unterwegs waren, um sich davonzustehlen. Ich fragte mich, ob ich sie so still und heimlich abreisen lassen sollte, aber am Ende ging ich doch in den Hof hinunter. Zuerst sah sie mich nicht. Sie beugte sich über ihr Gepäck und redete mit dem Fahrer.

»Stella?«

Sie richtete sich überrascht auf und schaute mich eine Sekunde lang verblüfft an, aber ihr Blick nahm schnell wieder seinen neutralen Ausdruck an.

Ich sagte: »Ich bin nur gekommen, um dir eine gute Heimreise zu wünschen.«

»Hm, hm.«

»Also, *bon voyage.*« Ich verlagerte mein Gewicht von einem auf das andere Bein. »Du hast Recht, nach Hause zu gehen, Stella. Ich meine, es ist die richtige Entscheidung.«

Sie kniff die Lippen zusammen. »Auch du tätest gut daran, zurückzugehen, Michael.«

»Schau«, sagte ich, »ich war gedanklich mit anderen Dingen beschäftigt. Ich hätte dir das offen sagen sollen.«

Sie sah mich eindringlich an und beugte sich dann wieder über ihr Gepäck, fingerte an einem losen Gurt herum, der eigentlich nicht angezogen werden musste. Ich scharrte mit den Füßen im Staub und spähte auf einen Vogel, der in der Ferne am heißen Himmel hing.

Langsam richtete sie sich auf. »Okay«, sagte sie, »unser Timing war also nicht das allerbeste.«

»Ich will nur nicht, dass …« Ich suchte nach den richtigen Worten. »Ich möchte nicht, dass irgendetwas unserer Freundschaft in die Quere kommt.«

»Na ja«, sagte sie, »in den letzten neun Jahren ist ihr nicht viel in die Quere gekommen. Obwohl ich mich manchmal frage, warum eigentlich.« Sie machte die Autotür auf und warf ihre

Tasche auf den Rücksitz. Der Motor des Taxis wurde angelassen, und der Auspuff blies dreckigen Qualm über den Hof. Ich wusste, dass sie noch mehr zu sagen hatte, aber als sich ihre Lippen zu bewegen begannen, konnte ich es wegen des Motorenlärms unmöglich verstehen.
Sie umarmte mich kurz, dann stieg sie eilig in das Taxi, rief dem Fahrer etwas zu, und weg war sie. Ich konnte hören, wie das Fahrzeug die ganze Strecke den ausgefahrenen Weg hinunter bis zur Hauptstraße rumpelte und ratterte.

Ich blieb noch zwei Tage. Wahrscheinlich hätte ich den gleichen Flug nehmen sollen wie Stella, aber ich konnte mich einfach nicht dazu durchringen. Ich hatte ein schlechtes Gefühl abzureisen, bevor das Feldhospital richtig aufgebaut war, obwohl das genau genommen nicht in mein Aufgabengebiet fiel. Und ich wollte den neuen Teamleiter einweisen, einen jungen Dänen, der erst am darauf folgenden Abend ankam. Und ich wollte ein richtiges Briefing mit Patrick und Julio abhalten. Außerdem gab es noch ein Dutzend anderer Dinge zu erledigen.
Ich wusste, dass dies alles Ausflüchte waren. Ich wollte nicht nur klar Schiff machen, sondern auch in meinem Kopf Klarheit schaffen, bevor ich zurückreiste. Ich wollte eine in jeder Hinsicht geordnete Übergabe. Ich wollte Stella ein paar Tage aus dem Kopf haben, bevor ich Caitlin wieder sah. Vor allem aber wollte ich mir wahrscheinlich nicht eingestehen, dass irgendetwas ernsthaft nicht in Ordnung sein könnte – etwas, das schwerer wog als ein paar Gläschen Wein zu viel oder ein Anflug von Melancholie. Ich versuchte in den folgenden achtundvierzig Stunden drei oder vier Mal, Caitlin über das Satellitentelefon zu erreichen. Aber ich bekam nie eine Antwort, doch das war nichts Außergewöhnliches. Schließlich gab ich es mit einer gewissen schuldbewussten Erleichterung auf, sie anzurufen. Ich wollte nicht wieder diesen gestressten Tonfall in ihrer Stimme hören.

Ich ließ ein paar Beziehungen spielen und bekam so einen Platz in einem Charterflieger, der am nächsten Abend zurückflog. Die an der Längsseite des Flugzeugrumpfs aufgereihten Klappsitze waren mit Männern und Frauen besetzt, Sanitätern und Leuten von Hilfsorganisationen, die alle schon am Kartenspielen, Lesen oder Schlafen waren. Von irgendwoher außer Sichtweite konnte ich das aufgeregte Jaulen eines Hundes vernehmen – vielleicht ein Spürhund, der zu einem der Rettungsteams gehörte, und das ließ mich zusammen mit dem düsteren Inneren der Hercules wieder für eine Sekunde an Pater Rafael denken. Ich vertrieb den Gedanken aus meinem Kopf. Ein Haufen Gepäck und Ausrüstung war mitten im Flugzeugrumpf mit einem Netz gesichert. Durch das offene Heck konnte ich die Lichter das Flughafens sehen und einen schwarzen Saum aus Palmen entlang der Flughafenumzäunung, bis sich die Rampe schließlich langsam zu heben begann.

Kurz darauf sprang das erste der großen Triebwerke hustend an, und schon einen Augenblick später dröhnte es im Rumpf. Ich lehnte mich zurück und schloss die Augen.

Mit einem Schlag wurde ich irgendwann mitten in der Nacht hellwach. Das riesige Flugzeug um mich herum bebte, eine gleichmäßige, donnernde Vibration, die alle anderen Geräusche übertönte. Ich konnte winzige bunte Lichtpunkte beim Cockpit aufsteigen sehen. Die Umrisse der anderen Passagiere um mich herum waren kaum auszumachen, zusammengekauert und in ihren Sitzen schlafend. Ich würde kein einziges dieser Gesichter erkennen, wenn die Lichter wieder angingen, aber ich empfand einen Anflug von Kameradschaft mit ihnen. Ich fragte mich, zu welchem Zuhause sie wohl zurückkehrten, diese unverwüstlichen Männer und Frauen. Ich fragte mich, welche Erinnerungen sie in der Ferne immer wieder aufrecht gehalten hatten.

Ein Sommerabend vor neun Jahren. Die schöne georgianische Fassade von Morrow House, ein Festzelt auf dem Rasen, Lampions in den Bäumen, ein großer Garten in Gloucestershire, der sich zum lieblichen Severn hinunter erstreckte. Das Gemurmel gepflegter Konversation. Der Golden Retriever des Hausherrn bellte, und irgendjemand befahl ihm, still zu sein. Der Hund blickte angesichts dieser Zurechtweisung beleidigt drein und trollte sich. Ich stand an den Baumstamm einer uralten Zeder gelehnt, schlürfte meinen Drink und beobachtete meinen Freund Bruno mit der üblichen Mischung aus Amüsiertheit und Bewunderung. Bruno, der absolut keine Hemmungen kannte, war auf die Bühne gestiegen und hatte sich das Mikrophon geschnappt. Jetzt sang er mit schmachtender Stimme eine Nummer von Randy Newman, und er tat es erstaunlich gut. Er konnte so was.
»Campbell hat mir davon erzählt«, hatte mir Bruno über den Lärm seines Austin Healey hinweg auf der M4 zugebrüllt. »Ich glaube, er hat wirklich eine Einladung gekriegt. Zur Geburtstagsparty von irgendeiner reichen Tussi. Kate, nein, Caitlin Soundso. Caitlin Hotly-Clambring. Irgendsowas. Du weißt schon, diese blöden Namen, auf die diese Leute so abfahren. Daddy macht in Zement, und genau da gehört er auch hin.«
»Sicher gibt es da Smokingzwang. Man wird uns bestimmt rauswerfen.«
»Sag einfach, dass du ein Freund von Caitlin bist.«
»Und was sagst du?«
»Dass ich ein Freund von dir bin.«
»That child done washed us away ...« Bruno beendete den Song gerade mit einem gedehnten Schluchzer und ließ die Band mit einer kurzen Handbewegung genau im richtigen Moment aufhören. Der Applaus war überschwänglich, und es gab ein paar Rufe nach einer Zugabe. Der Sänger der Band machte ein großes Theater darum, Bruno gratulierend die

Hand zu schütteln, und sah dabei aus, als meinte er es wirklich ernst.
»Normalerweise würde ich jetzt ja etwas Bissiges sagen«, das Mädchen war neben mich getreten, »zum Beispiel, dass dein Freund seinen normalen Job lieber nicht aufgeben sollte. Aber ich finde tatsächlich, dass er es gar nicht übel gemacht hat.«
Sie war groß und blond, und ich wusste sofort, dass sie Klassen über mir stand. Mein Vater hatte nicht die Zeit gehabt, mir viel beizubringen, aber ich hatte einmal gehört, wie er mit einer gewissen Wehmut feststellte, es müsse eigentlich gesetzlich verboten werden, wie gut manche Frauen aussehen. Jetzt erkannte ich, dass dies genau jene Art von Wesen war, die er gemeint hatte.
»Er heißt Bruno«, sagte ich. »Gib ihm fünf Minuten, und er hat einen Plattenvertrag und eine Tournee durch Skandinavien in der Tasche.«
»Er sieht sehr gut aus«, stellte sie kokett fest.
Ich schaute sie an. Hatte sie eben ein klein wenig gelallt? Sie sah mich mit außergewöhnlicher Direktheit an beziehungsweise durch mich hindurch. Ihre Pupillen waren groß und schwarz. Ich war nicht sicher, ob sie eine Antwort erwartete, aber während ich noch darüber nachdachte, sprang Bruno von der Bühne und kam durch die Menge, die ihm auf die Schultern klopfte und ihm schmeichelnd gratulierte, auf uns zu. »He, Kellner!«, rief er einem Barmann an einem der aufgestellten Tische zu. »Eine Runde Ihres besten Alka Seltzer für meine Freunde!«
Der Mann strahlte Bruno an und schenkte Champagner in drei Gläser. Hätte ich versucht, nach Alka Seltzer zu schreien, dann hätte der Barmann wohl die Sicherheitsleute gerufen. Bruno schnappte sich das Tablett und brachte die perlenden Drinks zu uns. Er stellte das Tablett auf einen Baumstumpf, nahm zwei der Gläser und reichte jedem von uns eines, dann prostete er mit seinem dem Mädchen zu.

»Caitlin, meine Süße. Eine so wunderbare Party. Und du siehst fantastisch aus wie immer.«
»Na ja, danke, mein Teuerster.« Sie warf ihm ein gewinnendes Lächeln zu. »Aber wer zum Teufel bist du?«
»Hat Michael dir das nicht gesagt?« Bruno nippte an seinem Champagner und schaute mich über den Rand seines Glases vorwurfsvoll an. »Mein lieber Junge, wir wären alle glücklich, wenn du ein bisschen mehr Zeit in der Zivilisation verbringen würdest.« Mit einer eleganten Bewegung stellte Bruno sein Glas ab und stürzte wieder davon, bevor sie noch weitere Fragen stellen konnte.
»Ihr seid also die beiden Schnorrer, die diesen alten Kasten in der Einfahrt abgestellt haben. Er verliert Öl, das auf den Kies tropft.« Sie schnitt eine Grimasse und sagte betont affektiert: »Daddy ist wütend.« Sie nickte in Richtung Terrasse, auf der ein großer, bemerkenswert gut aussehender Mann mit Gästen plauderte. Er war mindestens Ende sechzig, aber seine sehr aufrechte Haltung und sein gestutzter Schnurrbart verliehen ihm ein stahlhartes Aussehen, wie das eines Generals aus der Zeit Königin Viktorias. Selbst von hier aus konnte ich erkennen, dass er sich sehr bemühte, nicht in unsere Richtung zu sehen.
Ich stieß mich von dem Baum ab und stellte mein Glas auf das Tablett zurück. »Ich wusste, dass das eine schlechte Idee war. Eine wirklich schlechte Idee.«
»Außerdem habt ihr dem Mann an der Tür gesagt, ihr wärt Freunde von mir.« Jetzt lag ein Lachen in ihrer Stimme. »Wie ungezogen, wirklich!«
»Und ich dachte, ich hätte so überzeugend geklungen.«
»Du bist derjenige, der seinen Brotberuf nicht aufgeben sollte.« Sie blickte mich mit großen Augen an und genoss meine Verlegenheit. »Daddy hat mich herübergeschickt, um festzustellen, ob du ganz bei Trost bist. Er weiß natürlich, dass du das nicht bist.«

»Das bedeutet die Reitpeitsche und die Donnerbüchse, nicht wahr?«
»Dein Geheimnis könnte bei mir sicher verwahrt sein.« Sie nahm mich am Arm. »Komm, wir machen einen Spaziergang.«
»Einen Spaziergang?«
»Du weißt doch, was das ist. Einen Fuß vor den anderen setzen. Und das mehrfach wiederholen.«
»Richtig«, sagte ich.
»Jedenfalls könnt ihr heute Abend sowieso nirgends mehr hin.« Sie führte mich über die weite Rasenfläche hinunter zum Fluss, dessen Wasser wie ein Silberband zwischen den schwarzen Bäumen glänzte. »Ich habe euren Tank mit Champagner gefüllt.«
»Hättest du nicht die Luft aus den Reifen lassen können wie jeder andere?«
»Eine Frage des Stils«, sagte sie kopfschüttelnd. »Entweder man hat welchen oder nicht.«
Das Laub war weich unter den Füßen. Vor uns erstreckte sich ein Korridor aus schwarzen Baumstämmen. Der Partylärm wurde immer leiser, je weiter wir gingen.
»Hast du das gehört?«, fragte sie und hielt mich an. »Das war eine Amsel. Ich liebe Amseln, du nicht auch? Sie sehen so gewöhnlich aus, und dabei klingen sie so wunderbar.«
Wir standen in der warmen Dämmerung und lauschten dem Vogelgezwitscher, das zwischen den Bäumen erschallte. Dann gingen wir schweigend weiter.
»Hier.« Sie hielt mich an, indem sie ihre Hand hob, und führte mich durch ein Gestrüpp aus Erlen und Weiden. Ein alter hölzerner Anlegesteg ragte vom Ufer hinaus auf den Fluss. Ich konnte die Ritzen zwischen den Brettern sehen – schwarz über der glitzernden Wasseroberfläche. Sie hielt mir ihre Hand hin. »Komm. Er ist mehr oder weniger sicher.«
Wir gingen hinaus und standen am Ende des Anlegestegs, jenseits des Schilfs, wo der Fluss tief war und das Wasser schnell

vorbeiglitt. Das Gefühl, dass nur ein paar Zentimeter unter meinen Füßen der Fluss strömte, der sich düster selbst zumurmelte und an die Pfosten plätscherte, bereitete mir Unbehagen und machte mich nervös. Nur ein paar Meter weiter rauschte in der Dunkelheit das Wehr, über dem gespenstisch der Dunst hing.

»Das gehört alles uns«, sagte sie ein wenig spöttisch. »Das heißt, es gehört Daddy«

»Der Steg?«

»Nicht der Steg, Dummkopf.« Sie kicherte. Ich hatte ihr gar nicht zugetraut, dass sie kichern konnte. »Der Fluss. Jedenfalls dieser Abschnitt.«

»Wie kann einem ein Fluss gehören? Er verschwindet doch ständig. Welches Stück gehört euch? Das von heute oder das von gestern?«

»Daddy meint, er kann ihn ganz besitzen. Er ist stinkreich, weißt du. Er steht auf der Anwärterliste für das House of Lords.«

»Dann wirst du also eines Tages Lady Caitlin sein? So funktioniert das doch? Ich allerdings habe meine Peerswürde an meinen Obergärtner abgetreten.«

Aber sie lachte nicht. »Ich bin nicht irgendwer«, stellte sie fest. »Ich bin die reiche, zickige Tochter.«

Ich räusperte mich und schaute zur Seite über den dahinströmenden Fluss. »Ich bin sicher, niemand sagt so etwas.«

»Doch, das sagen alle. Und weißt du was? Wenn die Leute so über einen reden, dann fängt man an, sich entsprechend zu verhalten. Irgendwie ist man auf einmal umgeben von all diesen degenerierten Trotteln mit ihren Jaguars, ihren Jachten und ihren Villen in St. Moritz, und bevor man es merkt, ist man Teil der Clique und kennt sonst keinen mehr und kommt nicht mehr heraus.«

Überrascht von ihrem Stimmungsumschwung schwieg ich, weil ich nicht wusste, was ich sagen sollte.

»Nach einer Weile fängst du an, Risiken einzugehen«, fuhr sie fort, »nur um es erträglich zu machen.«

»Risiken?«

»Dummes Zeug. Zu viel von allem, zu oft, zu schnell. Und auch Risiken mit Menschen. Einfach, um der Langeweile zu entgehen.« Sie schaute zu mir auf. »Du hast nicht die geringste Ahnung, wovon ich rede, stimmt's?«

Ich dachte an die kurdischen Flüchtlinge, die ich noch am Vortag behandelt hatte. Ich sagte: »Ich wusste gar nicht, dass es so schwer ist, reich zu sein.«

Es folgte ein sehr angespanntes Schweigen. Dann legte sie ihre langen Arme um meinen Hals, zog mich zu sich herunter und küsste mich. Gleich danach löste sie sich, als sei überhaupt nichts geschehen, setzte sich auf das schwarze Holz des Stegs und warf den Kopf in den Nacken, sodass das Licht vom Himmel auf ihr Gesicht fiel.

»Als kleines Mädchen bin ich immer hier heruntergekommen.« Sie legte sich auf die Planken des Stegs und breitete die Arme aus, wie gekreuzigt im Sternenlicht. »Das durfte ich natürlich nicht, aber ich habe mich manchmal heruntergeschlichen, wenn sie dachten, ich schliefe schon in meinem Bett. Und dann habe ich stundenlang so dagelegen und nur in den Himmel geschaut. Manchmal habe ich gedacht, ich würde einfach davongeweht werden, würde wie eine Feder von der Erde fortgetragen.« Sie schlug die Augen auf. »Dieses Gefühl hast du nie, nicht wahr, Michael?«

»Meinst du?«

»Nein, du nicht. Du bist ein ernster Mann.«

»Wirklich?«

»Ich meine das nicht negativ. Aber du glaubst an ein geordnetes Universum. Und du glaubst, dass es deine Aufgabe ist, dafür zu sorgen, dass es auch so bleibt. Du würdest nie von der Erde davonwehen wie eine Feder.«

Ich setzte mich neben sie. Noch nie hatte mich jemand so

charakterisiert, und ich war nicht sicher, ob es mir gefiel. Es klang ein bisschen nach Pflichtbewusstsein und übertriebenem Engagement. Doch zugleich war es nicht etwa die Tatsache, dass sie mich falsch eingeschätzt hätte, die mich wirklich betroffen machte, sondern dass sie mich nur allzu gut beschrieben hatte und dass ich mich eigenartig ertappt fühlte. Mir war irgendwie klar, dass mir ihre Worte für immer im Gedächtnis bleiben würden. Ich ließ eine Hand über den Rand des Stegs hängen, und das kalte Wasser umspülte sie, bis mir das Handgelenk wehtat.

»Ich sage dir, was ich glaube«, fing ich an und war über meine Ernsthaftigkeit selbst überrascht. »Ich glaube, auf der Welt gibt es nur Schmerz und Freude, und man kann dem einen einen höheren Wert beimessen oder dem anderen. Man entscheidet selbst.«

Das Plätschern des Flusses schien an Lautstärke zuzunehmen. Irgendwo in der Nähe schrie ein Nachtvogel, sehr laut.

Ich realisierte, dass ich sie küsste und dass sie nach Wein schmeckte und ihr Haar kalt auf dem Rücken meiner Hand lag, mit der ich ihren Kopf hielt. Außerdem merkte ich, dass mir mein Kleingeld aus der Hosentasche rutschte und zwischen den Planken hindurch in den Fluss fiel, und dass wir es beide hörten und beide so taten, als hörten wir es nicht.

»Na ja, heute habe ich Geburtstag, nicht wahr?« Sie legte den Kopf zurück auf das Holz und lächelte die Sterne an. »Das bedeutet, dass ich alles kriegen kann, was ich mir wünsche.«

Ich wachte erst auf, als die Hercules kurz nach Tagesanbruch in Brize Norton aufsetzte. Ich hatte schlecht geschlafen, und meine Schultern und der Rücken fühlten sich verspannt an, und ich war benommen von den Stunden in dem dröhnenden Flugzeugrumpf. Aber als ich aus dem Flughafengebäude herauskam und in den Oktobermorgen blinzelte, stellte ich erstaunt fest, dass ich eigenartigerweise vor Aufregung zitterte.

Es war ein neuer Tag, frisch und rein, mit dem rauchigen Herbstgeruch in der Luft, und ich war im Begriff, Caitlin zu überraschen. Impulsive Aktionen war sie von mir nicht mehr gewöhnt. Das würde ich nun richtig stellen. Ich würde ein paar Dinge richtig stellen. Ein heftiges Verlangen nach ihr überkam mich. Eine Weile stand ich vor den Glastüren des Terminals in der Sonne und dachte an Caitlin, unruhig und nervös. Vielleicht war ich noch ein bisschen übermüdet von dem Flug, vom bizarren Wechsel von Chaos zu Ordnung. Ich fühlte mich gut. Plötzlich dachte ich: Alles würde gut werden. Bevor ich hier, in diesem gläsern blauen Morgen stand, war ich nicht sicher gewesen, doch jetzt wusste ich, alles würde gut werden.

Das Rote Kreuz hatte für einige seiner Leute, die mit dem gleichen Flug angekommen waren, einen Minibus geschickt, und ich bat sie, mich das ganze Stück bis zur Victoria Station mitzunehmen. Die Fahrt dauerte über drei Stunden, zumeist eine mühsame Quälerei durch dichten Vorstadtverkehr. Ich überlegte, ob ich Caitlin auf ihrem Handy anrufen sollte, aber jetzt, da ich schon so nahe war, kam mir ein Anruf vor, als würden mir die Nerven versagen. Ich wollte sie überraschen, einen großen Auftritt haben.

Ich zog meine Jacke um mich und versuchte zu schlafen, stellte aber fest, dass ich zu aufgedreht war. Als ich schließlich vor dem Busbahnhof ausstieg und auf dem Pflaster stand, war es schon kurz vor Mittag. London roch nach Diesel und den sich gelb färbenden Blättern der Bäume, die noch auf irgendein Signal warteten, um abzufallen. Obwohl es schon so herbstlich war, wimmelte und brodelte es in der Stadt. Ich fühlte mich ein bisschen high: Die Busse waren von einem kräftigen Rot, die Parks warteten mit knallig bunten Blumen auf. Die ganze Stadt erschien mir elektrisiert vor lauter Energie wie eine riesige Turbine, die Kraft und Lärm erzeugt. Ich ging zur U-Bahn-Station unter Victoria Station und kaufte mir ein Ticket nach Notting Hill Gate.

Zwanzig Minuten später stand ich am Geländer gegenüber unserem Haus. Ich sah, dass das Oberlicht in Caitlins Dachzimmer offen stand, was fast sicher bedeutete, dass sie zu Hause war. Ich überquerte die Straße, stieg die Stufen hinauf und schloss leise auf. Ich machte hinter mir die Tür zu. Im Haus war es nach dem ganzen Lärm der Stadt kühl und friedlich. Ich stand ein paar Augenblicke im Flur und genoss das vertraute Muster aus Licht und Schatten und die angenehmen Gerüche im Haus – Kräuter, Kaffee, Schnittblumen vom Markt.

»Cate?«

Meine Stimme hallte durch den gebohnerten Flur. Sie antwortete nicht. Das Haus war still. Mehr als nur still. Es war stumm. Ich stand vielleicht eine halbe Minute da und versuchte, das zu verleugnen, was ich bereits wusste, nämlich dass irgendetwas nicht in Ordnung war. Das Haus machte einen gespannten und wachsamen Eindruck, als beobachte es mich, nicht umgekehrt. Ich ging ein paar Schritte, und irgendetwas auf dem Boden am Fuß der Treppe erregte meine Aufmerksamkeit. Rosafarbene Blütenblätter, zerquetscht und zertreten. Ich bückte mich und hob sie auf. Sie lagen kühl in meiner Hand, noch nicht ganz verblasst. Eine Geranie, wie jene in dem Kübel draußen vor der Tür.

»Cate?«

Ich ging zur Treppe und die ersten drei Stufen hinauf. Die blanken Holzstufen waren verschmiert und schmutzig. Von oben drangen ganz leise Töne herunter. Zuerst dachte ich, sie kämen vom Verkehr draußen, aber dann wusste ich, dass es leise Musik war, die vom Dachzimmer heruntertönte. Wenn Musik lief, musste sie im Haus sein. Mein Herz fing zu pochen an. Ich ließ meine Taschen fallen, rannte zur ersten Etage hinauf und schaute automatisch im Schlafzimmer nach. Das Zimmer war hell, sauber und normal, das Bett ordentlich gemacht, die Kleider auf einem Stuhl zusammengefaltet. Ich kam wieder auf den Treppenabsatz.

»Cate?«
Ein Durcheinander aus Glas- und Terrakottascherben und Erde und zerschmetterten Marmorstücken und verstreuten CDs leuchtete in allen Regenbogenfarben am anderen Ende des kurzen Flurs. Der Boden unter meinen Schuhsohlen klebte. Ich starrte Caitlin an und vergaß zu atmen, bis der Schmerz in meiner Brust mich wieder dazu zwang. Ich war mir bewusst, dass irgendwo in meinem Kopf eine Alarmglocke schrillte, ein rein mentaler Alarm, und dass es bestens einstudierte Reaktionen auf diesen Alarm gab, denen ich zuvor schon tausendfach gefolgt war, effizient und cool. Jetzt aber reagierte ich nicht darauf.
Caitlin lag da, ihre Beine waren gespreizt und verrenkt um den Bogen der Wendeltreppe. Sie sah kleiner aus, als sie tatsächlich war. Das Kleid war ihr hochgerutscht, und ihre Beine darunter waren nackt und weiß, und das ließ sie jung und verletzlich aussehen. Ihr Kopf hing über die unterste Stufe, und ihr Gesicht war der Wand zugekehrt. Unter ihr hatte sich eine glänzende Pfütze gesammelt und sich über die Dielenbretter ausgebreitet.
Ich kniete mich neben sie und berührte ihren Nacken, vorsichtig und ungläubig. Ihr Körper war warm, und ein ganz schwacher Puls war zu ertasten, und diese Wärme und das Flattern lösten eine routinemäßige Reaktion in mir aus. Auf der Treppe kam ich nicht richtig an sie heran, und ich schob auf dem Treppenabsatz die Trümmer beiseite, zog Caitlin vorsichtig herunter und legte sie auf die Dielenbretter, da ich wusste, dass mir weder eine andere Wahl noch Zeit blieb. An der Stelle, an der meine Hand ihren Kopf hielt, spürte ich, dass sich etwas wie zerbrochenes Porzellan unter ihrer Kopfhaut bewegte. Ich hörte mich, wie ich auf sie einredete, in Babysprache, im Flüsterton, wobei meine Stimme aus immer größerer Entfernung zu mir drang, während ich arbeitete – zwei Atemstöße Mund-zu-Mund-Beatmung, fünfzehn Kompressionen Herzmassage,

zwei und fünfzehn, zwei und fünfzehn. Die Muskeln meiner Oberarme fingen auf Grund der Anstrengung zu schmerzen an, aber sie atmete einfach nicht. Noch zwei Mal tastete ich ihren flatternden Puls. Ein Mal war er noch da, das nächste Mal war ich nicht mehr sicher. Zwei und fünfzehn. Wieder und wieder. Meine Bewegungen wurden allmählich schwerfällig, und der Schweiß begann mir am Kiefer herunterzulaufen und auf sie zu tropfen, aber sie atmete nicht.

Das nächste Telefon stand im Schlafzimmer, keine fünf Meter entfernt, aber ich wagte nicht, sie so lange allein zu lassen, wie es dauern würde, Hilfe herbeizurufen. Zwei und fünfzehn. Weiter. Ich konnte keinen Puls mehr finden, aber ich hörte nicht auf. Es bestand immer noch die Möglichkeit, dass ihre Atmung wieder einsetzte, jedenfalls solange ihr Gehirn durchblutet wurde. Oder dass jemand vorbeikommen würde und ich durch die Tür um Hilfe rufen könnte. Ich wusste, dass sie nicht wieder atmen, dass niemand vorbeischauen würde, aber ich musste dennoch daran glauben. Und nach einer Weile spielte auch dieser Hoffnungsschimmer keine Rolle mehr. Nichts spielte mehr eine Rolle, außer an der Arbeit zu bleiben, in einem Delirium der Erschöpfung, das nichts mehr mit Hoffnung zu tun hatte, sondern nur mit der verbissenen Weigerung eines Teils meines Gehirns, das zu akzeptieren, was der andere Teil ganz genau wusste.

An irgendeinem Punkt überschritt ich eine Grenze, ich war nicht ganz sicher, wann. Aber ich wusste, dass einige Zeit vergangen war und dass ich mich nicht mehr über ihr abmühte, sondern sie in den Armen hielt, sie hin und her wiegte und ihre kühler werdende Stirn streichelte. Ihr Körper hatte etwas Flaches, wie ich bemerkte, eine totale Entspannung, die angefangen hatte, ihr Fleisch auf den Dielenbrettern des Treppenabsatzes zu modellieren und die Fältchen ihres Gesichts und Halses zu glätten.

Da erhob ich mich. Ich musste lange Zeit so dort gekauert

haben, denn die Muskeln meiner Beine schmerzten. Ich zog mir die Jacke aus, faltete sie zusammen und bettete ihren zerschmetterten Kopf darauf, obwohl ich wusste, dass sie tot war. Ich trat ein paar Schritte zurück. Meine Kleider klebten feucht und schwer an meinem Bauch und den Oberschenkeln, dort, wo ich sie an mich gedrückt hatte. Die feuchten Kleider wurden kalt, und ich war mir entfernt im Klaren, dass das eklig war, und irgendeinem berufsbedingten Impuls folgend, ging ich ganz ruhig ins Badezimmer, zog mich aus und steckte die verschmutzten Kleider in den Wäschesack. Dann wusch ich mich, ging hinüber ins Schlafzimmer, fand ein paar frische Sachen und zog mich wieder an.

Irgendwann während dieses Vorgangs vergaß ich mich für eine Weile. Ich stand in der Mitte des Schlafzimmers und schaute mich nur um, vielleicht ein paar Minuten, vielleicht länger. Dort an der Wand hing die sepiafarbene Fotografie von Caitlins Großmutter Lavinia aus den Zwanzigerjahren, die versucht, nicht zu lachen, während sie auf ihrem Fahrrad balanciert. Und Beamish, der Teddybär, dessen eines Auge in der untergehenden Oktobersonne, die durch die Doppelfenster fiel, glutrot glänzte. Ich ging hinüber, setzte mich aufs Bett und streichelte ihm träge über die Schnauze. Beamish war seit Caitlins frühester Kindheit ihr Bär gewesen und von ihrer Zuneigung ganz abgenützt und kahl. Ich streichelte ihn wieder. Dabei schaute ich mich um. Das Zimmer kam mir in seinen Bestandteilen völlig normal vor, aber sie passten nicht ganz zusammen. Ich konnte es nicht recht einordnen, aber ich hatte den Eindruck, dass ich vergessen hatte, irgendetwas zu tun, irgendetwas Wichtiges. Irgendwo in London heulte eine Polizeisirene auf ihrem Weg zu einem routinemäßigen Einsatz. Ich stand ruckartig auf, ging durchs Zimmer und nahm den Hörer vom Telefon neben dem Bett.

5

Aus der Ecke des Zimmers kam ein Krachen und das Scheppern von etwas Zerbrochenem, und ich sprang auf, um nachzusehen. Ein Constable in Uniform, der dem Fotografen hatte aus dem Weg gehen wollen, hatte einen von Caitlins Frauenhaarfarnen von der Kommode gestoßen. Die Pflanze lag in einem Haufen Scherben und dunkler Erde da. Eine große Tonscherbe schaukelte auf dem gebohnerten Boden und klickte wie ein Metronom. Vorübergehend herrschte Stille in dem geschäftigen Zimmer, und ich spürte, dass alle vorsichtig in meine Richtung spähten.

»Tut mir Leid, Sir«, sagte der Constable zu mir. Er war geradezu aberwitzig jung. »Tut mir wirklich Leid.« Er kniete sich hin und machte sich daran, die Scherben und die Erde mehr schlecht als recht mit den Händen zusammenzuschieben.

»Lassen Sie«, sagte ich. »Das spielt keine Rolle.« Mein Herz hämmerte.

»Kein Problem, Sir. Kein Problem.« Er hielt das Gesicht in einem Anfall von Reue von mir abgewandt. Er war den Tränen nahe und schob die Scherben weiter zusammen, machte einen kleinen Haufen aus Blumenerde und abgerissenen Wurzeln und klopfte ihn schließlich fest wie ein Kind seine Sandburg, weil er nicht wusste, was er sonst hätte tun sollen. Irgendjemand bekam schließlich Mitleid mit ihm, brachte ihm aus der Küche Schaufel und Handbesen, und allmählich wurden im Zimmer die sachdienlichen Aktivitäten wieder fortgesetzt.

»Alles in Ordnung, Doktor Severin?« Die Polizistin war eine gepflegte, mollige Fünfzigerin. Sie trug einen blauen Blazer, hatte Dauerwellen, und den kleinen, runden Augen hinter den dicken Brillengläsern entging so gut wie nichts. Ich wusste, sie hatte registriert, wie sehr mich das Krachen erschreckt hatte. Ich konnte noch immer fühlen, wie mir das Adrenalin durch die Adern schoss, und mein Puls brauchte lange, bis er wieder normal war. Sie sagte: »Wir können das auf später verschieben.«

»Ich glaube nicht, dass das die Sache einfacher macht.«

»Wenn Sie sicher sind?«

Ich deutete ein Nicken an. Ich schaute mich im Zimmer um, weil ich ihren scharfen, runden Augen ausweichen wollte. Das waren Fremde, diese Männer und Frauen, die da in meinem Haus an der Arbeit waren, ernste, konzentrierte Leute, und jene, die meinen Blicken begegneten, taten das mit einstudierter Ausdruckslosigkeit. Ihre professionelle Distanziertheit vermittelte mir allmählich das Gefühl, töricht zu sein.

»Tut mir Leid«, sagte ich. »Ich bin keine große Hilfe.«

»Es gibt nichts, wofür Sie sich entschuldigen müssten, Doktor Severin. Das ist für jeden eine schreckliche Sache. Schrecklich.«

Die Polizistin hatte eine tiefe, raue Stimme, die so gar nicht zu ihrem strengen Aussehen passte. Wie sie in ihrem ordentlichen blauen Blazer dasaß, erinnerte sie mich an eine Buchhalterin in irgendeiner respektablen, aber ums Überleben kämpfenden Herstellerfirma, eine eifrige, gewissenhafte Person. Ihre Hand fuhr in Richtung ihrer hellbraunen Ledertasche, zog sich dann aber wieder zurück. Ich nahm an, dass die Hand eine vertraute Bewegung gemacht hatte, vielleicht, um die Zigaretten herauszuholen, sich aber im letzten Moment eines Besseren besonnen hatte.

»Es hat keinen Sinn, dass du das jetzt auf dich nimmst«, sagte Stella abrupt zu mir, als habe sie dies mit Müh und Not zurückgehalten.

Sie kauerte auf dem Sofa gegenüber, ihre Hände im Schoß verschränkt. Ihre roten Haare hingen wild herunter, und sie zitterte, aber jede Faser ihres Körpers strahlte unmissverständlich ihre wilde Entschlossenheit aus, mich zu beschützen. Ich konnte mich nicht recht damit anfreunden, dass sie da war. Die

Polizei hatte darauf bestanden, dass ich jemanden zu mir rief, und ich hatte Stella genannt, aber mein Zeitgefühl war so durcheinander, dass es mir vorkam, als sei sie merkwürdig schnell hier angekommen, und das verwirrte mich. Als niemand antwortete, stand Stella auf, ging ein paar Schritte und zog dann eine Packung Zigaretten aus der Tasche.

»Hier sollten Sie nicht rauchen«, sagte die Polizistin zu ihr, ohne sie anzusehen. »Wenn ich schon leiden muss, dann können Sie das auch.«

Stella steckte die Zigaretten weg und setzte sich schnell wieder hin. Die Tatsache, dass die Polizistin so mit Stella sprach, demonstrierte mir ihre Autorität mehr als alles andere, was sie bisher gesagt hatte. Ihr Gesicht war sanft, und ihre Brillengläser blitzten unschuldig, aber sie war äußerst präsent.

Ich wurde mir des geschäftigen Treibens im Haus deutlicher bewusst, der Männer und Frauen in weißen Overalls, die kamen und gingen, des Mannes mit der Kamera, der sich im Zimmer umherbewegte und unentwegt Fotos schoss, des blauen Lichts des draußen abgestellten Polizeiwagens, das durch die Fenster hereinblitzte. Von der Straße dröhnte der abendliche Verkehr ungewöhnlich laut durch die offen stehende Haustür. Leute trampelten mit schweren Schuhen auf den Dielenbrettern von Caitlins Dachzimmer und auf der Wendeltreppe herum, die hinaufführte. Das war das Allerschlimmste, dort oben Fremde zu hören. Die trampelnden Schritte ließen das Metallgerüst der Treppe scheppern und klirren. Jeder Schritt überraschte und irritierte mich. Ich hatte nie jemanden dort oben gehört, nicht einmal Caitlin selbst, die sich immer leise wie eine Katze bewegt hatte. Es war, als würde die Szene um mich auf einmal scharf, als hätte ich unter Drogen gestanden und sei jetzt mit einem Schlag wieder hellwach, erschreckend wach. So war es also, wenn man unter Schock stand, dieses abwechselnde Scharf- und Unscharfsehen. Ich hatte es tausendmal beobachtet, aber nie selbst erlebt.

Ich merkte, dass mich die Polizistin noch immer durch ihre runden, kleinen Brillengläser betrachtete.
Ich sagte: »Entschuldigen Sie, aber wie war gleich Ihr Name? Sie haben ihn mir möglicherweise schon einige Male genannt, aber ich erinnere mich offenbar nicht mehr daran.«
»Emma Dickenson. Detective Inspector Emma Dickenson. Wir können einen Arzt rufen. Vielleicht sollte sich ein Arzt um Sie kümmern.«
»Ich will keinen Arzt«, sagte ich. »Ich verbringe mein ganzes Leben umgeben von Ärzten.«
Ein breitschultriger Mann in einem auffällig karierten Jackett kam hastig ins Zimmer und klappte gerade ein Notizbuch zu. Der junge uniformierte Constable hielt schuldbewusst in seiner Tätigkeit, nämlich den zerbrochenen Blumentopf in die Küche zu tragen, inne.
»Du warst das, Watts?«, fragte der bullige Mann.
»Sorry, Sergeant.«
»Du Tollpatsch! Wo ist die Spurensicherung?«
»Ich glaube, oben, Sergeant.«
»Sag ihnen auf jeden Fall Bescheid, damit sie wissen, dass du ihren Tatort versaut hast. Sie werden begeistert sein. Und dann räum diesen Müll weg.«
»Ja, Sergeant.«
Der Junge trollte sich, der bullige Mann sah hinter sich und erblickte mich und Emma Dickenson auf der Couch vor dem Fenster. Er grüßte zuerst die Kollegin, dann mich mit einem Nicken und ging in die Küche hinaus.
»Kann ich Sie Michael nennen?«, fragte mich Emma Dickenson plötzlich. »Wir wollen heutzutage nicht mehr so förmlich sein. Ich jedenfalls nicht.«
Ich merkte, dass ich nickte.
Sie setzte sich zurück, wandte aber die Augen nicht von mir.
»Nun, wenn Sie in der Lage sind, Michael, wir werden eine offizielle Aussage aufnehmen müssen. Das wäre auf dem Revier

einfacher. Und Sie werden verstehen, dass wir ein paar medizinische Dinge hinter uns bringen müssen, damit wir Ihre Fingerabdrücke und DNA-Spuren abklären können. Die werden im ganzen Haus zu finden sein, ganz klar. Das Gleiche werden wir mit Miss Cowan hier und mit den Nachbarn, mit der Putzfrau und allen anderen, die in letzter Zeit hier waren, durchführen. Sie kennen diese Routine ja wahrscheinlich – wo Sie doch selbst Arzt sind, meine ich.«

Sie schaute sich im Zimmer um, und ihr Blick blieb an meinen Taschen hängen. Irgendjemand hatte sie vom Fuß der Treppe, wo ich sie hatte fallen lassen, ins Wohnzimmer gestellt. »Sie waren verreist, Michael?«

»In Venezuela. Wegen eines Erdbebens.«

»Sie waren bei einem *Erdbeben?«*

»Zusammen mit Stella. Wir arbeiten beide für ÄRZTE OHNE GRENZEN.«

»Tun Sie das hauptberuflich?«

Ich schüttelte den Kopf. »Wir sind Freiwillige. Den Rest des Jahres arbeite ich im Notfallteam des St. Ruth Hospital in Euston. Das ist mein richtiger Beruf. Mein Brotberuf.«

Stella nahm meine rechte Hand und rieb sie. Vielleicht fühlte sie sich durch die Erwähnung ihres Namens einbezogen. Ich wollte eigentlich nicht, dass sie meine Hand hielt, aber ich hatte das Gefühl, es könnte unhöflich und grob wirken, sie wegzuziehen.

»Und wie lange waren Sie fort?«, fragte Detective Inspector Dickenson.

»Drei Wochen, fast vier.«

Der breitschultrige Sergeant in dem Sportjackett kam hereingetrampelt und rief im Gehen über die Schulter irgendjemandem laut Instruktionen zu. Er sah, dass er uns unterbrochen hatte, und blieb stehen. »Sorry, Boss.«

Emma Dickenson warf ihm nur einen leicht gequälten Blick zu. Sie erinnerte mich an eine Frau mit einem Rottweiler, die

ihn mag und froh ist, ihn um sich zu haben, seine Größe und Unbeholfenheit aber als ein wenig peinlich empfindet. »Dig, das ist Dr. Michael Severin.«
Der Mann streckte mir seine breite, harte Hand entgegen, und ich ergriff sie. Er war vielleicht knapp über vierzig. Er hatte vernarbte Augenbrauen und darunter tief liegende Neandertaler-Augen. Ich fragte mich, wofür Dig wohl die Abkürzung sein könnte.
»Ich werde es nicht sagen, Doc«, erklärte er mir. »In den nächsten Wochen werden Ihnen alle erzählen, wie Leid es ihnen tut und wie tragisch es ist. Aber niemand weiß das besser als Sie selbst. Das Beste ist also, der Rest von uns hält den Mund und bemüht sich, weiter seine Arbeit zu machen. Um Licht in diese Sache zu bringen. Soweit das je möglich sein wird.«
»Ja«, sagte ich. Ich empfand seine körperliche Präsenz als überwältigend. Und ich fügte, ohne recht zu wissen, warum, hinzu: »Danke.«
»Das ist Digby Barrett, Michael«, sagte Emma Dickenson. »Detective Sergeant Barrett. Wir arbeiten zusammen.«
Digby. Konnte sein Name wirklich Digby sein? Konnte irgendjemand so heißen? Ich verspürte den leicht hysterischen Wunsch loszulachen. Ich konnte ihm nicht in die braunen Gorilla-Augen sehen, aber ich spürte, dass Sergeant Barrett trotzdem meinen Gedanken erraten hatte.
»Haben Sie Kinder, Michael?«, wollte Emma Dickenson wissen.
»Kinder?« Die Frage überraschte mich dermaßen, dass ich mit einem Mal wieder bei klarem Verstand war.
»Nicht dass ich wüsste. Wenn man sich im Haus umschaut …«
»Ein schönes Haus.« Barrett sah sich um und korrigierte sich dann: »War es jedenfalls.« Er zog einen Stuhl heran und setzte sich. »Kennen Sie die Nachbarn, Doc?«
»Nicht sonderlich gut.« Ich hatte Mühe, mich zu konzentrie-

ren. »Das Haus zur Linken steht leer. Es steht seit einem Monat oder länger zum Verkauf.«
»Auf der anderen Seite macht aber auch niemand auf.« Barrett deutete mit dem Daumen in die Richtung. »Sind wohl bei der Arbeit, oder?«
»Da wohnt Henry. Henry Kendrick. Er ist im Ruhestand.«
»Dann hätte er also etwas mitbekommen können, wenn er tagsüber zu Hause ist.«
»Das hätte er wohl. Aber er ist verreist.«
»In Ferien, was?«
»Er hat einen Sohn in Neuseeland und einen anderen in den Staaten. Die besucht er jedes Jahr. Er kommt voraussichtlich erst – ich weiß nicht – erst in ein paar Wochen zurück.«
Barrett seufzte.
»Was hat sie beruflich gemacht, Ihre Frau?«, fragte Emma Dickenson.
»Nichts.« Augenblicklich bedauerte ich, das gesagt zu haben. Es klang illoyal, und ich spürte die Missbilligung der Frau sofort, wie einen kalten Luftzug. Ich fuhr fort: »Caitlin hatte Kontakte mit …« Ich strengte mich an, mich zu erinnern, um genaue Angaben zu machen. »… mit verschiedenen Galerien. Kunstgalerien. Sie war an Kunst interessiert. Sie hat vor allem in der Tate Gallery viel Zeit verbracht. Der Tate Britain.«
»Sie hat also in der Tate Gallery gearbeitet?« Emma Dickenson war allem Anschein nach begierig, Caitlin in einem regelmäßig bezahlten Beschäftigungsverhältnis zu sehen. Vielleicht machte es das für sie einfacher, sie sich vorzustellen, sie einzuordnen.
»Ehrenamtliche Tätigkeiten.« Mir wurde klar, dass ich nicht deutlich beschreiben konnte, was Caitlin dort eigentlich gemacht hatte. Ich war nicht sicher, ob sie mir das je genauer erzählt hatte. Ich war nicht sicher, ob ich sie je danach gefragt hatte. »Sie hat bei Führungen ausgeholfen. Ausstellungen. Solchen Sachen.«

»Ehrenamtliche Tätigkeiten«, wiederholte Emma Dickenson. »Aber sie hatte keine Anstellung. Keine richtige.«

»Nicht in diesem Sinne ...« Ich verstummte, verlegen über meine Unwissenheit. »Nein, nein, hatte sie nicht.«

Detective Inspector Dickenson schwieg einen Augenblick, dachte offensichtlich darüber nach. Dann erhob sie sich. »Dem müssen wir jetzt ja nicht weiter nachgehen. Ich denke, Sie können heute Nacht irgendwohin, Michael? Zu Freunden?«

»Ja«, sagte Stella schnell und fügte dann leiser hinzu: »Natürlich kann er das.«

Auch Barrett stand auf und Stella ebenso. Aber ich erhob mich nicht. Ich sagte: »Was ist hier passiert?«

Ein wenig von ihrer Forschheit fiel von Emma Dickenson ab, und eine Sekunde lang sah sie weniger wie eine Polizeibeamtin aus als vielmehr wie eine müde Frau mittleren Alters, die von dieser Arbeit die Nase voll hat. »Es ist zu früh, das zu sagen«, erklärte sie.

»Die einfachste Erklärung wäre ein Einbruch, bei dem etwas schief gelaufen ist«, warf Barrett ein, als wolle er ihr die Last abnehmen, sich zu äußern. »Vielleicht hat es etwas mit Drogen zu tun, vielleicht war es eine günstige Gelegenheit. Das ist nur eine Vermutung. Wahrscheinlich hatte Mrs. Severin nur das Pech, zu diesem Zeitpunkt zu Hause zu sein.«

Wir schwiegen alle eine Sekunde und machten uns aus unseren unterschiedlichen Perspektiven Gedanken über die Unzulänglichkeit der Sprache.

»Ich möchte das hinter mich bringen«, sagte ich.

Die beiden Polizisten warfen einander Blicke zu.

»Ich meine die Aussage und die DNA-Probe und all das andere«, sagte ich. »Ich möchte nützlich sein. Ich will helfen.«

Emma Dickenson sagte: »Wenn Sie dazu in der Lage sind, können wir das alles morgen Vormittag erledigen. Es hinter uns bringen.«

Stella warf meine Tasche auf den Rücksitz, öffnete die Beifahrertür und hielt sie für mich auf. Aber ich zögerte, starrte zurück, die Straße hinunter auf die Schlange von Polizeifahrzeugen und das Verkehrschaos, das versuchte, daran vorbeizukriechen. Es gefiel mir nicht, so vertrieben zu werden, gezwungen zu werden, aus dem Haus zu gehen und es diesen anonymen Profis zu überlassen, die in Caitlins Zimmer herumtrampelten und ihre Topfpflanzen kaputtmachten. Irgendwo ganz tief unten in meinem Bauch begann sich ein Zittern bemerkbar zu machen, wie das Flattern des Flügels eines Nachtfalters.

»Was ist los?«, wollte Stella wissen, als sie mich zögern sah.

»Erinnerst du dich an den Hohlraum? Den Priester? Die Art, wie der Boden zitterte?«

»Wovon redest du denn jetzt?«, fuhr sie mich an. Sie stand mit den Schlüsseln in der Hand da, ihre Brust hob und senkte sich. Ich wusste, dass sie einem Zusammenbruch näher war als ich. Ich sagte: »Soll ich fahren?«

»Du? Bist du verrückt? Steig ein!« Sie schubste mich mit solcher Kraft, dass ich vom Bordstein stolperte und mich am Dach ihres ramponierten roten Golfs festhalten musste, um nicht zu fallen. »Los jetzt.« Ich stieg ein, und sie knallte die Tür hinter mir zu, ging vorn um das Auto herum, riss dabei den schwarzgelben Strafzettel von der Windschutzscheibe und warf ihn auf den Rücksitz. Sie setzte sich hinters Steuer. »Du bleibst erst einmal bei mir, bis wir eine Lösung finden. In jedem Fall, bis Anthony zurückkommt.«

Ich wollte nicht in ihrer feuchten, kleinen Wohnung bleiben. Ich wollte nicht herumgeschubst werden wie ein Kranker. Ich sagte: »Stella …«

»Michael, tu bitte ein einziges Mal, was ich dir sage, und streite nicht herum!«

Sie startete den Motor und fuhr langsam aus der Parklücke, halb auf die Straße, blockierte sie. Da blieb sie stehen, den Fuß auf der Bremse, drehte sich zu mir und sah mich an. Ein Auto hinter uns hupte, dann ein anderes, aber sie ignorierte den Lärm und schaute mir ins Gesicht. Ich getraute mich nicht, ihr in die Augen zu sehen. Das Autohupen schwoll hinter uns zu einem lauten Chor an, aber sie saß noch immer da und starrte mich an, als sei sie im Begriff, noch etwas zu sagen. Sie war sehr blass, und ihr Atem ging schnell. Schließlich nahm sie den Fuß von der Bremse und fädelte sich in den Verkehr ein. Als wir dann in Fahrt waren, fuhr Stella schnell und gut, fand wahrscheinlich eine gewisse Beruhigung in der Konzentration, die in dem dichter werdenden Verkehr nötig war. Eine Weile sprachen wir nichts. Als wir in die Edgware Road einbogen, piepste ihr Handy, und sie holte es aus ihrer Tasche, drückte die Taste und sprach hinein, ohne das Tempo der Fahrt zu verringern.

»Ja«, sagte sie. »Ja, natürlich ist er das. Na ja, Gott sei Dank. Bitte. So schnell du kannst, Gordon. Frag mich nicht. Ich hänge hier ja selbst am seidenen Faden. Okay. Mach ich.« Sie schaltete das Telefon aus und warf es auf den Boden zwischen ihre Füße.

Ich sagte: »Anthony ist in Amsterdam. Auf der Antiquitätenmesse. Dahin geht er jedes Jahr.«

»Er hat keine Kontaktadresse hinterlassen. Gordon ruft gerade die Hotels durch, versucht, ihn zu finden.«

»Armer Anthony.«

Ich starrte in den abendlichen Verkehr hinaus. Ich versuchte mir Anthonys Reaktion vorzustellen, wenn Gordon ihn schließlich aufspürte und ihm die Nachricht übermittelte, und dem stets methodisch vorgehenden Gordon würde das am Ende sicher gelingen. Anthony hatte Caitlin verehrt. Ich lehnte meinen Kopf gegen das Autofenster.

Eine Stunde später saß ich direkt hinter den Schiebetüren, die sich auf der Rückseite von Stellas winziger Wohnung, einem düsteren Souterrainapartment unweit von Queensway, auf den Garten öffneten. Der winzige Garten war ungepflegt. Vom Sofa aus beobachtete ich, wie der Herbsthimmel jenseits der Scheiben verblasste. Eine junge, in eine Wanne gepflanzte Weide hing wie eine goldene Fontäne in dem schwächer werdenden Licht. Das Zimmer um mich herum war friedlich. Es gab ein paar Theaterposter an den Wänden, einen mexikanischen Teppich und an den Wänden aufgereihte Sitzsäcke. Dennoch roch das Zimmer unbenutzt. Wann immer Stella in London war, verbrachte sie einen Großteil ihrer Zeit in Gordons geräumigerem Haus in Pimlico, aber selbst wenn sie sich hier aufhielt, sie war einfach kein häuslicher Mensch. Die kleine Wohnung war unordentlich, im Schlafzimmer mit dem Einzelbett herrschte Durcheinander. Ich konnte sie jetzt dort drinnen hören, wie sie die Leintücher vom Bett riss und die Möbel zur Seite schob. Einen Augenblick später kam sie wieder ins Zimmer marschiert.

»Nimm die.« Sie schüttete mir Pillen in die Hand und hielt mir ein Glas Wasser hin. Ich schluckte die Tabletten automatisch, nur um ihr den Gefallen zu tun. Sie trat ein paar Schritte zurück und beobachtete mich. Sie war eine starke Frau, dachte ich mit merkwürdiger Distanziertheit, eine starke junge Frau, mit eindeutigen Spuren im Gesicht, die verrieten, dass sie in ihrem Leben eine Menge Schmerz und Leid gesehen hatte und immer gut damit umgegangen war. Aber ich konnte erkennen, dass das hier sie an den Rand des Zusammenbruchs brachte.

»Eigentlich solltest du dazu keinen Alkohol trinken, aber was soll's.« Sie war gespannt wie eine Feder, und ihre Stimme zitterte. Sie ging durchs Zimmer in die Küche und kam mit zwei Gläsern Weißwein zurück. »Er ist scheußlich, aber sonst habe ich nichts da.«

Ich nahm das Glas und trank einen Schluck. Der Wein war frisch und kühl. Draußen im Garten fing eine Amsel zu singen an. Es überraschte mich, dass ich diese Dinge noch immer registrieren und noch immer erkennen konnte, wie schön und

friedlich sie waren. Caitlin würde nie wieder Wein trinken. Ich verdrängte den Gedanken, bevor er sich festsetzen konnte.
»Das war Anthony«, sagte Stella und stellte ihr Glas ab. Ich schaute in ihr angespanntes Gesicht. Sie hatte dunkle Ringe unter den Augen.
»Wann?«
»Eben, am Telefon. Hast du es nicht gehört?«
»Nein.«
»Er sitzt in Schiphol fest. Es gibt irgendein Problem mit dem Flug. Er hat Gordons Nachricht vom Fernsprechauftragsdienst bekommen, aber er kann erst morgen Vormittag hier sein.«
»Das macht nichts.« Ich trank noch einen kleinen Schluck. Ich war erleichtert. Heute wollte ich niemanden mehr sehen, nicht einmal Anthony.
»Er möchte dich mit nach Barnes nehmen, sobald er ankommt.« Ich konnte den Groll in ihrer Stimme hören. »Er sagt, du solltest dort bei ihm bleiben, nicht hier.«
»Na ja, das ist doch klar, Stella. Dass er es so sieht.«
Stella biss sich auf die Lippe, bis sie weiß war. Sie stellte ihr Glas ab, stand auf, wandte sich um und drückte sich die Fäuste gegen die Augen. »Es tut mir so Leid. Ich weiß, dass dir das nicht sonderlich hilft.« Sie atmete ein paar Mal tief durch, dann drehte sie sich wieder um und schaute mich an. »Mein Gott, man könnte kaum glauben, dass ich viele Jahre in der Unfall- und Notaufnahme gearbeitet habe. Was ich dort alles zu sehen bekommen habe! Was wir dort alles zu Gesicht bekommen haben, du und ich. Aber das hilft nicht, oder?«
»Nein, das hilft überhaupt nicht.«
»O Catey«, brach es aus ihr heraus. Ihr versagte die Stimme. »Sie war so schön. So schön.«
Die Amsel draußen trillerte wieder. Caitlin würde nie wieder eine Amsel singen hören, dachte ich. Nie wieder ein Wiegenlied von Brahms, nie das vergnügte Glucksen eines Babys. Die

Liste der Verluste begann sich in meinem Kopf abzuwickeln, abzuspulen, erst langsam, dann immer schneller. Nie wieder einen Degas oder einen neuen Morgen sehen. Nie wieder Kaffee oder Croissants riechen.
Stella vergrub das Gesicht in den Händen und fing zu schluchzen an. Ich stand auf und legte meine Arme um sie. Caitlin würde das nie wieder spüren, dachte ich. Meine Arme um sich. Sie lag jetzt mit Stücken ihres Schädels lose in ihrem Kopf auf irgendeinem kalten Stahlwagen, und niemand würde je wieder den Arm um sie legen. Sie würde nie wieder geküsst oder liebkost werden. Würde nie wieder das schäbige gelbe Fell von Beamish, dem Bären, weiter abwetzen. Nie, nie wieder.
»Ich habe geschworen, dass ich das nicht tun würde. Habe es *geschworen!«* Stella lehnte sich an mich, die Handballen gegen die Augen gepresst, und ich hob sie hoch und trug sie hinüber ins Schlafzimmer. Ich legte sie aufs Bett, zog die Decke über sie, und sie vergrub sich ins Kissen, blind vor Tränen. Ich setzte mich hin und streichelte ihr eine Weile über die Schulter, schließlich verließ ich leise das Zimmer und ließ die Tür einen Spalt offen, dann ging ich ins Wohnzimmer zurück und stand im Dämmerlicht da und lauschte, bis ich nach geraumer Zeit hörte, dass ihr schluchzender Atem langsam gleichmäßig wurde.
Es überraschte mich, als es geschah. Ich spürte, dass meine Beine nachgaben, unter mir einknickten, und bevor ich reagieren konnte, landete ich mit einem Plumps auf dem Boden. Ich schaffte es, den kleinen Tisch mit den Gläsern nicht umzustoßen, und ich war froh darüber, weil ich Stella nicht erschrecken wollte, nicht wollte, dass sie über den Flur zu mir gerannt kam, nicht noch mehr von ihrem besorgten Mitleid wollte. Ich streckte die Arme vor mir auf den kalten Boden aus und ließ meinen Kopf darauf sinken. Draußen im dunklen Garten sang die Amsel mitleidlos weiter.

6

Das kleine Souterrainzimmer war lichtdurchflutet, und es waren die unmissverständlichen Morgengeräusche zu hören – gurrende Tauben, ein durchdringendes Radio in einer Nachbarwohnung, das Klappern von Absätzen oben auf dem Gehsteig.

Irgendwann in der Nacht hatte ich mich auf das Sofa gelegt und eine Decke über mich gezogen. Jetzt schlug ich die Decke zurück und machte auf der Couch probeweise ein paar Bewegungen, so wie man sich vielleicht nach einem Unfall oder einer Operation bewegt. Meine Schultern und mein Rücken waren steif, und die Haut in meinem Gesicht fühlte sich so gespannt an wie das Fell einer Trommel. Mein Hals tat mir weh, so wie ich es aus meiner Kindheit noch in Erinnerung hatte. Ich legte mich zurück im Sonnenlicht und ließ die Wärme in mich eindringen. Nach ein paar Minuten stand ich auf und nahm in Stellas Schrank von einem Badezimmer eine Dusche. Als ich herauskam, war Stella in der Küche am Hantieren, in einen Morgenmantel gehüllt, die Haare zurückgebunden. Die Kaffeemaschine gurgelte.

»Das war alles verkehrt herum.« Sie stellte zwei nicht zueinander passende Becher auf den Tisch. »Eigentlich hättest du derjenige sein müssen, der zusammenklappt, nicht ich.« Sie schenkte den Kaffee ein und musterte mich durch den Dampf. Ihre Augen waren geschwollen, ihre Haare wirkten stumpf und spröde. »Ich bin ein toller Anblick, was?«

Ich beugte mich vor und drückte ihr die Hand. »Du wirst dich herrichten und wieder toll aussehen.«

Sie zuckte mit den Schultern und nahm ihre Krankenschwestermanier an. »Es gibt nur Kaffee. Ich habe sonst absolut nichts im Haus.«

»Etwas zu essen könnte ich gar nicht ertragen.«

Sie nickte in Richtung des Badetuchs, das ich um mich gewickelt hatte. »Ich besorge dir später ein paar frische Kleider.«
Wieder drückte ich ihr die Hand und ließ sie dann los.
Sie sagte: »Dieser Barrett hat angerufen, während du unter der Dusche warst. Er möchte um neun kommen und dich für die Aussage abholen. Meinst du noch immer, du schaffst das?«
»Ja.«
»Möchtest du, dass ich mitkomme?«
»Ich wäre lieber allein, Stella«, sagte ich vorsichtig.
Sie blickte runter in ihre Tasse.

Sergeant Barrett führte mich die Treppe hinauf zu einem dunkelgrünen BMW, der am Straßenrand geparkt war. Ein junger schwarzer Polizist mit einem goldenen Ohrstecker saß hinter dem Steuer.
»Constable Baz Ellis«, sagte Barrett und nickte in Richtung des jungen Mannes, dann hielt er die hintere Tür für mich auf. Als ich auf den Rücksitz rutschte, traf sich mein Blick im Rückspiegel mit dem von Ellis. »Tut mir Leid, was Sie durchmachen. Eine schreckliche Sache.«
Ich nickte zum Zeichen des Dankes. Barrett stieg vorne ein. Das Auto fuhr los. Barrett starrte wortlos durch die Windschutzscheibe. Er trug das gleiche Jackett wie am Vortag, und sein breites Gesicht wirkte faltig. Ich nahm an, dass er wohl fast die ganze Nacht auf gewesen war.
Wir parkten hinter der Polizeistation von Notting Hill. Barrett führte mich durch eine Hintertür, und wir stiegen die Betontreppe hinauf. Das Gebäude roch nach Desinfektionsmitteln, und der nackte Zement knirschte unter unseren Schuhen. Barrett tauschte unterwegs Begrüßungen mit Beamten in Uniform und in Zivil aus, aber er fasste sich kurz, als wolle er jegliches flapsiges Gerede in meiner Anwesenheit vermeiden. Oben schob er sich durch eine Schwingtür und führte mich einen kurzen Gang entlang in einen nach vertrauten medizinischen

Substanzen riechenden Raum, wo er sich entschuldigte und verschwand.

Vielleicht dauerte es zwei Stunden, vielleicht länger. Ich verbrachte einige Zeit in einer Kabine, während der Dienst habende Arzt, ein Asiate, mit einem Stäbchen Speichelproben von mir nahm. Später klapperte in einem kahlen Befragungsraum eine blonde Frau auf einer Tastatur herum, während ich redete. Die Frau sprach freundlich mit mir, als sei ich ein krankes Kind. Hin und wieder unterbrach sie mich, damit ich etwas näher erläuterte oder wiederholte, und dabei nannte sie mich jedes Mal »mein Lieber«. Irgendwann nahm jemand meine Fingerabdrücke und entschuldigte sich für die Verfärbungen, die die Tinte auf meinen Händen hinterließ. An den Ablauf der folgenden Ereignisse konnte ich mich kaum erinnern. Jedenfalls hatte ich den Eindruck, von allgemeiner Kompetenz und abgebrauchtem Mitleid umgeben zu sein.

»Man hat Sie doch gut behandelt, Doc, oder?« Barrett nahm mich am Arm und führte mich durch den Korridor zu den Aufzügen. Ich sagte ihm, das habe man.

Der Lift schwebte wispernd hoch. Barrett warf einen kurzen Blick auf die Zahlen über der Tür. Wir traten aus dem Lift, und er führte mich durch einen Gang, vorbei an einem verglasten Bereich mit Schreibtischen aus Metall. Computer standen auf den Schreibtischen, und ein halbes Dutzend zumeist recht junger Männer und Frauen arbeiteten daran. Überall lagen Papiere und standen Tassen herum. An die Glasfront waren Karikaturen und Notizzettel geklebt. Auf einem stand: »Drogendezernat: Bitte das Gras nicht betreten.«

Barrett sah, dass ich darauf schaute. »Witzbolde!«, murmelte er.

Er klopfte an eine Tür, und ohne auf eine Antwort zu warten, stieß er sie auf und schob mich in ein gut beleuchtetes Büro in der Ecke des Gebäudes mit Blick auf einen Streifen von West London. Niemand war im Zimmer. Draußen regnete es, und die Tropfen hingen an den Fensterscheiben. Ich war überrascht festzustellen, dass es regnete. In den vergangenen Stunden schien ich jeden Bezug zur Außenwelt verloren zu haben. Ein großer Kiefernschreibtisch war beladen mit einem Berg von Papieren, Ordnern, Computerdisketten und zwei vollen Aschenbechern. Emma Dickensons hellbraune Lederhandtasche lag oben auf diesem ganzen Berg, daneben ein Plastikfeuerzeug und zwei Packungen Winfields. Das Fenster war angelehnt und die Luft erfüllt von Tannenduftspray, dem es nicht gelang, den Tabakgestank zu überdecken.

»Ich kann diese Sargnägel nicht ausstehen, die die Chefin raucht«, sagte Barrett. Es war ihm unangenehm, dass sie nicht da war, weil er nicht wusste, was er mit mir anfangen sollte. »Ich versuche die ganze Zeit, es aufzugeben. Ehrlich gesagt, es schafft mich, wenn ich hier hereinkomme. Nehmen Sie doch Platz, Doc.«

Hinter mir kam Emma Dickenson geschäftig ins Zimmer. Ich ging davon aus, dass sie auf der Toilette gewesen war. Ihr Lippenstift glänzte, und eine Wolke frisch versprühten Parfums umgab sie. Sie trug ein lavendelfarbiges Wollkostüm, das mir zu warm für das Büro vorkam, und eine doppelreihige Perlenkette. Es war lange her, dass ich das letzte Mal eine Frau gesehen hatte, die Perlen trug.

»Vielen Dank, dass Sie hergekommen sind.« Sie trat auf mich zu, und ich ergriff die Hand, die sie mir entgegenstreckte. Sie war weich und warm. Sie hob ihre andere Hand und umfasste mein Handgelenk. »Ich werde Sie nicht fragen, wie es Ihnen geht. Angesichts der Umstände.«

»Ihre Leute waren alle sehr nett.«

Sie musterte mich sorgenvoll durch ihre runden Brillengläser. »Setzen Sie sich, Michael. Sie müssen erschöpft sein. Ich weiß, wir alle sind es.« Sie wirkte nicht erschöpft, jedenfalls nicht so mitgenommen wie Barrett. Sie schob mir einen Stuhl neben einen niedrigen Tisch beim Fenster, und ich setzte mich. Auf dem Tisch stand eine Platte mit Sandwiches. Emma Dickenson nahm mir gegenüber Platz und zog die Frischhaltefolie ab. »Ich weiß nicht, ob Sie es ertragen, etwas zu essen, Michael, aber laut Protokoll ist es dafür jetzt die richtige Tageszeit. Dig? Sie bleiben doch noch auf einen Bissen?«

»Klar.«

Barrett machte ein paar Schritte auf die Seite und stellte sich neben den Schreibtisch, gerade noch am Rand meines Blickfelds. Es war, als seien dies einstudierte Schritte eines Tanzes, den sie beide beherrschten.

Ich sagte: »Sie haben keine Ahnung, wer es getan hat, oder?«

Ein lappiges Sandwich hing von Emma Dickensons Fingern herunter.

»Tut mir Leid«, sagte ich. »Ganz so sollte es nicht klingen.«

Sie ließ die Schultern etwas hängen. »Es ist ganz natürlich, sich schnelle Antworten zu wünschen, Michael. Es ist das Allernatürlichste in einer solchen Situation.« Sie breitete eine Serviette auf ihrem Schoß aus, legte das Sandwich darauf und betrachtete es skeptisch, als hätte ich ihr den Appetit verdorben.

»Was, glauben Sie, ist mit ihr passiert?« Ich stierte konzentriert auf die Platte. Ich spürte es mehr, als dass ich sah, wie sich die beiden über meinen Kopf hinweg anblickten.

»Sobald wir den Obduktionsbericht haben, wissen wir mehr«, sagte Barrett. »In ein, zwei Tagen.«

»Sagen Sie es mir.«

Er holte tief Luft. »Doc, es sieht so aus, als sei sie durch einen Schlag ins Gesicht die Treppe hinuntergestoßen worden. Es hat den Anschein, als wäre irgendein großer Topf oder eine Statue mit ihr herabgestürzt. Vielleicht hat sie sie umgestoßen, vielleicht wurde sie heruntergeworfen.« Er räusperte sich. »Auf sie geworfen.«

»Es war eine Statue«, sagte ich. »Eine Büste. Wagner. Das war eine Art Spaß. Sie hasste den verdammten Wagner. Sie sagte immer, Wagner sei ein Rassistenschwein gewesen.«

»Ach«, meinte Barrett. »Richtig.« Es entstand eine verlegene Pause.

»Schauen Sie«, fuhr er schließlich fort, »ich weiß, was Sie hören wollen. Aber es ist bis nach der Obduktion absolut unmöglich, mit Sicherheit zu sagen, ob das ein Sexualdelikt war. Ich sage nur so viel: Es sieht nicht danach aus. Weiter möchte ich mich nicht dazu äußern. Okay?«

Ich nickte.

»Sie haben mir gestern gesagt, dass Sie den Krankenwagen nicht sofort gerufen haben«, griff Emma Dickenson ein.

»Ich konnte sie nicht so lange allein lassen, um zum Telefon zu gehen. Sie hat nicht von allein geatmet. Das steht alles in meiner Aussage.«

Barrett ergriff das Wort: »Nur, um da ganz klar zu sehen: Wie lange hat es etwa gedauert, bis Sie die Polizei gerufen haben? Nachdem Sie Ihre Frau gefunden haben, meine ich.«

»Fünfzehn Minuten etwa? Zwanzig? Ich hatte den Eindruck, es sei länger gewesen, aber ich glaube, das kann nicht sein.« Ich schaute beiden ins Gesicht. »Können Sie mir erklären, was für ein Mensch so etwas tun kann? Ich habe versucht, mir darauf einen Reim zu machen, aber es ergibt keinen Sinn.«

»Vielleicht wird es nie einen Sinn ergeben«, sagte Emma Dickenson, »manchmal gibt es für diese Dinge keine rationale Erklärung.«

Ich dachte darüber nach. Aber keine rationale Erklärung half mir nicht weiter.

»Es ist schwer, damit umzugehen, Doc«, sagte Barrett, »aber es gibt einen Prozentsatz der Bevölkerung, der sein ganzes Leben damit verbringt, nach der ganz großen Chance zu suchen. Manche davon sind Junkies, manche professionelle Kriminelle, manche sind schlichtweg krank. Ich denke heute das Gleiche wie gestern: Ihre Caitlin hatte einfach wirklich schreckliches Pech. Das ist alles.«

Schon wieder dieses Wort. Pech half auch nicht weiter. Ich

wollte eine Vorgehensweise, ein Motiv und eine Absicht. Ich bemühte mich, vor meinem geistigen Auge ein Bild entstehen zu lassen: ein verrückter Junkie mit sehnigen Armen oder ein Schlägertyp mit eiskaltem Blick, der überrascht und aus purem Reflex gewalttätig wurde. Keines der beiden Bilder schien richtig zu passen. Ich beugte mich ein bisschen näher zum offenen Fenster. Die feuchte Luft strich mir kühl über das Gesicht.

»Aber wir können die Möglichkeit nicht ganz ausschließen«, stellte Emma Dickenson sehr vorsichtig fest, »dass der Angreifer Sie kannte.«

Ich richtete mich auf.

»Möglicherweise wusste er, dass Sie Arzt sind«, fuhr sie fort, »und glaubte, es seien vielleicht Drogen im Haus. Oder vielleicht hat er Caitlin gekannt – sie zumindest wieder erkannt. Er könnte das Haus beobachtet haben. Darauf gewartet haben, bis Sie fort waren.«

»Das Haus beobachtet?«

»Es besteht sogar die Möglichkeit, dass Mrs. Severin ihm selbst die Tür geöffnet hat«, sagte Barrett, »in dem Glauben, er sei ein Lieferant oder so etwas.«

»Aber er ist eingebrochen«, entgegnete ich. »Es lag doch überall Glas herum.«

»Er hat die Eingangstür nicht aufgebrochen«, stellte Barrett fest. »Der Schaden wurde ausschließlich von innen angerichtet.«

Ich versuchte darüber nachzudenken, herauszubekommen, was das bedeuten könnte. Allem Anschein nach gelang es mir nicht, irgendwelche Gedanken festzuhalten.

Emma Dickenson sagte: »Michael, Sie haben mir gestern gesagt, dass Sie ziemlich regelmäßig mit diesen Leuten von ÄRZTE OHNE GRENZEN unterwegs sind.« Sie führte das Sandwich zum Mund und knabberte daran. Dieser plötzliche Themenwechsel brachte mich derart aus dem Konzept, dass sie mich fragend anschauen musste: »Michael?«

»Vielleicht einmal im Jahr mit ÄRZTE OHNE GRENZEN. Aber ich habe auch andere Reisen unternommen. Zu Konferenzen, Symposien. Das Übliche halt.«
»Wochenlang?«
»Manchmal ja.«
»Caitlin machte Ihre häufige Abwesenheit nichts aus?« Ihre runden, kleinen Augen hinter den Brillengläsern suchten hartnäckig den Blickkontakt. »Hat sie Verständnis dafür gehabt?«
Ich sagte: »Sie wollen doch nicht etwa darauf hinaus?«
Emma Dickenson lehnte sich zurück. »Ich will ehrlich zu Ihnen sein, Michael. Als meine bessere Hälfte meinte, ich würde immer besessener von meiner Arbeit, entwickelte er – wie soll ich es ausdrücken? – seine eigenen Interessen.«
Ich suchte ihren Blick. »Nein.«
»Nehmen Sie es mir bitte nicht übel.«
»Ich nehme es Ihnen nicht übel. Wir standen einander nahe. Sie wissen, was ich damit meine? Auf welche Schwierigkeiten wir auch immer gestoßen sind, wir wussten beide darüber Bescheid. In diesem Sinne nahe.«
Sie zuckte die Achseln. »Wir sind alle nur Menschen, meine ich.«
»Es tut mir Leid. Es ist unmöglich, dass wir irgendein Problem dieser Art hatten und ich nichts davon wusste. Das ist einfach abwegig.«
Sie beobachtete mich, während ich das sagte, aber nach ein paar Sekunden schien sie zu einem Entschluss zu kommen und entspannte sich ein bisschen. »Ja. Wahrscheinlich ist es abwegig.« Sie legte die Serviette und das angebissene Sandwich auf den Tisch. »Michael, lassen Sie mich nur Folgendes sagen. Alle erzählen mir, dass Sie glücklich verheiratet waren. Oh, ich rede nicht von den normalen Schwierigkeiten. Die haben wir doch alle. Jeder, den wir bis jetzt auftreiben konnten, sagte, Sie seien füreinander geschaffen gewesen. Aber Sie verstehen, dass ich danach fragen muss. Wenn es sich herausstellt, dass wir da

irgendeine Sache weiterverfolgen, irgendeiner Spur nachgehen müssen, dann je früher, desto besser.«

Ein paar Sekunden lang sprach keiner von uns.

»Sie sind früher zurückgekehrt, Doc?«, fragte Barrett schließlich. Er griff mit seiner Pranke an mir vorbei und nahm sich ein Sandwich, wobei er Salatstücke auf den Teppich fallen ließ. »Mrs. Severin hatte Sie also nicht erwartet.«

»Es sollte eine Überraschung sein.«

»Gab es dafür einen besonderen Grund? Um sie überraschen zu wollen, meine ich?«

»Ich habe Caitlin neulich abends angerufen«, sagte ich. »Aus Venezuela. Sie klang gestresst, das ist alles. Aufgeregt. Als mehr würde ich es nicht bezeichnen wollen. Ich glaube, mein Anruf hat sie überrascht. Ich habe nämlich sonst so gut wie nie angerufen.«

»Aber Sie haben sich Sorgen um sie gemacht? So große Sorgen, dass Sie früher nach Hause zurückgekehrt sind?«

»Ich war lange fort«, sagte ich. »Ich habe meine Frau vermisst. Deshalb habe ich beschlossen, nach Hause zurückzukehren. Das ist alles.«

Draußen regnete es weiter. Ich bemerkte, dass meine Stimme ein wenig lauter geworden war.

Emma Dickenson sagte: »Wir versuchen nur, uns ein Bild zu machen, Michael.«

»Ja, ich verstehe.«

Sie sagte: »Und Sie haben das Recht, sich so zu fühlen, wie Sie es tun. Wütend, verwirrt. Die Sache ist tragisch. Obszön. Manchmal denke ich, die ganze Welt wird allmählich verrückt. Auch wir werden wütend und verwirrt. Die Leute glauben, uns würde das alles nichts ausmachen. Aber sie irren sich.«

»Sie müssen unser Problem hier sehen, Doc.« Barretts Hand kam wieder an mir vorbei wie die Schaufel eines Baggers und holte sich drei oder vier der lappigen Sandwiches. »So, wie es jetzt aussieht, haben wir gar nichts in der Hand. Kein Einbruch. Es fehlt offensichtlich nichts – Geld und Schmuck sind noch im Schlafzimmer, elektronische Geräte, Handy, Fernseher –, alles unberührt. Wir haben ziemlich deutliche Spuren eines heftigen Kampfes, aber niemand hat irgendetwas Verdächtiges bemerkt oder gehört. Nachbarn, meine ich. Wir haben keine verzweifelten Junkies, die beim Revier auftauchen und unbedingt gestehen wollen. In der Szene ist nichts in Erfahrung zu bringen.«

»Ich weiß nicht, wie ich Ihnen helfen kann«, sagte ich. »Ich wünschte, ich könnte es.«

Auf einmal merkte ich, dass ich einen Bärenhunger hatte, aber ich wollte nichts von den Sandwiches nehmen. Es kam mir ungehörig vor. Und doch konnte ich meinen Blick nicht von der Platte wenden.

»Haben Sie eine Ahnung, wohin sie wollte, Doc?«, fragte Barrett.

»Wohin sie wollte?«

»In ihrem Zimmer stand ein Koffer. Gepackt. Es sieht so aus, als wäre ein weiterer die Treppe hinuntergeworfen worden, an ihr vorbei oder vielleicht direkt auf sie.«

Ich starrte ihn verständnislos an.

»Haben Sie das ganze Zeug auf den Stufen nicht bemerkt? Kleider, Bücher, Toilettensachen?«

»Ich habe so gut wie gar nichts bemerkt.« Ich wollte nicht, dass das nach Verteidigung klang, aber das tat es trotzdem, und das ärgerte mich. »Ein Koffer?«

»Zwei, wahrscheinlich. Oder ein Koffer und eine Reisetasche.«

»Vielleicht wollte sie über das Wochenende Freunde besuchen«, schlug Emma Dickenson vor. »Oder vielleicht ihre Familie.«

»Nicht ihre Familie«, sagte ich. »Vielleicht Freunde.«

»Warum nicht ihre Familie?«, wollte Barrett wissen.

»Wir kommen mit denen nicht gut aus.« Ich korrigierte mich.

»Wir können einander nicht ausstehen, so Leid es mir tut, das sagen zu müssen.« Und schuldbewusst schoss mir ein Gedanke durch den Kopf. »O Gott, ich hätte sie anrufen müssen! Das ist mir bis jetzt gar nicht in den Sinn gekommen.«

»Wir haben sie angerufen«, erklärte Emma Dickenson. »Ihre Eltern sind auf einer Kreuzfahrt, aber ich denke, inzwischen müssten sie die Nachricht erhalten haben.«

»Ihre einzige Tochter«, sagte ich.

»Das rückt alles in die richtige Perspektive, nicht?«, stellte sie fest. »Familienquerelen und so weiter.«

7

Ein paar Minuten später verließ ich die Polizeistation und ging zum Parkplatz auf der Rückseite. Es hatte aufgehört zu regnen, aber die Pfützen lagen wie Spiegel auf dem Asphalt. Ich entdeckte Anthony beinahe sofort, eine Trauergestalt in seinem verknitterten schwarzen Anzug, die langsam zwischen den Autos hindurchschlenderte und auf ihre glänzenden Schuhe hinunterblickte. Er sah mich nicht gleich, und ich ließ mir einen kurzen Augenblick Zeit, ihn zu beobachten, teils, um mich zu fassen, teils aber auch, weil mich eine Unmenge von Assoziationen in eine andere Zeit zurückversetzten, als Anthony ebenfalls gekommen war, um mich abzuholen.

Das war am Tag nach dem Brand gewesen. Der Morgen war bitterkalt, und Raureif lag weiß wie Zucker auf den geparkten Rettungswagen. Ich bemerkte, dass sie wie Hochzeitstorten aussahen und dass mir von der Kälte die Hände unter den Verbänden wehtaten. Und da war Anthony, beleibt und eingemummelt und nervös auf den Fußballen auf und ab wippend,

während sein brauner Schal im steifen Wind wie ein Wimpel hinter ihm herflatterte.
»Taten«, sagte er zu mir, »sind jetzt gefragt. Kühne Taten.« Er nahm der Krankenschwester meine Tasche ab und vermied es, auf meine Hände zu schauen. Seine Augen füllten sich mit Tränen. Er gab vor, daran sei der Ostwind schuld, aber schon damals war mir klar, dass das nicht stimmte.
Ich wusste nicht, was mit Kindern passierte, deren Familien ausgelöscht worden waren. Vielleicht würde Anthony mich in ein Waisenhaus bringen, falls es so etwas überhaupt noch gab. Ich stellte mir eine Art Internat vor, straff und institutionell und voll von Fremden, die alle die Regeln kannten. Es war mir egal, wie es sein würde. Mir war alles egal. Aber Anthony brachte mich nicht in ein Waisenhaus. Er brachte mich zu einem Straßenmarkt, einer langen Straße voll mit Verkaufsständen und Leuten. Die Verkäufer an den Ständen waren laut und ausgelassen und einige von ihnen seltsam gekleidet, und sie riefen und lachten viel und schrien einander unverständliche Dinge zu. Auf ihren Verkaufstischen lagen Waren aus wie in einem Basar: Porzellanfiguren und Bücher mit Ledereinband und gerahmte Bilder und prunkvoller Schmuck und Glaswaren und uralte Spielflugzeuge aus Blech und Schalen voll Münzen und Militärabzeichen und Schatullen aus dunklem Holz und Elfenbein. Es hatte etwas Surreales, mit dem langweiligen Anthony an einem solchen Ort zu sein. Denn dieser Ort war keineswegs langweilig – er war magisch –, und sobald Anthony einmal dort war, war auch er nicht mehr langweilig. Hier wurde er an jeder Ecke respektvoll begrüßt.
»Eine Erstausgabe, Mr. Gilchrist. Genau das Richtige für Sie.«
»Nächste Woche bekomme ich ein paar Meißener Teile, Mr. Gilchrist. Ich werde eines oder zwei für Sie auf die Seite tun.«
»Dieses Mal ist nichts für Sie dabei, Mr. Gilchrist. Aber ich informiere Sie, sobald etwas hereinkommt.«
Anthony nickte und lächelte vage, während er durch die Straße

schlenderte wie eine Hoheit, die Gnadenbezeigungen verteilt, aber er blieb nirgends stehen und kaufte nichts. Später erfuhr ich, dass dies die Portobello Road war, und ich sollte noch viele, viele Male mit Anthony dorthin gehen. Damals sagte mir das gar nichts, aber ich war von den Farben und dem Betrieb und dem Lärm dort fasziniert, von dem klaren Sonnenlicht und dem arktischen Himmel über den Markisen der Stände.

»Du bist in keiner Weise verantwortlich zu machen, Michael«, hatte Anthony ganz plötzlich festgestellt.

Ich blickte zu ihm auf, aber er ging immer weiter und schaute mich nicht an.

»Ich habe mit der Polizei gesprochen und mit den Feuerwehrleuten«, fuhr er fort. »Es könnte die verdammte Zigarre gewesen sein, die es ausgelöst hat.« Anthony schien irgendetwas hoch über den Dächern zu bemerken, deshalb musste er den Kopf ein paar Augenblicke von mir abwenden. »Wenn wir also über Schuld reden, dann war es mein Fehler, weil ich ihm die Zigarren gekauft habe. Oder sein eigener, weil er eine geraucht und sie nicht richtig ausgemacht hat. In jedem Fall bist du in keiner Weise verantwortlich.« Er legte seine Hand sanft auf meine Schulter und ließ sie dort. Seine Berührung war mir peinlich, aber ich wollte mich nicht von ihm abwenden. Ich wusste, dass er es nett meinte, auch wenn das, was er sagte, offensichtlich nicht der Wahrheit entsprach. »Am besten ist, gar nicht daran zu denken, alter Junge«, hatte er gesagt.

Wir waren stehen geblieben. Direkt vor uns befand sich ein Tisch auf Böcken und darauf mechanische Spielereien – Ormulu-Uhren, Reisewecker, Taschenuhren in eleganten Etuis, Spieldosen und Aufziehspielzeug. An der Backsteinmauer dahinter waren in einer unregelmäßigen Reihe Standuhren aufgestellt, wie ungleich große Wachsoldaten. An dem Stand tickte und klickte es, Räder ratterten, und hin und wieder gingen Türchen auf, und Vögel oder Soldaten in roten Uniformen oder Ballerinen erschienen und zirpten oder marschierten oder drehten sich und verschwanden dann wieder. Ein winziger Mann mit einem Ohrring und einem Filzhut schaute mich über den Tisch hinweg verstohlen an.

»Wer ist denn das, Mr. Gilchrist?« Die flinken Augen des Mannes registrierten meine verbundenen Hände und wandten sich dann schnell wieder ab. »Etwa der Zauberlehrling?«

»Das ist Michael.« Anthony wippte auf seinen glänzenden Schuhen. Ich konnte sehen, dass er erfreut und erleichtert war, den kleinen Mann zu treffen. »Michael, sag Mr. Harry Judah Guten Tag. Harry ist wirklich ein schlechter Mensch. Unerhörte Preise. Habe überhaupt nichts mit ihm zu schaffen.«

Harry Judah zog den Filzhut. »Lieferant des Adels für ausrangierte Kuckucksuhren, stets zu Ihren Diensten.« Er hatte tiefschwarze Haare, und ohne den Hut konnte ich sehen, dass er ziemlich jung war. »Ich bin hocherbaut, Sie kennen zu lernen, Mr. Michael.«

Ich hatte keine Ahnung, wovon er redete, aber ich spürte seine Wärme und seinen neckenden Humor.

»Haben Sie vor, den Jungen als Kaminkehrer zu verkaufen, Mr. Gilchrist?«, fuhr Harry fort und setzte sich den Filzhut wieder auf. »Ich an Ihrer Stelle würde mich beeilen, bevor er noch größer wird oder die ganze Stadt auf Zentralheizung umgestellt hat.«

Ich spürte, dass Anthony die Hand von meiner Schulter nehmen wollte, aber er überlegte es sich anders und ließ sie dort. Er drückte meine Schulter sogar ein wenig. Er sagte: »Michael kommt mit zu mir nach Hause.«

Harry Judah verzog keine Miene. »Sie werden sich also um ihn kümmern?«

»Ich werde mich von nun an um alles kümmern«, hatte Anthony gesagt.

Anthony hatte mich noch immer nicht gesehen, und ich ging über den Parkplatz der Polizeistation auf ihn zu. Er war so in Gedanken vertieft, dass ich nur noch ein paar Meter von ihm entfernt war, als er sein trauriges Boxerhundgesicht hob.
»Hallo, Anthony«, begrüßte ich ihn.
»Mein lieber Junge«, sagte er. »Mein lieber alter Junge.«
Anthony war dreiundsechzig oder vierundsechzig. Noch nicht alt. Aber heute sah er aus wie ein alter Mann, mitgenommen und verbraucht. Ich hatte ihn noch nie so gesehen. Es war entsetzlich grausam, dass er herbeigerufen wurde, um wieder eine Rolle in einer hoffnungslosen Tragödie zu spielen. Absurderweise fühlte ich mich dafür verantwortlich, weil beide Tragödien die meinen waren.
»Du siehst einfach schrecklich aus, Anthony.«
»Ja? Mein Gott. Tue ich das wirklich?« Anthony zog sein Einstecktuch heraus – purpurrot dieses Mal, wie ich bemerkte, mit großen weißen Punkten. Er wedelte damit herum, als wolle er die Regentropfen von seinem Mantel wischen. Ruckartig blickte er zuerst zum Himmel und dann auf die Erde, als sei er jeweils über etwas überrascht, das er oben und unten sah.
Ich streckte die Hand aus und fasste ihn am Arm. Für unsere Verhältnisse war das eine intime Geste. »Danke, dass du so schnell gekommen bist, Anthony.«
Er holte tief Luft und schaute über meine Schulter. »Na ja, ist doch klar«, sagte er. »Gleich, als ich es erfuhr. Und ich habe bei Stella angerufen. Sie hat dir ein paar Kleider zum Wechseln besorgt. Die liegen im Auto.«
»Sie ist ein Goldschatz.«
»Ja, wirklich.« Er steckte das Tuch so in die Brusttasche seines Anzugs, dass es daraus hervorsah wie eine große, weiche Blume. Ein paar Sekunden standen wir da, und keiner von uns wusste, was er als Nächstes sagen sollte. Schließlich meinte Anthony: »Ja, nun, komm schon«, und drehte sich um. Wir gingen ein paar Meter zu der Stelle, an der ein neuer brauner

Volvo stand, mit Regenperlen übersät. Er fingerte eine Weile an dem Schlüsselanhänger herum, bis es ihm gelang, die Türen zu entriegeln. Ich konnte nicht anders, als das Auto anzustarren. Anthony besaß einen uralten weißen Rover – soweit ich mich erinnerte, hatte er ihn immer besessen –, und dieses luxuriöse Gefährt passte überhaupt nicht zu ihm. Er sah, dass ich es betrachtete. »Ein Monstrum«, sagte er entschuldigend. »Leihwagen nennen die so etwas. Nur solange die alte weiße Dame in der jährlichen Inspektion ist. Verdammt unangenehm.«
Ich konnte sehen, dass das fremde Auto ihn verlegen machte. Ich wusste, er fühlte, dass er versagt hatte, weil er ausgerechnet heute den vertrauten Rover nicht dabeihatte, dass er mich nicht mit jeder zur Verfügung stehenden Tradition und Gewohnheit umgeben konnte. Das war absurd, aber typisch für Anthony. Ich sah keinen Weg, wie ich seinen Kummer lindern konnte. Ich ging um das Auto herum und machte die Beifahrertür auf, aber dann zögerten wir beide und schauten einander über das schimmernde Dach hinweg an.
»Du musst natürlich mitkommen zu mir nach Hause«, sagte Anthony und straffte die Schultern. »Ich werde mich um alles kümmern.« Er stieg in das glänzende Auto und zog die Tür mit einem dumpfen Knall zu.
Das Haus, in dem Anthony allein lebte, war ein großes, düsteres Gemäuer aus den Zwanzigerjahren und stand in einem ungepflegten Garten voller Büsche und Pappeln. Rund um die Eingangstür bröckelte der Verputz, und die Einfahrt brauchte dringend einen neuen Belag. Anthony schien das nie zu bemerken. Während meiner Schulferien hatte mich dieses Flair des achtlosen Verfalls fasziniert. Ohne das wäre es nur ein langweiliges Vorstadthaus gewesen wie die anderen Häuser der oberen Mittelschicht an dieser Straße, die hinter Ligusterhecken und Kiesauffahrten zurückversetzt standen. Stattdessen passten weder Anthony noch sein Haus richtig hierher, in diese Zeit und an diesen Ort, und obwohl ich damals nicht

verstand, was das bedeutete, so wusste ich doch, dass es von Wichtigkeit war.
Die Zimmer waren muffig und mit dunklen Möbeln voll gestellt. Jede Wand und jedes Regal voll mit Büchern und Gemälden und Skulpturen. Anthony grub diese Schätze auf Märkten und Auktionen aus, die er bei seiner regelmäßigen Freizeitrunde am Wochenende aufsuchte.
Er hatte echtes Talent, mechanische Apparate zu reparieren und zu restaurieren: Die Schlösser antiker Feuerwaffen, Spielzeug zum Aufziehen, Spieldosen. Dann saß er an einem alten Kieferntisch im Wintergarten, dem einzigen Raum im Haus mit ordentlichem natürlichen Licht, und der Tisch war bedeckt mit winzigen Messingzahnrädern und -federn, Rädchen und Feuersteinen, Gewichten und Schrauben. Und das Ergebnis war, dass es in Anthonys Haus eine Menge Uhren gab, auch eine hübsche Standuhr im Flur und auf dem Kaminsims im Esszimmer eine Ormulu-Reiseuhr. Alle gingen ein paar Minuten nach.
Als ich ein Teenager war, hatte mich das alles nicht sonderlich interessiert. Aber dann hatte Anthony eines Tages ein herrliches Paar Duellierpistolen von Wheelers in London mit nach Hause gebracht, und er hatte sie mich sogar ein paar Minuten in die Hand nehmen lassen, bevor er sie wieder wegschloss in ihre edle Rosenholzschatulle. Ich konnte mich noch daran erinnern, wie kühl sich das Metall und wie schmeichelnd sich die Walnussgriffe anfühlten. Die Pistolen waren so gut ausbalanciert, dass sie kaum ein Gewicht zu haben schienen. Anthony hatte mich an jenem Tag verständnislos angesehen, als ich vorschlug, wir könnten sie laden und im Garten abfeuern. Ich stellte mir vor, Krähen würden in einem Gewitter schwarzer Federn explodieren. Seine Unfähigkeit, die Verlockung dieses Gedankens zu erkennen, war frustrierend, aber es war dennoch sehr beeindruckend, dass er solch geheimnisvolle Objekte besaß, und mehr noch, dass seine dicken kleinen Finger das

Geschick hatten, sie wieder zum Funktionieren zu bringen. Dadurch hatte ich ihm gegenüber jedenfalls eine andere Einstellung.
Anthony und ich trugen das Gepäck ins Haus. Es war nach seiner einwöchigen Abwesenheit kalt und düster. Es roch nach Staub und altem Bohnerwachs, so wie es meiner Erinnerung nach schon vor Jahren gerochen hatte. Ich hatte Anthony in den vergangenen Jahren regelmäßig besucht, aber seit meiner Teenagerzeit nicht mehr in diesem Haus übernachtet. Ich trug Stellas Plastiktüte mit meinen neuen Kleidern hinauf in das vordere Schlafzimmer, das ich immer bewohnt hatte. Es war ein schmales Zimmer mit schräger Decke, kleiner, als ich es in Erinnerung hatte, aber ansonsten fast in jeder Hinsicht genau so, wie ich es verlassen hatte. Ich konnte noch immer die Spuren der Reißzwecken entdecken, mit denen ich meine Landkarte von Brasilien an der Schranktür befestigt hatte. Mein alter Schreibtisch stand noch immer in der Ecke, so niedrig, dass ich meine Beine nicht mehr darunter brachte. Noch immer zierte ihn das Loch, etwas versetzt von der Mitte, das ich zum großen Entsetzen von Anthony in die Tischplatte gebohrt hatte, um die Kabel meines ersten primitiven Computers hindurchzuführen. Ich wusste nicht, ob es meine Brutalität gegenüber der Tischplatte oder das Vorhandensein eines Computers in diesem Haus war, was ihn derart schockierte. Ich bezweifle, dass Anthony je zuvor einen Computer gesehen hatte. Er hatte ja noch nicht einmal einen Fernseher. Hatte er immer noch nicht.
Der Raum war muffig, und mich juckte es an der Nase. Ich ließ meine Taschen fallen und streckte mich auf dem vertrauten Bett aus. Das Licht draußen wurde schwächer. Ich hatte auf diesem Bett eine Menge geträumt, während draußen das Licht schwächer wurde, Träume von Eskapaden und von Abenteuern. Die Blätter des alten Ahorns, der neben dem Fenster wuchs, fingen an abzufallen.

In meiner Kindheit bedeuteten diese gelben Tupfer, dass der Sommer vorüber war und ich bald wieder in der Schule sein würde, fern von Anthony, fern von diesem sonderbaren Haus, das wie eine einzige Rumpelkammer war. Später dann freute ich mich um diese Zeit schon darauf, bald wieder fort zu sein. Meine Besuche hier waren im Laufe meiner Teenagerjahre immer kürzer geworden, und wenn ich in dem Haus wohnte, wurde ich jedes Mal immer ungeduldiger, immer begieriger, wieder in die wirkliche Welt zurückzukehren, von Anthony mit seinem kummervollen Gesichtsausdruck und seinen gepunkteten Fliegen fortzukommen. Und dennoch war ich jetzt wieder hier, und er war immer noch da. Ich fragte mich, wie lange ich dieses Mal wohl brauchen würde, um meinen Weg in die wirkliche Welt zurückzufinden.

Als ich mir meiner Umgebung wieder bewusst wurde, war es im Zimmer kalt, und die Blätter draußen vor dem Fenster hoben sich schwarz vom Abendhimmel ab. Ich setzte mich im Bett auf. Die Luft war dämmrigblau, und der alte Heizkörper in der Ecke gurgelte übellaunig. Ich rieb mir über das Gesicht, stand auf, schaltete die Nachttischlampe an und ging auf den Flur hinaus. Unten konnte ich einen Streifen bernsteingelben Lichts unter Anthonys Arbeitszimmertür sehen, und ich konnte das sanfte Klagelied einer singenden Frau hören. Ich ging ins Badezimmer, duschte und rasierte mich, dann kam ich in mein Zimmer zurück und leerte meine Taschen auf das Bett. Stella hatte mir neue Unterwäsche gekauft, einen Pulli und steife neue Jeans. Ich zog die ungewohnten Kleider an: Sie passten einigermaßen. Ich ging aus dem Zimmer und die dunkle Treppe hinunter auf den Lichtstreifen unter Anthonys Arbeitszimmertür zu.

Er saß in einem der Kordsessel neben dem Kamin. Das Zimmer war erfüllt von einem getragenen Klagelied. Anthony hockte in seinem dunklen Anzug auf dem Rand seines Sessels und starrte in ein Glas Brandy. Er schaute kurz zur Seite, als ich die Tür öffnete, und dann auf mich, und obwohl er sein Gesicht zu einem Begrüßungslächeln verzogen hatte, vermied ich, ihn direkt anzuschauen. Er hob sein Glas hoch, damit ich es sah.

»Ich weiß, wo er ist, Anthony.«

Ich ging zu der alten, aber hervorragenden Stereoanlage hinüber, die in der Ecke stand und mit einem Tuch bedeckt war wie ein Altar, und drehte die Lautstärke des wehklagenden Soprans herunter. Das Zimmer war spärlich beleuchtet und kühl. Ich bemerkte, dass die Holzscheite im Kamin aufgeschichtet waren, aber dass er sie nicht angezündet hatte. Ich ging zur Hausbar und schenkte mir einen Scotch ein.

»Es wird schon früh dunkel.« Anthony nickte in Richtung der blauen Fensterquadrate. »Sobald es Oktober ist, kann man den Winter schon riechen. Den Winteranfang.«

Ich ging durchs Zimmer, zog die staubigen Vorhänge zu, knipste eine Messingleselampe an, drehte die Lautstärke der Anlage noch mal ein Stückchen herunter. Das war Anthonys Lieblingszimmer, ein chaotischer Schlupfwinkel, voll gestellt mit kleinen Mahagonitischen mit Messing- und Zinngegenständen darauf, Bücherschränken mit Glastüren und mit Stichen von Jagdszenen an den Wänden. Es roch nach Alter und nach Rauch und nach dem Harz in den Kiefernscheiten neben dem Kamin. Früher hatte mich Anthony immer für die allervertraulichsten Unterredungen in dieses Zimmer geführt, zumeist, um mir betrübt Vorhaltungen wegen irgendeiner rebellischen Übertretung einer weiteren idiotischen Schulvorschrift zu machen. Ich erinnere mich, in einem dieser riesigen Sessel zu sitzen, darin halb zu versinken, und ihn mürrisch anzusehen, während er mir darlegte, wie wichtig Ordnung und Disziplin für den Triumph des Guten über das Böse sei und warum daraus folgte, dass ich außerhalb des Schulgeländes immer meine Kappe zu tragen hätte.

Ich erinnere mich auch, wie er mich ein oder zwei Jahre später hier hereingeführt hatte, damit ich die Callas La Boheme singen hörte. Diese Einführung in die hohe Kultur war nicht viel mehr von Erfolg gekrönt gewesen als seine Predigten über Disziplin, aber mir war sogar damals schon bewusst, dass mir etwas Besonderes geboten wurde, etwas, das mehr war als nur Musik, und ich hatte das Ganze über mich ergehen lassen, ein wenig ehrfurchtsvoll angesichts der halb verstandenen Ehre, die mir zuteil wurde.

Jetzt bemerkte ich, dass er auf dem Beistelltisch neben seinem Sessel eine Reihe gerahmter Fotografien aufgestellt hatte. Ich malte mir aus, wie er sie hochgehoben, sich eingehend angesehen und sie dann wieder abgestellt hatte, während ich oben schlief. Vielleicht hatte er auch das Glas mit seinem gepunkteten Seidentuch abgewischt. Es waren jedoch keine Fotos von Caitlin, wie ich befürchtet hatte. Es waren Bilder von meinem Vater, an irgendeinem Ort in den Tropen gegen die Motorhaube eines Landrovers lehnend, einen Palmenhain im Hintergrund, und in seiner typisch verwegenen Art grinsend. Und Bilder von meiner Mutter, die Sonnenbrille in die Haare hochgeschoben, jünger aussehend, als ich sie in Erinnerung hatte, braun gebrannt und schlank in einem gestreiften T-Shirt. Und Fotos von Paul und Deborah, weiche, formlose Gesichter voller Licht, mein Bruder gerade sechs Jahre alt und meine Schwester noch nicht einmal ganz vier, das Alter, das sie für immer behalten würden. Und ein Bild von mir, wie ich wichtigtuerisch in die Kamera starre, sehr auf meine Verantwortung als das älteste der Kinder bedacht.

Ich fand Streichhölzer und ließ mich vor Anthony auf einem Knie auf dem Kaminvorleger nieder, um das Feuer anzuzünden. Und als ich so da kniete, legte er mir die Hand auf die Schulter, als sei ich ein Büßer, der den Segen empfängt.

»Michael«, sagte er, »du weißt, dass ich nie in irgendetwas sonderlich gut war.«

Seine Hand auf meiner Schulter war nur eine ganz leichte

Berührung, aber ich hatte den Eindruck, als könne ich mich wegen ihres Gewichts im Moment weder bewegen noch etwas sagen.

»Gut, ich war derjenige, der die richtigen Beziehungen hatte: Privatschule. Cambridge. Und so weiter. Aber ich war immer, na ja, der Ersatzspieler. Sogar in der Kanzlei. Vernünftig. Ein williger Ackergaul. Keine wirkliche … Leuchte, verstehst du?«

Mit Mühe zündete ich ein Streichholz an. Ich hielt es an das zerknüllte Zeitungspapier im Kamin, und gelbe Flammen flackerten auf. Ich hockte mich auf die Fersen, und seine Hand rutschte von meiner Schulter. Das Feuer knackte und knisterte, und wir beide betrachteten es.

»Dein Vater war ein so guter Freund von mir, Michael«, sagte er. »Außergewöhnlich, wirklich. Ich war überhaupt nicht wie er. Du lieber Himmel, nein!« Sein breites Gesicht hellte sich bei dem Gedanken auf. »Duncan besaß keinerlei gesellschaftliche Privilegien, aber da war er, in Kings College, zusammen mit uns Privatschulwunderkindern von Winchester und Rugby, prügelte sich mit den Besten von uns, war stur, streitsüchtig, ohne Kompromisse. Wir wussten nicht, wen wir so unverhofft in unseren Reihen hatten. In einem anderen Leben wäre Duncan Soldat geworden, weißt du. Ich habe mir das oft gedacht. So etwas wie T. E. Lawrence. Irgendwo an einem wilden und abgelegenen Ort.«

Das Licht des Feuers flackerte über das Bild meines Vaters und ließ die Farben lebendig werden – Palmen in grellem Grün und dahinter ein tiefblauer Himmel. Mir kam der Gedanke, dass dieses Foto ganz kurz vor dem Tod meines Vaters aufgenommen worden sein musste, als er so alt war wie ich jetzt. Und das war merkwürdig, weil ich ihm mein ganzes Leben lang im Altersabstand immer näher gekommen war, aber von nun an würde er jung bleiben und ich älter werden. Mit jedem Jahr würde ich mich immer weiter von ihm entfernen.

Mein Vater war Ingenieur gewesen, aber Anthony hatte Recht,

in einem anderen Leben wäre er Soldat geworden. Man konnte es an den Sonnenfältchen in seinem Gesicht, an seinem Lächeln und der kecken Haltung seines Kopfes sehen. Ein großer Mann, ein selbstbewusster und fähiger Mann mit klugen Augen und Entschlossenheit in jeder Faser seines Körpers. Alle sagten, ich sei ganz nach ihm geraten. Der Vergleich hatte mir fast immer gefallen, aber ich hatte nie wirklich verstanden, was das bedeutete. Er war so viel unterwegs gewesen, dass ich ihn nie richtig kennen gelernt hatte. Und dann hatte ich ihn, gerade als ich mich zum Mann entwickelte, unwiderruflich verloren. Ihn und die anderen verloren. Jeden Bezugspunkt, jeden Halt verloren. Das konnte nicht wieder gutgemacht werden.

»Ich war Duncan treu ergeben«, sagte Anthony gerade. »Immer der Sancho Pansa seines Don Quijote, der getreue Knappe seines Herrn. Es konnte ja gar nicht anders sein. Ein Kerl wie ich. Aber trotzdem ehrlich. Absolut ehrlich. Alles hätte ich für ihn getan. Alles.« Anthony schaute mich an. »Und dann dieses verdammte, dumme Feuer. Nicht in Sarawak oder im Kongo oder sonst wo. In Surbiton. Mein Gott! Ein ganz banaler Wohnhausbrand im Vorort Surbiton.«

In all den Jahren hatten wir nie so direkt darüber gesprochen. Und jetzt stand das alles noch einmal vor mir. Ich sehnte mich plötzlich nach den heißen, wilden Orten, an denen ich so oft gewesen war und an denen mein Vater vor mir gewesen war, die gefährlichen Orte, wo harte Entscheidungen zu treffen waren.

»Aber verstehst du«, fuhr Anthony fort, »in gewisser Weise hat mir Duncan die einzige Chance geboten, etwas wirklich Besonderes zu tun. Für dich zu sorgen. Mich um dich zu kümmern. Dafür zu sorgen, dass dir nichts passierte. Oh, ich nehme gar nicht die ganzen Lorbeeren für mich in Anspruch. Nur ein bisschen was davon. Nur so viel, um sagen zu können, dass ich am Ende doch etwas Besonderes fertig gebracht habe.«

Ich wartete ab, aber danach schwieg er. Ich schaute ins Feuer, sodass er meine Augen nicht mehr sehen konnte. Das war wahrlich Ironie. Dieser sanfte, kleine Pinguin von einem Mann meinte tatsächlich, was er da sagte. Ich sollte der Unerschrockene sein, ein Mann der Entschlusskraft wie mein Vater. Ich war der Retter, gewöhnt, Entscheidungen über Leben und Tod zu treffen, fähig, Krisen zu meistern. Aber wenn es darauf ankam, war es der beleibte Anthony mit seiner Fliege, der stahlhart war.

8

Ich legte mich auf die Bretter des Stegs zurück und drückte Caitlin an mich. Der Sommermond hing über uns wie ein Lampion, der sich in den Bäumen verfangen hat. Ein paar Fingerbreit unter meinem Kopf raunte sich der Severn auf seinem dunklen Weg zum Wehr selbst etwas zu. Irgendwo ganz weit entfernt klangen diskrete Partygeräusche in die Nacht, sanfte Musik, wohlerzogenes Lachen. Hinter uns klatschte irgendetwas ins Wasser wie ein hineingeworfener Stein: ein Fisch, der gejagt wurde oder jagte. Ich stellte mir vor, wie er in den dunklen Strömungen unter uns hindurchhuschte.

Sie griff nach oben und strich mir mit den Fingerspitzen über das Gesicht wie ein blindes Mädchen, das versucht, darin eine Botschaft zu lesen. Ihre Hand fuhr die Biegung meines Halses hinab. Ich konnte mich an ihren Fingerspitzen riechen. Mein Hemd war offen, und ihre Hand streifte über den Schlüssel, hielt inne, kehrte zu ihm zurück und hob ihn gegen das Mondlicht.

»Was ist das?«

»Er soll mich erinnern.«

»Dich an was erinnern?«
»Das Universum in Ordnung zu halten«, sagte ich und küsste sie auf die Haare.
»O Mann, was bist du seriös«, hauchte sie mir spöttisch ins Ohr. »Weißt du nicht, dass dort das Chaos herrscht?«
Ich dachte an die Flüchtlingslager, an all die verzweifelten Menschen, die aufgegebenen Menschen. »Nein«, sagte ich, »das Chaos ist in uns.«
Zwischen den Bäumen hindurch konnte ich Bruno mit seiner schmalzigen Stimme singen hören.
»That child done washed us away«, sang er. *»That child done washed us away.«*

Als ich die Augen wieder aufschlug, war es Tag.
»Habe ich dich geweckt?« Caitlin beugte sich über mich und lächelte mich an. Ich wurde mir des Severn, der ein paar Zentimeter unter mir dahinglitt, bewusst und des feuchten Geruchs von Schlamm. Sie sagte: »Du hast so friedlich ausgesehen.«
»Du hast mich nicht geweckt.« Ich wusste nicht, warum ich log.
»Ich hab mich sehr bemüht.« Sie lachte. »Es ist zwar wahnsinnig romantisch hier, aber mir ist entsetzlich kalt.«
»Tut mir Leid. Ich kann allem Anschein nach überall schlafen.«
Sie verzog das Gesicht zu einer Grimasse. »Erzähl mir jetzt bloß nichts. Deine Sonderkommando-Ausbildung!«
»Richtig. Ich hab den Kurs über Jetlag und Champagner gemacht.«
»Hat da auch Sex mit fremden Frauen, die an einem dünnen Seil über einem Wasserfall hängen, dazugehört?«
Sie warf mir diesen spöttischen Blick zu, den ich so gut kennen lernen sollte, den Blick, der mir immer das Gefühl gab, sie sei mir einen halben Schritt voraus. Das erste Morgenlicht zeigte sich am Himmel und im Fluss und schien auf ihr Gesicht, und

das änderte alles, stellte alles in Frage. Es machte mir Angst, als könne das alles auf einen Schlag verschwinden wie das Gold im Märchen, deshalb sagte ich nichts, für den Fall, es könnte das Falsche sein. Unsere Kleidung war unelegant zerknittert und verdreht. Ein Ärmel meines Jacketts hing im Wasser. Leichter Nebel stieg vom Fluss auf. In der taubengrauen Morgendämmerung war es richtig kalt geworden. Sie zog ihr Kleid um sich, und ich konnte sehen, dass sie fröstelte. Ich setzte mich auf und wrang das Wasser aus dem Ärmel meines Jacketts. Während ich mich bewegte, spürte ich, wie sich die Planken des Stegs unter mir verschoben.

»Komm, wir machen uns einen Kaffee«, sagte sie und stand auf.

Ich folgte ihr den Pfad am Fluss entlang. Sie bückte sich, um die Schuhe auszuziehen, und ging durch den weißen Nebel weiter, der vom Wasser heraufrollte, leuchtend in ihrem hellen Kleid wie ein Geist. Wir gelangten durch die Wand von Bäumen auf den hinteren Rasen des Anwesens. Die tief stehende Sonne fiel auf das Grundstück und ließ den Tau im Gras glitzern und die hauchdünnen Flügel der Insekten aufblitzen. Drei graue Kaninchen richteten sich, als wir näher kamen, im Gras auf, überrascht, so früh Menschen hier zu sehen, und hoppelten dann ohne Hast davon. Als ich hinter Caitlin herging, ihren geraden Rücken und ihr glänzendes Haar ansah, während sie durch das Gras schlenderte, ihre Schuhe nonchalant über die Schulter gehängt, kam mir der Gedanke, dass ich einen Ort betreten hatte, an dem ich nie zuvor gewesen war. Das war kein Schock, sondern eine ruhige Feststellung. Das war unbekanntes Territorium, aber ich hielt es unmissverständlich für einen Platz, an den ich gehörte.

Gerade in diesem Augenblick drehte sich Caitlin wie auf ein Signal hin zu mir um, sie lachte in dem kühlen Licht, die Arme ausgebreitet, die Schuhe baumelten an der einen Hand, und die andere war nach mir ausgestreckt. Ich ging zu ihr, nahm ihre

Hand, stand da und schaute sie an, und ein Lächeln breitete sich auf ihrem Gesicht aus. Sie hielt lange still, ihr Atem streifte mich. Ich wusste nicht genau, wann es vereinbart wurde, aber ich wusste, dass es während dieser wenigen Augenblicke und ohne ein Wort geschah. Sie schlang ihren Arm um meinen Hals und küsste mich, und ich küsste sie. Wir waren ungeschickt wie Teenager, als hätten wir beide vergessen, wie man das macht, und müssten das alles von Neuem lernen. Sie ließ die Augen offen.

Dann nahm sie meinen Arm, und wir gingen über den Rasen, zwischen den Überresten der Party hindurch – aufgestapelte weiße Plastiktische und -stühle, Drahtkörbe mit Weinflaschen, Tabletts voller Gläser auf den Abstelltischen. In einigen Gläsern kreisten dem Tod geweihte Eintagsfliegen in Champagner, ihre Flügel kräuselten die Oberfläche. Wäre jemand da gewesen und hätte uns gesehen, dann hätten wir sicher wie ein nicht sehr schickliches viktorianisches Liebespaar ausgesehen, Caitlin barfuß in ihrem langen Kleid und ich in meinem zerknitterten dunklen Anzug, wie wir so zwischen den Butterblumen daherkamen. Morrow House ragte vollkommen still über uns auf, eine große Klippe aus gelblich braunem Stein mit gewaltigen hohen Fenstern und einem säulengestützten Vordach.

»Wohnst du wirklich in diesem Haus?« Ich starrte die hohe Fassade hinauf, an der die Blätter von Efeu und wildem Wein im Licht schimmerten. Es war eindeutig das größte Privathaus, das ich je gesehen hatte. »Es ist wie ein Schloss in einem Märchen.«

»O ja«, sagte sie, »einschließlich des hier hausenden Monsters.«

Ich schaute sie an. Das hätte ein Spaß sein sollen, aber es war keiner.

Mehrere Autos waren noch entlang der Auffahrt geparkt, ein Jaguar, zwei Porsche und ein königlich silberner Bentley.

Neben dem Bentley stand Brunos ramponierter Austin Healey. Bruno lag schlafend auf den Vordersitzen, lächelte selig mit einer Flasche Champagner im Arm, und seine Füße hingen aus dem Beifahrerfenster heraus. Er trug teure Wildlederstiefel, und seine Beine waren an den Knöcheln elegant übereinander geschlagen.
Caitlin führte mich um die Biegung der Kiesauffahrt herum, vorbei an einem edwardianischen Wintergarten, eine Konstruktion aus Glas und Gusseisen, die sich einer ganzen Hausseite entlang erstreckte, und zu einer kleinen Gruppe von Nebengebäuden, die ein wenig zurückgesetzt zwischen den Bäumen standen. Sie schob die Tür des nächstgelegenen auf, eines langen Backsteinschuppens mit holzgerahmten Fenstern und einem mit Kletterpflanzen überwucherten Schieferdach. Ich duckte mich unter dem niedrigen Türsturz durch. An einem Ende des Schuppens befand sich eine Reihe uralter Schaltgeräte, braune Bakelitgriffe und bemalte Elfenbeinzifferblätter mit großen Zahlen, das Ganze garniert mit Spinnweben, die wie Girlanden im schräg einfallenden Licht schaukelten.
»Das war früher einmal das Generatorenhaus«, erklärte sie und drückte sich an mir vorbei hinein. »Und dann wurde es … ein Refugium für mich. Ist es noch immer, manchmal.«
Ich bemerkte ihr Zögern und schaute neugierig in ihre Richtung, dabei sah ich, dass am anderen Ende des niedrigen Raumes eine Fläche ungefähr von der Größe eines geräumigen Wohnzimmers in eine Art Atelier verwandelt worden war. Die Wände waren mit Korkplatten verkleidet, auf denen Zeichnungen befestigt waren. Unter dem Fenster stand ein Tisch auf Böcken, darauf lagen Papierstapel und Spiralzeichenblöcke, standen Gefäße mit Stiften und Pinseln. Mitten im Raum war eine Staffelei aufgestellt, und jetzt stand Caitlin daneben, und wie sie da so stand, konnte ich eine Verlegenheit spüren, die ich zuvor noch nicht bei ihr bemerkt hatte.
»Kaffee?«, fragte sie brüsk und ging zu einer kleinen Spüle in

der Ecke. Sie ließ Wasser in eine Kanne laufen. »Ich kann Kaffee machen. Richtig guten. Ich habe einen Campingkocher hier.«

Ich trat an die Staffelei. Ein Aquarell war daran festgeklemmt, eine Landschaft mit viel Schilfgrün und leuchtendem Kornblumenblau, kühn und ausdrucksstark. In dem schwachen Licht fesselte es meine Aufmerksamkeit wie ein Buntglasfenster in einer Kirche, klar und leuchtend, als scheine die Sonne von hinten hindurch.

Ich fragte: »Hast du das gemalt?«

»Ich hab keine Milch, aber es ist noch etwas Zucker da, falls du ihn aus der Dose herauskriegst.«

Ich schaute mir die Zeichnungen und Bilder an den Wänden an: alte Bauernhäuser, Blumen und Bäume, ein Friedhof mit Kreuzen und Grabsteinen, eine Kuhherde auf einer regengepeitschten Weide. Die meisten waren mit Bleistift, einige mit Kohle oder Pastellkreide und ein paar wenige in Wasserfarbe gemalt.

»Die sind wunderbar«, sagte ich.

Sie stellte die Kaffeekanne vorsichtig auf den Campingkocher und drehte mir weiter den Rücken zu. »Woher willst du das wissen?«, fragte sie.

Ich brauchte einen Augenblick, um mich davon zu erholen. »Habe ich etwas Falsches gesagt?«

Sie fuhr herum, rannte herüber und schlang die Arme um mich. »Tut mir Leid, entschuldige bitte.«

»Du solltest nicht verlegen sein, Cate. Sie sind schön.«

»Ja?« Sie zog sich ein wenig von mir zurück, die Hände auf meinen Schultern. »Und wie schneiden sie im Vergleich zu dem ab, was du in den vergangenen Monaten getan hast?«

Die Frage brachte mich völlig aus dem Konzept.

»Zier dich nicht. Du hast dir diese Bräune wohl kaum auf einer Pauschalreise nach Ibiza geholt, oder?«

»Ich habe in einem Flüchtlingslager in der Türkei gearbeitet.«

Sie schüttelte mich an den Schultern. »Und was getan?«
»Ich bin Arzt. Ich habe der Hilfsmannschaft angehört.«
»Du hast also Leben gerettet. Während ich … was gemacht habe? Mit Freunden in Aspen beim Skifahren gewesen bin. Ich kann mich gar nicht mehr recht erinnern, mit wem. Ich glaube, wir haben es geschafft, ganze zwei Wochen miteinander zu verbringen, ohne auch nur einen einzigen zusammenhängenden Satz zu sagen. Ach ja, und dann musste ich natürlich nach Paris zu einer Hochzeit und bin zehn Tage dort geblieben, in ein paar Galerien herumgeschlendert und hin und wieder ins Konzert gegangen, wenn ich nicht gerade allzu verkatert war. Und dazwischen war ich hier, habe nette Bilder gemalt und nur auf jemanden wie dich gewartet, der mir sagt, ich sei seit Matisse die Allerbeste.«
Ich trat etwas zurück und löste ihre Arme von mir. »Caitlin, wenn dir dein Leben nicht gefällt, dann ändere es, verdammt noch mal.«
»Einfach so, ja?«
»Es gibt nur wenige Leute, die die Freiheit dazu haben oder das Talent. Du schon.«
»Das glaubst du?«
»Klar.«
Die Kaffeekanne hinter ihr gluckerte, als würde sie gleich explodieren, und brach unsere Unterhaltung wie die Glocke eines Schiedsrichters ab.
»Na«, sagte sie augenzwinkernd, »es hat nicht lange gedauert bis zu unserem ersten Streit, nicht wahr?«
Sie nahm die Kaffeekanne vom Kocher, schenkte zwei Becher voll ein und brachte sie zu dem Rattansofa an der Wand. Sie stellte die Becher auf einen umgedrehten Blumentopf, setzte sich hin und klopfte auf den Platz neben sich. Ich setzte mich, und sie beugte sich zu mir herüber und küsste mich.
»Sag mal, Michael, wie alt bist du?«
»Neunundzwanzig.«

»Haben deine Eltern dich zur Selbstständigkeit erzogen?« Ich überlegte. »So könnte man es sagen.«
»Meine nicht.«
»Für mich hört es sich trotzdem so an, als würdest du weitgehend tun und lassen, was du willst.«
»Ja«, sagte sie. »Ich kann machen, was ich will, aber nichts davon ist von Bedeutung.«
»Wer sagt, dass es nicht von Bedeutung ist?«
»Er hasst es, wenn ich das mache.« Sie deutete auf die Bilder und Zeichnungen im Raum. »Daddy, meine ich.«
»Warum?«
»Weil ich gut darin bin. Weil ich dadurch entkommen kann. Ihm entkommen und mich in meine eigene Welt zurückziehen kann.« Sie schaute mir ins Gesicht und lachte. »Du glaubst, das ist alles neurotisches Gezicke, richtig?«
»Das habe ich nicht gesagt.«
»Das brauchst du auch nicht.« Sie griff nach ihrem Kaffeebecher und umschloss ihn mit beiden Händen. Ihr Kleid raschelte in dem stillen Raum. »Ich erwarte nicht, dass du das verstehst. Du erkennst ein Problem und packst es an. So bist du nun mal gestrickt. Aber ich bin vierundzwanzig geworden, ohne zu wissen, wie ich irgendetwas Sinnvolles tun könnte.«
»Erzählt er dir etwa, dass das nichts Sinnvolles ist? All diese Arbeit?«
»Du bist sehr nett«, sagte sie. »Daddy würde es im Traum nicht einfallen, das als Arbeit zu bezeichnen.«
»Ist es denn so wichtig, was er denkt?«
»Es ist nicht einfach, sich zu ändern, wenn man nun einmal so erzogen wurde. Selbst wenn einem das nicht sonderlich gefällt.«
Das traf bei mir einen wunden Punkt, und ich wusste darauf nichts zu sagen. Ich nahm meinen Becher. Ganz abrupt sagte sie: »Du weißt, was Einsamkeit ist, Michael, nicht wahr? Ich sehe es dir an, dass du es weißt.«

»Ja, ich weiß es.«

»Einsamkeit raubt einem den Willen. Das ist etwas, was ich hier entdeckt habe, hier in diesem Haus. Dass man ohne andere Menschen keine Kraft hat. Und die Kindheit ist die allereinsamste Lebensphase. Deshalb will ich nie Kinder haben.« Sie stellte ihren Kaffee ab und kuschelte sich an mich. »Nie, nie, nie.«

Ich spürte ihren Körper sich an meinen schmiegen. Draußen zwitscherten die Vögel in der Morgenfrische. Ich dachte wieder an die Kinder, die ich in den vergangenen Wochen gesehen hatte. Viele von ihnen, denen ich zu helfen versucht hatte, würden inzwischen schon tot sein, an Unterernährung oder Krankheit gestorben. Keine Kinder? Das war mir durchaus recht.

Sie war so still, dass ich dachte, sie sei eingeschlafen. »Ich bin eine ziemliche Nervensäge«, sagte sie plötzlich. »Und mein Leben ist ein Chaos. Glaubst du, du kannst ein Mädchen aus dem Chaos retten?«

»Das ist mein Job«, sagte ich. »Ich arbeite schließlich im Rettungsgeschäft.«

Leichtfüßig sprang sie auf. Sie stand im schimmernden Licht da, griff nach hinten und ließ das Kleid auf den Boden fallen, wo es sich, leise raschelnd, wie eine Farbpfütze um ihre nackten Füße legte. Sie stieg heraus, beugte sich über mich, knöpfte mein Hemd auf und strich mir über die Brust und hinunter über meinen Bauch und schaute mich dabei sehr ernst an. Sie setzte sich auf mich, und ich legte meine Hände auf die Cellokurve ihrer Taille, und ich küsste sie und zog sie an mich.

»Dann rette mich«, flüsterte sie, den Mund an meinem Ohr. »Rette mich!«

Ich wachte friedlich auf, ausgestreckt auf dem Sofa, den Kopf auf der Armlehne. Ich hörte das Geräusch, noch bevor ich die

Augen aufschlug, ein ganz leichtes Kratzen und Schaben auf rauem Papier.

»Nicht bewegen!«, sagte sie. Sie saß ein wenig von mir entfernt auf einem Stuhl mit gerader Lehne, das Zeichenbrett auf den Knien. Die Stirn war vor lauter Konzentration gerunzelt. »Dass du dich ja nicht bewegst!«

Sie trug mein Hemd, die Ärmel bis zu den Ellenbogen aufgerollt. Ihre Augen blickten auf, folgten den Umrissen meines Körpers, blickten wieder hinab auf das Papier. Ich blieb ganz ruhig, so ruhig, dass ich mich selbst kaum atmen spürte. Die Sonne fiel in einem Streifen in das Atelier. Das Licht war warm auf meiner Haut, und es loderte auf ihrem Haar, und dort, wo es auf den Hemdenstoff fiel, leuchtete es dermaßen, dass man kaum hinsehen konnte.

Sie arbeitete äußerst konzentriert, der Stift zuckte über das Papier. Hin und wieder kniff sie die Augen zusammen und warf einen kurzen Blick von der Zeichnung auf mich und zurück, die rosa Zungenspitze glänzte zwischen ihren Zähnen. Dann hielt sie inne, um eine Linie zu verwischen, und fuhr mit den Fingern über das Papier. Sie bei der Arbeit zu beobachten, erfüllte mich mit Frieden und gab mir den Eindruck, ein besonderes Privileg zu genießen. Ich hatte das sehr eigenartige Gefühl, mich habe zuvor noch nie jemand richtig gesehen. Ich wollte nicht, dass sie aufhörte.

»Da«, sagte sie schließlich. Sie betrachtete ihr Werk kritisch, machte einen letzten Strich. Die Spitze ihres rechten Zeigefingers und der Ballen des Daumens glänzten graphitgrau. Auf ihrem Wangenknochen war ein kleiner Fleck. »Da.«

Sie drehte das Brett zu mir, damit ich mir das Bild ansehen konnte. Ich richtete mich auf dem Sofa auf.

»Aber das ist ja unglaublich!«

»Falls das so ist, liegt es nicht an mir«, sagte sie ein wenig verlegen. »Es liegt bloß an der Art und Weise, wie dein Körper seinen Raum in der Welt ausfüllt. Wie ich ihn sehe.«

Ich machte den Mund auf und wieder zu.
»He«, rief sie lachend. »Du wirst ja rot!«
Schließlich fand ich meine Stimme wieder. »Ich wünschte bloß, das Original wäre auch so gut.«
Sie legte den Kopf zur Seite. »Weißt du, was man so sagt, Michael? Die Augen der anderen sind Spiegel. Nur durch sie sehen wir uns selbst.«
Ich stand auf, beugte mich vor und küsste den Fleck auf ihrem Wangenknochen. »Danke«, sagte ich. »Danke.«
Krachend flog die Tür auf, und ich hörte, dass Caitlin erschreckt Luft holte, und trat instinktiv von ihr zurück. Caitlins Vater stand in der Tür. Ich hatte den deutlichen Eindruck von Tweed, einem blauen Hemd auf brauner Haut, einer gestutzten eisengrauen Linie von einem Schnurrbart. Er blinzelte uns verdutzt an, dann festigte sich sein Ausdruck wieder.
»Nun, Caitlin«, sagte er ein wenig gedehnt, »ich wusste gar nicht, dass du noch immer Gäste hast.«
Seine Augen wanderten zu mir. Mir wurde bewusst, dass ich noch immer nackt war, und ich schnappte ein paar meiner heruntergefallenen Kleidungsstücke und hielt sie vor mich.
Caitlin sagte nichts. Ihre Reaktion verblüffte mich. Ich hätte von ihr Verlegenheit erwartet – eine Verlegenheit, die der meinen entsprach – oder ein Lachen oder sogar Empörung, weil er einfach hereingeplatzt war. Aber sie schien in der Gewalt einer stärkeren Macht gefangen.
Ich machte den Mund auf, um etwas zu sagen, aber in diesem Augenblick sah er mich an und lächelte. Es war ein recht warmes Lächeln, dachte ich, aber es ließ mich den Mund halten. Überflüssigerweise konnte ich gar nicht anders, als wieder festzustellen, wie ausgesprochen gut er aussah.
»Verschwinden Sie«, sagte er zu mir, noch immer lächelnd. Und zu Caitlin: »Ich will dich im Haus sprechen.«
Er machte die Tür zu, und ich sah, wie er in seiner Country-Tweedkleidung zielstrebig über den Rasen davonschritt.

Als ich mich zu Caitlin umwandte, hatte sie bereits mein Hemd ausgezogen und zur Seite geworfen und bemühte sich gerade, in ihr Kleid zu schlüpfen.
Ich fand meine Stimme wieder. »Cate?«
»Ich muss gehen. Du auch.« Sie hatte mit einem Haken und einer Öse hinten an ihrem Kleid zu kämpfen. »Der Dreckskerl«, murmelte sie. »Dieser Dreckskerl.«
Ich schob ihre Hände zur Seite und machte das Kleid für sie zu, strich ihr die Haare glatt und drückte sie an mich.
»Ich denke, er hat altmodische Ansichten«, sagte ich. »Er wird darüber hinwegkommen.«
Sie machte sich los und ging eilig zur Tür. Dort blieb sie stehen, als kämpfe sie gegen das Bedürfnis, hinter ihrem Vater herzurennen. Es war, als sei sie plötzlich wieder ein unsicherer Teenager. Sie zögerte ein paar Augenblicke, dann kam sie ins Atelier zurück, riss ein Stück Papier von einem Skizzenblock, kritzelte eine Nummer darauf und hielt es mir hin.
»Ruf mich an«, sagte sie. Sie streckte sich, gab mir einen flüchtigen Kuss auf die Lippen und rannte davon.
Entschlossen, mich nicht zu beeilen und mich erst einmal zu beruhigen, zog ich mich gemächlich an. Ich verließ das Atelier, ging um das Haus herum und die Auffahrt entlang bis zu der Stelle, an der der alte Austin Healey noch immer stand. Bruno lehnte gegen die Motorhaube und rauchte in der Sonne genüsslich eine Zigarette. Er sah unglaublich adrett aus, so wie er immer aussah, als habe er sich gerade eben für eine Cocktailparty angezogen, anstatt die ganze Nacht ausgestreckt auf den Vordersitzen eines Sportwagens verbracht zu haben.
»Ich habe mich gefragt, wo du abgeblieben bist«, sagte er. »Nicht, dass ich mir das nicht denken konnte. Hüpf rein.« Er sprang über die Tür auf den Fahrersitz. »Das nächste Mal wirst du etwas mehr Begeisterung zeigen, wenn dein alter Freund Bruno dich zu einem Upperclassbumsfest mitnimmt.«

Er grinste über das ganze Gesicht und steckte den Schlüssel in die Zündung.
Ich fragte: »Läuft diese Kiste auch mit Champagner?«
»Nur mit französischem.« Er drehte den Schlüssel, und das Auto sprang auf Anhieb an.
Ich stieg ein, und wir klapperten knallend und krachend die lange Auffahrt entlang. Erst als wir bei dem Eisentor ankamen, fiel mir die Zeichnung ein. Ich war drauf und dran, Bruno anhalten zu lassen und zurückzugehen, um sie zu holen. Aber schließlich gehörte sie mir nicht, und mir gefiel der Gedanke nicht, dort unaufgefordert aufzukreuzen. Deshalb ließ ich ihn weiterfahren und das Bild dort.
Das war ein Entschluss, den ich noch sehr bereuen sollte.

9

Ein oder zwei Tage vergingen, vielleicht auch mehr. Ich bemerkte kaum, dass sie verstrichen, noch nahm ich die geflüsterten Anrufe, die sie ausfüllten, wahr, noch das Schweigen und auch nicht die gequälten Mitleidsbezeugungen. Ich kam mir vor wie ein Patient, der zu viel durchgemacht hat, um sich noch darum zu kümmern, was mit ihm geschieht, zu voll gepumpt mit Medikamenten war, um den Schmerz noch zu spüren, zufrieden damit, die Entscheidungen anderen zu überlassen.
Während dieser Zeit in Anthonys Haus war ich mir der Aufmerksamkeiten der Leute, die sich um mich kümmerten, nur undeutlich bewusst. An den meisten Abenden kam Stella hereingeschneit, beladen mit unerwünschten Lebensmittelvorräten und laut vorgebrachten Ratschlägen. Einmal wurde sie

von Gordon begleitet, seine Brillengläser blitzten, und er stand traurig neben mir wie ein großer dunkler Vogel, unfähig, irgendetwas zu sagen. Anthony selbst ging leise umher, sprach leise und schuf geduldig kleine Sequenzen der Ordnung und Ruhe inmitten des Chaos. Weder ihre Freundlichkeit noch ihre eigene Trauer berührten mich. Es war, als säße ich in einem schummrigen Vorführungsraum und beobachte sie wie Charaktere in einem Film.

Aber dann kam ein Morgen, ein klarer, kalter Morgen, an dem ich wieder an die Oberfläche tauchte. Ich hatte einen Becher Kaffee in Anthonys verwilderten Garten mit hinausgenommen und trug ihn zu der Steinbank neben dem Teich. Seit Jahren war der Teich vernachlässigt und das Wasser von Seerosen und Entengrütze halb überwachsen. Mir gefiel diese wuchernde Wildnis, und die Bank war schon immer einer meiner Lieblingsplätze gewesen.

Ich achtete nicht darauf, als ich ein Auto vor dem Haus vorfahren hörte. Stella hatte sich den Tag freigenommen, um zu Anthony zu kommen. Sie war den ganzen Vormittag zu für sie gänzlich untypischen Haushaltsbesorgungen unterwegs gewesen und hatte sogar Blumen gekauft, obwohl ich sicher war, dass sie nicht eine von der anderen unterscheiden konnte. Und so ging ich davon aus, dass das eben vorgefahrene Auto ihres war, und war deshalb überrascht, als Anthony die Terrassentür öffnete und die zwei Polizeibeamten in den Garten führte.

Emma Dickenson kam hinunter auf den Rasen, Barrett hinter ihr her, und sie gingen durch das hohe Gras auf mich zu. Ich stand auf.

»Bleiben Sie, Michael!«, rief Emma Dickenson. »Es ist schön hier draußen.« Ihr Lächeln hatte etwas an sich, das ich nicht wieder erkannte. Es führte dazu, dass sich mir der Magen zusammenkrampfte.

Ich sagte: »Was ist los?«

»Tut mir Leid. In den letzten Tagen gab es nicht viel mitzuteilen, Doc.« Barrett hatte eine besondere Herzlichkeit an sich. Er streckte die Hand aus, sodass mir gar nichts anderes übrig blieb, als sie zu schütteln. Er sagte: »Sie wissen ja, wie das ist.«

»Nein. Wie ist das?«

Aber in diesem Augenblick erschien Anthony hinter ihnen mit ein paar Klappstühlen, und es kam zu einem geschäftigen kleinen Ritual, als die Stühle aufgeklappt, abgewischt und vorsichtig auf den unebenen Rasen gestellt wurden. Detective Inspector Dickenson und Barrett setzten sich, rutschten ein bisschen hin und her, lehnten sich zurück, und Anthony schlich leise davon, sah in seinem dunklen Jackett wie ein pflichtbewusster Butler aus. Ich war nicht sicher, aber ich hatte den Eindruck, dass er meinem Blick auswich.

»Was ist passiert?«, fragte ich, dieses Mal mit mehr Nachdruck.

Barrett schaute zu mir auf. »Die Abschlussergebnisse der Obduktion«, sagte er. »Sie wurde eindeutig nicht vergewaltigt, Doc. Keinerlei sexueller Kontakt, soweit sie feststellen können.«

Ich ließ mich auf die Steinbank fallen. Mit einer Ferse stieß ich gegen meine Tasse, und der Kaffee schwappte auf die Steinplatten.

»Darüber wenigstens können wir froh sein«, sagte Emma Dickenson freundlich. »Es hat zwar immer danach ausgesehen, aber wir haben ein paar Tage gebraucht, um absolut sicher zu sein.«

Meine Gedanken waren davongeflattert wie ein Schwarm aufgeschreckter Vögel, und einen Augenblick oder zwei konnte ich sie nicht zurückrufen. Während ich es versuchte, redete sie weiter.

»Michael, da ist etwas, was ich Sie fragen möchte. Nur um das Bild absolut klar vor Augen zu haben. Ich frage mich zwar, ob das der geeignete Moment ist, so etwas anzusprechen.« Sie wirkte verlegen.

Mit Mühe konzentrierte ich mich. »Sicher. Schießen Sie los.«
»Dann frage ich Sie ganz direkt, damit wir das geklärt haben. Sie wurden vom Roten Kreuz um elf Uhr achtundzwanzig bei Victoria Station abgesetzt. Der Busfahrer hat gerade, als Sie über die Straße zur U-Bahn gegangen sind, seine Zentrale angerufen. Sein Anruf wurde aufgezeichnet.«
»Okay. Halb zwölf klingt in etwa richtig.«
Sie runzelte die Stirn, als versuche sie, eine schwierige Gleichung im Kopf zu lösen. »Michael, achtundsiebzig Minuten liegen zwischen dem Zeitpunkt, als Sie bei Victoria Station aus dem Bus ausgestiegen sind, und dem Zeitpunkt, als Sie die Polizei anriefen und sagten, dass Sie Caitlin gefunden hätten. Wenn man die Zeit einrechnet, die Sie brauchten, um mit der Victoria Line zum Oxford Circus zu fahren, dann in die Central Line nach Notting Hill umzusteigen und zu Ihrem Haus zu laufen, würde ich sagen, dass Sie etwa vierzig Minuten im Haus gewesen sein müssen, bevor Sie Alarm geschlagen haben.«
»So lange? Davon hatte ich keine Ahnung.«
Sie beobachtete mich, schätzte vielleicht meine Reaktion ein, aber sie konnte keinen Zweifel haben, dass mein Erstaunen echt war. »Michael, können Sie mir sagen, was Sie in diesen vierzig Minuten gemacht haben? Das ist eine lange Zeit.«
»Ich habe versucht, sie wieder zu beleben. Das wissen Sie doch. Danach bin ich bei ihr auf der Treppe gesessen.«
»Und dann?«
Ich überlegte, bemühte mich sehr, mich zu konzentrieren. »Als ich wusste, dass sie tot war, bin ich für eine Weile … weggetreten gewesen. Bevor ich die Polizei angerufen habe. Das steht in meiner Aussage.«
»Und dafür haben Sie vierzig Minuten gebraucht?«
»Wenn Sie mir sagen, dass es so lange war.«
»Sie haben uns fünfzehn Minuten genannt, Doc«, merkte Barrett an. »Als ich Sie am Samstag gefragt habe, haben Sie

geschätzt, dass vom Auffinden Ihrer Frau, bis Sie den Krankenwagen gerufen haben, fünfzehn Minuten verstrichen sind. Höchstens zwanzig. Das war falsch, nicht wahr?«

»Muss es wohl gewesen sein.«

»Eigenartig, nicht«, fragte Emma Dickenson, »was wir so alles machen, wenn wir unter Schock stehen? Weil dann da noch die Sache mit den Kleidern ist. Die Art und Weise, wie Sie sich umgezogen haben. Die verschmutzten Sachen in einen Sack gesteckt haben.«

»Ja, das habe ich gemacht.«

»Warum?«

»Ich bin davon ausgegangen, dass die Polizei sie für die Gerichtsmedizin würde haben wollen. War das falsch?«

»Nein, das war sicher nicht falsch, Michael.« Sie schien über meine Wortwahl erstaunt zu sein. »Aber es erscheint mir eine ungewöhnlich rationale Handlung zu sein, wenn man durch Schock gelähmt ist.«

»Es kam mir damals einfach richtig vor. Ich kann es nicht erklären.«

»Sie sind Chirurg. Irgendeine Art von Autopilot vielleicht?«, schlug Barrett als Antwort vor. »Nach Operationen waschen Sie sich, nicht wahr? Vielleicht war es eine Art von Reflex.«

»Natürlich, so muss es gewesen sein«, sagte Emma Dickenson.

Barrett lehnte sich auf seinem Klappstuhl zurück. »Die einzige Erklärung.« Er schien das Interesse an der Diskussion verloren zu haben. Er verschränkte die Hände hinter dem Kopf und kippte mit dem Stuhl ein wenig nach hinten. »Machen Sie sich darüber keine Sorgen, Doc. Ich würde mir keine machen.«

Ich war mir bewusst, dass ich Erleichterung verspürte, weil diese Sache offensichtlich geklärt war, und zugleich war ich wütend auf mich, dass ich so fühlte.

»Sie war schwanger«, sagte Barrett, das Gesicht zum kühlen weißen Himmel gerichtet. Und als ich nicht antwortete, ließ er die Vorderbeine seines Stuhls auf den Rasen zurückkippen und beugte sich vor, um mir direkt ins Gesicht zu sehen. »Haben Sie gehört, was ich gesagt habe, Doc?«

Mein Mund war trocken, und zunächst konnte ich die Worte nicht bilden, und als es mir schließlich gelang, dröhnten sie mir eigenartig im Kopf. »Das kann nicht wahr sein«, sagte ich. »Das ist nicht wahr.«

»Vierzehnte Woche«, sagte er mit versteinertem Gesicht. »Vielleicht ein bisschen weniger.«

Emma Dickenson fragte: »Warum kann das nicht wahr sein, Michael? Warum ist es so unmöglich?«

»Meinen Sie, ich würde so etwas nicht wissen?«

»Oh, das Kind war nicht von Ihnen, Doc«, sagte Barrett leichthin. »Die DNA-Leute haben das getestet.«

Ich schaute ihn an.

»Keine Geheimnisse, haben Sie uns gesagt.« Barretts Stimme wurde scharf. »Abwegig, sagten Sie, sei der Gedanke, es könnte einen anderen Mann geben. Das Musterbeispiel einer guten Ehe sei die Ihre gewesen. Aber das ist keine kurze Affäre, über die wir hier reden, Doc. Ihre Frau war von einem anderen Mann schwanger. Seit gut drei Monaten. Und Sie wollen mir erzählen, Sie hätten das nicht gewusst? Sie wollen mir weismachen, Sie hätten nie auch nur eine Andeutung mitbekommen?«

Das Tageslicht im Garten schien aufzuflammen, und vor meinen Augen zitterten und bebten die Bäume und der unebene Rasen. Ich sagte: »Da war nie jemand zwischen mir und Cate.«

»Ich bin Katholik«, erklärte Barrett. »Ich habe genug Schwierigkeiten damit, eine Unbefleckte Empfängnis in meinen Schädel zu kriegen. Mit zweien bin ich überfordert.«

»Dig!«, fuhr Emma Dickenson ihn an.

Barrett schnaubte, erhob sich von seinem Stuhl und ging zu Anthonys Apfelbäumen. Ich beobachtete ihn wie betäubt. Er bückte sich und hob aus dem hohen Gras einen spät herabgefallenen Apfel auf, wischte mit seiner großen Hand die daran

klebenden Blätter ab, warf ihn hoch, sodass er im Licht glänzte, und fing ihn auf.
»Das ist etwas, was Sie in den Kopf kriegen müssen, Michael.« Dickenson sprach mich ganz direkt an. »Es tut mir Leid, aber es steht zweifelsfrei fest.«
Barrett hatte in den Apfel gebissen, und selbst von hier aus konnte ich ihn mampfen hören. Ich konnte die Augen nur mit Mühe von ihm abwenden. »Ich weiß nicht, was das bedeutet«, sagte ich. »Ich verstehe überhaupt nichts.«
Sie betrachtete mich eingehend, als überlege sie, inwieweit sie mir glauben solle. Sie nahm ihre Tasche, stand auf und klemmte sie sich unter den Arm. »Ich verstehe es auch nicht, Michael. Aber ich entnehme Ihrer Reaktion, dass Sie absolut nichts von Caitlins Schwangerschaft gewusst haben. Dass Sie absolut nichts über irgendjemanden wussten, den sie getroffen haben könnte. Und dass Sie absolut nichts über irgendwelche ihrer Unternehmungen wussten, die für uns von Interesse sein könnten. Ist das alles richtig?«
Ich versuchte, das zu erfassen.
»Ist das richtig, Michael?«, beharrte sie. »Oder nicht? Weil es äußerst wichtig ist, dass Sie uns irgendwelche weiteren Informationen, die Sie uns bis jetzt noch nicht gegeben haben, unverzüglich mitteilen. Das verstehen Sie, nicht wahr?«
»Ja«, antwortete ich.
»Michael, ich möchte, dass Sie mich umgehend – wirklich umgehend – anrufen, falls Ihnen irgendetwas einfallen sollte. Irgendetwas, was Sie … vielleicht vergessen haben.«
»Ja«, sagte ich noch einmal. Ich wünschte mir sehnlichst, sie würde endlich gehen.
Sie zögerte einen Augenblick, als wolle sie noch etwas sagen, dann drehte sie sich um und ging durch den Garten davon.
Barrett stand da, noch immer seinen Apfel mampfend, und sah ihr nach, wie sie davoneilte, und als sie im Haus verschwunden war, kam er die paar Schritte zu der Stelle, an der

ich saß. Neben mir aufragend, nahm er einen letzten Bissen und begutachtete das Apfelgehäuse in seiner Hand.

»Es gibt nichts Besseres als einen Cox«, sagte er. »Meine Tante Violet hatte sie in ihrem Garten in Basildon. Hat mich geradezu zurückversetzt.« Er schleuderte das Kerngehäuse in die Büsche, und dann stand er da, schaute mich an und pulte mit dem Nagel seines kleinen Fingers gedankenverloren ein Stück Apfelschale zwischen seinen Vorderzähnen hervor. »Ich mache das nicht zum Spaß, Doc«, sagte er.

In seinen Worten lag eine Bedeutung, die mich aufsehen ließ. »Nein, wohl kaum.«

»Sie wären nicht der Erste, der von seiner Frau betrogen wurde. Oder darüber im Dunkeln gelassen wurde.« Er schielte auf das Stück Schale, das an seinem Fingernagel klebte. »Wäre Ihre Ehe tatsächlich perfekt gewesen, dann gehörten Sie zu einer Minderheit, die mit bloßem Auge kaum auszumachen ist.«

»Ich glaube nicht, dass ich gerade jetzt darüber reden möchte.«

Aber er rührte sich nicht von der Stelle. Er sog seine Wangen ein. Schließlich sagte er: »Es steht mir nicht zu, das zu sagen, Doc, aber ich finde, Sie müssen deshalb nicht zu schlecht über die arme Frau denken. Sie hat das, was mit ihr passiert ist, nicht verdient, ganz egal, was sie Ihnen angetan hat.«

»Ich habe nicht darüber nachgedacht, was sie mir angetan hat.«

»Trotzdem, eines sollte Ihnen ganz klar sein.«

»Was sollte mir klar sein?«

»Der Unterschied zwischen jetzt und dem ersten Mal, als wir uns begegnet sind.« Er hob seine dicken Finger und zählte daran seine Gründe ab. »Damals waren Sie der trauernde Ehemann. Jetzt sind Sie der betrogene Ehemann. Zwei völlig verschiedene Dinge. Damals war Mrs. Severin so unschuldig wie ein Engel. Jetzt wissen wir, dass sie ein Mensch war wie wir alle auch.«

»Das soll heißen?«

»Das soll heißen, dass sich die Lage geändert hat. Das ist alles.

Nichts weiter. Aber es wäre wirklich eine gute Idee, Doc, Sie sorgten dafür, dass wir von Ihnen alles erfahren, was Sie wissen.«

Als Barrett gegangen war, blieb ich auf der Steinbank neben dem Teich sitzen und beobachtete das geheime Leben des Wassers. Nach einer Weile kam Anthony auf die Terrasse, schlenderte dann zu den Rosen rund um die verrottende Laube und zog mit übertriebener Lässigkeit die letzte der späten Blüten herab und roch daran. Er näherte sich mir, indem er schräg hinüber zu den Apfelbäumen ging, ein wenig näher der Stelle, an der ich saß, dann strich er über einen rauen alten Stamm und betrachtete nachdenklich den grünlichen Staub, der an seiner Hand hängen blieb. Er hatte sein Jackett ausgezogen, und mit seinen Hosenträgern, die seine weite, dunkle Hose über seinem Bauch festhielten, erinnerte er mich an einen traurigen alten Clown.

In kleinen Etappen arbeitete er sich heran, blieb stehen, um in den fahlen Vorstadthimmel zu blinzeln oder ein wucherndes Unkraut auszurupfen. Er machte die letzten paar Schritte und setzte sich neben mich auf die Steinbank, den Stiel einer Blume, die er gepflückt hatte, zwischen den dicklichen Handflächen hin und her reibend. Es war ein Stängel des lilafarbenen Lavendels aus dem überwucherten Kräuterbeet. Während er den Stiel zwischen seinen Händen drehte, wirbelten die leuchtenden Blütchen herum und verschwammen wie die Farben auf dem Kreisel eines Kindes. Die Pappeln hatten ihre Blätter schon zum größten Teil abgeworfen, aber dennoch blies ein Windstoß einen leuchtend gelben Blätterregen durch den Garten und ließ die Zweige über uns wie Knochen klappern.

»Es wäre wohl weniger grausam, wenn diese spezielle Wahrheit nicht aufgedeckt worden wäre«, sagte Anthony. Und nach einem Augenblick: »Ich habe das Gefühl, ich hätte es wissen müssen.«

»*Du* hättest es wissen müssen?«
Er starrte in das dunkle Wasser des Teichs. »Ich habe so großes Mitleid mit ihr gehabt, mit dem armen Kind. Ich habe sie besucht, wann immer ich konnte, weißt du. Immer, wenn du fort warst. Habe sie zum Mittagessen, zum Kaffee eingeladen. Solche Sachen.«
»Ich weiß, dass sie dir dafür immer dankbar war.«
»Aber ich hatte keine Ahnung, Michael. Die ganze Zeit nicht. All die Plaudereien beim Kaffee, beim Essen in kleinen Restaurants. Unterhaltungen, die ich für ehrlich hielt, ja sogar für intim. Ich hätte nie vermutet, dass sie dein Vertrauen so missbrauchen könnte.«
»Bitte, sprich nicht so über sie.«
»Wie konnte sie so etwas nur tun, Michael?«
»Ich weiß es nicht.«
Ich blickte durch die kahlen Äste hinauf. Ich wusste, dass Anthony das, was Caitlin getan hatte, als Verrat betrachten würde, nicht nur meines Vertrauens, sondern all dessen, woran er glaubte. Ich konnte den Gedanken nicht ertragen, das in sein Gesicht geschrieben zu sehen. Ich sagte: »Ich kann nicht hier bleiben, Anthony. Ich denke, das weißt du.«
Das Rollen des Stängels zwischen seinen Händen hielt inne, änderte dann die Richtung. »Aber wo willst du denn hin?«
»Ich gehe nach Hause. Ich lass der Polizei ein paar Tage Zeit, um aufzuräumen. Aber dann gehe ich in das Haus zurück.«
Er schaute mich nicht an. »Und danach?«
Ich erhob mich. »Danach mache ich mich wieder an die Arbeit.«
Er spitzte den Mund. »Lass dir ein bisschen Zeit, alter Junge. Nur ein bisschen Zeit.«
»Ich muss arbeiten, Anthony.«
»Taten, nicht wahr?«, sagte er reuevoll. »Kühne Taten? Ich habe es dir also doch beigebracht.«
»Ja.«

Er zerbröselte den Lavendel in einer Hand und ließ ihn auf die Steinplatten zu seinen Füßen rieseln. Er blickte zu mir auf, und ich konnte seinen Widerstand dahinschmelzen sehen. »Du musst dahin gehen, wo du hinmusst, mein lieber, alter Junge. Und tun, was du tun musst.« Er stand auf und legte die Hand auf meine Schulter. »Ich konnte dich nie bei mir halten, Michael, oder? Nicht einmal, als du noch ein Junge warst.« Er berührte kurz meine Schulter. »Ich bin sicher, du hattest den Eindruck, du wärst eine Last. Ich habe dir nie richtig klar machen können, was es für mich bedeutet hat, dich hier zu haben.«

Ich schaute auf die moosüberzogenen Platten zwischen meinen Schuhen.

»Aber wie dem auch sei«, fuhr Anthony fort, »ich möchte, dass du weißt, dass dies hier immer ein Zuhause für dich ist, wo immer ich auch bin.«

Mit gesenktem Kopf ging er eilig über den Rasen davon. Ich bemerkte, dass das hohe Gras seine Hosenaufschläge durchnässt hatte, und aus irgendeinem Grund rührte mich das so sehr, dass ich den Tränen nahe war.

10

Ich ging die Stufen hinauf, schloss die Haustür auf und machte sie dankbar hinter mir zu. Ich hatte mich gefragt, wie es wohl sein würde, wieder hier zu sein. Aber obwohl ich in der Stille wartete, empfand ich nichts außer Erleichterung und den Trost der Vertrautheit.

Ich hörte die ersten Regentropfen gegen das Buntglas hinter mir schlagen. Ich hängte mein Jackett neben der Tür auf und ging den Flur hinunter. Am Fuß der Treppe blieb ich stehen, schaute in die Dunkelheit hinauf. Wahrscheinlich hatten sie Caitlins Sachen wieder in ihr Dachzimmer getan. Ich brachte es noch nicht über mich, jetzt gleich dort raufzugehen, aber selbst von hier konnte ich sehen, dass die Stufen geputzt worden waren, und ich konnte im Treppenhaus den schwachen Geruch von Desinfektionsmittel wahrnehmen. Wer machte eigentlich nach einem Mord sauber? Ich stellte mir ein Team von Arbeitern in Overalls vor, die die Treppen hinauftrampelten, bei dem Anblick mit der Zunge schnalzten, sich dann an die Arbeit machten und am Ende gemeinsam Kaffee aus einer Thermoskanne tranken, ja sich sogar einen Witz und Neuigkeiten von den Kindern und vom Fußball erzählten, während sie auf den Stufen saßen, auf denen Caitlin gestorben war. Es kam mir merkwürdig vor, nicht zu wissen, wer diese Leute waren, diese Arbeiter, die uns einen solch intimen Dienst erwiesen hatten.

Ich ging gemächlich durch das Erdgeschoss des Hauses, durch das Esszimmer und in die Küche dahinter. Ich konnte sehen, dass Filomena, die sizilianische Putzfrau, heute hier gewesen war, zweifellos auf Anweisung von Anthony. Filomena hatte alles duftend und glänzend zurückgelassen: geputzte Böden, Chrysanthemen in einer Vase und im Buffet funkelnde Kristallgläser. Sie hatte sämtliche Spuren der Polizisten getilgt, die hier herumgetrampelt waren, ihre groben Schuhe in weißen Plastiküberzügen, die die Möbel verschoben, Spezialpulver auf den Oberflächen verteilt und ihre unzähligen Fotos geschossen hatten.

Ich nahm den Hörer vom Telefon auf dem Ecktisch und hörte den Anrufbeantworter ab. Es waren mehrere Anrufe von Kollegen aus dem Krankenhaus darauf, schockiert von der Nachricht, sprachlos oder den Tränen nahe. Eine Nachricht von Professor Curtiz höchstpersönlich, der mir mitteilte, ich solle mir so viel Zeit lassen, wie ich bräuchte, und mir versicherte, dass das Team schon zurechtkomme, egal wie lange es dauere. Zwei Anrufe von Journalisten, ein paar beharrliche Botschaften von einer Opfer-Hilfsorganisation und eine von einem Pfarrer in Kensington, in dessen Gemeinde Caitlin und ich offenbar vier Jahre gelebt hatten, ohne es zu wissen. Ich löschte sämtliche Nachrichten, legte den Hörer auf und zog das Kabel aus der Steckdose.

Der kleine Garten war schrecklich verwildert, die Kletterrose hatte wilde Triebe, und die Malven wucherten in den Rabatten an der Mauer, wuchsen derart üppig, dass die holzigen Stiele wie Speichen über den Weg geknickt lagen. Inzwischen war der Regen stärker geworden, und im dunkler werdenden Nachmittag versilberte er das hohe Gras und klatschte auf die Blätter der Strauchrose.

Dann öffnete ich die Tür, die in mein Arbeitszimmer führte. Es war dämmrig hier drin, und ich knipste die Schreibtischlampe mit dem grünen Schirm an. Das Zimmer war gemütlich und heimelig, mit dem gegen das Fenster prasselnden Regen und einer aufkommenden Brise, die in die ungestutzten Büsche fuhr. Nach ein paar Minuten ging ich zum Schreibtisch hinüber, schloss die Schublade auf und nahm das gerahmte Foto von Caitlin heraus. Ich hielt es mit dem Gesicht nach unten, drehte es ganz langsam um. Ich starrte sie lange an, und dann stellte ich das Bild vorsichtig auf den Tisch, sodass es ins Zimmer blickte und von der Schreibtischlampe beleuchtet wurde.

Ich setzte mich in meinen Sessel und drehte den Kopf so, dass ich sah, wie Caitlin mich aus dem Foto anlächelte, als befände sie sich auf der anderen Seite eines kleinen, hellen Fensters. Es war mein Lieblingsbild von ihr, das dieses für sie so typische unsichere Lächeln einfing. Sie hatte es nie gemocht: Ich konnte sie noch immer vor mir sehen, wie sie die Nase rümpfte und mir erklärte, das Porträt ließe sie verloren und verletzlich aussehen. Das hatte ich abgestritten, aber natürlich stimmte es. Gerade deshalb liebte ich das Bild, und es war zum Teil auch der Grund, warum ich Caitlin geliebt hatte. Wann immer sie verloren war, hatte sie mir gestattet, sie zu finden. Dieses Mal jedoch hatte sie sich schließlich weiter fortbewegt, als meine Suche reichen konnte.

»Warum hast du es mir nicht sagen können, Catey?«, fragte ich laut, und meine Stimme hallte in dem spärlich beleuchteten Zimmer. »Wovor hattest du so große Angst?«

»Ich habe Angst vor ihm, wenn du es genau wissen willst«, fuhr mich Caitlin an und brach damit das Schweigen im Auto.

Ich sah vorsichtig zu ihr hinüber. Bis zu diesem Augenblick hatte sie kein einziges Wort gesagt, seit wir von der M4 abgefahren waren auf die lange, kurvenreiche Strecke durch das ländliche Gloucestershire Richtung Morrow. Jetzt hielt sie das Gesicht von mir abgewandt, schaute hinaus auf die dunkler werdenden Silhouetten der vorbeigleitenden Bäume.

»Angst vor deinem Vater?«, fragte ich schließlich.

Heute würde also dieser theatralische Abend stattfinden, der Abend, an dem ich den Eltern offiziell vorgeführt werden sollte. Nach der Farce des letzten Zusammentreffens mit ihrem Vater erwartete ich eine gewisse Verlegenheit, aber das machte mir keine großen Sorgen. Letzten Endes konnten Caitlins Verwandte denken, was sie wollten, und wenn ein steifer Abend mit dem Jetset der Grafschaft auch nicht gerade versprach, allzu amüsant zu werden, so rangierte er auf meiner Katastrophenliste dennoch nicht sonderlich weit oben. Caitlin allerdings war im Laufe des Tages immer verspannter geworden. Ich fand, dass sie überreagierte. Ich dachte, dieses Gerede von Angst sei absolut übertrieben.

»Vielleicht sollten wir absagen«, meinte sie plötzlich, das Gesicht noch immer abgewandt. »Wir könnten anrufen und uns entschuldigen.«

»Cate, es ist doch nur eine Cocktailparty. So schlimm kann es doch gar nicht werden.«

»Wenn du wüsstest!«
Sie starrte wortlos auf die vorbeigleitenden Hecken hinaus. Ich beschloss, nicht weiter nachzuhaken. Denn eigentlich kannte ich sie ja kaum, rief ich mir in Erinnerung. Wir hatten uns in den vier Wochen seit ihrer Party an die zwanzig Mal getroffen. Zwei Wochenenden hatten wir in Hotels auf dem Land verbracht, eines auf dem Hausboot eines Freundes auf dem Cam und dazwischen ein paar mühsam herausgeschlagene Nächte unter der Woche in meiner spärlich eingerichteten Wohnung in Dulwich.
Ich betrachtete unsere Treffen nicht mehr als Einzelereignisse. Ich sah sie als strahlende Kontinuität und ihre Abwesenheiten als deren unnatürliche Unterbrechungen. Ich ärgerte mich immer mehr über diese Abwesenheiten, und ich war mir sehr wohl bewusst, was das bedeutete. Aber trotzdem, ich kannte Caitlin kaum.
»Er ist gemein«, sagte sie. »Mein Vater. Er ist ein Fanatiker und richtig gemein.«
Ich schaute sie an. Sie hatte mir gelegentlich von ihrem Vater erzählt. Ich hielt es für sehr wahrscheinlich, dass er ein selbstgefälliger und arroganter alter Tyrann war, aber es fiel mir schwer, Caitlins Anschuldigungen wirklich ernst zu nehmen. Ich sagte: »Cate, bist du sicher, dass er nicht einfach nur ein bisschen zu fürsorglich ist?«
Sie verschränkte die Arme und schaute hinaus auf die dunklen Bäume.

Ich wurde sofort wieder daran erinnert, was für ein beeindruckender Mann Edward Dacre war. Er war so groß wie ich, und sein meliertes Haar war dicht, und er bewegte sich mit einer ungezwungenen Eleganz, als er auf mich zukam, um mir die Hand zu schütteln.
»Ich entschuldige mich für all das hier, Michael«, sagte er, »Drinks mit dem Herrn Papa in der Bibliothek. Alles schreck-

lich altmodisch, ich weiß. Aber im Rest des Hauses kann man sich vor lauter Leuten vom Partyservice kaum rühren.«

Sein Händedruck war kräftig, aber keiner jener demonstrativen Knochenbrecher, die von Männern, die dominant erscheinen wollen, bevorzugt werden. Da ich noch unsere letzte Begegnung im Kopf hatte, war ich erleichtert, dass er bereit war, freundlich zu sein, erleichterter, als ich mir selbst eingestehen wollte. Aber ich wusste nicht so recht, worauf ich mich als Nächstes einstellen sollte. Deshalb schwieg ich und überließ es ihm, den Anfang zu machen – zu was? Ich war nicht sicher. Vielleicht einen Witz zu reißen oder irgendwelche Ermahnungen zu erteilen. Um auf irgendeine Art und Weise das anzuschneiden, was geschehen war, und sei es nur, um es abzutun. Aber er schaute mich nicht an.

»Caitlin sagt, dass Sie Schotte sind? Ich habe noch irgendwo etwas Glenlivet.« Er suchte zwischen den Karaffen, machte ein Spiel daraus, bis er die richtige fand. »Mit Soda? Oder sind Sie Purist? Sie sehen aus, als wären Sie möglicherweise einer.«

Ich war nicht sicher, wie das zu verstehen war, obwohl er die Bemerkung recht freundlich geäußert hatte. Ich sagte: »Pur ist mir recht, danke.«

Ich spähte zu Caitlin hinüber, die auf der Kante des Sofas saß. Ich warf ihr einen Blick zu, den ich für komisch hielt, mit dem ich mich über all das lustig machte, aber sie reagierte überhaupt nicht darauf. Sie hielt die Hände weiter im Schoß gefaltet und starrte vor sich hin.

»Solltest du dich nicht lieber allmählich umziehen, Catey?«, fragte ihr Vater, während er den Scotch einschenkte.

Die Worte hatten einen gewissen gebieterischen Klang, als würde er zu jemand anderem sprechen, jemand, der jünger war als Caitlin. Das machte mich nervös. Ich erinnerte mich, wie sie beim letzten Mal in seiner Gegenwart wieder zum Kind geworden war. Ich versuchte, es nicht weiter wichtig zu nehmen:

Ich dachte mir, solche Dinge gebe es nun einmal zwischen Vater und Tochter.
Sie erhob sich. »Ja, in Ordnung.« Sie ging durchs Zimmer. Bei der Tür drehte sie sich um, warf mir einen Blick zu, den ich nicht interpretieren konnte, und ging leise hinaus.
Als sie gegangen war, entspannte ich mich ein wenig. Ich schaute mich mit einer Mischung aus Verwunderung und Amüsiertheit um. Das Zimmer vermittelte mir das Gefühl, mich in ein Historiendrama verirrt zu haben. Die dunklen Regale waren vom Boden bis zur Decke mit ledergebundenen Bänden voll gestellt, und ein prachtvoller Mahagonischreibtisch mit grüner Lederschreibfläche stand schräg in der Ecke. Die Beleuchtung war schwach, obwohl hohe Fenster in der gegenüberliegenden Wand auf einen mit Fliederbüschen und Hortensiensträuchern gesprenkelten Rasen hinausgingen. Die tief stehende Abendsonne warf ihr Licht durch die Bäume auf das Gras. Caitlins Vater reichte mir den Scotch und deutete auf einen Sessel.
»Bitte nehmen Sie doch Platz.«
Ich setzte mich in einen der Ledersessel. »Das ist ein unglaubliches Haus, sagte ich.«
»Ja, nicht wahr?«, lachte er freundlich, wie ein Mann, der sein Glück selbst kaum fassen kann. »Jedenfalls bin ich selbst immer wieder zutiefst beeindruckt.«
»Ich nehme an, es ist seit Generationen in Familienbesitz?«
»O nein, wir sind absolute Parvenüs. Mein Vater hat das Familienunternehmen in den Dreißigerjahren gegründet und ordentlich etwas daraus gemacht und dann dieses Haus gekauft. Ich habe das Haus und die Firma übernommen, als ich vor gut zwanzig Jahren aus der Army ausgeschieden bin. Aber es heißt, es brauche drei Generationen, bis eine Familie einen Gentleman hervorbringt; wir müssen also noch eine abwarten.« Er setzte sich mir gegenüber. Er hatte sehr helle blaue Augen in einem schmalen braunen Gesicht und einen kurzen,

grau melierten Schnurrbart wie ein Filmstar der Vierziger. Er sagte: »Nach dieser Definition wird also Caitlin die Erste von uns sein, die der Gentry angehören wird.«

»Sie gehört nach jeder Definition der Gentry an«, stellte ich höflich fest.

»Meinen Sie?«

Wieder erstaunte mich sein Tonfall derart, dass mir ein kalter Schauer über den Rücken lief. »Natürlich«, sagte ich, und da ich fand, seine Frage sollte nicht ganz unwidersprochen bleiben, fügte ich hinzu: »Meinen Sie nicht auch?«

Er kräuselte die Lippen und betrachtete mich nachdenklich. »Es heißt, Kinder seien ein Segen, Michael. Aber wissen Sie, das ist nicht immer wahr. Sehr häufig brechen sie einem auch das Herz.« Er stellte seinen Drink ab, strich sich über den Schnurrbart und lächelte mich an – nur mit dem Mund. In diesem Augenblick veränderte sich etwas. Es war, als sei mir ein Tropfen kaltes Wasser das Rückgrat hinuntergelaufen. Edward Dacre sagte: »Was sind Sie, genau?«

»Was ich bin?« Beinahe hätte ich losgelacht. Es hätte nicht viel gefehlt, und ich hätte ihm eine spöttische Antwort gegeben: Dass ich ein neunundzwanzig Jahre alter Homo sapiens sei, 185 Zentimeter groß, 83 Kilo schwer, der mit seiner Tochter Geschlechtsverkehr habe, wann immer sich die Gelegenheit biete. Stattdessen sagte ich: »Sie meinen, was ich mache?«

»Ich weiß, was Sie machen, Michael.« Sein Lächeln blieb unverändert. »Sie absolvieren irgendeinen medizinischen Kursus.«

»Ich bin Arzt«, sagte ich pikiert. »Ich bin ausgebildeter Arzt. Ich mache die Facharztausbildung zum Chirurgen.«

»Gut und schön. Aber was ich wissen will, ist, wer Sie sind.«

»Tut mir Leid, ich verstehe nicht.«

»Nein? Nun, lassen Sie es mich so formulieren: Hier gelten noch immer die alten Regeln.«

»Welche alten Regeln?«

»Ich habe Caitlin nicht großgezogen, um tatenlos zuzusehen, dass sie sich an irgendeinen mittellosen Medizinstudenten wegwirft.«
Ich starrte ihn sprachlos an.
»Nun, das ist gar nicht persönlich gemeint, Michael. Ich bin sicher, das verstehen Sie. Mir ist klar, dass Leute, die von ganz unten kommen, gelegentlich etwas wirklich Bemerkenswertes aus sich machen.« Wieder dieses elektrisierende Lächeln. »Aber darauf würde wohl niemand sein Geld setzen.«
Er schenkte uns beiden noch einen Drink ein. »Michael, ich muss sie schützen. Dazu sind Väter ja da. Caitlin ist eine sehr intelligente junge Frau. Sie spricht zwei oder drei Sprachen. Sie ist intellektuell sehr begabt. Sie ist sehr schön. Und natürlich verfügt sie über die besten Umgangsformen. Aber in vielerlei Hinsicht ist sie für mich eine Enttäuschung. Sie genießt alle erdenklichen Privilegien, aber sie nützt sie nie wirklich. Ihr fehlt das, was meine amerikanischen Geschäftsfreunde als ›Biss‹ bezeichnen würden. Und jetzt ist sie vierundzwanzig, ohne irgendetwas Lohnenswertes erreicht zu haben.«
Endlich fand ich meine Stimme wieder. »Haben Sie ihre Zeichnungen denn nicht gesehen?«
Er warf mir einen mitleidigen Blick zu. »Michael, bitte!«
»Sie ist absolut außergewöhnlich talentiert.«
»Sie hat eine Schwäche an sich«, fuhr er fort, als hätte ich gar nichts gesagt, »eine Schwachheit. Das ist etwas, was auch ihre Mutter hatte. Noch immer hat. Das kann sie zum Opfer aller möglichen vorübergehenden Schwärmereien machen.«
»Falls das mich einschließt«, sagte ich und stellte hörbar mein Glas ab, »dann kann sie mir das selbst sagen.«
»Michael, Sie müssen eines verstehen: Ich liebe meine Tochter.«
»Ich auch.«
Es war das erste Mal, dass ich das aussprach, und als ich es tat, machte irgendetwas in mir einen Sprung. »Aber ich bin dieses

Wochenende nicht hergekommen, um hier um ihre Hand anzuhalten, falls es das ist, was Sie erwarten.«
Er widersprach mir, indem er laut loslachte. »Sie glauben, es geht um Tradition, Michael? Wir wollen doch nicht naiv sein! Hier geht es nicht um Tradition. Hier geht es um Macht.«
Ich spulte das in meinem Kopf noch einmal zurück, um sicher zu sein, aber er hatte es tatsächlich gesagt. Ich erhob mich. »Darüber möchte ich mich nicht weiter unterhalten.«
»Sie sind noch ein recht junger Mann«, sagte er und ignorierte, dass ich aufgestanden war. »Deshalb hoffe ich, Sie sind noch jung genug, um zu lernen, dass Sie nicht einfach tun können, was Ihnen gerade gefällt. Jedenfalls nicht, wenn ich davon betroffen bin. Nicht, wenn meine Familie betroffen ist.«
»Ihre Familie?«
»Für alles muss ein Preis bezahlt werden, Michael. Vielleicht haben Sie das vergessen. Oder vielleicht haben Sie ein verzerrtes Bild von der Welt, nachdem Sie so lange unter den Negern den Großen Weißen Häuptling gespielt haben.«
Irgendwie gelangte ich, blind und schäumend vor Wut, rauf ins Gästezimmer. Ich wollte abfahren, meine Tasche packen und augenblicklich gehen, einen möglichst dramatischen Abgang inszenieren.
Aber ich hatte Caitlin nicht mehr gesehen, seit sie die Bibliothek verlassen hatte, und ich wusste nicht, wo ich in dem riesigen, geschäftigen Haus nach ihr suchen sollte, und ich wusste nicht, was ich ihr sagen würde, falls ich sie fand. Und ich dachte das zweite Mal an diesem Abend, dass ich sie eigentlich gar nicht kannte. Ich war nicht sicher, welche Auswirkung es auf uns haben würde, wenn ich jetzt einfach verschwände: Ich verspürte eine große Angst, dass ich sie verlieren könnte. Ich öffnete das Fenster, schaute hinaus über den dunklen Garten und beruhigte mich allmählich. Nach einer Weile ging ich ins Badezimmer und duschte, und als ich herauskam, hatte ich mich wieder unter Kontrolle.

Noch nie war ich auf einer Party gewesen wie der im Saal von Morrow House. Es war ein riesiger, hoher Raum mit einem langen Teakholztisch, vom Rauch nachgedunkelten Ölgemälden an den Wänden und einem Kamin, der groß genug war, um einen ganzen Ochsen darin zu braten. Auf dem Schlussstein war das Datum 1799 eingemeißelt. Ich kam unbemerkt rein und nahm ein Glas von einem Tablett, das ein Kellner herumtrug, und tat in dem Versuch, möglichst nicht aufzufallen, so, als betrachte ich eines der Gemälde. Die Party war eine weit größere Angelegenheit, als ich erwartet hatte. Etwa vierzig Personen waren in dem riesigen Raum versammelt, rotgesichtige Männer mittleren Alters und zu vornehm gekleidete Frauen, alles laute, selbstzufriedene Leute, die ich instinktiv unsympathisch fand, aber ich war froh, dass es so viele waren. Das machte es für mich leichter, unbemerkt zu bleiben.

Ich schaute mich um, konnte Caitlin aber immer noch nicht entdecken. Zum ersten Mal an diesem Abend sah ich ihre Mutter, eine elegante Frau von sechzig in einem umwerfenden burgunderroten Kleid, und ich beobachtete sie verstohlen, wie sie von einer Gästegruppe zur anderen ging. Sie hatte den Teint und den zarten Knochenbau ihrer Tochter, und sie bewegte sich durch die Menge wie eine Hoheit. Es fiel mir schwer, in ihr die unterdrückte Frau zu sehen, die ich mir nach Caitlins Schilderungen vorgestellt hatte: Auf mich wirkte sie wie eine robuste, intelligente Frau, aber ich war nicht mehr gewillt, hier noch irgendetwas nach dem Äußeren zu beurteilen. Ohne es bewusst zu planen, bewegte ich mich so durch die Menge, dass ich es vermied, ihr zu begegnen.

Ich fand mich von einer großen Frau in einem Leinenkostüm und mit knallrot bemalten Lippen in die Ecke gedrängt. »Ich bin sicher, dieser Inder muss ein bisschen schwachsinnig gewesen sein«, sagte sie, »er ist einfach hinter einer Ziege her auf die Straße gerannt. Können Sie sich das vorstellen? Mitten während einer internationalen Rallye! Der arme George –

mein Mann – hatte absolut keine Chance, noch rechtzeitig zu bremsen.«

Ich versuchte, die Aufmerksamkeit eines Kellners auf mich zu lenken, der gerade mit einem Tablett mit Drinks vorbeiglitt.

»Selbstverständlich war er tot.«

Ich hielt in der Bewegung, mir gerade ein Glas zu nehmen, inne. »Tot? Ihr Mann?«

»Nein, nein, der Kerl mit der Ziege. George fuhr immerhin fast hundert. Die ganze Sache war widerwärtig. George hätte sonst eine weit bessere Platzierung erreicht.«

Vielleicht bemerkte sie meinen Gesichtsausdruck, denn sie verzog missmutig den Mund und schlenderte davon. Ich nahm meinen Champagner und stellte mich möglichst unauffällig auf die eine Seite des riesigen Kamins, in der Hoffnung, nicht noch einmal angesprochen zu werden.

»Sie haben Recht, Michael.« Caitlins Mutter kam mit einem Rascheln ihres großartigen Kleides in meinen toten Winkel. »Die Verrückten haben das Kommando über die Irrenanstalt übernommen.«

Ich nahm an, dass sie den Wortwechsel beobachtet hatte. Sie hatte mit unbeweglicher Miene gesprochen, mit einem starren Lächeln, als sei es auf ihr blasses Gesicht gemalt, und sie nickte und hob die Augenbrauen zur Begrüßung der Leute, die an uns vorbeiglitten. Einen Augenblick fühlte ich mich an jene alten Kriegsfilme erinnert, in denen Mitglieder des Fluchtkomitees sich mit unbewegter Miene Passwörter zuraunen, während sie in der Lagerkantine Schlange stehen.

Sie sagte: »Ich bin Margot Dacre, wie Sie wohl bemerkt haben.«

»Es tut mir Leid, dass ich Ihnen nicht schon früher richtig vorgestellt wurde, Mrs. Dacre.« Ich streckte die Hand aus, aber sie ignorierte sie. Vielleicht begrüßten sich die Mitglieder des ländlichen Jetset nicht auf diese Weise. Vielleicht hatte sie sie einfach nicht bemerkt.

»Sagen Sie Margot zu mir«, sagte sie. »Ich mag den Nachnamen nicht. Und Sie hätten mich früher getroffen, wenn Sie sich nicht so große Mühe gegeben hätten, mir aus dem Weg zu gehen.«

Sie stand ausbalanciert da wie ein Fechter, hielt ihre schnelle Auffassungsgabe wie eine Klinge vor sich ausgestreckt, aber sie konnte mich nicht täuschen. Jetzt konnte ich in ihr deutlich Caitlin erkennen, nicht so sehr in ihrer geschickten Verteidigung als vielmehr in dem, was sie verteidigte, nämlich eine gewisse Verletzlichkeit.

»Bei solchen Anlässen gerate ich immer ziemlich schnell ins Schwimmen«, sagte ich.

»Unsinn. Sie haben es in so kurzer Zeit schon sehr gut gemacht. Mein Mann verabscheut Sie bereits.«

»Hat er Ihnen einen Grund dafür genannt?«

»Oh, er braucht keinen Grund, Michael. Und nehmen Sie es nicht persönlich. Sie sind in sehr guter Gesellschaft. Edward hasst jeden, der Caitlin auch nur ansieht, und wie Sie sich vorstellen können, tun viele Leute mehr als sie nur ansehen. Tatsächlich gibt es eine beachtliche Liste von Leuten, die Edward nicht mag.«

Ich nahm einen Schluck. »Das kann ich mir vorstellen.«

»Die Wahrheit ist, dass er von den Menschen nicht viel hält, Punkt.«

Ich stellte mein Glas auf den Kaminsims. »Ich bin nicht sicher, ob es mich auch nur im Geringsten interessiert, wen er mag.«

»Oh«, sie lächelte zufrieden, »ich glaube, daraus spricht Verärgerung.«

Mir war bis zu diesem Moment nicht klar gewesen, dass ich im Begriff war, meine Beherrschung zu verlieren. Ich sagte: »Tatsächlich glaube ich, dass es mich nicht im Geringsten interessiert, was irgendwer hier von irgendwas hält.«

»Und das schließt zweifellos mich mit ein.« Sie betrachtete mich über ihr Glas hinweg. Ich hatte den Eindruck, dass sie

sich auf mich konzentrierte, aber distanziert, als wäre ich irgendeine seltene Spezies. Sie sagte, halb zu sich selbst: »Ich frage mich, ob Sie wirklich anders sind als die anderen?«
Ich suchte noch immer nach einer passenden Antwort, als Edward Dacre zielstrebig durch den Türbogen ein paar Meter hinter ihr den Raum betrat. Er blieb stehen, sehr aufrecht, die Beine ein wenig gespreizt, die Hände hinter dem Rücken verschränkt, und betrachtete seine Gäste, die in seinem herrlichen Saal herumflanierten. Bei seinem Anblick war ich trotz meines aufflammenden Grolls gegen ihn von der schieren Wirkung seiner Präsenz beeindruckt. Und dann sah ich Caitlin, die hinter ihm herhastete, sich vor ihn stellte, um ihm ins Gesicht zu sehen. Ihre Haare hingen wirr herunter, und ich bemerkte, dass sie immer noch die Jeans und den Pullover trug, die sie auf der Fahrt hierher angehabt hatte. Schon allein deshalb wusste ich, dass irgendetwas furchtbar schief gelaufen sein musste.
»Du musst sie irgendwo versteckt haben!«, flehte sie ihren Vater an, und ihre Stimme klang völlig verängstigt. »Sag mir, wo! Bitte!«
Er reckte das Kinn, ragte über sie hinaus. In seinen Augen funkelte es, und ich konnte sehen, dass er ihre Verzweiflung genoss. »Du hast dich noch immer nicht umgezogen, Caitlin?«, fragte er, als habe er sie bis jetzt nicht gesehen. »Du könntest wenigstens versuchen, dich ordentlich zu präsentieren.«
Einer oder zwei der Gäste in der Nähe zogen sich diskret zurück, da sie eine Szene fürchteten, aber im Rest des Saals plätscherte die Unterhaltung unvermindert weiter.
Ich sagte: »Cate?«, und sie wandte ihr weißes Gesicht um, suchte in der Menge, fand mich.
»Meine Bilder!«, rief sie mir verzweifelt zu. »Er hat meine Bilder verbrannt. Alle.«
»Was?«
»Und warum nicht?«, fragte ihr Vater, zur Decke sprechend, und dieses Mal verebbte der Lärm im Saal. »Es ist doch klar,

dass du andere Dinge im Kopf hattest. Es ist doch klar, dass du nie wieder hierher zurückkommen wolltest.«
Margot Dacre stand noch immer mir zugewandt da, den Rücken der kleinen Szene zugekehrt. Ihr Gesicht versteinerte, und sie gab ihre Fechterhaltung auf. Sie sagte: »Ich habe versucht, ihn davon abzuhalten.« Ihre Stimme war matt und ihr Blick leer. Ich war nicht sicher, ob sie überhaupt zu mir gesprochen hatte. »Ich habe ihn jedenfalls gebeten. Aber es ging ihm nicht gut, verstehen Sie.«
Ich schob sie an den Ellenbogen aus dem Weg, als sei sie ein Möbelstück. Sie schien schwerelos zu sein. Ich ging zu Caitlin hinüber, hielt den Kopf gesenkt, weil ich mir nicht zutraute, ihren Vater anzusehen, in diese glitzernden kleinen Augen zu blicken.
»Tut mir Leid, Cate«, sagte ich ihr. »Aber das reicht.«
Sie sah zu mir auf, verzweifelt und verständnislos, aber ich ging an ihr vorbei aus dem Saal, durch den düsteren Flur und nahm die Treppe, zwei Stufen auf einmal, zur ersten Etage. Ich ließ die Tür des Gästezimmers hinter mir offen stehen, warf meine Tasche aufs Bett, stopfte meine Kleider, meine Bücher und meine Toilettentasche hinein und zog energisch den Reißverschluss zu. Ich hörte ihre Schritte auf den Stufen und dem Treppenabsatz, und als ich mich umdrehte, stand sie in der Tür, die Hände auf beiden Seiten an den Rahmen gepresst, und atmete schwer. Ihr Gesicht war blass und ihre blonden Haare wirr. Sie sah aus wie sechzehn.
Sie sagte: »Du kannst nicht einfach so gehen.«
»Hat dieser alte Dreckskerl wirklich deine schönen Zeichnungen verbrannt?«
Ihr Gesicht verzog sich. »Er hat mit deinem Bild angefangen. Dann alles andere. Bücher, Skizzenblöcke. Alles. Alles, was ich seit meiner Kindheit gemacht habe.«
»Und weißt du, warum?«
»Natürlich, um mich zu bestrafen. Mich zu verletzen.«

»Nicht nur dich. Um uns beide zu verletzen. Das hat er geschafft.« Ich nahm meine Tasche vom Bett.
»Bitte, geh nicht.«
»Komm mit.«
»Ich kann nicht.«
»Und ich kann nicht hier bleiben und mit ansehen, wie er dir das antut.«
»Du glaubst, es wäre alles so leicht«, fuhr sie mich an. »Aber es ist nicht leicht. Manchmal werden Menschen einfach unterdrückt, vom Licht abgeschottet, sodass sie nicht stark werden können. Dann kommt der Punkt, an dem sie so ausgehungert und so dünn sind, dass sie überhaupt keine Kraft mehr in sich haben.«
Ich ging zu ihr, legte die Arme um sie und drückte sie fest an mich, dann ließ ich sie los. »Bitte, komm mit mir.«
Aber sie rührte sich nicht. Ich nahm meine Tasche und trottete die teppichbelegten Stufen hinunter. Am Fuß der Treppe blieb ich ein paar Augenblicke in der kühlen Dunkelheit des unbeleuchteten Treppenhauses stehen. Es roch nach Hyazinthen und Bienenwachs. Im großen Saal war die Party in vollem Gange – Männer lachten prustend wie eine Kolonie Walrösser, das Klirren von Gläsern, der kurze Freudenschrei einer Frau, die eine andere nach einer Trennung von zwei oder sogar drei Tagen wieder sah. Ich ging zum Ende des Korridors, schob die Riegel der Hintertür auf, schlüpfte in die Dunkelheit hinaus und ging in der milden Sommernacht um die Front des großen Hauses herum. Die Nachtluft kühlte mir das Gesicht. Ich war gerade beim Auto angekommen, als ich hörte, wie hinter mir ihre Füße beim Rennen den Kies aufspritzen ließen.
Ohne ein Wort stieg sie neben mir ein, ich stieß zurück und fuhr schnell die lange Einfahrt hinunter und durch das Eisentor, jeden Moment voller Angst, sie würde ihren Entschluss bereuen, mich anhalten lassen, aussteigen und für mich verloren sein.

»Du kannst wieder anfangen, Cate«, sagte ich. »Neue Sachen zeichnen. Eine ganze neue Welt malen.«
Sie starrte in die vorbeibrausende Nacht hinaus. »Ich werde nie wieder etwas zeichnen«, sagte sie. »Nie wieder.«

11

Es tat gut, wieder einen Anzug zu tragen. Ich hatte seit meiner Abreise nach Venezuela keinen mehr angehabt. Es tat gut, mit meiner wichtig wirkenden Aktentasche durch das trübsinnige morgendliche Gedränge zu gehen, mich auf den Stufen aus der U-Bahn durch die Menschenmenge zu schieben und den feuchten Hundegeruch der Wintermäntel zu riechen. Es fühlte sich gut, es fühlte sich normal an. Diese Leute wussten nichts über mich. Sie sahen mich nicht einmal. Sie dachten daran, wie spät sie dran seien zur Arbeit, dachten an ihre Hypotheken und die lausigen Zeugnisse ihrer Kinder und wie lange sie noch auf den Urlaub warten müssten, bis sie endlich wieder ein wenig Sonne sehen würden. Durch ihre Unwissenheit über mich konnte auch ich mich vergessen.
Ich ging über die Einfahrt zum Krankenhaus und an ein paar Sanitätern in grünen Overalls vorbei, die neben einem abgestellten Krankenwagen Zigaretten rauchten, dann weiter in die Notfallaufnahme. Es war für mich immer ein Ritual gewesen, auf diesem Weg das Spital zu betreten, und es war tröstlich, das auch jetzt so zu tun. Dieser Ort hier ließ mein Herz immer noch schneller schlagen, selbst nach all diesen Jahren – Krankenschwestern, die unter dem harten Licht der Lampen herumhasteten, eine knisternde Energie, strenge Krankenhausgerüche, die laute Betriebsamkeit des Ganzen.

Es war viel los an diesem Morgen. Ein Krankenwagen hatte vor dem Haupteingang zurückgesetzt, und ein weiterer fuhr gerade vor, seine Sirene verebbte soeben, und sein Blaulicht blitzte noch immer auf den nassen Zement des Vorplatzes. Ein junger Mann wurde auf einer Trage hereingerollt, als ich vorbeiging, ein Motorradhelm lag auf den Decken zwischen seinen Füßen. Notfallschwestern und Sanitäter arbeiteten an ihm, legten eine Infusion an, sprachen zu ihm, riefen seinen Namen. *Paul? Paul? Können Sie mich hören? Es wird schon wieder gut, Paul. Ich muss Ihnen nur etwas geben, Paul, um die …* Vertrauenswürdige, kompetente Stimmen. Die Stimmen erfahrener Leute, die wussten, was sie taten. Sie zu hören, gab mir ein gutes Gefühl, und ich wusste instinktiv, dass der junge Paul – wer immer er war – bald wieder auf den Beinen sein würde.

Ich erkannte einige der Schwestern und Sanitäter, aber sie waren zu beschäftigt, um mich zu bemerken. Vernon Choudhury – ein Assistenzarzt, mit dem ich gelegentlich Squash spielte – stand an der Tür des Krankenwagens, redete ernst mit einer weinenden Frau, die zitterte und kurz vor einem hysterischen Zusammenbruch war. Er blockierte ihr bewusst den Weg, als sie versuchte, sich an ihm vorbeizudrängen. Er sah mich nicht hineingehen. Simon Soundso, ein Techniker, den ich aus der Röntgenabteilung kannte, hastete mit einem Klemmbrett unterm Arm vorbei. Er sah mich, aber er war zu verdutzt, um etwas zu sagen, und glotzte mich nur dumm an, während ich an ihm vorbeiging. Als ich die Schwingtür zur Treppe aufstieß, stand er noch immer mit offenem Mund da, und er blieb dort stehen, bis eine der Schwestern mit ihm zusammenstieß und ihm unverblümt sagte, er solle seinen Hintern in Bewegung setzen. Der Ausdruck auf Simons Gesicht brachte mich zum Schmunzeln, während sich die Schwingtür hinter mir schloss.

Ich stieg die Stufen hinauf und ging durch gebohnerte Korridore auf die Orthopädie zu, befand mich in dem alten, viktorianischen Gebäudeteil mit seinen cremefarbenen und mit dunklem Holz verkleideten Wänden, vorbei an geschäftigen Büros und Unmengen von Leuten, die plaudernd und lachend ihren morgendlichen Aufgaben nachgingen. Telefone klingelten. Piepser quäkten. Schubladen von Aktenschränken quietschten auf Metallschienen. Hinter Milchglas leuchteten blaue Computerbildschirme. In den Korridoren roch es nach Desinfektionsmitteln.

Eine Frau, die ich vage kannte, kam mit einem Stoß Akten rückwärts aus der Buchhaltung. Als sie meinen Weg kreuzte, strauchelte sie und ließ die Hefter auf den Boden fallen. Sie fluchte und ging in die Hocke, um sie aufzuheben, während die Leute um den Haufen herumgingen oder darüber stiegen. Ich bückte mich und half ihr, und als sie aufblickte, um mir zu danken, sah ich ein erstauntes Flackern in ihren Augen. Sie sagte nichts, aber als wir fertig waren und ich weiterging, stand sie noch immer mit ihren Heftern im Arm da und starrte mir unsicher nach.

In meinem Büro schüttelte ich meinen nassen Mantel aus und hängte ihn an den Haken hinter der Tür, ging zum Schreibtisch und schaltete den Computer ein. Seit Wochen war ich nicht mehr hier gewesen – seit meiner Abreise nach Venezuela –, aber auch so kam mir das Büro außergewöhnlich kahl vor. Der Schreibtisch war abgeräumt und poliert worden, und die Postablage war leer. Doch es war noch etwas anderes. Ich brauchte einen Augenblick, bis ich wusste, was es war, aber schließlich wurde mir klar, dass meine Fotografien fehlten, die beiden von Caitlin, die ich immer auf dem Schreibtisch stehen hatte, und das größere von uns beiden, das rechts an der Wand hing. Ich konnte mir diese Tatsache nicht ganz erklären. Es verblüffte mich, aber irgendwie konnte ich es nicht richtig einordnen. Ich zog an meiner Schreibtischschublade – vielleicht waren die Fotos ja da drin –, doch die Schublade war abgeschlossen. Ich hatte die Schubladen meines Schreibtischs nie verschlossen.

Ich hatte nicht einmal gewusst, dass sie mit Schlössern versehen waren.
Die Tür sprang auf, und Meredith Wren füllte den Türrahmen aus. Meredith war meine Sekretärin, allerdings war diese Bezeichnung in ihrem Fall interpretationsfähig. Sie war um die fünfzig, breit und kräftig und in etwa die allerletzte Person, zu der der Name eines kleinen, scheuen Vogels passte. Sie trug eine knallrote und gelbe Jacke und blickte angriffslustig drein. Ich konnte sehen, dass sie jeden hier erwartet hätte, nur nicht mich, obwohl mir das im Moment keinen Sinn zu ergeben schien. Sie zögerte gerade lange genug, dass die Tür mit einem Ruck gegen ihren Fuß zurückprallte.
»Also«, fing sie an, »was soll ich Ihnen sagen? Auf die meisten Dinge weiß ich ja eine Antwort, aber wenn es um Tragödien geht, bin ich nicht sonderlich gut.«
Ich ging um den Schreibtisch herum und legte die Arme um sie, um den wollig-warmen, massigen Körper. Sie tätschelte mir unbeholfen den Rücken.
»Gut«, sagte sie schließlich. »Gut, Michael.« Sie trat zurück, räusperte sich lautstark, schaute zur Decke und dann wieder zu mir. »Und jetzt sagen Sie mir, was Sie hier machen.«
»Meredith, ich arbeite hier.« Ich zog wieder an der Schreibtischschublade. »Haben Sie eine Ahnung, wo meine Fotos sind?«
Sie machte die Tür hinter sich zu. »Michael, schauen Sie mich an. Hören Sie auf, an dem verdammten Schreibtisch herumzurütteln, und schauen Sie mich an.«
Ich tat, was sie verlangte. Wenn Meredith etwas befahl, war es nicht einfach, sie zu ignorieren. Für die ganze Abteilung war Meredith Personalkrisenberaterin, Gartenaufseherin, Organisatorin von Abschiedspartys. Meredith, die ins Telefon brüllte, wenn die Putzkolonne nicht gekommen war, Meredith, die Krankenakten im Labyrinth des Archivs aufstöberte, nachdem es ganzen Teams entschlossener Sucher nicht gelungen war, sie

zu finden. Meredith, die die Fische im Aquarium in der Ärztekantine fütterte. Meredith schmiss den ganzen Laden.
»Was ist los?«, fragte ich.
»Jetzt hören Sie mir mal zu, Michael. Ich mache Ihnen jetzt eine Tasse vom Personaltee. Ist es das erste Mal? Könnte sein, glaube ich. Und Sie setzen sich da hin und trinken ihn.«
»Ich glaube, ich habe keine Zeit, Meredith. Es ist Fraktur-Besprechung.«
»Wenn ich Ihnen schon Tee mache, dann werden Sie ihn auch gefälligst trinken. Tatsächlich werden wir ihn zusammen trinken. Und dann rufe ich Ihnen ein Taxi. Und Sie fahren nach Hause.«
Ich lachte. »Danke, aber das glaube ich kaum, Meredith.«
Ich dachte, ich hätte mit normaler Stimme gesprochen, aber sie sah mich scharf an, als habe mein Tonfall sie verärgert. Ich wusste, dass sie unter anderen Umständen herumgestritten hätte – beziehungsweise sie hätte mich so lange unter Druck gesetzt, bis ich nachgab. Stattdessen sagte sie: »Tee. Ich bin gleich wieder da. Rühren Sie sich nicht von der Stelle!« Sie marschierte schnell aus der Tür, den Korridor hinunter.
Ich hätte Meredith' Tee gut gebrauchen können, aber es kam gar nicht in Frage, auf sie zu warten, da die morgendliche Fraktur-Besprechung gleich beginnen würde. Ich warf einen Blick auf meine Uhr. Es war kurz nach acht, was bedeutete, dass die Besprechung wahrscheinlich sogar schon begonnen hatte. Ich ging hinaus und zog die Bürotür hinter mir zu.
Ray Moore war am Vortag offensichtlich der Dienst habende Facharzt gewesen, weil er, als ich bei dem Meeting ankam, bereits am Röntgenbetrachter stand, gerade ein paar Bilder herunternahm und neue vors Licht schob. Er konzentrierte sich auf diese Aufgabe, schaute angestrengt durch seine dicken Brillengläser auf die Bilder und machte zugleich eine seiner üblichen sarkastischen Bemerkungen. Alle fünfzehn Leute im Raum waren auf ihn konzentriert, als ich hinten ins Konfe-

renzzimmer schlüpfte. Ein asiatischer Assistenzarzt lächelte mir zur Begrüßung zu und machte für mich Platz. Er musste neu sein, weil ich ihn nicht kannte. Sonst bemerkte mich niemand.

Den Rücken seinen Zuhörern zugewandt, schnipste Ray mit den Fingernägeln gegen die Röntgenaufnahme in der Mitte.

»Unser zweiter Notfall von heute. Der junge Mr. Jason Pratt. Keine Kommentare, bitte. Zweiundzwanzig Jahre alt. Hat den Abend bei einer Bierprobe verbracht und dann versucht, eine junge Person weiblichen Geschlechts zu beeindrucken, indem er in seinem äußerst attraktiven lindgrünen Toyota die Gower Street mit hoher Geschwindigkeit gegen die Einbahnrichtung runterraste. Dann hat er sich auf ein unkluges Wettrennen mit einem Müllwagen eingelassen und nur den zweiten Preis gewonnen. Ich bin froh, dass seine Beifahrerin dem Ganzen unverletzt entkommen ist – und damit auch Mr. Jason Pratt.«

Es folgten ein paar Bemerkungen und Gelächter. Ich schaute mich im Zimmer um. Ich kannte fast alle diese Leute, einige von ihnen sogar sehr gut, und es war merkwürdig, sie zu beobachten und selbst unbemerkt zu bleiben. John Donohue und Fred Tanaka, Facharztkollegen, deren Büros neben meinem lagen. Dee Orville von der Physio. Und eine Hand voll Oberärzte und Assistenzärzte – deren Namen mir automatisch in den Sinn kamen: Don, Maggie, Patti, Jonathan. Der Anästhesist Sam Okigbo aus Nigeria. Drüben, neben dem Fenster, die Furcht einflößende Carrie Iverson, die OP-Schwester. Und nur zwei Reihen vor mir, den roten Kopf über ihre Notizen gebeugt, Stella. Sie saß so nahe vor mir, dass ich sie zuerst gar nicht gesehen hatte.

»Der junge Pratt«, fuhr Ray Moore mit düsterer Betonung fort, »war am Unfallort voll da – um nicht zu sagen laut da –, hatte einen Gesamtzustand von 12 auf unserer Skala. Das ist wohl mehr, als er normalerweise hinbekommt, glaube ich. Wie Sie hier sehen, hat sich nach seiner Einlieferung herausgestellt, dass er eine isolierte, geschlossene Fraktur in der Mitte des rechten Oberschenkels hat ...«

Er blickte in die Zuhörerrunde. Erkannte mich. Riss hinter seinen dicken Brillengläsern die Augen auf und sagte: »Michael!«

Es schien, als habe der ganze Raum diese zwei Silben gehört. Die augenblicklich eintretende Stille hatte etwas von einer Posse. Gesichter wandten sich nach mir um, zuerst neugierig, dann abwechselnd schockiert und mitleidvoll und verlegen. Wegen dieser Blicke kam ich mir vor wie aus einer anderen Welt, als könnten die Leute, die ich doch so gut kannte, von meinem Gesicht ablesen, wie sehr ich mich verändert hatte. In diesem Moment fing ich selbst an, diesen Verdacht zu hegen.

Ich sagte: »Guten Morgen, alle miteinander!«

Keiner antwortete etwas. Ich konnte das Gewicht ihrer Blicke auf mir nicht ertragen. Ich sah auf die an der Wand beleuchteten Röntgenaufnahmen, starrte mit zusammengekniffenen Augen darauf. Im Raum erhob sich ein Murmeln, Erregung, Unruhe. Ein Piepser ertönte, aber keiner reagierte.

Ray Moore sagte: »Michael, wir sind alle so verdammt ...«

Wieder piepste es.

Ich sagte: »Warum geht denn keiner da ran?«

Stella war die Erste, die sich rührte. Sie kämpfte sich zwischen den beiden Assistenzärzten durch, packte mich am Arm und drehte mich um. »Michael. Raus. Sofort.«

»Warum?«

»Raus.«

Irgendjemand machte für uns die Tür auf, sie schob mich hindurch, folgte mir auf den Korridor und schloss die Tür hinter uns.

Ich sagte: »Stella, bitte, fang nicht mit der Was-machst-du-hier-Leier an. Das habe ich alles schon von Meredith gehört.«

Sie strich sich die Haare zurück. »Michael. Ich hab jetzt keine Zeit, mich damit zu befassen.«

»Du brauchst dich mit gar nichts zu befassen.«

»Du müsstest es besser wissen. Du kannst nicht klar denken.«
»Ich muss arbeiten, Stella. Das ist alles. Ich bin Chirurg und muss arbeiten. Menschen müssen tun, was sie zu tun gewohnt sind.«
»Wach auf, Michael. Du glaubst doch nicht, dass der Silver King dich in die Nähe eines OPs lässt. In *dieser* Woche? Du stehst unter Schock.«
»Warum lässt du mich nicht selbst entscheiden, wie es mir geht?«
»Weil du der Allerletzte bist, der dazu fähig wäre.«
»Nun, aber *ich* bin es«, sagte Professor Curtiz.
Keiner von uns hatte ihn kommen hören, aber er stand direkt neben mir, in seinem tadellosen hellgrauen Anzug, freundlich lächelnd. Curtiz, der Chefarzt und Leiter der Orthopädie, war ein kleiner, gepflegter Mann von sechzig. Er hatte stets die Bräune eines Skifahrers und einen schönen Kopf mit silbernem Haar, und er zog eine Aura von Autorität hinter sich her wie den Schweif eines Kometen. Hinter ihm stand Meredith. Sie sah verlegen aus, wie ein mit der Aufsicht betrauter Schüler, dem es nicht gelungen war, eine Situation zu meistern, und der den Direktor hatte rufen müssen, um die Ordnung wieder herzustellen.
Die Tür des Konferenzzimmers ging auf, und Ray Moore stand da und schaute uns der Reihe nach an, sein ganzer Sarkasmus war verflogen.
Ich konnte das Stimmengewirr in dem Raum hinter ihm hören. Er hatte die Hand auf der Türklinke, um die Tür hinter sich geschlossen zu halten. Er sagte: »Menschenskind, Michael. Ich wollte nur sagen … Ich meine, wir alle …« Ihm versagte die Stimme. Er nahm einen neuen Anlauf: »Wir haben nicht gewusst, dass Sie so früh wiederkommen würden.« Er sah Hilfe suchend in Richtung Curtiz.
Curtiz sagte: »Michael, ich glaube, Sie und ich, wir sollten uns miteinander unterhalten, meinen Sie nicht? Bevor es zu noch

größeren Störungen kommt, nur wir beide?« Er fasste mich am Ellenbogen. »In meinem Büro?«

Er schickte sich an, mich den Korridor entlangzuführen. Ich konnte die Erleichterung in Ray Moores Gesicht sehen, und schon gleich darauf hörte ich, dass er eilig zur Fraktur-Besprechung zurückkehrte und die Tür hinter sich schloss.

Stella sagte hinter uns: »Ich wollte Michael gerade nach Hause bringen ...«

»Ich glaube nicht, dass man ihn nach Hause bringen muss.« Curtiz sah sich zu ihr um. »Und ich schätze, dass Sie etwas zu tun haben?«

Stella machte den Mund auf und wieder zu.

Ohne sich umzudrehen, rief Curtiz: »Und war da nicht von Tee die Rede, Meredith? Oder habe ich das falsch verstanden?« Er wartete gar nicht auf eine Antwort.

Es war typisch für Professor Curtiz, dass er von Einsparbemühungen des öffentlichen Gesundheitswesens völlig unberührt blieb. Sein Büro war geradezu fürstlich, kühl und hell und mit einer sehr hohen Decke. Es roch nach Schnittblumen und seinem eigenen, dezenten Rasierwasser. Einige abstrakte Kunstdrucke – Chagall und Picasso – hingen an den Wänden. Hohe Fenster ragten wie Lichtsäulen empor. Neben einem riesigen Schreibtisch stand auf einem Sideboard ein Computer mit Flachbildschirm. Curtiz führte mich zu dem Chesterfieldsofa zwischen den Fenstern und setzte sich mir gegenüber in einen großen Ohrensessel. Er legte sich die feingliedrigen und recht schönen Hände auf die Knie, die Zeigefinger exakt auf den Bügelfalten der Hose.

»Michael, nichts in meiner langen Erfahrung mit Leben und Tod hat es mir leichter gemacht, mit einem plötzlichen Verlust besser umgehen zu können – von einem unter solchen Umständen ganz zu schweigen. Sie wissen, dass jeder hier mit Ihnen fühlt. Ich nehme aber an, dass das nicht im Geringsten hilft.«

»Es ist eine Hilfe. Natürlich. Aber deshalb bin ich nicht hier.«
»Nein. Sie sind hier, weil Sie ... arbeiten müssen.« Er reckte den Kopf in meine Richtung. »So haben Sie sich ausgedrückt, nicht wahr?«
»Ja.«
Er richtete sich auf. »Das reicht nicht.«
Ich dachte, ich hätte ihn missverstanden. »Wie bitte?«
»Medizin ist nicht das, was *Sie* brauchen, Michael.« Seine Stimme war vollkommen ausdruckslos. Als ich darauf nicht antwortete, schob er den Unterkiefer nur eine Spur zur Seite. »Soll ich mich deutlicher ausdrücken? Eigentlich sollte ich gerade operieren. Das würde ich auch tun, hätte Meredith mich nicht gerufen.« Er sah auf seine teure Armbanduhr. Sie blitzte wie ein neuer Silberdollar an seinem braunen Handgelenk. »In diesem Augenblick liegt eine junge Frau unten, die auf meine Hilfe warten muss, weil ich hier bin und nicht dort. Sie verstehen, was ich damit sagen will?«
»Es gab gar keinen Anlass dazu«, wandte ich ein und senkte den Blick. »Ich bin in Ordnung. Mir geht es gut.«
Die Lippen von Curtiz pressten sich zusammen. »Ich kann nicht nachvollziehen, was Sie durchmachen, Michael. Aber was auch immer Sie sind, in Ordnung sind Sie nicht. Gut geht es Ihnen nicht.«
Es wurde an die Tür geklopft, und Curtiz rief: »Herein!« Meredith kam geschäftig ins Zimmer, schnaubend, und stellte zwei dicke Becher mit mahagonifarbenem Tee auf den niedrigen Tisch zwischen uns. Ich konnte spüren, dass sie mich ansah, aber ich vermied jeden Blickkontakt und schaute aus dem Fenster. Der Herbsthimmel war wie marmorierte Seide, und in der Ferne schwebten ein paar Möwen, hoch über London.
»Lassen Sie den Löffel nicht drin«, sagte Meredith, »er könnte sich auflösen.«
Sie ging nur widerwillig – verließ mich nur widerwillig, nahm ich an. Curtiz lächelte sie an und wartete, während sie herum-

hantierte. Als sie es nicht länger hinauszögern konnte, stapfte sie schließlich über seinen kostbaren blau- und goldfarbenen Teppich hinaus und machte die Tür hinter sich zu. »Ich möchte arbeiten«, sagte ich. »Ich möchte mich nützlich machen.«

»Sie wollen sich selbst betäuben, Michael. Ich mache Ihnen keine Vorwürfe, aber ich kann es nicht zulassen.«

»Lassen Sie mich nur …«

»Nein.« Er nahm seinen Tee, nippte daran und nickte anerkennend.

Ich starrte schweigend auf meinen Becher.

»Wollen Sie meinen Rat hören, Michael?« Er stellte seinen Tee ab und strich sich mit einer katzenartigen Bewegung sein Jackett glatt. »Gehen Sie weg von hier. Pumpen Sie sich mit jeder Tablette voll, die Gott geschaffen hat. Ich werde Ihnen etwas schicken lassen. Schlafen Sie eine Woche. Zwei Wochen. Bleiben Sie nicht länger als unvermeidbar allein. Wenn Sie wollen, sehe ich zu, dass Stella Cowan freigestellt wird.«

»Das wird nichts nützen.«

»Bringen Sie mich nicht dazu, Sie in Zwangsurlaub zu schicken.«

Ich schloss die Augen. »Sie müssen mir etwas geben, worauf ich hoffen kann.« Ich konnte das Flehen in meiner Stimme hören, und ich verachtete mich dafür, aber ich konnte nichts dagegen tun.

Curtiz stand auf, kam herüber und stellte sich hinter mich. Ein paar Sekunden stand er da und schaute auf mich herab. Schließlich legte er eine seiner kleinen, schönen Hände auf meine Schulter. »Michael, rufen Sie mich in zwei Wochen an. Ich verspreche Ihnen nichts, aber wenn Sie dann immer noch der gleichen Meinung sind, werde ich sehen, was wir tun können. Vielleicht ein paar Vorlesungen. Ich weiß es noch nicht.«

Ich sagte: »In einer Woche. Bitte.«

Er seufzte. »Gut. Aber jetzt gehen Sie nach Hause. Gehen Sie nach Hause.«

12

Den Rest des Tages lief ich herum. Lief stundenlang, bis ich wieder denken konnte. Bis mein Groll und meine Wut verpufft waren, lief ich.

Hinunter zum West End und dann nach Osten zur St. Paul's Cathedral, über den schimmernden grauen Fluss und in einem weiten Bogen am Südufer entlang – London Bridge, Southwark, Elephant and Castle, dann Richtung Süden nach Clapham und wieder zum Fluss zurück. Ich ging schwerfällig, blind, rempelte Leute an, ließ mich anrempeln. Ich lief achtlos über die Straßen, und Taxifahrer fluchten mich an. Irgendwo in der Nähe des War Museum trat ich auf die Straße, stieß mit einem Fahrradkurier zusammen und ließ ihn einfach auf dem Pflaster liegen. Ich stieg über ihn hinweg und ging weiter, und er lag keuchend, aber unverletzt da, zu verdutzt über meine Fahrlässigkeit, um auch nur zu protestieren.

Den ganzen Tag über dröhnte und pulsierte die Stadt um mich, ein dichtes Gitter aus regennassen Straßen und Ampeln und Autos und Menschen und Unmengen gelben Lichts, wie die dargestellten Schaltkreise eines vor Energie knisternden Riesencomputers. Dieses Branden schwemmte die schwarze Energie, die ich in mir trug, davon, schwemmte sie so gründlich davon, dass ich mich, als ich bemerkte, dass sich der Herbsttag allmählich dem Ende zuneigte, beinahe ruhig fühlte. Ich überquerte den Fluss über die Waterloo Bridge und blieb vor der U-Bahn-Station Embankment stehen. Ich hatte das merkwürdige Gefühl, gerade aufzuwachen, und konnte mir nicht recht erklären, wie ich hierher gekommen war. Ich wusste, dass mir kalt, dass ich durchnässt und hungrig war und dass einer meiner Schuhe leckte – etwas, was mir zuvor nicht aufgefallen war. Ich kam mir in meinem verknitterten Anzug verwahrlost und schäbig vor. Jetzt nahmen die Menschenmassen

im abendlichen Berufsverkehr zu, die aus den dunkler werdenden Straßen in die Eingeweide der Untergrundbahn strömten. Ich ließ es zu, von ihnen mitgerissen zu werden. Es kam mir einfacher vor, als mich dagegenzustemmen.
Gegen sechs Uhr kam ich zurück. Das Haus war kalt und dunkel. Ein paar Briefe lagen auf dem Boden im Flur. Karten, Briefe, handbeschriebene Umschläge. Ich wusste, was darin stand. Ich trug sie rein und legte sie ungeöffnet auf ein Bücherregal, auf einen wachsenden Stapel unbeantworteter Post: Ich dachte mir, ich müsste sie mir wohl früher oder später anschauen. Aber nicht jetzt, nicht jetzt.
Ich machte die Lampen an und drehte die Heizung hoch. Ich ging hinauf und warf meinen feuchten Anzug in die Ecke und zog mich um. Als ich wieder herunterkam, stellte ich fest, dass ein Päckchen auf dem Esszimmertisch lag. Eine Notiz von Stella und etwas in Folie Eingepacktes – wahrscheinlich etwas zum Essen. Ich hatte beim besten Willen keine Lust, etwas zu essen. Ich machte Stellas Nachricht auf, und ein Tablettenstreifen fiel auf den Tisch. Die Notiz besagte: »Ruf mich an. Nur damit ich weiß, dass du okay bist. Diazepam-Grüße vom Silver King. Ich habe ihm versprochen, sie dir zu bringen. Michael, bitte ruf mich an.«
Ich rief sie an. Ich sagte: »Stella, ich bin okay.«
»Gut. Das ist gut.« Ich konnte die Erleichterung aus ihrer Stimme heraushören. Sie machte eine Pause. »Ich denke, du solltest nicht dort sein. In diesem Haus.«
»Alle scheinen zu wissen, wo ich sein und was ich tun sollte.«
Sie antwortete nicht.
Ich sagte: »Tut mir Leid.«
»Aber iss etwas, Michael. Iss etwas und nimm zwei Diazepam. Schlaf dich aus. Ich schaue morgen wieder bei dir vorbei.«
»Das brauchst du nicht.«
»Es ist nicht nur deinetwegen«, fuhr sie mich an. Sie fasste sich wieder. »Iss etwas, Michael. Versprich es mir.«

»Okay, ich verspreche es.«
Ich sagte Tschüss und legte auf. Ich nahm das in Folie eingewickelte Päckchen, ohne es zu öffnen, in die Küche und warf es in den Mülleimer. Mit dem Tablettenstreifen spielte ich ein Weilchen herum, dann warf ich ihn wie das Essen in den Müll. Ich ging ins Arbeitszimmer, fand eine Flasche Scotch und schenkte mir eine große Portion ein. Im Zimmer war es kalt, und ich machte mich daran, das Feuer im Kamin anzuzünden. Ich ging zur Stereoanlage und legte Mozart auf, und während im Kamin die Flammen hochzüngelten, setzte ich mich in einen der Ledersessel, die zu beiden Seiten des Kamins standen, und beobachtete das Feuer und die wilden Schatten, die es warf. Ich drehte den Drink zwischen den Handflächen, wartete darauf, dass Stille in meinem Kopf einkehrte und etwas Energie in mich zurückströmte.
Ich erinnerte mich an Caitlins Foto auf meinem Schreibtisch, und als ich aufsah, war sie noch immer da, in dem goldenen Lichtschein der Schreibtischlampe, und schaute mich quer durch das Zimmer traurig lächelnd an. Seit gestern Abend, als ich hier gesessen und sie angestarrt hatte, war ich allem Anschein nach nicht sonderlich viel weitergekommen. Ich hob das Glas in ihre Richtung. Ich legte den Kopf gegen die Rückenlehne und schloss die Augen. Kammer für Kammer fing mein Gehirn an abzuschalten.
Der große Messingtürklopfer schlug zwei Mal.
Aufgeschreckt kam ich in die Gegenwart zurück, mit einem Schock, als sei ich versehentlich von einem Kai ins winterkalte Meer gefallen. Ich sah mich im Arbeitszimmer um, starrte auf Caitlins Bild unter der Schreibtischlampe, auf die regengepeitschten Fenster und versuchte, wieder zu mir zu kommen. Das Klopfen kam von so weit her, war für mich so überraschend, dass ich mir einen Augenblick einredete, ich hätte es mir nur eingebildet. Aber das war absurd: Das Echo hallte noch immer durchs Haus.

Wieder. Zweimaliges lautes, schweres, unglaubliches Klopfen. Ich erhob mich. Ich legte Caitlins Bild mit dem Gesicht nach unten auf den Schreibtisch und ging durch Küche und Esszimmer in den Flur. Ich machte das Licht an, lief durch den Gang und zog die Haustür auf.

Sie starrte mich wortlos an, eine schlanke, dunkelhaarige, recht junge Frau, die sich gegen den Türrahmen lehnte. Sie richtete sich auf, als ich die Tür öffnete. Sie trug einen rehbraunen Regenmantel, und der Stoff war dunkel und nass. Ihre langen schwarzen Haare klebten in Strähnen in ihrem Gesicht und auf den Schultern ihres Mantels, und ich konnte sehen, dass sie fröstelte, aber versuchte, es zu verbergen. Sie sah erschöpft aus, aber sie hielt den Kopf herausfordernd, als erwarte sie eine Auseinandersetzung und sei bereit, sich zur Wehr zu setzen.

»Sie sind Michael Severin«, verkündete sie, als könnte ich versuchen, das abzustreiten. Sie hatte einen starken nordenglischen Akzent, wahrscheinlich Yorkshire-Dialekt. »Sie sind Dr. Michael Severin.«

Ich sah sie genauer an. Sie war außergewöhnlich hübsch, hatte ein längliches Adlergesicht, und ich hielt es für unwahrscheinlich, dass ich sie so einfach vergessen hätte, falls ich ihr schon einmal begegnet sein sollte. Aber ich erkannte sie beim besten Willen nicht.

»Ich muss mit Ihnen sprechen, Dr. Severin.« Sie klang mehr als bestimmt, ja fast aggressiv. »Und es ist wichtig.«

»Tut mir Leid. Ich kenne Sie nicht.«

Sie sah mir direkt in die Augen. »Wir müssen miteinander reden.«

»Tut mir Leid, mir ist im Moment wirklich nicht nach Reden zu Mute.«

Ich war im Begriff, die Tür zuzudrücken, doch sie stellte einen Fuß dagegen und leistete mir ruhig Widerstand, dabei blickte sie mich fest an. Sie hatte ganz wilde Augen. Mit Widerstand hatte ich nicht gerechnet. Ich wusste nicht, wie ich damit

umgehen sollte, und konnte mich nicht entschließen, was ich als Nächstes tun sollte. Draußen auf der Straße war es schon ziemlich dunkel, und der Wind peitschte den Regen gegen ihren Rücken, um sie herum und durch die Tür herein.
»Wenn Sie mich nicht hereinlassen, Doktor«, sagte sie mit leiserer Stimme, »dann werden Sie noch genauso nass wie ich.«
Als ich mich noch immer nicht rührte, fügte sie hinzu: »Und außerdem werde ich mich hier auf Ihren Stufen gleich übergeben.«
Ich stellte fest, dass ich, ohne mich dazu entschlossen zu haben, zurücktrat und sie an mir vorbei ins Haus ließ. Ich machte die Tür hinter ihr zu. Als ich mich umdrehte, stand sie am Fuß der Treppe gegen das Geländer gelehnt, mir den Rücken zugekehrt, und atmete schwer. Das war einfacher. Ich wusste, was ich zu tun hatte, wenn sie so aussah, wenn irgendjemand so aussah.
Ich fragte: »Sind Sie krank?«
»Ich bin herumgelaufen. Stundenlang, wie mir scheint.« Sie klang ungehalten, entweder wegen meiner Frage oder wegen ihrer eigenen Schwäche.
Ich sagte: »Sie sollten sich besser hinsetzen.« Ich trat hinter sie. »Hier drin.«
»Gut.«
Sie stieß sich vom Geländer ab, und ihre Knie gaben nach, und ich umfasste ihre Taille. Sie war nicht schwer, und ich konnte sie leicht halten. Ihr Kopf fiel gegen meine Wange, und ich roch den Regen auf ihrer Haut und ihren Haaren. Ich wollte das nicht bemerken. Ich hätte das nicht bemerken sollen. Ich ließ sie vorsichtig auf den Boden am Fuß der Treppe gleiten, und ihre schwarzen Haare breiteten sich auf den Dielenbrettern aus wie das Haar einer Ertrunkenen auf einem Schiffsdeck.
Ich drehte sie auf die linke Seite und überprüfte automatisch ihre Atmung und ihren Puls. Der Puls ging ein bisschen

schnell. Ihre Kleider waren klatschnass, und ihr Gesicht fühlte sich, als ich es berührte, wie Marmor an. Ich strich ihr die nassen Haare aus der Stirn. An ihrer rechten Schläfe war eine kleine, sternförmige Narbe, und ich fuhr mit der Fingerspitze darüber, dann ertappte ich mich dabei und zog meine Hand zurück, als hätte ich sie mir verbrannt.

Was ich als Nächstes tun sollte, war ganz klar: Eine Decke holen, sie zudecken und dann einen Krankenwagen rufen. Stattdessen kniete ich mich auf den Boden und betrachtete sie. Es kam mir unanständig vor, diese fremde Frau zu beobachten, während sie hilflos dalag, aber irgendetwas an ihr veranlasste mich, so zu verharren. Vielleicht war es die Tatsache, dass ihr die Schuhe von den Füßen gefallen waren, als ich sie hingelegt hatte, und ihre Füße ein bisschen schmutzig waren und ihr Rock hochgerutscht war und die sorglos gespreizten Beine sie so verletzlich aussehen ließen, wie es bei Caitlin der Fall gewesen war. Der Geruch des Regens in ihrem Haar ließ mich nicht los.

Sie gab ein leises, würgendes Geräusch von sich, und ihre Lider flatterten, und ich sah, dass sich ihre Augen auf mich richteten, während sie zu sich kam. Sie schluckte und versuchte, sich auf einen Ellenbogen zu stützen.

»Bleiben Sie liegen«, befahl ich ihr.

Sie ignorierte mich und setzte sich auf. Als ich ihr helfen wollte, schob sie meine Hand weg. »Ich bin schon in Ordnung.« Sie war wütend auf sich selbst. »Ich habe bloß nichts gegessen, das ist alles.«

Ich ergriff ihr Handgelenk und fühlte noch einmal ihren Puls. Sie saß auf dem Boden, die Lippen zum Zeichen ihrer Ungeduld zusammengepresst, aber sie ließ mich gewähren. Dieses Mal war der Puls regelmäßig. Ich sagte: »Setzen Sie sich da auf die Stufe und nehmen Sie den Kopf zwischen die Knie und atmen Sie ein paar Minuten tief durch.«

Sie schnitt eine Grimasse. »Ja, Herr Doktor.«

Aber gleich darauf setzte sie sich auf die unterste Treppenstufe, wie ich es ihr gesagt hatte. Ihr Rock war ihr bis zu den Oberschenkeln hochgerutscht, und sie zog ihn ungeduldig herunter. Sie sagte: »Haben Sie auch genau hingesehen?«
»Ich glaube nicht, dass Sie in der Verfassung sind, sehr auf Würde bedacht zu sein.«
Sie schüttelte den Kopf, und ihre Miene veränderte sich. »Normalerweise mache ich so etwas nicht.«
»Wer sind Sie?« Ich hatte nicht vorgehabt, so barsch zu sein, aber ihr Eindringen hatte mich aus dem Konzept gebracht. Ich fühlte mich nervös und unsicher.
Sie hob das Gesicht und sah mich an. Allmählich bekam sie wieder Farbe. Sie hatte eine lange, gerade Nase und sehr hohe Wangenknochen und eine Unmenge unglaublich gelockter schwarzer Haare. Ich konnte ihr Alter nicht schätzen. Vielleicht um die dreißig. Vielleicht war sie auch ein bisschen jünger, aber sie hatte eine Härte an sich, die für Erfahrung sprach und sie ernst erscheinen ließ. »Mein Name ist Angie«, sagte sie.
»Angie, und wie weiter?«
»Angie Carrick.« Sie sagte das mit einer gewissen Betonung und beobachtete mich dabei, als wolle sie sehen, ob ich darauf irgendwie reagierte.
»Sollte mir das etwas sagen?«
Ihre Augen wanderten zur Seite. »Ich habe Caitlin gekannt.«
Das traf mich unvorbereitet. »Waren Sie eine Freundin von ihr? Ich kann mich nicht an Sie erinnern, tut mir Leid.«
»Es ist einfach schrecklich, was passiert ist«, sagte sie, vielleicht hatte sie meine Frage nicht registriert. »Ich musste herkommen. Ich musste Sie einfach sehen.«
»Ich wollte in den letzten Tagen nicht viele Leute sehen.«
»Das kann ich verstehen.« Sie stand vorsichtig auf, stützte sich mit einer Hand gegen die Wand. »Wahrscheinlich ist es falsch, dass ich hergekommen bin. Aber ich musste einfach kommen.«

Sie richtete sich auf. Offensichtlich strömte ihre Kraft in sie zurück. Sie holte tief Luft. »Denn schlussendlich hat es uns alle verletzt, Dr. Severin. Nicht wahr? Das, was mit ihr geschehen ist. Jeden, der sie kannte, hat es verletzt. Sie. Mich. Alle.«

Ihr Tonfall war sachlich, als müsse es für mich offenkundig sein, dass wir gemeinsam litten. Aber es war für mich nicht offenkundig. Ich fand den Gedanken beunruhigend.

»Sie sind völlig durchnässt«, sagte ich schließlich.

»Ich bin vom Busbahnhof bis hierher gelaufen. Victoria.«

»Sie sind von auswärts gekommen?«

»Aus dem Norden«, sagte sie mit gedämpfter Stimme. »Wie Sie vielleicht schon erraten haben.« Es war ziemlich klar, dass sie keine weiteren Details preisgeben wollte. Ich konnte mir nicht vorstellen, warum, aber ich sah keinen Sinn darin, dem weiter nachzugehen.

»Unter der Treppe ist eine Toilette.« Ich nickte in Richtung der Tür. »Handtücher und so weiter. Schließen Sie aber nicht ab.«

»Mir wird schon nicht wieder übel werden, Doktor.« Jetzt machte sie sich sowohl über sich selbst als über meine Besorgnis lustig.

»Trotzdem.«

Sie sah mich zweifelnd an und sagte: »Ich bin in einer Minute wieder da«, fast, als mache sie sich um mich Sorgen und nicht umgekehrt.

Als sich die Tür hinter ihr schloss, hob ich ihren nassen Mantel und ihre Schuhe auf und trug sie ins Arbeitszimmer. Es hatte wohl etwas mit dem gedämpften Licht zu tun, dass ich dachte, ich könnte mich hier verstecken, mich erholen. Mir war schwindlig, und ich legte ihre Sachen hin und stützte beide Hände auf den Tisch, Caitlins umgedrehtes Bild dazwischen, und wartete darauf, dass ich mein Gleichgewicht wieder fand. Ich war nicht sicher, wie lange das dauerte. Fünf Minuten vielleicht. Möglicherweise auch zehn. Ich konnte die Frau in der

Toilette hören: laufendes Wasser, das Klicken der Tür des Wäschetrockners.
Ich warf einen Blick zu meinem Sessel hinüber. Auf dem Tisch daneben stand mein Drink, noch dreiviertel voll. Ich ging hin und nahm das Glas, und dabei hörte ich die Toilettenspülung rauschen und hörte, wie die Toilettentür geöffnet wurde, und als ich aufblickte, stand sie im Zimmer hinter mir. Ich sah, dass sie nur ein dünnes schwarzes Top und einen geblümten Rock trug – schwarz mit verschlungenen roten Hibiskusblüten –, und sie stand fröstelnd in der Tür, rieb sich mit einem Handtuch über die nackten Arme, um sich zu erwärmen. Sie hatte ihr ganzes Make-up abgewaschen, und ohne das waren ihre Augen sogar noch dunkler. Nach einer Sekunde ging sie quer durchs Zimmer und setzte sich in meinen Sessel, beachtete den freien gegenüber gar nicht, lehnte den Kopf gegen das Leder und schloss die Augen.
»Das ist schon besser.« Wieder diese tiefe, sachliche Stimme. »Wissen Sie, wie es ist, wenn man so fertig ist, dass einem schlecht wird? Nun, Sie werden das wissen, denke ich, wo Sie doch Arzt sind.« Sie schlug die Augen auf, schüttelte ihre dunkle Mähne, fuhr mit der Hand hindurch und ließ die Haarsträhnen durch die Finger gleiten. Im Lampenlicht konnte ich sehen, dass Tröpfchen herausspritzten. Sie setzte sich ein bisschen weiter zurück, seufzte und deutete auf den Drink in meiner Hand. »Das ist Scotch, ja?« Sie machte eine Pause. »Ich mag nicht gerne darum bitten.« Nichts in ihrer Stimme ließ darauf schließen, dass es für sie ein Problem war, um etwas zu bitten.
Ich schenkte ihr einen Scotch ein.
Sie umschloss das Glas mit beiden Händen und nippte dankbar daran. »Das tut gut. Unheimlich gut.« Sie stellte das Glas auf den Tisch und schaute zu mir auf. Ich konnte sehen, dass sie sich auf eine kleine Ansprache vorbereitete. »Ich möchte Ihnen danken, Dr. Severin, dass Sie mich hereingelassen haben.« Sie

sprach mit einer gewissen Förmlichkeit. »Ich bin nicht sicher, ob ich es an Ihrer Stelle getan hätte.«
»Sie haben mir keine andere Wahl gelassen.«
»Man hat immer die Wahl«, sagte sie und fügte nach einem Augenblick hinzu, als testete sie den Namen, »Michael.« Sie sah sich im Arbeitszimmer mit seinen Bücherregalen um und an mir vorbei durch die offene Tür ins Esszimmer mit der hellen Holzverkleidung an den Wänden. »Das ist ein schönes Haus, sehr schön. Ich war in meinem ganzen Leben noch nie in einem so schönen Haus.« Etwas an meinem Gesichtsausdruck machte sie stutzig. »Glauben Sie, ich mache mich lustig?«
»Nein, ich ...«
»Das tue ich nicht.« Wieder schüttelte sie ihre Mähne. »Und die Musik ist wunderbar.«
»Das ist Mozart.«
Sie warf mir einen eigenartigen Blick zu. »Die Leute schreiben heute keine solchen Sachen mehr, oder? Wie heißt das?«
»Das ist das Klarinettenkonzert.«
»Hatten die damals schon Klarinetten? Das habe ich nicht gewusst. Oder ist es das Saxophon, an das ich denke?«
Einen Augenblick konnte ich kaum glauben, dass sie das ernst meinte. Bevor ich mir jedoch darüber klar werden konnte, stand sie plötzlich auf und ging zur Wand hinüber, an der eine Reihe von gerahmten Fotos und Urkunden hing. Sie blieb vor einem Bild stehen, das mich mit einem ÄRZTE OHNE GRENZEN-Team bei der Arbeit in einem Erste-Hilfe-Zelt in Sierra Leone zeigte, umringt von afrikanischen Flüchtlingen. Ich hatte dieses Foto immer gemocht, und es nahm an der Wand einen Ehrenplatz ein. Wir alle waren darauf so erfüllt von unserer Aufgabe. Unser dürftiges Zelt war ein Rettungsfloß auf stürmischer See, die uns umringenden Afrikaner die Überlebenden eines Schiffsuntergangs. Wir sahen aus, als seien wir die einzigen Menschen auf der Welt, die wussten, was zu tun sei.

»Das sind Sie, nicht wahr?« Sie tippte an das Glas. »In der Zeitung hat es geheißen, dass Sie solche Sachen gemacht haben. Ich glaube, ich habe Sie einmal sogar im Fernsehen gesehen. Könnte das sein?«

»Schon möglich.«

»Sieht romantisch aus, die Arbeit, die Sie da machen.«

»Romantisch?«

»Helfen zu können. Zumindest muss es Ihnen das Gefühl geben, dass Sie helfen können.« Sie sah mich direkt an. »Obwohl ich glaube, das macht am Ende auch keinen Unterschied, oder?«

»Nein. Das glaube ich auch.«

Wieder betrachtete sie das Bild eingehend. »Wer ist diese Frau da? Die Rothaarige?«

»Sie heißt Stella Cowan. Wir arbeiten häufig zusammen. Sie ist Krankenschwester.« Ich stockte verdutzt. »Warum?«

»Ach, egal. Das geht mich sowieso nichts an.« Sie stemmte die Hände in die Hüften und schaute sich wieder im Zimmer um. »Mein Gott, in so einem Haus zu wohnen! Ist es wirklich hier passiert?«

Aber mit dieser Frage ging sie zu weit.

»Wie gut haben Sie Caitlin gekannt?«, fragte ich sie. »Wo haben Sie sich kennen gelernt?«

Sie antwortete nicht gleich. Sie rollte ihr Glas zwischen den Handflächen und starrte hinein. »Ich habe sie nicht gut gekannt. Ich habe ein paar Mal mit ihr zusammengearbeitet.«

Ich konnte mir nicht vorstellen, in welcher Umgebung diese Frau mit Caitlin zusammengearbeitet haben konnte. Sie waren so gänzlich verschieden. »In der Tate?«, fragte ich. »Oder in einer der anderen Galerien?«

»Was?«

»Wo Sie Caitlin kennen gelernt haben.«

»Ja. In der Galerie. Das ist richtig.«

»Und kommen Sie oft zum Arbeiten nach London?«

Sie kniff den Mund zusammen, bis er nur noch eine dünne Linie war. »Was soll das sein? Ein Verhör?«
Sie ging zum Schreibtisch hinüber. Ich dachte, dass sie vielleicht ihr Glas abstellen oder etwas aus ihrer Handtasche holen wollte, aber als ich wieder hinsah, drehte sie gerade Caitlins Bild um.
»Ach, das ist sie, nicht wahr?«
»Bitte, fassen Sie das nicht an.«
Sie betrachtete Caitlins Gesicht unter der Lampe. Ich trat vor, um ihr das Foto wegzunehmen, aber zu meinem Erstaunen füllten sich ihre Augen mit Tränen, während sie das Bild ansah, und das hielt mich davon ab. »Ach«, sagte sie, als leide sie an einem plötzlichen körperlichen Schmerz, »sie war eine so schöne Frau. So eine schöne Frau.«
»Bitte, geben Sie es mir.«
Aber sie gab es mir nicht. Stattdessen stellte sie Caitlins Bild auf den Schreibtisch zurück, jedoch so, dass Catey in den Raum schaute und uns zulächelte.
Ich sagte: »Warum erzählen Sie mir nicht, aus welchem Grund Sie wirklich hierher gekommen sind?«
Sie schien ernsthaft darüber nachzudenken. Dann sagte sie: »Nein. Es spielt keine Rolle. Ich gehe jetzt lieber.« Sie schlüpfte mit ihren nackten Füßen in die Schuhe. »Ich hätte nicht herkommen sollen.« Sie nahm ihren nassen Mantel und warf ihn sich über den Arm. »Ich musste Sie einfach sehen. Um Ihnen zu sagen, wie Leid es mir tut.«
»Das war nicht der einzige Grund.«
»Nein. Ich wollte mir über etwas klar werden.«
»Worüber?«
»Etwas Persönliches. Das spielt jetzt keine Rolle.«
Ich sagte: »Ich glaube Ihnen nicht, dass Sie eine Freundin von Caitlin waren.«
»Lassen Sie das, Michael«, sagte sie. »Ich habe einen Fehler gemacht. Vergessen Sie einfach, dass ich da war.«

Das Konzert war zu Ende, und im Zimmer wurde es, abgesehen von dem Klatschen des Regens gegen die Fensterscheiben, still. Angie beugte sich vor, um ihr Glas auf den Tisch zu stellen.
»Caitlin hatte einen Liebhaber«, sagte ich.
Sie erstarrte, ihre Finger umschlossen noch immer das Glas. Ihre Haare waren nach vorn gefallen, und ich konnte ihr Gesicht nicht sehen.
»Sie wissen nicht zufällig etwas davon, Angie, oder?«
»Ich weiß gar nichts. Ich kann Ihnen nicht helfen.«
Sie machte Anstalten zu gehen, und ich trat vor und packte sie am Arm, packte weit fester zu, als ich wollte, denn ich spürte, wie der Muskel über den Knochen rollte und sich verschob. Sie zuckte zusammen, und ich ließ sie los.
»Ich habe sie geliebt. Ich habe sie geliebt, und jetzt ist sie tot, Angie. Ich will wissen, wie das geschehen konnte.«
Sie sah mich wütend an, mit funkelnden Augen, und massierte sich den schmerzenden Arm. »Männer müssen sich immer irgendeine große Verschwörung ausdenken, nicht wahr?«, sagte sie. »Um über ihre Fehler hinwegzutäuschen. Aber vielleicht ist es einfacher, als Sie glauben.«
»Ich verstehe Sie nicht.«
»Vielleicht waren Sie zu sehr damit beschäftigt, Ihren eigenen Träumen nachzujagen, Michael. Für Caitlins Träume hatten Sie nie Zeit.«
Ich spürte, wie an meinem Hals ein Muskel nervös zu zucken begann. »Was wissen Sie darüber?«
»Ich weiß so viel: dass Sie irgendjemand anderen dafür verantwortlich machen wollen. Egal, wen.«
Ich sah, dass ihr Kopf nach hinten fiel, und sah sie taumeln, halb über die Armlehne des Sessels stolpern und schwerfällig sitzend auf dem Boden landen. Es überraschte mich, dass sie sich auf diese Weise bewegte. Sie saß eine Sekunde da, fixierte mich mit ihren Iltisaugen, und erst in diesem Moment wurde

mir klar, dass ich sie geschlagen hatte. Sie drehte den Kopf zur Seite und bewegte den Mund, fasste sich an die Lippe und betrachtete ihre Finger. Sie rappelte sich wacklig auf die Füße und zog sich die Kleidung zurecht, noch immer an ihrer Lippe saugend und die Augen auf mich gerichtet. Ich konnte nichts sagen.

Ich konnte nicht glauben, dass ich das getan hatte: Ich konnte nicht glauben, dass ich dazu überhaupt fähig war. Ich schaute auf die Hand hinunter, die sie geschlagen hatte, als habe sie das ganz von allein getan.

»Aha«, sagte sie, »das schöne Haus und die wunderbare Musik.« Sie fuhr sich mit dem Handrücken über die Lippe, und etwas Blut blieb auf der blassen Haut zurück. Sie schaute darauf und dann wieder mich an. »Dadurch werden Sie auch nicht anders, oder?«

Ich machte einen Schritt auf sie zu. »Bitte lassen Sie mich ...«

Ich sah ihre Bewegung nicht. Ich war in der Vergangenheit erst zwei Mal von Frauen geschlagen worden, ein Mal von einer verzweifelten Mutter bei einem Todesfall, und ein Mal von einer entrüsteten Geliebten, einer Studentin. Aber das hier war etwas ganz anderes. Ihre Knöchel trafen mich oben am Jochbein, und ich merkte, wie mein Kopf herumschnellte, und hörte mich angesichts der Härte des Schlags aufstöhnen. Ich fuhr mir mit der Hand über die Wange, aber sie war taub und fühlte sich an, als gehöre sie jemand anderem. Angie stand da und beobachtete mich aus zusammengekniffenen Augen, sich die rechte Hand mit der linken massierend, wachsam und sprungbereit wie eine Katze. Ich war doppelt so schwer wie sie, aber sie hatte keine Angst vor mir: Oder falls sie Angst hatte, würde sie das auf keinen Fall zeigen. Ich stand wie ein Schwachkopf da und rieb mir die Wange.

Sie sagte: »Sie haben nie herausgefunden, wer sie war, oder? Sie haben nicht einmal versucht, das herauszufinden.«

Sie ging in Richtung Tür und verließ den Raum, ohne sich noch einmal umzusehen. Ich hörte die Haustür hinter ihr leise ins Schloss fallen, und ein paar Sekunden konnte ich ihre Schritte hören, die sich durch die nasse Londoner Straße in die Nacht entfernten.

13

Über Nacht war das Arbeitszimmer kalt geworden. Der CD-Spieler summte kaum hörbar in der Ecke. Die Scotch-Flasche stand auf dem Beistelltisch – fast leer. Mein Mund war klebrig, und der Puls pochte wie ein Presslufthammer in meinen Schläfen. Der Himmel über den Dachgiebeln war fahl, und ich konnte den frühmorgendlichen Verkehr draußen auf der Straße vorbeirauschen hören.

Mit einem Anflug von Scham kam mir der letzte Abend in den Sinn, und damit das Bild von Angie Carrick, wie sie in ihrem hibiskusgemusterten Rock unbeholfen auf dem Boden saß, die Haare zerzaust, sich mit der Hand über die Lippe fahrend. Ich berührte meine Wange und stellte fest, dass sie über dem Knochen wehtat von einer Prellung. Das Fleisch rund um mein Auge war geschwollen und verdunkelte den Rand meines Blickfelds.

Ich fragte mich, wo sie jetzt wohl sein mochte. Ich stellte sie mir irgendwo in einem Zimmer vor, wie sie alle paar Augenblicke mit der Zunge über ihre aufgeplatzte Lippe strich und mich verfluchte. Das konnte ich ihr nicht übel nehmen. Ich stand auf, ging ins Esszimmer hinüber, nahm das Adressbuch vom Telefontisch und blätterte es durch. Die Einträge waren fast alle in Caitlins Handschrift. Da war nirgends eine Angie Carrick. Das hatte ich auch gar nicht erwartet. Lange stand ich da, überlegte und klopfte mir mit dem Adressbuch auf den Handrücken.

Ich ging in die Küche und fand ein Klappmesser, und ohne mir überhaupt Zeit zu lassen, darüber nachzudenken, rannte ich nach oben, über den Treppenabsatz und die Wendeltreppe hinauf, machte auf meinem Weg die Lichter an. Zum Glück war gründlich sauber gemacht worden. Die Treppen rochen stark nach Desinfektionsmitteln. Ich kam an der niedrigen Tür zu Caitlins Dachzimmer an.

Ich stieß die Tür weit auf, trat ein und stand schwer atmend in der grauen Morgendämmerung. Ich setzte mich auf ihren Stuhl an den kleinen Tisch und schaltete die Tischlampe an. Eine zerbrochene Scheibe im Fenster war mit einer Hartfaserplatte notdürftig repariert worden. Kartons mit Büchern und Papieren und Ordnern waren auf dem Boden aufgestapelt. Caitlins Computer und die Reste ihrer Stereoanlage waren fein säuberlich in Luftpolsterfolie eingepackt. Der Koffer, den sie hatte mitnehmen wollen, war zusammengeklebt und aufgestapelt mit dem Rest. Diese Dinge und die Kartons, in denen sich ihre übrigen Sachen befanden, ließen das Zimmer verwaist aussehen, als sei sie lediglich ausgezogen, weitergezogen, und habe das alles in Erwartung des Umzugswagens zurückgelassen. Ich hatte befürchtet, Caitlin in jeder Position der Dinge auf den Regalen, in den Bildern an den Wänden wieder zu erkennen. Stattdessen fand ich einen wie hohl wirkenden Raum vor, aufgestapelte Kartons, einen kahlen Boden. Ich ließ das Klappmesser aufschnappen und schlitzte das Klebeband des ersten Kartons auf.

Bis Mittag hatte ich sämtliche von Caitlins Kartons durchsucht, ihren Computer angeschlossen und ihre CDs und Dateien überprüft, hatte jedes ihrer Bücher und ihre sämtlichen Papiere durchgeblättert. Danach ging ich hinunter und nahm die Bücher und CDs aus den Regalen im Esszimmer. Ich zog unsere Fotoalben aus dem Schrank unter der Fensterbank und verbrachte Stunden damit, sie eingehend zu studieren. Ich holte die Schachteln mit unseren persönlichen Unterlagen heraus – Versicherungspapiere, Kontoauszüge, private Korrespondenz – und ging sie alle peinlichst genau durch. Ich arbeitete mit einer verbissenen Intensität, so wie ein Soldat vielleicht nach langer und ungewisser Bereitschaft in den Kampf zieht, ohne große Gedanken an den Sieg, aber im Bewusstsein einer gewissen Erleichterung, sich endlich in Bewegung zu setzen. Ich vertiefte mich völlig in die Aufgabe.

Aber gegen fünf Uhr am Spätnachmittag wusste ich, dass nichts zu finden war. Nichts, was irgendwie auffällig war. Keine hingekritzelten Notizen, die sorglos hinten in einer Schublade zurückgelassen waren, keine verschlüsselten Hinweise in Schreibtischkalendern, keine Fotografien fremder Männer, die ich nicht erkannte. Ich schob den Stapel der Aktenschachteln zurück, die ich auf dem Esstisch geöffnet hatte, lehnte mich auf dem Stuhl zurück und streckte mich. Ich schaute mich um. Im nachmittäglichen Licht sah das Durcheinander, das ich in dem Zimmer angerichtet hatte, nach Verwüstung aus, als hätte ich bei einem Einbruch alles durchwühlt. Das tat mir Leid. Ich kam mir nicht destruktiv vor. Ich verspürte nur einen heftigen Drang zu wissen, zu verstehen. Aber im Moment wusste ich nicht, wo ich noch hätte suchen können. Ich war nicht mehr sicher, wonach ich überhaupt suchte.

Ich stand steif auf und lehnte mich eine Weile gegen das Fenster, die Hände auf die Fensterbank gestützt. Ich war müde und unrasiert und hungrig, aber ich konnte mich nicht darauf konzentrieren, wie ich dem abhelfen könnte. Hinter mir quietschte die Tür, und bevor ich das Geräusch auch nur registriert hatte, fuhr ich so heftig herum, dass ich das Telefon streifte und der Hörer klappernd auf den Boden fiel.

»Mit deinen Reflexen ist jedenfalls alles in Ordnung«, sagte Stella.

Ich stand da, und mein Herz klopfte zum Zerspringen. »Wie bist du hereingekommen?«

»Ein Ding namens Schlüssel? So, wie man normalerweise hereinkommt? Ich hätte geklopft, aber ich dachte, du könntest gerade schlafen. Ich habe dir doch gesagt, ich würde vorbeikommen.«

»Hast du. Ja.« Mein Puls pochte allmählich ein wenig langsamer. Ich bückte mich, hob den Telefonhörer auf und legte ihn wieder auf den Apparat. »Ja, hast du.«

Stella nickte in Richtung des Durcheinanders im Zimmer. »Du warst beim Ausmisten? Wahrscheinlich eine gute Idee.« Sie seufzte. »Du hast ja gesagt, dass du dich beschäftigen musst. Und es muss irgendwann gemacht werden. Je früher, desto besser.« Ich wusste, dass sie es vor sich herschob, etwas zu sagen. »Du siehst einfach schrecklich aus, Michael.«

»Wundert mich nicht.«

»Ich kann den Scotch schon von hier aus riechen.«

Ich machte mir nicht die Mühe, ihr zu antworten. Ich bemerkte, dass drei Tüten vom Supermarkt an der Wand standen. Ich hatte sie in dem ganzen Durcheinander im Zimmer bis jetzt gar nicht entdeckt. »Was ist das?«

»Das nennt man Lebensmittel, Michael. Du hast vielleicht schon mal davon gehört. Das ist das Zeug, das man braucht, um Leib und Seele zusammenzuhalten.« Sie nahm die Einkaufstüten und brachte sie in die Küche. »Ich gehe davon aus, dass du dein gestriges Abendessen weggeworfen hast?«, rief sie über die Schulter hinweg. Ich wusste, dass sie die Antwort bereits kannte.

»Ja«, sagte ich. »Tut mir Leid. Ich konnte es einfach nicht anrühren.«

»Hm, hm.«

Ich folgte ihr in die Küche. Sie stellte ihre Tüten auf die Arbeitsfläche, packte sie aus, öffnete den Kühlschrank und verzog bei dem Geruch das Gesicht. Sie holte Sachen aus dem

Kühlschrank und machte sich daran, sie in den Müll zu werfen, dann runzelte sie die Stirn, griff in den Eimer und hielt den Tablettenstreifen hoch. Sie streckte ihn anklagend in die Höhe.

»Michael, wenn du ernsthaft wieder arbeiten willst, solltest du lieber anfangen, das zu tun, was der Silver King dir sagt. Meinst du nicht auch?«

»Es ist mir ernst damit, Stella.«

»Er will, dass ich ein Auge auf dich habe, als würde ich das nicht sowieso tun.« Sie stemmte die Hände in die Hüften. »Er möchte dir eine Chance geben, weißt du das? Aber dazu wird er nicht bereit sein, wenn ich ihm erzähle, dass du hier herumgammelst und Whisky in dich hineinschüttest. Und das werde ich ihm sagen, hast du verstanden? Ich wollte heute ganz sachte mit dir umgehen. Ich hab es mir versprochen. Aber ...« Sie hielt inne, kam einen Schritt näher und starrte mich unter der hellen Küchenlampe an. »Ist das ein blaues Auge?«

»Nur ein Bluterguss.«

»He, ich weiß, was ein blaues Auge ist, besten Dank, Doktor.« Sie betastete meinen Wangenknochen mit den Fingerspitzen. Der Druck jagte mir einen stechenden Schmerz durch den Kiefer. »Woher hast du das?«

Ich zögerte, überlegte, ob ich lügen sollte, entschied mich dagegen. »Das war eine Frau namens Angie Carrick. Hast du je von einer Angie Carrick gehört, Stella? Angeblich eine Freundin von Caitlin?«

»Ich kenne Caitlins Freundinnen nicht. Diese Frau hat dir eine geknallt? Wann ist das alles passiert?«

»Gestern Abend.«

»Michael, Michael. Wieso um Himmels willen hat sie dir eine gescheuert?«

»Weil ich sie darum gebeten habe.«

»Was?« Wieder betastete sie meinen Wangenknochen, diesmal wesentlich fester.

»Lass das!« Ich zog mich aus ihrer Reichweite zurück. »Wenn du es genau wissen willst, ich habe sie zuerst geschlagen.« Es war eine gewaltige Erleichterung, es zu beichten.
»Du?« Sie riss die Augen auf. »Du hast diese Frau geschlagen? Warum?«
»Sie hat etwas Dummes über mich und Caitlin gesagt.« Ich überlegte kurz. »Vielleicht nichts Dummes. Etwas Unbedachtes.«
Stella reagierte nicht ganz so, wie ich es erwartet hatte, mit Empörung oder vielleicht Mitleid.
Stattdessen sagte sie vorsichtig: »Menschen sagen unter diesen Umständen alle möglichen Sachen.« Sie trat ein paar Schritte zurück und verschränkte die Arme. »Wo hast du denn diese Brunhilde aufgetrieben?«
»Sie ist gestern Abend hier aufgekreuzt.«
»Du hast sie eingeladen?«
»Natürlich hab ich sie nicht eingeladen. Ich hatte ja noch nie etwas von ihr gehört.«
»Sie ist einfach hereingeschneit?« Ich konnte sehen, dass Stella an meiner Stelle über diese Unverfrorenheit empört war.
»Ich wette, du hast sie hereingebeten. Klar, das hast du ganz offensichtlich getan.«
»Ich komme mir wegen der Sache wie ein Schwachkopf vor.«
Stella gab ein abschätziges Geräusch von sich. »Na ja, sieht so aus, als habe sie sich gerächt. Womit hat sie dich denn geschlagen? Mit einer Eisenstange?«
Ich gab ihr keine Antwort.
Sie sagte: »Hier sind irgendwo zwei Flaschen Château Supermarkt. Vielleicht könnten wir beide einen Schluck gebrauchen.«
Stella fand den billigen Wein in einer ihrer Tüten und entkorkte ihn. Sie schenkte zwei Gläser ein und brachte sie ins Esszimmer hinüber. Sie nahm ihres mit zur Fensterbank, setzte sich darauf und zog ihre Zigaretten heraus.

Ich sagte: »Du bist keine fünf Minuten hier im Haus und willst es schon verqualmen?«
»Och, quatsch nicht, Michael.«
Sie zündete sich die Zigarette an, lehnte sich zurück und drückte das Schiebefenster ein klein wenig hoch, klopfte die Asche auf die laute Straße hinaus und machte das Fenster wieder zu. Sie hielt ihr Glas hoch und blinzelte durch den Wein gegen das Licht. Mir wurde klar, dass sie begutachtete, in welchem Zustand sich das Zimmer befand, und ich sah wieder, wie unordentlich und chaotisch ich es hinterlassen hatte. Sie blies erneut Rauch aus und fixierte mich durch den Qualm.
»Wie lange hat er dir gegeben? Der Silver King?«
»Ich melde mich bei ihm in einer Woche.«
»In einer Woche?« Sie zog die Augenbrauen hoch.
»Wenn ich bloß wieder arbeiten könnte, Stella. Ist das nicht das, was wir den anderen Leuten immer sagen? Kehren Sie zu vertrauten Verhaltensmustern zurück!«
»Klar. Das gilt, wenn zu den vertrauten Mustern nicht gehört, andere Leute mit dem Skalpell aufzuschneiden.«
»Ich bin in Ordnung. Ich weiß, dass es nicht danach aussieht, Stella, aber ich bin in Ordnung. Ich kriege es schon hin. Wirklich. Es ist die Nutzlosigkeit, die mich verrückt macht.«
»Was steckt dahinter, Michael?«, fragte sie plötzlich. »Willst du andere retten, weil du die arme Catey nicht retten konntest? Um es wieder gutzumachen? Niemand hätte Catey retten können. Sie war tot.«
»Ich dachte, du wolltest heute sachte mit mir umgehen.«
»Das *ist* sachte. Möchtest du, dass ich brutal mit dir umgehe?«
»Nein.«
Im Zimmer war es stickig, oder vielleicht war es der Ton unserer Unterhaltung, der es so beklemmend machte. Ich ging ans andere Fenster und schob es ganz auf. Der Verkehrslärm wehte mit einem Schwall kalter Luft herein. Stellas Zigarettenrauch strömte an mir vorbei nach draußen.

»Ich kann nicht verstehen, warum ich davon nichts gewusst habe«, sagte ich.
»Von der Sache mit dem Kind?«
»Das mit dem Kind. Seinem Vater.« Ich sah sie an. »Wie konnte so etwas nur passieren?«
Stella betrachtete die Glut ihrer Zigarette. Und wieder reagierte sie nicht so, wie ich es erwartet hatte. Sie sagte: »Komm schon, Michael. Du musst doch schon früher mal auf so einen Gedanken gekommen sein.«
»Auf welchen?«
»Caitlin war eine umwerfende Frau. Glaubst du denn, das haben andere Männer nicht gesehen? Man musste sie doch einfach bemerken.«
Um meine Verblüffung zu verbergen, holte ich die Weinflasche und schenkte nach. Als ich die Flasche über ihr Glas hielt, packte sie mich mit ihrer freien Hand am Handgelenk.
»Michael, du weißt, dass ich nie etwas sagen würde, um dich zu verletzen, das *weißt* du. Aber wenn Menschen einsam sind, senden sie Signale aus. Sie können gar nicht anders. Nicht einmal Catey hätte das verhindern können. Irgendwie hat die falsche Person ihr Signal aufgefangen. Und Catey hat vielleicht nur für ganz kurze Zeit etwas vorgetäuscht. So etwas kommt vor.«
Ich sagte: »Glaubst du wirklich, dass sie so einsam war?«
»Sie ist nicht zu einem Eisklotz erstarrt, die schöne, reine Caitlin, wenn du weg warst – meistens mit mir zusammen weg warst, durch die Dritte Welt gegondelt bist. Sie war ein menschliches Wesen aus Fleisch und Blut, Michael, wie wir alle.« Stella zog noch eine Zigarette heraus, klickte wild mit ihrem Feuerzeug und hielt es daran, dann merkte sie, dass sie im Begriff war, den Filter anzuzünden, und schleuderte die Zigarette ungehalten in den Kamin.
Ich sagte: »Streiten wir etwa gerade miteinander?«
»Ich glaube nur, es könnte dir helfen, wenn du ein bisschen

mehr Zeit auf diesem Planeten verbringen würdest als auf dem, den du dir selbst zurechtbastelst.« Sie stand auf und stellte sich vor mich. »Michael, das verstehst du, nicht wahr? Keiner von uns kennt die anderen wirklich. Kennt sie *wirklich.*«

Ihre Ernsthaftigkeit rührte mich, und nach einer Sekunde legte ich die Arme um sie und drückte sie an mich. »Du bist eine gute Freundin, Stella«, sagte ich. »Die beste.«

»Ich weiß.« Sie hielt mich fest. »Viel zu gut.«

Wir standen ein paar Augenblicke da, hielten einander umschlungen. Ich sagte: »Und vielleicht ist es jetzt Zeit, dass du gehst.«

»Gut möglich.« Sie löste sich so abrupt von mir, dass sie ihr Weinglas herunterstieß und darauf trat, und ich hörte es unter ihrem Absatz klirren und knirschen. Sie schaute nicht einmal hin. Sie schnappte sich ihre Tasche und ging eilig durch den Flur zur Haustür und zog sie auf. Ich folgte ihr. Da stand sie eine Sekunde und sprach, ohne sich zu mir umzuwenden. »Weißt du, Michael, wir beide sind vom gleichen Schlag.«

»Ja?«

»Wir sind schrecklich gut darin, Probleme anzugehen – aber nur solange sie weit, weit von zu Hause weg sind.«

Caitlin sagte: »Ich fühle mich schon weit, weit weg von zu Hause.«

»Ich hoffe, das ist gut.«

Sie schmiegte sich an mich. »Was meinst du?«

Wir standen an den Fenstern von Anthonys Wintergarten und starrten auf den lang gestreckten, verwilderten Garten hinab. Die Abendsonne ging zwischen den Pappeln unter und warf Schatten über die kleinen Gruppen lachender Menschen, die sich auf dem Rasen versammelt hatten. Dieses eine Mal war es wenigstens möglich, ihn als Rasen zu bezeichnen. Uns zu Ehren hatte Anthony ihn seit Menschengedenken zum ersten Mal mähen lassen. Der Maiabend war noch immer von dem

Geruch der Malven und Nesseln erfüllt, die nur wenige Stunden zuvor zwischen den Messern des Rasenmähers zerhackt worden waren. Es gab noch immer Stellen mit hohem Gras und Unkraut rund um die ungestutzten Sträucher und ganz hinten einen undurchdringlichen Dschungel aus Brombeergestrüpp, aber der Garten wirkte breiter und offener, als ich ihn je gesehen hatte. Es waren auch mehr Leute da, als ich hier je gesehen hatte, an die dreißig oder vierzig, Freunde von mir und Caitlin, junge, smarte Leute, die mit einem Glas in der Hand um die Gartentische herumschlenderten. Es war ein schöner Frühlingsabend, und die Gäste fingen allmählich an zu flirten, sich Witze zu erzählen und ausgelassen zu werden. Mücken hingen in Schwärmen unter den Bäumen. Das Streichquartett auf der Terrasse legte gerade eine Pause ein, nachdem es Haydn gespielt hatte, und ich konnte sehen, dass Bruno sich bereits mit der ersten Violine unterhielt. Ich wusste, dass er versuchte, das Ensemble zu überreden, etwas zu spielen, zu dem er singen könnte.

Es war merkwürdig, Anthonys Haus von dieser Festgesellschaft in Beschlag genommen zu sehen. Seine Werkbänke waren weggeräumt und die meisten der Schachteln mit Uhren und Federn und Schwungrädern außer Sichtweite in sein Arbeitszimmer beiseite geschafft und die Tür abgeschlossen worden. Das Haus war sogar geputzt worden, einigermaßen jedenfalls.

Caitlin und ich hatten vier Stunden zuvor im Standesamt von West London geheiratet. Die Sache war nicht ohne Spannungen über die Bühne gegangen – ihre Eltern hatten die Hochzeit boykottiert –, und wir hatten versucht, das Ganze möglichst klein zu halten. Aber für Anthony stand unsere Feier auf einer Stufe mit einer königlichen Hochzeit.

»Er liebt dich so, weißt du«, sagte Caitlin. »Ich meine, du bist natürlich der Sohn, den er nie hatte. Aber vielleicht ist es sogar mehr als das.«

Ich hörte etwas wie Mitleid in ihrem Tonfall, das ich mir nicht erklären konnte.
Wir beide beobachteten Anthony draußen auf dem Rasen, wie er mit einer Flasche in der Hand von einer Gruppe von Gästen zur nächsten ging. Nach allen Seiten teilte er Stolz, Wohlwollen und Champagner aus. Er strahlte, sah schick aus in einem neuen Nadelstreifenanzug, den er sich eigens für diesen Anlass gekauft hatte, mit einer roten Rose im Knopfloch und einem leuchtend roten Seideneinstecktuch, das aus seiner Brusttasche quoll. Er war eindeutig die förmlichste Figur unter den Anwesenden und wahrscheinlich die älteste, aber auch die glücklichste, dachte ich mir. Er sah aus wie ein freundliches Gespenst aus einem anderen Zeitalter, das wohlwollend zwischen jungen Männern und Frauen, durch eine Spanne mehrerer Generationen von ihm getrennt, dahinschwebte.
»Warum hat Anthony eigentlich nie geheiratet?«, fragte Caitlin.
»Darüber habe ich nie nachgedacht.«
»Er ist ein solcher Schatz. Und er muss ein wirklich flotter Typ gewesen sein, als er jung war.«
»Anthony?« Dazu brauchte man aber einiges an Fantasie.
»Na ja, nicht gerade ein flotter Typ. Du weißt, was ich meine – dieses Oxbridge-Flair der Dreißigerjahre. Eine Art verknitterter Eleganz. Schrecklich kultiviert, aber zugleich darum bettelnd, dass man sich um ihn kümmert.«
»Für mich war er immer einfach nur Anthony. War immer da. Ich habe mir nie vorgestellt, dass er ein anderes Leben führen könnte.«
»Er muss in diesem großen Haus so einsam sein.«
»Er hat seine Uhren und seine Antiquitäten und seine Musik. Die Welt rauscht einfach an ihm vorbei. Er weiß, dass sie da ist, aber er zieht es vor, in einer zu leben, die er sich um sich herum selbst erschaffen hat.«

»Ach«, Caitlin stieß ein trauriges kleines Lachen aus, »also geht es ihm nicht wie dem Rest von uns.«
Unser Gespräch erfüllte mich mit Unbehagen. Ich beobachtete Anthony, wie er unter uns auf dem Rasen herumging, überschwänglich, onkelhaft, vor Stolz und Freude fast berstend, und einen Moment sah ich ihn flüchtig mit Caitlins Augen. Es war mein Hochzeitstag, und dennoch war es auch der glücklichste Tag in Anthonys Leben, und dieses ganze Glück betraf ausschließlich und selbstlos mich. Ich fragte mich, ob ich ihn je zuvor richtig gesehen hatte.
»Er liebt dich auch«, sagte ich.
»Das muss er auch«, sagte sie, »das muss er wirklich.«
Gerade in diesem Moment kam eine Freundin von Caitlin, begrüßte und umarmte sie aufgeregt und zerrte sie weg. Aber ich blieb noch ein paar Minuten am Fenster, froh über diesen kurzen Moment der Ruhe, und ließ mir das, was sie gesagt hatte, durch den Kopf gehen. Ich hatte so selten darüber nachgedacht, was ich Anthony zu verdanken hatte, was ich ihm alles schuldete. Er war nicht mein Vater – ich hatte ihn nie im Entferntesten als solchen betrachtet –, und dennoch war er so weit wie möglich in die Bresche gesprungen. Das war für ihn keineswegs eine natürliche Rolle, und ich wusste, dass ihm seine Unzulänglichkeiten Angst machten. Aber bis heute hatte ich mir nie überlegt, dass sein Opfer über reine Großzügigkeit hinausgehen könnte. Dass er vielleicht selbst Chancen gehabt hatte, auf die er wegen seiner Verpflichtungen mir gegenüber verzichtet hatte.
»Hallo, Kumpel«, sagte Stella, die gerade von hinten auf mich zutrat. Sie legte ihren Arm um meine Taille und drückte mich.
»Ich hoffe, du bist mit dir zufrieden.«
»Das bin ich, Stella. Das bin ich wirklich.«
»Solltest du auch. Sie ist fabelhaft.« Sie schaute auf die kleine Menschenansammlung auf dem Rasen. Caitlin war jetzt dort draußen, lachte mit ihren Freunden, strahlte, leuchtete im

Zwielicht. »Nein«, sagte Stella. »Fabelhaft ist nicht das richtige Wort. Ich finde, deine Caitlin ist das schönste Wesen, das ich je zu Gesicht bekommen habe. Diese Hexe.«

»Jetzt red nicht um den heißen Brei herum, Stella. Komm, sag's schon, geradeheraus.«

Sie drehte sich in meinem Arm und küsste mich feierlich auf die Wange. »Du weißt, dass ich dir alles Gute wünsche, Michael. Euch beiden.«

»Danke, Stella.«

Wir blieben noch eine Weile so stehen. Ich wusste, was sie dachte: Wie sehr das alles Zufall war, wie nahe wir beide uns gekommen waren, sie und ich. Sie fragte sich, was wohl geschehen wäre, hätte ich nicht damals an jenem bestimmten Tag die Türkei verlassen oder wenn sie mit mir zusammen zurückgeflogen wäre, anstatt noch weitere vierundzwanzig Stunden zu bleiben. Oder wenn Bruno mich nicht – in diesem winzigen zeitlichen Zwischenraum – dazu verleitet hätte, uneingeladen auf der Geburtstagsparty irgendeines unbekannten reichen Mädchens in Gloucestershire aufzukreuzen.

»Komm, wir gehen raus«, sagte Stella plötzlich und machte sich von mir los.

Draußen im Garten wurde es allmählich dunkel, aber Caitlin sah mich sofort und kam über den Rasen und hakte sich bei mir ein. Jemand zündete gerade die Fackeln zwischen den Bäumen an, und als die Flammen hochzüngelten, wurde es auf einmal Nacht. Blaue Wolken türmten sich wie Zinnen hoch oben am Abendhimmel, und die Bäume hoben sich schwarz vor ihnen ab. Das Quartett spielte wieder Haydn, aber ich schien es nur aus der Ferne zu hören. Ich legte meine Arme um Caitlin und küsste sie.

Als ich sie so hielt, hörte die Musik auf und verebbte, und als ich wieder aufblickte, sah ich, dass Anthony in die Mitte der Terrasse getreten war. Die Musiker des Quartetts machten ihm nachsichtig lächelnd über diese Unterbrechung Platz. Die flackernden Flammen der Fackeln gaben ihm das Aussehen eines römischen Senators nach einem Sieg, sie blitzten auf seiner Brille, beschienen sein Gesicht und ließen die Rose in seinem Knopfloch und sein scharlachrotes Einstecktuch leuchten. Ich konnte sehen, dass er ein wenig beschwipst und vielleicht sogar ein bisschen lächerlich war, aber er hatte eine solche Aura unschuldiger Freude, dass keiner lachte oder auch nur wohlwollend pfiff oder mit Besteck gegen Gläser klirrte. Stattdessen ließen sie für ihn Stille wachsen, und nach wenigen Augenblicken waren selbst die leisesten Geräusche verstummt – das Rascheln eines Kleides, ein Räuspern, das Klimpern von Kleingeld in der Hosentasche eines Mannes.

»In dieser dunklen Welt hat jeder Mensch eine Aufgabe zu erfüllen«, sagte Anthony mit eigenartig ferner Stimme. »Eine große Aufgabe oder eine kleine.« Er hätte durchaus zu sich selbst sprechen können. Er schaute hinunter auf die erwartungsvollen Gesichter der Gäste. Er schien kaum zu realisieren, dass sie da waren. »Ich kannte seinen Vater, Michaels Vater. Duncan Severin – nun, das war ein Mann mit einer großen Aufgabe. Aber es war ihm nicht vergönnt, sie zu erfüllen. Und wenn ein Mann aus der ersten Reihe niedergestreckt wird, dann muss einer aus der zweiten Reihe vortreten und sein Bestes tun, um die Lücke zu füllen. Taten. Die sind dann gefragt. Kühne Taten. Und ich habe es versucht. Habe es versucht.« Keiner rührte sich. Eine Fledermaus flatterte durch das Licht, und es war so still, dass ich ihr Piepsen hören konnte. Anthonys Spürhundaugen wanderten über die Menge, hielten nach mir Ausschau. »Wie gut es mir gelungen ist, das könnt ihr alle, liebe Leute, selbst sehen. Ein feiner junger Mann. Das Ebenbild seines Vaters. Der nun in die Welt tritt, um den Platz seines Vaters einzunehmen.«

Sein Blick wanderte von mir zu Caitlin, und ich spürte, wie sie sich unter meinem Arm anspannte. Das Licht der lodernden Fackeln flackerte über Anthonys strahlendes Gesicht, bemalte es rot und golden. »Aber ein Mann kann nicht allein durchs Leben gehen. Nicht einmal ein starker Mann, ein Mann mit einer Mission. Allein zu sein, heißt zu verkommen. Das weiß ich nur allzu gut, und dennoch habe ich nie geglaubt, ich würde je eine Frau treffen, die – Sie müssen einem liebevollen, alten Vormund verzeihen –, die Duncans Sohn würdig ist. Doch eine solche Frau ist zu uns gekommen. Es erscheint wie ein Wunder, aber es ist so.« Er richtete sich auf und hob sein Glas ins Licht der Fackeln. »Und deshalb, meine Freunde, gilt dieser Toast nicht Michael, der in seinem Leben noch genügend Applaus bekommen wird. Sondern Caitlin, der ich meinen Schützling anvertraue. Und meine Hoffnung. Und meine Liebe.«

14

Na ja, Sie sehen ein bisschen besser aus als letzte Woche. Würde ich sagen.« Professor Curtiz erhob sich hinter seinem riesigen Schreibtisch, als ich die Tür zumachte. Er kam durchs Zimmer und nahm meine Hand. »Wie geht es Ihnen, Michael?«

»Es geht mir gut. Wirklich. Jedenfalls besser.«

Er schaute mich an, den silbernen Kopf ein wenig zur Seite geneigt, und ließ meine Hand noch immer nicht los.

»Sie haben Recht«, gab ich zu. »Das habe ich einstudiert. Aber es stimmt trotzdem.«

Er ließ meine Hand los und lächelte, aber ich konnte den Zweifel in seinem Gesicht sehen.

»Sie haben nicht erwartet, dass ich zurückkomme, oder?«, fragte ich.

»Nein. Ich habe gehofft, Sie würden noch nicht kommen.«
»Sie dachten, ich würde es mir im Laufe der Woche anders überlegen. Nun, ich habe es mir überlegt. Und da bin ich.«
»Das ist sehr früh, wissen Sie. Sehr früh.« Er seufzte. »Jedenfalls kann ich Sie nicht direkt ins kalte Wasser werfen …«
»Mir wäre es lieber, Sie täten es.«
»Sie sind sehr davon überzeugt, dass die Arbeit Ihren Schmerz lindern wird, Michael. Aber wir wollen doch lieber einen Schritt nach dem anderen tun, nicht wahr?«
»Ich habe gehört, dass John Donohue krankgemeldet ist«, drängte ich. »Irgendetwas, was er sich in Nepal eingefangen hat. Hepatitis, nicht wahr? Er könnte für eine Weile ausfallen.«
Professor Curtiz richtete sich auf. Ich konnte sehen, dass meine Beharrlichkeit ihn zugleich ärgerte und beeindruckte. Er sagte: »Wie ich sehe, haben Sie Ihre Hausaufgaben gemacht.«
»Und Bernie Driscoll wird Ende des Monats nach Dublin zurückgehen. Dann wird es hier personell ziemlich knapp, nicht?«
Er spitzte irritiert den Mund. Ich wusste, dass er es nicht leiden konnte, so bedrängt zu werden, und ich dachte mir, dass ich vielleicht zu weit gegangen sei. Aber in diesem Augenblick fiel ein Strahl der Herbstsonne durch das hohe Fenster auf sein Gesicht. Fast augenblicklich verschwand das Licht wieder, aber in seinem brutalen Glanz sah ich zum ersten Mal, dass Professor Curtiz doch kein Halbgott, nicht der makellose Silver King der Krankenhausmythologie war, sondern in Wahrheit ein müder und gestresster, fast schon alter Mann. Ich konnte ihn angesichts meines Drängens wanken sehen.
»Ich bin fest entschlossen, wieder an die Arbeit zu gehen«, sagte ich. »Wirklich fest entschlossen.«
»Das weiß ich, Michael«, er klang müde, »aber ich weiß auch, dass zwischen Entschlossenheit und Verzweiflung ein Unterschied besteht.« Er entfernte sich ein paar Schritte von mir, lehnte sich gegen seinen Schreibtisch und schaute mich noch

immer zweifelnd an. »Na schön, Michael«, sagte er schließlich. »Lassen Sie uns Folgendes vereinbaren –«

Curtiz und ich hätten an das laute Schrillen des Notfallalarms eigentlich gewöhnt sein müssen, aber als es ertönte, traf es uns beide unvorbereitet. Er fasste sich schnell, richtete sich auf und drückte auf den Piepser an seinem Gürtel. Ich konnte die Stimme von der Zentrale deutlich hören.

»Notfallteam sofort zum Wiederbelebungsraum zwei und drei.«

»Wirklich fabelhaft«, murmelte Curtiz. Er blickte zu mir auf. »Wissen Sie was, Michael, ich werde allmählich zu alt für diesen Job.«

Aber er hatte sich schon in Bewegung gesetzt. Ich folgte ihm aus dem Büro ins Vorzimmer, in dem seine Sekretärin saß. Während er es durchquerte, gab er ihr schnell eine ganze Reihe von Anweisungen. Rufen Sie den und den an. Sagen Sie das ab. Verschieben Sie jenes. Er blieb stehen, um sein Jackett auszuziehen, und dabei fiel sein Blick auf mich, wie ich hinter ihm in der Tür stand.

»Also, Michael. Allem Anschein nach hat sich das Schicksal gegen mich verschworen.« Er nahm seine Platinmanschettenknöpfe heraus und warf sie der Sekretärin zu, die sie geschickt auffing, als habe sie darin langjährige Übung. »Dann kommen Sie schon«, rief er mir endlich zu. »Kommen Sie mit.«

Wir gingen schnell durch den gebohnerten Korridor. Ich spürte, wie sich im Gehen meine Stimmung hob. Als wir an meinem Büro vorbeikamen, sah ich Meredith, die mit irgendetwas beschäftigt war. Ich empfand so etwas wie Triumph, auf diese Weise in Aktion gerufen zu werden, und ich hielt ihr fröhlich den hochgereckten Daumen hin. Zu meiner Überraschung reagierte sie nicht darauf. Stattdessen stand sie da und sah uns düster an, während wir vorbeieilten.

Die ersten der Verletzten wurden bereits hereingebracht, als wir unten in der Notaufnahme ankamen. Ein Krankenwagen hatte zu den Eingangstüren zurückgestoßen, ein weiterer fuhr heulend die Rampe hinunter. Hinter seiner Sirene konnte ich noch andere, schwächere, entferntere hören, die sich aber näherten und vereinten.

Curtiz ging zielstrebig durch die Schwingtüren zum Wiederbelebungsraum zwei, und ich folgte ihm. Der Raum war bereits übervoll und geschäftig – ein Notfallarzt, den ich wieder erkannte, und zwei Krankenschwestern, die mir fremd waren, sowie Sam Okigbo, der Anästhesist, und Vernon Choudhury, der Assistenzarzt, außerdem Carrie Iverson, die OP-Schwester. Geräte wurden hereingerollt, und Leute waren mit Kabeln und Schaltern beschäftigt. Ich spürte, wie mir das Adrenalin ins Blut schoss, mein Blick sich zentrierte und die Farben unter den hellen Lampen grell wurden. Es fühlte sich richtig an. Nur zuzusehen und zuzuhören – dem Betrieb, den abgehackten Stimmen, den eingeübten Bewegungen. Das alles fühlte sich richtig an. Sogar der Geruch war richtig – kalt, flüchtig, berauschend.

Curtiz nahm Handschuhe aus dem Wandspender und warf mir ein Paar zu. Man hatte mir bereits einen Kittel hingehalten, und ich schlüpfte hinein, zog die Handschuhe an, schob meine Finger in das hautenge Gummi. Auch das fühlte sich richtig an. In dieser Montur fühlte ich mich gewappnet, sicher, zu allem bereit.

»Und wie viele, glauben Sie, können wir verkraften?«, fragte Curtiz gerade einen der Unfallärzte. »Ein Dutzend Schwerstverletzte? Die geben ja auch nicht viel zu tun, oder?« Zur Unterstreichung ließ er das Gummi seiner Handschuhe schnalzen.

Jemand zog die Vorhänge zur Seite, und eine Trage wurde von Krankenschwestern und grün gekleideten Sanitätern zwischen uns gerollt. Ich sah die Umrisse eines Frauenkörpers, die Kleidung hochgeschoben, ein kittfarbenes Gesicht, mit Schlamm und Schmutz beschmiert. An einer Schulter war etwas Blut, und wie durch Zauberhand erschienen auf dem Boden darunter dunkle Flecken. Curtiz und ich traten zurück, als sie auf drei zählten und die Frau sanft auf den Tisch hoben.

Curtiz rief: »Und, was haben wir hier?«

Ein Sanitäter blickte auf. »Kopfverletzung. Offenbar eine Brustverletzung. Tiefe Bewusstlosigkeit, Gesamtzustand drei. Am Unfallort intubiert und beatmet. Puls hundertzwanzig. Blutdruck achtzig zu vierzig.«

»Na schön.« Curtiz trat einen Schritt vor, dann zögerte er. Er sagte, eher ein bisschen zu beiläufig: »Wollen Sie diesen Fall übernehmen, Michael?«

Ich schaute ihn an. Das hatte ich nicht erwartet. Ich spürte, wie mein Puls anstieg.

»Natürlich nur, wenn Sie sich dazu in der Lage fühlen«, sagte er.

»Ja«, antwortete ich schnell. »Ja. Sehr gerne.«

»Wunderbar.« Er ging mit einer aufgesetzten Nonchalance an mir vorbei hinaus. »Ich bin nebenan. Nur für den Fall, dass Sie Hilfe brauchen.«

»Danke«, sagte ich zu seinem davoneilenden Rücken. »Danke.«

Ich trat zum Tisch, und das Team machte mir Platz. Sie hatten der Frau am rechten Arm bereits eine Infusion angelegt. Eine Krankenschwester war gerade dabei, eine zweite an ihrem linken Arm anzubringen. Sam Okigbo beugte sich über ihre Brust und richtete sich auf.

»Keine Luftzufuhr zum rechten Thorax, Michael«, sagte er zu mir.

Er trat zurück, wartete auf Instruktionen, und ich sah zum ersten Mal das Gesicht der Frau genauer. Sie war recht jung – vielleicht Anfang dreißig. Das Gesicht war, soweit ich das sehen konnte, fein geschnitten und ebenmäßig. Ich dachte, sie könnte hübsch sein. Sogar schön. Ihre kurzen Haare quollen zwischen den Verbänden hervor. Aschblonde Haare.

»Michael?«, fragte Sam.
Ich beugte mich hinunter. Es kam mir wichtig vor, sie genauer zu betrachten. In diesem Augenblick erschien es mir sogar wichtiger zu sein als alles andere auf der Welt.
»Möchten Sie, dass wir eine Thoraxdrainage machen, Michael?«, meldete sich Sam zu Wort.
Ich antwortete nicht und war mir eines ganz leichten Bebens von Unbehagen im Raum bewusst. Ich konnte ihm nicht gestatten, mich abzulenken. Ich streckte die Hand aus und berührte die Haare der Frau. Blut und Schmutz klebten darin. Ja, es war aschblond. Caitlins Haare hatten genau den gleichen aschblonden Farbton gehabt.
Ich spürte, wie es still um mich wurde. Wahrscheinlich dauerte die Stille kaum mehr als eine Sekunde oder zwei, aber es war lange genug. Lange genug, um zu wissen, was mit mir passierte. Ich ließ meine ausgestreckte Hand an die Seite sinken. Ich trat vom Tisch zurück.
»Ich kann es nicht«, sagte ich.
Aufgestörte Betriebsamkeit brandete um mich wie ein Strom um einen Felsblock. Gedämpfte Stimmen, davoneilende Schritte. Irgendjemand – eine der Notfallschwestern – murmelte mir etwas zu, führte mich weg und half mir, die Handschuhe von den Händen zu schälen. Wie durch ein Wunder tauchte Professor Curtiz wieder neben mir auf.
»Alles in Ordnung, Michael.« Seine Stimme war unendlich gütig. »Wir haben alles unter Kontrolle. Es ist nichts passiert.«
Er tätschelte meinen Arm und verschwand. Die Schwester befreite mich von dem Kittel. Irgendjemand fand mein Jackett, gab es mir und half mir hinein. Und dann war ich allein. Ich konnte Curtiz hinter den Plastikvorhängen hören, wie er mit seiner ruhigen Stimme Anweisungen erteilte. Ich wanderte zwischen den herumhastenden Schwestern, den Infusionsständern und den Tragen hindurch auf den Ausgang zu. Eine Sirene heulte. Ein Sanitäter leierte gerade monoton die Vitalfunk-

tionen eines Verletzten herunter, als bete er einen Rosenkranz. Irgendjemand rief. Eine Frauenstimme gab scharf einen Befehl, und das Rufen verstummte. Ich schien unbemerkt durch die hektische Menge zu schweben wie ein Gespenst.
Ich schlich mich zwischen zwei Krankenwagen in den kühlen Tag hinaus, ging quer über den Rasen und setzte mich auf eine Bank. Das feuchte Holz durchnässte meine Hose. Ich beobachtete, wie die Krankenwagen ankamen und abfuhren.
Etwas später ertönte eine Autohupe, ein zweifaches, gebieterisches Signal. Ich blickte auf. Ich bemerkte, dass die Krankenwagen ihr Hin und Her eingestellt hatten und es wieder ruhig war. Wieder ertönte die Hupe. Sie kam von rechts. Stella stand mit den beiden Reifen der Beifahrerseite ihres ramponierten dunkelroten Golfs auf dem Gras. Sie beugte sich über den Sitz und kurbelte das Beifahrerfenster herunter.
»He!«, schrie sie. »Steig ein!«
»Nicht jetzt, Stella.«
»Verdammt, tu, was man dir sagt!«

Sie parkte auf dem Bürgersteig direkt am Gordon Square und steckte ihr gefälschtes »Arzt im Einsatz«-Schild hinter die Windschutzscheibe.
Die Lounge Bar des Pubs war ein höhlenartiger Raum mit einer Menge Holz und Messing. An den Wänden hingen jene Art von Jagd- und Anglerstichen, die Brauereien in großer Zahl ihren Kunden liefern. Für die Mittagessensgäste war es noch zu früh, doch grüne Bohnen und glänzende Würste und andere Gerichte standen am einen Ende der Theke schon in stählernen Warmhaltebehältern bereit. Der Zwiebelgeruch übertraf fast den von abgestandenem Bier, der vom Teppich aufstieg. Der Barmann, ein rotwangiger Mann mit schütterem Haar in einem weißen Jackett, war dabei, Gläser zu polieren, und schien überrascht zu sein, uns hier zu sehen.
Stella marschierte zur Bar, bestellte, ohne mich zu fragen, zwei

doppelte Scotch, zog für uns beide die Barhocker zurück und setzte sich. Es war ohne Bedeutung, aber ich bemerkte, dass sie ein blau-weiß gestreiftes Kleid trug, das sie frisch und patent aussehen ließ. Es schien zu ihrer Stimmung zu passen. Sie schob mir den Scotch hin und schaute mich fragend an.

Ich sagte: »Okay, ich war ein Idiot.«

»Ja, Michael, das warst du.« Sie hob ihr Glas. »Aber damit ist jetzt Schluss …«, sie deutete mit dem Kopf nach hinten in Richtung Krankenhaus, »… jedenfalls, bis du dir viel mehr Zeit gelassen hast, um wieder auf die Beine zu kommen.« Sie trank.

»Ich musste es versuchen.« Ich schaute in mein Glas. »Ich musste einfach.«

»Ich weiß. Aber es war keine gute Idee. Und damit ist jetzt Schluss.« Sie richtete sich auf, als lockere sie eine Verspannung im Rücken. »Und falls es dich beruhigt, ich habe nach ihr geschaut. Nach der Patientin.«

»Ja?« Mein Herz tat einen Sprung.

»Sie ist auf der Intensivstation, aber sie wird wieder okay. Nichts, was du getan oder nicht getan hast, hat etwas ausgemacht. Curtiz weiß das. Alle wissen das.«

»Wäre sie nur nicht …« Ich starrte auf meine Hände. »Stella, wäre sie nur nicht blond gewesen. Ich hätte es geschafft, wenn sie …«

»Michael.« Sie stellte ihr Glas ab, packte meine Handgelenke und zwang mich, ihr ins Gesicht zu sehen. »Michael, mein Lieber. Sie ist nicht blond.«

Mein Mund wurde ganz trocken. Ich schluckte.

»Merkst du es jetzt?« Sie schüttelte meine Handgelenke. »Verstehst du jetzt?«

Einen Augenblick später ließ sie mich los, rutschte von ihrem Hocker, zog eine Kreditkarte aus ihrer Tasche und gab sie dem Barmann. Ich hörte, wie sie ihm sagte, er solle alles auf eine Rechnung setzen. Sie nahm unsere beiden Drinks und brachte sie zu einem Tisch am Fenster. Ich folgte ihr und setzte mich brav an den Platz, den sie mir zuwies. Sie ging wieder zur Bar und schleppte ein Tablett mit zwei Tellern dampfender Gerichte, einer Flasche chilenischem Rotwein und zwei Gläsern an.

»Ich möchte nichts essen«, sagte ich.

»Du wirst was essen, Michael. Dass das klar ist.« Sie setzte sich, schüttete den Scotch hinunter und schenkte den Wein ein. »Nach dem werden wir wohl ein bisschen betrunken sein. Ich habe den Nachmittag frei.« Sie wickelte ihr Besteck aus und machte sich sogleich ans Essen.

Ich holte tief Luft, trank einen Schluck.

»Und, was jetzt?«, fragte sie kauend.

»Stella, ich hätte auf dich hören sollen. Auf Curtiz. Ihr hattet beide Recht.«

»Stimmt. Aber?«

»Aber du musst das nicht tun. Für mich den guten Samariter spielen. Ich habe mich nicht wie der allerklügste Mensch auf Erden verhalten, und ich weiß, dass du es gut meinst, aber ich bin kein Invalide.«

Sie beugte sich vor und füllte uns beiden die Gläser nach. »Mach dir nichts vor, Schätzchen. Es geht nicht nur um dich.«

Ich sah sie an. »Was heißt das?«

»Ich gehe«, sagte sie.

»Was?«

»Denke zumindest daran. Man hat mir einen neuen Job angeboten.«

»Aber du bist die beste Operationsschwester in dem ganzen Verein.«

»Klar«, sagte sie. »Und sogar *leitende* OP-Schwester. Nur bin ich überraschenderweise dahintergekommen, dass St. Ruth keinen rechtlichen Anspruch auf mich hat. Manchmal kommt es mir zwar so vor, aber ich gehöre nicht zum Inventar.«

»Was für ein Job ist das?«

»Leiterin der Krankenschwesternausbildung.« Sie schnitt sich ein Stück Wurst ab, steckte es in den Mund, kaute, schluckte und genoss die effektvolle Pause. »Am Mater-Misericordia-Spital. In Caracas. Das ist in Venezuela, falls du dich erinnerst.«

»Ach«, sagte ich. Das ergab irgendwie Sinn und machte es dadurch real: so real, wie man sich das St. Ruth ohne Stella vorstellen konnte. Sich London ohne Stella vorstellen konnte. Ja sogar ein Leben ohne Stella. Ich bemühte mich, das alles ins rechte Licht zu rücken.

»Es hat ihnen gefallen, was ich beim ÄRZTE OHNE GRENZEN-Einsatz gemacht habe«, sagte sie gerade. »Das Ausbildungsprogramm. Es hat ihnen sehr gefallen.«

»Ja«, sagte ich. »Ich weiß.«

»Jetzt wollen sie, dass ich es auf Dauer leite. Na ja, zunächst mit einem Einjahresvertrag. Das ist eine große Chance für mich, Michael. Ein Schritt ins Management. Auch eine ganze Menge mehr Geld, natürlich.«

»Hast du schon angenommen?«

»Noch nicht endgültig«, antwortete sie mit einer Betonung, die mir im Augenblick entging.

»Aber … was sagt Gordon dazu?« Ich erinnerte mich an unsere Unterhaltung auf dem Balkon bei Caracas, vor hundert Jahren. »Du hattest doch ganz andere Pläne? Die fünfzehn Kinder und den Wellensittich und den Goldfisch?«

»Dieser verdammte, langweilige Gordon?«, schrie sie und ließ ihr Besteck klappernd fallen. »Gordon, dieser beschissene verblödete Mistkerl, hat sich eine andere gesucht. Kannst du dir das vorstellen, he?«

»Nein.«

»Es würde mir ja nicht so viel ausmachen, wenn es irgendeine graue Maus von Buchhalterin aus seinem Büro wäre. Aber es ist eine Tänzerin! Eine Nachtklubtänzerin! Dreiundzwanzig und offenbar absolut umwerfend! Ist das zu glauben?«

Ich sagte: »Eine Tänzerin. Gordon.«
»Wann ist dieser verdammte Gordon denn in Nachtklubs gegangen?«, fragte sie. »Er hat mich nicht ein einziges Mal in einen Nachtklub mitgenommen. Er ist mit mir nicht ein einziges Mal zum Tanzen gegangen!«
Ich schüttelte mich, um die Bilder in meinem Kopf zu klären. »Stella, du verdienst mehr als zehn Gordons. Ich habe ihn immer für einen langweiligen Sack gehalten.«
»Ich auch. Was mir zu schaffen macht, ist, dass er das nicht war und ich es nicht gemerkt habe.«
Sie saß da und starrte mich wütend an, atmete schnell. Ich konnte sehen, dass sie den Tränen nahe war. Ich streckte die Hand aus und legte sie auf ihre. Sie verzog das Gesicht und machte sich, vielleicht, um sich abzulenken, wieder an ihr Essen, aß bedächtig und wich meinem Blick aus.
Ich beobachtete sie, und kurz darauf aß auch ich. Das Essen war erstaunlich gut, und wir vertilgten es während einiger Minuten wohltuenden Schweigens. Der Wein begann bei mir zu wirken, und das Pub füllte sich allmählich. Die Leute unterhielten sich und lachten. Rauch driftete im fahlen Licht. Männer in Anzügen kamen von den nahe gelegenen Büros herein, eine Schar ausgelassener junger Frauen, die einen Geburtstag feierten, ein Dozent von der Universität, der vor seiner Tutorengruppe angab. Es kam mir verboten vor, mitten am Tag hier zu sein und die Wirkung des Weins zu spüren, aber ich war froh über den Betrieb um uns herum.
Stella war mit dem Essen fertig und schob ihren Teller zur Seite, schenkte uns nach. Sie schaute mich direkt an.
»Du kommst hier in Schwierigkeiten«, sagte sie. »Du kannst einfach nichts auf sich beruhen lassen. Nicht nur die Arbeit. Du wirst dieses Haus weiter auf den Kopf stellen, um herauszufinden, mit wem sich Caitlin getroffen hat. Wirst es auseinander nehmen wie neulich, als ich dich dort gefunden habe. Als du ihre Sachen durchsucht hast, überall gesucht hast. Viel-

leicht wird die Polizei mit noch mehr Überraschungen aufwarten. Werden noch mehr seltsame Frauen auftauchen, die mehr zu wissen scheinen, als sie sollten – noch mehr Angies, oder wie sie auch heißt. Noch mehr Menschen, denen du wehtust und die dir wehtun.«

»Ist das alles? Oder kommt noch mehr?«

»Solange du hier bist, wirst du nicht weiterkommen, Michael. Du wirst die Vergangenheit nicht loslassen. Das weiß ich genau.«

Eine Kellnerin kam geschäftig an, räumte unsere Teller ab, und wir saßen schweigend da, während sie sich plaudernd um uns herum zu schaffen machte. Als sie gegangen war, faltete Stella die Hände vor sich auf dem Tisch.

»Michael, komm mit mir. Nach Venezuela.«

Ich hatte mein Glas an die Lippen gehoben. Jetzt senkte ich es, ohne getrunken zu haben, und stellte es vorsichtig ab.

»Okay, Michael. Du brauchst nicht so verdattert dreinzuschauen.«

»Ich bin nicht verdattert.« Wir beide wussten, dass ich log. Ich war verdattert: Ich hatte etwas wie Hoffnung gefühlt. Einen Hoffnungsschimmer, dass es vielleicht doch einen Ausweg gab. Ich wusste, dass sie es gespürt hatte.

»Das ist gar keine so verrückte Idee«, sagte sie sehr vorsichtig. »Vielleicht müssen wir beide hier raus.«

»Ich habe gar nichts gesagt. Ich habe nicht gesagt, dass das eine verrückte Idee ist.«

»Natürlich sind keine Bedingungen damit verbunden.« Sie beugte sich ein wenig vor. »Ich möchte dich nicht bedrängen. Darum geht es nicht. Du weißt, ich würde darüber nicht reden. Aber du wärst von hier weg. Und sie mögen dich im Mater Misericordia. Juan und Alfredo und Pilar Gonzales und der ganze Rest des Teams. Sie fragen immer nach dir.«

»Was sollte ich in Venezuela denn machen, Stella?«

»Spielt das eine Rolle? Ich dachte, du könntest ... na ja, einfach herumsitzen, wenn dir danach ist. Sie haben mir einen Bungalow angeboten. Eines von diesen großen Häusern mit einem Pool. Du könntest es ruhig angehen lassen, solange du willst. Spanisch lernen. Ein bisschen herumreisen. Du weißt, wie schön das Land ist. Du könntest dir einen Geländewagen kaufen und dich in den Dschungel verziehen. Einfach herumhängen. Den Kopf wieder klar kriegen.«

»Stella, hör zu …«

»Und dann, wenn du so weit bist – ich weiß nicht, in ein paar Monaten vielleicht –, könntest du ein bisschen arbeiten. Nur, wenn dir danach ist. Die im Mater suchen doch händeringend nach jemandem wie dir, das weißt du. Und Curtiz wäre sehr dafür. Er würde es verstehen. Er würde dich gehen lassen, wann immer du es brauchst.«

»Nach heute«, sagte ich, »würde er mich wahrscheinlich höchstpersönlich zum Flughafen bringen.«

Ich wollte zerknirscht klingen, sie zu einer beruhigenden Bemerkung einladen, sie ablenken und mir einen Augenblick Zeit zum Nachdenken geben. Stella zog eine Grimasse, eine mitleidvolle Grimasse, aber sie verzichtete darauf, mir zu widersprechen.

»Was für Zeitvorstellungen hast du?«, fragte ich.

»Keine große Eile.« Sie zuckte die Achseln, tat gelassen. »Ich dachte, vielleicht nachdem … die Beerdigung vorbei ist.«

»Die Beerdigung.« An die Beerdigung hatte ich gar nicht gedacht. Hatte mir nicht erlaubt, daran zu denken. Das kam für mich alles zu schnell, um es verarbeiten zu können.

Sie bemerkte es und machte gleich einen Rückzieher. »Vielleicht ist es noch zu früh.«

»Ja.«

»Aber andererseits«, drängte sie weiter, »gibt es für dich danach keinen Grund mehr, hier zu bleiben, oder? Dann hast du hier nichts mehr zu tun. Ich muss denen nur relativ bald eine Antwort geben.«

»Du setzt mich unter Druck.«
»Im Ernst? Na ja, vielleicht musst du unter Druck gesetzt werden.«
Die Kellnerin tauchte wieder neben uns auf. »Wünschen Sie noch etwas? Soll ich Ihnen vielleicht die Dessertkarte bringen?«
Stella sagte, ohne die Augen von mir zu wenden: »Haben Sie irgendeinen venezolanischen Wein?«
»Venezolanisch?« Das Mädchen schaute verwirrt drein. »Ich glaube nicht. Davon hab ich noch nie gehört.«
Stella hob die leere Weinflasche hoch und zeigte sie ihr. »Sehen Sie das? Hier heißt es: ›Produkt aus Chile‹. Nun, holen Sie uns noch eine Flasche, streichen Sie ›Chile‹ durch und schreiben ›Venezuela‹ darauf. Okay?«
Das Mädchen warf einen zweifelnden Blick auf die Flasche und trollte sich.
»Es könnte klappen, Michael. Das könnte es wirklich.« Stella fasste über den Tisch und nahm meine Hände. »Und du würdest mir einen großen Gefallen tun. Du weißt, dass ich nie den Mut aufbringen würde, allein zu gehen.«
»Lass mich darüber nachdenken.«
Stella klappte ihr Zippo-Feuerzeug auf, zündete sich eine Zigarette an und blies den Rauch ins Licht. »Meiner Meinung nach«, sagte sie, »ist gerade Nachdenken das, was du jetzt nicht gebrauchen kannst.«
Von der Theke rief die Kellnerin herüber: »Wie schreibt man denn ›Venezuela‹? So wie ›Venus‹?«
»Ja«, sagte ich zu ihr. »Genau so.«

15

Der Tag von Caitlins Trauerfeier war schockierender- und respektloserweise ein ganz unangemessen herrlicher Tag. Ich fuhr selbst. Stella und Anthony wollten mich mitnehmen, aber ich war froh, in der geschlossenen Kapsel des Autos allein zu sein. Ich fuhr unter einer kalten Sonne nach Westen durchs ländliche Gloucestershire, vorbei an herbstlichen Wäldern und frisch umgepflügten Feldern. Die Fahrt dauerte etwas mehr als zwei Stunden, und ich bedauerte es, als sie vorbei war.

Von der Straßenecke aus, die zur Morrow Church hinaufführte, konnte ich eine Seite des Gebäudes und Leute sehen, die auf dem Parkplatz herumliefen. Weil ich das Fenster heruntergelassen hatte, konnte ich sie sogar reden hören. Ich hielt am Straßenrand, stieg aus und ging ein kleines Stück in den Wald hinein. Die Baumstämme waren moosbedeckt und die abgefallenen Blätter weich unter den Füßen, und ich fand das Halbdunkel und den sauberen, feuchten Geruch der Erde tröstlich. Als kein Schlagen von Autotüren und keine Stimmen mehr zu hören waren, ging ich zur Straße zurück und weiter zur Kirche hinauf. Zwei schwarze Trauerlimousinen glänzten in der Sonne, und der silberfarbene Jaguar der Dacres stand mit offenen Türen da. Ein Fahrer in Uniform lehnte sich gegen die Motorhaube und rauchte eine Zigarette. Als der Mann meinen Blick bemerkte, richtete er sich auf und unternahm den albernen Versuch, die Zigarette hinter seinem Rücken zu verstecken. Zwischen vielen anderen Fahrzeugen erkannte ich den Mercedes von Professor Curtiz. Es war mir gar nicht in den Sinn gekommen, dass er kommen würde. Ich fragte mich, ob auch noch andere Kollegen vom Krankenhaus da sein würden. Anthony hatte alles arrangiert. Ich hatte ihn nie gefragt, wen er eingeladen hatte.

Ich hörte die Orgel, als ich durch das Kirchenportal ging. Ich

war froh, die Orgel zu hören. Das bedeutete, dass ich die Ansprache, falls es eine gegeben hatte, verpasst hatte. Ich wollte sie verpassen. Ich wollte nicht irgendeinen Pfarrer hören, der Caitlin überhaupt nie kennen gelernt hatte und der mir erzählte, wie dankbar wir alle sein sollten, dass wir Gott danken sollten und dass Caitlin sich nun an einem besseren Ort befände.
Die Kirche war ein riesiger Backsteinkasten, im frühen neunzehnten Jahrhundert für die Arbeiter der hiesigen Tweedwebereien erbaut, und die Trauergäste in den vorderen drei Reihen wirkten darin verloren. Es waren etwa fünfzig. Einige Köpfe wandten sich um, als ich leise hineinging. Ich schaute nicht in die fragenden Gesichter, aber Stellas rotes Haar, Anthonys zusammengefallene Schultern und Margot Dacres aufrechter Rücken ganz vorn in der ersten Reihe konnten mir gar nicht entgehen. Der Sarg war vor dem Altar aufgebahrt, mit Blumen überhäuft, in farbiges Licht getaucht, das durch die Buntglasfenster fiel. Als ich nach vorne ging, kam die Orgel zitternd zum Schweigen, und die Trauergäste begannen aufzustehen, und die Sargträger in schwarzen Anzügen machten sich daran, den Blumenberg vom Sarg zu räumen.
Ich war von der Blütenpracht ganz geblendet, violett und gelb und rot. Ihr Leuchten tat mir in den Augen weh. Ich konnte meine eigenen Absätze auf den Bodenplatten klappern hören. Ich sah, dass die Träger mit ihrer Arbeit an dem Sarg innehielten und zu mir hinblickten, und ich hörte das erstaunte Luftholen sämtlicher Trauergäste. Der Pfarrer, ein rosiger kahlköpfiger Mann, trat einen halben Schritt auf mich zu und schaute unsicher zu jemandem im Kirchenschiff hinab, jemand, der mich wegführen sollte – Anthony vielleicht. Aber da war ich schon die Stufen hinaufgestiegen, wischte die letzten Blumen vom Sarg und legte meine Hände flach darauf. Der Lack war kalt unter meinen Handflächen. Ich stand ganz still da, das Licht fiel auf mich, und um mich herum war der berauschende Duft der Blumen. Eine Biene summte zwischen den

Blüten hin und her und hörte sich in der Stille an wie ein Bomber. Jemand scharrte mit den Füßen, eine Bank knarrte, eine Frau unterdrückte ein Schluchzen. Ich hörte hinter mir Schritte nahen, und ich nahm die Hände vom Sarg und trat zurück. Meine Handflächen hinterließen durch die Wärme perfekte Abdrücke auf der glänzenden Oberfläche.

»Komm mit, alter Junge«, sagte Anthony sanft.

Während ich hinsah, lösten sich die Abdrücke meiner Hände auf dem lackierten Sarg allmählich in nichts auf. Als sie verschwunden waren, ging ich an Anthony vorbei, durch das Kirchenschiff hinaus in den kühlen Sonnenschein.

Ich blieb mit Anthony draußen, bis die Träger den Sarg herausbrachten und ihn in den Leichenwagen schoben. Ich warf einen Blick auf meine Uhr. Die Einäscherung würde erst in einer Stunde stattfinden. Eine private Zeremonie hatte Anthony sie genannt. Aber in Wahrheit meinte er damit, dass mit Ausnahme der allernächsten Verwandten niemand dazu eingeladen war, und das war ganz in meinem Sinne. Wohlmeinende Leute kamen jetzt aus der Kirche geströmt, mit traurigen Gesichtern, dunkel gekleidet, sich einander zuwendend. Ich wandte den Blick von ihnen ab. Eichen und Buchen standen neben der Friedhofsmauer, wie Skelette vor einem enteneierfarbenen Himmel. Über den Cotswolds türmten sich die weichen Wolken. Eine Elster hüpfte über die Gräber, den blauschwarzen Kopf zur Seite geneigt, ungeduldig darauf wartend, dass wir endlich verschwanden. Auch ich war ungeduldig.

An der Ecke der Kirche stand eine Bank unter einer alten Eibe, und ich duckte mich unter die Zweige und setzte mich hin. Die kleine Gruppe der Trauergäste versammelte sich ein paar Meter entfernt auf dem Gras und ließ mir meine Ruhe. Von hier konnte ich wie durch eine Zeltöffnung zu ihnen hinübersehen. Ich erkannte sehr wenige dieser Leute. Eine Frau, die vielleicht eine Schulfreundin von Caitlin gewesen war, hilflos in ihrer Trauer und auf einen Mann gestützt, den ich nicht kannte. Eine ältere, grauhaarige Frau, die, wie ich glaubte, früher als Köchin bei den Dacres gearbeitet hatte. Ein gebildet wirkender Mann, der aussah wie der Hausarzt der Familie. Außerdem zwei wachsame junge Männer in dunklen Anzügen von Marks & Spencer, möglicherweise Polizisten, und ein Mal erhaschte ich einen flüchtigen Blick auf Digby Barrett am Rand der Gruppe, der in seinem langen schwarzen Mantel selbst wie ein Leichenbestatter aussah.

Der Chauffeur der Dacres schob einen leeren Rollstuhl über den Kies, und dann half man Edward Dacre hinein. Der verbitterte alte Mann rückte sich in dem Rollstuhl zurecht und saß böse um sich blickend da, als fordere er jeden heraus, seine Gebrechlichkeit zu bemerken. Und Anthony war da, mehr denn je wie ein trauriger Boxerhund wirkend. Er ging zwischen den Leuten herum, sprach sein Beileid aus, spendete Trost, unterhielt sich freundlich mit Margot Dacre und beugte sich über den Rollstuhl und murmelte dem alten Mann etwas zu. Er tat all die Dinge, die eigentlich ich hätte tun sollen.

Deshalb trat ich in den Sonnenschein und ließ es über mich ergehen, ließ sie auf mich zuströmen und sich um mich scharen und mir ihre freundlichen Worte ins Gesicht sagen und meine Hand schütteln. Jetzt waren es noch mehr, da sich die Kirche inzwischen geleert hatte. Der ernste Patrick von ÄRZTE OHNE GRENZEN, braun gebrannt nach irgendeinem neuen Einsatz. Professor Curtiz, dessen gesenkter silberner Kopf in der klaren Sonne glänzte. Meredith, das Gesicht rot und verschmiert, ihre ganze Aufsässigkeit verschwunden und ihre bunte Kleidung unter einem tristen Regenmantel verborgen. Auch ein paar andere Kollegen waren da – Sam Okigbo, der in seinem schwarzen Anzug wie eine Ebenholzsäule dastand, eine untröstliche Carrie Iverson, Ray Moore, der aussah, als würde er nie wieder etwas Lustiges sagen. Aber die meisten der Leute hatten eher Caitlin nahe gestanden als mir. Viele von ihnen hatte ich irgendwann einmal kennen gelernt, aber ich schämte mich, wie wenig ich über ihr Leben und ihre Arbeit wusste – und in welcher Beziehung Caitlin zu ihnen gestanden hatte.

Ihr Wohlwollen war beinahe greifbar, und zugleich gab mir ihr Bedürfnis nach Trost eine Rolle und eine Aufgabe. Ein paar der Frauen weinten, während sie mich begrüßten. Für eine von ihnen musste man eine Sitzgelegenheit suchen. Professor Curtiz hatte offenkundig ein paar Worte für mich vorbereitet, aber als er mir gegenübertrat und meine Hand hielt, stand er wie ein Schuljunge da und brachte kein Wort heraus. Alle warteten darauf, von mir gesagt zu bekommen, wie sehr ich mich freute, sie zu sehen, und dass sie mir in irgendeiner Weise halfen, wenn sie das Leid mit mir teilten. Nichts davon entsprach der Wahrheit, aber ich war vorübergehend froh, dass ich diese Rolle zu spielen hatte, und ich spielte sie, so gut ich konnte, ging zwischen ihnen herum, schüttelte Hände, küsste Wangen und murmelte Dankesworte.

Irgendwann mittendrin bemerkte ich eine kleine Frau, die auf einmal direkt vor mir stand. Es war etwas Aggressives in ihrer Haltung, das mich wie angewurzelt stehen bleiben ließ.

»Wir im Zentrum, wir sind alle total betroffen«, verkündete sie. »Ich möchte, dass Sie das wissen.«

»Danke.« Ich lächelte sie an und wollte gerade weitergehen, doch sie rührte sich nicht von der Stelle. Ich schaute sie genauer an, aber sie kam mir in keiner Weise bekannt vor.

»Ich weiß, dass Sie es nicht gern gesehen haben, wenn sie zu uns gekommen ist«, sagte sie, »aber sie hat viel Gutes getan. Wirklich, richtig viel Gutes.«

»Im Zentrum«, wiederholte ich. Ich hatte keine Ahnung, wovon sie sprach.

Die Frau sah es, und sie streckte ihr Kinn vor. Sie sagte: »Ich bin Julie Clark. York-Road-Zentrum?« Sie sprach besonders deutlich, als hätte ich sie absichtlich nicht verstanden.

Ich war ziemlich sicher, dass Caitlin weder sie noch das Zentrum, was immer das sein mochte, je erwähnt hatte, aber der Tonfall der Frau ließ keinerlei Raum für irgendeinen Widerspruch, deshalb nickte ich nur stumm und hoffte, sie würde weitergehen. Das tat sie aber nicht.

Sie holte tief und ungeduldig Luft. »Na ja, spielt keine Rolle. Wir haben sie sehr gemocht, Michael. Das ist alles, was ich sagen wollte. Ich möchte wirklich nicht, dass Sie das vergessen.« Sie ging davon, und ich beobachtete, wie sie sich durch die Menge drängte. Aber dann war ich schon wieder von traurigen und verweinten Leuten umringt und hatte keine Zeit mehr, darüber nachzudenken.

Drüben beim Tor sah ich Anthony, der dem Leichenbestatter diskret Geld zusteckte, den Mann am Ellenbogen fasste und ihm dankte, während er ihm die gefalteten Geldscheine in die andere Hand drückte. Ich wusste nicht, ob Leichenbestatter heutzutage normalerweise Trinkgeld bekamen, aber es wirkte, wie alles, was Anthony tat, korrekt und diskret. Ich stellte fest, dass der Mann genauso reagierte, als fände dieses kleine Ritual fünfzig Jahre früher statt. Er sah Anthony voll Respekt und Verständnis in die Augen, als sei diese kurze Unterhaltung für ihn ein Privileg. Seine linke Hand steckte das Geld in die Hosentasche, und seine rechte hob sich zu einer Geste, als wolle er damit seine Stirn berühren. Genau das war die Wirkung, die Anthony auf andere Leute hatte. Seine Wertvorstellungen aus vergangenen Zeiten riefen bei seinen Mitmenschen entsprechende Reaktionen hervor, bessere Reaktionen, als die Leute selbst glaubten, je zeigen zu können. Anthony kritisierte selten jemanden, aber es war schwierig, sich in seiner Gegenwart schlecht zu benehmen.

Ich ging zu ihm hinüber. »Ich möchte dir für alles danken, Anthony. Ich komme damit ein bisschen spät, ich weiß. Auch Cate hätte dir sicher danken wollen.«

»In Zeiten wie diesen ist es besser, beschäftigt zu sein. In Wahrheit ist es ein Privileg, nützlich sein zu dürfen. Nützlich zu sein, ist der Schlüssel, das weißt du. Die unerträgliche Minute auszufüllen. Ein sechzig Sekunden dauerndes Wettrennen. Und so weiter.« Er blinzelte in den Himmel, als sehe er dort etwas neben den aufsteigenden Silberwolken. »Stella hat mir von Venezuela erzählt. Wirst du gehen?«

»Ich glaube, ja.«

»Ich denke, das wäre das Beste, mein Junge. Ich würde dich natürlich furchtbar vermissen. Aber ich glaube, es wäre das Beste.« Er schaute mich mit seinem traurigen Gesicht an. »Ein Mann braucht etwas, was ihn am Leben hält, das weißt du. Wut und Selbstvorwürfe tun es für eine Weile. Aber du wirst feststellen, dass sie auf lange Sicht nicht ausreichen. Glaub mir, ich weiß es.«

»Kühne Taten«, sagte ich.

»Genau, das ist die Lösung, alter Junge.« Er berührte mich am Arm und wandte sich schnell ab. »Das ist die Lösung.«

Ich schaute ihm nach, wie er langsam zwischen den Gräbern hindurch davonging.

Die beiden Trauerlimousinen und der Leichenwagen fuhren an mir vorbei, sie glänzten in der Sonne, brachten Caitlin fort. Ihre Abfahrt hinterließ einen freien Raum zwischen mir und dem Jaguar der Dacres, und plötzlich fand ich mich in einer Entfernung von ein paar Metern Caitlins Mutter gegenüber. Margot Dacre stand neben dem Rollstuhl ihres Mannes bei der offenen hinteren Tür des Autos. Obwohl sie in meine Richtung blickte, gab sie nicht zu erkennen, dass sie mich gesehen hatte. Der junge Chauffeur war im Begriff, Edward Dacre auf den Rücksitz zu helfen. Ich wollte sie nicht treffen, aber es kam mir absurd vor, nicht wenigstens eine Beileidsgeste zu machen, und ich trat ein paar Schritte auf sie zu.

»Margot?«

Sie wandte sich ohne ein Wort von mir ab, ging vorne um das Auto herum, über den Kies zum Kirchenportal und verschwand in dem dunklen Eingang. Der Chauffeur, noch immer über den Rollstuhl gebeugt, sah sie verwirrt davongehen, unsicher, was als Nächstes von ihm erwartet würde. Ich half ihm, Edward Dacre ins Auto zu heben. Der alte Mann sagte nichts, als wir ihn hineinsetzten. Seine Augen waren leer. Sein langer Körper war ausgemergelt, und er war leicht wie ein welkes Blatt. Er fühlte sich an, als würde er das Lederpolster mit seinem Gewicht noch nicht einmal eindrücken. Ich beugte mich über ihn, um den Gurt zu befestigen, mied aber seine ausdruckslosen Augen. Edward Dacre hatte einen süßen Geruch an sich, einen Geruch von Zersetzung und Verfall.

Als ich fertig war, ging ich zur Kirche hinüber und durch das Portal hinein. Oben beim Altar, dort wo der Sarg gestanden hatte, war ein älterer Mann dabei, im Regenbogenlicht des Fensters Blätter und Blüten zusammenzufegen. Die helle Leere des Raums verschwamm vor meinen Augen, und schwebende Staubkörner wirbelten in der Luft und brannten wie Leuchtkäfer. Der Organist trat auf die Pedale seines Instruments, vielleicht auf der Suche nach irgendeinem Defekt, brachte dröhnende Geräusche hervor, als klopfe man auf Holz. Es war ein eigenartiges Gefühl, in die Kirche zurückzugehen, nun, da die Trauerfeier vorüber war. Der hallende Raum machte den Eindruck eines Theaters, nachdem die Zuschauer gegangen und die Schauspieler schon auf dem Weg zum Pub sind, ein Ort, seiner Magie beraubt, ein unberührter Raum, den man immer schwerer mit dem Drama in Verbindung bringt, das darin aufgeführt wurde.

Margot Dacre saß in der Mitte des Kirchenschiffs, mit dem Rücken zu mir. Ihre schwarze Gestalt erinnerte mich an einen Vogel, einen stillen und wachsamen Vogel. Der Besen des Kirchendieners raschelte über die Bodenplatten. Der Organist lachte, er unterhielt sich mit jemandem, der nicht zu sehen war, und dann, als ihm bewusst wurde, dass wir in der Kirche waren, nahm er seine Noten und eilte davon. Der alte Mann mit dem Besen verschwand leise in der Tür zur Sakristei. Margot erhob sich, als sie meine Schritte hinter sich hörte, trat in den Mittelgang und blickte mich an. Sie lüftete ihren Schleier, und ich sah, dass ihr Gesicht wie versteinert war. Sie verschränkte ihre behandschuhten Finger vor sich in einer eigenartig mädchenhaften Geste und wartete, bis ich herangekommen war.

»Margot, was kann ich sagen? Es tut mir so schrecklich Leid.«

»Ja.« Ihre Stimme war ganz klar. »Ja, das kann ich mir vorstellen.«

Ihr Tonfall erschreckte mich, und ich blieb in einer lächerlichen Haltung stehen – meine Arme halb ausgestreckt, um sie zu umarmen.

»Ich weiß, was Sie möchten, Michael«, sagte sie. »Sie möchten von mir hören, dass nicht Sie sich die Schuld geben sollten. Sie möchten Absolution. Aber diesen Gefallen werde ich Ihnen nicht tun.«

Ich ließ die Arme sinken. Ich legte eine Hand auf eine der Kirchenbänke, um mein Gleichgewicht zu halten. Ihre Augen waren klar und hellwach und bar jeden Mitleids. Der Kirchendiener tauchte wieder beim Altar auf und machte sich an die Arbeit, jetzt leise pfeifend. Vielleicht war er neugierig, vielleicht spürte er Disharmonie und unternahm bewusst den Versuch, eine Störung zu verursachen, um uns daran zu erinnern, dass dies ein Ort der Andacht war. Der Mann hielt den Kopf bei der Arbeit gesenkt. Ich wusste, dass er mein Gesicht nicht sehen wollte. Ich nahm es ihm nicht übel. Ich hatte Schwierigkeiten, meine Muskeln rund um den Mund unter Kontrolle zu halten.

Ich sagte: »Margot, Sie wissen, dass ich alles getan hätte, um das zu verhindern.«

»Wirklich?« Ihre Augenbrauen hoben sich. »Dann frage ich mich, warum Sie es nicht getan haben. Irgendetwas getan haben.«

Sie ging an mir vorbei den Gang hinunter, ihre Absätze klap-

perten auf den Bodenplatten. Als sie bei der letzten Bank ankam, blieb sie stehen.
»Wir werden bei der Einäscherung nicht anwesend sein, Michael«, sagte sie, ohne sich umzudrehen. »Wir haben uns verabschiedet. Das haben wir alle, denke ich.«
Sie drückte das schwere Kirchenportal auf, hielt es eine Sekunde offen, dann ging sie hinaus, und die Tür krachte donnernd hinter ihr ins Schloss. Durch die klar verglasten Fenster sah ich die Vögel in Scharen von den kahlen Bäumen auffliegen.
Ich wartete lange in der Kirche, lauschte gedämpften Verabschiedungen draußen, Schritten auf dem Kies, dem Schlagen von Türen. Ein Auto nach dem anderen fuhr davon. Ich hörte sie leise den Weg hinunterrollen, an seinem Ende abbiegen und dann beschleunigen, dankbar, wieder in die Welt der Lebenden zurückzukehren. So vergingen vielleicht zehn Minuten, und draußen wurde es still, aber ich war nicht überrascht, als ich das Portal hinter mir aufgehen hörte.
»Michael?«
Anthony stand im dunklen Eingang, unsicher, verlegen zu stören. Ich stand auf und ging auf ihn zu, sodass er mich deutlich sehen konnte, aber ich blieb auf halbem Weg stehen.
»Du brauchst nicht auf mich zu warten, Anthony. Ich bin in Ordnung.«
»Ich habe Margot Dacre herauskommen sehen. Und ich habe mich gefragt, ob es vielleicht … Unannehmlichkeiten gegeben hat. Da ich doch weiß, dass ihr euch nicht vertragt.«
»Es gab kein Problem.«
Er tat nicht einmal so, als glaube er mir. »Du darfst nicht zu schlecht von ihr denken, Michael. Ich bezweifle, dass sie überhaupt weiß, was sie sagt.«
»Anthony, ich könnte einfach nur für eine Weile etwas Abstand gebrauchen.«
»Natürlich, natürlich.« Er blickte unglücklich auf seine glänzenden Schuhe. Er legte die Hände zwei oder drei Mal vor sich

zusammen, als sei er nicht ganz sicher, was er mit ihnen anfangen sollte. Er sagte: »Pass einfach auf dich auf, Michael, ja?« Er zog sich in die Dunkelheit des Eingangs zurück, das Portal ging quietschend auf, sodass ein Schwall Licht in die Kirche fiel, dann schloss es sich wieder. Ich hörte ihn über den Kies gehen, und einen Augenblick später startete der alte Rover und fuhr langsam davon.
Ich wartete, bis ich ihn nicht mehr hören konnte, dann verließ ich die Kirche, trat in den strahlenden Nachmittag hinaus. Der Wind fegte zwischen den Bäumen hindurch und drückte das Gras zu Boden.

Das Krematorium war ein neues Backsteingebäude auf einem schönen, gepflegten Gelände. Die grünen Rasenflächen mit den in gleichmäßigen Abständen gepflanzten Bäumen sahen aus, als seien sie für die Modelleisenbahn eines Kindes angelegt worden. Für mich hatte die ganze Veranstaltung die gleiche Art von Künstlichkeit. Der Raum war buchstäblich leer. Barockorgelmusik erklang aus den Lautsprechern. Ich saß in der dritten Sitzreihe, die Stirn auf dem hellen Holz der Vorderbank. Ich hörte, wie sich die Vorhänge flüsternd öffneten. Ich hörte das Summen einer Maschinerie. Aber ich konnte mich selbst nicht davon überzeugen, dass das irgendetwas mit mir oder mit Caitlin zu tun hatte. Ich hielt den Kopf gesenkt und schaute nicht hin.
Als es vorüber war, ging ich hinaus und um die Ecke des Gebäudes herum. Sie hatten Caitlins Blumen auf einer grünen Böschung aufgeschichtet. Hier war es zwar geschützt, aber der Wind zauste die Blüten trotzdem. Blütenblätter flogen wie Konfetti herum, und die Zellophanhüllen der Buketts raschelten. Das Geräusch irritierte mich, ein anhaltendes Schwirren, als sei irgendetwas in die Speichen eines Kinderrades geraten. Ich bückte mich, um den Blumenberg neu zu arrangieren, in der Hoffnung, damit das Geräusch abzustellen.

Ein kleiner Strauß Wildblumen erregte meine Aufmerksamkeit. Sie waren so offensichtlich mit Bedacht, ja sogar mit Liebe ausgewählt worden, dass ich meinen Blick nicht von ihnen wenden konnte. Ich zog die handgeschriebene Karte heraus und richtete mich auf, um sie zu lesen: »Von Julie und dem ganzen Team der York Road – Catey, wir werden dich NIE, NIE vergessen, XXX«. Ich hatte die Begegnung beinahe schon vergessen, aber jetzt dachte ich wieder an die strenge, dunkelhaarige Frau, die ich unter den Trauergästen getroffen hatte. An dieser schulmädchenhaften Notiz war etwas, was nicht mit meiner Erinnerung an diese energische und ungeduldige Frau zusammenpasste, und das machte mich neugierig. Ich wusste nicht, wer sie war, aber Julie Clarke hatte mir etwas vorgeworfen, so wie auch Margot Dacre mir etwas vorgeworfen hatte. Ich versuchte, mich daran zu erinnern, was sie zu mir gesagt hatte. Ich dachte, es könnte wichtig sein, aber in meinem Kopf herrschte ein einziges Durcheinander.

»Sie war sehr angesehen, Ihre Frau«, sagte Digby Barrett auf einmal hinter mir. »Schön zu wissen, dass so viele sie sehr geschätzt haben. Das ist zumindest etwas.«

Ich steckte Julie Clarkes Notiz in die Tasche meines Jacketts und wandte mich zu ihm um. Er stand etwas abseits der aufgehäuften Blumen, und die dunkle Kleidung, die um ihn flatterte, ließ ihn in dem herbstlichen Sonnenschein wuchtig wirken. Er machte eine Pause, damit ich etwas sagen konnte, aber mir fiel nichts Passendes ein, und so fuhr er nach kurzer Zeit fort: »Wenn Sie wollen, gehe ich. Sie müssen es nur sagen.«

»Ich bin selbst gerade im Begriff zu gehen.«

»Ach so?« Er zog seinen flatternden Mantel um sich und knöpfte ihn zu. Er sagte: »Könnten Sie wohl einen Drink gebrauchen, Doc? Unten im Dorf ist ein Pub. Sah nett und gemütlich aus. Ich dachte, ein Gläschen könnte nicht schaden.«

»Ich wollte gerade nach London zurückfahren.«

»Eines macht doch nichts, und ich sag's auch nicht weiter.« Er

erkannte, dass ich erneut ablehnen wollte, deshalb fügte er hinzu: »Außerdem ist da etwas, was ich Ihnen zeigen will.«
»Und das wäre?«
Er schüttelte den Kopf. »Nichts Großartiges. Wir können es auch sein lassen. Wahrscheinlich sind Sie jetzt nicht in der Verfassung dafür.«
Da gab ich auf, wie er es wohl vorausgesehen hatte. »Na schön.« Ich versuchte, eher lustlos als neugierig zu klingen. »Gehen wir und bringen wir es hinter uns, was es auch ist.«
»Das Pub heißt The Nag's Head. Wir treffen uns dort.«

Es war jene Art von Lokalen mit niedriger Balkendecke, die im Süden Englands unter Country-Pub laufen, mit Kupferkesseln an den Wänden und Pferdegeschirren aus Messing an Lederriemen und mit einem riesigen offenen Pseudokamin, zu dessen Bedienung wohl ein kleines Erdgasfeld nötig war. Auf dem Tresen stand eine Espressomaschine, und eine Gourmet-Speisefolge war auf die große schwarze Tafel an der Wand hinter der Theke geschrieben. Der Raum war gerammelt voll mit dem neuen Landadel reicher Pensionäre – ihre tadellosen Range Rover füllten den Parkplatz draußen –, daneben ein paar smarte junge Manager aus Gloucester oder Cheltenham, die ihre Kunden oder ihre Freundinnen mit einem Essen auf dem Land zu beeindrucken suchten.
Barrett hatte, als ich mich unter der niedrigen Tür hindurchduckte, bereits einen Tisch neben dem Fenster belegt. Sobald er mich sah, sprang er auf und kam auf mich zu.
»Was darf ich Ihnen holen, Doc?«
»Irgendein Bier. Spielt keine Rolle.«
»Kommt gleich.«
Er drängelte sich durch die Menge, und ich ging zu seinem Tisch hinüber und setzte mich. Ich sah, dass ein großer Aktenkoffer aus Leder auf dem Tisch lag, ein flacher schwarzer Koffer mit Stahlschlössern und einem Schulterriemen, so groß,

dass er die Hälfte des Tisches bedeckte, und daneben ein einfaches Holzkästchen, wahrscheinlich Mahagoni, vielleicht ein antikes Stück. Ich hatte keines dieser beiden Dinge je zuvor gesehen. Ich musste sie ein wenig zur Seite schieben, um mir Platz zu schaffen, und dabei sah ich auf und bemerkte Barrett an der Theke, halb mir zugewandt. Er lächelte und nickte und hob die Gläser hoch, als wolle er mir zeigen, dass er gleich so weit sei, aber ich wusste, dass er mich beobachtet hatte. Schon einen Augenblick später war er neben mir, brachte ein Pint eines trüben Bitters für sich und eine Halbe für mich. Er stellte mein Bier vor mich, nahm den Aktenkoffer, tat ihn auf den Boden und lehnte ihn gegen das Tischbein auf meiner Seite, ließ das Kästchen aber auf dem Tisch.

»Ich dachte, ich könnte Ihnen diese Sachen ebenso gut jetzt zurückgeben.« Er hob sein Pint, blinzelte hindurch gegen das Licht und prostete mir zu. *»Cheers.«*

Ich ließ mein Glas auf dem Tisch stehen. »Welche Sachen zurückgeben?«

»Das Kästchen und den Koffer, Doc.« Er klopfte mit dem Schuh gegen den Aktenkoffer. »Die Bilder Ihrer Frau. Sie sind wunderbar, nicht wahr? Verdammt tragisch. Ein solches Talent.«

»Wenn das eine Art Rätsel sein soll«, sagte ich, »dazu bin ich gerade jetzt nicht aufgelegt.«

Barrett stellte sein Glas vorsichtig auf dem Tisch ab. »Wollen Sie mir damit etwa sagen, dass Sie diese Sachen nicht wiedererkennen? Den Koffer oder das Kästchen? Schauen Sie sich beides mal genau an.«

»Sie gehören nicht Caitlin, wenn es das ist, was Sie meinen.«

»Sie waren in ihrem Zimmer. Zwischen all ihren anderen Sachen.«

»Sie gehören Caitlin nicht.«

Er nahm das Mahagonikästchen in seine breiten Hände, schob den Deckel auf und zeigte mir den Inhalt: Bleistifte, Graphitstifte, ein kleines Federmesser, ein Radiergummi, schwarz vom Gebrauch.

Ich sagte: »Das sagt mir gar nichts.«

»Machen Sie den Aktenkoffer auf.« Er schob das Kästchen und die Gläser zur Seite und hob den Koffer für mich auf den Tisch. Ich vermied es, das schwarze Leder anzusehen. Plötzlich war mein Mund ganz trocken. »Ich brauche ihn nicht aufzumachen.«

»Machen Sie schon. Es ist nichts Schlimmes drin. Ich würde Ihnen so etwas jetzt nicht antun.«

Ich wusste, dass er mir eine Weigerung nicht durchgehen lassen würde. Ich ließ die Schlösser aufschnappen und klappte den Koffer hastig auf. Auf den ersten Blick konnte ich erkennen, wie außergewöhnlich gut die Zeichnungen waren. Bei vielen handelte es sich nur um Skizzen, manche in Bleistift, manche in Bleistift und Tinte, bei einigen zwei oder drei Zeichnungen auf einem Blatt wie Cartoons – eine Taube, die sich auf einem Platz das Gefieder putzt, der Stamm eines Baumes, die Gestalt eines alten Mannes, gebückt unter einem Schirm und sich gegen den Regen stemmend. Einige Studien von Gebäuden, manche erstaunlich detailliert und präzise, andere dagegen mit ein paar wenigen flüssigen Strichen skizziert, als seien sie vom oberen Deck eines vorbeifahrenden Busses aus hingeworfen worden. Einige waren Szenen aus London. Ich erkannte die Wahrzeichen wieder: St. Paul's Cathedral, die Albert Hall, Hampton Court. Aber es gab noch viele andere, verwirrende Bilder, die ich nicht alle erfassen konnte.

»Sie haben mir nie gesagt, dass Ihre Frau Künstlerin war.«

»War sie auch nicht.« Ich drehte die schweren Blätter um. »Ich meine, sie hat seit Jahren nicht mehr gezeichnet.«

»Haben Sie damit vielleicht gemeint, dass sie keine professionelle Künstlerin war?«, drängte Barrett weiter. »Dass diese Beschäftigung für sie ein Hobby war? War es das, was Sie damit meinten?«

Gebäude, die ich nicht erkannte, ein paar wenige, die mir vertraut vorkamen, ein Blütenzweig, ein Vogel auf einem Zaunpfosten. Ich starrte die Blätter an, ohne sie richtig zu sehen. Da hatte es schon einen Liebhaber gegeben, von dem ich nichts wusste. Ein Kind, von dem ich nichts wusste. Ein Stapel Zeichnungen, von dem ich nichts wusste, sollte im Vergleich dazu eigentlich wenig zählen. Das tat er aber doch.

»Weil mit ziemlicher Sicherheit sie die gezeichnet hat, nicht wahr, Doc?«, beharrte Barrett. »Sie hat jede einzelne signiert und datiert.«

»Ja. Sie hat sie gezeichnet.« Ich klappte den Koffer vorsichtig zu und schaute Barrett an. Ich sagte: »Ich habe keine davon je gesehen. Soweit ich wusste, hat sie, seit wir verheiratet waren, nie etwas gezeichnet. Bis zu diesen hier. Ich wollte, dass sie wieder anfängt, aber sie hat sich geweigert.«

»Irgendwas hat sie dazu gebracht, wieder anzufangen.«

»Ja«, sagte ich. »Offensichtlich.«

Barrett spitzte die Lippen und überlegte. »Okay«, sagte er. »Ich möchte, dass Sie Folgendes machen, Doc. Ich möchte, dass Sie diesen Koffer mitnehmen. Und ich möchte, dass Sie sich diese Bilder ganz genau ansehen. Und wenn Sie sie angeschaut haben, dann lassen Sie mich wissen, ob Ihnen dazu irgendetwas einfällt.«

»Ich habe bis jetzt nicht einmal gewusst, dass sie existieren. Was sollte ich Ihnen sagen können?«

»Irgendetwas Auffälliges an den Daten, irgendeiner der Orte, die Ihnen etwas sagen. Es gibt ein paar Zeichnungen von dem großen Herrenhaus der Eltern und einige von St. Paul's und dem Tower und dergleichen. Aber abgesehen von denen, meine ich. Machen Sie das?«

Ich legte meine Hand auf das kühle Leder des Aktenkoffers.

»Gut«, sagte Barrett entschlossen, als hätte ich ihm eine Antwort gegeben. Er stand auf und knöpfte sich den Mantel zu. Das tat er ganz gemächlich. Schließlich sagte er: »Bei genauerer

Betrachtung gibt es doch so einige Dinge, über die Sie nicht viel wussten, Doc, stimmt's?«

Ich warf ihm einen scharfen Blick zu. Er bewegte das Kinn zum Zeichen des Abschieds, ging an mir vorbei durch den Raum und dann zur Tür hinaus.

16

Wie Barrett gesagt hatte, waren einige Zeichnungen von Morrow House darunter. Und von einer Anzahl anderer Gebäude – eine verfallene Mühle, ein College, das ich als das Magdalen in Oxford wieder zu erkennen glaubte, eine Straße mit Reihenhäusern.

Aber die letzten zehn oder zwölf waren anders. Ein bescheidenes Backsteingebäude, ein ländliches Cottage, aus verschiedenen Blickwinkeln gezeichnet. Eine Waldlandschaft – Caitlin hatte den Lichteinfall durch die Blätter eingefangen, einen Weg, der einen steilen, farnbewachsenen Hang hinaufführt, einen Bach mit Trittsteinen darin. Die Umgebung war recht hübsch, aber das Haus nicht besonders malerisch. Es sah ein wenig heruntergekommen aus, die Tür eines angebauten Schuppens hing aus der Angel, und ein oder zwei Schieferplatten fehlten in dem niedrigen Dach. Neben der Tür stand eine Regentonne. Ein verrostetes landwirtschaftliches Gerät, vielleicht eine Egge, lag halb verborgen im Farn unter dem Fenster der Vorderfront. Ich schaute auf ein echtes Cottage, das wusste ich. Das war kein Produkt von Caitlins Fantasie. Es war ein Haus, das wirklich in Raum und Zeit existierte, ein Gebäude aus Backsteinen und Mörtel und Holz. Der Weg davor würde schlammig sein, und die Tür würde quietschen, und das Dach

würde wahrscheinlich leck sein. Ein bescheidenes Haus, ja sogar ein schäbiges Haus. Und dennoch war es ein Haus, das sie genauestens kannte, ein Haus, das sie liebte.
Vorsichtig klappte ich den Lederkoffer auf dem Pubtisch halb zu. Ich fuhr mit dem Daumen über die Kante der Zeichenblätter darin, sodass sie leise rauschten – es waren mehr als hundert. Wie viele Stunden der Konzentration hatten sie gefordert, wie viele Stunden des Eintauchens in eine Welt, von der ich gar nichts wusste, eine Welt, in der ich nicht vorkam?
Ich schob das Mahagonikästchen auf. Es roch nach gehobeltem Holz und erinnerte mich an meine Grundschulzeit. Ihre Bleistifte lagen darin, abgenützte Bleistifte, ihr Lack graphitverschmiert. Vorsichtig nahm ich einen heraus. Er müsste nach ihr riechen, dachte ich. Etwas, was sie so häufig benutzt hatte, müsste eine Botschaft für mich haben. Aber ich konnte mich nicht einmal mehr erinnern, wie sie einen Stift gehalten, wie sich ihr Gesicht vor Konzentration angespannt, wie sie den Block auf die Knie gelegt hatte. Höchstwahrscheinlich hatte sie eine charakteristische Art besessen, all dies zu tun, Eigenheiten, die nur sie allein gehabt hatte. Aber ich hatte sie nur ein einziges Mal zeichnen sehen, und das war schon so lange her. Es hinterließ eine Art Leere in mir, dass ich mir sie nicht einmal mehr bei der Arbeit vorstellen konnte. Ich tat die Ellenbogen auf den Tisch und stützte den Kopf in die Hände.

Eine Vernissage in der Tate Gallery an einem Abend vor ein paar Jahren. Es war mitten im Winter. Caitlin hatte bei der Organisation des Abends geholfen, und ich war spät dran. Ich war den ganzen Nachmittag zusammen mit dem Notfallteam mit einem siebzehn Jahre alten schwedischen Mädchen beschäftigt gewesen, das im Strand von einem Bus überfahren worden war. Zunächst hatten wir noch Hoffnung für sie gehabt, aber am Ende konnten wir nicht mehr tun, als zur Seite zu treten und zuzusehen, wie sie uns entglitt. Sie war sehr hübsch, besonders als sie starb, und es hatte uns alle berührt, mit anzusehen, wie das Leben aus ihr wich. Es war mir unmöglich gewesen, sie aus meinem Kopf zu verbannen, während ich die windgepeitschte Gower Street hinuntereilte, weil es mir in dem strömenden Regen einfach nicht gelungen war, ein Taxi anzuhalten. Ich kam kalt und durchnässt und müde in der Galerie an, bereit, bei der erstbesten Gelegenheit Streit anzufangen.

Der Raum war voller elegant ausgemergelter Frauen und Männer mittleren Alters mit recht langen Haaren, die teure Anzüge über schwarzen T-Shirts trugen. Kellnerinnen, wie viktorianische Zimmermädchen gekleidet, trugen Tabletts herum, von denen sich diese Leute dekorative Häppchen und mit Sancerre gefüllte Gläser nahmen. Die meisten von ihnen waren bereits laut und rotgesichtig. Ich nahm ein Glas von einem Tablett und trank es gierig leer. Ich zog ein paar Blicke auf mich, vielleicht, weil ich so zerknautscht aussah, aber wahrscheinlich, weil meine schlechte Stimmung so offensichtlich war. Ich konnte Cate nirgends entdecken, und da ich nicht gezwungen sein wollte, mit irgendeinem dieser ungerechterweise gesunden Menschen zu reden, drängte ich mich durch die Menge zur Wand und schaute mir die ausgestellten Werke an. Es waren trostlose Kohlezeichnungen, Szenen von Elendssiedlungen mit lang gezogenen, vor Verzweiflung gebeugten Gestalten. Eine Mutter mit ihrem Kind, ein abgemagerter Hund, der im Rinnstein an irgendetwas herumnagt.

»Hallo, Fremder.« Caitlin stand neben mir und streckte sich, um mir einen Kuss zu geben.

»Ich komme zu spät. Tut mir Leid.«

Sie sah mich an, meinen Tonfall registrierend. »Ein schlimmer Tag?«

Ich sagte: »Ja, entschuldige.« Aber dann, bevor ich mich bremsen konnte, warf ich einen Blick auf meine Uhr.

Sie hielt ein vorbeikommendes Zimmermädchen an, nahm von

seinem Tablett ein Glas Wein und reichte es mir. Sie drückte meinen Arm. »Ich weiß, dass du das nicht ausstehen kannst. Wir gehen bald.«
»Es stimmt gar nicht, dass ich es nicht ausstehen kann, Cate.«
»Wie du meinst.« Sie wartete einen Augenblick. »Und, was hältst du von den Werken?«
»Cate, warum hast du aufgehört zu zeichnen?«
»Okay, Michael, wir gehen sofort.«
Das brachte mich auf die Palme. »Wir müssen nicht gehen, Cate.«
»Doch, müssen wir.« Sie nahm mir das Glas aus der Hand, stellte es auf dem Tablett eines Kellners ab und schob mich in Richtung Ausgang. Sie sagte kurz etwas zu einer Kollegin und holte sich ihren Mantel. In wenigen Augenblicken waren wir draußen in der kühlen Nacht auf den Treppen oberhalb des Victoria Embankment.
»Cate, wir können zurückgehen. Komm, wir gehen wieder hinein.«
Aber statt zu antworten, führte sie mich die Stufen hinunter, und wir überquerten die Straße und blieben stehen, lehnten uns an die Brüstung und schauten auf den schwarzen Fluss, der in der Dunkelheit vorbeiglitt. Sie wandte sich zu mir und sah mich an. »Michael, wenn du meinst, dass die Arbeit, die ich mache, bedeutungslos ist, wenn du sie für trivial hältst, musst du mir das jetzt sagen.«
»Ich verstehe nur nicht, warum du es nicht selbst machst. Wo du doch ein solches Talent hast.«
»Vielleicht braucht die Welt Ärzte und Wissenschaftler und Lehrer«, sagte sie mit unerwarteter Bitterkeit, »aber sie braucht nicht noch eine weitere zweitklassige Künstlerin.«
Mir fiel darauf keine Antwort ein.
Nach ein paar Sekunden nahm sie meinen Arm und drückte ihn. »Ich führe für dich ein solches Leben«, sagte sie eindringlich. »Für uns natürlich. Aber hauptsächlich für dich. Ich führe

es so, weil ein Gleichgewicht hergestellt werden muss. Es hat den Anschein, als könnte ich bei nichts Wichtigem helfen, Michael. Ich kann nur in der Galerie helfen, deshalb tue ich es. Aber ich kann es nicht tun, wenn du es für belanglos hältst. Wenn du es nicht schätzt.«

Ich legte die Arme um sie und hielt sie verzweifelt fest, und wir standen im Regen auf dem ebenholzschwarzen Pflaster, während der betäubende Wind den Fluss hinabpeitschte.

Der Wirt räusperte sich ostentativ.

»Wünschen Sie noch irgendetwas, Sir?« Er beugte sich über den Tisch, ein kräftiger Mann mit einem Bierbauch, der sich unter seinem Pullover wölbte. Er trug ein mit schmutzigen Gläsern beladenes Tablett. Ich merkte, dass sich das Pub inzwischen geleert hatte und dass die Zapfhähne hinter der Theke mit Geschirrtüchern abgedeckt waren und ein Mädchen in einer Schürze gerade dabei war, die Tische abzuwischen. Er sagte: »Wir schließen normalerweise um drei.«

»Ich habe jedes Zeitgefühl verloren.«

»Absolut kein Problem, Sir«, rief er und nahm mein Glas, noch halb voll mit lauwarmem Bier, dem Bier, das Barrett mir gebracht hatte. Er nickte in Richtung des Aktenkoffers, der halb geöffnet vor mir auf dem Tisch lag. »Wunderschöne Bilder, Sir, wenn Sie mir die Bemerkung erlauben.« Er ging ein paar Schritte und stand dann strahlend an der Tür, hielt sie auf, bis ich draußen war. »Wir freuen uns jederzeit über Ihren Besuch«, rief er mir nach und schloss schnell hinter mir ab.

Kaum eine halbe Stunde später fuhr ich durch das Eisentor des Hauses der Dacres. Im Leerlauf ließ ich das Auto die lange Einfahrt mit ihren Zedern und Zypressen hinunterrollen. Die Bäume hoben sich wie dunkle Scherenschnitte gegen den Novemberhimmel ab und warfen Schattenstreifen auf den Weg. Das gelblich braune Steinhaus tauchte hinter einer Biegung

auf, die gebieterisch wirkende Fassade und der Wintergarten mit der Gusseisenkonstruktion entlang einer ganzen Hausseite. Ich ließ den Wagen langsam ausrollen.
Morrow House war noch immer ein eindrucksvoller Anblick, aber es war mir nie mehr so großartig vorgekommen wie an jenem Abend, als ich es zum ersten Mal sah, als Bruno und ich in dem klapprigen Austin Healey die geschwungene Einfahrt heruntergetuckert waren. Damals war das Haus hell erleuchtet gewesen, Fächer von Licht beschienen den warmen Stein. Bruno und ich hatten bei dem Anblick lauthals gelacht, hatten einander geknufft, Witze über Schloss Dracula gerissen und uns gefragt, welche Sorte Mensch einen solchen Kasten wohl als sein Zuhause bezeichnen konnte. Ich rollte an dem silberfarbenen Jaguar der Dacres vorbei und blieb genau auf dem Platz stehen, auf dem Bruno und ich vor neun Jahren geparkt hatten. Ich holte tief Luft, klemmte mir den Aktenkoffer unter den Arm und stieg aus.
Edward Dacre war zum Teil von den Säulen des Vordachs verdeckt, und ich brauchte eine Sekunde oder zwei, bis ich ihn entdeckte, wie er da in seinem Rollstuhl im letzten Strahl der Spätherbstsonne saß. Für mich sah er aus wie ein spindeldürres altes Möbel, das man zum Lüften rausgestellt hatte.
Ich hatte mich nie mit ihm versöhnt, aber jetzt fand ich es Mitleid erregend, diese stolze Persönlichkeit derart reduziert zu sehen. Seine Gebrechlichkeit gab mir das Gefühl, unverschämt kräftig zu sein. Ich hätte mich am liebsten dafür entschuldigt. Von Margot konnte ich nirgends eine Spur entdecken. Ich dachte daran, sie zu suchen, aber im selben Augenblick verließ mich der Mut. Ich lehnte den Aktenkoffer gegen einen der Stühle.
»Hallo, Edward«, sagte ich.
Die gelblichen Augen blickten zu mir auf. Ich konnte keine Spur eines Wiedererkennens darin entdecken. Er sah ein wenig verblüfft aus. Neben seinem Rollstuhl stand ein zweiter Stuhl

auf dem Kies, eine Gartenschere und eine zusammengefaltete Zeitung auf dem Sitz.

»Kann ich mich setzen?«

Er gab keinen Ton von sich, und ich legte die Zeitung und die Gartenschere zur Seite und setzte mich auf den leeren Stuhl. Er hatte eine Decke über den Knien und ein Buch unter seinen gefalteten Händen, obwohl er auf mich nicht den Eindruck machte, als könne er noch etwas lesen. Vielleicht ließ Margot das Buch der Form halber dort. Der Wind wehte ein paar Zweige und Blätter von den Buchen herab. Eine Ecke der Decke des alten Mannes löste sich, und ich nahm die Decke, breitete sie wieder über ihn und steckte sie an den Seiten fest.

Es schien jetzt keinen Sinn mehr zu haben, alten Groll zu hegen. Das Licht in seinen Augen war erloschen. Ich versuchte, ihn mir in seiner Blütezeit vorzustellen, ein gut aussehender, kräftiger junger Mann, prachtvoll in seiner Uniform, wie er an irgendeinem fernen Strand mit einem riesigen Revolver an der Hüfte an Land marschiert. Wie schwer musste es ihm danach gefallen sein, sich an die eintönige graue Welt im England der Fünfziger- und Sechzigerjahre zu gewöhnen! Und dann gerade lange genug zu leben, um das zu erleben. Ich hoffte, dass er nicht mitbekam, was mit Caitlin passiert war. Als was für eine Zeitverschwendung würde ihm alles erschienen sein, wenn er es wüsste.

Die Tür des Wintergartens hinter mir ging auf, und ich erhob mich.

»Michael«, sagte Margot Dacre und deutete ein Lächeln an. »Wie nett.«

Sie trug einen braunen Trainingsanzug und Gartenhandschuhe. Ich hatte sie noch nie derart leger gekleidet gesehen. Es war, als habe sie peinlichst genau jede Spur der vor wenigen Stunden zu Ende gegangenen Trauerfeier weggewischt. Das Resultat war, dass sie paradoxerweise jünger wirkte als ihre gut siebzig und rüstiger, als ich sie je gesehen hatte. Sie hatte einen großen Terrakottatopf voll dunkler Erde in den Armen. Sie stand da, schaute mich mit hochgezogenen Augenbrauen an und wartete, dass ich etwas sagte.

Ich nickte in Richtung des Topfes. »Kann ich Ihnen den abnehmen?«

»Nein.« Sie rührte sich nicht. »Wir haben Sie nicht erwartet. Sie hätten anrufen sollen.«

»Hätte ich angerufen, dann hätten Sie irgendeinen Vorwand gefunden, mich abzuweisen.«

»Ja.«

»Margot, ich musste Sie sehen.«

»Tatsächlich, Michael? Allerdings wüsste ich nicht, was wir einander noch zu sagen hätten.«

Ich hob den schwarzen Aktenkoffer auf den Stuhl, machte ihn einfach auf und schaute sie erwartungsvoll an. Sie stellte den Topf auf den Kies, wischte sich die Hände ab und starrte auf die Blätter. Ihr Gesicht war ausdruckslos.

Sie sagte: »Und ich soll darauf in irgendeiner Weise reagieren?«

»Einige dieser Zeichnungen zeigen dieses Haus hier. Manche sind aus den letzten paar Monaten datiert.«

»Sie war hier, ja. Versuchen Sie nicht so überrascht auszusehen, Michael. Wir sind schließlich ihre Eltern.«

»Margot, warum ist sie hierher gekommen, ohne mir ein Wort davon zu sagen? Ich wusste nicht einmal, dass sie überhaupt wieder gezeichnet hat.«

»Ich war nicht die Hüterin meiner Tochter«, sagte sie. »Leider, wie sich herausstellt.«

»Ich versuche nur, es zu verstehen, Margot. Das ist alles. Ich möchte doch niemanden für irgendetwas verantwortlich machen.«

Sie wandte den Blick von mir und schaute in den Himmel hinauf. Der Schatten einer Wolke verdunkelte die Fassade des Hauses und trieb dann über den Rasen davon. Sie schien über irgendetwas nachzudenken.

»Wenn Sie sich nützlich machen möchten, Michael«, sagte sie schließlich, »könnten Sie Edward hineinbringen.«
Das hatte ich nicht erwartet, und ich tat, was man mir sagte, hängte mir den Riemen des Aktenkoffers über die Schulter und schob den Rollstuhl die Rampe hinauf und durch die Eingangstür ins Haus. Hier war es, nach dem klaren, herbstlichen Licht draußen, sehr dunkel. Sie ging an mir vorbei und führte mich in den Flur, einen langen, holzgetäfelten Gang, in dem es nach getrockneten Blumen roch. Sie öffnete eine Tür zu meiner Linken, und ich schob den Rollstuhl in einen freundlichen Raum mit Blick auf den abfallenden hinteren Rasen mit seinen Rhododendron- und Fliederbüschen. Ich konnte den vagen Geruch von Farbe und Kitt wahrnehmen. Die Form des Zimmers kam mir vertraut vor, aber es war jetzt hell und freundlich, so verändert, dass ich es einen Augenblick gar nicht wiedererkannte.
»Das war früher die Bibliothek«, kam mir Margot zu Hilfe, als sie sah, wie ich mich umblickte. »Düster wie eine Krypta, mit endlosen Reihen ledergebundener Bücher. Edward hat viel Zeit hier drin verbracht.«
Ich erinnerte mich noch gut daran. Caitlin, die angespannt auf dem Sofa saß, und Edward Dacre, der sich einen Spaß daraus machte, nach dem Glenlivet zu suchen.
Sie übernahm die Griffe des Rollstuhls und schob ihren Mann an eine Stelle, von der aus er mit seinen leeren Augen auf den Rasen hinausstarren konnte. Sie legte die Bremse ein, hakte sie fest, beugte sich hinunter und machte sich mit der Decke des alten Mannes zu schaffen. Ich hätte ihr geholfen, aber ihre Bewegungen waren derart fürsorglich, dass ich wusste, sie würde meine Einmischung nicht gerne sehen.
»Als wir die Regale abgebaut haben, habe ich festgestellt, dass die Bücher nichts als Unsinn waren«, fuhr sie fort. »Irgendwelche gebundenen juristischen Zeitschriften. Einige davon aus den Dreißigerjahren. Sie waren nicht einmal in Englisch ge-

schrieben. Schwedisch, glaube ich.« Sie richtete sich auf und sah hinunter auf ihren Mann. »Ich weiß nicht, was Edward all die vielen Stunden hier im Dunkeln gemacht hat, gelesen hat er jedenfalls nicht.«

Dieser neue Beichtton machte mich argwöhnisch, aber ich zog ihn offener Feindseligkeit vor, und ich spürte, dass sie im Begriff war, noch etwas zu sagen. Draußen dämmerte es bereits, der Wind verwandelte das Gras in Silber. Ein paar Regentropfen klatschten gegen das Fenster. Edward Dacre saß da und stierte auf die Scheibe. Margot ging energisch um ihn herum, schaltete das Radio an und stellte irgendwelche leichte Musik ein. In diesem Haus hatte ich nie zuvor Musik gehört. Sie stellte ihm ein paar Dinge auf einen Tisch in Reichweite: eine Alarmglocke, eine Wasserkaraffe und eine kleine Vase mit Astern.

»Sie müssen zugeben, dass es eine große Verbesserung darstellt«, sagte sie. »Natürlich war die Gestaltung hauptsächlich Caitlins Idee. Sie hat das ganze Zimmer entworfen.«

Ich kam da einfach nicht mit. »Wie oft ist sie denn hierher gekommen, Margot?«, fragte ich.

Sie gab mir keine Antwort. Stattdessen legte sie ihrem Mann ganz kurz die Hand auf die Schulter, führte mich dann aus dem Zimmer und in den düsteren Flur. Ich konnte sehen, dass die Augen des alten Mannes mir folgten, als wir rausgingen. Margot schritt vor mir her in das riesige Speisezimmer und machte die Lichter an. Hier hatte sich nicht viel verändert – die hohe Decke, an der die Dunkelheit hing, der große Kamin, die hohen Fenster, die auf den silbrig glänzenden Garten hinausschauten.

Margot ging zum Kopf des langen Tisches, hielt die Arme verschränkt und beobachtete mich, während ich mich im Zimmer umsah.

»Genau, Michael. Wir leben immer noch allein in dieser riesigen Scheune von einem Haus. Wir haben darin reichlich

Übung. Im Alleinsein.« Sie hielt inne. »Das verdanken wir größtenteils Ihnen.«

»Darum geht es also die ganze Zeit?«

»Sie haben sie von mir fern gehalten. Von uns.« Sie stand in ihrem braunen Trainingsanzug da wie ein Spielzeugsoldat, das Kinn vorgereckt. »Jahr für Jahr haben Sie alles getan, was Sie nur konnten, um sie davon abzuhalten, zurückzukommen. Wie oft haben wir sie gesehen? Alle sechs Monate ein Mal? Selbst an Weihnachten haben Sie sie fern gehalten. Dank Ihnen haben wir nicht einmal diese Erinnerung.«

»Das wird jetzt aber auch niemandem helfen«, sagte ich.

»Sie haben ihr die Freiheit versprochen und haben sie doch genauso eingesperrt, wie es ihr Vater getan hat. Sie haben sie nicht einmal zu mir zurückkommen lassen.«

»Ich habe nicht versucht, Caitlin von hier fern zu halten, Margot.« Ich bemühte mich, meine Stimme unter Kontrolle zu halten. »Sie hat dieses Haus leidenschaftlich gehasst, hasste die Leere, die Streitereien, die Art und Weise, wie ihr Vater sie behandelt hat, die Art und Weise, wie er mit Ihnen umgegangen ist, die Art und Weise, wie Sie zusahen und es geschehen ließen.«

»Warum sind Sie eigentlich heute Nachmittag hierher gekommen, Michael? Um mir Ihre erbärmliche Rechtfertigung mitzuteilen?«

»Sie sind nicht die Einzige, die leidet, Margot.«

»Das ist gerechte Empörung, nicht wahr?«

Ich nahm den Aktenkoffer von der Schulter und ließ ihn krachend auf den Tisch fallen. »Empörung trifft es nicht, Margot. Ich bin, verdammt noch mal, etwas mehr als nur empört.«

In der plötzlichen Stille hallte das Echo meines Gebrülls zwischen den Deckenbalken wider. Ich hielt den Atem an, während es verebbte, aus Angst, was ich als Nächstes sagen würde.

»Möchten Sie ihr Zimmer sehen?«, fragte Margot, beinahe freundlich.

»Ihr Zimmer?«
»Ihr Mädchenzimmer, als sie noch klein war.« Ihr Gesicht wirkte offen, aber in ihrem Verhalten war eine Intensität, die mir ein ungutes Gefühl gab. Ich fragte mich für einen kurzen Augenblick, ob die Ereignisse der vergangenen Wochen sie aus der Bahn geworfen hatten. Bevor ich irgendetwas antworten konnte, kam sie um den Tisch und nahm meine Hand. Es war das erste Mal, dass Margot so etwas tat, und ich war zu überrascht, um mich dagegen zu wehren. »Kommen Sie schon, Michael. Da ist etwas, was ich Ihnen zeigen will.«
Sie führte mich aus dem Speisezimmer und die Hintertreppe hinauf. Ihr Griff war so fest wie eine Klaue, und zwischendurch hatte es fast den Anschein, als ziehe sie mich einfach mit sich. Wir gelangten in einen breiten, mit Teppichen ausgelegten Korridor mit Fenstern auf der einen und schlichten Holztüren auf der anderen Seite. Sie machte die erste dieser Türen auf, dann trat sie zur Seite, um mich hineinzulassen.
»Hier«, sagte sie.
Ich blieb im Türrahmen stehen, war mir plötzlich bewusst, wie wenig ich gerade heute dieses Zimmer sehen wollte.
»Oh, kneifen Sie jetzt nur nicht. Nicht, nachdem Sie so weit gegangen sind.« Sie nahm meinen Arm und schob mich vorwärts.
Ein helles, schmuckloses Zimmer, recht klein, mit einem schmalen gusseisernen Kamin und Dachschrägen. Ein altes Bett, ordentlich gemacht. Ein Weidenkorb voller Kuscheltiere. Eine Trophäe vom Schulschwimmen auf dem Kaminsims.
Margot sagte: »Man kann vom Fenster aus auf den Fluss sehen. Sie hat immer so gern auf den Fluss geschaut.«
Ja, das hatte Caitlin getan. Sie hatte es mir erzählt. Ich sah sie jetzt, ein kleines, blondes Mädchen mit großen Augen, das in der Nacht stundenlang auf diesem Bett saß und in das auf dem Wasser glitzernde Mondlicht starrte, in dem großen, dunklen Haus verloren wie eine Prinzessin in einem Turm. Ich ging

einen Schritt auf das Fenster zu und blieb dann stehen. Drei gerahmte Fotos standen auf der Fensterbank, und auf der einen Seite hing an der Wand ein Kalender, in dem ganze Blöcke von Tagen mit farbigem Filzstift markiert waren. Ich spürte ein Unbehagen, das ich mir nicht recht erklären konnte, etwas tief in meiner Magengrube. Es war deutlich und körperlich, wie das Zucken eines Nervs.

Ich nahm eines der gerahmten Fotos in die Hand. Es war von mir, eine jüngere Aufnahme, bei einem Einsatz in Bosnien gemacht. Ich lachte und trug eine Sonnenbrille, lehnte mich aus der Fahrerkabine eines Lastwagens und winkte in die Kamera. Auch die anderen beiden Fotos waren Schnappschüsse von mir, beide im letzten Jahr aufgenommen. Der Kalender an der Wand war von diesem Jahr. Die ausgestrichenen Tage markierten meine Auslandsaufenthalte. Das ursprüngliche Datum meiner Rückkehr aus Venezuela war durchgekreuzt und mit einem Fragezeichen versehen. Das Flattern in meinem Bauch wurde stärker.

»Jedes Mal«, sagte Margot. »Jedes Mal, wenn Sie in den letzten zwei Jahren weggefahren sind, ist sie gekommen und eine oder zwei Nächte hier geblieben. Manchmal länger. Und ich konnte sie dann hören. Ich konnte sie hier drin schluchzen hören. Ihre Frau, die *Verständnis* hatte.«

Ich starrte auf das Bild in meiner Hand. »Sie hat mir davon nie etwas erzählt.«

»Natürlich nicht, Michael. Es war ihre Pflicht, Ihnen nichts zu sagen.«

Ich stellte das Bild zurück auf die Fensterbank. Draußen türmten sich über den bewaldeten Hängen jenseits des Flusses Zinnen aus Wolken. Die Bewölkung war oben schwarzgrau und goldgesäumt am Boden, dort, wo die untergehende Sonne sie berührte.

»Was hätte ich denn tun sollen, Margot?«, fragte ich.

Sie schien zu überlegen, ob sie mir eine ehrliche Antwort geben

sollte oder nicht. »Sie erdrücken uns«, sagte sie schließlich. »Sie ersticken uns.«
»Ich erdrücke *Sie?*«
»Mich. Caitlin. Sie pressen das ganze Leben aus uns heraus. Männer wie Sie und Edward. Ihr erstickt uns mit eurem ewigen, verdammten Sendungsbewusstsein. Ihr geht auf eure Kreuzzüge und lasst uns wie Burgfräulein zurück. Bezahlt die Diener. Haltet die Feuer im Haus am Brennen.«
»Zwischen Caitlin und mir war es nicht annähernd so.«
»Es war immer so. Bei Edward war es Italien und Korea und dann Malaysia. Bei Ihnen war es die Türkei, Afrika, Südamerika – diese gottverlassenen Orte, zu denen Sie immer fliegen, damit Sie den Retter spielen können.« Sie drehte sich um und schaute an mir vorbei aus dem silbrig glänzenden Fenster. »Wissen Sie, Michael, als ich ein Mädchen war, wollte ich Lehrerin werden. Ja, wirklich. Ich hatte mein Examen abgelegt. Ich hatte schon eine Anstellung. Eine kleine Dorfschule in einem Ort namens Brightwell, in Kent. Das wäre mein großes Abenteuer geworden. Keine Frau in meiner Familie hatte bis dahin je einen Beruf erlernt. Ich war niemals irgendwo allein gewesen. Brightwell hätte ebenso gut irgendwo bei Singapur liegen können, so wenig kannte ich mich außerhalb von London aus. Ich hatte mir sogar schon die Fahrkarte gekauft. Ich habe sie immer noch irgendwo.« Ihre Stimme wurde wieder hart. »Und dann habe ich Edward kennen gelernt. Natürlich wollte er davon nichts hören. Und ich konnte mich nicht gegen ihn durchsetzen. Er war ein ganzes Stück älter als ich und viel welterfahrener, aber das war nicht der Grund. Der Grund war, dass ich ihn liebte, und deshalb hatte ich keine Chance zu gewinnen. Weil ich ihn geliebt habe, konnte ich nicht einmal gegen ihn ankämpfen. Genau wie Caitlin nicht gegen Sie ankämpfen konnte.«
»Aber ich habe ihr nie etwas abgeschlagen. Ich bin ihr nie im Weg gestanden, was immer sie auch wollte.«

»Sie sind ein solcher Dummkopf!«, fuhr sie mich an. »Ihr seid alle solch prosaische Dummköpfe. Was immer sie auch wollte? Sie wollte mit Ihnen zusammen leben, das wollte sie.« Sie berührte – vielleicht unbewusst – die Tagesdecke auf dem Bett, strich mit der flachen Hand über den Flor. *»Leben.* Nicht wie irgendeine Geisha behandelt werden.«

»Margot, ich hätte alles für sie getan. Wirklich alles.«

»Ja«, sagte sie. »Außer, sie zu brauchen.«

Ich schaute auf die Fotos auf der Fensterbank. Ich konnte meinen Blick nicht von meinem Gesicht auf diesen Bildern wenden. Auf jedem lachte ich. Auf jedem war ich vollkommen, abstoßend glücklich.

»Sie hat Sie mehr als alles auf der Welt geliebt«, sagte Margot leise. »Vergessen Sie das nie, Michael, sonst wäre alles umsonst gewesen.«

Ich hörte, wie sie durch den getäfelten Korridor und die Treppe hinunterging. Ich wusste, sie wollte nicht, dass ich ihr folgte. Als es wieder ganz still war, ging ich leise im Zimmer herum, berührte einige Dinge, nahm ein paar Sachen in die Hand – staubige Rosetten, die Caitlin als Mädchen beim Reiten gewonnen hatte, einen verblassten Schnappschuss, der in den Spiegelrahmen gesteckt war. Vielleicht konnte sie durch meine Berührung herbeigerufen werden. Ich stellte sie mir vor, wie sie in den verschwommenen Schatten des Spiegels schwebte, fahl wie Flachs, ihre Hand wie ein Bündel Stäbe nach mir ausstreckt. Ich hoffte, sie würde es tun. Ich saß auf dem schmalen Bett und schloss die Augen. Die Sprungfedern knirschten unter mir.

Nach einer Weile machte ich das Licht aus, ging aus dem Zimmer und schloss vorsichtig die Tür hinter mir. Ich ging durch den Korridor zur Hintertreppe und hinunter ins Speisezimmer. Margot war nicht da, aber ein paar leuchtend rote Geranien lagen auf dem langen Tisch, und eine geschliffene

Glasvase stand daneben, als sei Margot dabei gewesen, die Blumen zu arrangieren, aber weggerufen worden, bevor sie damit fertig war. Der leicht bittere Geruch der abgeschnittenen Stiele erfüllte den Raum. Der Aktenkoffer lag auf dem Tisch noch genau an der Stelle, wo ich ihn hingelegt hatte. Ich hängte ihn mir über die Schulter und ging durch die Hintertür in den anbrechenden Abend hinaus.

Es würde eine wilde und stürmische Nacht werden. Der Wind ließ die Bäume bereits ächzen. Ich blieb an der Ecke des Hauses stehen und schaute auf die Terrasse hinten am Haus zurück. Gelbes Licht flutete auf den nassen Rasen, aus den Fenstern des Zimmers, das Caitlin während eines Besuchs, von dem ich nichts wusste, neu dekoriert hatte. Ihr Vater würde jetzt dort sitzen und vielleicht versuchen, die verstreuten Erinnerungssplitter zusammenzufügen, bevor sie sich endgültig verflüchtigten, von irgendeinem Windstoß davongewirbelt wurden, der noch kräftiger war als jener, der mir jetzt entgegenblies. Zum ersten Mal verspürte ich einen Anflug von Verbundenheit mit dem alten Mann, der darum kämpfte, einer Welt Sinn abzuringen, die direkt vor seinen Augen ihren Zusammenhalt verlor.

Ich ging auf das Auto zu, das ein Stück entfernt zu meiner Rechten geparkt war, aber in diesem Augenblick sah ich ein anderes Licht in den Bäumen vor mir. Mir wurde klar, dass es aus dem alten Generatorenhaus kam, aus Caitlins Atelier. Ich wollte weitergehen, aber ich wusste, dass es ein Zeichen für mich war, und nach kurzem Zögern bog ich vom Weg ab, zwängte mich durch die nassen Büsche und ging auf das Licht zu. Die Tür war nur angelehnt. Ich stieß sie mit der Fingerspitze auf und trat ein. Das Atelier war genau so, wie ich es das letzte Mal gesehen hatte, das einzige Mal, dass ich es gesehen hatte, mit Caitlins Staffelei mitten im Raum und Zeichnungen und Aquarellen, die ringsum an die Wände geheftet oder geklebt waren. Ich ließ die Tür hinter mir zufallen. Es war geheim und sicher hier drin, in dem goldenen Licht, während die Äste über das Dach schrammten und der Regen gegen die Fenster prasselte.

»Caitlin hat sonst niemanden je hierher gebracht«, sagte Margot. Sie saß auf einem Hocker neben der Fensterbank. Sie sah älter und kleiner aus, als sie mir im Haus vorgekommen war, und sie sprach sanfter. »Sie hat nie irgendjemanden hierher gebracht, und sie hat mir nie von jemandem erzählt. Ich möchte nicht, dass Sie in diesem Punkt irgendwelche Zweifel hegen.«

»Danke.«

Ich ging in dem niedrigen Raum herum, so wie ich es getan hatte, als ich das erste Mal hier gewesen war, begutachtete die Zeichnungen und Gemälde, wie damals überrascht und entzückt über ihre Kühnheit und ihre Ausdrucksstärke.

»Das sind alles neue Arbeiten«, sagte Margot. »Edward hat damals wirklich alles verbrannt.«

»Wann hat sie damit denn wieder angefangen, Margot?«

»Nach Edwards zweitem Schlaganfall. Vor beinahe zwei Jahren.«

»Haben Sie das der Polizei mitgeteilt?«

»Ich weiß nichts, was der Polizei weiterhelfen könnte. Lassen Sie mich wenigstens etwas für mich behalten.« Sie seufzte und blickte sich in dem kleinen Atelier um. »Ich weiß nicht, was sie dazu gebracht hat, wieder zu zeichnen. Ich wollte sie nicht fragen, für den Fall, dass ich sie damit wieder vertrieben hätte. Ich nehme an, weil Edward sie nicht mehr stoppen konnte. Und vielleicht wünschte sie sich eine Art Versöhnung. Sie war sehr lieb zu ihm, wenn sie hier war.«

»Warum konnte sie mir das nicht erzählen, Margot?«

»Es gab viele Dinge, die Caitlin niemandem von uns erzählt hat. Sie hat mir nichts von unserem Enkel erzählt, mein Gott! Von unserem eigenen Enkelkind, das jetzt Rauch und Luft und Asche ist. Genau wie sie.« Das Bild schockierte mich, und vielleicht bemerkte sie das, denn sie fügte hinzu: »Ich wollte nicht grausam sein, Michael. Aber Sie haben nicht allein damit zu kämpfen.«

Ich ließ den Blick wieder über die Zeichnungen wandern: ein alter Mann, der an einem Pubtisch über ein Pint gebeugt sitzt, Enten auf einem Teich, ein Tannendickicht. »Haben Sie irgendeine Ahnung, wie das alles passieren konnte, Margot? Wie es überhaupt anfangen konnte?«

»Wir haben Caitlin recht spät bekommen, wie Sie wissen.« Ich fragte mich, ob sie meine Frage missverstanden hatte, aber sie fuhr fort: »Es war meine Idee, ein Baby zu haben. Ich weiß ehrlich gesagt nicht, ob Edward etwas daran lag. Er war schon Mitte vierzig. Ich habe ihm keine Wahl gelassen. Ich denke, das war falsch, aber ich wollte unbedingt etwas für mich haben. Etwas Wichtiges. Jemanden, der mich brauchte.« Sie schaute mich an. »War das so schrecklich egoistisch?«

Es fiel mir schwer, ihrem Blick standzuhalten, und ich wandte den Kopf ab. Hätte ich das nicht getan, dann hätte ich das Bild, das an die Wand neben der Tür geheftet war, möglicherweise übersehen. Ich stellte mich davor und betrachtete es eingehend, zunächst nicht ganz sicher, warum eigentlich, außer dass es so anders war als all die anderen. Ein mit blauer Kreide hingekritzeltes Bild wie von Kinderhand. Ein Haus mit zwei annähernd quadratischen, in Scheiben unterteilten Fenstern. Rauchkringel, die aus einem schiefen Kamin aufsteigen. Bäume wie Stöcke mit Kronen wie Wattebälle. Irgendetwas – eine Maschine mit Rädern und Speichen – im Vordergrund. Ein Cottage. Das Cottage von Caitlins Zeichnungen, eine Kinderversion davon, reizend in seiner ungeschickten Ausdruckskraft.

Ich riss es von der Wand. Die Zeichnung war auf ein DIN-A4-Blatt gekritzelt worden. Ich drehte es um. Mit schwarzer Kreide waren in unbeholfenen Großbuchstaben die Wörter geschrieben: »Ich habe deine Abvesenheit gekosstet, und sie ist bitter.« Ich hatte den Eindruck, es müsse sich um ein Zitat handeln, das mühsam, aber fehlerhaft aus einem Buch abgeschrieben wurde, in wackligen Buchstaben. Und darunter eine Art ungeschickte Signatur, in kaum zusammenhängender Schrift: B. Carrick.

Ich legte das Bild auf die Fensterbank neben Margot und strich es glatt.

»Sie hat es schon früh dorthin gehängt«, sagte sie. »Ich glaube, es war so etwas wie ein Geschenk. Es muss ihr etwas Besonderes bedeutet haben.«

»Sie wissen nicht, von wem es stammt?«

»Es sieht aus wie etwas, das ein Kind einem Lehrer schenkt.« Ich drehte das Papier um und zeigte auf die Signatur. »Und wer ist B. Carrick?«, fragte ich, unfreundlicher, als ich vorgehabt hatte.

»Ich weiß es nicht. Müsste ich das?«

»Oder Angie Carrick?« Ich spürte selbst, dass ich ein wenig zitterte. »Haben Sie diesen Namen je gehört?«

»Michael, ich würde es Ihnen sagen, wenn ich es wüsste.«

Ich faltete die Zeichnung zusammen und schob sie in mein Jackett. Als ich sie wegsteckte, berührten meine Finger ein Stück Papier in meiner Tasche. Ich entfernte mich ein paar Schritte von Margot und zog das Papier heraus. Es war die hingekritzelte Botschaft, die an Julie Clarkes Blumengesteck geheftet war. Julie Clarke vom York-Road-Zentrum. Ich stand am Fenster und beobachtete, wie der Regen durch die schwarzen Lorbeerbüsche rann.

»Was werden Sie machen?«, fragte Margot. »Mit Ihrem Leben?«

»Ich habe ein Angebot in Übersee. Mit jemandem, den ich kenne. Sehr gut kenne.«

»Wo?«

»Wieder in einem gottverlassenen Loch, wo ich den Retter spielen kann.« Ich war selbst über die Bitterkeit in meiner Stimme überrascht.

»Das ist wahrscheinlich klug von Ihnen«, sagte sie ruhig. »Für Caitlin können Sie jetzt ohnehin nichts mehr tun.«
Ich schaute mich in dem Atelier um, das in sanftes Licht getaucht war, der Regen rauschte draußen durch die Blätter und trommelte auf das Dach. Ich berührte das zusammengefaltete Bild in meiner Jacketttasche.
»Sie wollte, dass ich sie finde«, sagte ich. »Das hat sie mir einmal gesagt.«
Margot erhob sich, stand neben mir und starrte auf das verwilderte Gebüsch hinaus. »Wenn es Ihnen je gelingt, Michael«, sagte sie, »sagen Sie mir dann, wo sie ist?«

17

Der nächste Morgen brachte einen trüben, feuchten Londoner Tag mit einer Atmosphäre von Betriebsamkeit, die zu meiner Stimmung passte.
Ich rief die Telefonauskunft an. Ich arbeitete mich durch eine Unmenge von Kombinationen, die aus den Worten York und Road und Zentrum zusammengesetzt waren, aber ich brauchte nicht mehr als eine halbe Stunde der Nachfragerei und Anrufe, bis ich auf ein Zentrum stieß, in dem eine Frau namens Julie Clarke als Leiterin arbeitete. Die Gegend sagte mir nichts. Das York-Road-Zentrum war in Streatham, einem Viertel im Süden Londons, das mir völlig unbekannt war. Ich wusste von keinerlei Verbindung, die Caitlin dorthin gehabt haben konnte. Ich machte mir schwarzen Kaffee, setzte mich an den Tisch, blätterte den Stadtplan durch und beobachtete, wie der Novemberwind die nassen Büsche im Garten hinter dem Haus hin und her peitschte. Als ich fertig war, steckte ich die zusam-

mengefaltete Zeichnung in meine Jackentasche und ging zum Auto hinaus.
Der nie endende dichte Verkehr in der Stadt hatte zur Folge, dass ich für die Fahrt mehr als eine Stunde brauchte. Aber ich fand das Zentrum recht problemlos, ein niedriges L-förmiges Gebäude in leberfarbenem Backstein unweit der Streatham High Street in einem Gewirr trostloser Straßen, die noch nicht von der Sanierungswelle erfasst worden waren. Es stand hinter einer Tuffsteinmauer, in die jemand hineingefahren war und sie halb eingerissen hatte. Vor den Fenstern waren Gitter und Graffiti auf dem Backstein, und in dem Nieselregen sah das Haus wie eines im ehemaligen Ostblock aus, düster und anstaltsmäßig. Ich stellte das Auto auf der anderen Straßenseite ab, überquerte die stark befahrenen Bahnen, trat durch die Doppeltür in einen Flur, der rechts und links von Aushangbrettern und Feuerlöschern gesäumt war.
Die Atmosphäre im Inneren war fröhlich und geschäftig. Die schwarzen Bretter waren mit Handzetteln und Ankündigungen voll gehängt, die sich überlappten wie gefärbte Blätter. Die Anzeigen boten Sprachkurse, juristische Beratung, Zimmer zum Vermieten, Yogakurse und Drogentherapien an. Aus einem Raum zu meiner Rechten konnte ich die Geräusche einer Gymnastikgruppe hören. Die Leiterin gab die Anweisungen in einem schrillen Singsang, der zugleich durchdringend und rhythmisch war. Die Stimme klang vertraut.
Der Boden unter den Füßen bebte ein wenig, und selbst hier im Vorraum hing ein leichter Geruch nach Schweiß und feuchten Handtüchern. Zu meiner Linken führte eine Doppeltür in eine Kantine. Ich ging hinein. Es war ein scheunenartiger Raum, eingerichtet mit Resopaltischen und beleuchtet durch eine Reihe von mit Rußschlieren überzogenen Dachfenstern. Ich konnte frischen Kaffee und Ingwer und Huhn riechen. Ein Fußballspiel lief in einem an der Wand befestigten Fernseher in der Ecke. Eine Frau, die wohl aus der Karibik stammte und

eine Schürze trug, klapperte hinter der Theke herum, bereitete Essen zu und summte vor sich hin. Vor ihr lag ein Schneidebrett mit einem Haufen Kräuter darauf.

»Möchtest du was, mein Süßer? Aber eigentlich haben wir noch gar nicht auf.«

»Julie. Ich suche nach Julie Clarke.«

»Das ist Julies Kurs, den du da gerade hörst.« Sie nickte in Richtung der Geräusche von Anstrengung und körperlicher Plackerei, und dann musterte sie mich ganz unverhohlen. »Aber du siehst nicht aus, als wolltest du heute noch Gymnastik machen, Süßer.« Sie kicherte, und ihr Bauch wackelte. »Du hast wohl eine schlimme Nacht hinter dir, Darling?«

Ich hatte mich nicht rasiert, und ich fragte mich, welche Art von Botschaft ich wohl aussandte: mitgenommen und leicht vergammelt, nahm ich an. »Ich warte auf sie.«

»Mach das. Es dauert keine zehn Minuten mehr. Brenda richtet dir einen Kaffee, wenn sie hiermit fertig ist.«

Mir wurde klar, dass sie von sich selbst sprach. »Danke, nicht nötig«, sagte ich.

Aber nachdem ich mich an einem der Tische niedergelassen hatte, brachte mir Brenda trotzdem einen Kaffee, kam geschäftig durch die geöffnete Thekenklappe, stellte den Becher vor mich und redete dabei liebevoll auf mich ein. Ich hatte plötzlich einen ganz unwiderstehlichen Drang, sie nach Caitlin auszufragen. Vielleicht hatte Caitlin sich gegen diese Theke da gelehnt und mit dieser großherzigen Frau herumgealbert, hatte ihren Kaffee getrunken und ihr Ingwerhuhn zu Mittag gegessen. Hier, in diesem anderen Leben. Eine Sekunde lang verspürte ich ein fast unerträgliches Gefühl, ausgeschlossen zu sein.

»Alles in Ordnung, Süßer?«, fragte Brenda, die sich in der Nähe meines Tisches zu schaffen machte.

Aber bevor sie mir noch irgendeine weitere ihrer Nettigkeiten zukommen lassen konnte, flogen die Türen auf, und der Raum füllte sich mit lachenden, keuchenden Frauen mittleren Alters in knalligen Gymnastiktrikots, die schwatzten und schubsten und sich an der Theke drängelten. Brenda zog sich durch die Thekenklappe zurück und ließ sie herunter wie eine Zugbrücke. Ich erhaschte einen flüchtigen Blick auf Julie Clarke am Ende der Menge, in einem blauen T-Shirt und Shorts. Brenda winkte sie herüber, und ich sah die beiden in meine Richtung schauen, Brenda besorgt, Julie erschreckt. Julie drängelte sich durch die Menge zu meinem Tisch.

»Michael, Sie sind der letzte Mensch, den ich heute hier erwartet hätte.« Und dann sehr betont: »Genau genommen jemals.«

»Das kann ich mir vorstellen.«

Sie stand da und starrte mich in einer Art an, die sowohl beunruhigt als auch aggressiv wirkte. Ihr T-Shirt hatte dunkle Schweißflecken rund um den Hals und unter den Achseln, und ich konnte die Hitze spüren, die ihr kleiner, gedrungener Körper ausstrahlte. Sie tupfte sich mit einem über die Schultern gelegten Handtuch ab.

»Sie sehen ziemlich fertig aus«, sagte sie. »Sind Sie in Ordnung?«

»Es gibt etwas, das ich Sie fragen muss.«

Sie nahm wieder ihre geschäftsmäßige Haltung an und warf automatisch einen Blick auf ihre Uhr. »Ich gehe kurz unter die Dusche. Bin gleich wieder bei Ihnen.«

»Jetzt sofort wäre gut, Julie.«

Sie war über diese Forderung irritiert, konnte sie aber nicht ablehnen. Sie schnalzte mit der Zunge. »Also gut. Kommen Sie mit.«

Sie marschierte durch den überfüllten Raum davon, und ich folgte ihr hinaus in den Flur und durch eine Tür gegenüber dem Gymnastiksaal. Es war ein schäbiges kleines Büro mit einem verkratzten Metallschreibtisch, der zwischen zwei grünen Aktenschränken eingekeilt war. Die Schreibtischfläche war klinisch sauber. Das Messingmodell eines Bugatti stand darauf und das verschwommene Foto einer braunhaarigen Frau mit Rehaugen. Auf einem fotokopierten Blatt an der Wand stand: »Die Züchtigungen gehen weiter, bis die Moral sich bessert.«

Julie trat hinter den Schreibtisch und setzte sich, dabei rubbelte sie sich ihre Igelfrisur mit dem Handtuch. Sie machte mir ein Zeichen, auf dem einzigen anderen Stuhl im Raum Platz zu nehmen.

»Wir sind wegen Caitlin völlig fertig«, verkündete sie. »Wir alle. Ich habe mich gestern wahrscheinlich unpassend ausgedrückt, aber ich wollte bloß, dass Sie in dieser Sache klar sehen. Ich fange jetzt erst allmählich an, mir vorzustellen, wie Sie sich fühlen müssen.«

»Danke, dass Sie gekommen sind. Zur Trauerfeier. Ich weiß es zu schätzen.«

»Wirklich?«, entrüstete sie sich. »Obwohl Sie gar nicht wussten, wer ich bin?«

Ich holte tief Luft. »Ich versuche herauszubekommen, wie das geschehen konnte«, sagte ich. »Deshalb muss ich wissen, was Caitlin hier, in diesem Haus, gemacht hat.«

Sie hörte auf, sich die Haare zu rubbeln. »Das hat Sie vorher offenbar nie interessiert.«

»Jetzt interessiert es mich.«

»Wozu soll das noch gut sein?«

»Zu irgendetwas, hoffe ich. Ich hoffe, es wird zu irgendetwas nütze sein.«

Julie ging hoch wie eine Rakete, als hätte ich auf irgendeinen Auslöser gedrückt. »Sie meinen, es könnte Ihnen etwas nützen.« Sie klatschte das Handtuch auf den Schreibtisch. »Wenn Sie irgendwelches Interesse an dem, was wir hier tun, gezeigt hätten, an dem, was Caitlin getan hat, jedenfalls zu tun versucht hat, vielleicht hätten Sie dann gewusst, was für ein ganz besonderer Mensch sie war, ohne jetzt, wo es zu spät ist, herumschnüffeln zu müssen.« Sie fasste sich und saß mit sich hebender und senkender Brust da, entsetzt über das, was sie soeben gesagt hatte. Wieder fing sie an, mit dem Handtuch wie wild an ihren Haaren herumzurubbeln. »Ich möchte Ihnen das Leben nicht noch schwerer machen, Michael. Aber heute hierher zu kommen! Sie hat zwei Jahre hier gearbeitet. In den zwei Jahren sind Sie nicht ein einziges Mal hier gewesen. Kein einziges Mal.«

»Ich wusste gar nicht, dass sie hier gearbeitet hat.«

»Das wussten Sie nicht? Sie müssen es gewusst haben.«

Ich schüttelte den Kopf. »Bis gestern habe ich noch nie irgendetwas von diesem Zentrum oder von Ihnen gehört.«

Ein paar Augenblicke schwieg sie. »Sie ist hierher gekommen, um zu unterrichten. Sie hat mit ein paar Lese- und Schreibkursen pro Woche angefangen, meist für Einwanderer.«

»Sie hat Englisch unterrichtet?«

»Lesen und Schreiben.« Sie war ungehalten über meine Ignoranz. »Verstehen Sie, Lesen und Schreiben? Für jedermann, aber hauptsächlich für Einwanderer. Zuerst war sie darin nicht sonderlich gut. Genau genommen war sie darin nie sonderlich gut. Ich glaube, dass sie, bevor sie hierher gekommen ist, noch nie jemanden getroffen hatte, der nicht lesen und schreiben konnte. Aber sie wollte so unbedingt helfen, dass es ... ansteckend war. Es hat uns alle angesteckt. Später hat sie dann angefangen, mit mir oder einer der anderen rauszugehen. Zu alten Menschen, ins Frauenhaus, in Krankenhäuser und Gefängnisse.«

»Das hat sie getan?«

»Ja, Michael, das hat sie alles getan. Sie war auch in diesen Dingen nicht besonders gut. Es ist ihr zu sehr an die Nieren gegangen. Sie ist sehr behütet aufgewachsen. Ich denke, das wissen Sie. Aber sie hat dazugelernt. Und sie hat nie, nie aufgehört, es zu versuchen.« Julie fuhr sich mit der Hand durch ihr kurzes Haar. »Es gibt hier Leute, die glauben, dass sie eine Heilige war. Das werden sie über mich nie denken, egal, was ich tue. Aber Caitlin hatte etwas Besonderes an sich. Und wissen Sie was, Michael?« Sie streckte mir ihr eckiges Gesicht herausfordernd entgegen, um mir zu zeigen, dass sie bereit war, ihre eigenen Fehler einzugestehen. »Ich hätte nie gedacht, dass sie durchhält. Die Arztfrau, nichts als Schickimicki und gute Absichten. Aber Sie hätten sie sehen sollen!«

»Ich wünschte, das hätte ich«, sagte ich. »Ich wünschte sehr, dass ich das gesehen hätte.«

Vielleicht betrachtete sie das als Entschuldigung, vielleicht war sie erleichtert, sich den Groll von der Seele geredet zu haben, jedenfalls legte sich ihre Aggressivität ein wenig. »Ich dachte, wir würden nie drüber hinwegkommen, als sie ging.«

»Sie hat aufgehört, hierher zu kommen?«

»Nun, ja.« Sie schaute mich skeptisch an.

»Wann hat sie aufgehört, hierher zu kommen?«

»Ich weiß nicht genau, Michael. Vor sechs, acht Monaten. Vielleicht etwas mehr. Sie hat immer noch hin und wieder vorbeigeschaut und ausgeholfen. Aber sie sagte, sie habe zu Hause zu viel zu tun.« Sie zögerte, als überlege sie, ob sie es sagen solle. »Genau genommen hat sie gesagt, Sie hätten etwas dagegen, dass sie herkommt.«

Ich zog die zusammengefaltete Zeichnung aus meiner Tasche und breitete sie vor ihr auf dem Schreibtisch aus. »Sagt Ihnen das etwas?«

Sie biss die Zähne zusammen. Ich erkannte, dass sie nicht gern ausgefragt wurde, aber sie meinte wohl, ich sei zu gereizt, als dass sie gefahrlos dagegen protestieren könnte. Ich dachte mir, dass sie Recht haben könnte.

Sie schielte auf das Bild. »Nein. Was ist das?«

Ich drehte die Zeichnung um, hielt die Signatur aber mit der Hand zu. »Was sagt Ihnen das?«

Sie runzelte die Stirn. »Was soll mir das schon sagen?«

»Diese Zeichnung war bei Caitlins Sachen. Kann es sein, dass es einer ihrer Schüler hier gemalt hat? Ihr geschenkt hat?« Sie zog die Augenbrauen hoch, weil sie bereits ahnte, wohin das führen könnte. Sie machte den Mund auf, um zu antworten, aber bevor sie etwas sagen konnte, nahm ich die Hand von der Signatur. Sie sagte: »Oh.«

»Also, wer ist B. Carrick?«, fragte ich.

Sie nahm mir die Zeichnung aus der Hand und hielt sie ins Licht.

»Wer ist B. Carrick, Julie?«, wiederholte ich. »Und überhaupt, wer ist Angie Carrick?«

»Ich weiß nichts über eine Angie Carrick, aber an ihn kann ich mich erinnern. Bernie, hieß er? Nein, nein. Barney. Hat darauf bestanden, dass wir ihn Barney nannten. Vor etwa achtzehn Monaten oder so? Kam aus dem Norden, der Kerl. Hat richtig gut ausgesehen, na, wenn man auf so etwas steht. Gut aussehende Männer, meine ich.«

»Ist er noch immer in der Gegend, dieser Barney Carrick?«

»O nein. Er war nur ein, zwei Wochen hier. Ich glaube, er hat einen Job im Ausland bekommen oder so was.« Sie gab mir das Blatt zurück. In diesem Augenblick kapierte sie. »Ach so, Sie müssen verstehen, Michael. Die Leute aus den Kursen schenken den Lehrern immer irgendwelche Sachen. Sie sind wie kleine Kinder, manche jedenfalls, so stolz auf das, was sie gelernt haben.«

»Caitlin hat sonst nichts von hier aufbewahrt.«

»Das hat nichts zu sagen. Dieser Typ ist einfach gekommen und gegangen. Tun sie alle. Die ganze Zeit kommen und gehen die Leute hier. Ich habe ihn mir nur gemerkt, weil die Mädchen im Büro so für ihn geschwärmt haben.« Sie erhob sich, zog eine Aktenschublade auf und blätterte sie durch. »Hier.« Sie holte einen gelben Aktenhefter heraus und legte ihn auf den Tisch. Eine computergedruckte Liste von Kursteilnehmern war darin. »Bernard John Carrick. Im vorletzten April. Er hat sich für Cateys Kurs eingetragen, stimmt, aber er hat laut dieser Akte nur zwei Mal teilgenommen. Danach ist er nie mehr wiedergekommen.«

»Haben Sie eine Adresse?«

»Haben wir, wegen der Zuschüsse.« Sie fuhr mit dem Finger eine Zeile der Liste entlang. Sie seufzte. »Nicht etwa, dass uns dieser da etwas eingebracht hätte.«

Sie drehte das Papier um, sodass ich die hingekritzelte Adresse lesen konnte, und tippte mit dem Finger darauf. Sie lautete: *Indian Mutiny, Mason Park, Bradford.*

»Wahrscheinlich eine Gaststätte, in der er war«, erklärte sie. »Manche dieser Typen sind wirklich geheimniskrämerisch. Um der Steuer oder der Polizei oder sonst wem zu entkommen. Sie schreiben dann das Erstbeste auf, das ihnen gerade einfällt.«

Ich verließ das Zentrum und überquerte die nasse Straße zu meinem Auto. Ich breitete die unbeholfene Zeichnung neben mir auf dem Beifahrersitz aus. Der Regen trommelte auf die Karosserie des Audi und verwandelte die Windschutzscheibe in pures Silber. Ich rief mit dem Handy die Auskunft an, erhielt die Nummer der Gaststätte Indian Mutiny in Bradford und bekam auch ohne große Probleme den Namen der Straße heraus, und dann rief ich die Nummer an. Ein Mann mittleren Alters mit einem Peter-Sellers-Akzent war am Apparat.

Ich sagte: »Ich versuche, mit einem Mr. Carrick Kontakt aufzunehmen.«

»Sie arbeitet.«

»Sie?«

»Angela. Sie arbeitet heute. Wird gegen vier Uhr hier sein.« Der Mann legte eine Pause ein. »Wer ist am Apparat, bitte?«

»Ich rufe später wieder an.« Ich legte auf, während er noch sprach.

Ich saß eine Weile da, kühlte meine Handflächen am Lenkrad und starrte auf die undurchsichtige Windschutzscheibe, bis ich von einem lauten Klopfen am Fenster neben meinem Ohr aufgeschreckt wurde. Ich erhaschte einen kurzen Blick auf das offizielle Schwarz und Gelb der Uniform einer Parkkontrolle und sah das ungehaltene Gesicht einer Frau unter einer tropfenden Schirmmütze. Ich hob einen Finger als Zeichen des Verstehens und startete den Motor.

18

Ich bog vom Zubringer ab und fuhr dann hinunter in das öde Industriegebiet südlich von Bradford. Sofort hatte ich mich in einem Gewirr von Fabrikgeländen verfahren. Betonstraßen waren von niedrigen, schäbigen Gebäuden mit Rolltüren gesäumt, Lastwagen auf brachliegendem Terrain abgestellt, ein Busdepot lag hinter einem Maschendrahtzaun, hie und da ragte ein hoher Backsteinkamin aus einem anderen Zeitalter empor. Es war kalt an diesem Spätnachmittag, und ein weißlicher Dunst hing über dem Hochmoor im Osten. Die fernen Hügel schienen wie auf eine Kulisse hingeschmiert, als existierten sie zum Teil nur in einer Fiktion. Hier unten roch die Luft nach Diesel und feuchtem Müll. Ich kam auf einer langen, geraden Straße heraus, die parallel zu einer Eisenbahnlinie verlief, vorbei an endlosen Abstellgleisen mit rostigen, graffitibeschmierten Güterwaggons. Ich bog nach rechts, weg von den Eisenbahngleisen, fuhr unter einem Backsteinviadukt hindurch in das Mason-Park-Viertel.

Die Reihenhäuser waren viktorianische Backsteinbauten, schmale Häuser mit winzigen Vorgärten, von Liguster und hohem Gras überwuchert. Alte aufgegebene Autos rosteten vor sich hin, und Haushaltssperrmüll türmte sich vor den Zäunen auf. Eine Gruppe Zehnjähriger kickte einen Fußball über die Straße vor mir. Als ich vorbeifuhr, hörte ich den Ball vom hinteren Kotflügel des Audi abprallen, und als ich in den

Rückspiegel schaute, standen die Kinder hinter mir auf der Straße, und ihre harten, kleinen Gesichter leuchteten vor Bosheit. Die Straße stieg zu einer T-Kreuzung mit einer breiteren Straße an. Ein Straßenschild besagte, dass dies die Mason Park Road war. Ich hatte keine Ahnung, welche Richtung ich nehmen musste, aber sie sah wie eine Hauptstraße aus, und ich bog rechts ein.

Irgendwie hatte ich mir gedacht, das Indian Mutiny würde leicht zu finden sein, sobald ich erst einmal in dem Viertel war, aber das war ein Irrtum, und ich wusste nicht, wonach ich Ausschau halten musste. Zur Linken war ein Pub, und ein paar Meter weiter schob sich eine grölende Menge über den Gehsteig. Ich hörte, wie ein Glas im Rinnstein zerbrach, und zwei Männer fingen an, ungeschickt Hiebe auszuteilen, dabei traten sie rückwärts auf die Straße, sodass ich gezwungen war, ihnen auszuweichen. Während der unbeholfene Boxkampf unter Flüchen und mit wilden Schwingern weiterging, kam ein Polizeistreifenwagen aus der entgegengesetzten Richtung. Vier Polizisten stiegen aus, und die Menge zog sich johlend ins Pub zurück. Die Polizisten folgten ihnen nicht, aber sie fuhren auch nicht gleich weiter. Einer von ihnen sah meinen Audi, musterte ihn einen Augenblick aufmerksam und kam dann auf mich zu. Ich ließ das Fenster herunter. Der Mann blieb stehen, trat ein bisschen zurück und schaute mich an. Er war stämmig, mittleren Alters und trug einen mit Reflektorstreifen versehenen Anorak. Ich konnte buchstäblich sehen, wie ihm aufging, dass das Auto neu war.

»Sind Sie sicher, dass Sie hier richtig sind, Sir?« Er nutzte seinen starken Akzent, um das »Sir« fast wie eine Beleidigung klingen zu lassen.

»Ich suche eine Gaststätte. Indian Mutiny«, sagte ich.

»Na ja, dann sind Sie wohl doch richtig.« Er legte die Hände auf die Türkante und beugte sich runter. »Hukums Laden, das Mutiny. Die erste rechts, etwa zweihundert Meter weiter.«

»Danke.«
Ich hob meine Hand, um das Fenster wieder zu schließen. Aber er blieb, wo er war, betrachtete verächtlich die teure Lederausstattung des Audi. Oder vielleicht musterte er auch mich.
»An Ihrer Stelle«, sagte er, »würde ich mir heute Abend einen Besuch bei den Pakkis verkneifen.«
»Warum denn?«
»Hören Sie einfach auf meinen Rat und fahren Sie Ihr schönes, glänzendes Auto weit weg von hier. Okay?« Er neigte als Zeichen des Abschieds den Kopf und ging davon.
Das Lokal befand sich in der Mitte einer düsteren Reihe von Geschäften, die an einen breiten Gehsteig grenzten. Ein groß gewachsener Asiate in traditioneller Kleidung und Plastiksandalen stand auf der Straße vor dem Haus, schloss die Stahlrollläden auf, die die Fenster schützten, und schob sie hoch. Ich stellte das Auto ab und stieg aus, und der Mann wandte sich um und betrachtete mich und den Wagen mit dem gleichen Gesichtsausdruck wie eben der Polizist. Er war riesig, mindestens einen ganzen Kopf größer als ich, und sein blauschwarzer Bart schimmerte im Nachmittagslicht. Als ich auf ihn zukam, um mit ihm zu reden, ging er davon, als habe er mich nicht gesehen, und machte mit seiner Arbeit weiter, ließ mich einfach auf dem Bürgersteig stehen.
»Ja? Was gibt's?« Der zweite Mann war älter und viel kleiner, ein Typ in einem speckig glänzenden Jackett, der an einen Buchhalter erinnerte. Er hatte ein rundes Gesicht und trug eine Brille mit Hornfassung, und er stand in der Tür des Restaurants und trocknete sich die Hände an einem Geschirrtuch ab.
»Sind Sie der Besitzer?«
»Ja, Hukum.«
»Ich suche Angie Carrick.«
Sein Gesichtsausdruck veränderte sich nicht, aber ich konnte sehen, dass er mich rasch von Kopf bis Fuß musterte. Ich be-

merkte, dass der große, bärtige Mann sich nicht weit entfernt hatte und an einem der Rollläden herumrüttelte und so tat, als klemme er. Hukum sagte zu mir: »Und wer sind Sie, bitte?«
»Ich bin ein Freund von ihr.«
Er schaute mich skeptisch an und warf das Geschirrtuch in die Gaststätte hinein.
Ohne nachzudenken, fügte ich hinzu: »Sie hat mich in London besucht.«
Der Bärtige war inzwischen mit den Rollläden fertig, trottete herüber und stellte sich sehr offensichtlich neben mich, über mich, hingepflanzt wie ein Baum. Hukum sagte kurz etwas in Urdu zu ihm, in einem Tonfall, in dem ein Mann etwa einen misstrauischen Hund wieder in seinen Korb schickt. Der Riese ging an uns vorbei ins Restaurant hinein. Ich bemerkte, dass er sich absolut lautlos bewegte.
»Angela ist wie eine Tochter für mich.« Hukum betrachtete mich weiter durch seine Hornbrille. Es war offensichtlich, dass ihm das, was er sah, nicht gefiel.
»Ich bin weit gefahren, um mit ihr zu sprechen. Können Sie ihr bitte sagen, dass ich hier bin?«
»Sie ist beim Wharf-Street-Kanal«, sagte er schließlich. »Kümmert sich um den alten Mann. Ihren Onkel, Mr. Stanley.«
»Wie komme ich dorthin?«
»Es ist nicht gut für sie, dass sie dorthin geht. Ich habe sie schon oft gewarnt. Aber sie ist stur.«
»Das kann ich mir vorstellen.«
»Ständig gibt es hier Schwierigkeiten. Banden und Schlägereien und Diebstähle.«
»Ich gehe und hole sie. Sagen Sie mir, wo der Kanal ist.«
Hukum traute mir nicht. Vielleicht hatte ich zu eifrig geklungen. Aber es dunkelte allmählich, und er machte sich Sorgen um das Mädchen, und am Ende gewann seine Angst um sie die Oberhand. Er wies mir kurz den Weg.
»Ich bin gleich wieder zurück.«

»Falls nicht«, sagte er zu mir, »rufe ich höchstpersönlich die Polizei.«

Der Weg führte mich quer durch das ganze Viertel. Diese Straßen hatten eine eigenartig wachsame Atmosphäre, und es waren nur sehr wenige Menschen unterwegs. Eine Frau in einem blauen Sari trieb drei Kinder vor sich her, Farbtupfer auf dem Bürgersteig, aber schon nach ein, zwei Sekunden war sie verschwunden wie ein exotischer Vogel, der die Flucht ergriffen hat. Ein alter Mann schob ein uraltes Fahrrad in eine Seiteneinfahrt und schloss das Tor hinter sich. Einige der Straßenlaternen gingen an, und plötzlich war es Abend, ein trostloser Herbstabend.

Ich bog in die Wharf Street ein. Backsteinhäuser, die direkt an der Straße standen, führten einen steilen Hang zum Kanal hinunter. Die Hälfte davon war mit Brettern vernagelt, und bei den übrigen waren sämtliche Vorderfrontfenster zerbrochen. Ich konnte nicht erkennen, ob die Häuser noch bewohnt waren oder nicht. Das Ende der Straße wurde von einer mit Obszönitäten voll gesprayten Barriere aus Wellblech versperrt. Einige der Metallplatten waren heruntergedrückt, und durch die Lücke konnte ich das Schimmern von Wasser und die Backsteinwand einer Fabrikmauer am anderen Ufer sehen.

Sie stand mit dem Rücken zu mir am Rand des Kanals, sich mit der Hand die Augen beschattend, und sie sah erst in die eine, dann in die andere Richtung. Sie trug Jeans und eine Lederjacke. Ihre Haare fielen ihr über die Schultern, und selbst von hinten sah sie jünger aus, als ich sie in Erinnerung hatte. Ich konnte aus ihrer Haltung ihre Gespanntheit ablesen. Sie hörte das Auto erst, als ich am Ende der Straße anhielt. Ich stieg aus, machte die Tür zu und drückte auf den Schlüsselknopf, um das Auto zu verriegeln. Der Autoalarm piepste, und bei diesem Geräusch fuhr sie herum, und als sie mich sah, richtete sie sich steif auf und verschränkte die Arme vor der Brust. Ich stieg durch die Lücke in dem Wellblech und auf den überwucherten

Treidelpfad. Ein kalter Wind wehte den Kanal hinunter, kräuselte die Wasseroberfläche und blies ihr durchs Haar.
»Sie hätten nicht kommen sollen«, sagte sie. »Ich wollte mich entschuldigen.«
Sie kniff den Mund zusammen. »Und?«
»Und wir müssen miteinander reden, Angie. Das wissen Sie.«
»Wie haben Sie mich gefunden?«
»Das ist jetzt nicht wichtig. Wichtig ist, dass wir miteinander reden.«
»Ich kann nicht. Lassen Sie mich in Ruhe.«
Ich trat näher an sie heran. »Angie, wer ist Barney Carrick?«
Ihr Gesicht versteinerte in dem Bemühen, den Schock zu verbergen. Der Wind blies ihr eine Haarsträhne über den Mund, und sie wischte sie zur Seite. »Sagen Sie es mir«, sagte sie. Sie zog den Reißverschluss ihrer Jacke zu, wandte sich ab, und ich fasste sie mit der Hand am Ellenbogen.
»Wer ist er, Angie? Sagen Sie mir wenigstens das.«
Sie schüttelte den Kopf und ging schnell ein paar Schritte den Treidelpfad entlang. Der Wind frischte auf. Ich sah, wie sie den Kopf einzog, um sich ihm entgegenzustemmen, und ihre Haare mit einer Hand zusammennahm.
»Ich habe deine Abwesenheit gekostet«, rief ich ihrem davoneilenden Rücken nach. »Und sie ist bitter.«
Sie blieb stehen, drehte sich langsam um und schaute mich an.
»Was ist das?«, fragte ich, als ich sie einholte. »Eine Redewendung von ihm? Einer dieser Lieblingssätze, die manche Leute gebrauchen?«
»Gehen Sie einfach weg, Michael.«
Ich zog die Zeichnung aus der Tasche und hielt sie ihr entgegen. Ihr blieb der Mund ein wenig offen stehen.
»Warum hat er Caitlin das hier geschickt?«, fragte ich.
Ein paar Sekunden stand sie sprachlos da, ihre Augen wanderten von meinem Gesicht zu der Zeichnung und wieder zurück. Es war das erste Mal, dass ich sie um Worte verlegen sah.

»Angie, ich mache Ihnen überhaupt keine Vorwürfe. Für gar nichts, was passiert ist. Ich muss es nur einfach wissen. Wer ist Barney Carrick? Ihr Mann? Ihr Exmann?«
»Er ist mein Bruder«, sagte sie leise. Ihre Augen schienen Mühe zu haben zu fokussieren. »Barney Carrick ist mein Bruder.«
»Und das?« Ich hielt die Zeichnung wieder hoch. »Was hat das zu bedeuten?«
»Sie wissen, was das bedeutet«, sagte sie.
»Okay.« Ich faltete das Papier zusammen und steckte es wieder in meine Jackentasche. »Okay.«
Auf einmal hatte sie sich wieder unter Kontrolle. »Es hat keinen Zweck, Michael. Ich kann Ihnen nicht weiterhelfen. Ich muss jetzt gehen.«
»Sie erwarten, dass ich umdrehe und nach Hause fahre, als wäre nichts passiert?«
»Es wäre das Beste.«
»Ich kann das nicht auf sich beruhen lassen, Angie. Das wissen Sie.«
Sie biss sich unentschlossen auf die Lippe. Plötzlich deutete sie mit dem ausgestreckten Arm den Treidelpfad hinunter. »Mein Onkel Stanley ist irgendwo da unten«, schrie sie, als wäre ich an der Abwesenheit ihres Onkels schuld.
»Also gehen wir und suchen ihn. Und dann können wir reden.«
»Nein, Michael«, sagte sie. »Verstehen Sie denn nicht? Ich kann nichts mit Ihnen zu tun haben.«
»Ich gehe sofort zur Polizei, wenn Sie mir nicht helfen.«
»Tun Sie das. Tun Sie, was Sie nicht lassen können, aber lassen Sie mich in Frieden.«
Sie drehte sich um und eilte auf der Kanalböschung davon. Ich wusste, dass sie mich hinter sich hergehen hörte, aber sie hielt den Kopf gesenkt und schaute sich nicht um. Der Treidelpfad führte an der Rückseite kleiner Schrebergärten voller Back-

steine und Brennnesseln vorbei. Ein Kahn lag halb versunken im Kanal, sein vor sich hin rostender Eisenrumpf von Schlamm bedeckt. Der kalte Wind schleuderte mir ein paar Regentropfen ins Gesicht, das restliche Tageslicht verblasste, und der Kanal, in dem sich der Himmel spiegelte, lag milchig da. Vor uns behinderte eine Brücke den Blick den Treidelpfad hinunter. Ich folgte Angie darunter hindurch, und als ich auf der anderen Seite herauskam, sah ich den alten Mann. Er saß auf einem Stapel Eisenbahnschwellen am Ufer und sog an einer Pfeife. Er trug einen alten gelblich braunen Mantel und eine schmutzige, flache Kappe. Er war groß und hager, hatte weißes Haar und einen weißen, von Nikotin gefleckten Schnurrbart. Ich bemerkte, dass er keine Socken anhatte.

»Du alter Schlawiner«, hörte ich Angie sagen, als sie auf ihn zuging. »Ich habe mir Sorgen um dich gemacht.«

»Wirklich, mein Mädchen?« Er schaute sie mit großen blauen Augen an.

Sie setzte sich neben ihn, hakte sich bei ihm ein, drückte verzweifelt seinen Arm und vergrub ihr Gesicht im Stoff seines Mantels, als könne sie meine Anwesenheit einfach dadurch ausradieren, dass sie mich nicht mehr sah. Ich stand verlegen da.

»Du wirst dich noch verlaufen, du alter Halunke, du!«

Er blinzelte und drehte sich, um hinüber zu den heruntergekommenen Werkstätten auf der anderen Seite des Kanals zu schauen. »Komme schon seit fast siebzig Jahren hierher, mein Mädchen. Müsste mich inzwischen wohl auskennen.« Er blickte über ihren dunklen Kopf hinweg und musterte mich, wie ich da im Regen stand. Ich hatte den Eindruck, seinem starren blauen Blick entging so gut wie gar nichts. Er klopfte seine Pfeife gegen die Schwelle aus, auf der er saß, und richtete den Pfeifenstiel auf mich, als wäre ich ein Gaul auf einem Pferdemarkt. »Wer ist denn dein piekfeiner Freund da?«

»Ich bin nicht gekommen, um irgendwelche Schwierigkeiten

zu machen«, sagte ich und hörte sogleich, wie melodramatisch das klang.
»Ach was?« Er musterte mich mit vermehrtem Interesse. »Und, weshalb sind Sie dann gekommen? Für eine Besichtigungstour?«
»Ich bin gekommen, um Sie nach Hause zu fahren«, erklärte ich. Es kam mir wie eine großartige Eingebung vor.
»Sie kommen aus London?«
»Ja. London.«
»Nun, das ist ja klasse, wirklich. Kommt der den ganzen Weg von London hierher, um einen dämpfigen alten Knacker wie mich mit dem Auto mitzunehmen.«
»Ich hatte auch andere Gründe.«
»Kann ich mir vorstellen«, sagte er.
Ich konnte seinen Blick auf mir spüren.
Angie erhob sich. »Wir sollten jetzt allmählich zurückgehen, Onkel Stanley.« Sie zog die Revers ihrer Jacke zusammen. Der Regen fiel jetzt stärker, böig angetrieben vom Wind, und die Tropfen lagen schimmernd auf ihrem dunklen Haar. Sie sah mich noch immer nicht an.
»Du wirst dich schon nicht auflösen«, erklärte Onkel Stanley ihr. »Es sei denn, du bist ganz aus Salz, wie die Frau von Lot.«
Ich nahm an, dass Onkel Stanley ein Mann war, den man nicht so leicht zur Eile antreiben konnte.
Er deutete auf den Kanal. »Es sind die Frösche«, verkündete er. »Wegen denen komm ich hauptsächlich her.«
Ich folgte der Linie seines ausgestreckten Arms. Der Regen fiel auf das Wasser, als träfe er auf Zinn. Die Räder eines versunkenen Einkaufswagens ragten über die Oberfläche. In seinem Gitter hatte sich voll gesogener Müll gefangen – Styroporstücke, Plastikflaschen, Bierdosen und Essensverpackungen.
»Fabriken kommen und gehen«, sagte Stanley gerade. »Die Schraubenfabrik und die Drahtziehwerkstatt und die Senk-

schmiede. Aber Frösche? Frösche kommen jedes Jahr wieder, als sei nichts passiert. Dieser Kanal ist 1798 gebaut worden. Weißt du das? Es müssen also Frösche hier drin sein, die über zweihundert Jahre alt sind. Und das ist für einen Frosch ein ordentliches Alter.« Er überlegte. »Können die so alt werden?« Er schaute auf seine Pfeife, als sei er überrascht, sie da in seiner Hand zu sehen, und steckte sie in seine Tasche. »Aber vielleicht blicke ich wieder mal nicht ganz durch.«

Angie beugte sich runter und fasste ihn am Arm. »Komm schon, Onkel Stanley. Komm, wir gehen jetzt nach Hause. Wir sollten um diese Zeit nicht mehr draußen sein. Es ist hier unten nicht mehr sicher.«

Sie half ihm auf die Beine, und wir gingen in seinem langsamen, schlurfenden Tempo vielleicht zehn Meter den Weg zurück, den wir gekommen waren. Dann blieb der alte Mann stehen, wandte sich um und blickte auf das träge Wasser und die verfallenden Gebäude auf der anderen Seite, wo er vor einem halben Jahrhundert oder mehr gearbeitet haben musste.

»In Peru kriegen sie die Sache besser hin«, sagte er und schüttelte den Kopf.

»In Peru?«, fragte Angie. Sie war ungeduldig, aber sie ging auf ihn ein. »Wie kriegen sie die Sache in Peru denn hin, Onkel Stanley?«

»Ich weiß nicht, mein Mädchen. Aber ich wette, dass sie es verdammt besser hinkriegen als hier.«

Ich ließ sie weitergehen und folgte ihnen dann mit ein paar Schritten Abstand über den dunkler werdenden Treidelpfad, durch die Lücke im Wellblech und die Straße hinauf. Als wir uns dem Auto näherten, ging ich voraus, entriegelte es, hielt die hintere Tür auf und stellte mich ihnen in den Weg. Angie kam ganz nah an mich heran.

»Warum hören Sie nicht endlich zu, Michael?«, zischte sie. »Wir wollen Sie nicht hier haben. Wir wollen Ihre Hilfe nicht.«

»Du kannst ja laufen, wenn du willst, Mädchen«, sagte Onkel

Stanley, und bevor sie ihn aufhalten konnte, schob er sich auf die Rückbank. »Inzwischen pisst es nämlich ganz ordentlich.«
Ich half ihm beim Anschnallen. Ich ertappte Angie, wie sie mich dabei beobachtete, doch bis ich hinter dem Lenkrad saß, war sie schon auf dem Beifahrersitz, dicht an die Tür gekauert mit abgewandtem Gesicht. Ich startete den Motor.
»Hübscher Wagen«, stellte Onkel Stanley in der gespannten Stille fest, während wir losfuhren. Ich spürte, dass er ein bisschen auf dem Polster auf und ab wippte. »Ein Super Snipe, nicht wahr?«
»Ein was?« Ich warf im Rückspiegel einen Blick auf den alten Mann. Er streichelte das Leder. Er schien die Fahrt zu genießen.
»Ein Super Snipe. Monty hatte einen Super Snipe in Tobruk.«
»Onkel Stanley, bitte, fang nicht wieder damit an!«, sagte Angie in scharfem Ton.
»Wunderbare Räder, der Super Snipe«, schwärmte Onkel Stanley.
»Es ist kein Super Snipe«, sagte ich.
»Die von Monty waren alle mit Tarnfarbe bemalt«, fuhr Onkel Stanley nach kurzer Zeit fort. »Sein Super Snipe jedenfalls. Sah richtig klasse aus in Tarnfarbe, wirklich.«
»Es ist kein Super Snipe«, wiederholte ich lauter.
»Nicht?« Wieder der unschuldige Blick im Rückspiegel.
»Nein. Es ist ein Audi.«
»Ach?« Onkel Stanley schaute sich mit gesteigertem Interesse um. »Ein Ausländer also?«
Ich hielt vor der Eingangstür des Lokals. Die Fenster waren beleuchtet, und ich konnte sehen, dass sich die Gaststätte bereits füllte. Angie stieg wortlos aus und öffnete die hintere Autotür, half dem alten Mann beim Aussteigen, nahm ihn am Arm und führte ihn eilig in das Lokal. Auf der Schwelle fuhr sie herum und sah mich an.

»Sie folgen mir jetzt nicht hier hinein, Michael! Ich warne Sie. Das gibt sonst Ärger.«
Sie wartete nicht auf meinen Einwand, sondern marschierte ins Lokal und schob Onkel Stanley zwischen den Tischen durch, einen Gang neben der Theke entlang und durch eine Tür, die in die Küche zu führen schien. Ich folgte ihr trotzdem. Der Raum war lang und dunkel und roch nach Zwiebeln und scharfen Gewürzen. Es war ein ziemlich schäbiges kleines Lokal, das eine Mitnahmetheke besaß und ein Durcheinander von Tischen, bedeckt mit weißen, safranbefleckten Tüchern, aber die Wandleuchten mit ihrem weichen Licht und die Sitar-Musik vom Tonband machten es gemütlich und im Vergleich zu der trostlosen Straße sogar heimelig.
Es war schon halb voll, und es wurde laut in Urdu, Gujarati und Englisch gesprochen. Am anderen Ende des Raums servierte Hukum in einem speckigen schwarzen Anzug an einem Tisch von einem Rollwagen, der voll beladen war mit kleinen Metallschüsseln. Er schaute zu mir herüber, als ich in der Tür stand. Ich konnte von seinem Gesicht das gleiche Misstrauen ablesen wie zuvor. Eilig ging ich durch den Raum in die Richtung, die Angie genommen hatte, aber aus dem Augenwinkel bekam ich eine Bewegung von Hukum mit – vielleicht ein Signal –, und ein junger asiatischer Kellner stellte sich mir in den Weg.
»Sie will nicht mit dir reden, mein Freund«, sagte er mit breitem Yorkshire-Akzent. Er hatte einen rasierten Kopf und ein streitlustiges Grinsen im Gesicht. »An deiner Stelle würde ich verduften, solange ich noch kann.«
Ich trat einen Schritt vor, und er legte die Hand flach auf meine Brust. Er war ein gutes Stück kleiner als ich, aber kräftig gebaut. Durch seine Handfläche konnte ich seine Aggressivität spüren wie Elektrizität. Ich rief über seinen Kopf hinweg: »Angie!« Augenblicklich wurde es still im Raum. »Angie, Sie müssen mit mir reden! Sie wissen, dass Sie das müssen.«

»Keiner mag einen schlechten Verlierer, Kumpel«, sagte der Kellner und schubste mich ein bisschen, »also bleib einfach nett und friedlich. Okay?«

Ich trat vor, rempelte ihn an, sodass er rückwärts gegen einen Tisch stolperte. Ich war überrascht, wie einfach er umzustoßen war. Geschirr klirrte, ein Glas zerbrach, eine Frau kreischte auf, und hinter mir entstand eine verwirrte Hektik. Ich rief noch einmal: »Angie!«

Beinahe war ich an der Tür angelangt, durch die sie verschwunden war. Es war ein Bullauge darin, durch das ich eine dampfende Küche und Männer in weißen Schürzen und Mützen sehen konnte, die in meine Richtung, in Richtung des Lärms starrten. Der Kellner fand sein Gleichgewicht wieder, packte mich am Arm und schubste mich erneut, und es kam zu einem Handgemenge und empörten Schreien, und einem anderen gelang es, von hinten mein Jackett zu fassen. Ich streckte meine Hand nach der Tür, aber bevor ich sie berühren konnte, wurde das Bullauge auf einmal dunkel, und die Tür flog krachend auf, und der bärtige Hüne, den ich zuvor schon gesehen hatte, duckte sich hindurch, packte mich an der Schulter, drehte mich um und schob mich energisch durch das ganze Lokal.

Ich prallte gegen einen nicht besetzten Tisch und ging zwischen den Stühlen und klapperndem Geschirr in die Knie. Ich konnte Hukum mit hoher Stimme etwas auf Urdu schreien hören, vielleicht sagte er mir, ich solle verschwinden, oder aber er befahl seinen Leuten, sich zurückzuhalten. Ich rappelte mich auf, doch bevor ich richtig auf die Füße kam, spürte ich, dass ich von hinten wie ein Sack angehoben wurde, und vor mir ging die Eingangstür auf, und ich segelte mühelos hindurch. Ich knallte so hart gegen die Seite des Audi, dass es mir den Atem verschlug und ich an der Autotür zusammensackte und auf den nassen Bürgersteig rutschte und dort einen Augenblick wie ein Fisch nach Luft schnappend kauerte. Der

Riese stand mit verschränkten Armen und ausdruckslosem Gesicht in der Tür. Gesichter drängten sich am Fenster des Restaurants.

Ich setzte mich auf und lehnte mich gegen das Auto. Der Atem pfiff durch meine Kehle. Der junge Kellner duckte sich unter dem Ellenbogen des Riesen durch, kam auf die Straße und stand vor mir. Bevor ich die Kraft fand, mich zu bewegen, trat er mir in die Rippen, nicht allzu fest, fast wie zur Probe.

»Hab dich gewarnt, Kumpel«, sagte er. »Du wolltest ja nicht hören.«

Er versetzte mir noch einen Tritt, dieses Mal fester, sodass ich zur Seite kippte und flach auf den kalten Pflastersteinen lag und mich unbeteiligt fragte, wie fest wohl der nächste Tritt sein und wo er mich treffen würde.

Ich hörte das Klappern eiliger Schritte und dann wieder Hukums Stimme, wie er den Kellner wütend ausschimpfte. Während dieser Schonfrist löste sich etwas in mir, und ich konnte einen halben Atemzug nehmen. Der Kellner protestierte, und das veranlasste Hukum zu einer weiteren Schimpfkanonade, und schon nach einer Sekunde stritten sie heftig miteinander, Hukum wütend, der Kellner unwirsch und verärgert.

Ich holte noch einmal Luft. Ich fühlte mich benommen und fern von allem. Jetzt konnte ich in meinem Gesichtsfeld immerhin ihre Füße sehen, die dick besohlten Stiefel des Kellners, Hukums abgenützte schwarze Schnürschuhe und die blauen Plastiksandalen des bärtigen Riesen, in denen gewaltige Füße mit verhornten Zehennägeln steckten. Im Plastik der Sandalen waren Glitzerstückchen eingelassen, und sie kamen mir bemerkenswert hübsch vor. Ein Paar Turnschuhe erschien auf der Schwelle und kam leichtfüßig auf die Straße, und die Streiterei hörte augenblicklich auf. Die Turnschuhe blieben vor mir stehen.

»Seid ihr alle total verrückt geworden?«, fragte Angie. »Was glaubt ihr denn eigentlich, was ihr da macht?«

»Der Kerl hat Ärger gemacht«, erklärte Hukum. »Das ist unbestreitbar.«
»Deshalb habt ihr ihn zusammengeschlagen?«
»Ich bedaure den Einsatz von Gewalt«, räumte Hukum majestätisch ein, »aber ich glaube nicht, dass der Unruhestifter ernsthaft verletzt ist.«
»Geht rein, alle!«, befahl sie.
Hukum sagte: »Angela, ich empfehle dir …«
»Geht einfach rein, ja?« Und als sie noch immer zögerten, fügte sie etwas leiser hinzu: »Ich glaube nicht, dass er noch eine große Gefahr darstellt, oder?«
»Trotzdem«, antwortete Hukum, »Big Iqbal bleibt da.«
Hukum und der junge Kellner stapften hintereinander ins Restaurant zurück, und während sie hineingingen, flammte ihr Streit wieder auf. Ich schob mich in sitzende Haltung, mit dem Rücken gegen das Auto gelehnt, endlich wieder in der Lage, beinahe normal zu atmen. Big Iqbal stand wie früher der Indianer vor Zigarrengeschäften in der Tür, die Arme noch immer verschränkt, in die Ferne starrend.
»Ich habe Ihnen doch gesagt, dass Sie mich in Ruhe lassen sollen, Michael! Ich habe Sie gewarnt.« Angie hockte sich vor mich. Ihre Stimme nahm einen anderen Tonfall an. »Fehlt Ihnen was?«
Ich konnte nicht gleich antworten. Ich kam mir kindisch und gedemütigt vor.
»Brauchen Sie einen Arzt?«
Da fand ich endlich meine Stimme wieder. »Verdammt, ich bin selbst Arzt. Was ich brauche, ist, dass Sie mit mir reden.«
Sie schüttelte den Kopf. »Sie geben wohl nie auf, was?«
»Würden Sie das tun?«
Ich fing an, mich, an die Seite des Autos stützend, aufzurappeln. Eine meiner Rippen schmerzte etwas, aber ich merkte zu meiner Überraschung, dass nicht viel passiert war. Sie nahm mich am Arm und half mir beim Aufstehen. Vielleicht erin-

nerte sie diese kleine Geste an das letzte Mal, als wir uns begegnet waren, als die Rollen umgekehrt waren, und vielleicht war es das, was ihren Entschluss herbeiführte. Sie ließ meinen Arm los und trat einen Schritt zurück.

»Hier können wir nicht miteinander reden«, sagte sie.

»Wo dann?«

»Können Sie fahren?«

»Natürlich kann ich fahren.« Ich klopfte den Staub von meinen Kleidern und versuchte, eine gewisse Würde zurückzugewinnen. Ich ging um das Auto herum und stellte fest, dass ich erstaunlich sicher auf den Beinen war. »Steigen Sie ein«, sagte ich zu ihr und setzte mich hinters Lenkrad. Sie glitt auf den Beifahrersitz neben mich, und ich ließ den Motor an. Ich sagte: »Wo soll's hingehen?«

»Zu mir nach Hause. Nach Leeds. Dort haben wir Ruhe.« Sie ließ den Gurt einrasten. »Runter bis zur Ecke und dann rechts.«

Ich tat, was sie mir sagte. Die vertrauten Abläufe des Fahrens beruhigten mich, und ihren Anweisungen folgend, fuhr ich aus dem Viertel heraus und eine Hauptstraße entlang und dann auf eine kerzengerade, wie eine Flughafenrollbahn beleuchtete Autobahn. Die grün-weißen Schilder sagten mir, dass es zehn Kilometer bis Leeds waren. Ich stellte fest, dass meine Handballen, mit denen ich auf dem Pflaster aufgeschlagen war, aufgeschürft waren. Das hatte ich zuvor nicht bemerkt, aber jetzt klebten sie am Lenkrad und taten weh, wenn ich sie bewegte. Ich nahm abwechselnd eine Hand nach der anderen vom Steuer, schloss und öffnete sie mehrmals, blies zur Kühlung darauf, und Angie bemerkte es, sagte aber nichts dazu.

»Wie haben Sie mich gefunden?«, fragte sie schließlich.

»Ihr Bruder hat seine Adresse im Zentrum hinterlassen.«

»Dummkopf.« Sie starrte aus dem Fenster in die Nacht. »Wir sind beide viel bei Hukum gewesen, als wir klein waren. Barney hat sich oft einen Spaß daraus gemacht und behauptet, dass er dort wohnt.« Sie klappte den Kasten der Armstütze auf, sah meine CDs durch, wählte eine aus und hielt sie hoch. »Ist die gut?«

Ich schaute kurz hinüber. »Das ist Vivaldi.«

»Ich kann lesen«, sagte sie. »Ist sie gut?«

»Klar.«

Sie schob die CD in den Player und machte es sich mit geschlossenen Augen bequem, während die Musik das Auto erfüllte. Ich blickte kurz zu ihr hinüber und sah, wie die Autobahnlichter über ihre ausgeprägten Gesichtszüge huschten. Ich fuhr schweigend weiter. Aber kurze Zeit später schaute ich wieder hinüber, und dieses Mal schlug sie die Augen auf.

»Hier links und unter dem Viadukt durch«, sagte sie.

»Folgen Sie den Schildern in die Stadt, dann erklär ich Ihnen, wie's weitergeht.«

Sie dirigierte mich auf die Ringstraße von Leeds, dann ließ sie mich bei einem Verkehrskreisel abbiegen und durch ein Gewirr von Vorstadtstraßen fahren. Schließlich hielten wir an einer steilen Straße in Kirkstall, die von großen, gepflegten Altbauten gesäumt war. Selbst im gelben Schein der Straßenlampen sahen die Häuser aus, als seien sie erst kürzlich renoviert worden. Wir stiegen aus und gingen eine Steintreppe, gesäumt von Büschen, hinauf. Eine sensorgesteuerte Lampe sprang an, und die Zweige wirkten im Scheinwerferlicht wie schwarze Klauen.

Der Flur war neonbeleuchtet, und ein Überwachungsmonitor blinkte in der Ecke. Ich folgte ihr vier teppichbelegte Treppen hinauf, und sie öffnete eine Tür, führte mich hinein und weiter ins Wohnzimmer. Es war eine schön ausgebaute Dachwohnung, offen und luftig, mit großen Fenstern zur Rückseite, die auf die schwarze Leere eines Parks und die in der kalten Luft zitternden Lichter der Stadt dahinter hinausgingen. Ich schaute mich um. Das Apartment war frisch und sauber und neu eingerichtet. Die Möbel waren skandinavisch, die Art von praktischen Kiefernsachen, die in flachen Paketen geliefert werden. Unter einem Dachfenster stand ein Schreibtisch mit einem Computer und einer weißen Gelenklampe darauf und eine Sammlung von CDs und Lehrbüchern der Fernuniversität auf einem Regal darüber. Ein übervolles Bücherregal nahm eine ganze Wand des Zimmers ein, und noch mehr Bücher waren auf dem Boden aufgestapelt. Eine Mini-Stereoanlage stand in einem Schrankelement aus hellem Holz, und vier Lautsprecher waren hoch oben in den Zimmerecken angebracht. Ein einzelner Lehnsessel stand unter einer einfachen Chromlampe, daneben türmte sich ein Haufen Papiere, Dokumente, die mit farbigen Textmarkern angestrichen waren, Hefter mit Zeitungsausschnitten, Briefe mit amtlichen Briefköpfen.

Sie sagte beiläufig über die Schulter hinweg: »Ich habe keine Besucher.«

Keine nähere Bestimmung. Kein »nicht sehr häufig« oder »nicht viele«. Sie hatte einfach keine Besucher.

Ein dicker Bericht irgendwelcher Art lag auf dem Boden zu meinen Füßen neben dem Sessel. Ich schob ihn mit der Fußspitze an, während sie mir den Rücken zudrehte, ihre Tasche abstellte und ihre Jacke auszog. Ich konnte nicht sehen, was auf dem Deckblatt stand, ohne mich zu bücken und ihn aufzuheben, und ich wollte nicht derart neugierig erscheinen. Aber ich war dennoch neugierig. Vielleicht hatte sie das Rascheln des Papiers gehört, als ich es bewegte.

»Ich arbeite in der Wohnungsbranche«, sagte sie. Sie kam herüber und stellte sich vor mich. »Sie kämen wohl kaum darauf, wenn Sie sich diese Müllkippe hier anschauen. Aber so ist es ja meistens, die Kinder des Flickschusters haben immer kaputte Schuhe, hm?«

Sie nahm meine beiden Handgelenke, drehte meine Hände um und untersuchte die abgeschürften Ballen. »Big Iqbal ist so besorgt um mich. Aber ich wusste nicht, dass er handgreiflich werden würde.«

»Macht nichts.«
»Das Bad ist da hinten. Gehen Sie und waschen Sie das aus, ich werde gleich etwas dafür finden.«
Ich tat wie geheißen, stand an dem kleinen Waschbecken, pickte den Straßenschmutz heraus und rieb an den Abschürfungen, dass sie wehtaten. Schon einen Augenblick später kam sie herein und nahm ganz geschäftsmäßig jeweils eine meiner Hände, trocknete sie ab und verteilte ein wenig antiseptische Salbe darauf. Das brachte ihren gesenkten Kopf meinem Gesicht sehr nahe.
»Die bleiben besser offen«, sagte sie.
»Ja, ich weiß.«
Sie schaute zu mir auf. »Also Sie können das ja verdammt noch mal selbst machen, Doktor, wenn Ihnen das lieber ist.« Aber sie sagte es ohne Groll, und bald machte sie sich wieder an die Arbeit, und ich war froh darüber.
Schließlich richtete sie sich auf und schob sich die Haare aus dem Gesicht.
Ich sagte: »Danke.«
Ich dachte, sie würde den Raum verlassen, aber sie ließ meine Hände nicht gleich los und stand stattdessen da, hielt sie fest, als brächte die Berührung sie gleich dazu, noch etwas zu sagen. Aber der Augenblick ging vorbei. Sie sagte: »Ich setze mal Kaffee auf«, ließ meine Hände los und ging aus dem Bad.
Ich folgte ihr ins Wohnzimmer. Sie ging weiter in die Küche, und ich hörte, dass sie dort die Kaffeemaschine füllte. Beiläufig schaute ich mir die Bücher in ihrem Regal an. Ein paar dicke Lehrbücher über Genderproblematik, Globalisierung und Soziologie. Aber auch Martin Amis, Vikram Seth und Sebastian Faulks. Ich ging hinüber und besah mir das dreiteilige Regal voll CDs. Ich hatte nie viel Zeit für Pop-Musik gehabt, und viele der Künstler kannte ich nicht, aber ich sah, dass sie einen Abschnitt für Klassik reserviert hatte. Ich zählte drei Vivaldi-CDs und vier von Mozart, darunter das Klarinettenkonzert.

Ich ertappte mich dabei, dass ich über diese Entdeckung schmunzelte.

Ich rief in die Küche: »Wohnungen? Sind Sie Maklerin oder so etwas?«

»Nicht gerade.« Sie schenkte den Kaffee ein, hatte mir den Rücken zugewandt. »Ich arbeite für die Stadtentwicklungsagentur von Leeds. Oder zumindest erstatte ich denen Bericht.«

»Und was tun Sie da?«

»Ich arbeite am Mason-Park-Sanierungsprojekt. Wir sollen das ganze Viertel umkrempeln. Es ist ein Gebiet, um das selbst die Polizei einen Bogen macht, und man braucht, wenn man nicht Anwohner ist, quasi ein Visum, um dort reinzukommen. Deshalb sollte es nicht mehr als ein Jahrhundert dauern, bis man es wieder für Menschen bewohnbar gemacht hat. Wissen Sie, wie man es in der Agentur nennt? Die Kloschüssel. Wenn das keine Herausforderung ist.«

»Und Sie arbeiten in dem Team mit?«

»Ich leite es. Ich bin die Teamleiterin.«

»Oh.« Ich blickte sie an, als sie mit den Kaffeebechern hereinkam. Ich konnte sehen, dass sie sich freute, mich überrascht zu haben.

»Es ist nicht gerade Microsoft, Michael. Trotzdem, es ist mehr, als Sie von einem Flittchen ohne Titten aus dem Norden mit entsprechendem Akzent erwartet haben. Stimmt's?«

Ich antwortete nicht.

Sie nickte in Richtung Sessel und stellte den Kaffee auf ein Tischchen daneben. Ich setzte mich. Sie warf mir einen ironischen Blick zu und deutete mit dem Daumen zum Fenster, hinaus auf das verfallende Viertel, durch das wir gekommen waren. »Wir sind dort drüben in Mason Park aufgewachsen, ich und Barney. Aber obwohl er weg ist, bin ich diejenige, die entkommen ist. Mehr oder weniger.«

Ich nahm meinen Becher. Er war in leuchtenden Farben mit Blumen handbemalt. Das hatte ich nicht erwartet. Kaffee in einem hübschen Becher. Die sauberen Geräusche und Gerüche häuslichen Lebens. Das helle, nach Arbeit aussehende Zimmer. Und auch Angie Carrick entsprach nicht dem, was ich erwartet hatte. Sie stellte ihren Becher auf die Kacheln vor dem Kamin, kniete sich auf den Teppich, hockte sich auf die Fersen und hielt sich die langen Haare zurück, während sie das Gas anstellte. Es entzündete sich mit einem sanften Plop und tauchte die eine Seite ihres Gesichts in magentafarbenes Licht. Sie hielt ihren Becher mit beiden Händen und schaute zu mir auf.

Ich sagte: »Vielleicht ist das jetzt genug der Familienidylle.«

Sie zog die Augenbrauen hoch, nippte an ihrem Kaffee und beobachtete mich dabei über den Rand ihres Bechers hinweg. »Schießen Sie los«, sagte sie.

»Sie waren ein Liebespaar, nicht wahr? Caitlin und Ihr Bruder.«

»Ja«, antwortete sie. »Ich nehme an, dass Sie das verletzt. Tut mir Leid.«

Ich hielt meine Stimme unter Kontrolle. »Sie wissen, dass ich das der Polizei mitteilen muss.«

»Michael, Sex mit der Frau eines anderen zu haben, verstößt noch nicht gegen das Gesetz.«

»Mord schon.«

»Haben Sie sich das wirklich eingeredet?« Sie schüttelte den Kopf.

»Angie, lassen Sie uns hier keine Spielchen spielen.«

»Bloß weil er ihr eine kleine Zeichnung mit einem kleinen Zitat auf der Rückseite geschickt hat?«

»Nicht nur deshalb.«

»Was denn noch?«

»Ihr Aufkreuzen bei mir zu Hause mit einer Unmenge von Fragen und einer idiotischen Geschichte, Sie seien eine Freundin von ihr.«

»Ich habe nicht gern gelogen. Ich hasse Lügen.« Sie stockte.

»Schauen Sie, Michael, ich kann mir nicht einmal vorstellen, wie verletzt und wütend Sie sein müssen. Wie sehr Sie jemanden brauchen, dem Sie die Schuld zuschieben können. Mir würde es auch so gehen. Aber nicht einmal die Londoner Bullen buchten jemanden mit Beweisen wie diesen wegen Mordes ein.«

»Sie werden wissen wollen, wo er ist. Ich übrigens auch.«

»Michael, was hätten Sie getan, wenn Sie ihn heute Abend gefunden hätten? Ihn selbst festgenommen? Das hätte ich Ihnen nicht geraten.« Sie legte die Hände in den Schoß. »Die Wahrheit ist jedenfalls, dass ich nicht weiß, wo Barney jetzt gerade ist.«

»Er ist verschwunden? Wann?«

»Das habe ich nicht gesagt. Ich sagte, dass ich nicht weiß, wo er ist, und das ist nichts Neues. Er arbeitet häufig im Ausland.« Sie bemerkte meine Verwunderung. »Er ist Soldat. So was Ähnliches. Ein Glücksritter, so hat er sich selbst genannt.«

»Sie meinen, er ist Söldner?«

»Dieses Wort gebraucht er nicht.«

»Das kann ich mir vorstellen.«

»Sie halten ihn für einen ignoranten Schlägertypen, nicht wahr?«, fuhr sie mich an. »Einen Zurückgebliebenen, der nicht einmal lesen und schreiben kann. Aber Barney ist alles andere als das. Er ist als Soldat ausgezeichnet worden, mit Tapferkeitsmedaillen. Er war sechs Jahre bei den Fallschirmjägern, im Kosovo und Afghanistan und in anderen Ländern, von denen ich nicht einmal wusste, dass es sie überhaupt gibt. Er war Sergeant.«

Ich konnte mir ihre Entrüstung nicht recht erklären. Ich fühlte mich so wie ein paar Abende zuvor auf meiner Türschwelle, als sie sich an mir vorbei in mein Haus gedrängt hatte. Widerstand war ich nicht gewöhnt, und ich wusste nicht, wie damit umzugehen.

»Angie, es wäre für alle besser, wenn Sie das der Polizei selbst erzählen würden. Ihnen alles sagen würden, was Sie wissen. Ihr Bruder ist in Schwierigkeiten …«

»Falls er das ist«, sagte sie, »können Sie von mir nicht erwarten, dass ich ihn noch weiter hineinreite.«

»Dann muss ich es tun.«

»Nur zu«, schnauzte sie, weil sie allmählich die Geduld verlor, »falls Sie so verdammt sicher sind, dass dabei etwas herauskommt. Aber ich sage Ihnen gleich, dass das nichts bringt – es werden mehr als ein paar Londoner Bobbys nötig sein, um Barney aufzustöbern. Er ist ausgebildet. Verdammt gut ausgebildet. Es gibt nur einen Menschen, der ihn finden kann, und das bin ich. Und das auch nur, wenn er mich lässt.«

»Angie, wenn er sich nichts hat zuschulden kommen lassen, warum versteckt er sich dann?«

»Weil Leute wie Sie nun einmal denken, wie Sie denken«, antwortete sie, »und Leute wie er keine andere Wahl haben.«

Sie rührte sich nicht, als ich aufstand. Sie blieb vor dem Feuer sitzen und starrte wütend zu mir hoch. Sie war von Schatten umrahmt wie eine Frau auf einem Ölgemälde, der Schein des Gasfeuers betonte rot die Linie ihres Kiefers und fiel wie ein weißes Halstuch über ihr T-Shirt.

»Catey war schwanger«, sagte ich.

Ihr Mund ging auf, und sie machte ihn wieder zu.

Ich sagte: »Ich habe sie geliebt. Ich muss es wissen. Ich muss es verstehen.«

»Von einem Kind habe ich nichts gewusst.« Sie sah mich an. »Aber auch er hat sie geliebt, Michael. Sie wirklich geliebt. Es war nicht, wie Sie denken.«

»Woher wollen Sie wissen, wie es war?«

»Weil ich Barney kenne. Wie sonst niemand. Niemand auf der ganzen Welt.« Sie stand auf und sah mich an. »Ich hab die Antworten nicht, die Sie suchen, Michael. Aber ich weiß, dass er ihr nie wehgetan hätte, das schwöre ich Ihnen. Es ist das Letzte, was er getan hätte.« Ich machte ein abschätziges Geräusch, und sie trat ganz nahe an mich heran, berührte mich fast. »Er hatte diese Art mit Frauen, diese fürsorgliche Art. Das kam durch die Art und Weise, wie wir aufgewachsen sind, er und ich.« Sie sah, dass ich ihr nicht glaubte. »Das würden Sie nicht verstehen. Das ist nicht Ihre Schuld, aber mit all dem, was Sie in Ihrem Leben gehabt haben, würden Sie es nicht verstehen.«

Ich wollte gehen. Ich hätte mich an ihr vorbeidrängen können, aber ich brachte es nicht über mich, und in dem Augenblick, während ich noch zögerte, schien ihr eine Idee zu kommen. Sie sagte: »Warten Sie!«, und ging durch den Raum, öffnete die Tür zum Schlafzimmer, kam mit einer gerahmten Fotografie zurück und streckte sie mir hin. »Das ist er. Das ist Barney. Das Foto ist schon etwas älter, aber das ist Barney.«

Das Bild zeigte einen dunkelhaarigen jungen Mann von neunzehn oder zwanzig mit einem offenen, lachenden Gesicht. Vielleicht hatte sie den Eindruck vorhergesehen, den das Foto auf mich machen würde, denn noch bevor ich den Gedanken verdrängen konnte, schoss mir durch den Kopf, dass ich ihn mögen würde, dass er kompetent, intelligent und humorvoll wäre, jemand, den ich gern in meinem Team hätte. Und noch etwas, etwas, was sie nicht hatte voraussehen können. Er trug Jeans und ein Jeanshemd, lehnte sich gegen den Kotflügel eines Geländewagens, im Hintergrund ein exotisches Gebäude, vielleicht eine Moschee. Und harte schwarze Schatten auf dem Staub zu seinen Füßen. Das Bild ähnelte ganz verblüffend dem Foto von meinem Vater, das an jenem Nachmittag auf Anthonys Tisch gestanden hatte – die Sonnenfältchen, die lässige Pose, die ganze in sich selbst ruhende Haltung.

Dieses Wiedererkennen brachte mich einen Augenblick aus der Fassung. Das Gesicht auf dem Foto hätte nicht attraktiv, lachend und offen sein dürfen. Genau wie dieses Zimmer nicht so schön und so nach Arbeit hätte aussehen dürfen. Das Bild hätte dem meines Vaters nicht ähneln dürfen. Ich drehte es in den Händen, und dabei streiften meine Finger mehrere Abzüge, die hinten in den Rahmen gesteckt waren. Ich warf einen verstohlenen Blick auf Schnappschüsse von hellem Himmel und Gruppen von Männern in Khaki. Ich gab ihr das Porträt zurück, und als sie sich abwandte, um es selbst zu betrachten, steckte ich die übrigen Abzüge in meine Jackentasche.

»Er ist ein guter Mensch«, sagte sie. »Barney ist kein Heiliger, aber er ist ein guter Mensch.«

»Solche Sachen passieren, Angie«, sagte ich schließlich. »Ich hab so etwas selbst miterlebt. Leute, die vielleicht ganz normal waren, ja sogar anständige Leute. Irgendetwas hakt aus.«

»Nicht bei Barney.«

»Irgendetwas löst es aus. Ich weiß nicht, was. Ich bin kein Psychiater. Ich werde es der Polizei überlassen, das herauszufinden. Das sollten wir beide.«

Ich ging an ihr vorbei durchs Zimmer.

»Sie haben ihn schon verurteilt«, sagte sie zu meinem Rücken, während sie mir folgte. »Dabei kennen Sie ihn gar nicht. Sie wissen überhaupt nichts über ihn. Aber irgendjemand ist in das Schloss eingedrungen und hat die schöne Prinzessin umgebracht, und jetzt muss einer dafür bezahlen.«

Als ich an der Tür angekommen war, drehte ich mich zu ihr um. »So ist es nicht.«

»O doch. Irgendein armer Teufel muss dafür hängen. Und im Grunde genommen spielt es keine große Rolle, welchen Bauern Sie sich herauspicken. Hab ich nicht Recht?«

Mir gingen die Bilder mit dem Gesicht ihres Bruders nicht mehr aus dem Kopf – lächelnd, hoffnungsvoll und mit dieser Ihr-könnt-mich-alle-mal-Miene. Ich konnte die Fotos in meiner Tasche rascheln hören. Ich dachte: Kein Wunder, dass sie ihn liebt, die Abwechslung und Unbeständigkeit seines Lebens, sein sorgloses, attraktives Aussehen, sein Selbstvertrauen. Und das, obwohl sie in dieser Gegend aufgewachsen sind. Kein Wunder, dass sie ihn dermaßen liebt! Ich sah ihr in die Augen. Sie waren klar und dunkel. Sie war gespannt und beherrscht wie ein Panther. Ich griff an ihr vorbei, öffnete die Tür und trat auf den Flur hinaus. Als ich mich umdrehte, um die Tür hinter mir zuzuziehen, konnte ich sie dort eingerahmt stehen sehen, das Gesicht vorgereckt, die Augen funkelnd. Ich hatte Mitleid mit ihr, weil sie gezwungen war, ihren hübschen, verkommenen Bruder zu verteidigen, gezwungen, diese unmögliche Haltung einzunehmen. Es war das erste Mal, dass ich mit Angie Mitleid hatte. Und vielleicht las sie das in meinem Gesicht, denn in diesem Augenblick straffte sie die Schultern, und ihre Augen wurden hart.

»Hilflose junge Damen törnen dich an, nicht wahr, Michael?«, sagte sie. »Verpiss dich lieber und such woanders nach einer.«

19

Ich fuhr von Angies Haus den Straßenschildern nach in Richtung Autobahn. Meine Rippen taten mir weh, und ich wusste, dass ich mir für die Nacht am besten ein Hotel suchen sollte, aber ich fühlte mich angeschlagen und überwach. Ich fuhr nach London zurück, und der Regen schnitt durch die Lichtkegel der Scheinwerfer.

Ich stellte das Auto in die Garage und kam durch die Hintertür ins Haus, dankbar, dass ich die Heizung angelassen hatte. Ich machte im Erdgeschoss sämtliche Lichter an. Im Kühlschrank fand ich die Reste von Stellas Lebensmitteln – etwas Schinken und Käse und ein schon etwas älteres Brötchen – und aß sie am Küchenfenster stehend. Der Wind frischte auf, ein starker Wind, der Schneeregen wie Kieselsteinchen gegen das Fenster schleuderte. Ich ging zum Kühlschrank zurück und holte die Weinflasche heraus, die Stella dagelassen hatte, und schenkte mir ein Glas ein. Ich trug es ins Esszimmer und setzte mich an den Tisch und zog die Fotos aus meiner Tasche. Im Haus war es ganz still, und der Wind draußen ließ es noch stiller erscheinen.

Im Licht der Lampe über dem Tisch wirkten die Farben der Abzüge noch greller. Es waren sieben Aufnahmen, sechs von Männern in Uniform und eine seltsame, die wie ein schlechter Urlaubsschnappschuss von Angie und Barney Carrick aussah. Ich legte dieses Bild zur Seite. Die anderen sechs waren offenkundig in zwei verschiedenen Ländern oder zumindest zu verschiedenen Jahreszeiten aufgenommen worden. Auf vier der Fotos trugen die Soldaten grüne Tarnanoraks und standen in einem bewaldeten Gebiet. Sie hielten ihre Gewehre in der Armbeuge und standen um einen Armeelastwagen herum, der auf einer schlammigen Lichtung vor Kiefern und Farmgebäuden abgestellt war. Die anderen beiden Fotos waren unter einem klaren blauen Himmel auf einer sonnenbeschienenen Ebene gemacht worden. Die Männer warfen indigoblaue Schatten auf den steinigen Boden. Ihre Tarnanzüge waren sandfarben, und die Sonne knallte auf die Ecken eines Panzers, der im Hintergrund wie eine stählerne Stufenpyramide aufragte. Selbst auf dem Foto sah das Metall qualvoll heiß aus.

Barney Carrick war auf allen sechs Bildern leicht zu erkennen. Dunkelhaarig, lächelnd, weiße Zähne in braunem Gesicht, die Waffe lässig im Arm haltend. Er sah hager und fit aus. Es war ein markantes Gesicht, ein altmodisches Gesicht, und in seiner Uniform erinnerte er mich an Fotografien junger, selbstsicherer und zuversichtlicher Soldaten aus dem Ersten Weltkrieg. Auf jedem Bild blickten seine Augen direkt in die Kamera: Die anderen Männer blinzelten oder verzogen das Gesicht oder taten so, als ignorierten sie sie. Doch Carrick blickte jedes Mal geradeaus in die Kameralinse, so gut aussehend und aufsässig wie seine Schwester.

Ich nahm die Abzüge in die Hand und blätterte sie nachdenklich durch. Es irritierte mich, an Angie zu denken, wie sie mit gestrafften Schultern und herausforderndem Blick in der Tür stand. Es war ein Bild, das mich nicht mehr in Ruhe ließ. Es tat mir Leid, dass ich ihr die Fotos wie ein Taschendieb entwendet hatte, aber ich konnte nicht leugnen, dass es mir ein gutes Gefühl gab, sie zu haben. Ich machte mir nicht vor, in der Sache irgendwie voranzukommen, aber diese Bilder in der Hand zu halten, vermittelte mir zumindest das Gefühl, sie entgleite mir nicht noch weiter.

Ich legte die Fotos wieder auf den Tisch und schob sie wie Patiencekarten hin und her. Barney Carrick lächelte mich von diesem wilden und lebensvollen Ort an, wo immer er auch war. Das harte Sonnenlicht spiegelte sich in seinen Zähnen, auf dem Lauf seiner Waffe. Ich saß da und starrte sehr lange auf das Muster aus Licht und Farbe. Schließlich zog ich meine Brieftasche heraus und fand das Foto von Caitlin, das ich immer bei mir trug, und legte es zwischen die Bilder von Carrick. Der Regen klatschte gegen das Fenster.

Gischt trieb mir ins Gesicht, und ich war dadurch halb blind und von dem Getöse taub. Ich hielt die Kamera mit einer Hand, weil meine andere das Steuer von Ben Friedmans Boot umklammerte, und ich stellte mich beim Knipsen ungeschickt an, weil das Steuer sich in meiner Hand wand wie ein Lebewesen und ich eigentlich beide Hände gebraucht hätte, um es unter Kontrolle zu halten. Es war gerade erst Nachmittag, aber das bronzefarbene Licht war schon so schwach, dass die Kamera automatisch blitzte, als ich auf den Auslöser drückte. Der unerwartete grelle Schein glänzte in Caitlins Augen und funkelte auf dem Gischt und dem Regenwasser, das ihr von der Kleidung rann.

Ich hielt es für Zeitverschwendung, ein Foto zu machen, und vielleicht war das der Grund, warum es am Ende eine so gute Aufnahme wurde. Ihre blonden Haare wurden in alle Richtun-

gen geweht, und sie lachte entzückt – genau genommen lachte sie laut, wie ein Kind. Sie hing da wie gekreuzigt, die Hände am Fockstag festgekrallt, und schaukelte mit dem wilden Auf und Ab des Bootes. Hinter ihr konnte ich die grauen Kämme der Dünung sehen, während der Horizont hinter jedem neuen Riesenbrecher wegkippte und außer Sicht tauchte.
»Ist das nicht unglaublich?«, schrie sie mir entgegen. Wir waren keine zwei Meter voneinander entfernt, aber der Wind trug ihre Worte davon. »Ist das nicht einfach unglaublich?«
»Du solltest da lieber runterkommen, Cate!«
Aber sie warf den Kopf in den Nacken und ließ sich das Salzwasser übers Gesicht laufen und lachte.
Mir war nicht nach Lachen zu Mute. Mir war kalt, ich war nass und ein wenig besorgt. Ich kannte Ben Friedman – ein Herzchirurg am Bart's – nicht gut, aber er hatte seine Einladung, mit ihm segeln zu gehen, so oft wiederholt, dass es unhöflich gewesen wäre, sie wieder abzulehnen. Inzwischen wünschte ich mir, ich hätte diese Einladung im Sommer angenommen. Jetzt war es Oktober, rau und windig, und Ben entpuppte sich als Amateur der schlimmsten Sorte. Er war nicht sonderlich erfahren, und sein Boot war weder sehr groß noch besonders gut ausgestattet. Sobald wir uns erst einmal von der Küste entfernt hatten, war die See so rau und der Regen so stark geworden, dass wir das Land schnell ganz aus den Augen verloren hatten. Schon beim schönsten Wetter konnte ich mich nicht fürs Segeln begeistern. Ich war davon ausgegangen, dass Caitlin es hassen würde, vor allem unter diesen Bedingungen und mit diesem Boot. Aber sie hasste es nicht. Sie hing ausgestreckt da, kreischte vor Aufregung, als der Wind und der Gischt über sie peitschten und das Boot vom Kurs abwich und sich nicht mehr steuern ließ.
Ben Friedman saß an diesem Abend niedergeschlagen im Jachtklub beim Abendessen, schuldbewusst angesichts seiner Fehleinschätzung. Ich hatte kein Mitleid mit ihm. Ich konnte

die stahlgraue See noch immer allzu klar rings um uns herum toben sehen, und ich konnte noch immer das hilflose Knattern des Motors über dem Heulen des Sturms hören, als wir am Ende auf den Anlegesteg zukrochen. Aber Caitlin war nicht wütend auf Ben. Sie war sauer auf mich.

»Mein Gott, Michael!«, schrie sie. »Sei kein solcher alter Langweiler! Das war der größte Spaß, den ich seit Jahren hatte.«

»Großartig«, sagte ich.

»Wir waren doch überhaupt nicht in Gefahr.« Caitlin schwenkte ihr Glas. »Na ja, jedenfalls nicht so richtig. Nur so, dass es interessant war. Meinst du etwa, ich war davor noch nie auf einem Boot?«

»Nie auf einem so kleinen.«

»Im Vergleich zum tiefen blauen Meer sind sie alle klein«, sagte sie leichthin. »Selbst die *Titanic.*« Sie trank. Ich konnte nicht umhin zu bemerken, dass sie glühte und dass sie ein wenig mehr trank als gewöhnlich, ein wenig lauter redete. Sie sagte: »Jetzt entspann dich schon, Michael. Das Leben sollte doch ein bisschen aufregend sein.« Sie beugte sich über den Tisch und warf mir einen Blick zu, den ich nicht deuten konnte. »Deines ist es ja.«

Es war nach Mitternacht, als wir in unseren Gasthof zurückkehrten. In der Bar war eine Gruppe angeheiterter, lauter Gäste, aber wir kamen durch den Saal herein, der leer und kaum beleuchtet war, die Stühle auf die Tische gestellt. Es war ein alter Gasthof mit engen Gängen und düsteren Ecken, und ich konnte den Lichtschalter nicht finden und musste mich an der Wand entlang zur Treppenhaustür tasten und mich dabei an einem abgedeckten Billardtisch vorbeischieben.

»Das ist, als schleiche man nach dem Löschen der Lichter wieder in den Schlafsaal zurück«, flüsterte Caitlin. »Man kommt sich vor, als würde man etwas Verbotenes tun.«

Sie kicherte und drängte sich in der Dunkelheit dicht an mich. Sie atmete schnell. Ich konnte den Wein in ihrem Atem riechen und ihre Erregung in ihrer Berührung spüren. Ich brauchte im Dunkeln einen Augenblick, bis ich die Tür zur Treppe gefunden hatte. Schließlich erreichte ich sie, hielt sie für Caitlin auf, und als sie sich an mir vorbeizwängte, umschlang sie mich plötzlich und küsste mich gierig, küsste mich so wild, dass ich unsere Zähne zusammenklicken hörte. Die leisen miauenden Geräusche, die sie von sich gab, schienen in meinem Kopf widerzuhallen. Ich fasste sie mit einem Arm unters Hinterteil und trug sie halb zum Zimmer hinauf. Ich hatte nur noch Zeit, die Tür mit dem Fuß hinter uns zuzustoßen, und schon waren wir auf dem Doppelbett mit seinen kühlklammen Laken, und sie zog mich in sich, und ihr ganzer Unterleib hob sich meinem entgegen. Sie krallte sich mit den Händen in meinen Haaren fest, schlang ihre langen Beine über meinen Rücken, und durch ihren Körper lief ein krampfartiger Seufzer, er hielt mich fest, und sie riss die Augen auf und gab einen einzigen verzweifelten Schrei von sich, und wir fielen aus der Welt, hielten einander, während wir fielen.

Draußen ächzte das Gasthausschild wie ein Galgen im Wind, und der Regen klatschte gegen die Scheiben. Ich konnte das Meer rollen und an den Steinen wühlen hören und das Klirren der stählernen Flaggleinen an den Booten im Jachthafen.

Ich sagte: »Ich dachte, das würde auf dem Billardtisch passieren.«

»Das wäre es auch«, sagte sie, »wenn du noch länger gebraucht hättest, um hier raufzukommen.«

Ich hörte an ihrer Stimme, dass sie lächelte, aber zugleich wurde mir klar, dass sie nicht etwa Spaß machte. Ich war ein bisschen bestürzt, wie ungestüm ihr Verlangen gewesen war. Sie schmiegte sich an meinen Hals und küsste die weiche Haut an dieser Stelle.

»Du bist sehr fantasielos, Liebling«, sagte sie und lachte leise. »Ich mag dich so, wie du bist. Aber du bist sehr fantasielos.«

»Wir können uns jederzeit auf Billardtischen lieben, wenn du willst.« Ich war ein bisschen verletzt.

»Ja, klar.« Sie küsste mich. Einen Augenblick später: »Sag mal, Michael. Hast du nie den Drang, irgendetwas wirklich Gefährliches, etwas wirklich Verrücktes zu machen? Etwas, das dich halb zu Tode ängstigt?«

Ich rollte mich herum, um sie anzusehen: »Ich bin gerade aus dem verdammten Somalia zurückgekommen. Das reicht mir für diese Woche.«

»Oh, ich weiß, dass du bei der Arbeit der große Held bist.« Im Dunkeln berührte sie mein Gesicht mit ihrem Zeigefinger. »Alle wissen das. Aber du kannst das nur deshalb sein, weil du keine Angst hast.«

»Cate, ich habe die ganze Zeit eine Heidenangst. Ich bin ein professioneller Feigling. Ein erklärter Feigling. Glaub mir.«

»Oh, ich könnte dir eine Liste von Dingen aufzählen, die dich weit mehr ängstigen würden als Somalia.«

»Probier es.«

»Nun, mal sehen. Salsa tanzen lernen?«

»Pah.«

»Oder die Abschlussrede an der örtlichen Gesamtschule halten?«

»He, das ist unfair.«

»Oder wenn ich schwanger wäre.«

Das Zimmer verschwamm und wurde wieder klar. Ich sagte: »Bist du's?«

»Nein.«

»Gut, du hast Recht. Das hat mir Angst eingejagt.« Ich setzte mich auf und legte ihren Kopf in meine Armbeuge. Ich sagte: »Hat dich unser kleines Abenteuer auf hoher See ein bisschen aufgewühlt?«

»Wahrscheinlich.« Ihre Stimme war in der Dunkelheit leise geworden und hatte den spöttischen Tonfall verloren. Draußen

wehte der Wind und trieb eine Bierdose scheppernd die Straße hinunter.
»Hast du oft nachgedacht?«, fragte ich.
»Nein, nicht oft. Aber manchmal geht es mir durch den Kopf. Meistens, wenn du weg bist. Das macht mir auch ein bisschen Angst.«
Ich presste sie an mich, mir drehte sich alles im Kopf.
»Ich weiß, wie du dich fühlst, Michael«, sagte sie. »Und ich weiß, was wir am Anfang vereinbart haben. Ich versuche gar nicht, das abzustreiten.«
»Aber?«
»Aber ich glaube, wir sollten in unserem Leben Platz schaffen, um darüber zu reden. Irgendwohin fahren. Nur für eine Woche. Vielleicht nach Frankreich, nach Italien. Wir waren schon seit Jahren nicht mehr weg.«
Ich sagte, halb zu mir selbst: »Nächste Woche wirst du dreißig.«
Sie drehte den Kopf, um mich in der Dunkelheit anzusehen. »Ach, das ist die Erklärung, was? Meine biologische Uhr.« Plötzlich war sie richtig giftig. »Na, wie praktisch. Mit einem Haufen hysterischer Hormone braucht man sich ja nicht vernünftig zu unterhalten.«
»So habe ich das nicht gemeint.«
»Du hättest Gynäkologe werden sollen, Michael. Du bist der geborene Gynäkologe.«
Ich lag ein paar Augenblicke in der Dunkelheit, meiner selbst nicht sicher, und versuchte zu überlegen, was ich am geschicktesten sagen könnte. Aber bevor ich sprechen konnte, beugte sich Caitlin herüber und fasste nach dem Bronzeschlüssel an meinem Hals.
»Wirst du mir jemals erzählen, was es damit wirklich auf sich hat?«
Die Feindseligkeit war so plötzlich aus ihrer Stimme verschwunden, wie sie gekommen war. Sie streichelte den Schlüs-

sel. Ich sah im Dunkeln das Glänzen des glatten Metalls und auch das Glänzen ihrer Augen.
»Das ist mein Talisman«, sagte ich. »Du weißt doch schon alles darüber. Er bringt mir Glück.«
»Glück?«, fragte sie.
»Bis jetzt.«
Ich konnte ihre blonden Haare im Dunkeln schimmern sehen und ich hob die Hand und strich darüber. Ich liebte es, die warme Biegung ihres Hinterkopfs in meiner Handfläche zu spüren. Sie schmiegte sich wie eine Katze in meine Berührung.
»Da bin ich nicht so sicher«, sagte sie. »Ich bin nicht sicher, dass er dir wirklich Glück bringt. Oder uns.«
Ich hörte auf, ihr Haar zu streicheln. Ich fürchtete, sie würde noch mehr sagen. Ich spürte, dass sie im Begriff war, ein Tabu zu brechen, als existiere ein gefährlicher Zauber und schon das Ansprechen würde zu einer Katastrophe führen. Ich wusste nicht, woher diese Angst kam. Vielleicht wusste ich es doch, wagte aber nicht, es zu artikulieren, nicht einmal die Erinnerung zuzulassen.
Sie sagte sanft: »Rede mit mir, Michael!«
»Worüber?« Meine Stimme klang heiser.
Sie zog an dem Schlüssel. »Rede mit mir, Michael!«
»Du kennst die Geschichte. Es hat gebrannt. Ich bin nicht rechtzeitig zurückgekommen. Sie sind alle gestorben. Das ist der Hausschlüssel. Er erinnert mich daran. Das ist alles.«
»Reg dich nicht auf, Michael. Rede einfach mit mir.«
»Aber ich weiß nicht, was du hören möchtest.«
»Ich will wissen, was dich so verletzt.«
»Warum?«
»Damit ich dafür sorgen kann, dass es nicht mehr wehtut.«
»Es tut nicht weh, Cate. Nicht mehr.«
Überraschenderweise sagte sie: »Du glaubst, das ist ein Bündnis, nicht wahr, Michael? Zwischen dir und mir.«
»Ist das etwa falsch?«

»Wir sind zusammen«, sagte sie. »Wir sind jetzt seit sechs Jahren zusammen. Wir sind verheiratet. Wir sind eins, wie man sagt. Oder etwa nicht?«
»Natürlich sind wir das.«
»Nicht zwei getrennte Wesen.«
Ich fuhr mit den Fingern die Einkerbungen ihres Rückgrats hinunter. »Das bedeutet aber nicht, dass wir nicht manche Sachen für uns behalten können. Schlimme Sachen.«
»Das sind genau diejenigen, die wir nicht für uns behalten sollten.«
»Können wir das Thema fallen lassen?« Ich merkte, dass mein Atem schnell ging. Ich fragte mich, ob sie es spüren konnte; natürlich konnte sie es spüren.
»Ich bin kein Kind, Michael, das nichts Schweres tragen kann.« Sie stützte sich auf die Ellenbogen. »Und das hier ist nicht etwas wie ein Territorialvertrag, den wir geschlossen haben. Du kannst nicht einfach dort, wo es dir beliebt, Grenzen ziehen.«
»Das alles ist schon so lange her, Cate. Es ist vorbei.«
»Vorbei? Es ist das, was dich antreibt. Tagtäglich. Ich weiß nicht, wie, aber es treibt dich an. Das heißt, es treibt uns an. Und du willst behaupten, dass es vorbei ist? Du willst sagen, dass es mich nichts angeht?« Ihr kühles Haar strich über meine Brust.
»Wie soll es etwas bringen, darüber zu reden?«
»Weil ich glaube, dass die beiden Dinge miteinander zu tun haben.«
»Welche beiden Dinge?«
»Dieses«, sie hob den Schlüssel wieder an, sodass ich ihn in dem Halbdämmer glänzen sehen konnte, und führte dann meine Hand hinunter und legte sie auf ihren Bauch, »und das.«
»Inwiefern?« Mein Mund war trocken. »Was soll das miteinander zu tun haben?«
»Ich glaube, wenn wir der einen Angst ins Auge sehen könn-

ten, dann wären manche anderen Ängste nicht so schrecklich für uns.«
Ein Schweißtropfen lief mir am Hals hinunter und musste auf ihren Arm getropft sein, und vielleicht bekam sie Mitleid mit mir, denn sie seufzte und legte den Kopf auf meine Brust. »Michael, wir lieben uns. Und dazu gehört, dass ich nicht möchte, dass wir uns jemals vormachen, das Leben sei unveränderbar. Sicher. Unter Kontrolle. Weil es das nämlich nicht ist.«
Ich spürte, dass das Gespräch vorbei war. Ich war sehr erleichtert und merkte, dass ich mich langsam wieder beruhigte. Es kam mir ironisch vor, dass ausgerechnet sie das zu mir sagte. Denn schließlich war ich derjenige, der über die Unsicherheit der Dinge, das wahllose Hereinbrechen von Katastrophen, nur allzu gut Bescheid wusste. Oder etwa nicht? Aber obwohl mir ihre Worte noch immer durch den Kopf gingen, war der rationale Teil meines Gehirns bereits dabei, mich davon zu überzeugen, dass dies die typisch Caitlin'sche Ausdrucksweise sei. Dass sie lediglich meinte, ich sei zu lange weg und nach meiner Rückkehr unaufmerksam und geistesabwesend gewesen. Das entsprach tatsächlich der Wahrheit. Und es war einfacher zu beheben als andere Dinge. Ja, ich zog es vor, das zu glauben. Ich streichelte mit dem Handrücken innen an ihren Oberschenkeln entlang.
Als ich das tat, schrie sie in der Dunkelheit mit einer seltsamen Stimme auf, ein Flehen oder sogar ein Protest. Es war fast, als wolle sie meine Berührung in diesem Moment nicht, als wüsste sie, dass eine Gelegenheit vertan war, die vielleicht nie wiederkam. Aber dann spürte ich, dass die Nerven unter ihrer Haut zuckten, und hörte sie kurz und schnell einatmen, und sie drehte den Kopf zur Seite, und ich spürte, dass sie sich bewegte und anspannte. Draußen ächzte das Gasthausschild im nächtlichen Wind, und die Flaggleinen klirrten über das schwarze Wasser.

Ich streckte mich auf meinem Stuhl nach hinten, bis meine Wirbelsäule knackte. Die Fotos lagen wie Ikonen auf dem dunklen Holz. Catey lachte mich aus der Vergangenheit an, und ihr nasses Gesicht glänzte von Gischt und Freude, der Horizont hinter ihr uneben und schräg. Ich hatte an jenem Abend natürlich alles falsch verstanden. Sie hatte nicht ein tapferes Gesicht aufgesetzt: Sie war einfach tapfer. Der Sex war leidenschaftlich, weil sie leidenschaftlich war. Ich mochte ja der Nutznießer sein, aber es war nicht zu meinem Nutzen.

Auf einmal war ich hundemüde, total erschöpft. Ich steckte Caitlins Bild wieder in meine Brieftasche und die anderen Fotos in einen Umschlag. Und dabei bemerkte ich den Urlaubsschnappschuss. Den hatte ich beinahe vergessen, aber jetzt hielt ich ihn unters Licht. Ich sah, dass die Ränder des Abzugs vom vielen Festhalten ganz weich waren, und mir wurde klar, dass das nicht, wie ich gedacht hatte, irgendein übriges Foto war, sondern ein Bild, das Angie geliebt hatte, so wie ich mein Foto von Caitlin, ein Bild, das sie häufig aus seinem Versteck holte, um es zu betrachten. Ich hielt es hoch.

Angie war jünger auf dem Foto, vielleicht zwanzig, und ihr Bruder noch mal etwa zwei Jahre jünger als sie. Sie saßen auf einer Parkbank eng nebeneinander. Er war in Uniform, und er sah steif und verlegen aus, als trage er sie noch nicht lange. Ich war über diese Verlegenheit verblüfft, bis ich sah, dass sie sich über die Kamera und vielleicht über ihn lustig machte. Ich nahm an, er hatte sie besucht, um damit zu prahlen, dass er irgendeine wichtige Hürde genommen hatte: die Grundausbildung hinter sich gebracht oder sein Springerabzeichen bekommen hatte – was immer sie da bei den Fallschirmjägern machten. Ihre langen Haare hingen ihr offen um das erhobene Gesicht, und ihre Augen waren forsch und schwarz. Bruder und Schwester sahen sich auf dem Bild sehr ähnlich: entschlossen, stolz, jung und sehr lebendig. Und es war mehr als nur Ähnlichkeit. Sie sahen vereint, miteinander verbunden aus.

Mochten sie sich auch übereinander oder über sich selbst lustig machen – ein anderer sollte das lieber nicht wagen!
Das Foto beunruhigte mich. Ich konnte im Bild von Carricks Gesicht eine Verletzlichkeit erkennen, die ich nicht wahrhaben wollte. Ich wollte nicht daran denken, dass Caitlin das gesehen haben könnte. Ich wollte die Möglichkeit irgendwelcher Komplexität nicht einräumen. Und Angies Gesicht auf dem Foto brachte mich noch mehr durcheinander, und weil ich wusste, was die Ursache dafür war, wurde ich wütend auf sie. Ich drehte das Bild um und schob es in den Umschlag zurück, aber die erbärmliche Weigerung, ihr Gesicht anzusehen, machte mich wütender auf mich selbst als auf sie.

20

Am nächsten Morgen rief ich Barrett an.
»Erzählen Sie mir das noch mal«, sagte er, »langsam.«
Ich wiederholte es, und er machte sich Notizen. Ich sagte: »Ich habe sogar Fotos.«
»Sie waren ja fleißig«, sagte er mit ausdrucksloser Stimme. »Sie sollten lieber herkommen. Geben Sie uns ein paar Stunden, ich will sehen, was ich ausgraben kann, bis Sie hier sind.«

Emma Dickenson drehte den Umschlag in den Händen und schüttelte die Fotos auf ihren voll beladenen Schreibtisch. Sie breitete sie zu einem Fächer aus und schob sie ein bisschen hin und her. Ihr Schweigen machte mich allmählich nervös. Sie nahm ihre Brille ab, kniff die Augen zusammen und öffnete sie wieder. Die Falten um ihre Augen vertieften sich. Sie forderte mich nicht auf, mich zu setzen. Ich spürte, dass sich die Atmosphäre in dem Büro auflud, aber ich verstand nicht, warum. Ich hatte Elan, Begeisterung, ja sogar Glückwünsche erwartet. Emma Dickenson schob die Fotos wieder hin und her. Carricks unbeholfene Kreidezeichnung lag daneben. Sie tippte mit dem Fingernagel darauf.

»Sie sagen, er hat das gezeichnet?« Die Frage war an mich gerichtet, aber sie schaute mir nicht in die Augen.

»Er hat es signiert.«

Sie spitzte den Mund. »Und erkennen Sie das Haus, das er gemalt hat? Mal vorausgesetzt, dass es ein echtes Haus ist?«

»Es ist echt. Ich kenne es nicht, aber auch unter Caitlins Zeichnungen sind fünf, sechs Skizzen davon.«

»Und wie erklären Sie sich das?«

»Ich würde sagen, dass es das Haus ist, in dem sie zusammen waren. Etwas Besonderes für sie.«

Sie schnaubte.

Ihre Skepsis verblüffte mich. »Das ist nur meine Vermutung.«

Emma Dickenson setzte die Brille wieder auf und sagte: »Auf Vermutungen lasse ich mich nicht ein.«

Ich schaute von ihr zu Barrett und wieder zurück. »Gibt es da irgendein Problem?«, fragte ich.

Aber sie gab darauf keine Antwort. Stattdessen sagte sie: »Das ist also der Mann, den wir finden müssen, nicht wahr? Ihrer geschätzten Meinung nach?«

»Das ist doch klar, oder nicht?«

»Warum?«

»Weil sie ein Liebespaar waren. Weil Caitlin von ihm schwanger war, verdammt noch mal.«

»Nur der Ordnung halber, Doc«, meldete sich Barrett hinter mir zu Wort, »wir wissen das nicht definitiv. Dass das Kind von ihm war.«

Ich fuhr herum: »Was glauben Sie denn, mit wie vielen Männern Caitlin geschlafen hat? Ich meine, nur ungefähr?«

»Und selbst wenn er der Vater war«, fuhr Barrett ungerührt

fort, »würde das ihn nicht notwendigerweise zum Mörder machen. Oder?«
Ich starrte ihn an. Ich sagte: »Spielen wir hier ausgerechnet jetzt irgendwelche Spielchen?«
»Na ja, in gewisser Weise müssen wir das«, sagte er leichthin. »Und wir meinen, voreilige Schlüsse zu ziehen, ist nicht der richtige Weg, sie zu gewinnen.«
»Was glauben Sie denn eigentlich, was Sie da machen?«, fragte mich Emma Dickenson plötzlich und erschreckte mich damit. »Auf eigene Faust loszuziehen, ohne uns zu informieren? Sich wie eine Art Cowboy aufzuführen?«
»Ich wollte Antworten. Sie haben mir ja keine gegeben.«
»Und Sie glauben, es sei Ihre Aufgabe, danach zu suchen?«
»Ich werde recht bald weggehen«, sagte ich. Ich bemühte mich, meine Wut unter Kontrolle zu halten, aber es gelang mir nicht. »Ich werde ins Ausland gehen. Wahrscheinlich für immer. Es würde mir etwas – nicht viel, aber etwas – bedeuten, wenn ich auch nur einen Schimmer des Grundes wüsste, warum diese verdammte, diese schreckliche Sache passiert ist.«
»Es mag für Sie eine Überraschung sein, Michael«, ihre barsche Stimme wurde lauter, um sich meiner anzupassen, »aber wir richten unsere Untersuchungen nicht nach Ihren Karriereschritten aus. Das sind Ermittlungen in einem Mordfall.«
»Glauben Sie etwa, das könnte ich vergessen haben?«
»Vielleicht haben Sie vergessen, dass wir alle in einem Team zusammenarbeiten sollten.« Sie nahm die Brille wieder ab und legte sie auf die Fotos. Ich hatte sie zuvor noch nie wütend gesehen. »Michael, ich habe Ihnen reichlich Gelegenheiten gegeben, mit mir darüber oder über irgendetwas anderes zu reden. Aber statt sich mit mir zu unterhalten, ziehen Sie auf eigene Faust los. Machen sich selbst auf die Suche. Sie konfrontieren die Frau damit, die eine Zeugin hätte sein können. Sie bringen sich selbst in Gefahr.« Sie deutete auf meine abgeschürften Hände. Ich verbarg sie schnell. »Ich mag es nicht, wenn Leute

eigenmächtig vorgehen. Um ehrlich zu sein, sind sie eine verdammte Plage. Sie wissen nicht, was sie tun. Sie trüben die Gewässer. Sie bekommen nie auch nur einen Fetzen von bei Gericht gültigen Beweisen und halten uns davon ab, sie uns selbst zu beschaffen.«

»Das ist der Mann.« Ich klopfte mit der Faust auf die Fotos. »Ich weiß es. Sie wissen es. Und wir führen hier einen Streit über Kompetenzen?« Ich war fuchsteufelswild über ihren Ton, über die Ungerechtigkeit des Ganzen und zugleich über die mir allmählich dämmernde Erkenntnis, dass sie natürlich Recht hatte.

»Vielleicht sollten wir uns alle ein bisschen beruhigen«, sagte Barrett munter. »Was meinen Sie?«

Ich trat von Dickensons Schreibtisch zurück. Sie funkelte mich darüber hinweg wütend an. Richtig rot war sie geworden. Sie setzte sich, und ihr Gesichtsausdruck änderte sich. Sie sah verlegen aus. Ich nahm an, dass sie wohl nicht oft die Fassung verlor und sich jetzt deshalb genierte. Mir ging es genauso.

Barrett sagte: »Ich hab bei den Kollegen von West York und den Sozialdiensten nachgefragt. Es spricht wohl nichts dagegen, dass ich Sie darüber informiere, was wir über diesen Typen herausbekommen haben?«

»Nein.« Emma Dickenson beschäftigte sich damit, Papiere herumzuschieben, damit sie uns nicht anschauen musste. »Gute Idee, Dig.«

Ich sagte: »Vielleicht habe ich etwas übereilt gehandelt.«

»Gut.« Sie sortierte weiter irgendwelche Papiere. »Dann lassen Sie uns weitermachen.«

Und ich erkannte an ihrem Tonfall, dass zwischen uns ein labiler Waffenstillstand geschlossen war. Barrett setzte sich ans Ende des Schreibtischs, schlug einen Ordner auf, zog eine Brille mit dicken Rändern heraus und setzte sie auf. Mit dem Hefter vor sich und der Brille sah er wie der Vorstand bei einer Aufsichtsratssitzung aus, der nachschaut, welches der nächste

Punkt auf der Tagesordnung ist. »Bernard John Carrick«, las er vor.
»Barney Carrick, wie er offenbar genannt wird.«
Es war eigenartig, ihn den Namen mit seiner tonlosen und neutralen Stimme wiederholen zu hören. Ein unschuldiger Name, so wie irgendein Name, den man auf einem Firmenwagen liest.
»Geboren in Bradford, Vater unbekannt. Seine Mutter war eine Fixerin und ging nebenbei noch anschaffen. Sie ist vor sechs Monaten gestorben, mit vierundvierzig. Carricks einzige bekannte Verwandte ist seine Schwester, Angela Grace, achtundzwanzig. Sie arbeitet irgendwas bei der Gemeinde Bradford.«
»Stadtentwicklungsagentur von Leeds«, warf ich ein. »Sie leitet das Team.«
Er schaute auf seine Notizen, dann wieder zu mir. »Ganz richtig.« Er zog die Augenbrauen hoch und blätterte weiter. »Na ja, wir werden uns bald mit ihr unterhalten. Genau genommen ist sie seine Halbschwester. Sie hatten die gleiche Mutter, verschiedene Väter. Barney Carrick ist übrigens sechsundzwanzig.«
Sechsundzwanzig. Aus irgendeinem Grund hatte ich das nicht herausbekommen, und jetzt, da sein Alter laut erwähnt wurde, kam es mir unglaublich jung vor. Er war neun Jahre jünger, als Caitlin gewesen war.
»Er war vier Jahre bei den Fallschirmjägern«, sagte Barrett, »bei der Army wird man von ihm also psychologische Profile und so weiter haben. Ich habe schon mit einem Oberst telefoniert. Allem Anschein nach war unser Bursche ein richtiges Ass. Ist zwei Mal zum Sergeant befördert worden. Hat seine Streifen einmal nach irgendwelchen Schwierigkeiten – einem tätlichen Angriff – verloren, bekam sie dann aber wieder. Ich nehme an, bei den Fallschirmjägern mögen sie hartgesottene Burschen. Dann hat er in Afghanistan ernsthaft Ärger bekom-

men. Er tötete in irgendeinem Schlamassel eine Frau und zwei Kinder, und da haben sie ihn anscheinend endgültig rausgeworfen. Mehr oder weniger.« Barrett schob die Brille etwas höher. »Er hatte in den letzten vier oder fünf Jahren eine Wohnung in London, in Brixton. Zahlt die Hypotheken regelmäßig. In den letzten paar Jahren, seit seiner Entlassung, hat er als Sicherheitsberater gearbeitet. Mit anderen Worten ein Söldner. Es geht niemand ans Telefon, und in seiner Wohnung ist er auch nicht, allerdings sagen die Nachbarn, dass das bei ihm nichts Ungewöhnliches ist.« Er blätterte die Seiten durch. »Motorradfreak. Verhält sich unauffällig. Lange Auslandsaufenthalte.«

Ich dachte an den unsicher wirkenden Jugendlichen auf Angies Foto und an den hageren, harten Soldaten auf den späteren Bildern. Vater unbekannt. Die Mutter eine Prostituierte und Drogensüchtige, mit vierundvierzig gestorben, wahrscheinlich wie eine Achtzigjährige aussehend. Schrott haben wir sie genannt, als ich bei der Notaufnahme arbeitete, hoffnungslose Fälle wie Barney Carricks Mutter, Angie Carricks Mutter. Schrott, haben wir gesagt, wenn sie zum zehnten oder zwanzigsten Mal in einem Monat eingeliefert wurden, katatonisch oder im Delirium, bis sie am Ende unweigerlich und zur Erleichterung aller irgendwann bei der Einlieferung schon tot waren.

»Hier gibt es keine Akte über ihn«, sagte Barrett gerade, »aber die Kollegen in Yorkshire wissen eine ganze Menge über ihn. Er war in Schwierigkeiten, seit er elf war. Größtenteils kleine Drogendelikte und Vandalismus, aber dann, mit fünfzehn, hätte er in einem Pub oben in Liverpool um ein Haar einen Kerl umgebracht. Ziemlich böse Sache. Hat dem Typen mit einem Barhocker den Schädel eingeschlagen. Offenbar waren vier Rausschmeißer nötig, um ihn wegzukriegen. Er hätte dafür eigentlich für ein paar Jahre in eine Jugendstrafanstalt sollen, keine Ahnung, warum er dort nicht hinkam. Dann nichts mehr, bis er zur Armee gegangen ist.« Barrett klappte

den Hefter zu, setzte die Brille ab und legte sie auf das Deckblatt. »Ist das in etwa das, was Sie erwartet haben, Doc?«
»Ich weiß gar nicht, was ich erwartet habe«, sagte ich.
Barrett steckte seine Brille weg. »Das beweist natürlich überhaupt nichts. Aber wir müssen zugeben, dass es für unseren Mr. Carrick nicht gut aussieht. Gar nicht gut.«
Kurz darauf begleitete mich Barrett durch den Flur zu den Aufzügen. Emma Dickenson stand in der Tür ihres Büros und schaute uns nach. Sie sah beunruhigt aus wegen unseres Wortwechsels von vorhin. Als wir außer Hörweite waren, murmelte Barrett: »Sie machen es sich nicht leicht, Doc, das muss ich zugeben.« Ich hatte den Eindruck, als habe ihn das Treffen irgendwie amüsiert. Dann fügte er hinzu: »Aber übernehmen Sie sich nicht, he?«
Wir gingen ein kleines Stück schweigend weiter.
Nach einer Weile sagte er im Plauderton: »Sie gehen ins Ausland, hm? Wohin denn?«
»Nach Venezuela zurück. Es steht noch nicht endgültig fest, aber so ist es geplant.«
»Zurück die Welt retten, was?«
»Ja, so in etwa, denke ich.«
»Auf eigene Faust?« Er korrigierte sich. »Sie ganz allein?«
»Nein. Stella Cowan hatte ein Angebot …«
»Ach so«, sagte er schnell, als befürchte er, sich in irgendeine heikle Angelegenheit einzumischen.
Ich schaute ihn neugierig an, aber er verfolgte das Thema nicht weiter.
Wir kamen um eine Ecke, und er blieb vor einer Tür stehen, die Hand auf der Klinke. »Das ist die Zentrale der Sonderkommission. Wollen Sie einen kurzen Blick reinwerfen?«
Bevor ich antworten konnte, machte er die Tür auf. Der Raum war nicht viel größer als ein geräumiges Wohnzimmer, voll gestellt mit Stahlschreibtischen, Computern, Telefonen, Faxgeräten. Ein Kabelgewirr lag quer über den Boden. Das Zimmer

stank nach abgestandenem Qualm, und die übervollen Aschenbecher auf den Tischen machten sich den Platz mit leeren Kaffeetassen und Verpackungen von Mitnahmegerichten streitig. Im Raum waren nur drei Beamte bei der Arbeit, zwei Männer in Zivil, die telefonierten, und ein weiblicher Constable in Uniform am Aktenschrank. Alle drei starrten mich neugierig an. Die Frau nickte eine Art Begrüßung, dann, als sie bemerkte, wer ich war, sah ich, wie sie erschreckt zu Barrett aufblickte.

»Normalerweise geht es hier lebhafter zu, aber es sind alle unterwegs«, sagte Barrett. »Fünfzehn Vollzeitkräfte sind an dem Fall dran. Und dann natürlich all die Leute von der Gerichtsmedizin und von der Technik, die die Telefonmitschnitte überprüfen, und die, die von Haus zu Haus gehen, und all die anderen.«

Er blieb vor einer großen weißen Tafel, die fast eine ganze Wand bedeckte, stehen. Mit buntem Filzstift waren Namen und Zeichen darauf gekritzelt. Barrett tippte mit dem Fingerknöchel an die Tafel.

»Sergeant!«, rief der weibliche Constable eindringlich.

Barrett ignorierte sie. »Also hier«, wieder klopfte er gegen die Tafel, »das hier sind die Namen der ermittelnden Beamten.« Er schien begierig zu sein, mir alles zu erklären. »Und diese kleinen Hieroglyphen darunter, das ist der Computerkode für die jeweilige Spur, der sie gerade nachgehen. Dutzende, sehen Sie? Seit es passiert ist, sind ständig Leute unterwegs, die an Türen klopfen, Fragen stellen, in dunklen Ecken herumschnüffeln. Heute werden noch mehr unterwegs sein, wegen des neuen Materials, das Sie herangeschafft haben. Das geht so weiter, bis wir die Sache geklärt haben. Und sie wird geklärt, Doc. Glauben Sie mir.«

»Sergeant?«, sagte die Frau wieder, mit deutlich besorgter Stimme.

Jetzt bemerkte ich, dass neben der weißen Tafel eine ungeordnete Sammlung von Fotos an die Wand geheftet war. Es waren Fotos von Caitlin: Caitlin, so, wie die Sanitäter sie hatten liegen lassen, auf dem Treppenabsatz zwischen dem Blut und dem Durcheinander, ihre Kleider zerrissen und ihre Brüste unbedeckt. Caitlin, blau, irgendwo auf einem Stahlwagen. Caitlin lebendig, in die Kamera lachend.

»Dass es Ihnen ja nicht zu Kopf steigt, Doc!«, sagte Barrett, während ich die Fotos anstarrte. »Es ist Ihnen ein Glückstreffer gelungen. Aber die harte Arbeit, die wird hier gemacht, von diesen armen Teufeln hier vor Ort.«

Er begleitete mich auf den Korridor hinaus. Ich fühlte mich benommen.

»Ich werde mich mit unserer Freundin, Angie Carrick, unterhalten«, erzählte mir Barrett, als sei nichts geschehen. »Unterdessen werden wir ihren verlotterten Bruder zur Fahndung ausschreiben. Wenn ich irgendwas habe, schaue ich bei Ihnen zu Hause vorbei und informiere Sie. Das könnte aber ein paar Tage dauern.«

Ich drehte mich, um zu gehen, aber er hielt mich am Arm fest.

»Nur dass Sie nicht glauben, Doc, wir säßen hier den ganzen verdammten Tag auf unseren Ärschen. Okay?«

Ich fuhr durch den schiefergrauen Nachmittag nach Hause zurück. Es wurde allmählich schon dunkel. Ich legte hinter mir die Kette der Haustür vor und ging ins Esszimmer. Der winterliche Garten vor dem Fenster war ungepflegt, und ein Teppich nasser Blätter drückte das Gras platt. Die Kletterrose an der Mauer zur Linken war vom Wind losgerissen worden und hing wie ein Gewirr Stacheldraht herunter. Als Caitlin noch am Leben war, hatte ich den Garten nie wirklich beachtet, aber jetzt konnte mir nicht entgehen, wie verloren er aussah. Ich kannte mich mit Gartenpflege überhaupt nicht aus, aber in Gedanken versprach ich Caitlin, hier schon bald Ordnung zu machen.

Ihr Aktenkoffer war auf dem Tisch, auf dem ich ihn nach der Trauerfeier hatte liegen lassen, so schwarz und schwer wie eine alte Familienbibel. Ich nahm ihn und trug ihn ins Arbeitszimmer, nahm einen Stoß der Zeichnungen heraus und stellte die dicken Zeichenblätter auf die Regale, sodass ich sie betrachten konnte. Ich setzte mich ans andere Ende des Zimmers und schaute sie an, eines nach dem anderen. Es waren verblüffende Zeichnungen, aus der geringen Distanz, die mir meine neue Perspektive bot, noch besser, kühne Formen und aggressive Farbtöne. Das Schwarz war so dick aufgetragen, dass die Graphitschicht glänzte.

Draußen ritten Wolken auf dem rauen Wind über die Dachgiebel hinweg, und das wenige noch vorhandene chromfarbene Licht beleuchtete die Wand und die dort aufgestellten Bilder. Bilder eines ganz gewöhnlichen gemauerten Hauses, in irgendeinem Winkel auf dem Land, mit einer rostenden Egge davor und einem zerbrochenen Fenster und fehlenden Dachplatten. Aber selbstverständlich war es alles andere als gewöhnlich. Es war ein verzauberter Ort, und das dort gelebte Leben war magisch, gefühlsgeladen. Ich war davon vollkommen ausgeschlossen.

Caitlin sprang die letzten paar Meter hinunter und ließ ihren Rucksack ins satte Gras fallen, setzte sich auf die Mauer und streckte mir die Zunge heraus wie ein unartiges Kind.

»Wir könnten noch immer mit dem Gepäck zum Wagen gehen und hätten es hinter uns«, schlug ich vor. »Mal eine Pause einlegen bei dieser verrückten Lauferei.« Ich schleuderte meinen Rucksack neben ihren und ließ mich an ihrer Seite auf dem warmen Stein nieder.

»Du kannst daraus einen Geländemarsch machen, wenn du willst«, sagte sie. »Ich bin im Urlaub.«

Das war ein Spiel, das wir nur halb zum Spaß spielten. Ich spielte den Teamführer, bestimmte die Route, gab das Tempo vor. Es war meine Aufgabe, das Ziel festzulegen und zu bestimmen, wann wir dort ankommen sollten. Caitlin hingegen würde Umwege machen, um sich malerische umbrische Bauernhäuser anzusehen, auf einer Wiese einen Esel mit Gras zu füttern oder auch nur irgendeinem Seitenpfad zu folgen, der ihr interessant erschien. Ich würde versuchen, darauf zu bestehen, dass wir die ganze Tagesroute bewältigten. Sie würde einen vorbeikommenden Traktor anhalten und mitfahren. Caitlin hatte nicht wirklich etwas dagegen, geführt zu werden, noch hatte ich etwas dagegen, vom Weg abgebracht zu werden, aber hinter dieser kleinen Scharade steckte immerhin so viel Wahrheit, dass sie interessant blieb.

Seit dem Frühstück hatte uns der Weg sechs oder acht Kilometer über die steinigen Hügel geführt, durch Weinberge und Felder, auf denen grün der Jungmais wuchs. Es war beinahe Mittag, und die Sonne stand hoch, und es war heiß, und der Schatten hier tat richtig gut. Ich legte den Kopf zurück und dehnte die Muskeln meiner Schultern. Ich konnte Wasser plätschern hören. Am Fuß des Hangs floss ein Bach zwischen blank polierten Felsbrocken auf eine etwa hundert Meter entfernte Steinbrücke zu. Jenseits der Brücke verlief die Straße wie ein sandfarbenes Band zwischen Pappeln durch das Tal. Keine Spur von Verkehr. Es war schwer, sich Verkehr auch nur vorzustellen. Ein paar niedrige Ziegeldächer glänzten zwischen den Bäumen, und das schwache Bellen eines Hundes trieb aus der blauen Ferne heran. Die Ruine einer Mühle stand am anderen Ufer zwischen uns und der Brücke. Mühlsteine lagen im seichten Wasser verstreut wie Spielmarken eines Riesen.

Caitlin trank aus ihrer Wasserflasche, hielt sie mir hin, und als ich ablehnte, befestigte sie sie wieder an ihrem Gürtel, stand auf, streckte sich, kletterte über die Mauer und ging, ihren Rucksack an den Riemen hinter sich herziehend, durch das weiche Gras und die wilden Blumen den Hang hinunter. Als ich sie einholte, stand sie am Ufer des Flüsschens, eine Hand gegen den Stamm einer Myrte gestützt, die über das Wasser hing. Ich konnte das Gluckern der Strömung und das Zirpen von Grillen im Gras hören. Eine schwarzgelbe Hornisse surrte über das sandige Ufer. Sie ließ sich nieder, trank und flog dann zu irgendeinem neuen Ziel tief und schnell über das Wasser davon. Wir beide beobachteten ihren Flug.

Caitlin setzte sich auf einen großen Stein, schnürte sich die Stiefel auf und machte sich daran, sie auszuziehen. »Wir könnten uns ein Haus wie dieses kaufen«, sagte sie und nickte in Richtung der verfallenen Mauern der Ruine jenseits des Baches.

»Ach ja?« Auch ich zog mir die Stiefel aus. Die Verlockung, meine Füße in diesem klaren Wasser zu baden, war unwiderstehlich. »Und was würden wir damit anfangen?«

»Darin leben, Michael.« Sie betonte das Verb ein bisschen. »Wir könnten darin leben. Zusammen.«

»Hm, hm.«

Sie zog sich die Socken aus, nahm die lederne Gürteltasche ab, in der sie ihren Pass und ihr Geld aufbewahrte, und legte sie auf einen Stein. »Es ist immerhin eine Idee«, sagte sie.

Sie zog sich das T-Shirt über den Kopf und schüttelte ihr blondes Haar. Dann löste sie den Gürtel, schob sich die Jeans und den Slip über die Hüfte und zog sie aus.

Ich sagte: »Cate?«

Sie öffnete ihren BH, warf ihn ins Gras und sah mich lächelnd an, ging rückwärts ins seichte Wasser, tastete jeweils mit dem Fuß nach hinten, während sie ging, ein elegantes Ballett im Wasser. Sie breitete die Arme aus, wohl wissend, dass sie wunderschön war, und durch das kalte Wasser spannten sich ihre Muskeln und ihre Brüste an, ihr Haar glänzte. Sie reckte das Gesicht in die Sonne, lachte laut, tanzte rückwärts, und ich zog mich aus und folgte ihr. Das Wasser kam aus den Bergen, und es war schockierend kalt.

Bis ich halb durch das Flüsschen gewatet war, war sie bei dem tiefen Teich vor der Mühlenmauer angelangt, und sie ließ sich rückwärts hineinfallen, sprang dann nach Luft schnappend wieder auf und spritzte in dem blendenden Licht das klare Wasser um sich herum. Ich tauchte unter und konnte für einen Augenblick gar nichts denken, weil die Kälte mir alle Sinne raubte – mit Ausnahme der Wahrnehmung grünlicher Schatten unter der Oberfläche und einer Explosion von silbernen Blasen und einem Dröhnen in meinen Ohren. Ich tauchte wieder auf und schüttelte mir das Wasser aus den Haaren.

Sie war zwei Meter von mir entfernt, saß auf einem der flachen Mühlsteine, die Knie hochgezogen und die Arme darum geschlungen. Ihre Haare klebten ihr an den Schultern, und ihre Brustwarzen standen wegen der Kälte heraus. Sie drehte eine nasse Haarsträhne um ihren Finger und sah mich an wie eine Sirene, die einen Seefahrer verführt. Ich schwamm zwei Züge zu ihr hinüber und blieb im tieferen Wasser, legte meine Ellenbogen auf den flachen Stein, schob die Hände unter ihre Oberschenkel. Ich konnte unter der Wasseroberfläche spüren, wie die Strömung an meinem Körper zerrte.

»Andere Leute haben so etwas«, sagte sie mit neuer Ernsthaftigkeit, und ich wusste sofort, dass sie nicht mehr nur über Bauernhäuser in Umbrien sprach. »Selbst ganz einfache Leute sind darin erfolgreich. Manche von ihnen genießen es richtig.«

»Tatsächlich, Cate? Wie machen sie das?«

»Sie entscheiden sich für ein einfacheres Leben. Ein weniger puristisches Leben, ein Leben, das nicht immer von irgendwelchen höheren Zielen bestimmt ist. Das könnten wir auch.«

Ich spürte, wie mir die Laune verging. Ich wusste, dass wir diese Reise genau dieser Diskussion wegen unternommen hatten, aber ich wollte nicht gerade jetzt, dass dieses Thema angeschnitten wurde. Ich wollte an diesem Ort hier keinen Streit, und ich fühlte mich in einen Hinterhalt gelockt. Und dennoch wusste ich zugleich, dass mein Groll nur ein Vorwand war.

Sie hob den Arm und streichelte mir über die Haare. »Weißt du, wie verloren ich mir vorkomme, Michael? Ich komme mir vor, als hätte ich im Wald eine falsche Abzweigung genommen und könne jetzt den Rückweg nicht mehr finden. Ich habe den Eindruck, nur du kannst mich finden, aber du suchst gar nicht nach mir.«

»Wir kriegen das wieder in Ordnung, Cate. Mach dir keine Sorgen.«

»Ich mache mir keine Sorgen«, sagte sie. »Ich habe Angst. Ich habe Angst vor einem Leben ohne Meilensteine, eine gute Zeit nach der anderen, aber zwischen diesen guten Zeiten diese großen Spannen der Leere. Ohne Struktur, ohne jeden Sinn. Auch du hast Angst, Michael, aber du willst es nicht zugeben.«

»Und wovor habe ich Angst?«

»Du hast Angst aufzuhören.« Sie streichelte mir noch immer über die Haare. »Du hast Angst, zu versagen, ertappt zu werden, dass auch du nur ein menschliches Wesen bist. Angst davor, die Dinge nicht ändern zu können.«

»Da habe ich aber vor einer ganzen Menge Angst.«

»Das ist noch nicht alles. Da gibt es noch etwas. Vielleicht liegt es an diesen armen Kindern, die du siehst, den kranken und verhungernden. Aber ich glaube, es steckt noch mehr dahinter.«

Ich legte die Hände um ihre Taille und sah zu ihr auf. »Was hat sich verändert, Cate? Ich dachte, wir hätten uns darüber geeinigt, du und ich.«

»Ich kann es dir nicht erklären, Liebling. Aber jetzt weiß ich es besser als früher, das ist alles, was ich sagen kann. Ein stiller Ort, ein Raum in unserem Leben, Frieden.« Sie lächelte in sich hinein, als erinnere sie sich an etwas. »An den Anfang zurückgehen.«

»Den Anfang?«

»Das ist etwas, was meine Mutter immer zu sagen pflegte. Es hatte für sie eine besondere Bedeutung. Ich meine nur, wir sollten uns etwas Zeit nehmen, um einander kennen zu lernen. Meinst du, wir haben uns diese Zeit je wirklich genommen?«

»Und ein Kind«, sagte ich. »Plötzlich ein Kind.«

Sie beugte sich vor, legte die Arme um mich und zog mich an ihre kalten Brüste. »Ich habe immer gedacht«, sagte sie, »wir würden einfach die gleichen Fehler machen. Dass ich niemandem eine Kindheit wünsche. Und dann habe ich erkannt, dass genau das Gegenteil wahr sein könnte. Dass das unsere einzige Chance ist, den Zyklus zu durchbrechen – nicht nur für dieses neue Leben, sondern auch für uns selbst.«

»Ich brauche nur eine Weile, um mich daran zu gewöhnen, Cate. Das ist alles.«

»Nein«, sagte sie traurig. »Das ist nicht alles.« Sie fasste nach dem Schlüssel, hob ihn hoch und zeigte ihn mir, klagte mich mit ihm an. Sie ließ ihn wieder auf meine Haut fallen und glitt, fast ohne einen Spritzer, wie eine Robbe, ins Wasser, legte die Arme um meinen Hals und schaute zu mir auf. »Ein Abenteuer, Michael. Unser Abenteuer. Natürlich ist das Neuland. Das ist es ja gerade. Zusammen Neuland zu betreten. Einen neuen Weg vor uns zu haben.«

»So kann ich nicht arbeiten«, sagte ich. »Jedenfalls nicht von einem Augenblick auf den nächsten.«

»Wir könnten auf den Tag warten, an dem du glaubst, du hast genug getan«, sagte sie, »aber ich glaube nicht, dass dieser Tag je kommen wird.« Sie hielt mein Gesicht in ihren Händen. »Michael, ich will dich nicht von dem, was du tust, abhalten. Ich will dich nur davon abhalten, ein Sklave davon zu sein. Uns beide davon abhalten, Sklaven davon zu sein.«

Ich sagte: »Lass mir etwas Zeit. Vielleicht komme ich dahin, aber ich brauche ein bisschen Zeit.«

Sie löste sich von mir, stützte die Hände hinter sich auf den flachen Stein. Ihre Augen wurden groß. »Stoß mich nicht zurück, Michael«, sagte sie. »Bitte, stoß mich jetzt nicht zurück.«

Von der Brücke ertönte das Tuten einer Hupe, und ich blickte über ihre Schulter und sah, dass ein Traktor sie überquerte, in seinem Anhänger lauter Männer in Arbeitskleidung, die winkten und anerkennend riefen. Zu mir gewandt, verzog Caitlin das Gesicht, dann winkte sie und lächelte den Männern zu, sodass sie noch mehr riefen und bewundernd pfiffen. Sie schaute wieder zu mir, und ich sah, dass ihre Augen trotz des Lachens und des Sonnenscheins voller Trauer waren.

21

Ich schuftete zwei oder drei Stunden, bückte mich, grub die Erde um, schnitt die toten Äste ab und band die herunterhängenden Zweige der Kletterrose wieder hoch. Es war kein großer Garten, und viel von dem, was ich tat, war Beschäftigungstherapie – Graben um des Grabens willen, den Anbau ausräumen, der als Geräteschuppen diente, aus einzelnen Backsteinen eine improvisierte Verbrennungsanlage bauen und die abgeschnittenen Äste für ein Feuer zusammenrechen. Ich hatte drei Tage auf Wetterbesserung gewartet, aber auch jetzt sah es immer noch danach aus, als würde die Regenpause kaum lange genug dauern, bis ich mit meiner Arbeit fertig war. Das machte mir nicht wirklich etwas aus. Ich verstand ohnehin nichts von Gartenarbeit. Ich wusste nur, dass es hier draußen frisch und kalt war, die toten Blätter pelzig mit Raureif überzogen. Ich wusste nur, dass es gut tat, zu arbeiten, ein wenig Ordnung auf diesem verwilderten Fleckchen Erde zu schaffen, und dass es gut tat, die reine Luft einzuatmen. Meine Lungen öffneten und schlossen sich wie ein Blasebalg.

Ich verlor jegliches Zeitgefühl. Es war seit Wochen das erste Mal, dass ich körperlich arbeitete, und ich konnte spüren, wie sich meine Muskeln anspannten, und als ich innehielt, um durchzuatmen, dampfte die nackte Haut meiner Unterarme ein wenig. Ganz plötzlich merkte ich, dass ich Hunger hatte. Ich stieß die Zinken der Harke in den Boden, stützte mich darauf und versuchte, mich zu erinnern, ob von den Vorräten, die Stella gebracht hatte, noch etwas im Kühlschrank war.

Als hätte mein Gedanke sie herbeigerufen, kam Stellas Auto die gepflasterte Hintergasse entlanggeholpert und in ein paar Metern Entfernung quietschend zum Stehen. Ich konnte über den Zaun hinweg das rötlich braune Dach sehen, noch immer fleckig, nachdem sie an einem kreativen Wochenende mit einem alten Malerpinsel darüber gegangen war. Ich erinnerte mich an dieses Wochenende. Sie war unerklärlicherweise zu dem Schluss gekommen, sich an der Originalfarbe satt gesehen zu haben. Es ging mir fast reflexartig durch den Kopf, dass ich im Augenblick wirklich keine Besucher haben wollte. Dass es mir gut ging. Dass ich meinen Freiraum schätzte. Aber beim Anblick des VW war ich von einem unerwarteten Anflug von Zuneigung zu ihr erfüllt – Stella mit ihrer jämmerlichen alten Klapperkiste, an der sie mit einer Affenliebe hing, ihren erbärmlichen Einparkkünsten und ihrer unkomplizierten Treue. Sie machte das Tor auf. Sie hatte sich einen Regenmantel über ihre grün-weiße Schwesterntracht gezogen. Sie sah mich und blieb stehen. Irgendetwas las sie wohl von meinem Gesicht ab.

»Niemand erwartet die spanische Inquisition«, sagte sie und lachte.

»Hast du was zu essen mitgebracht?«, fragte ich. »Das ist so gut wie das Einzige, wozu man dich gebrauchen kann.«

Wir spazierten zu einem italienischen Café hinter der U-Bahn-Station Notting Hill Gate. Es war zur Mittagessenszeit stickig und laut, roch nach Kaffee und Knoblauch, ein Lokal aus der Zeit vor der Sanierung des Viertels, mit rot karierten Tischdecken und Plastikhummern in Netzen. Ich hatte einen Bären-

hunger, und wir bestellten sofort, für Stella Sprotten, für mich Pasta.
»Heute keinen Alkohol«, sagte sie. »Um drei hab ich Dienst. Das ist nur so etwas wie eine Stippvisite.«
»Ach ja?«
»Ich will dir nur das da zeigen. Das ist heute gekommen.«
Sie machte ihre Tasche auf, zog einen großen braunen Umschlag heraus und gab ihn mir. Der Umschlag war mit großen, farbigen Briefmarken beklebt und an Stella adressiert. An Stelle von »England« stand auf der Adresse »Inglaterra«. Ich machte ihn auf.
Eine Karte zeigte eine Gruppe lächelnder Männer und Frauen, größtenteils jung, die in der Sonne an einem Restauranttisch saßen. Die meisten von ihnen kannte ich: das Chirurgenteam vom Mater Misericordia. Jemand hatte mit extravaganter Handschrift darunter gekritzelt: »Michael – wir hätten so gerne, dass Sie kommen – wir brauchen Sie!«, und ein Dutzend anderer Leute hatte unterschrieben. Schnörkel, Smileys, Küsse, kurze Kommentare auf Spanisch mit vielen Ausrufezeichen. Ich drehte die Karte in den Händen.
»Das sind gute Leute«, sagte ich. Ich war plötzlich gerührt. »Sie sind sehr nett.«
»Es ist nur, dass ich mich hinsichtlich der Daten relativ bald festlegen muss«, sagte Stella. »Ich meine, ich will dich nicht drängen.«
Wieder und wieder drehte ich die Karte in den Händen. »Es wäre wunderbar, nicht wahr?«
»Es wird wunderbar«, sagte sie.
»Ja. Ja, ich glaube, das wird es.«
»Gut«, sagte sie. »Gut.« Sie wollte gerade lächeln, ließ es dann aber sein. »Was hast du denn mit deinen Händen gemacht?«
»Das?« Ich schaute perplex auf meine Hände. »Nichts. Abschürfungen vom Kies. Ich bin hingefallen.«
»Du bist *hingefallen?*«

»Auf der Straße. Bin gestolpert.« Ich spürte, dass ich rot wurde. »So was kommt vor.«
»Warst du besoffen oder was?«
»Stella – nur ein kleiner Unfall, okay? Herrgott noch mal!«
»He, bleib auf dem Teppich, Kumpel.«
Sofort kam ich mir idiotisch vor. »Tut mir Leid. Es geschehen im Moment so einige Dinge. Ich bin noch nicht dazu gekommen, über Termine nachzudenken.«
»Was für Dinge?«
»Einfach Sachen, denen die Polizei nachgeht.«
Ich wusste, dass sie weiterfragen wollte, dazu aber nicht den Mut aufbrachte. Sie zog die Augenbrauen hoch. »Na ja, ich werde denen jedenfalls eine Art Antwort geben müssen, Michael. Sie werden nicht ewig warten.«
»März«, sagte ich, aus heiterem Himmel.
»März? März ist doch erst in über drei Monaten.«
»Na schön, Anfang März. In ein paar Wochen. Herrgott, Stella, ich weiß es nicht. Ich muss einfach abwarten, bis die Polizei dieser Spur nachgegangen ist, die sie jetzt neuerdings verfolgt.«
Sie lehnte sich zurück, betrachtete mich. »Michael, die Idee mit Venezuela sollte dir das Leben leichter machen, nicht noch komplizierter.«
»Das macht sie, Stella. Diese Möglichkeit zu haben. Das hilft. Ich muss hier nur noch ein paar Sachen erledigen. Ich habe es nicht völlig in der Hand, wie schnell die Polizei vorankommt.«
»Okay«, sagte sie nachdenklich. »Also dann März.«

Danach sagte sie nicht mehr viel. Nach dem Essen begleitete ich sie zu ihrem Auto zurück, gab ihr einen Abschiedskuss, und während sie davonfuhr, ging ich durch das hintere Gartentor. Mir ging das Bild dieser lächelnden venezolanischen Ärzte und Schwestern nicht aus dem Kopf, und ich schaute mir die Karte wieder an, während ich auf die Hintertür zuging. Ich sah

Barrett erst, als ich die Stufen hinaufstieg und beinahe mit ihm zusammenstieß.

»Hallo, Doc«, sagte er. »Ich war gerade im Begriff, aufzugeben und nicht länger auf Sie zu warten.«

Ich starrte ihn entgeistert an, die Schlüssel in der Hand. Ich sagte: »Sie haben Carrick gefunden?«

»Lassen Sie uns kurz drinnen reden, ja?«

»Ich dachte, Sie hätten ihn womöglich geschnappt.«

Ich wusste, dass meine Hoffnung unvernünftig war, dennoch war ich überrascht, wie enttäuscht ich war.

»Man soll den Tag nicht vor dem Abend loben«, sagte Barrett leichthin. Er nickte in Richtung der Schlüssel in meiner Hand. »Drinnen wäre es gemütlicher.«

Ich schloss die Tür auf und ließ ihn vor mir eintreten. Er ging durch die Räume, sah sich wie ein Tourist um, als habe er das Haus noch nie gesehen. Ich stellte die Karte in ein Regal und schaltete das Radio ein. Es war auf einen Klassiksender eingestellt. Ich sagte: »Wollen Sie Kaffee?«

»Wenn Sie ohnehin welchen machen.«

»Ich habe gerade einen getrunken, aber ich könnte noch einen gebrauchen. Ich fürchte, ich bin süchtig danach. Aber ich kann ihn Ihnen nur schwarz anbieten. Ich vergesse ständig, Milch zu besorgen.«

»Schwarz ist bestens, Doc.«

»Nehmen Sie doch Platz.« Ich deutete auf einen Stuhl im Esszimmer und ging in die Küche.

»Danke.« Barrett trug einen langen schwarzen Mantel, der ihn ein wenig wie einen Rausschmeißer vor einem Nachtklub aussehen ließ. Er zog ihn aus, warf ihn über eine Stuhllehne und setzte sich am Ende des Esstischs hin, sodass wir uns sehen konnten, während ich in der Küche herumhantierte.

Er sagte nichts. Ich hatte den Eindruck, er wolle mich auf die Folter spannen, die Spannung erhöhen. Vielleicht wartete er aber nur, dass ich mich hinsetzte, damit er mit mir reden konnte, ohne die Stimme zu heben. Allmählich bereute ich die Pasta. Sie machte mich matt und geistig träge. Ich füllte die Kanne und schüttete Kaffee ins Filterpapier. Ich stellte fest, dass meine Hände ein wenig zitterten, und wartete darauf, dass sie wieder ruhig wurden. Barrett hier anzutreffen hatte mich unverhältnismäßig verstört. Es war mir im Laufe der letzten Tage gelungen, dieses Treffen so vollkommen auszuklammern, dass ich beinahe vergessen hatte, wie dringend ich hören wollte, was er mir zu sagen hatte, wie dringend ich wollte, dass die Sache einer Lösung näher kam. Allem Anschein nach hatte das Treffen mit Stella es wieder wichtiger werden lassen. Ich war froh, dass ich das Radio angeschaltet hatte, denn sonst wäre das Schweigen zwischen uns unerträglich gewesen. Ich tat die Becher auf ein Tablett, trug es hinüber und stellte es auf den Esszimmertisch, dabei bemühte ich mich, sie nicht klirren zu lassen.

»Bevor ich es vergesse, hier haben Sie Ihre Fotos zurück«, sagte er und ließ den Umschlag auf den Tisch fallen. »Die Zeichnung brauchen wir noch eine Weile, aber ich schicke Ihnen eine Kopie, falls Sie das wollen.«

»Ja, ist in Ordnung. Hat keine Eile.«

»Und dann noch etwas: Wir würden gerne eine Rekonstruktion durchführen. Wissen Sie, einen kleinen Film drehen? Ihn in *Crimewatch* laufen lassen oder so was.«

»Was gibt es da zu rekonstruieren? Niemand hat doch was gesehen.«

»Wir haben heute Morgen vom Einkaufszentrum ein paar Aufnahmen von Mrs. Severin aufgetrieben, die von den Überwachungskameras gemacht wurden. Die Chefin meint, vielleicht könnte man nachstellen, wie sie nach Hause kommt. Vielleicht hat irgendjemand gesehen, wie sie ins Haus gegangen ist. Falls wir echt Glück haben, hat jemand diesen Typen zur Tür kommen sehen, kurz nachdem sie reingegangen ist.«

»Sie reden von Carrick«, sagte ich.

Barrett hielt den Ton sachlich. »Vermutlich.«
Ich sagte: »Wann wollen Sie das machen?«
»Am Freitag. Wir werden einen Teil der Straße für eine Weile sperren müssen, aber es ist am besten, es am gleichen Tag zu machen, an dem das Verbrechen begangen wurde. Die Leute folgen Verhaltensmustern. Kommen jede Woche am gleichen Tag in die Stadt, solche Sachen.«
»Verstehe.«
»Sie müssen darin gar nicht vorkommen oder so, Doc. Nur zusehen. Uns sagen, falls etwas falsch ist. Die Kleidung Ihrer Frau. Die Art, wie sie ging. Die Reihenfolge, in der sie Sachen erledigte. So etwas. Sind Sie dazu bereit?«
Ich zuckte die Achseln. »Wenn Sie meinen, dass das weiterhilft.«
»Ich selbst halte nicht viel von Rekonstruktionen. Aber es ist einen Versuch wert.«
Es folgte wieder Schweigen.
»Sie haben keine Ahnung, wo er ist, nicht wahr?«, fragte ich.
»Carrick? Meiner Meinung nach ist er im Ausland. Er hat die Kontakte und die Erfahrung.«
Ich sagte nichts.
»Aber er wird auftauchen, Doc. Egal, wo er ist, irgendwann wird er auftauchen. Das tun sie immer. Jemand entdeckt sie, oder sie müssen ein letztes Mal das liebe, alte Mütterchen besuchen, oder sie kriegen Heimweh nach Fisch und Chips und einem Pint ihres Lieblingsbiers. Albernes Zeug dieser Art. Was immer Carrick mit dieser Sache zu tun hat, er wird früher oder später auftauchen, und dann werden wir es mit Sicherheit herausbekommen.«
Barrett tat einige Zuckerstücke in seinen Kaffee und rührte geräuschvoll um. »Und in der Zwischenzeit hatten wir das Vergnügen, uns lange und angeregt mit der jungen Angie zu unterhalten.«
»Ach, tatsächlich?«

»Übrigens ist sie eine echte Wucht. Das haben Sie gar nicht erwähnt.«
Ich nahm meinen Becher. »Waren Sie in Bradford?«
»Sie hat uns die Fahrt erspart«, erzählte Barrett. »Sie ist in London.«
»Was?« Ich konnte die Überraschung in meiner Stimme nicht verbergen.
»Sie hat diesen bekloppten Onkel dabei. Ist in die Wohnung ihres Bruders in Brixton gezogen.«
»Kann sie das denn?«
Er zuckte die Achseln. »Die Miete ist bezahlt. Sie hat einen Schlüssel.«
»Aber was macht sie da?«
»Sie möchte am Ort des Geschehens sein, sagt sie. Das heißt, sie will vor Ort sein, wenn wir ihren Bruder Barney hochnehmen.«
»Ich hätte gern ihre Adresse«, sagte ich nach einer Weile.
Er sah mich neugierig an.
»Ich will die Fotos zurückgeben. Ich hab sie aus ihrer Wohnung mitgenommen und ein schlechtes Gewissen.«
Barrett zuckte die Achseln. »Die ist kein Geheimnis.« Er kritzelte die Adresse auf die Rückseite einer Visitenkarte und schob sie mir hin. »Jedenfalls wette ich, dass es ihr jetzt lieber wäre, sie wäre im Norden geblieben. Ich will nicht leugnen, dass wir sie ein bisschen in die Mangel genommen haben. Bildlich gesprochen, natürlich. Haben sie vier oder fünf Stunden lang ausgequetscht. Mitten in der Nacht. Die übliche Prozedur. Ihr ordentlich eingeheizt.«
»Verstehe.«
»Sie ist zäh wie ein alter Stiefel, unsere Angie. Das muss ich ihr lassen. Sie war nicht bereit, uns irgendetwas über ihren Bruder zu sagen, was sie uns nicht sagen wollte.« Er kicherte, zeigte zähneknirschend seine Bewunderung.
»Vielleicht weiß sie einfach nichts«, sagte ich.

»Klar.« Wieder kicherte er.
Es berührte mich eigenartig, ihn so über Angie reden zu hören. Ich konnte mir Barrett vorstellen, wie er in einem düsteren Zimmer um sie herumschlich, spöttisch grinsend wie ein Schurke in einem zweitklassigen Film, und ich fühlte mich unwohl, weil ich dafür verantwortlich war. Ich schaute auf den Stoß Fotos, die Fotos, die ich ihr entwendet hatte. Ich hatte ein starkes Bedürfnis, mich jetzt für sie einzusetzen, und sei es nur, um eine Art Wiedergutmachung zu leisten.
»Sie ist an dem, was passiert ist, in keiner Weise schuld«, sagte ich.
Barrett grinste. »Die ist Ihnen wohl unter die Haut gegangen, Doc, nicht wahr?«
»Wie bitte?«
»Die junge Angie. Mächtig gescheit. Gut aussehendes Mädchen. Vielleicht so etwas wie Zusammengehörigkeitsgefühl, kann das sein?«
»Scheiße, das meinen Sie doch nicht etwa im Ernst?«, fragte ich und bremste mich. Ich hatte das lächerliche Bedürfnis, mich für meine Ausdrucksweise zu entschuldigen.
»Nur so ein Gedanke«, sagte Barrett unschuldig. »Nur, weil sie etwas Ähnliches über Sie gesagt hat. Wie grausam das alles sei. Dass am Ende immer die Leute leiden müssten, die gar nicht schuld seien. Das ist alles.«
»Richtig«, sagte ich. »Verstehe.« Ich ließ einen Zuckerwürfel in meinen Kaffee fallen und realisierte, dass ich das bereits getan hatte, möglicherweise mehr als ein Mal.
»Und außerdem, Doc«, sagte Barrett, »er war der Vater des Kindes. Carrick. Das steht jetzt offiziell fest. Die Leute von der Army hatten noch ein paar Blutproben, und wir haben einen DNA-Vergleich durchführen lassen. Gibt einem zu denken, nicht wahr? Eine schöne junge Frau wie sie. Ein mieser Kerl wie er.« Er beobachtete mich. »Fehlt Ihnen was?«
»Ich brauche frische Luft.«

Ich stand auf, ging zur Hintertür und trat in den Herbstnachmittag hinaus. Draußen war es kalt und feucht, und ich war froh darüber. Ich hörte, dass Barrett hinter mir herauskam, sich an die Tür stellte, seinen Aktenkoffer neben sich auf dem Plattenboden. Er hatte den Mantel angezogen, und er stand da auf der Treppe, wippte auf den Zehen, betrachtete den kleinen Garten im spätnachmittäglichen Dunkel, als wäre es ein großes Grundstück. Ich bemerkte, dass er seinen Kaffee mit herausgebracht hatte. Er schien es nicht eilig zu haben, zu gehen.

»Sind Sie Hobbygärtner, Doc?«

»Mir war nur danach, zu arbeiten und ins Schwitzen zu kommen.« Ich wollte mich nicht über Gartenarbeit unterhalten. Ich wollte mich überhaupt nicht unterhalten.

»Oh, ich bin ganz wild drauf.« Er deutete auf die Kletterrose, die ich wieder an der Mauer festgebunden hatte. »Der täte etwas Pferdemist gut. Nicht zu viel, passen Sie auf, sonst verbrennt er die Wurzeln. Ich bekomme meinen immer von der Reiterstaffel. Schön zu wissen, dass die wenigstens für etwas gut sind, was? Ich werde mal sehen, ob ich Ihnen einen Sack voll bringen kann.«

Allmählich wünschte ich mir ernsthaft, er würde gehen, aber er machte noch immer keinerlei Anstalten.

»Wissen Sie, es ist schon eine komische Sache, Doc.«

»Was meinen Sie?«

»Na ja, verstehen Sie mich nicht falsch. Ich habe keinerlei Sympathien für einen Scheißkerl wie Carrick. Aber es sieht so aus, als hätte er eine ziemlich schlimme Kindheit gehabt.«

»Ich kann Ihnen nicht folgen.«

Er zuckte mit den Achseln. »Es ist mir nur plötzlich klar geworden, dass Sie ja zufällig auch eine ziemlich schlimme Jugend hatten. Schauen Sie mich nicht so entgeistert an. Ich habe nur einen kurzen Blick in die Akten geworfen, das ist alles.«

»Warum haben Sie das getan?«

»Neugier. Sie haben sich wirklich gut gemacht, Doc, nicht? Nach einem solchen Start.«

»Ich habe Glück gehabt.«

»Nein«, sagte er. »Das müssen Sie schon sich selbst zuschreiben. Sie waren gescheit und zäh und einfallsreich.« Er tippte mit dem Fuß gegen seinen Aktenkoffer. »Nicht wie dieser Verlierer da. Nicht wie Carrick.«

Er nippte an seinem Kaffee, wärmte sich die Hände am Becher.

»Sie haben hier heute Ordnung gemacht.« Er nickte zustimmend in Richtung der zusammengerechten Blätterhaufen und der umgegrabenen Erde. Er blinzelte in den trostlosen Himmel hinauf. »Gut, dass Sie fast fertig sind. Ich glaube, es wird Ihnen bald auf Ihr Werk regnen.«

»Falls Sie mir noch etwas zu sagen haben«, erklärte ich ihm, »sollten Sie es lieber gleich tun.«

Barrett stellte seinen Becher auf die Fensterbank und lehnte sich mit verschränkten Armen gegen die Wand. Sein Atem dampfte in der kalten Luft. »Ich wäre ja bereit, es als Unfall zu betrachten«, sagte er sachlich. Er nickte gedankenverloren. »Ja, damit könnte ich leben.«

Ich kam nicht dahinter, was er meinte. Es war, als sprächen wir über eine unbedeutende Transaktion: vielleicht über den Kauf eines Gebrauchtwagens.

»Es ist nicht so schwer zu verstehen«, fuhr Barrett fort. »Sie sind unerwartet nach Hause gekommen. Sie treffen Ihre geliebte Frau mit gepackten Taschen an, Sie pressen aus ihr heraus, was sich hinter Ihrem Rücken abspielt. Es kommt zu gegenseitigen Beschuldigungen. Die so dringend benötigte Disziplin geht flöten. Es kommt zu einer Überreaktion. Zu einem einmaligen Wutanfall. So etwas in der Art.«

Ich schien nicht in der Lage zu sein, genügend Luft in meine Lungen zu bekommen.

»Jeder ist zu Gewalttaten fähig, Doc«, sagte er leichthin, »selbst Sie. Und ich weiß, dass mir Angie Carrick in diesem

Punkt zustimmen würde.« Er grinste über meinen Gesichtsausdruck. »Sie hat Ihnen ein Veilchen verpasst, was?«

»Hat sie Ihnen das erzählt?«

»Sie hat Ihnen eine geknallt, aber nur, weil Sie sie zuerst geschlagen haben. So war es doch, oder?«

»Das ist alles falsch.« Ich fühlte mich auf einmal krank. »Ganz falsch.«

»Lassen Sie es vorläufig einfach als Hypothese stehen, hm?« Er knöpfte sich den Mantel zu und blickte wieder in den kalten Himmel hinauf. »Aber eines möchte ich Ihnen unbedingt klar machen, und zwar jetzt.«

»Was?«

»Da gibt es einiges, was ich einfach nicht in meinen Kopf kriege, seit wir von diesem Barney Carrick gehört haben. Nun, für die Chefin, für die ist es ganz einfach. Sie sind ein schlimmer Finger, weil Sie uns nicht informiert haben, aber lassen wir das mal beiseite: Carrick ist ein wirklich erstklassiger Hauptverdächtiger, und es wird nicht lange dauern, und er sitzt im Knast und sagt, wie froh er doch sei, dass alles vorüber ist. Aber ich?« Er kicherte. »Ich glaube, die Lage hat sich total verändert, seit wir von diesem Carrick gehört haben. Ich glaube, alle Karten sind in die Luft geworfen worden, und niemand weiß so recht, wie sie runterkommen.«

»Was soll das heißen?«

»Oh, ich gebe Ihnen zu, dass Barney Carrick ein mieser Typ ist«, sagte Barrett. »Ihm wäre eine solche Tat durchaus zuzutrauen. Aber es gibt nichts, was beweist, dass er jemals auch nur in der Nähe dieses Hauses war, an diesem Tag oder an irgendeinem anderen. Keine DNA. Keine Fingerabdrücke. Keine Zeugen.«

»Das beweist nicht, dass er nicht hier war.«

»Das ist ein schlechter Beweis dafür, dass er hier war, das müssen Sie zugeben. Es hat nicht einmal ein Einbruch stattgefunden. Und außerdem, falls Ihre Frau gerade dabei war, ihre

Taschen zu packen, um mit ihm durchzubrennen, warum sollte er sie dann umbringen? Sie dagegen – Sie waren hier, das wissen wir. Sie und Ihre berühmten vierzig Minuten.« Er breitete die Hände aus, als flehe er um Verständnis. »Sehen Sie, wie sich das zusammenreimt?«

»Das kann ich einfach nicht glauben!«

»Oh, das sollten Sie aber lieber. Weil dann da noch die Sache mit Ihnen und Miss Cowan ist. Sie schlafen offenbar mit ihr.«

»Das ist nicht wahr. Das stimmt absolut nicht. Da war seit Jahren nichts zwischen Stella und mir – seit vor meiner Heirat nicht mehr.«

»Ach? Dann stimmt es also absolut nicht, dass Sie planen, nach Übersee zu gehen und dort mit ihr zu leben? Weil Sie mir nämlich genau das erzählt haben.« Er deutete nach hinten ins Haus. »Und ich sehe, dass alle Ihre neuen ausländischen Freunde Ihnen bereits schreiben, Ihr neues Leben planen, so, als stimme es doch.«

»Das ist etwas ganz anderes.«

»Wirklich? Und ich nehme an, Sie und Miss Cowan haben nie ein gewisses ... wie soll ich es ausdrücken? ... Wiederaufflammen alter Leidenschaft erlebt, als Sie das letzte Mal in Südamerika waren? Tropische Mondnächte, Gitarrenmusik, lange, einsame Abende? Das kann doch bei jedem dazu führen.«

»Nein. Haben wir nicht. Nicht in der Art, wie Sie meinen.«

»Na schön, Doc, vielleicht sagen Sie die Wahrheit, aber ich meine, der Unterschied, ob Sie und Stella Cowan nun etwas miteinander haben oder nicht – der Unterschied hat auf der Kniescheibe einer Stechmücke Platz. Und ich meine außerdem, dass jeder, der Ihre Teammitglieder in Venezuela dazu befragt, so wie ich es getan habe, zu der gleichen niederträchtigen Schlussfolgerung kommen würde. Und das macht keinen guten Eindruck.«

Plötzlich war ich den Tränen nahe. Ich wollte verzweifelt verhindern, dass er das sah, aber wahrscheinlich bemerkte er es doch, denn er vermied es ostentativ, mich anzusehen, und legte stattdessen den Kopf in den Nacken und atmete die kalte Luft ein.

Ich sagte: »Sie können doch nicht glauben, dass ich Caitlin hätte wehtun können. Selbst wenn ich über das alles Bescheid gewusst hätte – über Carrick, über das Kind –, ich hätte ihr nie wehgetan. Selbst wenn alles, was Sie über mich sagen, wahr wäre, hätte ich ihr nie wehgetan.«

Er betrachtete mich ein paar Sekunden skeptisch. »Wir sind nicht besonders helle, wissen Sie«, sagte er. »Sonst wären wir keine Bullen. Dann wären wir alle Gehirnchirurgen, so wie Sie, oder was immer Sie genau machen. Deshalb ist die Art und Weise, wie wir arbeiten, wirklich langweilig. Immer ein Stückchen nach dem anderen. Das muss man nur lange genug machen, dann ergibt sich ein Bild. Das ist nicht persönlich gemeint.«

Es fing zu regnen an.

»Wahrscheinlich haben Sie gar nichts zu befürchten, Doc. Bis jetzt ist das nichts weiter als etwas, was Sie als private Spekulationen meinerseits bezeichnen könnten. Unterdessen läuft die Jagd nach Carrick auf vollen Touren. Vielleicht finden sie ihn bald, dann wird noch ein anderes Bild Gestalt annehmen, und ich werde wieder herkommen und mich entschuldigen.« Er legte eine Pause ein. »Aber irgendeine Art von Unfall. Ja, damit könnte ich leben.« Er ging den Plattenweg zum hinteren Tor hinunter und drehte sich dort, die Hand auf dem Riegel, noch einmal um. »Sie könnten ja mal darüber nachdenken. Und treten Sie Ihre Reise mit Miss Cowan nicht an, ohne das mit uns abzusprechen, einverstanden, Doc?« Er hob die Hand zu einem Gruß, der schon fast ein Salutieren war, und ging auf die Gasse hinaus. Ich hörte seine schweren Schritte über das Pflaster davonstapfen.

Als ich seine Schritte nicht mehr hören konnte, ging ich ins Haus zurück. Mir war richtig übel. Ich ging in die Toilette und stand dort eine Weile, kämpfte gegen den Drang, mich zu übergeben, betrachtete mein geisterhaftes Bild im Spiegel. Ich schwitzte. Ich wusch mir das Gesicht mit kaltem Wasser, und der Schock beruhigte mich etwas.

Ich kam ins Esszimmer zurück. Das Haus wirkte dunkel und bedrückend, da der lange Herbstabend vor mir lag, mit nichts zu tun, als weiteren Selbstzweifeln nachzuhängen. Ich fühlte mich gefangen und einer Panik nahe. Ich fühlte mich allein. Ich nahm den Umschlag, den Barrett auf dem Tisch gelassen hatte. Ich brauchte ihn nicht zu öffnen und die Fotos noch einmal anzuschauen. Ich konnte Carricks Gesicht so deutlich sehen, als säße er mir gegenüber. Gibt einem zu denken, hatte Barrett gesagt. Ein mieser Kerl wie er. Eine schöne junge Frau wie sie.

Ich steckte den Umschlag in die Tasche. Ich fühlte mich wirklich nicht ruhig genug, um zu fahren, aber ich kramte trotzdem meine Autoschlüssel hervor.

22

Ich brauchte weniger als eine halbe Stunde, um es zu finden, parallel zur Brixton High Street und nicht weit von der Eisenbahnlinie. Ich parkte in einer Seitenstraße und machte einen Spaziergang durch den Herbstabend, um einen klaren Kopf zu bekommen. Ich hatte auf ein wenig Frieden gehofft, aber ich fand ihn nicht. Hier wurde ein Abendmarkt abgehalten, und der Platz war voll mit Ständen und Schirmen und Unmengen von Leuten. Es wurde viel gerufen und gelacht, und der Ge-

ruch von Essen, das in Woks an den offenen Ständen gebraten wurde, hing in der Luft. Irgendwo spielte eine Steelband, und ihre Musik klang durch die Straße.
Das Mietshaus befand sich in einer kurzen Geschäftsstraße in Hör- und Riechweite des Marktes. Die Wohnungen lagen über einem asiatischen Geschäft, das von einem Spirituosenladen und einem Wettbüro flankiert war. Alle drei Geschäfte waren geschlossen. Durch die grünen Jalousien des asiatischen Ladens konnte ich Säcke mit Reis und Hirse und entlang der schmalen Gänge Kartons mit Gewürzen aufgestapelt sehen. Auf der Seite des Gebäudes führte ein Durchgang zu einem kleinen Parkplatz dahinter, auf dem ein blauer Fiat Bravo mit einem Aufkleber vom Yorkshire Dales National Park am Rückfenster stand. Unter einer eisernen Feuerleiter war eine Spanplattentür nur angelehnt. Es war niemand zu sehen. Ich stieß die Tür auf und gelangte in ein düsteres Treppenhaus, in dem es nach Kokosnuss und Koriander roch. Leise stieg ich die Treppe rauf. Die Wohnung lag im ersten Obergeschoss. Ich klopfte an die Tür.
Ein paar Augenblicke herrschte Stille, und ich wollte schon ein zweites Mal klopfen, als ich ihre schnellen Schritte und das Rasseln einer Kette hörte, und die Tür ging auf. Angie starrte mich eine Sekunde an, und ich dachte, dass sie wohl jemand anderen erwartet hatte. Sie trug ein blaues Jeanshemd und eine khakifarbene Cargohose. Es schien ihr wichtig zu sein, ihre Überraschung zu kaschieren, aber ich sah, dass sich ihre Pupillen weiteten und sie mit der einen Hand instinktiv den obersten Knopf ihres Hemds zuknöpfte.
»Sie haben Nerven!«, sagte sie. »Hierher zu kommen.«
»Angie, darf ich reinkommen?«
»Nein. Hauen Sie ab!«
Sie wollte mir die Tür vor der Nase zuschlagen, so wie ich es einmal mit ihr hatte machen wollen, aber ich hielt eine Hand gegen das Holz und streckte ihr mit der anderen den Umschlag

hin. Ich sagte: »Ich bin gekommen, um das hier zurückzubringen.«
Sie zögerte. »Was ist das?«
»Das sind die Fotos, die ich mitgenommen habe.«
»Mir gestohlen haben.«
»Ja. Das stimmt. Und jetzt gebe ich sie zurück. Ich wollte es persönlich tun. Vielleicht war das eine blöde Idee.«
Sie blickte von meinem Gesicht auf den Umschlag und wieder zurück. »Warum sind Sie wirklich hier?«
»Sie haben mir einmal gesagt, die Sache habe uns beide verletzt. Ich habe darüber nachgedacht.«
Ich nahm die Hand von der Tür, um ihr die Möglichkeit zu geben, sie mir vor der Nase zuzuschlagen. Sie stand noch einen Moment da und funkelte mich wütend an, dann schnappte sie den Umschlag und trat zur Seite. Ich ging an ihr vorbei in die Wohnung. Die war nichts Besonderes: ein Zimmer mit einem Esstisch, eine Küchenzeile, ein Bad und zwei daran angrenzende Schlafzimmer. Sie kam mir vor, als sei sie seit den Sechzigerjahren nicht mehr renoviert worden. Ein großes Fenster ging auf den Parkplatz auf der Rückseite des Gebäudes hinaus und auf Augenhöhe auf ein Eisenbahnviadukt. Ich konnte Onkel Stanleys Tabak und Putzmittel mit Tannenduft riechen.
»Sie haben ein Talent, mich zu finden«, sagte sie. »Wer hat Ihnen gesagt, wo ich bin? Der aufrechte Sergeant Barrett?«
»Die Polizei sagt, dass das die Wohnung Ihres Bruders ist.«
»Das stimmt. Was daran auszusetzen?«
»Was machen Sie hier, Angie? In London? Sie bringen sich nur in Schwierigkeiten.«
Sie stemmte die Hände in die Hüften. »Was geht Sie das an?«
»Und Sie haben Onkel Stanley mitgebracht?«
»Er wollte nicht allein bleiben.«
»Wo ist er?«, fragte ich. Ich hatte erwartet, den alten Mann hier zu sehen, und seine Abwesenheit veränderte die Situation auf eine Weise, die ich nicht definieren konnte.

»Er ist unten auf dem Markt. Oder vielleicht im Pub. Ich hab geglaubt, er wäre es, der nach Hause kommt.« Sie machte hinter mir die Tür zu und warf den Umschlag ungeöffnet auf den Tisch. »Sie sehen so verändert aus«, stellte sie fest.
»Ich hatte heute Besuch von der Polizei.«
»Na ja, das muss Sie doch glücklich gemacht haben.«
»Nein, das hat es nicht.«
»Nein, es hat mich auch nicht glücklich gemacht, als sie mich mitten in der Nacht weggeschleppt haben. Dank dem, was Sie ihnen gesagt haben.«
»Ich wollte das alles nicht, Angie. Aber Sie wissen, dass ich zur Polizei gehen musste.«
»Wissen Sie, was die mit mir gemacht haben?« Ihre Stimme wurde lauter. »Die haben mich mitten in der Nacht stundenlang in diesem verdammten Befragungszimmer festgehalten und mich wie irgendeine vom Straßenstrich ausgequetscht. Sie haben mich nicht einmal auf die Toilette gehen lassen. Immer wieder dieselben beschissenen Fragen. Und dieser Bulle Barrett steht die ganze Zeit neben mir und schaut anzüglich auf mich runter.«
Sie schlang die Arme um sich, als würde die Erinnerung sie plötzlich frösteln lassen, und ich sah, dass sie zitterte, und mir wurde klar, wie sehr man sie verängstigt und gedemütigt hatte.
»Sagen Sie es ihnen, wenn Sie irgendetwas wissen«, sagte ich. »Kooperieren Sie mit ihnen. Machen Sie alles, was die wollen.«
»Warum sollte ich?«
»Weil diese Sache über jede verzwickte Loyalität zu Ihrem Bruder hinausgeht. Weil Sie sonst verletzt werden.«
»Sie wissen gar nichts, Michael, und verstehen noch weniger.«
»Ich kenne seine Akte.«
»Ach ja? Sergeant Barrett hat sämtliche Fakten über Barney, nicht wahr? Hat einen armen Mann zum Krüppel geprügelt, als er erst fünfzehn war. Das Massaker an den Unschuldigen in Kabul. Ich kenne die ganzen Märchen.«

»Wollen Sie damit sagen, dass das nicht wahr ist?«
»Es könnte zutreffen. Aber das ist nicht das Gleiche, oder?«
»Und was soll das heißen?«
»Dass die Dinge nicht so sind, wie Sie glauben. Dass Barney Gründe hatte. Er hatte immer Gründe.«
»Welchen Grund hatte er, Caitlin zu Tode zu prügeln?«
»Warum hören Sie mir nicht zu? Ich habe Ihnen gesagt, dass er das nie hätte tun können.«
»Wenn Sie dieses Mantra lange genug wiederholen, könnte es am Ende noch wahr werden, nehme ich an.«
»Verstehen Sie doch, Michael! Barney war der einzige Mensch, der sich je um mich gekümmert hat. Wäre er nicht gewesen, dann wäre es mir genauso ergangen wie meiner Mutter: mit vierzehn in der Scheiße. Und ich meine: total in der Scheiße.« Jetzt wurde sie immer lauter, und ihre Augen funkelten wild. »Sie können nicht über uns urteilen. Sie können sich nicht einmal vorstellen, wie es bei uns zugegangen ist.«
»Die halbe Menschheit hatte eine scheußliche Kindheit, Angie. Glauben Sie, Ihre rechtfertigt das?«
»Sie würden alles tun, um Barney das anzuhängen, nicht wahr?« Sie kam auf mich zu, ihre Haare wirbelten wild umher. »Warum? Liegt es daran, dass Sie wirklich glauben, er hätte es getan? Oder weil er mit ihr gebumst hat? Geht es in Wahrheit darum?«
»Angie, reden Sie nur weiter. Warum sagen Sie nicht gleich, dass ich sie selbst umgebracht habe? Sie wären nicht die Erste.«
»Und?«, schrie sie, »und, haben Sie?«
Ich packte sie an den Schultern, hielt sie fest, zwang sie aufzuhören. Die Stärke meines Griffs ließ sie zusammenzucken, aber ich lockerte ihn nicht. »Ich bin mit ihr auf der Treppe gesessen.« Meine Stimme wurde leiser. Ich konnte mich selbst hören, als würde irgendein anderer sprechen. Ich starrte über ihren Kopf hinweg durch das von Regenschlieren überzogene Fenster. »Ich habe alles getan, was ich tun konnte. Aber es war

einfach nicht genug. Ihr Herz hat noch geschlagen. Hin und wieder konnte ich es spüren. Und am Ende musste ich warten, bis es aufgehört hat. Dasitzen und warten. Es hat ziemlich lange gedauert.«

»Lassen Sie mich los!« Sie wand sich unter meinem Griff wie ein wildes Tier, das ich gefangen hatte. Ich schaute ihr nicht ins Gesicht.

»Sie wollte gar nicht viel«, sagte ich. »Einen Sinn im Leben. Mehr sein als nur die hübsche Prinzessin in einem Schloss. Das scheint nicht viel verlangt. Aber trotzdem musste sie sich dafür an einen anderen wenden.« Mit den bunten Lichtern draußen geschah etwas Eigenartiges, etwas, das sie wackeln und schwanken ließ. »Sie wollte ein Kind«, sagte ich. »Am Ende hat sie sich auch dafür an einen anderen wenden müssen.«

Ich schaute in Angies Augen. Ich hatte sie nicht bedrohen wollen, aber in meiner Vorstellung sah ich Caitlin auf der Treppe, ihre nackten Beine verrenkt, und was immer Angie in diesem Augenblick in meinem Gesicht las, es jagte ihr Angst ein, denn plötzlich schrie sie los und schlug auf mich ein – rechte Hand, linke Hand. Ich packte ihre Handgelenke und hielt sie fest, aber sie wand sich, fauchte wie eine Katze, mit großen, funkelnden Augen.

»Angie, hör auf!« Ich legte meine Arme um sie und hielt sie an mich gedrückt gefangen. »Angie!«

»Das wäre ausgleichende Gerechtigkeit, nicht wahr?«, schleuderte sie mir entgegen. »Mich genauso zu bumsen, wie Barney sie gebumst hat!«

Ich ließ die Arme sinken und trat zurück. Einen Augenblick verschwamm das Zimmer, und als es wieder klar wurde und ich wieder in der Gegenwart angekommen war, sah ich, dass sie dastand, die Hände an den Seiten, keuchend wie ein Boxkämpfer, der sich gerade aus einer Umklammerung befreit hat. Die Wut schwand aus ihrem Gesicht, während ich sie betrachtete. Sie sah mitgenommen aus.

Sie sagte: »Michael …«
Die Tür ging auf.
»Ich bitte allerseits um Entschuldigung«, sagte Onkel Stanley. Er trug einen Karton, und der war voll mit Dosen und Frischhaltepackungen und frischem Gemüse. Der Geruch von gebratenem Huhn hing in der Luft. Der alte Mann linste uns durch federartiges Spargelkraut wie ein argwöhnisches Tier im Dschungel an.
Angie wandte sich ab, schob sich die Haare zurück, zog ihr Hemd herunter, versuchte, ihren Atem unter Kontrolle zu bringen.
Ich fand vor ihr meine Stimme wieder. »Wir hatten ein Problem«, sagte ich in die Richtung des alten Mannes.
»Ach ja?«
»Ein kleines Problem. Wir haben es jetzt gelöst.«
»Algebra, oder?« Onkel Stanley warf mir einen kühlen Blick zu. »Ich kann mich nicht erinnern, dass es bei Algebra so laut zugeht. Ich verschwinde lieber wieder, bevor ihr mit Logarithmen weitermacht.« Er schaute Angie eingehend an, musterte sie.
»Es ist alles in Ordnung.« Sie tat betont resolut, trat einen Schritt vor und nahm ihm den Karton ab. »Gib mir das und mach verdammt noch mal die Tür zu, bevor wir hier noch alle erfrieren.«
»Ich gehe jetzt besser«, sagte ich. »Ich hätte nicht kommen sollen.«
»Sie brauchen nicht zu gehen.« Angie sprach atemlos, hatte mir den Rücken zugekehrt, stellte den Karton auf den Tisch. Und gleich darauf fügte sie hinzu: »Ich hätte nie sagen sollen, was ich gesagt habe. Nichts davon.«
»Es ist nicht Ihre Schuld.«
»Ich würde mich schlecht fühlen, wenn Sie jetzt gehen würden.«
»Trotzdem, es ist wahrscheinlich am besten, ich verschwinde.«

Onkel Stanleys Kopf folgte dem Wortwechsel, drehte den Kopf von einer Seite zur anderen wie ein Schiedsrichter in Wimbledon.
»Wie Sie wollen«, sagte Angie. Sie wandte mir immer noch den Rücken zu. Ich konnte sehen, wie sich ihre Schultern hoben und senkten. »Es ist jedenfalls genug für drei da.«
»Also jetzt kommt endlich zu Potte«, sagte Onkel Stanley, »sonst wird keiner hier mitgefüttert.«
Ich hätte noch Nein sagen können. Wir alle wussten, dass ich noch hätte Nein sagen können.
Ich setzte mich an den Tisch.
Angie packte umständlich den Karton aus. Sie sagte zu Onkel Stanley: »Hast du keinen Wein gekauft, du alter Nichtsnutz? Wir können doch nicht dein scheußliches braunes Ale trinken.«
»Aha, jetzt muss es Wein sein?« Der alte Mann zog die Augenbrauen hoch. Er klopfte die Pfeife in seine schwielige Hand, erzeugte ein Geräusch wie eine Taschenpistole und wiederholte es noch einmal, runzelte die Stirn über das Ergebnis und blies lautstark das Mundstück durch. »Nun, verzeih mir, ich habe nicht gewusst, dass wir deinen feinen Herrn Besucher verköstigen. Ich hab auch keine Entenpastöötchen mitgebracht.«
»Ich hole den Wein«, sagte sie. Ich wollte aufstehen, aber sie winkte mir, ich solle sitzen bleiben. »Der Laden ist gleich unten. Und ich kann ein bisschen frische Luft gebrauchen. Wirklich.«
Das Gesicht abgewandt, zog sie ihre schwarze Lederjacke an und schlüpfte aus der Wohnung, ließ Onkel Stanley und mich zurück. Wir sahen uns über den Tisch hinweg an. Ich war froh, ruhig dazusitzen. Der alte Mann zündete die Pfeife an und paffte ein paar Minuten zufrieden vor sich hin, kniff jedes Mal, wenn ich ihn zufällig ansah, die Augen zusammen, sagte aber nichts. Ein Zug rumpelte über das Viadukt jenseits der nächsten Häuserreihe, kam von der Victoria oder Waterloo Station

und fuhr in Richtung der südlichen Vororte hinaus. Während er vorbeirollte, klirrten in der Küche die Tassen. Wir beide beobachteten, wie die Waggons vorbeikrochen. Es war komisch zu sehen, wie die beleuchteten Fenster und all diese anonymen Gesichter aus solcher Nähe in diesen Augenblick unseres Lebens spähten.

»Sie können direkt hier hereinschauen«, stellte Onkel Stanley fest. »Haben sie wenigstens was zu tun, die armen Teufel.« Er lächelte aus dem Fenster und winkte den Pendlern in dem überfüllten Zug zu. Erstaunlicherweise winkten einer oder zwei zurück. »Das ist schließlich der Zweck eines Fensters, dass man durchschauen kann. Sonst wär's ja eine Wand.«

Er hörte auf zu winken und zu lächeln. Er faltete seine langen Hände vor sich auf dem Tisch. Darauf waren präzise all seine wichtigen Dinge aufgereiht: Tabakbeutel, die grün-gelbe Swan-Vesta-Dose, Pfeifenreiniger, die kurze Bruyèrepfeife, die in einem Aschenbecher auf einem Nest gebrauchter Streichhölzer lag. Er saß da und schaute mich mit seinen friedlichen blauen Augen an. Ruhe kam über das Zimmer und nach und nach auch über mich.

»Es muss für Sie schwer sein, hierher zu kommen«, sagte ich.

»Ich nehm's, wie's kommt.« Er schaute sich um. »Übertrifft Tobruk zweiundvierzig, das kann ich dir versichern.« Er nahm seine Pfeife und musterte sie. »Und was hast du sonst noch zu sagen, Dr. Seven?«

»Dass Sie das nicht verdient haben«, sagte ich, ohne darüber nachzudenken, »weder Sie noch Angie.«

»Sie auch nicht, Dr. Seven. Aber wann hat schon im Leben mal irgendwas damit zu tun, wer was verdient?«

Er zündete sich die Pfeife an, machte daraus eine große Zeremonie, schüttelte wild jedes Streichholz aus. Ich versuchte, seine Augen zu sehen, aber sie waren hinter dem Rauch verborgen. Ich stand auf und trat ans Fenster. Überall im Süden Londons gingen allmählich die Lichter an. Ich konnte die

Steelband auf dem Markt und das Rumpeln eines weiteren Zugs hören, der herankam, und ich wartete, bis die gelb erleuchteten Waggons vorbeiratterten. Als ich mich nach Onkel Stanley umsah, war er wieder damit beschäftigt, den Pendlern zuzuwinken. Der Zug war vorbei, und er betrachtete mich, und der Rauch seiner Pfeife kringelte sich um seine Augenbrauen, sodass er aussah wie ein Zauberer in einer Kindergeschichte.

»Onkel Stanley«, sagte ich schließlich, »erzählen Sie mir von Barney Carrick.«

»Ah«, sagte er, stopfte den Tabak fest und paffte, bis der Rauch ihn wieder einhüllte. »Unser Barney war ein schlimmer Bursche.« Er bemerkte meinen Gesichtsausdruck und nahm die Pfeife aus dem Mund, drückte mit seinem von Asche geschwärzten Daumen wieder den Tabak fest und zündete noch ein Streichholz an. »Das hast du nicht erwartet, von mir zu hören, was?«

»Nein.«

»Du dachtest, ich würde erzählen, dass er sich um seine große Schwester gekümmert hat. Dass er missverstanden worden ist und nie eine Chance hatte.«

»So etwas in der Richtung.«

»Nun, das ist alles auch wahr.«

»Ich hatte auf eine klare Antwort gehofft.«

»Schon so alt und weißt noch immer nicht, dass es so etwas gar nicht gibt?« Er legte die Pfeife hin und faltete wieder die langen Hände. Er schien in die Vergangenheit zu blicken, und er brauchte einen Moment, um das zu erfassen, was er dort sah. »Aber ich sage dir so viel, Dr. Seven. Das Leben von niemandem ist ein leeres Blatt. Nicht einmal ganz am Anfang.«

»Ich glaube, ich verstehe nicht.«

»Wir meinen, jeder würde mit einem leeren Blatt Papier anfangen. Ganz schön und sauber und weiß. Und wir glauben, dass es jedem selbst überlassen ist, was er auf dieses leere Blatt schreibt, einzig und allein ihm selbst. Sei es nun etwas Schlechtes und Erbärmliches oder etwas Schönes und Großartiges, es ist sein eigener Fehler oder sein eigenes Verdienst, je nachdem.«

Ich saß ganz ruhig da. Seine Stimme hatte etwas Hypnotisierendes. Allein der Klang dieser Stimme erfüllte das schäbige Zimmer mit Ruhe. Ich wollte den Zauber nicht brechen.

»Aber so ist es überhaupt nicht, oder?«, fuhr er fort. »Dieses schöne, saubere Blatt ist schon beschrieben worden, noch bevor wir dazu kommen, unsere eigene Geschichte darauf zu schreiben. Manchmal sind gute Sachen darauf gekritzelt, manchmal schlechte. Auf Barneys Blatt waren es schlechte Sachen. Und auch auf dem von Angela. Und was für ein großer wichtiger Bursche du auch bist, Dr. Seven, ich wette, auch auf deinem standen schlechte Sachen. Hab ich Recht?«

»Ja«, sagte ich. »Sie haben Recht.«

Er zog die weißen Augenbrauen hoch und seufzte. »Aber vielleicht ist das keine Entschuldigung. Barney hat einige schlimme Sachen gemacht. Ein paar Leute verletzt. Unsere Angela glaubt natürlich, dass er inzwischen seine Lehre daraus gezogen hat. Unsere Angela denkt, er hat sich geändert.«

»Glauben Sie, dass er sich geändert hat?«

»Nein, mein Junge«, sagte Onkel Stanley. »Ich glaube nicht, dass sich irgendjemand jemals ändert. Ich glaube, wir finden mit der Zeit nur immer mehr über ihn heraus.«

Ich hörte, dass sich der Schlüssel im Schloss drehte, und die Tür ging auf, und Angie kam mit zwei Plastiktüten mit klirrendem Inhalt ins Zimmer.

Eine halbe Stunde saßen wir um den Tisch, aßen Huhn und Salat und tranken billigen Wein aus nicht zueinander passenden Gläsern. Wir aßen schweigend. Draußen ratterten die Züge vorbei, und Onkel Stanley hob sein Glas und schnitt über meine Schulter hinweg Grimassen in Richtung der Vorbeifahrenden. Angie schimpfte ihn aus, und er machte trotzdem weiter, jedes Mal, wenn die Waggons vorbeifuhren. Karibische Musik drang herein. Irgendwann wurde mir klar, dass der alte Mann, der mehrfach in die Küche geschlurft war und das Geschirr weggeräumt hatte, nicht mehr zurückkam. Ich sah, dass die Tür zu einem der Schlafzimmer geschlossen war, obwohl ich das Schloss nicht hatte klicken hören, und als ich Angie wieder ansah, saß sie mir gegenüber am Tisch und starrte mich eindringlich an.

Sie sagte: »Fehlt Ihnen etwas?«

»Nein, mir geht es gut.«

»Ich hatte schon immer ein loses Mundwerk.«

»Ist schon okay«, sagte ich.

»Michael, Sie müssen versuchen zu verstehen, woher das kommt. Ich hätte gern, dass Sie es verstehen.«

Ich sah sie fragend an.

»Als sie achtzehn war«, sagte sie, »musste unsere Mutter mich, Barney und das Heroin füttern und hatte keine Chance, einen von uns loszuwerden. Es spielte sich alles im gleichen Zimmer ab, die Nadeln und der Sex und die Schläge. Wir waren wie Geiseln, Barney und ich. Manchmal glaube ich, es ist immer noch so.« Sie warf ihr schwarzes Haar zurück. »Michael, Sie haben ja keine Ahnung, wie das war. Mum, die stundenlang völlig zugedröhnt auf dem Boden lag. Ich und Barney unten bei Hukum, wir sind um die Mülleimer geschlichen wie ein Paar ausgehungerte junge Hunde.«

Ich sagte nichts, wartete, dass sie weitersprach.

»Es war Barney, der mich vor Schwierigkeiten bewahrt hat. Hat mich nicht mit der falschen Clique losziehen lassen. Ich habe rund um die Uhr gearbeitet – drei Jobs und dann noch die Abendschule. Ich hab es irgendwie hinbekommen. Am Ende hab ich es sogar auf die LMU, das ist die Metropolitan University von Leeds, geschafft. Das war meine Rettung. Aber es war Barney, der sie möglich gemacht hat.«

»Und er?«

»Während ich gebüffelt habe, hat sich Barney in eine Schwulität nach der anderen hineingeritten. Am Ende ist er, um sich noch größere Schwierigkeiten zu ersparen, in den Süden gegangen und in die Army eingetreten. Das war vor acht Jahren. Er hat schon früh diese Wohnung gekauft. Ich bin damals immer mal hergekommen und hab ihn besucht. Das war ein großes Abenteuer.«

Ich sah mich in der kahlen Wohnung um.

»Oh, ich weiß«, sagte sie, meinen Blick interpretierend. »Ist jetzt nicht mehr so toll, oder? Nicht einmal mehr ein Bild an der Wand, als Onkel Stanley und ich hier angekommen sind. Keine Stereoanlage, keinerlei Dekoration. Aber damals war sie voll mit Zeug, das er mitgebracht hatte. Voller Leben, könnte man sagen.«

»Was ist passiert?«

»Afghanistan ist passiert. Die Einzelheiten kenne ich nicht.«

»Haben Sie ihn nicht danach gefragt?«

Sie sah mich direkt an. »Ich hab ihn seit zwei Jahren nicht mehr gesehen.«

Ich brauchte einen Augenblick, um das zu verarbeiten. »Sie haben ihn seit zwei Jahren nicht mehr gesehen?«

»Und auch nicht mit ihm gesprochen, bis auf ein Mal. Ich habe ihn angerufen. Nachrichten hinterlassen. Aber er hat nie geantwortet. Das ist einer der Gründe, weshalb ich hier bin. Um das herauszufinden.«

»Wie wollen Sie das anstellen?«

»Er hatte bei der Army einen Kumpel. Chris Walker. Barney hat mir Fotos aus Ländern geschickt, in denen sie gemeinsam waren. Bosnien, dann Kuwait. Auch andere. Es war im Nahen Osten, wo er diese Verszeile ›Ich habe deine Abwesenheit gekostet‹ aufgeschnappt hat. Er hat sie Chris auf Postkarten an mich kritzeln lassen. Er selbst konnte nicht schreiben, nicht richtig gut. Aber nach Afghanistan, nichts mehr. Ich habe mir immer eingeredet, Barney gehe es gut, er sei seinen eigenen

Weg gegangen. Habe vielleicht eine nette Frau kennen gelernt. Aber ich glaube, die Wahrheit ist, dass er sich geschämt hat.« Sie seufzte. »Jedenfalls rief er mich am Tag von Mums Beerdigung, vor sechs Monaten, plötzlich an. Ich wusste gar nicht, wie er erfahren hat, dass sie gestorben war.« Sie richtete sich auf ihrem Stuhl auf. »Und dabei hat er mir von Caitlin erzählt.«

»Was hat er über sie gesagt?«

»Dass sie wunderbar ist. Dass sie verheiratet ist.« Sie schob die Hand über den Tisch und legte sie auf meine. »Dass sie etwas Besonderes sei und er sich dadurch auch als etwas Besonderes fühle.«

»Verstehe.«

»Ich weiß, es war ihm ernst damit, Michael. Ich wusste, dass das der eigentliche Grund war, warum er angerufen hat, um mir das zu sagen. Dann, als ich gelesen habe, was Caitlin zugestoßen ist, dachte ich, er würde mit mir Kontakt aufnehmen, aber das hat er nicht getan, und ich habe ihn nicht finden können. Deshalb bin ich an dem Abend zu Ihnen gekommen. Für den Fall, dass Sie etwas wüssten.«

»Angie, Sie haben ihn seit zwei Jahren nicht gesehen. Sie können doch gar nicht wissen, was in dieser Zeit aus ihm geworden ist.«

»Aber ich weiß, was nicht sein Stil ist. Wozu er nicht fähig ist. Barney ist nicht um Ihre Caitlin herumgeschlichen wie irgendein Perverser. Und er hat ihr nicht derartige Verletzungen zugefügt und ist davongerannt, um sich zu verstecken. Dazu ist er nicht fähig.«

»Irgendjemand hat es getan«, sagte ich.

»Ja. Irgendein Schweinehund. Ein Junkie, ein Verrückter. Aber nicht Barney.«

»Sie können da nicht so sicher sein. Niemand könnte so sicher sein.«

»Sie verstehen es nicht. Ich wäge hier nicht Wahrscheinlichkeiten ab. Ich bin es ihm einfach schuldig, nicht zu glauben, dass er das getan hat.«

»Glauben kann nicht einfach ein Willensakt sein, Angie.«

»Ach? Und genau das, dachte ich, sei Glauben.«

Sie war in ihrer Überzeugung unerschütterlich. Das hatte etwas Reines an sich, etwas fast Religiöses. Wir ließen beide die Stille eine Weile andauern. Ihre Hand hielt meine noch immer fest, und sie schien das im gleichen Augenblick zu bemerken wie ich, und sie ließ sie los, lehnte sich zurück und strich sich die langen Haare aus dem Gesicht. Sie starrte aus dem Fenster hinaus, vor dem gerade ein weiterer Zug vorbeifuhr. Ich konnte sehen, dass sie auf die bunte Neonbeleuchtung der Schaufenster schaute, die blauen Lampen entlang der Straße, die gelben Quadrate der tausend Fenster in tausend Häusern, in denen Zehntausende von namenlosen Leuten ihr ahnungsloses Leben führten. Irgendwo inmitten des Ganzen, beziehungsweise in der Dunkelheit dazwischen, hatte sich ihr Bruder bewegt – bewegte sich vielleicht noch immer – und lebte ein Leben, über das keiner von uns irgendetwas wusste.

Sie sah mich an. »Michael, Sie verstehen doch, dass ich für ihn hier sein muss, in dieser großen Stadt? Selbst wenn ich am Ende nichts weiter tun kann, als in der Menschenmenge vor dem Galgen zu stehen, wenn die Zeit gekommen ist.«

Ich schüttete den Rest Wein aus meinem Glas hinunter. »Ich sollte gehen.«

Sie antwortete nicht, deshalb stand ich auf, zog meine Jacke an und ging durchs Zimmer. »Danke, Angie«, sagte ich und öffnete die Tür.

»Wofür?«

»Ich weiß nicht. Dass wir darüber gesprochen haben.«

»Michael?«

»Ja?«

»Ich weiß, dass das hart für dich ist. Aber was immer auch zwischen den beiden passiert ist, das macht aus mir und dir keine schlechten Menschen. Nur weil er mein Bruder ist und sie deine Frau war.«

Sie saß vor dem Fenster, die Lichter fielen schräg hinter ihr herein und auf ihre dunklen Haare. Ihr Gesicht war zugleich ängstlich und herausfordernd und hoffnungsvoll.

Ich lächelte sie kurz an, ging durch die Tür und machte sie hinter mir zu.

23

Meredith Wren kam schwungvoll um die Ecke vom Strand, mit gesenktem Kopf und flatterndem Plastikregenmantel. Passanten wichen ihr aus. Sie drückte eine abgewetzte lederne Aktentasche an die Brust, ausgebeult und mit herunterbaumelnden Riemen.

Ich beobachtete sie von meinem Platz am Fenster des Cafés aus. Ich hatte sie seit der Trauerfeier nicht mehr gesehen, aber von der erschütterten und tränenreichen Meredith jenes Tages war keine Spur mehr vorhanden. Ich war froh darüber. Mein Herz tat einen Sprung, als ich sie so sah, wieder strotzend vor Energie, wie sie sich über den Fußgängerübergang vor dem Café drängelte. Ein Motorradkurier musste ihr ausweichen und fluchte. Sie streckte ihm den Stinkefinger hin, ohne sich auch nur die Mühe zu machen, in seine Richtung zu blicken. Sie stieß die Tür krachend auf und kam zielstrebig auf mich zu.

Ich stand auf und umarmte sie. Sie kam mir noch runder vor als zuvor: Meine Arme reichten mit Mühe um sie herum. Ich sagte: »Danke, dass Sie gekommen sind, Meredith. Darf ich Ihnen einen Kaffee bestellen?«

»Tee!«, rief sie dem italienischen Kellner zu, der gerade auf uns zuglitt, »und nicht irgend so einen verdammten Früchtecocktail. Sondern Arbeiter-Tee mit zwei Stück Zucker.« Der Kellner verbeugte sich erschrocken und trollte sich.
Meredith stellte ihre Mappe zwischen uns auf den Tisch. Sie schälte sich aus ihrem Plastikmantel und enthüllte eine wollene Bekleidung in verblüffender Farbkombination, dann setzte sie sich schnaubend und klappte ihre Mappe auf. Münzen und Computerdisketten und eine Packung Bounty-Riegel hagelten auf den Boden. Sie suchte unter dem Tisch danach und tauchte mit rotem Gesicht wieder auf.
»Ach so«, sagte sie. »Die Post.« Sie zog zwei dicke, mit Gummibändern zusammengehaltene Bündel Briefe heraus und legte sie vor mich. »Den offensichtlichen Müll habe ich schon aussortiert. Lesen Sie sie später. Und es gibt ein paar Verwaltungssachen. Unterschreiben Sie die.« Sie schob einen Stoß Formulare so schwungvoll über den Tisch, dass mir die Blätter in den Schoß fielen.
»Was ist das alles?«
»Krankschreibung. Kostenerstattung. Versicherung.« Sie winkte ungeduldig ab. »Machen Sie einfach, was man Ihnen sagt, und unterschreiben Sie.«
Ich unterschrieb alles. Es waren jede Menge Formulare, und sie hatte mit gelben Klebezetteln markiert, wo sie meine Unterschrift haben wollte.
Es dauerte ein paar Minuten, sie auf alle Blätter zu kritzeln. Während ich das tat, wurde ihr Tee gebracht, zusammen mit einem weiteren Kaffee für mich. Ich gab ihr die Formulare zurück.
»Es ist nett von Ihnen, mir dieses Zeug zu bringen, Meredith«, sagte ich. »Ich würde es nicht schaffen, ins Krankenhaus zu kommen, jetzt noch nicht.«
Sie rümpfte die Nase. »Es läuft ohnehin besser, wenn Sie aus dem Weg sind.«

»Das St. Ruth würde zusammenbrechen, wenn Sie nicht für Disziplin unter uns allen sorgen würden.«

»Klar«, sagte sie ohne eine Spur von Ironie. Sie stopfte den Papierstoß in ihre Mappe. »Nur dass Sie es wissen, Michael, alle erkundigen sich nach Ihnen. Sie machen sich alle Sorgen um Sie.«

»Sagen Sie ihnen, dass es mir gut geht.«

»Wirklich?«

»Was glauben Sie?«

»Ich glaube, das ist eine verdammt dumme Frage. Deshalb halte ich lieber den Mund. Aber bevor ich das mache und damit ich mein jämmerliches Gehalt auch wert bin – sehen Sie zu, dass Sie Ihren Hintern in den Flieger nach Venezuela kriegen, ja?«

»Es hat ja nicht lange gedauert, bis das die Runde gemacht hat.«

»Michael«, sagte sie vorwurfsvoll, »ich bin's, Meredith Wren, mit der Sie da reden. Hören Sie auf, in dieser Scheiße herumzuwühlen, und verschwinden Sie von hier. Das ist mein Rat. Beschäftigen Sie sich mit etwas Lohnenswertem.«

»Es ist Stellas Job. Ich werde nur, na ja, einen unbefristeten Urlaub machen.«

Sie verzog den Mund. »Ja, richtig.«

Sie fasste noch einmal in ihre Mappe und knallte einen grünen Kartonhefter auf den Tisch. Sie ließ ihn effekthascherisch dort liegen, während sie hörbar ihren Tee schlürfte.

Ich sagte: »Darf ich raten, was das ist?«

»Eigentlich darf ich so etwas nicht weitergeben«, sagte sie. »Es sei denn, Sie sagen mir, dass Sie diesen Mann als Patienten behandeln.«

»So könnte man es nennen.« Ich konnte meinen Blick nicht von dem Hefter wenden.

»Also, sagen Sie es.« In Formsachen war Meredith eine Pedantin.

»Bernard John Carrick ist mein Patient, Mrs. Wren«, erklärte ich brav. »Und ich bin sehr darauf bedacht, seine Fallgeschichte zu erfahren, weil ich glaube, sie könnte für seine Behandlung wichtig sein. Wie ist das?«

»Das reicht.« Sie schob ihren Tee zur Seite und nahm den Hefter in die Hand. »Wer ist das?«

»Einer, der in Schwierigkeiten ist«, sagte ich nach kurzem Überlegen.

»Das sieht mir nach Ärger aus.« Ich antwortete nicht.

»Na ja, egal«, fuhr sie fort, »es hat einiger Herumwühlerei bedurft, das kann ich Ihnen versichern. Hätten Sie es für möglich gehalten, dass die Akten vom Sozialamt nicht einmal im Computer sind? Jedenfalls nicht die von vor zwölf Jahren. Die mussten mir die ganzen Sachen faxen. Faxen! Ich bitte Sie. Ich musste ganz schön suchen, um ein Gerät zu finden.« Meredith war neben allem anderen die einzige Person, die das Computersystem der Verwaltung kapierte. Sie schlug den Hefter auf. »Nun denn. Die Sozialarbeiterin, die er damals hatte, ist inzwischen im Ruhestand, aber ich habe sie ausfindig gemacht. Sie lebt in Arbroath. Wissen Sie, da wo die Räucherheringe herkommen. Oder ist es der Schellfisch? Egal. Wir haben uns lange unterhalten. Joy Parkes heißt sie. Nette Frau. Züchtet Dackel.«

Ich saß ganz still da, zwang mich, ruhig zu bleiben. Jeder Versuch, Meredith zur Eile zu drängen, wäre ein großer Fehler gewesen.

»Sie können das alles selbst nachlesen, wenn Sie wollen«, sagte sie und schob mir den Hefter hin. »Sie können es behalten. Sind alles Kopien.«

»Danke, Meredith. Aber warum erzählen Sie mir nicht das Interessanteste daraus?«

»Da ist jede Menge Zeug drin«, sagte sie und hob den Ordner hoch. »Reicht bis in seine Kindheit zurück. Wo soll ich anfangen?«

»Ich will über die Sache in Liverpool Bescheid wissen. Die Schlägerei in dem Pub.«
»Ich habe gehofft, dass Sie das sagen würden. Ich habe mir das mehrmals durchgelesen, es ist eine dermaßen gute Geschichte.« Sie stützte die Ellenbogen auf den Tisch und verschränkte die Hände. Sie hatte große rote Hände, wie eine Waschfrau. »Ihr Freund Carrick hat einen Mann namens Dermot O'Neale in einem Pub angegriffen, einen arbeitslosen Handelsmatrosen, und hätte ihn um ein Haar umgebracht. Schwere Hirnverletzungen, hat ein Auge verloren. Richtig schlimm. Der junge Carrick war damals erst fünfzehn und hätte dafür normalerweise in eine Jugendstrafanstalt gemusst, wahrscheinlich in eines von diesen Hochsicherheitsdingern. Aber meine neue Busenfreundin Joy Parkes hat mir erzählt, dass es mildernde Umstände gab, und die haben es ihm erspart.«
»Lassen Sie mich nicht dauernd raten, Meredith.«
»Carricks Mutter ist auf den Strich gegangen. O'Neale war einer ihrer Freier. Lange davor, als Mister B. J. Carrick ein Kind von elf war, ist O'Neale einmal gewalttätig geworden und hat die Mutter zusammengeschlagen, und als er mit ihr fertig war, dachte er, da er nun einmal der Freier war, er könnte für sein Geld etwas kriegen und sich an die Tochter heranmachen. Ich habe vergessen, die Tochter zu erwähnen, ein Mädchen von dreizehn oder so, namens …«
»Angie«, sagte ich. In meiner Magengrube breitete sich Leere aus.
»Angela, genau. Na ja, der junge Carrick wollte das nicht zulassen und hat versucht, seine Schwester zu beschützen.« Meredith zog die Augenbrauen hoch, stellte sich die Szene vor. »Ganz schön mutig, muss man sagen. Aber dieser Brutalo von O'Neale ist mit dem kleinen Jungen leicht fertig geworden. Vier gebrochene Rippen, perforierte Lunge, Gehirnerschütterung …« Sie blätterte ein paar Seiten durch, um die Fakten nachzulesen. »Ich habe hier irgendwo den Polizeibericht.«

»Und, was ist passiert?«
»O'Neale ist ungestraft davongekommen. Er wurde aufgegriffen, aber es gab keine Zeugen, die die Sache bestätigt hätten. Doch der junge Mister Carrick war bereit, vier Jahre auf seine Chance zu warten. Er hat diesen O'Neale in Liverpool aufgestöbert, ihn in dem Pub gefunden. Und hat es ihm heimgezahlt.« Meredith rieb sich zufrieden die Hände. »Die Sozialarbeiter haben dafür gesorgt, dass die Richter über die ganze Sache Bescheid wussten. Deshalb ist Carrick wegen dieses Angriffs nicht im Knast gelandet. Stattdessen ist er zu gemeinnütziger Arbeit verdonnert worden.«
»Das ist ja wirklich eine Story!«, sagte ich.
»Ja«, bestätigte sie. »Lässt die Sache gleich in einem ganz anderen Licht erscheinen, nicht? Wenn man die ganze Geschichte kennt.« Sie klappte den Hefter zu und schaute mich an, ihr großes Gesicht strahlte. Sie war mit sich zufrieden. Ihr erfreuter Ausdruck verschwand nur allmählich, als sie den meinen sah. »Aber das war offenbar nicht die Geschichte, die Sie hören wollten.«

Ich war seit etwa einer Stunde zu Hause und hatte in dieser Zeit, an meinem Schreibtisch im Arbeitszimmer sitzend, den Hefter schon größtenteils durchgelesen. Es war erst kurz vor ein Uhr, und ich überlegte mir gerade, ob ich in die Küche gehen und mir die Nachrichten anhören sollte, als der Messingklopfer an der Haustür zwei Mal anschlug. Ich nehme an, es gibt nicht viele Arten, einen Türklopfer zu benutzen, aber vielleicht wandte sie dabei eine besondere Technik an, und die Umstände ihres letzten Besuchs waren so unauslöschlich in mein Gedächtnis eingebrannt, dass ich mich gar nicht irren konnte. Aus welchem Grund auch immer, ich wusste sofort, dass es Angie war. Ich warf den Hefter auf den Tisch und ging durchs Haus.
»Hallo, Michael.« Als sie da vor der Tür stand, schimmerte

ihre Haut im Herbstlicht. »Du wirst mich für blöd halten«, sagte sie und trat von einem Fuß auf den anderen.

»Meinst du? Komm rein.«

Sie ging an mir vorbei durch den Flur. Sie hatte sich, wie ich bemerkte, neue Kleider gekauft, einen schicken schwarzen Wollmantel mit schmeichelndem Kragen über einem grell orangefarbenen Top. Sie blieb im Esszimmer stehen und schaute mich an. Ich konnte sehen, dass sie nervös war.

»Es ist komisch, wieder hier zu sein«, sagte sie. »Ist das wirklich erst ein paar Wochen her?«

»Ist das nicht egal?«

Sie verschränkte die Hände vor sich. »Ich habe Chris Walker ausfindig gemacht«, sagte sie. »Barneys Armykumpel.«

»Ach.«

»Ich hab ihn angerufen. Er ist nicht mehr beim Militär. Hat jetzt einen Tischlereibetrieb. Ich werde mich mit ihm treffen, nächsten Mittwoch. In Kilburn, wo immer das ist. Er sagt, dass er überhaupt nichts wüsste. Aber ich will trotzdem mit ihm reden.«

»Und du hast geglaubt, ich sei neugierig.«

»Bist du das etwa nicht?« Sie stützte die Fingerspitzen auf den Tisch, und dabei berührte sie den grünen Hefter. Selbst von der Stelle, an der ich stand, konnte ich den Namen ihres Bruders auf dem Deckel lesen. »Was ist das?«, fragte sie. Sie nahm den Hefter und blätterte ein paar Seiten durch, klappte ihn zu und legte ihn zurück. Als sie mich ansah, funkelten ihre Augen.

Ich sagte: »Ich würde keine voreiligen Schlüsse ziehen, Angie.«

Sie sah mich nur lange fragend an. Schließlich sagte sie: »Spendierst du einem Mädchen einen Drink?«

Die Bar war fast leer, ein schäbiges altmodisches Pub, in dem kein Mittagessen serviert wurde. Ich hatte ein Café vorgeschlagen, als wir die Church Street entlanggingen – ein französisches Lokal mit gestreiften Markisen, in dem viel Betrieb herrschte –, aber sie hatte auf dem Pub bestanden. Vielleicht dachte sie, dass es hier ruhiger sein würde. Ich holte ihr ein Glas trockenen Weißwein, und als ich es an den Tisch brachte, hatte sie bereits ihren neuen schwarzen Mantel ausgezogen. Sie saß an einem Tisch vor dem Milchglasfenster, und ihr orangefarbenes Top loderte in dem schwachen Licht wie eine Flamme.

»Du hast mir gar nichts über diesen O'Neale erzählt«, sagte ich. »Darüber, was wirklich passiert ist.«

»Nein.« Sie zog eine Augenbraue hoch. »Aber du hast es ja auch so herausbekommen.«

»Warum hast du mir die Mühe nicht erspart?«

»Du hättest gedacht, ich würde nur Entschuldigungen suchen.« Sie machte eine Pause. »Und außerdem, ich rede nicht gerne darüber.«

»Verstehe.«

Ihre Augen wurden hart. »Ich habe gehört, wie Barneys Rippen brachen. Ich habe das Geräusch noch immer im Ohr. Ich konnte nichts unternehmen. Konnte ihm nicht helfen. Die habe ich von daher.« Sie schob die Haare zurück und deutete auf die sternförmige Narbe an ihrer Schläfe, die Narbe, die ich an jenem ersten Abend gesehen hatte. »Kannst du dir vorstellen, wie es ist, wenn man nicht helfen kann?«

»Ja, das kann ich.«

»Wirklich?«

»Ja«, sagte ich. »Damit kenne ich mich ganz gut aus.« Bevor sie dieses Thema noch weiterverfolgen konnte, sagte ich: »Angie, ich habe mir die Akte deines Bruders angesehen. Da habe ich einiges erfahren, was ich nicht erwartet hatte. Jetzt verstehe ich ihn ein bisschen besser. Aber letzten Endes ändert es nichts, oder?«

»Er hatte überhaupt keinen Grund, Caitlin wehzutun. Er hat sie geliebt. Das sage ich dir dauernd.«

»Aber die Sache mit O'Neale ist ja nicht alles, Angie. Dein

Bruder ist bei den Fallschirmjägern rausgeworfen worden. Was muss man anstellen, um bei den Fallschirmjägern rausgeworfen zu werden?«

»Ich weiß es nicht. Du auch nicht. Vielleicht weiß es Chris Walker.« Sie nippte an ihrem Wein. »Michael, ich will heute nicht mit dir herumstreiten. Mir ist gar nicht danach. Lass uns über was anderes reden. Schlagen wir eine neue Seite auf.« Sie hielt inne. »Worüber lächelst du?«

»Ich habe nur an Onkel Stanley und seine leeren Seiten gedacht.« Ich stellte mir den alten Mann vor, in der düsteren Wohnung in Pfeifenrauch gehüllt, wie er den Zügen zuwinkte. Sie schnitt eine Grimasse und übertrieb seinen Akzent: »Niemand hat ein leeres Blatt, mein Mädchen. Nicht einmal am Anfang.«

»Ich glaube, er hat Recht.«

»Oh, er hat immer Recht, der Onkel Stanley«, lachte sie. »Er ist nicht mein richtiger Onkel, musst du wissen. Er war nur nett zu uns, als wir klein waren. Hatte Mitleid mit uns, nehme ich an. Einmal hat er uns, Barney und mich, unten am Kanal gefunden. Damals lagen dort noch Boote. Barney wollte eins klauen und uns davonrudern.«

»Wohin?«

»Er hatte sich alles ausgedacht. Wollte mit den Kanalkähnen heimlich durch die Schleusen fahren und dann den Aire hinunter zum Meer. Und dann? Ich weiß nicht. Wahrscheinlich nach Afrika oder Australien. Damals war er acht. Wenn man acht ist, ist es kein Problem, nach Afrika zu rudern. Onkel Stanley hat uns wieder nach Hause gebracht, aber ich glaube, als er gesehen hat, wie unser Zuhause aussah, da hat er es bereut. Ich glaube, er hat sich gewünscht, er hätte zugelassen, dass Barney mich nach Afrika rudert. Deshalb hat er uns danach immer zu Spaziergängen durch das Hochmoor mitgenommen. Als wäre es ein bisschen was von der Freiheit, die wir nie hatten.«

Das musste jetzt über zwanzig Jahre her sein, und Onkel Stanley musste schon damals relativ alt gewesen, auf den Ruhestand zugegangen sein, ein Mann, dessen Arbeitsleben nach dem Einsatz im Krieg wohl in irgendeiner Fabrik begonnen hatte, ein Mann aus einem anderen Zeitalter. Ich fragte mich, was er wohl von der heruntergekommenen Sozialwohnung der Carricks gehalten hatte, dem Haufen von Nadeln und schmutzigen Papiertaschentüchern, der kaputten jungen Frau mit den Einstichwunden an den Armen und Fußgelenken, den halb verwilderten Kindern.

»Ich bin froh, dass jemand nett zu euch war«, sagte ich.

Sie warf mir einen zweifelnden Blick zu, aber dann sah sie, dass ich es ernst meinte, und konnte einen Moment lang keine Antwort finden.

»Ich bin nie oben in den Mooren gewesen«, sagte ich. »Ich habe gehört, sie sollen schön sein.«

»Als ich das erste Mal dort war, dachte ich, es sei ein Märchenland. Wie in einem Märchenbuch. Ich war noch nie so irgendwo gewesen. Niemand hat mich angeschrien. Niemand hat mich geschlagen. Niemand hat geweint. Nur dieses Licht und diese klare Luft und dieser Geruch der feuchten Erde.« Sie wandte mir das Gesicht zu. »Hast du je eine Feldlerche singen hören, Michael?«

»Wahrscheinlich schon, irgendwann. Ich kann mich nicht richtig erinnern.«

»Ich erinnere mich sehr gut. Sie machen dieses Trillern in der Luft. Singen beim Fliegen, wirklich. Onkel Stanley hat mir erzählt, dass es Feldlerchen sind, sonst hätte ich nie gewusst, wie sie heißen. Für mich waren alle Vögel, die keine Spatzen waren, Tauben. Ich habe ihn für eine Art Zauberer gehalten. Er wusste jeden Vogelnamen und konnte einem unglaubliche Sachen von ihnen erzählen – dass einer von hoch oben, vom Turm einer Kathedrale, eine Feldmaus erspähen kann, dass ein anderer sein Nest so schlau im Heidekraut versteckt, dass man direkt daneben stehen kann und es nicht entdeckt. Das hat er mir mal gezeigt. Diese wunderbaren kleinen Eier. Ich wollte sie unbedingt mit nach Hause nehmen, aber er hat es mir nicht erlaubt, obwohl ich ihn immer wieder angefleht habe.«

»Ist er mit euch gegangen?« Ich sprach den Namen mit einiger Mühe aus. »Barney?«

»Ins Moor? Ja, ein paar Mal.«

»Wie hat es ihm dort oben gefallen?«

»Barney? Er war ein Junge!« Sie lachte kurz auf. »Kaum hatte er einen Vogel gesehen, wollte er ihn abschießen.« Sie sah mich an. »Was ist los?«

»Nichts. Das hat mich nur eben an etwas erinnert.«

Ich hatte die mit Messingbeschlägen verzierte Rosenholzschatulle und ihre rote Samtauskleidung und die darin liegenden Duellierpistolen aus Stahl und Walnussholz vor Augen, und das Messingschild, auf dem stand: »Wheelers London, Qualitätsfeuerwaffen«. Und wieder sah ich wie eine Karikatur das Bild von Krähen vor mir, die in einem Gewitter schwarzer Federn explodieren, und Anthonys gequälte und komische Verwirrung.

»Manchmal träume ich immer noch vom Moor«, sagte sie. »Natürlich gehe ich ab und zu mal wieder hin, verfrachte Onkel Stanley ins Auto und fahre hin. Dafür braucht man jetzt zwanzig Minuten, nicht zweimal Umsteigen mit dem Bus und eine Stunde Marsch wie früher. Aber ich kann die gleiche Stelle einfach nicht mehr finden. Diese magische Stelle, an der ich als kleines Mädchen war.« Sie sah zu mir auf. »Gibt es so etwas für dich, Michael? Einen geheimnisvollen Ort?«

»Ithaka«, antwortete ich, ohne nachzudenken.

»Das ist in Griechenland, nicht wahr?«

»Nein. Es ist in einer anderen Welt. Es ist ein Ort, von dem mein Vater sagte, er würde mich einmal dorthin mitnehmen. Aber er ist gestorben, bevor er die Gelegenheit dazu hatte.«

Ich musste die Worte wohl ungewöhnlich betont haben, denn

sie neigte den Kopf ein wenig zur Seite, als warte sie auf eine Erklärung.

»Es hat gebrannt«, sagte ich, ohne zu wissen, warum ich ihr das eigentlich erzählte. »Als ich noch ein Kind war. Sie sind alle umgekommen. Meine Eltern, mein Bruder und meine Schwester.«

»Oh.« Ihre Mundwinkel verzogen sich. »Also kein Monopol in Sachen traurige Geschichten.«

»Es ist schon lange her«, sagte ich.

»Weißt du, was ich glaube? Ich glaube, du solltest vielleicht trotzdem hinfahren.«

»Nach Ithaka?« Ich lachte. »Ich bin nicht sicher, ob man je zurückkann.«

»Wenn du noch nie dort warst«, sagte sie in scharfem Ton, »dann ist das ja kein Zurückkehren, oder?«

Ich sah sie an, wie sie da saß und in dem milchigen Licht wie eine Flamme loderte.

»Was ist?«, fragte sie.

»Ich würde gerne mitkommen zu diesem Walker.«

Sie schob ihr Glas zur Seite und stellte ihre Tasche auf den Tisch. »Gut.«

»Aber ich verspreche nichts«, erklärte ich ihr. »Egal, was er sagt.«

»Ich verspreche auch nichts, Michael.« Sie stand auf und warf sich den Mantel über die Schultern. »Aber ich werde die Chance nutzen, falls du es auch tust.«

»Ich hole dich am Mittwoch ab«, sagte ich. »Wann?«

»Du brauchst mich nicht abzuholen«, sagte sie spitz. »Ich bin um zehn bei dir.« Sie beugte sich über den Tisch und drückte mein Handgelenk. »Danke für den Wein.«

24

Ich wartete, bis sie verschwunden war, erst dann verließ ich das Pub. Ich konnte nicht gleich in das leere Haus zurückkehren. Stattdessen wanderte ich durch ein paar Straßen, ging hinüber in Kensington Gardens und spazierte dort vielleicht eine Stunde über die Sandwege. Wolkenschatten jagten tote Blätter über das Gras, und Möwen kreisten in den Aufwinden über dem Serpentinenteich. Es wurde kalt und trübte sich ein, als ich den Park verließ, aber während ich lief, war mein Kopf noch immer voll heller Räume.

Ich ging bis zur Vauxhall Bridge. Ich lehnte mich dort lange ans Geländer, schaute auf das vorbeigleitende Wasser, die Frachtkähne und die Baggerschiffe, die gegen die Strömung heraufgetuckerten, und auf die schimmernden Gebäude am anderen Ufer. Ein wenig weiter unten konnte ich genau die Brüstung sehen, an der Caitlin und ich damals an jenem Abend vor der Tate Gallery im Regen gestanden hatten. Ich erinnerte mich, wie Caitlin mir im kalten Wind ihr marmornes Gesicht entgegengestreckt hatte. Auch jetzt war der Wind kalt. Der Himmel war dunkelblaugrau, und die Äste der Lorbeerbäume am Ufer hoben sich davor wie Risse im Eis ab. Ich stand lange da und ging schließlich zurück.

Gegen vier kam ich zu Hause an. Aus irgendeinem Grund war ich völlig erschöpft. Ich legte die Kette vor und stieg die Treppe zum Schlafzimmer hinauf. Ich setzte Beamish, den Bären, außer Sichtweite auf einen Stuhl, vermied den Glanz seines einen Auges und tat den weißen, verlassenen Berg von Caitlins Kissen auf den Boden, sodass ich ihn nicht sehen konnte. Ich machte das Fenster auf, ließ die Winterluft herein und streckte mich auf dem Bett aus und betrachtete eine Weile die grauen Wolken, die vorbeisegelten.

Es wurde kalt im Zimmer, sodass ich nur hin und wieder Caitlins klaren, leicht herben Duft einfangen konnte. Lady Lavinias sepiafarbenes Abbild starrte mich aus einem anderen Jahrhundert von der Wand an, unsicher auf ihrem Fahrrad sitzend, als sei es ein feuriges Pony, das jeden Augenblick mit ihr durchgehen könnte. Meine Müdigkeit ließ das Zimmer allmählich verschwimmen. Müdigkeit und Stille. Lady Lavinia sah Caitlin wirklich überraschend ähnlich, dachte ich, während ich meine Gedanken treiben ließ. Im Grunde genommen genau wie Cate: graziös, leidenschaftlich, letzten Endes unergründlich.

Das Telefon klingelte auf dem Nachttisch, und ich schreckte auf, als hätte man mich mit eisigem Wasser übergossen. Ich tastete und fingerte herum, warf ein leeres Glas auf den Boden, fluchte. Ich ergriff den Hörer und platzte heraus: »Cate?«

»Michael?« Die Stimme war ihrer so ähnlich, dass mir die Haare zu Berge standen. »Ich bin's, Margot.«

Ich setzte mich auf und rieb mir wie wild übers Gesicht. Es war dunkel und eisig im Zimmer, und ich fand die Lampe und knipste sie an. Sie blendete mich. Einen Augenblick konnte ich nicht sagen, ob es Nacht oder Tag war. Ich blinzelte durch das helle Licht auf die Uhr. Sie sagte mir, dass es sieben Uhr am Abend war.

Margot sagte: »Edward ist krank.«

Ich holte Luft. »Es tut mir Leid, das zu hören, Margot.« Und während ich das sagte, hatte ich den gebrechlichen Körper des alten Mannes vor Augen und war überrascht, dass es mir tatsächlich Leid tat.

»Ich dachte mir, Sie sollten es wissen. Ich weiß nicht, warum.«

»Danke. Was ist passiert?«

»Er hatte noch einen Schlaganfall. Ich glaube nicht, dass er viel davon gemerkt hat, was ein Segen ist. Ich bezweifle, dass er von jetzt an überhaupt etwas merken wird. Was nicht mehr sehr lange sein wird.«

Ich antwortete nicht gleich. Sie interpretierte mein Schweigen falsch, und ihre Stimme wurde ein wenig schärfer. »Ich erwarte natürlich nicht, dass Sie von Trauer überwältigt sind.«
»Das ist es nicht.« Ich stand auf. »Wo ist er? Wo hat man ihn hingebracht?«
»Er wurde gestern Abend auf eine Spezialstation ins Guy Hospital eingeliefert.«
»Er ist in London?«
»Ja, und ich auch. Ich wohne in einem scheußlichen Kasten aus Marmor und Glas unweit von London Bridge.« Sie machte eine Pause. »Michael, ich frage Sie nur ungern. Aber wenn Sie ein paar Minuten übrig hätten … Ich bin jetzt gerade im Krankenhaus, aber ich könnte ins Hotel zurückfahren und Sie dort treffen. Edward wird es gar nicht merken, wenn ich ihn eine Weile allein lasse.«
Ich hatte sie bis dahin nie um irgendetwas bitten hören. Ich sagte: »Bleiben Sie, wo Sie sind. Ich komme ins Krankenhaus.«

Margot erhob sich, als ich ins Zimmer trat. Sie trug ein grauseidenes Straßenkleid. Sie war noch immer eine auffallend elegante Frau. Es war schon einige Zeit her, dass ich das über sie gedacht hatte, und ihre Haltung in diesem Moment und in diesem Kleid erinnerte mich so sehr an Caitlin, dass es wehtat.
»Danke, dass Sie gekommen sind, Michael.« Sie streckte ihre schlanke Hand aus, und ich nahm sie. »Ich hätte ihn nur ungern allein gelassen. Nicht so bald.«
Edward Dacre wirkte zerbrechlich wie Glas. Ich nahm ihm den Puls. Er war unverhältnismäßig stark. Das überraschte mich nicht. Ich hätte darauf gewettet, dass er nicht kampflos aufgeben würde, allerdings würde er diesen Kampf hier eindeutig verlieren.
»Wann ist es passiert?«, fragte ich sie.
»Gestern. Ich konnte ihn nach dem Mittagessen nicht auf-

wecken. Normalerweise macht er ein Mittagsschläfchen in der Bibliothek …«

Sie bremste sich, als befürchte sie, mich mit häuslichen Details zu belasten, fürchte die Intimität, die damit verbunden war. Sie setzte sich auf einen Stuhl auf der anderen Seite des Bettes, und auch ich setzte mich, sodass wir einander über die reglose Gestalt des alten Mannes hinweg ansahen, als hielten wir Wache. Es war mitten am Abend, und im Zimmer war es still, das Licht gedämpft, das Fenster ein Quadrat schwarzen Himmels. Ich konnte vom Flur die vertrauten Geräusche der Essenszeit in einem Krankenhaus hören, das Klappern von Besteck und Wägen, das geschäftige Treiben, plötzliches Lachen. Das Lachen kam mir unangebracht vor, und ich war froh, als es verstummte und es im Korridor wieder ruhig war.

»Er wird natürlich sterben«, sagte Margot. »Selbstverständlich stellen sie optimistische Prognosen, um ihre horrenden Honorare zu rechtfertigen. Aber ich weiß, dass er diesmal sterben wird.«

Ich machte mir nicht die Mühe zu widersprechen. Ich wollte sie nicht beleidigen.

»Es ist eigenartig«, sagte sie sehr beherrscht, »aber als ich da stand, als ich ihn zusammengesackt in seinem Rollstuhl sah und wusste, dass es nun so weit war, da wusste ich auch, dass ich Sie anrufen musste.«

»Margot, wenn ich irgendetwas tun kann …«

»Keiner bittet Sie, irgendetwas zu tun, Michael«, unterbrach sie mich mit einer Spur ihrer alten Schärfe. »Ich habe Sie nicht hierher kommen lassen, um Sie um Hilfe zu bitten. Wahrscheinlich ist es eher umgekehrt.«

»Wirklich?«

»Ich will für Klarheit sorgen. Mehr Klarheit jedenfalls. Über Edward, meine ich.« Sie machte eine Pause. »Wir wissen beide, dass er ein richtiges Ekel sein konnte und auch oft war. Aber ich habe ihn einmal geliebt. Was immer später geschehen ist,

am Anfang habe ich ihn geliebt. Das will ich nicht leugnen, wo er jetzt so daliegt.«
Ich sagte nichts.
»Er war nicht immer so, wie Sie ihn erlebt haben, Michael. Edward war, als ich ihn kennen lernte, ein umwerfender Mann. Man redet heute nicht mehr davon, dass man Frauen den Kopf verdreht, oder? Aber so war es. Ich war enthusiastisch am Schmieden meines eigenen Schicksals beteiligt, und als mir dann klar wurde, dass mir dieses Schicksal nicht gefiel, tat ich nicht genug, um es zu ändern. Ich kann jetzt nicht hier sitzen und meinen Teil der Verantwortung nicht akzeptieren.«
»Es war sicher nicht einfach, Margot«, sagte ich vorsichtig. Ich argwöhnte allmählich, dass sie mich aus einem bestimmten Grund hierher gerufen hatte. Ich fühlte mich unbehaglich, weil ich nicht erraten konnte, worum es sich handeln könnte.
»Ich habe ihn einmal verlassen, wissen Sie«, sagte sie und beantwortete damit meine ungestellte Frage. »Und schauen Sie nicht so entgeistert. Oh, ich bin nicht lange weggeblieben. Nur ein paar Wochen.«
»Wann war das, Margot?«
»Als ich schwanger war. Ich wollte, dass Sie das wissen.«
»Ach«, sagte ich. »Ich verstehe.«
»Ihr Baby verfolgt mich«, sagte sie ruhig. »Dieses Leben in ihr, das verloschen ist. Der Gedanke, dass es noch kurze Zeit in ihr weitergelebt hat, nachdem sie tot war. So nahe am Licht, und es nie zu sehen.«
Ich antwortete nicht.
»Aber ich bin nicht Caitlin«, fuhr sie lebhafter werdend fort, »und sie war nicht ich. Man kann nicht zu viele Parallelen ziehen. In meinem Fall war das Kind, das ich erwartete, schließlich von meinem Ehemann. Ich gebe nicht vor zu wissen, warum Caitlin getan hat, was sie tat. Aber bei mir war es jedenfalls so: Ich hatte das überwältigende Bedürfnis, alles hinter mir zu lassen, aus meinem eigenen Haus zu fliehen. An den Anfang

zurückzukehren. Mein Anfang war die Schule von Brightwell. Der Anfang, den ich nie gewagt habe. Also bin ich dorthin gegangen.«

»Ihre Lehrerstelle?«

»Ich muss leicht verrückt gewesen sein. Ich war Mitte dreißig, als ich mit Caitlin schwanger war, und es war lange her, dass man mir diesen Job angeboten hatte – ich war achtzehn damals. Als ich dort ankam, musste ich feststellen, dass die Schule schon vor Jahren geschlossen worden war. Ich bin am Ende in einer kleinen Bed-and-Breakfast-Pension gelandet und habe, wann immer ich nicht gerade von Morgenübelkeit gepackt war, versucht, so zu tun, als sei ich frei. Ich fürchte, das war keine sehr würdevolle Episode. Edward hat mich ziemlich schnell aufgespürt. Ich war erleichtert, als er kam.« Sie streckte die Hand aus und legte sie auf das Leintuch, das den ausgemergelten Arm ihres Mannes bedeckte. »Erstaunlicherweise war er sehr lieb.«

Ich hatte einen Augenblick damit zu kämpfen, mir einen »lieben« Edward Dacre vorzustellen. »Zumindest hatten Sie Ihre Flügel ausgebreitet«, sagte ich. »Sie hatten es zumindest versucht. Ist das nicht die Hauptsache?«

»Oh, mein Lieber«, seufzte sie. »Sie machen es aber kompliziert für mich.«

»Ja, wirklich?«

»Die Hauptsache, Michael«, erklärte sie geduldig, »ist nicht, dass ich mit meinen erbärmlichen Flügeln geschlagen habe. Die Hauptsache ist, dass mein Ausbruch trotz seiner Fehler gar nichts mit Edward zu tun hatte. Er war gar nicht schuld daran. Ich war dafür verantwortlich. Das versuche ich Ihnen gerade klar zu machen.«

Sie streifte das Leintuch etwas zurück und nahm die reglose Hand ihres Mannes in ihre beiden Hände, hob sie sich an die Wange und starrte mich mit trotzigen Augen an.

Als ich am nächsten Tag aus London herausfuhr, war der Morgen kalt und weiß und der Himmel wie aus Leinen. Der Verkehr staute sich auf der M20, aber gegen elf Uhr fuhr ich Richtung Sevenoaks über die Landsträßchen Kents, die von nassen Weißdornhecken gesäumt waren. Das Fahren gab mir die Illusion, generell Fortschritte zu machen, der Geruch der schweren Erde war gut, und eine Weile fühlte ich mich positiv, wie ein Mann, der wieder in der richtigen Spur ist. Ich hielt an einer Haltebucht, dem Dorfanger gegenüber, an.

Brightwell besaß eine wuchtige normannische Kirche aus grauem Stein, die den Schluss nahe legte, dass es früher einmal eine größere und wohlhabendere Gemeinde gewesen sein musste. Jetzt war es ein hübsches, unscheinbares Dorf, die Art von Ort, die eine aktive Vereinigung der Konservativen, ein Altersheim und eine Ansammlung alter, strohgedeckter Cottages besitzt, die von Leuten aus der Stadt restauriert wurden. Auf dem Dorfanger stand ein Denkmal, ein paar Bänke unter einem kahlen Kastanienbaum und neu gepflanzte Bäume, die mit Hühnerdraht geschützt wurden. Eine Seite des offenen Platzes war von einer Reihe roter Backsteincottages gesäumt, mit einem Postamt, einem Laden und einem Pub. Dahinter konnte ich einen eingerüsteten Trockenschuppen erkennen. Niemand arbeitete auf den Gerüsten. Es war überhaupt niemand zu sehen. Auf der anderen Seite der Straße stand ein ziemlich großes georgianisches Haus am Ende einer Kieseinfahrt.

Es begann zu regnen, dicke Tropfen, die auf das Dach und die Windschutzscheibe des Audi klatschten. Ich saß eine Weile da, lauschte dem traurigen Seufzen der Scheibenwischer und redete mir ein, der Regen sei der Grund, warum ich zögerte, aus dem Auto zu steigen. Zum zehnten Mal nahm ich den Straßenatlas vom Beifahrersitz. Brightwell erschien hier als winziger roter Punkt an der gelben Linie einer Landstraße. Die Karte kennzeichnete das Dorf nicht als irgendwie bemerkenswert, nicht als irgendwie wichtiger als ein paar tausend anderer Dörfer. Während ich so dasaß, verlor ich allmählich meine Zuversicht. An den Anfang zurückkehren. Sie beide hatten das gesagt, Mutter und Tochter. Ich hatte sie für wichtig gehalten, diese zufällige Wiederholung des gleichen Satzes, aber jetzt konnte ich mir kaum noch vorstellen, wie ich mir das bloß hatte einreden können. An diesem kalten grauen Morgen, das öde Dorf im Regen nur allzu real, war es mir peinlich, daran zu denken, dass ich auf Grund einer solchen fixen Idee über neunzig Kilometer weit gefahren war. Es erschreckte mich sogar ein bisschen. Ich legte den Rückwärtsgang ein und setzte ein paar Zentimeter zurück, um umzudrehen und nach Hause zu fahren.

»Hee!« Die Stimme eines empörten Mannes. Ich bremste scharf. Jetzt konnte ich ihn im Rückspiegel ausmachen, einen Anorak mit Reflektorstreifen, den ich eigentlich hätte sehen müssen, ein Fahrrad. Ich ließ mein Fenster herunter. Es war ein Mann in den Vierzigern mit einem braun gebrannten Gesicht und vielen Lachfältchen.

»Sie sollten vorsichtiger sein.« Der Akzent war australisch. »Das hier ist ein Fahrrad der Royal Mail. Es hätte Ihr Fahrzeug ganz ordentlich beschädigen können.«

»Tut mir Leid. Es war meine Schuld.«

»Ja, klar, das weiß ich«, stimmte er mir fröhlich zu. Er nickte zu dem Atlas auf meinem Schoß hin. »Haben Sie sich vielleicht verirrt?«

»So könnte man es nennen.«

»Wau!«, rief er und hob beide Hände in die Luft, machte die Finger auf und zu, um ein Blinklicht zu simulieren. »Doppelseitiger Alarm!«

Ich konnte mir ein Lachen nicht verkneifen.

Der Postbote legte entspannt die verschränkten Arme auf die Lenkstange, saß da und schaute mich durch den Regen an. »Und, was suchen Sie, Kumpel?«

»Ich suche ein Haus.«
»Na, da hoffe ich, dass Sie einen Haufen Geld haben. Hier in der Gegend kosten die eine ganze Stange.«
»Nein. Ich habe gehofft, dieses Haus hier zu finden.« Ich hielt eine von Caitlins Zeichnungen hoch. »Dieses spezielle Haus.«
Er schaute es sich an und schüttelte den Kopf. »Ich komm ja zu den meisten Häusern hier, aber das da sagt mir gar nichts. Das hat aber nicht viel zu bedeuten. Ich lebe ja erst seit zwölf Jahren hier. Die oberen zehntausend von Brightwell betrachten einen erst als Einheimischen, wenn man seine fünfundzwanzig Jahre abgedient hat. Sie sollten es beim Pfarrer versuchen. Der kennt jeden. Das ist sein Job.«
»Lieber nicht. Es war wohl eine dumme Idee.«
Er ignorierte, was ich gesagt hatte. »Da ist ein Automatenparkplatz hinter dem Pfarrhaus. Der hat nur etwa drei Plätze, aber er ist der ganze Stolz des Gemeinderats, also stellen Sie Ihren Wagen dort ab. Lonsdale heißt der Pfarrer. Reverend Derek Lonsdale. Ziemlich junger Kerl. Sieht aus wie ein Bomberpilot. Ich weiß, dass er daheim ist, weil ich ihm gerade die Post gebracht habe.« Er schlug mit der flachen Hand aufs Autodach. »Na dann, viel Glück!«
Ich sah ihm nach, wie er in das trübe Grau davonfuhr.
Ich wollte dem Pfarrer nicht begegnen. Ich wollte mit dieser absurden Suche nicht weitermachen. Aber ich konnte mich nach dieser Unterhaltung auch nicht dazu durchringen, gleich zurückzufahren. Im Pub waren die Lichter an, und ich dachte, vielleicht bekäme ich dort einen Kaffee, deshalb fuhr ich um den Dorfanger, fand den Parkplatz, stieg aus und fütterte den Automaten. Als ich gerade zum Auto zurückkam, um den Schein aufs Armaturenbrett zu legen, stand ein großer Mann ein paar Meter entfernt am hinteren Tor des Pfarrhausgartens.
»Wollten Sie zufällig zu mir?«, rief er. »Ich bin der Pfarrer. Ich bin nämlich gerade im Begriff zu gehen.«
Hätte er nichts gesagt, dann hätte ich ihm nur zugenickt und

wäre an ihm vorbeigegangen. Aber jetzt ertappte ich mich dabei, dass ich die Plastikhülle mit Caitlins Zeichnung hochhob. »Ich bin hier, weil ich nach einem Haus suche.«

»Nun, das ist mal was anderes«, sagte er. »Die meisten Leute wenden sich dafür an Makler.«

Unsere Blicke trafen sich. »Aber ich bin nicht sicher, wonach ich suche.«

Er lächelte. »Na, so was!«

Der Postbote hatte Recht gehabt: Er sah aus wie ein Bomberpilot. Er hatte eine beschwingte Art an sich, er hatte lange Haare und trug eine modische weiße Skijacke. Er hielt einen Cinzanoreklame-Regenschirm in keckem Winkel gegen den Regen. Er sah aus, als habe er sich für viel Geld ein paar Strähnen in die Haare färben lassen.

»Kommen Sie doch für eine Sekunde rein.« Er deutete auf die Plastikhülle. »Bringen Sie Ihre Bilder mit.«

Es schien mir unmöglich abzulehnen. Ich folgte ihm über einen gewundenen Weg durch den Garten und auf die Rückseite des Pfarrhauses in einen Wintergarten von gemütlicher Schäbigkeit, mit Holzbänken und nach Blumenerde riechend. Regen tropfte von einer gesprungenen Scheibe im Dach rhythmisch in einen Eimer.

»Ich heiße übrigens Derek«, sagte er.

»Michael.«

»Nehmen Sie doch Platz, Michael, ausnahmsweise mal nicht in einer Kirchenbank.« Er winkte mich zu einem Holzhocker neben der Bank. »Ich kann Ihnen leider nichts anbieten. Wie ich schon sagte, ich bin auf dem Sprung. Zu einer Beerdigung, leider.«

Er sah nicht aus wie ein Mann, der gleich eine Beerdigung abhalten würde. Er hätte durchaus ein Partner in irgendeinem Gemeinschaftsbüro sein können – vielleicht ein Architekt –, der auf dem Weg zu einer Runde Golf ist.

»Es tut mir Leid, ich vergeude Ihre Zeit«, sagte ich.

»Ach ja?« Er nahm mir, ohne zu fragen, die Plastikhülle aus der Hand, wischte sich die Finger ab und zog Caitlins Zeichnung behutsam heraus. Er hielt sie ins Licht und betrachtete sie genau. »Also, ich habe dieses Haus noch nie gesehen, Michael. Das kann ich Ihnen sagen. Jedenfalls soweit ich weiß. Soll es in Brightwell sein?«

»Ich dachte. Ich hatte mir eingeredet, es könnte hier sein.«

»Falls es hier ist, muss ich es ja nicht unbedingt kennen. Da kann man nie sicher sein. Es gibt Tausende kleiner Cottages wie dieses hier in der Gegend. Die ehemaligen Häuser von Farmarbeitern und so. Ist das Bild alles, woran Sie sich halten können? Keine weiteren Hinweise?«

»Ich habe gehört, dass es hier eine Schule gab.«

»O ja, hier gab es einmal eine Dorfschule. Das Gebäude steht noch, in der Straße hinter dem Pub. Jetzt ist es ein Teeladen. Mit verblüffender Originalität nennen sie es noch immer das Alte Schulhaus. Aber es hat mit dem hier gar nichts zu tun. Es tut mir Leid, Sie zu enttäuschen.«

»Macht nichts.« Ich nahm ihm die Zeichnung ab. »Ich jage wohl Hirngespinsten nach.«

Er musterte mich einen Augenblick. »Das ist aber eine schöne Arbeit, die Zeichnung da.«

»Von meiner Frau.«

»Verstehe.« Er holte tief Luft und stieß sie wieder aus. »Es wird Ihnen wahrscheinlich nicht helfen, Michael.«

»Was?«

»Wieder zurückzugehen. Gewöhnlich hilft es nicht.«

Ich antwortete nicht.

»Sie ist nicht mehr mit Ihnen zusammen, oder?«, fragte er.

»Auf die eine oder andere Weise.«

Seine Stimme war ruhig und unsentimental. Ich wollte ihm sagen, dass er auf dem Holzweg sei, wollte einen Spaß daraus machen und entkommen, aber ich konnte ihm unmöglich ins Gesicht lügen.

»Sie ist tot«, sagte ich. »Das ist doch klar, oder?«
»Ziemlich. Entschuldigen Sie, aber das ist berufsbedingt, ständig nach Symptomen zu suchen. Man gewöhnt es sich an.« Er machte eine Pause. »Sie wissen, dass Sie einfach aufstehen und rausgehen können, nicht wahr?« Als ich es nicht tat, deutete er auf die Zeichnung. »Ist sie hier aufgewachsen oder so etwas?«
»Ich dachte, vielleicht in gewisser Weise.« Ich hob die Hand und machte sie auf und zu. »Doppelseitiger Alarm.«
Lonsdale lächelte. »Und jetzt würden Sie gern wissen, wo alles angefangen hat. Glauben Sie vielleicht, es kommt etwas anderes heraus, wenn Sie es noch einmal durchspielen? Dieses Mal mit glücklichem Ausgang?«
»Ich habe es aufgegeben, mit glücklichen Ausgängen zu rechnen.«
»Und worauf hoffen Sie dann?«
»Ich möchte gern wissen, wer sie war. Ich merke, dass ich es nicht weiß. Ist das nicht unglaublich?«
»Keineswegs.« Er sog an seiner Lippe. »Es ist komisch, Michael, aber ich habe ständig mit Überzeugung über Menschen zu sprechen, die ich nie kennen gelernt habe, über die ich gar nichts weiß. Das muss ich schon in ein paar Minuten wieder tun.«
»Das ist bestimmt nicht leicht.«
»Es kann eine Herausforderung sein«, stimmte er mir zu. »Aber eigentlich rede ich gerne vorher in aller Ruhe mit ein paar Leuten. Das können ganz ferne Bekannte sein oder vielleicht Leute, die ein überaus leidenschaftliches Verhältnis zu dem Verstorbenen hatten. Sie alle erzählen mir einige übereinstimmende Dinge. Dass der Soundso einen wunderbaren Sinn für Humor hatte, dass er großzügig war, ein bisschen zu viel getrunken oder seinen Garten oder was auch immer geliebt hat. Aber was mir am meisten auffällt, ist, wie unterschiedlich sie den Betreffenden dann doch sehen. Wie sehr sich ihre Geschichten voneinander unterscheiden.«

»Ja. Ich dachte, auch ich würde die wahre Geschichte kennen.«

»Das haben Sie auch, Michael. Meiner Meinung nach ist diejenige die wahre Geschichte, für die man sich entscheidet.«

Er erhob sich, bevor ich das verdaut hatte, und auch ich stand auf. »Es tut mir Leid, ich muss gehen«, sagte er. »Ich muss bei Beerdigungen unbedingt pünktlich sein. Sie werden sich fragen, warum. Sie laufen einem ja nicht davon. Sie können natürlich gerne bleiben. Aber ich weiß, das werden Sie nicht tun.«

»Nein, das werde ich nicht. Danke.«

Ich ging vor ihm in den aufgeweichten Garten hinaus. Der Regen hatte aufgehört. Ein Krähenschwarm schaukelte in den kahlen Ästen der Eschen neben der Kirche, die wie rostige Nägel knarrten. Lonsdale schloss die Tür zu, und wir gingen über den Gartenweg zurück.

»Ist es nicht fast immer so«, sagte er, als wir am Tor angekommen waren, »dass man erst weiß, was man hatte, wenn es dahin ist? Das ist nicht sonderlich originell, fürchte ich. Aber leider wahr.« Er streckte die Hand aus, und ich schüttelte sie. »Ich wünsche Ihnen alles erdenkliche Glück auf Ihrer Reise, Michael. Aber passen Sie auf, dass Sie sich nicht verirren.«

Er ging hinüber zum Friedhof und zwischen den Grabsteinen davon, den albernen Schirm über der Schulter, inzwischen zusammengeklappt, sodass er aussah wie eine riesige Zuckerstange.

Als er verschwunden war, ging ich zu dem Gebäude, auf das sich einst Margots Träume gestützt hatten. Es war ein hübsches kleines Haus, aus dem Sandstein der Hügellandschaft des Weald erbaut, und wie der Pfarrer gesagt hatte, hatte es gar nichts mit Caitlins Cottage gemein. Über der Eingangstür war die Jahreszahl 1857 eingemeißelt und in die Hausfront ein eiserner Briefkasten eingelassen, auf dem unter den Schichten roter Farbe noch immer die Initialen von Königin Victoria erkennbar waren.

Die Frau, der das Geschäft gehörte, führte mich freundlich herum. Sie sei mit einem bei Shell angestellten Computerfachmann verheiratet, erzählte sie mir, und betreibe den Teeladen nur als Hobby. Sie zeigte mir das Klassenzimmer, in dem Margot hätte unterrichten sollen. Es war voll gestellt mit runden, mit Chintztüchern drapierten Tischen. Es hätten eine Menge alter Schulbänke dringestanden, sagte sie. Aber sie seien schrecklich ramponiert und zerkratzt gewesen, und sie habe sie verbrennen lassen.

25

Angies Schatten verdunkelte das Buntglas in der Haustür. Ich überraschte sie, indem ich aufmachte, noch bevor sie klopfen konnte.
»Du bist aber schnell«, sagte sie. »Hast du auf dem Fußabstreifer geschlafen oder was?«
»Ich wusste, dass du pünktlich sein würdest, das ist alles.«
»Das war vorherzusehen, oder?«
Sie hielt ihren Tonfall sachlich, aber keiner von uns konnte den anderen täuschen, und das Wissen darum baute eine gewisse Spannung zwischen uns auf. Sie hatte ihre schwarzen Haare streng zurückgebunden, ganz geschäftsmäßig, und in ihrer schwarzen Lederjacke erinnerte sie mich an eine New Yorker Polizistin in einer Fernsehshow. Es war ein eisiger Morgen, und die Kälte ließ ihre Haut glühen. Ich schloss die Tür hinter mir zu.
Ihr blauer Fiat Bravo war in einer Seitenstraße geparkt. Wir stiegen ein, und sie gab mir die Straßenkarte. Chris Walkers Adresse war ordentlich auf das Deckblatt geheftet. Wir fädel-

ten uns in den Verkehr in Richtung Innenstadt ein und bogen dann nach Norden in die Edgware Road ab. Die Fahrt dauerte nicht lange.

Chris Walkers Betrieb befand sich in einem Industriegelände am Rand von Kilburn, kaum eine halbe Stunde entfernt. Ich sah als Erstes seinen weißen Lieferwagen, auf dessen Seite mit Großbuchstaben »Christopher Walker, Tischlerei« geschrieben stand. Er war vor einer Garage geparkt, deren Rollladen heruntergelassen war. Daneben befand sich auf der einen Seite eine Reifenreparaturwerkstatt, auf der anderen ein Vertrieb von Farben.

Angie hielt neben dem Lieferwagen an, und wir gingen auf das geschlossene Tor zu. Irgendjemand in der Reifenwerkstatt hatte ein Radio eingeschaltet, aus dem in voller Lautstärke Rockmusik dröhnte, und der Lärm wurde vom Zischen und Rattern der Pneumatik und dem Scheppern von Reifenfelgen auf Beton unterbrochen. Angie rüttelte an dem Schloss des Rollladens.

»Chris?« Sie rüttelte wieder und trat unten gegen das Tor. »Chris Walker?«

Der Rollladen rumpelte hoch.

»Die kleine Angie!«, sagte er.

Walker stand in der Mitte der Werkstatt, öffnete das Tor mit einer Fernbedienung. Er war ein kräftiger, hellhaariger Mann mittlerer Größe und trug einen khakifarbenen Pullover aus Armeerestbeständen, dessen Ärmel hochgekrempelt waren und in dessen Schulterklappe ein Tischlerstift steckte. Seine nackten Unterarme waren breit und tätowiert. Er musterte Angie anerkennend. »Na so was … wie du dich herausgemacht hast!«

»Hallo, Chris.« Sie ging auf ihn zu und küsste ihn auf die Wange. »Ist schon lange her.«

»Eine Menge Wasser unter der Brücke durch.« Er schaute mich an. »Wer sind Sie?«

»Das ist Michael«, erklärte Angie ihm. »Ein Freund.«
»Und was macht Michael, wenn er zu Hause ist?« Er hielt die Augen auf mich gerichtet.
Angie sagte: »Wir beide wollen nur etwas über Barney hören. Das ist alles.«
»Sind Sie ein Bulle?«, fragte er mich. »Oder Militär?«
»Ich? Sehe ich so aus?«
»Ja.«
»Er ist in Ordnung, Chris«, sagte Angie. »Er will nur über Barney Bescheid wissen, genau wie ich.«
Nebenan ratterte die Pneumatik jetzt noch lauter.
»Verdammter Krach.« Endlich wandte Walker den Blick von mir. »Als ich hier angefangen habe, bin ich jedes Mal unter den Tisch getaucht, wenn das losgegangen ist.«
Er drückte auf die Fernbedienung, und der Rollladen ratterte nach unten, und in der Werkstatt wurde es wieder ruhig. Eine Werkbank mit Schraubstock und Werkzeugen stand in der Mitte, umgeben von halb fertigen Möbelstücken – Stühle, kleine Tische und eine Kommode. In einer Ecke befand sich ein Ölofen, und der Geruch, den er ausströmte, vermischte sich mit dem von Lack und frischem Holz.
»Ich kann dir nicht viel erzählen, Angie«, sagte Walker. »Ich hab von Barney seit drei Jahren oder mehr nichts mehr gehört.«
»Uns würde alles helfen, Chris.«
»Was alles?« Bevor sie antworten konnte, fuhr er fort: »Macht es dir was aus, wenn ich weiterarbeite? Ich kann besser denken, wenn ich arbeite.« Er stellte sich hinter die Werkbank, klemmte ein Stuhlbein in den Schraubstock und machte sich dran, es abzuschmirgeln.
Angie drängte ihn weiter: »Die Polizei sucht nach ihm. Das hab ich dir erzählt.«
»Ja, klar.« Er strich mit seinen breiten Händen vorsichtig, liebevoll über das Holz. »Ich weiß nicht, wo er ist. Und ich sag's

dir gleich, die Polizei wird ihn nicht finden, wenn er es nicht will.«
»Das spielt jetzt keine Rolle, Chris«, sagte sie. »Ich will nur, dass du mir – uns – erzählst, was für ein Mensch er war. Was aus ihm geworden ist. Ich habe ihn seit Jahren nicht gesehen. Und du warst sein bester Freund.«
Er machte sich wieder ans Schmirgeln. »Barney? Ich habe nie jemanden kennen gelernt, der so war wie er. Aber es ist etwas passiert, weißt du. Nicht zwischen ihm und mir. Es ist ihm etwas passiert, als er bei den Fallschirmjägern war, und danach war er verändert. Ich habe nach seiner Entlassung versucht, mit ihm in Kontakt zu bleiben, aber er hat nie geantwortet. Natürlich war es für ihn nicht leicht. Im Lesen und Schreiben war er nie besonders gut.« Er fuhr mit dem Daumen der seidigen Maserung des Holzes entlang. »Trotzdem, das hat ihn nicht davon abgehalten, zwei Mal zum Sergeant befördert zu werden. Niemand hat mich je als möglichen Sergeant angeschaut, nie.«
»Es ging um diese Sache in Afghanistan«, sagte ich. »Nicht wahr?«
Er blickte wieder zu mir auf, langsam, einen anderen Ausdruck im Gesicht. »Ich weiß, wer Sie sind«, sagte er. »Sie sind der Ehemann.«
»Stimmt.«
Nachdenklich verzog er den Mund. »Ich selbst bin noch nicht lange verheiratet. Kann mir so etwas nicht vorstellen.«
Angie trat hastig vor. »Chris, ich will, dass Michael weiß, was für ein Mann Barney wirklich war. Dann wird er verstehen.«
»Und deshalb seid ihr da?« Walker rieb sich das Kinn und machte sich mit seinem Schmirgelblock wieder an die Arbeit, schmirgelte kraftvoll, sodass das Zischen den Raum erfüllte und ein Wirbel aromatischen Staubs zur Lampe emporstieg.
Nach einer Weile hielt er wieder inne. »Ich habe zur Ablösungspatrouille gehört«, sagte er, ohne aufzublicken. »Ich bin

ein paar Minuten später am Kontrollpunkt angekommen, deshalb habe ich nicht gesehen, wie es passiert ist. Es war in einer kleinen Stadt außerhalb von Kabul, auf der Hauptstraße. Etwa um zwei Uhr am Morgen. Schaut ihr Fernsehen? Da erzählen sie über die Probleme dort, als wäre alles organisiert gewesen, mit klaren Fronten und Regeln, aber so war es nicht. In der ganzen Gegend hat das totale Chaos geherrscht. Ganze Horden von diesen Irren zogen umher, mit Kalaschnikows und Panzerfäusten und Gott weiß was noch, die meisten davon mit Opium zugeknallt. Zogen herum wie ein Haufen Banditen, wie ein Rudel wilder Hunde. Völlig außer Kontrolle. Einige von ihnen hatten sogar Panzer. Panzer, verdammt! Ich bitte dich! Die Stämme haben sich gegenseitig bekämpft, und wenn sie davon genug hatten, dann haben sie sich untereinander bekämpft. Und nur zur Abwechslung, nur hin und wieder, haben sie auch gegen uns gekämpft.« Er legte seinen Schmirgelblock zur Seite. »Angie, Barney hat vierzig Schuss auf dieses Auto abgefeuert. Ich würde dir gern sagen, dass er es nicht getan hat, aber er hat es getan. Eine Frau – eigentlich ein Mädchen von etwa siebzehn – und zwei kleine Kinder. Die Mutter hat noch immer geschrien, als ich dort ankam, aber das ist nicht mehr lange weitergegangen. War auch gut so. Ihr hat der ganze Unterkiefer gefehlt, dem armen Ding.«

Ich warf einen Blick auf Angie. Sie hatte eine Hand auf das Ende der Werkbank gelegt, als wolle sie sich stützen.

Ich sagte: »Dafür muss es einen Grund gegeben haben.«

»Ja klar. Ein paar Halunken hatten das Auto des Mädchens entführt. Sind johlend auf den Kontrollpunkt zugekommen, haben aus allen Rohren gefeuert. Einer von unseren Leuten will auf einmal den Helden spielen, setzt sich über sämtliche Vorschriften hinweg, tritt auf die Straße und ballert zurück, und dann hat seine Waffe Ladehemmung, und er steht da draußen wie ein Vollidiot. Barney ist der verantwortliche Unteroffizier. Er sieht diesen Kerl auf verlorenem Posten stehen.

Und Barneys Waffe klemmt nicht. Und so kommt es zu solchen Dingen. So schnell.«
»Aber er konnte von der Frau und den Kindern gar nichts wissen«, sagte Angie. »Woher hätte er es denn wissen sollen?«
»Natürlich wusste er es nicht. Niemand wusste es, bis wir sie aus dem Auto gezogen haben, das, was von ihnen noch übrig war. Der einzige Trost war, dass er auch die beiden Typen getroffen hatte, die das Auto entführt hatten. Der eine tot, der andere verletzt. Deshalb konnte Barney sich wenigstens rechtfertigen. Sonst wäre er wegen Mordes angeklagt worden.«
Angie sagte: »Dann war die ganze Sache also ein Irrtum, nur ein schrecklicher Unfall?«
»Bei den Fallschirmjägern gibt es keine Unfälle, Schätzchen. Seit dem Bloody Sunday nicht mehr.«
Walker löste das Stuhlbein aus dem Schraubstock, blies den Staub von der Oberfläche, strich wieder über das Holz und blinzelte an dem Stuhlbein entlang, überprüfte es nach fehlerhaften Stellen. Es war ein erstaunlich feines Werkstück in seinen großen Händen.
Ich sagte: »Das waren aber nicht die ersten Schwierigkeiten, in die er sich hineinmanövriert hatte.«
»Nein.« Er fuhr mit der Fingerspitze über die glatte Biegung des Holzes.
»Es gab einen Angriff. Der ihm seine Streifen gekostet hat?«
»Das war in Bosnien.« Walker legte das Stuhlbein vorsichtig auf die Werkbank. »Er hat einem Corporal den Kiefer gebrochen. Der Kerl war mit einer Tussi ausgegangen und hat sie verprügelt. In so was war Barney eigen. Ich habe ihn nicht danach gefragt, aber in Bezug auf Frauen war er irgendwie altmodisch.«
»Was ist nach der Sache in Kabul passiert?«, fragte Angie.
»Danach war er nicht mehr der Gleiche«, antwortete Walker. »Wer wäre das schon? Er wollte nicht darüber reden. Er hat sich bei der Untersuchung nicht einmal verteidigt. Hat einfach

alles über sich ergehen lassen. Irgendetwas in ihm war zerbrochen, glaube ich. Nicht lange danach hat er seine Sachen gepackt und ist ruhig wie ein Lamm gegangen. Wie gesagt, seitdem habe ich nichts mehr von ihm gehört. Und auch ich bin nicht mehr lange geblieben.«

Ich sagte: »Er ist also nicht wirklich entlassen worden oder wie man das bei euch nennt?«

»Er sollte sich eigentlich für weitere drei Jahre verpflichten und hat es einfach nicht gemacht. Ich glaube, die Vorgesetzten waren damals ganz glücklich darüber. Ich glaube nicht, dass er ihnen, so wie er nach der Schießerei drauf war, gefallen hat. Wirklich schade.«

»Wie meinst du das?«

»Alle Jungs haben zu Barney aufgeblickt. Er war der geborene Held. Das sieht man. Ich war schon zwei Jahre dabei, als er zu uns gekommen ist, aber ich habe sofort sehen können, dass er etwas Besonderes an sich hatte.« Walker nickte in meine Richtung. »Sie wissen, wovon ich rede, nicht wahr? Sie sagen, dass Sie kein Militär sind, aber Sie wissen es.«

»Ja.« Ich hatte Carricks Bild vor Augen und erinnerte mich an meine erste Reaktion darauf: dass ich ihn gemocht hätte, dass ich ihn gerne in meinem Team gehabt hätte. »Ja, ich weiß, wovon Sie reden.«

Walker legte seine Arbeit zur Seite, kam hinter seiner Werkbank hervor und stellte sich vor mich.

»Angie will wohl, dass ich Ihnen sage, Barney hätte das Ihrer Frau nicht antun können. Nun, darauf würde ich nicht schwören. Ich habe sie nicht gekannt, ich weiß nichts von Barneys Verhältnis zu ihr. Man kann jeden lange genug triezen, bis er alle möglichen Arten von Unheil anrichtet. Aber eins sag ich Ihnen – nach dem Verhalten von Barney in Kabul zu schließen, wäre Schnee im August wahrscheinlicher.«

Angie hielt in der Gasse hinter dem Haus und stellte den Motor ab, aber ich konnte sehen, dass sie noch nicht weiterfahren wollte.

»Spendierst du mir einen Drink?«, fragte ich.

»Ich will keinen Drink. Aber ich komme fünf Minuten mit rein.«

Ich führte sie durch die Hintertür ins Haus. Während ich den Anrufbeantworter abhörte, ging sie weiter in mein Arbeitszimmer.

Ich entdeckte sie dort, die Hände auf der Fensterbank, wie sie in den trostlosen kleinen Garten starrte. Es hatte wieder zu nieseln begonnen.

»Ich hasse diese Jahreszeit«, sagte sie. »Sie macht so verdammt elend.«

»Ich dachte, du wärst glücklich.«

»Glücklich?« Sie drehte sich um und schaute mich an.

»Du hast die Ergebnisse, die du wolltest. Von Chris Walker. Er hat doch genau das Richtige gesagt.«

»Ich hab ihn nicht instruiert«, sagte sie.

»Das habe ich nie vermutet.«

Sie zog sich ein wenig zurück. »Die können doch nicht wirklich meinen, dass du das getan haben könntest?«, fragte sie und erwischte mich völlig unvorbereitet.

»Das ist etwas, das Sergeant Barrett als ein bisschen private Spekulation bezeichnet. Ich denke, er will mich nur auf die Probe stellen.«

»Mistkerl.«

Sie wandte sich vom Fenster ab und schlang die Arme um sich. Sie ging im Kreis durchs Zimmer. Sie hatte etwas Verschlossenes an sich, eine unterdrückte Energie, und es war mir unmöglich, den Blick von ihr zu wenden. Sie blieb beim Schreibtisch stehen. Ich bemerkte, dass ich Caitlins Zeichnungen des Cottage dort hatte liegen lassen. Sie sah mich an, dann nahm sie die Bilder vorsichtig aus der Mappe und legte sie auf den Tisch.

»Sie sind schön«, sagte sie. »Schöner, als ich sie in Erinnerung habe. Sie muss unglaublich talentiert gewesen sein.«
»Du hast sie schon einmal gesehen?«
»Die Polizei hat mir Kopien gezeigt. Ob ich dieses Haus kennen würde? Solche Sachen.«
»Das hast du offensichtlich nicht.«
»O nein.« Sie berührte die Zeichnungen ehrfurchtsvoll mit den Fingerspitzen, verschob das schwere Papier auf dem Tisch, sodass mehrere auf einmal zu sehen waren. Ich trat neben sie, knipste die Schreibtischlampe an, und die Zeichnungen sprangen uns nun geradezu an.
Angie war bei einer bestimmten hängen geblieben. Ich wusste, warum gerade dieses Bild sie faszinierte. Es faszinierte auch mich jedes Mal, wenn ich die Mappe durchsah. Die Haustür war darauf weit offen. Als stünde sie direkt vor dieser offenen Tür, hatte Caitlin Einzelheiten eines Zimmers gezeichnet, eines einfachen Zimmers mit Holzboden und einem Teppich und der Andeutung einer gemusterten Tapete an den Wänden und eines Eisengitters vor dem Kamin. Ein Bücherregal, zwei Sessel, eine Durchgangstür – wohin? – in ein Schlafzimmer oder die Küche? Wieder ein Raum in ihrem Leben, den ich nie gesehen hatte. Ich wusste, dass die Gegenstände, die ich durch diese offene Tür sah, reale Gegenstände waren, Dinge, die Caitlin berührt und in der Hand gehabt hatte. Möbel, Bilder, Bücher. Und irgendwo, nur nicht zu sehen, waren wahrscheinlich Töpfe und Pfannen, Teller und Gläser und Besteck. Ein Kessel und eine Teekanne und vielleicht ein paar Lieblingsbecher mit Cartoons von Larsen drauf. Eine gemusterte Steppdecke, Kissen, ein Bett.
»Das war ihr Haus«, sagte ich. »Das von Caitlin und deinem Bruder. Caitlins und Barneys Haus.« Es war das erste Mal, dass ich ihre Namen gemeinsam laut ausgesprochen hatte.
»Ja. Das sehe ich.«
»Ein Haus für sie allein. Ein zweites Zuhause. Es ist, als hätte

sie eine andere Welt gehabt, um darin zu leben, irgendeine … irgendeine, die sie der, die wir uns zusammen aufgebaut haben, vorzog.«

»Menschen treffen ihre eigenen Entscheidungen«, sagte Angie ruhig. »Manchmal merken sie gar nicht, welchen Schaden sie anrichten.«

Sie verschob die Zeichnung, und dabei deckte sie den Straßenatlas auf, der darunter lag, in dem das Dorf Brightwell mit rotem Filzstift eingekreist war. Wie ein Beweisstück bei einer Gerichtsverhandlung hob sie ihn hoch und runzelte die Stirn.

Ich sagte: »Ich bin Gespenstern nachgejagt. Ich weiß, es ist verrückt.«

»Und, hast du welche gefunden?«

»Nein. Ich denke, so sind Gespenster nun mal. Man bekommt sie nur zu Gesicht, wenn sie es wollen.«

Sie schloss die Augen für eine Sekunde und seufzte. »Mensch, wir sind vielleicht ein Paar, was?«

»Kann man wohl sagen.«

Sie stand da, schaute mich an, stützte sich mit einer Fingerspitze zwischen den Zeichnungen auf den Schreibtisch. Ich konnte ihre Energie spüren, und schon einen Augenblick später konnte ich sie ebenfalls fühlen, pulsierend in meiner Magengrube.

»Willst du mich dafür bestrafen?«, fragte sie.

»Dich bestrafen?«

»Für all das Leid, das sie dir angetan haben? Das Leid, das mein Bruder dir angetan hat?«

»Angie, natürlich nicht.«

»Gut«, sagte sie. »In diesem Fall …«

Sie richtete sich auf und schlang die Arme um meinen Hals und stand ganz dicht vor mir und blieb da, bis sich meine Arme um ihre Taille legten und ich sie an mich drückte. Ich war von einem wunderbaren und gänzlich unerwarteten Gefühl der Erleichterung erfüllt.

»Das ist besser«, flüsterte sie, ihr Mund ganz nahe an meinem Ohr. »Oh, das ist so viel besser.«
Sie streichelte mir über den Nackenansatz und wiegte sich eine Weile hin und her. Ich atmete die Wärme ihrer Haut und ihrer Haare ein. Sie war schlank und straff zwischen meinen Händen. Mein Puls verlangsamte sich. Ich schob eine Hand unter ihre schwere Mähne, und sie legte den Kopf in den Nacken. Sie lächelte mich an und berührte meine Wange, dann trat sie zurück, ließ aber die Hände auf meinen Schultern.
»Ich weiß, dass du noch nicht so weit bist, Michael«, sagte sie. »Und das ist in Ordnung. Aber es wird hier zurzeit schon genug abgestritten, und ich mache da nicht auch noch mit.«
Das Klicken der Hintertür dröhnte wie ein Schuss, und wir beide fuhren zusammen, und Angie ließ die Hände sinken. Man konnte eine Frau fluchen hören, und die Tür sprang auf, als jemand dagegentrat, und Stella kam rückwärts herein, schwankte unter dem Gewicht mehrerer Einkaufstaschen. Aus einer spross eine purpurfarbene Hyazinthe, und die Blüte zitterte über ihrer Schulter. Stella setzte ihre Last auf dem Boden ab, schaute durch die Tür ins Arbeitszimmer und sah uns.
»Oh«, sagte sie. »Ich dachte ...« Ihre Stimme verebbte. Sie sah Angie an, und von ihren Augen war abzulesen, dass sie verstanden hatte. Sie straffte die Schultern. »Ich dachte, du wärst nicht zu Hause, Michael. Ich wollte dich überraschen.«
»Das hast du.«
Angie sagte schnell: »Ich wollte sowieso gerade gehen.« Sie ging aus dem Zimmer, an Stella vorbei, und warf ihr ein angespanntes Lächeln zu. »Tut mir Leid, dass ich so schnell verschwinden muss.« Sie stieg über Stellas Einkaufstaschen und ging durch die Hintertür hinaus.
Ich brauchte eine Sekunde, bis ich reagierte. »He, warte!« Aber Angie blieb nicht stehen. Ich schob mich an Stella vorbei und folgte ihr durch die offene Tür, durch den kleinen Garten, und holte sie ein, als sie gerade den Riegel des Tors öffnete.

Sie schaute mich an. »Es ist okay, Michael. Ich kenne den Weg.«
»Angie ...«
»Hör zu«, sagte sie in sanftem Tonfall. »Ich hatte mich da drin wohl nicht ganz unter Kontrolle. Aber ich war noch nie gut im Schauspielern. Nehme nie ein Blatt vor den Mund, wie Onkel Stanley es ausdrückt. Aber ich habe es einfach satt, weißt du?«
»Was, Angie?«
»Dass ein Schritt nach vorn für mich immer einen Schritt zurück für dich bedeutet. Du sinkst, ich tauche auf – und umgekehrt. So sollte es nicht sein.«
Meine Hand war auf dem Tor, und sie legte ihre eine Sekunde darauf – außer Sichtweite des Hauses.
»Mach dir darüber keine Sorgen, Michael. Wir lassen die Sache einfach für eine Weile ruhen, okay? Ich werde dich nicht anrufen oder sonst so etwas Dummes tun. Ich werde dich nicht belästigen. Versuchen wir einfach, einander so wenig Schaden wie möglich zuzufügen, so oder so.«
Sie ließ sich durch das Tor hinaus und schloss es hinter sich, und während ich zum Haus zurückging, lauschte ich, wie ihr kleiner Fiat davonbrummte.
»Na ja«, sagte Stella und schaute mich schelmisch an.
»Was, na ja?«
»Na ja, wer ist das Präraffaeliten-Mädchen mit diesem Akzent und diesem Benehmen? Die nicht einmal vorgestellt werden will?« Und während sie das sagte, musste es ihr klar geworden sein. »Oh, Michael. Jetzt erzähl mir bloß nicht, dass sie die ist, die ich vermute.«
»Ist gut. Ich werde es dir nicht erzählen.«
Ich ging durchs Zimmer und machte mich daran, die Hyazinthe zu retten, deren Topf umgekippt war und deren Erde auf dem Boden verstreut lag. Ich war verwirrt und verlegen und ärgerte mich, dass ich so fühlte.

»Michael, sag mir, dass du es nicht bist. Nicht wirklich. Nicht in Angie Carrick?«

»Ich bin gar nichts, Stella«, fuhr ich sie an. »Außerdem ginge das außer mir niemanden etwas an.«

»Jetzt sag mir nicht, dass es mich nichts angeht!« Ihre Heftigkeit überraschte mich. »Angeblich sind wir doch Freunde, oder etwa nicht? Und für den Fall, dass du es vergessen hast, wir sind Freunde, die in ein paar Wochen zusammen ins Ausland gehen. In ein paar Wochen. Deshalb geht es mich etwas an, oder etwa nicht?«

»Wenn du meinst, Stella.« Ich nahm ihre Einkaufstaschen und stellte sie auf die Arbeitsfläche.

»Michael, wie kommt es, dass ich das Gefühl habe, hier läuft das Programm von jemandem ganz anderen?«

»Hör zu«, sagte ich und drehte mich zu ihr um. »Ich lasse hier das Programm von niemandem laufen, nur mein eigenes, okay? Ich habe keine Zeit für das von irgendjemand anderem. Nicht für ihres. Nicht für deins. Von niemandem.«

Sie sagte: »Willst du, dass ich rausgehe und noch mal reinkomme?«

Ich bekam mich unter Kontrolle. »Tut mir Leid, Stella. Aber du musst dir keine Sorgen machen. Das ist alles.«

»Mache ich mir aber«, sagte sie. »Ich mache mir Sorgen.« Sie setzte sich an den Tisch, zog ihre Zigaretten heraus und zündete sich eine an. Vielleicht tat sie das aus Trotz und forderte mich heraus, sie deshalb auszuschimpfen, aber ich brachte nicht die Energie auf. Sie entspannte sich ein bisschen. »Du machst es uns nicht leicht, Michael.«

»Uns?«

»Deinen wirklichen Freunden. Mir und Anthony.«

»Anthony«, stöhnte ich. »Herrje, ich hätte ihn anrufen müssen.«

»Ja, das hättest du. Ich meine, ich halte ihn auf dem Laufenden, aber er mag dich so sehr, du solltest ihn wirklich öfter anrufen.« Sie besah sich die Zigarettenglut. »Ich hätte nie gedacht, dass ich mit dem alten Knacker viel gemeinsam hätte, aber jetzt weiß ich, wie er sich fühlt.«

»Wie fühlt er sich denn?«

»Er ist krank vor Sorge, aber er weiß nicht, ob er anrufen oder vorbeischauen soll oder ob er sich damit nur zum lästigen, sich einmischenden Störenfried macht.«

»Und so fühlst du dich auch?«

»Manchmal. Wie eben vor drei Minuten.«

»Ich rufe ihn an«, versprach ich ihr. »Du hast Recht. Wir sollten alle zusammenkommen, so wie früher.«

»Da wäre er sehr glücklich.« Sofort strahlte sie. »Wieder eines dieser gigantischen Mittagessen bei ihm. Lass ihn kochen. Gib ihm das Gefühl, nützlich zu sein.«

»Gut«, sagte ich.

»Michael, ich glaube, er hätte es am liebsten, wenn wir alle eine Weile so täten, als sei das alles nicht passiert. Und wieder das tun, was wir früher gemacht haben.«

»Hätten wir das nicht alle?«

Ich ertappte mich dabei, dass ich hoffte, sie würde das Thema fallen lassen. Ich schämte mich, aber in diesem Augenblick konnte ich den Gedanken an Anthonys schwere Mittagessen und seine ebenso schweren Sorgen nicht ertragen. Ich wusste, dass Stella nur zu helfen versuchte, aber ich nahm es ihr trotzdem übel. Ich wollte nicht zurück, nicht sinnloserweise so tun, als habe sich die Welt nicht verändert. Ich wusste nicht genau, was ich wollte, nur, dass ich gerade jetzt allein sein wollte.

»Am Freitag hab ich frei«, sagte sie. »Da ginge es.«

»Da filmt die Polizei eine Rekonstruktion. Ich muss hier sein.«

»Dann am Samstag«, beharrte sie. »Am Samstag ist in der Portobello Road Markt. Vielleicht könnten wir alle gemeinsam hingehen. Langweilt mich zwar zu Tode, aber Anthony würde es gefallen.«

»Okay, Stella. Okay.«

»Gut«, sagte sie zufrieden und sprang auf. »Samstag. Überlass alles mir.«
Sie lief geschäftig an mir vorbei, räumte ihre Einkäufe weg und holte einen Teller, um den Blumentopf mit der Hyazinthe draufzustellen. »Und übrigens«, fügte sie fast beiläufig hinzu, »werden wir uns alle über Venezuela unterhalten müssen, nicht? Über die Zukunft. Er wird dich so vermissen.«

26

Ein Constable in Uniform holte von Stavros' Café an der Ecke Cappuccinos und drückte Emma Dickenson und mir jeweils einen Becher in die Hand. Ich erkannte in dem Constable den jungen Mann wieder, der Caitlins Topfpflanze während der ersten Befragung zerbrochen hatte. Ich erinnerte mich an seine Verlegenheit und schenkte ihm deshalb ein möglichst aufmunterndes Lächeln. Er erwiderte es nervös und verschwand, so schnell er konnte. Es kam mir in den Sinn, dass er, sollte er je ein ergrauter Kommissar sein, noch immer die Geschichte erzählen würde, was für ein Schlamassel er am allerersten Tatort seiner Karriere angerichtet hatte. Diesen Tag, den Tag von Caitlins Tod, würde er nie vergessen. Ich fragte mich, wieweit das möglicherweise auch auf die vielen hundert Leute zutraf, die an jenem gewöhnlichen Morgen am Haus vorbeigekommen waren, ohne Grund zu haben, irgendetwas zu vermuten, und ohne darauf gefasst zu sein, etwas Außergewöhnliches zu sehen.
Die ganze Situation kam mir allmählich immer bizarrer vor. Die Polizei hatte die Straße gesperrt, und eine kleine Menschenmenge hatte sich ein paar Meter von der Stelle, an der ich

mit Emma Dickenson saß, hinter den Absperrgittern versammelt. Auf unserer Straßenseite war der Minibus der Filmcrew am Gehsteigrand geparkt, und dahinter standen drei oder vier Polizeifahrzeuge. Ich kam mir in meinem Regiestuhl wie ein Filmmogul vor. Geschäftige Männer in Anoraks verlegten neben dem Randstein ein Miniaturgleis und montierten eine Kamera auf einen Kamerawagen. Scheinwerfer waren aufgebaut worden, und ein Kabelgewirr verlief über die ganze Straße hinweg.

Es schien ein völlig unverhältnismäßiger Aufwand zu sein, um einen flüchtigen Moment der Vergangenheit wiedererstehen zu lassen.

Ich sagte: »Wird das wirklich etwas nützen?«

»Sie werden überrascht sein, woran Leute sich erinnern, wenn es um ein ganz bestimmtes Ereignis geht, auf das sie sich konzentrieren, Michael.« Emma Dickenson blies den Dampf von ihrem Kaffee und schlug vorsichtig die Beine unter ihrem vernünftigen Wollrock übereinander. Sie tat ihr Bestes, zuversichtlich zu klingen. »Es kann alle möglichen Dinge zurückbringen, die sie zu dem Zeitpunkt nicht für wichtig gehalten haben. Es geht darum, die Leute zu bestärken. Ihnen das Gefühl zu geben, dass sie das Richtige tun, wenn sie etwas melden, dass sie sich damit nicht lächerlich machen.«

Ich war nicht überzeugt. Ihre Antwort klang für mich routinemäßig. Ich hatte es auch gar nicht erwartet, aber die ganze Sache fing allmählich an, mich nervös zu machen. Ich fröstelte. Der Tag war sehr kalt, und es hing Schnee in der Luft. Ich wollte diese Scharade hinter mich bringen, wieder ins Haus gehen und sie alle ausschließen.

Der Regisseur, ein unrasierter Mann in einer Schaffelljacke, rief von der anderen Straßenseite.

»Etwas Ruhe, bitte!« Er klatschte in die Hände, um die nötige Aufmerksamkeit zu erregen. »Wir machen es nur einen Durchlauf, Leute, aber so echt wie möglich, okay?«

»Drehen die hier einen Film?«, rief eine ältere Frau hinter mir über das Absperrgitter. Sie hatte graue Haare und trug eine Regenhaube aus Plastik. Der junge Constable bat sie, leiser zu sein. »Und, was für ein Film wird das?«, fragte die Frau unbeirrt weiter. »Wer ist der Star?«

»Ruhe bitte!«, brüllte der Regisseur.

»Ich hab ja nur gefragt«, murmelte die Frau.

Die Schauspielerin hatte bereits ihre ersten Schritte ins Bild gemacht und kam auf dem gegenüberliegenden Gehsteig beschwingt auf das Haus zu. Ich hatte die Straße kaum je leer gesehen, und ihre Schritte klackten so deutlich in der Stille, als zählten sie die Sekunden bis zu einer Explosion ab. Ich ertappte mich dabei, dass ich mir die gleiche Frage stellte wie die Frau mit der Plastikregenhaube: Wer war hier der Star? Irgendein anonymes Mädchen von einer Agentur – vielleicht eines, das schon immer mal die Ophelia spielen wollte und stattdessen seinen großen Durchbruch erlebte, indem es eine blonde Perücke trug und eine tote Frau darstellte. Noch eine, die darüber reden würde. Sie würde sich gut erinnern. Falls sie je berühmt werden sollte, würde sie die Geschichte in irgendeiner Talkshow erzählen und darüber lachen, wie sie fünfzehn Minuten lang Caitlin gewesen war.

Emma Dickenson beugte sich zu mir und flüsterte: »Michael, wenn daran irgendetwas nicht echt aussieht, müssen Sie es uns unbedingt sagen, damit wir es richtig stellen. Es könnte auf die kleinsten Details ankommen.«

Ich beobachtete die Schauspielerin fasziniert.

Das Mädchen trug Caitlins schwarze chinesische Jacke mit den roten Drachen drauf und Caitlins dazu passenden roten Seidenschal. Sie hatte Caitlins kurzes Haar, sie hatte die gleiche Größe und die gleiche Figur. Sie ging mit ihrem Laufstegschritt sogar in etwa wie Caitlin. Sie stieg die Stufen zum Haus hinauf und machte die Handtasche auf, um den Schlüssel hervorzukramen.

Ich versuchte mich zu konzentrieren. War da irgendetwas, was nicht echt wirkte? Die Frage war absurd. Eine Fremde steckte in Caitlins Kleidern, machte Caitlin nach und war daran, sich in Caitlins Haus Einlass zu verschaffen. Wie konnte daran irgendetwas echt sein? Das Mädchen hatte jetzt den Schlüssel herausgeholt und steckte ihn ins Schloss. Ich spürte einen ungeheuren Drang, aufzuspringen und sie zu fragen, was sie sich erlaube, einfach in mein Haus zu gehen, sich als meine tote Frau auszugeben.

»Sehr gut, das ist prima«, rief der Regisseur, und mit einem Mal geriet die Szene in Bewegung. »Ein paar Minuten, dann wird's ernst.«

Das Mädchen drehte sich um, kam lächelnd die Stufen herunter und ging zu seiner Ausgangsposition hinter dem geparkten Minibus zurück. Die Crew machte sich wieder an dem Kamerawagen zu schaffen. Ein Mann entfaltete eine Reflektorscheibe, und ein anderer ließ von einer Rolle noch ein weiteres Kabel ab. Die Scheinwerfer sprangen in dem trüben Vormittagslicht an, und die Szene verwandelte sich in eine bernsteinfarbene Bühne. Irgendjemand probierte mit leiser Stimme die Tonhöhen aus. Jemand riss einen Witz, und ein anderer lachte.

»Ist das die Blondine aus *Neighbours?«*, rief die Frau mit der Regenhaube dem Constable hinter uns zu. »Hier, junger Mann – verschaffen Sie mir ein Autogramm auf meiner Tesco-Quittung.«

»Das geht nicht, Madam.«

»Schlagen Sie mir gegenüber keinen solchen Ton an!«, gab sie zurück. »Sie sind ja gar kein echter Bulle. Sie sind ja nur in so einem blöden Film.«

Ich rutschte auf meinem Stuhl hin und her. Ich wollte aufstehen und mir die Beine vertreten, aber ich wollte meine Nervosität nicht noch deutlicher zu erkennen geben.

»Vielleicht hat keiner etwas gesehen«, sagte ich.

»Michael, versuchen Sie, sich zu entspannen.« Emma Dickenson fasste mich am Ärmel. »Wir reden über einen Freitagvormittag in einer belebten Londoner Straße. Irgendjemand hat etwas gesehen. Ein Taxifahrer, ein Busfahrer, ein Postbote oder ein Kind auf einem Skateboard. Irgendjemand hat sie hineingehen sehen. Und wenn jemand sie gesehen hat, dann höchstwahrscheinlich auch ihn. Nur darum geht es.«

Ich erblickte Barrett auf der anderen Straßenseite, der zwischen den Autos und Minibussen herumstreifte, die Straße rauf und runter schaute und Winkel und Sichtmöglichkeiten überprüfte. Ich folgte mit den Augen. Er ging methodisch vor, spähte der Straße entlang zu den Fenstern der oberen Geschosse.

»Digby Barrett ist ein guter Polizist«, sagte Emma Dickenson vorsichtig, obwohl keiner von uns ihn erwähnt hatte. »Aber er hat eine Schwäche für Schauergeschichten. Ich würde mir seinetwegen keine allzu großen Sorgen machen.«

»Ich mache mir keine Sorgen«, antwortete ich schnell.

Aber mir wurde klar, dass sie es genau erfasst hatte. Eine irrationale Angst stieg in mir auf, dass unter den zwei oder drei Millionen Menschen, die sich diesen Clip in den nächsten Tagen im Fernsehen anschauen würden, genau diejenigen wären, die Caitlin durch diese Tür hatten gehen sehen, vielleicht auch andere, die mich bemerkt hatten, dass aber kein Einziger Carrick gesehen hatte. Sie konnten ihn bis jetzt nicht finden, und sie würden ihn auch nicht finden, indem sie dieses Stückchen Vergangenheit unter das Mikroskop legten. Irgendwie würde er an allen vorbeigeschlüpft sein, wie eine dunkle Macht, wie ein tödliches Gas.

»Achtung!«, rief der Regisseur. »Ruhe bitte!«

Auf der Straße wurde es still.

»Aufnahme! Action!«

Caitlins Geist kam wieder klackend die Straße herunter, beschwingt, sorglos, die große Tasche schlug ihr gegen die Hüfte.

Sie legte eine Hand auf das Geländer und stellte den Fuß auf die unterste Stufe.
»Michael! Michael Severin!« Der Ruf kam aus der kleinen Menschenansammlung hinter mir. »Lassen Sie mich durch, bitte! Lassen Sie mich augenblicklich durch!«
Einen Moment konnte ich die Stimme nicht zuordnen. Emma Dickenson und ich drehten uns in unseren Stühlen um. Es gab ein Gedränge und ein paar laute, protestierende Stimmen. Die Frau mit der Regenhaube sagte wieder: »Es ist doch nur so ein blöder Film.«
Die Schauspielerin wandte sich auf den Stufen um und sah dorthin, wo die Unruhe entstanden war. Der Regisseur sagte mit müder Stimme: »Verdammt!« und dann lauter: »Schnitt!«
Hinter uns beschwerte sich gerade ein kleiner Mann bei dem jungen Polizisten und drängelte sich wie ein Terrier durch die Menge. »Ich wohne hier! Hören Sie? Ich wohne hier, und ich muss sofort mit Dr. Severin sprechen.«
»Henry!« Ich ging zum Absperrgitter. »Henry, ich bin's, Michael. Hier bin ich.«
Henry Kendrick stand da in seinem blauen Blazer mit den Air-Force-Knöpfen, die flotte Krawatte am Kragen seines karierten Hemdes ein wenig verrutscht, eine Karikatur der Empörung und des Entsetzens.
Er hörte meine Stimme, fasste sich, sah zu mir auf. Sein Gesicht verzog sich gequält.
»Michael! Das ist nicht wahr, was die da sagen, oder? Über die schöne Caitlin?«
»Seit wann sind Sie denn zurück?«
»Bin gerade eben aus dem Taxi gestiegen. Gerade in dieser Minute. Hab mein Gepäck irgendwo da drüben abgestellt.« Er schaute aufgeregt nach hinten, dann wieder mich an. »Jetzt sagen Sie es mir. Sagen Sie mir, dass das nicht wahr ist, Michael! Sagen Sie's mir!«
Er sah völlig fassungslos aus. Ich wusste nicht, was ich ihm

antworten sollte. Ich kannte Henry nur flüchtig, und ich war von der Heftigkeit seiner Reaktion überrascht.
Ich sagte: »Henry, wie gern würde ich Ihnen das sagen!«
Er starrte verwirrt um sich. »Aber wann? Wann ist das passiert?«
»Während Sie fort waren, Henry.«
»Aber wann?« Er war völlig außer sich. »Wann genau ist es passiert?«
»Genau in der Mitte Ihrer Reise, Henry. Sie hätten sowieso nichts tun können.«
»Nein, nein.« Er starrte mich mit zunehmender Bestürzung an. »Sie verstehen nicht. Ich hatte dieses schreckliche Gefühl. Dieses schreckliche Gefühl.« Er schluckte, bekam sich wieder ein wenig unter Kontrolle. »Jetzt sagen Sie mir bloß nicht, dass es am fünfzehnten war. Nicht am fünfzehnten Oktober. Nicht gerade dann.«
Mir verschlug es für eine Sekunde die Sprache.
Emma Dickenson stand energisch auf. »Ich glaube, wir sollten lieber reingehen.«

Ich schenkte Henry in der Küche einen Brandy ein und brachte ihm das Glas.
Er saß neben dem Fenster, war blass und atmete schnell. Er lockerte sich die Krawatte. »Verzeihen Sie. So etwas erwartet man nicht. Direkt nebenan.« Er nahm den Brandy und schlürfte ihn dankbar. »Schreckliche Sache. Einfach schrecklich.«
Der Drink stellte ihn wieder ein wenig her. Er schüttelte sich. Henry war ein schlanker Mann mit sandfarbenen Haaren, Ende der sechzig. Als er sich schüttelte, tat er das so buchstäblich, dass er mehr denn je einem Terrier ähnelte. Er atmete mehrmals tief ein und wieder aus, wie ein Gymnastiklehrer, der es einer Klasse vormacht.
»Sie müssen sich wegen des Datums sehr sicher sein«, sagte

Emma Dickenson und zwang ihn, sich auf sie zu konzentrieren. »Sehr sicher.«

»Es war eindeutig der fünfzehnte«, sagte er. »Eindeutig. Das würde ich nach all dem wohl kaum vergessen.«

Ich setzte mich. Ich versuchte, lieber nicht zu raten, was er wohl als Nächstes sagen würde, versuchte, jede Erwartung abzublocken. Ich mochte keinen Brandy, aber allmählich wünschte ich mir, ich hätte auch für mich einen eingeschenkt.

»Da gab es eine Schlamperei mit den Flügen.« Henry gab sich große Mühe, ruhig zu sprechen. »Ich hatte einen Flug von Auckland via Südamerika nach Boston gebucht, aber die verdammte Air New Zealand befördert mich stattdessen über London – mit einem vierundzwanzigstündigen Zwischenstopp. Sie hatten für mich im Heathrow Hilton gebucht, aber ich dachte mir, dass ich dann ja genauso gut in meinem eigenen Bett schlafen könnte. Und so bin ich für die eine Nacht hierher gekommen. Die Nacht vom vierzehnten. Deshalb war ich am nächsten Morgen im Haus.«

»Und da haben Sie Catey gesehen«, sagte ich.

»Ja, Michael.« Henry blickte fast schuldbewusst zu Boden, als wäre er irgendwie verantwortlich, weil er sie gesehen hatte. »Ja. Ich habe sie reingehen sehen.«

»Können Sie uns beschreiben, was sie anhatte?«, fragte Emma Dickenson.

»Mit meinen Augen ist alles in Ordnung«, brauste Henry sogleich auf. »Späheraugen. Wie die eines Wanderfalken. Und ich kann Ihnen sagen, dass sie nicht so angezogen war wie diese junge Frau da draußen. Zum einen trug sie nicht diese Jacke und den Schal. O nein. Aber hören Sie …«

»Sind Sie da sicher?«, unterbrach Emma Dickenson ihn. »Sie hat sie auf den Aufnahmen der Überwachungskameras vom Einkaufszentrum getragen.«

»Darauf weiß ich keine Antwort«, schnauzte Henry. »Es war recht warm an diesem Tag. Vielleicht hatte sie sie in eine dieser

Tüten gesteckt. Das waren übrigens Tüten von Marks & Spencers, nicht die von Selfridge, die Sie hier haben. Aber Sie verstehen gar nicht …«
»Und können Sie mir die genaue Zeit sagen?«, fragte Emma Dickenson beharrlich weiter. »Denken Sie darüber nach. Es ist äußerst wichtig.«
»Ich brauche darüber nicht nachzudenken, gute Frau. Ich war seit einer oder zwei Stunden auf. Ich war gerade dabei, mich fertig zu machen, um wieder zum Flughafen zu fahren, und da habe ich das arme Mädchen mit seinen Einkaufstüten zurückkommen sehen. Von meinem Fenster aus. Es war elf Uhr acht.«
»Was verstehen wir gar nicht, Henry?«, fragte ich.
»Nun, der junge Kerl, nach dem Sie mich fragen müssten«, schrie Henry, »Menschenskind! Der Kerl, der vorbeigekommen ist, kaum dass Catey da war. Ein großer Bursche. Dunkle Haare. Motorradkluft.«

Nach einer Stunde waren alle weg. Henry begleitete die Polizei, um seine Aussage offiziell zu Protokoll zu geben. Das Filmteam packte seine Ausrüstung zusammen, die kleine Menschenansammlung zerstreute sich, die Straße wurde freigegeben und war nun wieder nichts weiter als eine Straße in London an einem grauen Winternachmittag.
Ich ging hinein und machte die Tür hinter mir zu. Ich hatte erwartet, Erleichterung zu verspüren. Aber ich spürte keine Erleichterung. Ich war rastlos und konnte im Haus keine Ruhe finden. Henrys Geschichte erfüllte meine Gedanken. Ständig hatte ich die dunkle Gestalt auf den Eingangsstufen vor Augen, Caitlins Gesicht, während sie ihm die Tür öffnet. Henrys Schilderung machte es für mich in einer Weise real, wie es zuvor noch nie real gewesen war. Ich blieb nur ein paar Minuten. Schon bald ging ich durch die Hintertür hinaus, holte den Audi aus der Garage und fuhr davon.

Der Markt an der Brixton Street wurde unter dem Winternieselregen zusammengeräumt, der trostlose Nachmittag war erfüllt vom Klirren und Klappern der Stahlkonstruktionen der Stände, die abgebaut wurden, und vom Rufen der wenigen noch verbliebenen Händler, die CDs oder billige Koffer oder schlecht gerahmte Drucke anpriesen. Die Straße war voll gestellt mit Kleinlastern, in die Ständer mit Kleidern und Kisten voll Obst oder Bücher eingeladen wurden. Ich ging durch eine Gasse zu der Straße dahinter, am indischen Warenhaus vorbei. Es hatte jetzt geöffnet, viele Kunden waren da, und für einen Augenblick ließ der Geruch von Gewürzen und die drängelnde Menge die langweilige Straße exotisch erscheinen. Im Wettbüro nebenan standen Männer an Tresen gelehnt und starrten gebannt auf TV-Monitore, wie fromme Menschen auf Kirchenfenster. Der Boden war übersät mit den bedruckten Papierstreifen, die belegten, dass sie schon wieder Pech gehabt hatten. Das immer lauter werdende Gequassel des Rennansagers verfolgte mich um die Ecke auf den Parkplatz und den ganzen Weg das von würzigen Gerüchen durchzogene Treppenhaus hinauf.

Angie öffnete mir die Tür. Ich konnte mich gar nicht erinnern, geklopft zu haben, und vielleicht hatte ich auch nicht geklopft. Sie trug einen Pullover mit einem bunten Zickzackmuster, und ihre schwarzen Haare waren zurückgekämmt und auf einer Seite zusammengebunden, und das ließ sie auf den ersten Blick sehr jung aussehen. Aber ihre Augen waren nicht jung: Sie waren ernst und verrieten keinerlei Überraschung.

Sie sagte: »Sie haben ihn gefunden, ja?«

»Nein, Angie. Noch nicht.«

»Was dann?«

»Es gibt einen Zeugen.«

Sie blinzelte. »Das ist ein Missverständnis.«

»Das ist kein Missverständnis. Ein Nachbar hat Barney beim Haus gesehen.«

»Und dieser Nachbar rückt erst jetzt damit raus?«
»Er war im Ausland. Aber er war da, als es passiert ist. Und er hat Barney gesehen.«
Sie biss sich stumm auf die Lippe.
Ich fragte: »Kann ich reinkommen?«
Sie trat zur Seite, und ich ging an ihr vorbei. Onkel Stanley saß in blauen Rauchnebel gehüllt am Tisch. Er las eine Zeitung, die zu einem dreißig Zentimeter großen Quadrat zusammengefaltet war.
»Na, wenn das nicht der junge Dr. Seven ist«, sagte er. »Es ist noch Tee in der Kanne.«
»Ich bleibe nicht lange.«
Der alte Mann hob die Augenbrauen und wandte sich wieder seiner Zeitung zu. »Wer's glaubt«, sagte er, offenbar zu sich selbst.
»Es ist mir egal, was du sagst«, erklärte Angie, »es muss eine Verwechslung sein.«
Sie machte die Tür zu und folgte mir rasch ins Zimmer. »Das passiert doch dauernd, solche Verwechslungen.«
»Mein Nachbar ist ein Mann namens Henry Kendrick. Er war Beobachter bei der Royal Air Force. Er hat Augen wie ein Adler. Er kann von seinem Fenster direkt auf meine Eingangsstufen sehen. Das sind keine zwölf Meter.«
»Es war nicht Barney.«
»Henry hat ihn beschrieben, Angie.«
»Hat ihn wie beschrieben?«
»Groß, dunkelhaarig, gut aussehend, Mitte zwanzig, in Motorradkluft.«
»Das trifft auf etwa eine Million Männer zu.«
»Und danach hat Henry ihn anhand des Fotos identifiziert.«
Angie stand da und schaute mich an, das Kinn vorgereckt. Ich konnte sehen, dass sie die Informationen verzweifelt verarbeitete, sie hin und her wälzte, nach einer anderen Antwort suchte.

»Na ja«, sagte Onkel Stanley im Hintergrund, »ich bin sicher, dass ihr jungen Leute euch eine Menge zu erzählen habt.« Er machte sich ostentativ daran, sein Pfeifenzubehör zusammenzupacken.
»Wann?«, fragte Angie. »Wann soll er dort gewesen sein?«
»Caitlin ist kurz nach elf nach Hause zurückgekommen. Dein Bruder ist fast zur gleichen Zeit aufgekreuzt und acht Minuten später wieder gegangen, eilig. Hat verzweifelt ausgesehen, wie Henry sagt. Erregt. Die Zeitangaben passen, Angie.«
»Acht Minuten?«, wiederholte sie, versuchte sarkastisch zu sein. »Nicht sieben Minuten und zweiundvierzigeinhalb Sekunden? Ich meine, hätte er nicht noch genauere Angaben machen können?«
»Das ist typisch Henry. So ist er nun mal. Wenn er da ist, beobachtet er die Straße wie ein FBI-Agent, mit Fernglas und Stoppuhr. Er hat es auf die Leute abgesehen, die in der Gasse hinter dem Haus parken. Er hat ja sonst nichts zu tun.«
Onkel Stanley schlurfte zum Fenster. »Was glaubt ihr, was macht das Wetter da draußen?« Er schielte zum grauen Himmel hinauf. »Wir hatten in letzter Zeit jede Menge Wetter, meine ich.« Er zog seinen langen hellbraunen Mantel an.
»Nun, und was, wenn er dort war?«, fragte Angie und schaute mich trotzig an. »Sie waren ein Liebespaar, nicht wahr? Also hat er sie besucht. Es mag dir ja nicht sonderlich gefallen, aber das ist nicht gegen das Gesetz.«
»Ich gehe nur mal raus«, sagte Onkel Stanley hoheitsvoll von der Tür und setzte sich seine flache Kappe auf den Kopf. »Könnte länger dauern.«
Keiner von uns sah zu ihm hin. Die Tür ging auf und klickte ins Schloss, und kurz darauf hörte ich die Schritte des alten Mannes auf der Holztreppe, und danach legte sich Stille über die kleine Wohnung.
Angie stand vor mir, ausnahmsweise nicht in der Lage, mir in die Augen zu sehen.

Sie wirkte verloren, wie ein gejagtes Tier, das nicht mehr weiß, wo es sich noch verstecken könnte.
»Tut mir Leid, Angie. Ehrlich.«
»Leid?«, sagte sie bitter. »Jetzt werden sie wenigstens nicht mehr mit Fingern auf dich zeigen. Du solltest froh sein.«
»Ich bin über gar nichts froh. Es ist, wie du gesagt hast. Wenn du einen Schritt nach vorn machst, muss ich einen zurückgehen und umgekehrt, und so sollte es nicht sein. Keiner von uns will, dass es so ist.«
Der letzte Rest ihrer Angriffslust verflog. Sie hob die Hand zum Gesicht und rieb sich über die Stirn. Sie atmete tief ein und wieder aus. »Herrgott, Michael. Das ist ein solches Schlamassel.«
»Ja, das ist es.«
»Warum müssen am Ende immer wir beide das in Ordnung bringen? Da steckt wohl ein System dahinter, oder?«
»Nein, es gibt kein System.«
»Da gibt es doch angeblich Leute, die wissen, was sie tun. Leute, die die Sache in die Hand nehmen. Aber am Ende sind es doch wieder du und ich, die versuchen, irgendeinen Sinn hinter alledem zu erkennen.« Ihr Mund zuckte, und sie ging zum Fenster, stand da und starrte hinaus auf die endlosen Backstein- und Betonklötze der Stadt. »Gott, ist das ein verdammt einsamer Ort.«
Ich trat hinter sie und legte die Hände auf ihre Schultern, und sie zog sich nicht von mir zurück. Stattdessen schloss sie die Augen und schmiegte ihre Wange an meine Hand und ließ sie einen Moment dort.
Nach einer Weile drehte sie sich um, hob das Gesicht und schaute mir offen in die Augen.
»Ich kann nicht noch mehr verkraften«, sagte sie.
Sie schlang die Arme um mich und hielt mich fest, lehnte sich an mich, sodass ich mein Gewicht ein wenig verlagern musste, um sie zu halten. Plötzlich kam sie mir sehr klein vor, wie sie da

in meinen Armen hing, den dunklen Kopf an meiner Brust. Ich hob ihre schwere Mähne hoch und streichelte sie, und sie ließ es geschehen, schmiegte sich an mich.
Ich küsste sie, und ihre Arme legten sich um meinen Hals, und ich konnte ihren ganzen Körper spüren und ihre Haut und ihre Haare riechen. Sie lehnte sich in meinen Armen zurück, legte eine Hand an meine Wange. Sie sah mir direkt in die Augen. Dann wandte sie sich um und führte mich wortlos in eines der Schlafzimmer hinüber und schubste die Tür hinter uns zu.
Sie setzte sich auf die Bettkante und schaute mich an. Sie lächelte nicht. Als ich sie betrachtete, drehte sie sich von mir weg und zog sich den weiten Pullover über den Kopf, und das grauweiße Licht vom Himmel fiel in einem Streifen über sie und leuchtete auf ihrer blassen Haut und ihren dunklen Haaren. Sie hatte ein Tattoo, eine zarte Weinlaubranke, die sich von ihrer Taille bis zur Poritze schlängelte. Ich setzte mich neben sie aufs Bett und schlang die Arme um ihre Taille und umschloss dann ihre kleinen Brüste mit den Händen, und sie lehnte sich an mich.

Es war Abend, als ich erwachte. Ich wusste, dass sie neben mir wach im Bett lag, obwohl sie bis auf geringfügige Veränderungen in ihrem Atemrhythmus keinerlei Geräusche von sich gab. Im Zimmer war es dunkel, aber wir hatten die Vorhänge nicht zugezogen, und der Schein der Stadt strahlte zum Himmel und warf ein lachsfarbenes Licht von den Wolken zurück.
Ich konnte hören, dass draußen im Treppenhaus die Tür einer Wohnung weiter oben zuknallte und junge Leute, die auf dem Weg in ein Pub oder ins Kino die Treppe herunterpolterten, sich angeregt unterhielten. Es war noch früh, und sie machten sich nicht die Mühe, leise zu sein. Sie lachten und scherzten und riefen einander zu, hämmerten an die Tür eines Freundes und lachten und riefen noch mehr, und schließlich waren sie unten und gingen über den Parkplatz davon.

Es war merkwürdig, jetzt aufzuwachen, erfüllt von der geheimen Laschheit des frühen Morgens, während andere Leute ausgingen und voller Elan und laut ihren Abend begannen. Ich war erschöpft, und die Muskeln in meiner Nierengegend taten ein bisschen weh.
Ich fragte mich, wie lange wir hier so ruhig liegen könnten. Ich hoffte, noch lange. Ich wollte nicht, dass einer von uns sprach. Ich wollte nicht an morgen denken.
»Was hast du entdeckt, als du in dem Dorf warst?«, fragte sie leise aus der Dunkelheit. »Dem Ort auf der Landkarte?«
»Nichts. Ein kleines Stück aus der Vergangenheit von jemand anderem.«
»Du wolltest das Cottage finden. Das Cottage der beiden.«
»Ja.«
»Warum?«
»Ich dachte, es würde mir helfen, zu verstehen. Ich dachte, es würde mir helfen, Caitlin zu finden.«
Sie seufzte.
Ich sagte: »Was ist?«
»Michael, das ist ihr Haus, dieses Cottage. Das hast du einmal selbst gesagt. Das gehört in eine andere Zeit, wie Barney und Caitlin. Warum willst du es ihnen nicht lassen? Sie haben jetzt nichts anderes mehr.« Sie zog mich an sich. »Er hat sie geliebt. Ich möchte nur, dass du dich dieser Erkenntnis öffnest. Nicht gleich völlig öffnest. Aber wenigstens einen Spaltbreit, das reicht vorläufig schon. Nur genug, dass Licht einfallen kann. Denn er hat sie geliebt.«
Ich sagte nichts.
»Du bist ein wenig wie er, weißt du das?«, fragte sie in die Stille hinein.
Ich dachte wieder an die Fotos von Barney Carrick und daran, wie ich gespürt hatte, dass er etwas ausstrahlte, etwas Ungezähmtes, daran, dass ich ganz unerwartet Sympathie für ihn empfunden hatte, bevor ich mich dagegen wappnen konnte.

Ich dachte daran, wie sehr das Foto mich an meinen Vater erinnert hatte. Ich fragte mich, was Caitlin gesehen hatte, wenn sie diesen jungen Mann ansah, wen sie gesehen hatte, wenn sie ihn ansah.

»Du siehst ihm sogar ein bisschen ähnlich«, sagte sie. »Vielleicht ähnelt er dir auch in anderen Dingen. Vielleicht hat er sie auf die gleiche Weise geliebt wie du.«

Ich setzte mich auf die Bettkante. Das Fenster war ein ebenholzfarbenes Quadrat. Jetzt regnete es stärker, und ich konnte hören, wie der Wind derart gegen die Scheibe drückte, dass die Beschläge knackten.

»Diese Stella«, sagte sie plötzlich. »Diese Rothaarige.«

»Was ist mit ihr?«

»Seid ihr ein Liebespaar?«

»Nein.«

»Na ja, hattet ihr … ich weiß nicht … vielleicht eine Art von Abmachung, wenn du mit ihr im Ausland warst? Freunde, die miteinander ficken, etwas in der Art?«

»Nein.« Mein Herz begann zu hämmern. »Spielt das eine Rolle?«

»War da seit Caitlin irgendeine andere?«, fragte sie beharrlich weiter. »Irgendeine?«

»Nein. Niemand.«

»Und trotzdem glaubst du, dass du sie enttäuscht hast, nicht wahr, Michael?« Sie setzte sich im Bett hinter mir auf und legte eine Hand flach auf meinen nackten Rücken. »Du glaubst, du hast sie im Stich gelassen. Dass alles deine Schuld war. Nicht wahr?«

»Du hast mir schon einmal so etwas gesagt.«

»Jetzt weiß ich es besser.«

»Was weißt du, Angie? Wir waren einmal miteinander im Bett, und du weißt alle Antworten?«

»So viel weiß ich jedenfalls. Welche Fehler du auch immer gemacht hast, Caitlin war diejenige, die dir untreu geworden ist,

nicht umgekehrt. Vielleicht solltest du manchmal daran denken, Michael. Nur um die Bilanz ein bisschen auszugleichen.«
Sie rutschte zu mir herüber und schlang die Arme von hinten so um mich, dass ich spürte, wie sich ihre Brüste gegen meine Schultern pressten.
»Du kannst ihr jetzt nicht mehr helfen, Michael. Du kannst es ihr gegenüber nie wieder gutmachen. Falls es etwas gutzumachen gibt.«
Ihre Haare fühlten sich auf meiner Haut kühl an. Ich machte mich von ihr los, stand hastig auf und ging zum Fenster. Ich lehnte die Stirn gegen die kühle Scheibe.
»Ich habe ihr an jenem Tag nicht helfen können«, sagte ich. »Als ich sie gefunden habe.«
»Ihr war nicht mehr zu helfen.«
»Ich bin im Rettungsgeschäft, Angie. Genau das ist mein Job. Wenn ich das nicht beherrsche, könnte ich genauso gut gleich Schluss machen.«
Draußen schimmerte die juwelenbesetzte Skyline im Regen. Ich sagte: »Ich habe sie aus Venezuela angerufen. Ich wollte, dass wir einen neuen Anfang machen. Das wollte sie auch. Aber da war es schon zu spät. Ich habe es zu lange hinausgeschoben, mit ihr darüber zu reden.«
Angie richtete sich auf. »Ach so«, sagte sie. »Caitlin hat es dir nicht gesagt, oder?«
»Mir was gesagt?«
»Na ja, erst einmal, dass sie von einem anderen Mann im vierten Monat schwanger war.«
»Wie hätte sie mir das sagen können?«
»Warum nicht? Sie ist nicht die erste Frau, der das passiert. Und wenn sie es dir erzählt hätte, meinst du, das Ergebnis wäre weniger schlimm gewesen? Zumindest hättet ihr es durchsprechen können. Aber sie hat dir diese Chance nie gegeben. Oder sich selbst.«
Sie schlüpfte aus dem Bett und stellte sich neben mich, berühr-

te mich aber nicht. »Michael, vielleicht hast du als Ehemann komplett versagt. Das tun ja die meisten Männer – auf die eine oder andere Art. Aber das ist kein Vergehen, das mit dem Galgen bestraft wird. Du hast das Caitlin nicht angetan. Es war nicht deine Schuld.«

»Ich hätte es wissen müssen. Wenn es so schlimm war.«

»Keiner kann von dir erwarten, dass du Gedanken lesen kannst. Und keiner erwartet von dir, Tote zum Leben zu erwecken.«

»Herrgott, Angie!«

»Michael, wenn du dich unbedingt selbst quälen willst, kann ich dich daran nicht hindern.«

»Du verstehst überhaupt nicht.«

»Nein?« Sie hob die Hand und hielt den bronzefarbenen Schlüssel hoch. »Und der? Soll der dich an noch mehr Leute erinnern, die du nicht retten konntest?« Sie ließ ihn auf meine Brust zurückfallen. »Michael«, sagte sie, »irgendwo unterwegs müssen wir alle auch noch die Zeit finden, uns selbst zu retten.«

Ich sah sie wütend an, voller Groll auf das, was sie verstand und was sie nicht verstehen konnte. Und dennoch hätten wir selbst da noch einen Ausweg finden können, hätten wir nur ein bisschen mehr Zeit gehabt. Wir hätten vielleicht einen Weg gefunden, einen Schritt nach vorn zu tun. Aber in diesem Augenblick klickte der Riegel der Wohnungstür, und bei diesem profanen Geräusch wankte der Zauber und verflüchtigte sich wie Rauch, und wir standen da, wie von einem Suchscheinwerfer erfasst, zwei Menschen in einem schäbigen, kleinen Schlafzimmer, und wir fragten uns, wie wir hierher gekommen waren und was wir getan hatten.

Wir beide hörten den alten Mann, der die Tür grotesk leise hinter sich schloss, dann durch das Wohnzimmer schlich, in der Dunkelheit gegen den Tisch prallte, leise einen Fluch ausstieß und im anderen Schlafzimmer verschwand. Die Sprungfedern seines Bettes krachten, als er sich darauf setzte. Er bemühte sich zwar angestrengt, leise zu sein, aber er schnaufte nach dem Treppensteigen, und das Geräusch seines keuchenden Atems drang deutlich durch die dünne Wand. Ich sah Angie an und konnte es auch an ihrem Gesicht erkennen. Es war, als habe diese triviale Peinlichkeit uns aufgezeigt, was alles folgen würde: die Verwicklungen des Ganzen, die verworrenen Loyalitäten, die endlosen Kompromisse.

»Er konnte ja nicht die ganze Nacht draußen bleiben«, flüsterte sie ein wenig entschuldigend, »der arme alte Kerl.«

»Natürlich nicht.« Da ich nicht wusste, was ich sonst hätte tun sollen, und ich sie nicht anschauen wollte, sammelte ich meine Kleider ein. »Natürlich konnte er das nicht.«

Angie zog das Leintuch vom Bett und wickelte es um sich. Sie sagte: »Tut mir Leid, Michael, es war ein solcher Fehler.«

»Angie ...«

Aber sie schüttelte den Kopf, eine heftige Geste, um mich verstummen zu lassen. Als sie sicher war, dass ich nicht weitersprach, sagte sie: »Ich wünsche dir Glück, Michael. Ich wünsche uns beiden Glück. Aber du weißt, dass du jetzt gehen musst.«

Ich zog mich in der Dunkelheit hastig an und ging an ihr vorbei, ohne sie noch einmal anzusehen und ohne etwas zu sagen. Ich war noch dabei, meine Jacke anzuziehen, als ich aus dem Treppenhaus in die bedrückende Nacht hinaustrat.

Ich fuhr durch das West End zurück, dankbar für die am Freitagabend verstopften Straßen und die Lichter und die aus Klubs und Bars herausdröhnende Musik. Nachtschwärmer bevölkerten die Gehsteige und torkelten gelegentlich unachtsam auf die Fahrbahn, die Arme untergehakt und grölend. Türme wirbelnder Neonlichter leuchteten über nass glänzende Gehsteige. Das chaotische Leben der Stadt lenkte mich von dem toten Punkt in mir ab. Der Verkehr hielt mich auf, und ich wollte aufgehalten werden. Ich dachte daran, überhaupt nicht zurückzugehen. Ich wollte nicht mit Caitlins Sachen allein in Caitlins Haus sein, nicht heute Nacht. Einen Augenblick dachte ich an Flucht, daran, aus diesem glitzernden Stau auszubrechen, schnell durch die Nacht an irgendeinen ruhigen Ort zu fahren, irgendwohin, wo keiner mich kannte. Ich hätte es wohl auch getan, hätte mir mein Verstand nicht gesagt, dass es für mich heute Nacht keinen Frieden geben würde, egal, wie weit ich floh.

Es war nach zehn, als ich zurückkam, mit dem Auto in die hintere Gasse einbog. Ein geparktes Fahrzeug tauchte am Ende im grellen Licht meiner Scheinwerfer auf: ein dunkelgrüner BMW Barrett beugte sich vorn über das Auto, hatte einen Fuß auf die Stoßstange gestellt und war gerade dabei, seinen schwarzen Schuh mit einem gelben Tuch zu polieren. Als ich anhielt, richtete er sich auf, eine Wolke Dampf in die kalte Nacht stoßend. Ich stieg aus, schloss das Auto ab, sah ihn an und wartete. Er trug ein Sportjackett mit einem unter der Straßenlaterne so unruhig wirkenden Karomuster, dass es schwer fiel, darauf zu schauen.

»Hallo, Doc!«, dröhnte er mit breitem Grinsen. »Wir haben es vorn probiert, Baz und ich. Und als Sie nicht da waren, dachten wir, wir warten hier hinten ein paar Minuten, nur um zu sehen, ob Sie auftauchen.«

Ellis streckte den Kopf aus dem Fahrerfenster, schaute mich an und hob zum Gruß träge einen Finger vom Lenkrad. Der goldene Stecker in seinem Ohr funkelte im Licht.

»Was wollen Sie?«, fragte ich.

»Und da sind Sie«, fuhr Barrett fröhlich fort, als hätte ich gar nichts gesagt, »in voller Lebensgröße. Baz? Steig aus, du fauler Kerl, und pack mit an.«

Ich wollte Barrett nicht hier haben. Ich konnte den Gedanken an eine weitere seiner beißenden Befragungen nicht ertragen, aber ich war erschöpft und benommen und fand nicht die

Energie, dem Schwung, den er an den Tag legte, zu widerstehen.
Ich konnte nicht schnell genug vorausdenken, um ihn aufzuhalten. Ellis machte von innen den Kofferraum auf, stieg aus und kam zögernd um das Auto herum. Er war, wie ich bemerkte, ein Mann, der auf sein Erscheinungsbild Wert legte, gepflegt in seiner hellbraunen Hose, dem maßgeschneiderten Jackett und fast ein bisschen zu viel Goldschmuck.
»Halt das andere Ende fest.« Barrett hievte einen prall gefüllten Plastikmüllsack aus dem Kofferraum, hielt ihn an zwei Ecken. Vorsichtig nahm Ellis das andere Ende. »Wenn Sie nur das Tor aufmachen, Doc. Dann geht's.«
Resigniert tat ich, was er verlangte. Die beiden Männer schleppten den Sack durch das Tor und stellten ihn auf dem feuchten Plattenweg ab. Ellis richtete sich auf, wischte sich über die Hose und schlug die Hände zusammen. »Herrgott, Sergeant«, sagte er angewidert. »Wie soll ich diesen Gestank je wieder rauskriegen?«
»Allerbester Pferdemist der Metropolitan Police«, sagte Barrett stolz, Ellis ignorierend. »Und wie Sie vielleicht gehört haben, Doc, gibt es da, wo der herkommt, noch jede Menge mehr. Das meiste davon bekommen wir von den oberen Etagen, was schon komisch ist, wenn man bedenkt, dass sie die lieben Pferdchen gar nicht in die Aufzüge kriegen. Darüber habe ich mich schon immer gewundert.«
Ich starrte sprachlos auf den glänzenden Sack.
»Gern geschehen, Doc«, sagte er auf mein Schweigen hin. »Also, wenn Sie nur ein bisschen davon um die Rosen verteilen – nicht zu viel, wie ich Ihnen schon gesagt habe –, dann werden sie im nächsten Juni eine Augenweide sein. Wie in der Blumenschau von Chelsea. Das funktioniert immer.«
Ellis schnalzte mit der Zunge und tänzelte auf einem Bein, weil er versuchte, die Sohlen seiner Schuhe zu begutachten. Er hoppelte zurück und zum Tor hinaus, und ich hörte die Autotür

hinter ihm zuschlagen und den Polizeifunk angehen. Barrett ließ ein paar Augenblicke verstreichen.
»Ich will jetzt wirklich nicht reden«, sagte ich.
»Gut, das ist verständlich, Doc. Aber ich bin nicht hier, um zu reden. Ich bin ehrlich gesagt nicht einmal hier, um den Pferdemist abzuliefern.«
»Wozu dann?«
»Ich bin hier, um mich zu entschuldigen.« Er breitete zerknirscht die Hände aus. »Ich habe mich geirrt. Total geirrt. So – jetzt ist es ausgesprochen. Aber Sie verstehen, dass wir manchmal ein bisschen auf den Busch klopfen müssen. Das ist nicht persönlich gemeint.«
Ich war darauf gefasst gewesen, mit ihm herumzustreiten, mich in irgendeiner Weise zu verteidigen, aber darauf konnte ich nichts sagen.
Ich wusste nicht, ob er tatsächlich meinte, was er sagte, aber in diesem Augenblick kümmerte mich das nicht sonderlich. Ich war erleichtert, aber zugleich wollte ich, dass er ging, und ich suchte nach der Antwort, die am ehesten dafür sorgen würde, dass er verschwand. Ich sagte: »Ich denke, Sie haben nur Ihre Arbeit gemacht.«
»Ja«, stimmte er zu, »das ist wahr. Aber dennoch.« Er klatschte in die Hände. »Jedenfalls liegt das jetzt alles hinter uns, was? Ihr Mr. Kendrick macht Carrick zum Hauptverdächtigen. Das Einzige, was der alte Henry nicht hatte, war eine Videoaufnahme, wie unser Bursche den Schauplatz verlässt.«
»Henry ist sehr stolz auf seine Beobachtungsgabe. Er war bei der Royal Air Force. Vielleicht hat er Ihnen das gesagt.«
»Keine vierzig Mal. Aber egal, dank ihm wissen wir jetzt, was passiert ist. Es sind natürlich immer noch lediglich Indizien, aber man muss zugeben, dass sie ziemlich triftig sind.«
Barrett stieß mit einem Fuß gegen den schwarzen Müllsack, zog die Hose hoch und hockte sich auf die Fersen. Er nahm eine Prise feuchter Erde zwischen Daumen und Zeigefinger,

zerbröselte sie und lächelte zu mir hinauf. Er sah sehr zufrieden mit sich aus.

Ich sagte: »Weshalb sind Sie wirklich hergekommen?«

»Wer sich mit Hunden hinlegt, Doc, steht mit Flöhen auf.«

»Was?«

»Sie haben sich mit der jungen Angie getroffen. Mehr als getroffen.«

Ich öffnete das Tor. »Danke für den Mist.«

Er stand auf. Er ignorierte das geöffnete Tor, trat auf mich zu, und sein Lächeln verschwand. »Ihre Frau ist ermordet worden. Und Sie schlafen mit der Schwester des Hauptverdächtigen. Finden Sie das klug?«

Ich wollte es mir selbst nicht eingestehen, aber seine körperliche Präsenz schüchterte mich ein. Das sah er und entspannte sich ein wenig, nun, da er seine Meinung gesagt hatte, und trat zurück. Er sagte: »Sie kennen diese Leute nicht so wie ich, Doc. Angie und ihr verkommener Bruder. Die sind nicht wie Sie und ich. Das sind Tiere, die in Rudeln herumstreunen wie Wölfe. Die halten zusammen – durch dick und dünn.«

»Sind Sie hergekommen, um mir das zu erzählen?«

»Alles andere rangiert bei denen erst viel weiter hinten. Recht oder Unrecht, darum sollen sich doch die anderen kümmern. Das Gesetz? Das spielt für die kaum eine Rolle. Glauben Sie mir, diese kleine Hexe wird alles tun, um ihrem Bruder zu helfen. Wirklich alles.«

»Sie beschatten sie«, sagte ich, weil mir das plötzlich aufging. Ich stellte mir irgendeinen schäbigen Mann in einem Regenmantel vor, der von der anderen Straßenseite aus das Fenster ihres Schlafzimmers beobachtet, das regennasse Fenster, gegen das ich mich gelehnt hatte. Ich nahm an, dass man mich hatte sehen können. Bald würde es sogar grobkörnige Fotos in irgendeiner Akte geben.

Barrett beobachtete, wie ich vor Abscheu das Gesicht verzog. »Seien Sie realistisch«, sagte er. »Ich bin Polizist.«

»Sie ist also schuldig, weil ihr Bruder es ist?« Ich ereiferte mich allmählich, aber daran konnte ich nichts ändern. »Gibt es jetzt ein Gen für Böses?«

»Na, na«, lachte er, »sie hat Sie ja schon ordentlich eingewickelt, ja?«

Er machte noch immer keine Anstalten zu gehen. Er wischte sich die Erdkrümel von den Händen und sah mich dabei fragend an. Ich merkte, dass die Abwesenheit von Emma Dickenson mich nervös machte, was seltsam war, weil ihre Anwesenheit mich ebenfalls immer nervös gemacht hatte. Doch allein mit Barrett war ich wieder einmal in einen Hinterhalt gelockt worden, und mich ärgerte der Gedanke, wie wenig ich darauf gefasst gewesen war.

»Sie täuschen sich«, erklärte ich ihm halbherzig.

»Tatsächlich?«

Sein ungläubiger Tonfall traf mich, aber zugleich schämte ich mich, weil ich Angie so schnell verleugnete. Ich richtete mich ein wenig auf. »Nein«, sagte ich. »Natürlich haben Sie sich nicht getäuscht. Aber es ist vorbei. Es war ein Fehler und gehört der Vergangenheit an.«

Er musterte mich, versuchte abzuwägen, inwieweit er mir glauben konnte. »Nun, Doc, ich bin froh, dass Sie das sagen. Und an Ihrer Stelle würde ich dafür sorgen, dass es auch so bleibt.« Er nickte leicht vor sich hin und ging endlich zum Tor. »Weil der Apfel nämlich nicht weit vom Stamm fällt«, sagte er und warf mir noch einen Blick zu. »Das kann ich Ihnen versichern.«

27

Ich wartete in der Dunkelheit, bis sein Auto wegfuhr, und ging schließlich in das leere Haus.

Ich trat widerwillig ein. Das Haus war nicht mehr freundlich. Es war mir, als fühlte ich das Gewicht der leeren Räume um mich und über mir. Ich wollte die vertrauten Zimmer nicht mehr sehen, in denen Caitlin und ich uns bewegt und zusammen gelacht hatten. Ich wollte mir Carrick hier nicht vorstellen, jetzt, da er eine reale und beobachtete Gegenwart war. Und zugleich fühlte ich die Scham über meine eigene Untreue und die Demütigung, dabei ertappt worden zu sein. Es spielte absolut keine Rolle, dass diese Gefühle irrational waren. In der dunklen Küche schenkte ich mir einen Drink ein und nahm ihn mit nach oben.

Ich duschte ausgiebig und kam, mich abtrocknend, ins Schlafzimmer zurück. Einen Augenblick lang redete ich mir ein, dass ich mich durch die Dusche besser fühlte. Aber dann sah ich mich im Zimmer um. Beamish auf dem Bett, Großmutter Lavinias Bild an der Wand, Caitlins Kleider im Schrank: Ich konnte nicht herausfinden, inwiefern sich diese vertrauten Dinge verändert hatten, aber ich war mir bewusst, dass sich etwas verschoben, irgendeine Perspektive verrückt hatte. Es war, als sei alles in dem Zimmer einen Schritt von mir zurückgewichen, habe sich den ersten Millimeter in eine andere Dimension zurückgezogen. In die Vergangenheit.

Ich setzte mich aufs Bett. Ich wollte nicht spüren, wie sie sich von mir zurückzogen, Beamish und Lady Lavinia und Caitlin selbst. Ich konnte ihre leiser werdenden Stimmen hören, voller Traurigkeit und Vorwurf. Ich starrte auf den Boden zwischen meine Füße, dann schloss ich die Augen, flehte Caitlin in Gedanken an, beschwor ihr Bild herauf. Aber ihr Bild schwankte und löste sich auf. Sosehr ich mich auch mühte, ihre Gesichtszüge heraufzubeschwören, es gelang mir nicht. Ich schlug, eine Sekunde von Panik gepackt, die Augen wieder auf. Caitlins Kissen lag noch immer auf dem Boden, halb unter das Bett gestopft, wohin ich es geschoben hatte, damit es mich nicht so grausam erinnerte. Jetzt wollte ich erinnert werden, ich wünschte es mir verzweifelt. Ich schnappte das Kissen, legte es an seinen Platz auf dem Bett, drückte mein Gesicht hinein und atmete tief ein, atmete die letzten Spuren ihres Duftes ein. Aber trotzdem wollte ihr Gesicht nicht mehr vor mir auftauchen. Es kam mir unfreundlich von ihr vor, nicht zu mir zu kommen, gerade jetzt, wo ich sie so dringend brauchte. Ich hatte sie noch nie unfreundlich erlebt. Ich schob die Arme unter das Kissen und zog es mir über die Ohren, versuchte, die erstickten Geräusche zu verdrängen, die sich aus mir herauszwängten und die ich nicht mehr zurückhalten konnte, obwohl es wehtat.

Als ich wieder aufwachte, war es kurz vor Morgengrauen. Ich fror, lag unbequem zusammengerollt auf der Bettdecke. Ich wälzte mich herum. Draußen schien ein stählernes Licht auf die Dachschindeln. Ich stand steif auf, ging zum Fenster hinüber und öffnete es. Die Luft traf auf meine nackte Haut wie eisiges Wasser. Es war Samstag, doch zwischen den Häusern konnte ich bereits die Lichter des frühmorgendlichen Verkehrs auf der Hauptstraße sehen. Der Morgen war arktisch, und mein Atem dampfte, und das Glitzern von Raureif schimmerte auf den Gehsteigen. Ich fühlte mich jetzt ruhiger.
Ich zog mich an und ging hinunter, und als ich in die Küche kam, läutete das Telefon. Aus irgendeinem Grund erschreckte mich das Klingeln im dämmrigen Morgengrauen nicht, noch erfüllte es mich mit Angst, so wie das Läuten des Telefons es in den letzten Wochen immer getan hatte.
»Hast du geschlafen?«, fragte Angie.
»Ja, ich glaube schon.«
»Gut. Das ist gut.« Ihre Stimme klang angespannt, besorgt.

»Aber ich habe nicht schlafen können. O mein Gott. Ich hatte gar nicht bemerkt, dass es noch so früh ist.«
»Macht nichts.«
Sie machte eine Pause. »Michael, ich dachte … ich dachte bloß, wir könnten einander trösten. Für kurze Zeit.«
»Das haben wir, für kurze Zeit.«
»Ich wollte nicht, dass wir es noch schlimmer machen.«
Ich stand da, hielt das Telefon, schaute in den trostlos im kalten Licht daliegenden Garten und sah wieder Digby Barrett vor mir, am Tor herumstehend, mir seinen spöttischen Blick zuwerfend und seine verächtliche Predigt haltend. »In all dem ist kein Platz für dich und mich, Angie. Das haben wir für einen Augenblick vergessen, das ist alles.«
»Tut mir Leid«, sagte sie in mein Schweigen. »Tut mir wirklich Leid.«
»Mir nicht«, sagte ich.
Ich wartete nicht, dass sie noch etwas sagte. Es spielte keine Rolle, was sie jetzt noch sagte. Ich legte vorsichtig den Hörer auf.
Danach ging ich raus. Zwar nahm ich nicht an, dass sie noch einmal anrufen würde, aber ich wollte nicht riskieren, im Haus zu sein, falls sie es doch tat. So ging ich eine oder zwei Stunden in den Nebenstraßen von West London spazieren, atmete die kalte Luft ein, beobachtete, wie die Stadt erwachte. In den Häusern gingen die Lichter an, und von Zeit zu Zeit konnte ich Croissants und Kaffee riechen. Schließlich blieb ich bei einer Bude stehen, an der Sandwiches verkauft wurden, trank im Freien einen Tee und aß ein Schinkensandwich. Ich hatte seit Jahren kein Schinkensandwich mehr gegessen. Der Tee und das Essen und die erwachende Energie des Tages stellten mich wieder her. Kurz nach neun kehrte ich ins Haus zurück.
Jetzt waren die Zimmer von schwachem Winterlicht durchflutet. Zwischendurch schien sogar die Sonne, fiel schräg durch die Fenster ins Esszimmer. Mein Frühstück lag mir warm im

Magen, und ich fühlte mich schläfrig und vage. Ich stützte mich auf die Fensterbank und schaute in die Helligkeit hinaus, ließ mich treiben. Ich sollte mich der Erkenntnis nur einen Spalt öffnen, hatte Angie gesagt. Nicht viel. Nur genug, dass Licht einfallen kann. Ich fragte mich, ob es je genügend Licht geben würde, dass ich erkennen könnte, was an jenem Tag passiert war, hier in diesem Haus. Wäre ich nur ein paar Minuten früher gekommen, dann hätte ich es womöglich mit eigenen Augen gesehen, aber diese wenigen Minuten bedeuteten Dunkelheit und Verwirrung. Ich versuchte jetzt, es mir vorzustellen. Caitlin würde oben an der schmalen Treppe stehen, ihre Tasche und den Koffer neben sich abgestellt, vielleicht weinend, vielleicht schreiend. Und Carrick würde eine oder zwei Stufen unter ihr stehen, groß und dunkel in seiner Motorradmontur, würde protestieren oder flehen oder sie einfach bitten, still zu sein.

Ich fragte mich, was diesen Streit wohl ausgelöst hatte. Vielleicht hätte er nicht herkommen sollen, konnte seinem Glück aber nicht trauen und musste sich einfach selbst davon überzeugen, dass er gewonnen hatte, dass sie mich tatsächlich für ihn verließ. War es sein Misstrauen, das zur Gewalt geführt hatte? Weil beide so angespannt waren? Er war auf sie losgegangen – ein Reflex. Vielleicht auf Grund seiner Ausbildung. So etwas passiert. Das wusste ich jetzt. Das passierte sogar Leuten ohne militärische Ausbildung. Und sie war hingefallen, über das Gepäck gestolpert, hatte sich an die lächerliche Marmorbüste geklammert, sie herabgerissen. Hatte er versucht, sie aufzufangen? Hatte er in seinem Entsetzen ein einziges Mal zu langsam reagiert?

So hätte es sein können. Barrett hatte mir einmal gesagt, dass er mit einer Art Unfall leben könnte. Ja, dachte ich. Vielleicht könnte ich damit ebenfalls leben. Ich stand auf und streckte mich. Aber vielleicht war das am Ende gar nicht der Punkt. Weil ich jetzt erkannte, dass das, womit ich nicht leben konnte,

die Erkenntnis war, dass alles, was sie von unserem gemeinsamen Leben behalten wollte, ein paar Kleider und Schuhe und Toilettensachen waren, nichts, was nicht in einer Reisetasche und einem einzigen Koffer Platz gehabt hatte.
Stellas roter Golf kam vor dem Fenster ruckelnd zum Stehen, und meine Gedanken verflüchtigten sich wie Quecksilberperlen. Ich ging zur Haustür, öffnete sie und beobachtete Stella mit einer Mischung aus Amüsiertheit und Verzweiflung, wie sie in ihrer typisch unbekümmerten Art parkte, das Auto in die Straße ragen ließ. Sie stieg aus, schloss das Auto ab und sah mich zunächst gar nicht. Unter ihrem Mantel trug sie einen gepflegten Blazer, der für eine kurze Stippvisite ein wenig förmlich wirkte. Dieser schicke Blazer war der Auslöser. Die Spur einer auftauchenden Erinnerung regte sich in meinem Kopf.
»Hallo, Stella«, sagte ich vorsichtig.
»Michael.« Sie blieb überrascht auf der untersten Stufe stehen, ihr Atem dampfte in der Kälte. »Und, wie geht's?«
»Normal, Stella.«
Sie musterte mich kritisch. »Nun, du siehst gar nicht so schlecht aus, muss ich sagen.«
»Schön, dich zu sehen«, antwortete ich.
Sie kniff den Mund zusammen und stemmte die Hände in die Hüften. »Michael, du Mistkerl, du hast es vergessen, nicht wahr?«
»Vergessen?«
»Anthony? Den Markt? Mittagessen bei ihm?«
»Ach, Herrgott, Stella. Tut mir Leid.«
Sie kam drohend die Stufen herauf. »Jedenfalls hoffe ich für dich, dass du nichts anderes verabredet hast, das ist alles. Weil du genau fünf Minuten hast, um deinen Hintern in dieses Auto zu heben.«

Bis wir aus dem Auto stiegen und auf den Markt kamen, war es bereits nach zehn. Es war der erste Samstag im Dezember, und in der Straße herrschte schon eine weihnachtliche Atmosphäre, ein Dickens'sches Lärmen und Treiben. Die Gasse war voller Stände mit Glaswaren und Porzellan und Kleidern und Krimskrams und Trödel und mit Schnäppchenjägern bevölkert, die in diesen Sachen stöberten, und die Luft war erfüllt vom Rufen, Feilschen, Lachen – von einer gewissen entschlossenen Fröhlichkeit.

Anthony wartete in einem Café in der Bayswater Road auf uns.

»Michael. Ich bin so froh, dass du kommen konntest, mein lieber alter Junge.« Er stand auf und ergriff meine Hand.

»Hallo, Anthony.«

Jetzt, wo ich hier war, überraschte es mich, wie froh ich war, sein besorgtes, trauriges Gesicht zu sehen, die untersetzte Pinguinfigur mit den Schuhen, die wie Kastanien glänzten. Er stand da, lächelte ein bisschen verlegen, weil er wusste, dass er seine Freude, mich zu sehen, nicht verbergen konnte. Sein Einstecktuch blühte an seiner Brust. Dieses Mal war es gelb getupfte Seide und eine dazu passende Fliege, und ein Tweedjackett mit Lederflicken, ein Zugeständnis an die Zwanglosigkeit des Wochenendes. In diesem Moment sah ich, dass Anthony etwas Unveränderliches an sich hatte, und mir wurde klar, wie wichtig das immer gewesen und wie entscheidend es auch jetzt für mich war. Ich mochte ja manchmal ungeduldig mit ihm werden. Ich mochte seine Sorge ein bisschen erstickend finden. Aber Anthony würde immer da sein, sich für mich einsetzen. Als wir so zwischen den Tischen standen, hätte ich eine Sekunde lang meine Arme um ihn legen mögen, und ich hätte es auch getan, hätte ich nicht gewusst, wie entsetzlich peinlich ihm eine solche Geste gewesen wäre.

Vielleicht erriet er, was mir durch den Kopf ging, denn unvermittelt rief er aus: »Taten! Kühne Taten, genau danach verlangt ein Tag wie dieser.« Umständlich holte er seinen Mantel und seine Autofahrerhandschuhe. Er war der Einzige mir bekannte

Mensch, der in den letzten beiden Jahrzehnten noch immer Autofahrerhandschuhe trug. »Los, marsch!«, rief er. »Klar zum Gefecht. Oder so ähnlich.«
Wir schlenderten eine Stunde über den Markt. Wie immer wurde Anthony an jeder Ecke von den Standinhabern begrüßt, von den Händlern und Schnäppchenjägern in der Menge – von Leuten, die er im Laufe der Jahre bei Räumungsverkäufen und Auktionen kennen gelernt hatte.
»Das ist Rohzink, Mr. Gilchrist. Das kommt einem nicht mehr so oft unter, was?«
»Sehe ich Sie am Montag in Bignor Manor, Mr. Gilchrist? Es soll hübsches Porzellan verkauft werden.«
»Eine signierte Ausgabe, Mr. Gilchrist. Absolut neuwertig.«
Anthony blieb dann stehen und betastete eine Figur oder ein Buch oder eine Miniatur, schnalzte wohlwollend mit der Zunge, wechselte ein paar Worte mit dem Verkäufer und stellte das Stück wieder zurück. Ein Ritual, das wieder und wieder ablief. Jeder wusste, dass er nie etwas von den Tischen kaufte.
Ich konnte sehen, dass Stella von all dem gelangweilt war, vielleicht noch immer sauer auf mich, aber das war mir egal. Ich fühlte mich unbeschwert und weit weg. Ich genoss die Vertrautheit des Marktes, die Wärme von Anthonys Freude und dass von mir nichts weiter verlangt wurde, als hier zu sein. Zwei Stunden auf dem Markt, dann nach Barnes zu einem von Anthonys legendären Winterbraten. Damit konnte ich heute fertig werden. Vielleicht war es so gut wie das Einzige, womit ich fertig werden konnte.
»Na, Mr. Gilchrist!«, rief Harry Judah. Er drängte sich durch die Menge, halb verborgen hinter einem großen Karton mit Uhrwerken, die klingelten, während er ging. Er konnte kaum über die Schachtel sehen, und sein Filzhut wippte komisch obendrüber. »Sie hatten heute also nicht vor, uns zu beehren?«
Der Schatten, der kurz über Anthonys Gesicht huschte, über-

raschte mich. Sein Missfallen war so deutlich, dass ich sogleich wachsam wurde und meine friedliche Stimmung mit einem Schlag verschwand.

»Und auch der junge Mr. Michael«, redete Harry arglos weiter. »Ist eine Weile her, dass ich Sie das letzte Mal gesehen habe.«

»Hallo, Harry«, sagte ich. »Schön, Sie wieder zu sehen.«

Harry stellte seinen klingelnden Karton auf den Boden und schüttelte mir breit lächelnd die Hand. Er war Mitte fünfzig, nahm ich an, ein faltiger Gnom von einem Mann. Ich sah ihm in die Augen, während er mir die Hand schüttelte. Ich konnte an seinem Gesichtsausdruck nicht erkennen, ob er über Caitlin Bescheid wusste. Es sah nicht danach aus.

Harry wandte sich an Anthony. »Wir haben auf der Messe in Amsterdam nicht viel von Ihnen gesehen, Mr. Gilchrist.« Seine Augen funkelten. Er spielte Anthony gegenüber auf irgendetwas an, aber ich konnte sehen, dass er sich auf dünnerem Eis befand, als ihm offenbar klar war. »Sie hatten ein besseres Angebot, nicht wahr?«

»Aber natürlich haben Sie mich gesehen«, sagte Anthony gereizt. »Mindestens ein Dutzend Mal, Herrgott noch mal. Reden Sie doch keinen Unsinn.«

»Ich habe mehr als einmal eigens nach Ihnen gesucht, Mr. Gilchrist«, beharrte Harry und zwinkerte mir wissend zu, erfreut, ihn ein bisschen ärgern zu können. »Ich glaube, Sie haben anderswo etwas Hübsches gefunden, genau das glaube ich.«

»Glauben Sie doch, was Sie wollen!«, fuhr Anthony ihn mit einer solchen Heftigkeit an, dass Harry Judah erschrak, und dann fügte er ein wenig beschämt hinzu: »Du liebe Zeit, es waren über tausend Leute da.«

»Sie haben Recht, Mr. Gilchrist.« Harry reckte das Kinn vor. »Mein Fehler.« Er nahm seinen Karton wieder auf und schnitt dahinter eine Grimasse, eine Grimasse wie ein Clown, die eigentlich zum Lachen einladen sollte, aber stattdessen verriet, wie verletzt er war. »Auf ein andermal, Mr. Michael.« Er nickte Stella zu. »Madam.« Und er ging davon, seine Schachtel klimperte, und nur sein Filzhut war obendrüber zu sehen.

Ich sagte: »Was war denn das?«

»Widerwärtiger kleiner Mann«, murmelte Anthony. »Und hält sich für derart witzig!«

Seine Heftigkeit verwirrte mich.

Nach einem peinlichen Augenblick klatschte er seine behandschuhten Hände zusammen. »Ist doch gleichgültig!«, rief er aus. »Kommt schon, kommt schon.« Aber an seiner Herzlichkeit war etwas Falsches.

Anthony ging zielstrebig voran, und wir folgten ihm. Doch die Episode beschäftigte mich weiter, und ich blieb ein bisschen hinter den anderen zurück und ließ sie mir durch den Kopf gehen. Zufällig sah ich, als wir die High Street überquerten, Harry Judah noch einmal in etwa hundert Metern Entfernung, wie er gerade seine Schachtel voller Schätze hinten in einen Kleinlaster lud.

»Ich treffe euch beim Auto«, rief ich den anderen beiden zu. »Ich will mir schnell eine Zeitung kaufen.«

Ich stahl mich davon. Harry hatte, als ich bei ihm ankam, seine Waren eingeladen und die Autotüren verschlossen.

»Der junge Mr. Michael. Gleich zwei Mal an einem Morgen. Was für eine freudige Überraschung!« Ich konnte an seinem Tonfall erkennen, dass er wegen Anthony, und deshalb auch mir gegenüber, noch immer verlegen war.

»Was war da vorhin los, Harry?«

»Was meinen Sie?«

»Ich habe Sie und Anthony noch nie streiten hören.« Meine Direktheit nahm ihm sofort den Wind aus den Segeln.

»Ach, es war nicht korrekt von mir, ihn aufzuziehen, wo doch Sie und die Dame dabei waren.«

Ich zog die Augenbrauen hoch, wartete auf eine Erklärung.

»Machen Sie sich darüber keine Sorgen, Mr. Michael. Er wird

drüber hinwegkommen, das dumme alte Ding. Hat wahrscheinlich mit der Mondphase zu tun.«

»Wie bitte?«

»Na ja, um die Wahrheit zu sagen, er war mit einem dieser indonesischen Schätzchen unterwegs, die es in Amsterdam gibt. Das weiß natürlich jeder, aber wir sollen alle so tun, als wüssten wir es nicht. Albern, nicht wahr? Heutzutage und in dem Alter. Aber ich denke, dass ich die Regeln verletzt habe, als ich ihn vor Ihnen damit aufgezogen habe.«

»Anthony? Reden wir über Anthony Gilchrist?«

»Ich renke das mit dem dummen alten Ding schon wieder ein, machen Sie sich keine Sorgen.« Er schüttelte den Kopf über die Absurdität menschlichen Verhaltens. Er wandte sich zum Gehen.

»Harry, warten Sie. Wollen Sie sagen, dass er mit irgendeiner Nutte unterwegs war?«

»Wohl kaum, Mr. Michael«, lachte Harry. »Nicht mit einem *Mädchen.*« Dann sah er mein Gesicht, hielt inne und schob den Filzhut aus der Stirn. »Sie müssen es doch gewusst haben.«

»Nein, Harry.«

»Kommen Sie. Einer wie der? Keine einzige Lady-Freundin im ganzen Leben? Kommen Sie schon.«

»Ich hatte keine Ahnung.«

»Ach du meine Güte.« Plötzlich war Harry entsetzt, was er da preisgegeben hatte. Er fing an, schnell zu reden, als könnte er seine Indiskretion damit noch ungeschehen machen. »Einen netteren Mann werden Sie nirgends finden, wie Sie sehr wohl wissen, Mr. Michael. Aber Mr. Gilchrist hat eben diese kleine Vorliebe, das ist alles. Nur manchmal, wenn er im Ausland ist. Wenn es niemanden stören kann. Da ist doch nichts dabei, oder, Mr. Michael?«

»Nein, da ist nichts dabei, Harry. Ich hab es nur nicht gewusst. Sie müssen mich für einen Volltrottel halten.«

»Keineswegs, Mr. Michael, keineswegs.« Er sprach in dieser

nachsichtigen Art, die belegte, dass er genau das dachte. »Und was spielt es überhaupt für eine Rolle? Nur – bitte sagen Sie nicht weiter, dass ich meine Klappe nicht gehalten habe, ja? Ich könnte mir glatt die Zunge abbeißen.«

»Machen Sie sich darüber keine Sorgen, Harry.«

Ich ging davon, ließ ihn neben seinem schäbigen alten Wagen stehen, von wo aus er mir unglücklich nachsah, nervös mit seinen Schlüsseln spielend.

Ich ging in einem großen Bogen zum Auto zurück. Ich hoffte, dieser Umweg würde mir ein wenig Abstand geben, aber obwohl ich es mir wieder und wieder durch den Kopf gehen ließ, wurde ich mit dieser neuen Erkenntnis nicht fertig. Ich hatte Anthony immer für einen Junggesellen der alten Schule gehalten, exzentrisch, zwar einsam, aber im Frieden mit sich selbst. Ich hatte nie irgendeine sexuelle Dimension mit seinem Leben in Verbindung gebracht. Ich fand es grotesk, ihn sich mit irgendeinem Straßenstricher in einem Amsterdamer Hotelzimmer vorzustellen. Aber vor allem empfand ich Mitleid mit ihm, dass er einen so wichtigen Teil von sich all die Jahre hatte verheimlichen müssen. Und ich kam mir egoistisch vor, dass ich nicht selbst, nicht viel früher darauf gekommen war.

»Verdammt, jetzt mach schon, Michael!«, bellte Stella über die Straße. »Ich friere mir hier noch die Titten ab. Und wo ist eigentlich deine Zeitung?«

Es war früher Nachmittag, als wir bei Anthony ankamen, und die kühle Sonne fiel durch die Fenster auf der Rückseite des Hauses schräg ins dunkle Innere, warf Lichtbalken herein, in denen der Staub tanzte. Anthony führte uns den Flur entlang, nahm uns die Mäntel ab und machte einen Wirbel um uns.

»Zunächst einmal«, verkündete er, den Zeigefinger hochgestreckt, »sind in der Küche kühne Taten angesagt.«

Seine Apparaturen – Toaster, Kessel, Mixer – stammten alle aus den Fünfzigerjahren, schwere Maschinen aus Chrom und

Emaille mit abgerundeten Kanten wie die Kotflügel von Cadillacs. Ich hatte moderne Imitationen solcher Geräte in schicken Läden ihr Comeback feiern sehen, aber seine waren echt, im Laufe der Jahre bei Räumungsverkäufen und Auktionen erstanden und liebevoll restauriert. Die Küche war bereits vom Duft des heißen Bratens und der Kräuter erfüllt. Durch die Verandatüren konnte ich in seinen Wintergarten sehen. Er hatte seine halb reparierten Uhren und Musikdosen weggeräumt und den Tisch gedeckt. Ich konnte sehen, dass er stundenlang Vorbereitungen getroffen hatte.

»Hier ist nicht genügend Platz für drei«, erklärte er uns. »Michael, warum zündest du im Arbeitszimmer nicht schon mal das Feuer im Kamin an. Ich komme gleich.«

Ich sah Stella an. Sie warf mir einen leidenden Blick zu. Wir beide wussten, dass Anthony sie mit irgendeiner Tätigkeit in der Küche beauftragen würde – etwas, für das sie gänzlich ungeeignet war –, während er einen Vorwand finden würde, um ein paar kostbare Minuten nur mit mir allein zu verbringen.

Ich ging in sein dämmriges Arbeitszimmer. Das Holz war aufgeschichtet, aber noch nicht angezündet, und ich tat noch ein paar Scheite obendrauf, hielt ein Streichholz daran, setzte mich in einen der riesigen braunen Sessel und wartete auf ihn. Die Scheite waren sehr trocken, sie brannten sofort und knisterten und knackten und ließen Funken den Kamin hinaufsprühen. Ich betrachtete das Feuer und wärmte mir daran das Gesicht und die Hände.

Das alles war schmerzlich vertraut. Und dennoch hatte sich auch hier die Perspektive irgendwie verschoben, genauso, wie sie sich bei mir zu Hause verschoben hatte. Hier wie dort schien sich etwas von mir zurückzuziehen. Meine Unterhaltung mit Harry Judah gab dem Zimmer eine neue Dimension. Da ich diese Sache über Anthony nicht gewusst hatte, fragte ich mich, welche anderen Botschaften auch nicht bei mir angekommen waren, fragte ich mich, ob einige davon hier verborgen waren, vielleicht immer hier verborgen gewesen waren. Ich sah mich um und betrachtete die antiken Uhren, die nur annähernd richtig gingen und zu unvorhersagbaren Zeiten plötzlich schlugen, die gekreuzten Kavalleriesäbel über dem Kamin und den ausgestopften Kaiman auf dem Kaminsims. Das war gewiss kein besonderer Beweis für Geschmack oder Stil. Es war ein Raritätenladen, als hätten Anthonys Gedanken auf wundersame Weise Gestalt angenommen, sodass das Zimmer voller Dinge aus einem anderen Zeitalter war, seltsame Dinge, skurrile Dinge, aber Dinge, die an Kontinuität erinnerten, an einfache Wunder in der Welt und – unter dem ganzen Durcheinander – an feste und unveränderliche Werte. Zu diesen Werten gehörte auch, dass von einem Mann eindeutig verlangt wurde, seine privaten Schwächen für sich zu behalten, egal, welche Qualen der Einsamkeit das für ihn bedeutete.

»Bizet? Was meinst du?«, sagte Anthony fröhlich, als er geschäftig ins Zimmer kam.

»Anthony ...«

»Ich finde, das ist ein Tag für Bizet.«

Er ging zu seiner teuren Stereoanlage hinüber, zog das Abdecktuch herunter, hantierte an den Reglern herum, und schon nach einer Sekunde erfüllte die sinnliche und leidenschaftliche Musik den Raum. Er stand mit geschlossenen Augen da, dirigierte leise mit. Dann nahm er mir gegenüber auf der anderen Seite des Kamins Platz, in seiner bequemen Marktkleidung, dem mit Lederflicken besetzten Jackett und seiner gelb getupften Fliege und seiner braunen Kordhose. Er blickte zu mir herüber.

»Ich glaube, wir haben bis zum Essen wohl noch Zeit für einen Aperitif, was meinst du?«

Als hätte ich ihm geantwortet, stand er auf, machte sich an der antiken Hausbar zu schaffen und brachte mir einen enormen Scotch. Ich sah, dass er sich selbst einen ebenso großen Brandy mit Soda eingeschenkt hatte, und irgendetwas sagte mir, dass er trotz seiner guten Laune nervös war. Ich fragte mich, ob er vielleicht ein Echo meiner eigenen Verwirrung wahrnahm. Ich fragte mich, ob er erriet, dass ich noch einmal zurückgegangen war, um mit Harry Judah zu sprechen.

»Auf dein Wohl, alter Junge«, sagte Anthony mit entschlossener Miene, stieß gegen mein Glas und trank. Er stellte seinen Drink auf den runden Tisch neben seinem Sessel.

In diesem Augenblick empfand ich große Zuneigung für ihn, vermischt mit Schuldgefühlen und Mitleid. Ich hätte gerne gehabt, wenn er gewusst hätte, dass ich ihn verstand, dass er sich nicht mehr zu verstecken brauchte, sich über meine Reaktion oder die irgendwelcher anderer keine Sorgen mehr zu machen brauchte. Ich dachte, wenn ich ihm das irgendwie sagen könnte, wäre es ein kostbares Geschenk für ihn und eine Art Entschädigung für seine Aufopferung über all die Jahre. Aber genau von diesem Moment an, als Anthonys Glas den Mahagonitisch berührte, ging alles schief.

»Nun«, sagte er und rieb sich die Hände. »Ich habe ein paar Sachen vorbereitet, die du brauchen wirst.«

»Brauchen? Wofür?«

»Ich hab es hier irgendwo …«

Er stand auf und tat so, als sehe er sich im Zimmer nach etwas um, was er verlegt hatte. Am Ende fand er den Karton neben dem Fenster, schleppte ihn heran und stellte ihn zwischen uns auf den Boden. Er war voller Bücher und Landkarten, einige neu, einige klar an Marktständen erworben. Oben auf diesem Durcheinander lag ein alter Tropenhelm.

»Das ist ein ganz besonderes Stück!«, rief Anthony aus, lachte, nahm den Tropenhelm und setzte ihn sich auf, sodass er wie ein viktorianischer General in einer komischen Oper aussah. »Ist der nicht herrlich? Allerdings kann ich mir nicht vorstellen, dass du ihn im Operationssaal trägst.«

»Um was geht es hier, Anthony?«

Er wandte sich zu mir und riss die Augen auf. »Mein lieber

Junge, es geht um Venezuela. Deine Reise.« Als ich nicht antwortete, redete er einfach weiter, nahm nacheinander die Bücher aus dem Karton zu seinen Füßen. »Schau da hinein, ja? Ein Baedeker von Südamerika aus dem Jahr 1910. Ich glaube, da hat sich inzwischen einiges verändert, aber er wird dich zumindest auf dem Flug amüsieren. Ein paar von diesen Sachen hier sind eher zu gebrauchen. Jedenfalls sind es die besten, die ich auftreiben konnte.«

»Anthony!«

»Jetzt zu deinem Haus«, fuhr er unbeirrt fort. »Das wird für dich selbstverständlich eine schwierige Entscheidung. Meine persönliche Meinung? Verkaufe es, alter Knabe. Das rate ich dir. Mir ist klar, dass es dir schwer fallen wird, aber du brauchst mir bloß eine Handlungsvollmacht auszustellen, und ich werde mich um alles kümmern. Wir können die Sachen der lieben Caitlin vielleicht ... einer wohltätigen Organisation überlassen oder was immer du sonst für richtig hältst. Oder wir können sie einlagern, bis du dich in der Lage fühlst, das selbst in die Hand zu nehmen. Du musst wissen, dass wir alles tun, um es dir so leicht wie möglich zu machen.«

»Ich gehe nicht nach Venezuela, Anthony.«

Ich war selbst überrascht, mich diese Worte sagen zu hören. Ich hatte keine bewusste Entscheidung getroffen. Aber jetzt, da sie ausgesprochen waren, spürte ich, dass sich die Welt um mich verschob und wieder stillstand – wie ein großer Felsbrocken, der über eine Bergkante kippt, rutscht und danach sicherer zum Liegen kommt als zuvor. Anthony und ich saßen schweigend da, während das Feuer im Kamin knackte und Funken sprühte.

»Unsinn«, sagte er.

»Tut mir Leid, Anthony. Ich bin noch nicht so weit.«

»Aber Stella? Ihre Pläne? Eure Pläne?«

»Ich werde es ihr sagen.«

»Verstehe.« Er räusperte sich. »Verstehe.«

»Eigentlich wollte ich das Thema nicht jetzt anschneiden, Anthony.«

Er legte die Hände zusammen und nahm sie wieder auseinander. »Man muss weitermachen, Michael. Egal, womit.« Er sprach leise. »Sonst erlaubt man ihnen zu gewinnen, verstehst du? Den bösen Menschen, die eine solche Tragödie über uns bringen. Und sie dürfen auf gar keinen Fall gewinnen.«

»Das werde ich nicht erreichen, indem ich nach Venezuela gehe. Zuerst muss ich einiges in meinem Kopf klären. Ich muss hier einiges klären.«

Er sah mich starr an, und sein Hals wurde an den Seiten weiß. Das hatte ich seit meiner Schulzeit nicht mehr gesehen, seit damals, als ich in ebendiesem Zimmer ihm gegenübersaß. Ich konnte mich nicht erinnern, welche Verfehlung meinerseits es damals ausgelöst hatte, aber ich erinnerte mich, dass Anthony so selten dermaßen wütend wurde, dass es mich geängstigt hatte. Selbst jetzt konnte ich einen Anflug dieser Angst nicht ganz unterdrücken.

»Unsinn«, sagte er noch einmal, noch immer sehr ruhig. »Du bist Arzt. International tätiger Arzt. Du hast eine Mission im Leben. Das darfst du nie vergessen.«

»Anthony, ich weiß, dass du mir zu helfen versuchst. Aber niemand muss mir meine Entscheidungen abnehmen. Wirklich nicht. Nicht du. Nicht Stella. Tut mir Leid, dass ich eine Weile gebraucht habe, um das zu erkennen.«

»Es geht um diese Carrick«, sagte er plötzlich, »nicht wahr?«

»Komm, lassen wir dieses Thema, Anthony.«

»Ich konnte es kaum glauben, als Stella mir erzählt hat, dass du dich mit ihr triffst.«

»Sie hatte kein Recht, dir irgendetwas zu erzählen.«

»Michael, wir haben bisher nie Geheimnisse voreinander gehabt. Allerdings verstehe ich natürlich, warum du das für dich behalten willst.«

Sein Tonfall reizte mich, aber mit einiger Anstrengung hielt ich mich zurück. »Es geht gar nicht um Geheimhaltung, Anthony. Es ist nur, dass es mein Leben ist, nicht das von irgendjemand anderem. Und dass das klar ist: Angie Carrick hat nichts Böses getan. Ich hab es langsam satt, andere ständig daran zu erinnern.«

»Nichts *Böses?«* Es erschreckte mich, wie hässlich sein Tonfall auf einmal war. »Um Himmels willen, hast du vergessen, was ihr Bruder dir angetan hat? Uns allen? Und sie verteidigt ihn! Sie sind ungeheuerlich, alle beide!« Er legte sich die Hand über den Mund, presste sie sich vor das Gesicht und starrte mich über seine Finger hinweg an, entsetzt über seinen Ausbruch. »Tut mir Leid. Tut mir Leid.« Seine Stimme war durch seine Hand gedämpft. Schließlich nahm er sie herunter. Seine Finger hatten weiße Druckstellen auf seinem geröteten Gesicht hinterlassen, und es dauerte eine Weile, bis sie wieder verschwanden. »Das war unverzeihlich«, sagte er. »Unverzeihlich.« Schmerz stand ihm ins Gesicht geschrieben, und es tat mir weh, das zu sehen. Mir wurde bewusst, wie betroffen Anthony durch die ungeheure Grausamkeit von dem allen war, wie sehr seine vornehme Welt ins Chaos gestürzt worden war. Meine Welt war nie vornehm gewesen. Diese Illusion konnte man mir wenigstens nicht rauben.

Ich sagte: »Es ist nicht unverzeihlich, Anthony. Aber ich werde meine eigenen Entscheidungen treffen, sowohl darüber als auch über alles andere. Und ich bin einfach noch nicht so weit, von hier wegzugehen. Es sind noch zu viele Fragen unbeantwortet.«

Anthony stand auf und machte ein paar ziellose Schritte, den Rücken mir zugewandt. Er zog sein Einstecktuch heraus und fächelte sich Luft zu. Er sagte: »Michael, Michael. Vielleicht habe ich die Grenze überschritten. Vielleicht habe ich die Sache überstürzt.«

Ich dachte, seine Wut sei verflogen, aber dann drehte er sich zu mir um, und sein zunächst trauriges Gesicht verhärtete sich

allmählich wieder. Er sagte: »Dir scheint nicht klar zu sein, wie wichtig es ist, dass du deine Lebensmission weiter erfüllst. Was im St. Ruth passiert ist, war nur ein Ausrutscher.«
»Anthony«, sagte ich, resoluter. »Ich werde in dieser Sache meine eigenen Entscheidungen treffen. Können wir dieses Thema jetzt beenden?«
Er starrte mich an, als habe er mich nicht richtig verstanden. »Das ist keine Frage der Wahl. Du hast ein gottgegebenes Talent. Es ist deine Pflicht, diese Gabe zu nutzen. Meinst du, dein Vater hätte auch nur einen Augenblick gezögert?«
»Bitte halte mir keine Predigten über meinen Vater mehr.«
»Er hätte einem solchen Auftrag nie den Rücken gekehrt, egal, welche persönliche Tragödie er zu verkraften gehabt hätte.« Seine Stimme rutschte in eine höhere Tonlage. »Und du weißt sehr wohl, dass auch du ihr nicht den Rücken kehren kannst. Nach allem, was für dich getan wurde, Michael. Den Opfern, die für dich gebracht wurden. Dass du auch nur daran denken kannst, dich vor dem Kampf zu drücken!«
Jetzt schrie er, wie ich mit einem Gefühl von Unwirklichkeit realisierte, denn das hatte er, soweit ich mich erinnerte, noch nie getan, und es verwirrte und beunruhigte mich. Ich stand auf und sah ihn an.
»Anthony, ich kann mein Leben nicht mehr mit diesen Sperrgebieten führen, die es wie Minenfelder durchziehen. Ich muss hier einiges regeln, sonst wird nie wieder irgendetwas Sinn haben.«
Ich streckte die Hand aus, um seinen Arm zu berühren, aber er schob sie heftig zur Seite.
»Ich hätte nie gedacht, dass der Tag kommen würde«, sagte er mit tonloser Stimme, »an dem ein Sohn von Duncan der großen Herausforderung seines Lebens den Rücken zukehrt.«
Ich trat ein paar Schritte zurück. Mir war, als hätte er mich geschlagen. Einen Augenblick dachte ich, ich könnte seine Verachtung nicht ertragen. Dieses Gefühl hatte ich noch nie

gehabt, und seine Wirkung – genau in diesem Moment – begann auf einmal einen Nebel in meinem Kopf zu lichten, einen Nebel, von dem ich gar nicht gewusst hatte, dass er da war. Ich fühlte mich schwindlig.

Ich stützte mich mit der Hand gegen den Kaminsims, froh über die kalten Fliesen unter meiner Handfläche. Da war das Foto: mein Vater in seinem Jeanshemd, wie er sich gegen einen Landrover lehnt, Palmen hinter ihm und einen Schatten wie ein Tintenklecks zu seinen Füßen, gut aussehend, süffisant lächelnd.

Anthony beobachtete meine Augen. »Michael«, sagte er, und seine Stimme wurde zum Ende hin leiser, wie der Ruf eines Nachtvogels.

Ich nahm das gerahmte Foto, hielt es hoch, sodass Anthony und mein Vater in meinem Blickfeld nebeneinander zu stehen schienen, über die zeitliche Kluft, die sie trennte, einander zugewandt. Und ich sah Anthonys Gesicht, bestürzt und verzweifelt, und in diesem Augenblick verstand ich.

»Ihr wart ein Liebespaar«, sagte ich, »nicht wahr?«

Er schloss die Augen. »Ach, Michael, Michael.«

»Du brauchst mir nichts vorzumachen, Anthony«, sagte ich. »Nicht mehr.«

Er schwankte ein bisschen, und ich dachte eine Sekunde, er würde zusammensacken und ich würde ihn auffangen müssen. Aber bevor ich mich rühren konnte, flüsterte er: »Er hat sich so sehr bemüht, das Richtige zu tun. Patricia gegenüber und dir und den anderen Kindern. Wir haben es beide so sehr versucht. Das musst du wissen.«

Ich stellte das Bild auf den Kaminsims zurück. Ich suchte nach etwas Sinnvollem, was ich sagen könnte, mir fiel aber nichts ein, und deshalb stand ich da und starrte schweigend auf das Foto.

»Bitte spare dir irgendwelche liberalen Plattitüden«, sagte Anthony, der sich ein wenig fasste. »Ich weiß sehr wohl, dass

Liebe kein Verbrechen ist. Ich schäme mich nicht dafür. In Wahrheit bin ich stolz. Aber Verrat – das ist ein Verbrechen.«

»Verrat?« Meine Stimme hatte Mühe, sachlich zu bleiben. »Was für ein Verrat?«

»Duncan hatte eine Frau und drei reizende Kinder. Ihnen war er untreu. Wir waren ihnen untreu, er und ich. Aber er hat sich so sehr bemüht zu widerstehen. Und ich tat mein Bestes, ihm zu helfen. Ich war bereit, alles zu tun, mit Ausnahme, ihn nicht zu sehen. Selbst er hätte dem nicht zugestimmt. Er wollte niemandem Schmerz zufügen. Aber am Ende waren wir ein Problem, dem er sich einfach nicht stellen konnte. Ein Problem, das zu nahe an zu Hause war.«

»All die vielen Reisen.« Ich war nicht sicher, ob ich laut sprach. »All diese Aufträge im Ausland.«

»Ich habe ihn immer einen treulosen Hund genannt. Einfach davonzulaufen. Aber das war alles, was er tun konnte, verstehst du?« Anthony starrte mich mit flehenden Augen an. »Ich denke, er hat geglaubt, dass er, wenn er herumreiste, von dem Netz frei bleiben könnte, von der ganzen Verstrickung.« Seine Unterlippe begann zu zittern. »Und in gewisser Weise ist ihm das gelungen. Frei zu bleiben.«

»Du hast das all die Jahre geheim gehalten?«

»Michael, mein lieber, alter Junge, was hätte ich denn sonst für ihn tun können, als es vor dir zu verheimlichen? Es war Teil des Versprechens, das ich ihm jedes Mal gab, wenn er wegging, dass ich dich beschützen würde. Vor allem.« Anthony lächelte mich an, aber in seinen Augen lag eine unendliche Traurigkeit. »Ich habe ihn so sehr geliebt.«

Ich fuhr mir mit der Hand durch die Haare. Durch meine Verwirrung drang in mir etwas Eigenartiges an die Oberfläche, und Anthony erkannte das vielleicht an meinen Augen, denn er fügte schnell hinzu: »Du darfst mit ihm nicht zu hart ins Gericht gehen. Du musst versuchen, es zu verstehen.«

Durch die Art und Weise, wie er sprach, hatte ich den Eindruck, dass dies Sätze waren, die er sich im Laufe der Jahre tausend Mal vorgesagt hatte. Zehntausend Mal. Ich stellte ihn mir vor, allein in seinem düsteren Schlafzimmer, Nacht für Nacht, vor der Frisierkommode sitzend, und der Spiegel wirft ihm nur immer sein eigenes, schummriges Spiegelbild zurück.

»Sie hat eine Menge gekostet, nicht wahr?«, fragte ich. »Seine Freiheit?«

»Man muss immer einen Preis bezahlen, Michael. Ich habe ihn gern bezahlt.«

»Du warst nicht der Einzige, der bezahlen musste.« Ich deutete auf das Bild meines Vaters. »Weißt du, was ich dachte, warum er so oft wegging, Anthony? Warum er mich Jahr für Jahr in dieses elende Internat, das ich gehasst habe, abgeschoben hat?«

Eine große Ruhe legte sich über ihn. »Michael, du kannst nie daran gezweifelt haben, dass dein Vater dich geliebt hat. Das wäre unerträglich. Nach all dem Leiden. Unerträglich.«

Ich hörte Stellas schnelle Schritte im Flur, und sie stieß die Tür zum Arbeitszimmer so schwungvoll auf, dass sie gegen die Wand schlug. »Okay«, sagte sie, die Hände in den Hüften, »ich bin mit den gröbsten Dienstmädchenarbeiten fertig.« Und dann sah sie unsere Gesichter, ließ die Arme sinken und schaute von einem zum anderen. »Was ist denn hier los?«, fragte sie.

Anthony stand da in seinem Jackett und der gelb getupften Fliege, blinzelte mich an, seine Augen glänzten. Ich konnte den Blick nicht von seinem Gesicht wenden, obwohl es mich schmerzte, die Angst darin zu sehen.

Ich sagte: »Anthony, wir reden bald mal in Ruhe darüber.« Aus einem Impuls heraus berührte ich den rauen Tweedstoff seines Ärmels und drückte seinen Arm. Ich machte extra eine Pause, aber er nutzte sie nicht, und ich ging an Stella vorbei aus dem Zimmer, nahm meinen Mantel vom Haken, ging durch die Haustür und zog sie hinter mir zu. Ich wandte mich nach links die kurze Einfahrt hinunter und auf die graue Straße hinaus. Ich wusste nicht, wohin ich in dem kalten Nachmittag ging, aber es kümmerte mich auch nicht.

Ich hörte, dass sich die Tür hinter mir wieder öffnete, und Stella rief: »Michael!«

Ich ignorierte sie und ging weiter, den Hügel hinunter, weg vom Haus, weg von ihnen beiden. An einer Ecke bog ich wahllos ab und lief weiter.

»Warte!«, rief sie. Ich wartete nicht, aber nach ein paar Augenblicken kam sie hinter mir hergerannt, ihre Schuhe klapperten auf dem Gehsteig, und dann war sie neben mir, schaute zu mir auf, hatte damit zu kämpfen, zu laufen, auf mich einzureden und in ihren Mantel zu schlüpfen – alles gleichzeitig –, hatte die Arme hochgestreckt, bildete aus ihrem Mantel ein Zelt, verhedderte sich im Riemen ihrer Handtasche. »Michael, um Himmels willen, mach langsamer! Was ist denn zwischen euch beiden los?«

Ich marschierte weiter, hoffte, sie würde mich in Ruhe lassen. Ich bog wieder ab.

»Geht es immer noch um die Sache mit Venezuela? Michael, das ist so seine Art. Er versucht doch nur zu helfen.«

Ich drehte mich um und sah sie an. »Ich kann nicht mit nach Venezuela kommen, Stella. Tut mir sehr Leid. Das ist mir erst heute klar geworden.«

Ich sah, wie sie zusammenzuckte. »Okay«, sagte sie, erholte sich. »Es ist alles viel zu früh, das verstehe ich. Ich habe dich damit zu sehr bedrängt.«

»Ja, es ist zu früh. Aber es ist nicht nur das.«

Endlich hatte sie ihren Kampf mit dem Mantel gewonnen, schlüpfte hinein und zog ihn um sich. Sie sagte: »Du weißt genau, dass ich nicht gehe, wenn du nicht gehst.«

»Tut mir Leid, Stella, aber dafür bin ich nicht verantwortlich. Ich habe den Fehler gemacht, es so lange laufen zu lassen. Hätte ich es früher gewusst, dann hätte ich es dir früher gesagt. Aber ich bin ebenso wenig für deine Entscheidungen verant-

wortlich wie du für meine. Wir sind nicht an der Hüfte zusammengewachsen.«
Ich schaute mich um, versuchte, mich zu orientieren. Ich kannte diese Straße nicht gut, obwohl sie nur ein paar hundert Meter von Anthonys Haus entfernt war. Eine Vorstadtstraße mit Pseudo-Tudorhäusern und gepflegten Gärten, die winterfest gemacht und abgedeckt worden waren, und ein paar unverwüstlichen Bewohnern, die nach alter Samstag-Tradition in den Einfahrten ihre Fords und Vauxhalls wuschen und die Eimer mit dem Seifenwasser dampfend neben sich stehen hatten. Auf der anderen Straßenseite war ein Spirituosengeschäft und wenige Schritte von uns entfernt eine Bushaltestelle mit einem Glasunterstand und einem Laternenmast.
»Warte hier, bis ich das Auto geholt habe«, sagte Stella schließlich. »Wir fahren irgendwohin und reden miteinander.«
»Ich will nicht reden. Reden hilft nicht weiter.«
»Ich hole jedenfalls das Auto. Wir können nicht den ganzen Tag hier herumstehen.«
Aber sie machte keine Anstalten zurückzugehen. Vielleicht wartete sie auf eine Art von Erlaubnis von mir, die nicht kam. Stattdessen standen wir schweigend da, nebeneinander, berührten uns aber nicht. Ein roter Doppeldeckerbus hielt ein paar Meter weiter unten am Straßenrand, und eine dicke Frau in Beige hatte zu kämpfen, um mit ihrem halben Dutzend Einkaufstüten und einem Kindersportwagen mit schreienden Zwillingen auszusteigen. Der Bus stand am Randstein, sein Motor brummte, während die Frau keuchte und fluchte und die Kinder brüllten.
»Michael. Was willst du uns bloß allen antun?«
Die Frau in Beige hatte es geschafft, das eine Rad des Kinderwagens in die Bustür einzuklemmen, und sie zerrte daran herum, hochrot im Gesicht, während die anderen Fahrgäste ganz aufgeregt waren und der Fahrer ihr Ratschläge zurief. Ich ging an Stella vorbei, hob den Kinderwagen heraus und stellte ihn

auf den Gehsteig, die beiden Kinder glotzten mich an, als mein Gesicht den ihren nahe kam. Ich konnte ihren neuen, warmen Atem riechen.

»Jetzt wende dich nicht einfach von mir ab!«, schrie Stella.

Aber ich getraute mich nicht, sie anzusehen. Ich stieg in den Bus.

»Michael?«, rief sie hinter mir. Jetzt lag mehr als Sorge in ihrer Stimme: etwas wie Angst.

Die Tür zischte und schnappte zu, und als der Bus losfuhr, sah ich sie auf dem grauen Gehsteig stehen, das Gesicht schmerzverzerrt.

28

Die Welt um mich herum wurde für eine Woche oder länger eigenartig still.

Ich war dankbar dafür. Ich ließ die Wintertage planlos an mir vorüberziehen. Ich schlich leise im Haus herum und ging so wenig wie möglich raus. Ich schlief zu den ungewöhnlichsten Zeiten. Ich nahm jeden Morgen die Post von der Matte auf und stapelte sie ordentlich, ungeöffnet, auf dem Bücherregal. Ich las viel. Ich hörte bis spät in die Nacht Radio. Ich dachte an nichts und niemanden. Vom Schlafzimmerfenster aus sah ich Henry Kendrick kommen und an die Haustür klopfen, dann ums Haus gehen und es hinten versuchen. Ich wollte nicht mit Henry reden. Ich wartete darauf, dass er wieder ging. Er versuchte es drei Tage hintereinander und gab es schließlich auf. Wann immer das Telefon klingelte, ignorierte ich es. Nach den ersten paar Tagen sprach ich eine Botschaft auf den Anrufbeantworter und teilte den Anrufern mit, dass ich für eine Weile abwesend sei. Das entsprach in gewisser Weise der Wahrheit. Diese Schwebezeit brachte mir Frieden, und vielleicht war das der Grund, dass ich mir, während die Tage verstrichen, einer leisen Stimme gewahr wurde, die sich in meinem Kopf zu Wort meldete. Sie hatte vielleicht schon seit einiger Zeit zu mir gesprochen, aber mein Leben war zu laut gewesen, als dass ich sie hätte hören können. Diese Stimme sagte mir, sanft, aber bestimmt, dass ich etwas versäumte. Dass ich, wenn ich vorankommen wollte, eine Pilgerfahrt nicht länger aufschieben dürfte. Und als der Befehl richtig klar geworden war, befolgte ich ihn.

Ich fuhr eine Stunde durch die südlichen Londoner Vororte. Als ich anhielt, wurde es allmählich dunkel. Ich war in all diesen Jahren nie wieder zurückgekommen, und ich hatte zuerst einige Schwierigkeiten, die Gegend wieder zu erkennen.

Als ich die Straße schließlich fand, war sie schmaler, als ich sie in Erinnerung hatte, und die kahlen Ahornbäume und Eschen in den Vorgärten höher. Ich brauchte ein paar Augenblicke, bis ich das Haus identifizierte, aber es war noch immer zu erkennen, wo das neuere Mauerwerk an die Wand des nächsten Hauses stieß.

Ich stieg aus dem Auto und stand auf dem Gehsteig gegenüber. Die Straße hatte seit der Zeit, da meine Eltern das Haus gemietet hatten, eine Aufwertung erfahren. Junge, berufstätige Paare hatten sich hier eingekauft, angelockt durch die Nähe zum Stadtzentrum Londons und dadurch, dass die Preise erschwinglich geblieben waren, da der Gegend ja das Prestige fehlte. Zumindest das hatte sich nicht geändert. Für mich war es noch immer eine langweilige und seelenlose Straße in einer Schlafvorstadt, Reihe neben Reihe nichts sagender Doppelhaushälften aus der Zwischenkriegszeit. Ich schob eine Hand in meine Jacke und spürte die Kälte des Schlüssels um meinen Hals und fuhr seinem Umriss entlang.

In dem Haus waren Lichter an. Eine junge Mutter stand in dem gelben Quadrat des Küchenfensters. Sie bückte sich, um mit einem Kind zu sprechen, das zu klein war, als dass ich es hätte sehen können. In der Küche waren Weihnachtsdekorationen aufgehängt, und der Flitter glitzerte im Licht. Wir hatten nicht lange genug hier gewohnt, um Weihnachtsdekorationen aufzuhängen. Und diese Küche war nicht einmal an der gleichen Stelle: unsere hätte nach hinten gelegen, mit der Tür aus geripptem Glas und dem Chromschloss, an das ich mich nur allzu gut erinnerte.

Ich bezweifelte, dass ich jetzt noch irgendetwas wieder erkennen würde, nicht einmal, wenn ich an die Tür klopfte und diese junge Frau überredete, mich hereinzulassen. Ich fragte mich, ob sie wusste, was jener anderen Familie vor sechsundzwanzig Jahren hier zugestoßen war – einer Familie, die sich vielleicht gar nicht so sehr von der ihren unterschied. Aber ich bezweifelte, dass diese Tragödie sie in irgendeiner Form berühren würde. Das war Geschichte. Etwas, was Leuten zugestoßen war, über die sie nichts wusste, in den dunklen Zeiten, bevor sie geboren war. Welchen Schatten konnte das auf ihr Leben werfen?

Jetzt war es richtig dunkel. Die Lampen entlang der Straße waren alle an. Eine von ihnen war defekt: Sie flackerte und summte. Gelegentlich suchte ein Auto noch eine Parklücke oder fuhr in eine Einfahrt. Leute kamen zu Fuß vom Bahnhof oder von der Bushaltestelle, Männer und Frauen, in ihre Mäntel eingemummelt und sich gegen den Winterwind stemmend, der die Straße hinunterfegte. Ein paar der Leute sahen mich neugierig an, wie ich so dastand. Es überraschte mich, dass sie mich überhaupt sehen konnten.

In jener Nacht hatte ich mich auch wie ein körperloser Geist gefühlt, als ich in meinem dünnen Schulpullover und der Flanellhose diese schwarzen Straßen hinunterfloh, während der Eisregen waagrecht zwischen den Häusern hindurchtrieb und mir im Gesicht brannte. Wie kalt war es damals gewesen, trotz der Flammen, die aus dem brennenden Haus schlugen. Kälter noch als heute Abend. Der Atem der Polizisten hatte in der Dunkelheit gedampft. Ein Feuerwehrschlauch hatte Eis ausgehustet, das wie Glasgeschosse auf die Pflastersteine klirrte. Anthony hatte mich festgehalten und versucht, mich abzuschirmen, mich zu beschützen, aber natürlich nützte es nichts. Man konnte mich nicht beschützen. Man konnte letzten Endes keinen von uns beschützen. Nicht, nachdem die Flamme entzündet war. Niemand war daran schuld.

Als ich nach Hause zurückkam, fiel ein feiner Dezembernieselregen. Ich parkte das Auto hinten in der Gasse, ging durch das Gartentor und zur Hintertür.

Ich stieg die Stufen hinauf und tastete nach meinen Schlüsseln. In dieser Sekunde des Zögerns hörte ich, wie Henrys Fenster hochgeschoben wurde, und ich wusste, dass er mich abgepasst hatte.

»Hallo, Michael, alter Junge«, rief er. »Sie da unten, oder etwa nicht?«

Henrys Gewohnheit, Sätze auf diese Weise abzukürzen, war eine seiner besonders irritierenden pseudomilitärischen Marotten. Ich wollte in diesem Moment wirklich nicht mit Henry reden. Ich war versucht, ihn selbst jetzt einfach zu ignorieren.

»Michael?«, rief er noch einmal, etwas kläglich.

»Ja, Henry«, sagte ich lustlos. »Ich bin's.«

»Ich will ja nicht lästig sein«, sagte er, »aber ich wäre Ihnen für ein kurzes Wort dankbar.«

Selten war er so demütig. Ich sagte: »Soll ich rüberkommen?«

»Nur einen Moment, alter Junge. Ich bin gleich da und mache auf.«

Das Fenster knallte herunter, und sofort ging das Licht in seinem Garten an, und als ich zu seiner Tür kam, schob er schon den Riegel zurück und riss sie auf.

»Weiß es wirklich zu schätzen, Michael. Dränge mich nur ungern auf. Weiß, dass Sie davon die Nase gestrichen voll haben müssen, wenn andere Leute versuchen ... na ja, Sie wissen schon ... zu helfen versuchen. Bitte kommen Sie doch rauf.«
Ich tat, was er mir sagte, und er hoppelte hinter mir die Stufen hinauf wie ein kleiner Hund. »Schreckliche Sache. Absolut ungeheuerliche Grausamkeit. Kann es noch immer nicht glauben.«
Das ganze Haus gehörte Henry, aber er lebte nur auf der ersten Etage. Er war begeisterter Amateurastronom und verbrachte die Abende damit, durch das hintere Fenster den Himmel mit seinem Teleskop abzusuchen. Er behauptete, dass er von hier eine klare Sicht auf das Firmament habe, aber nach meiner eigenen Theorie hatte er eine klarere Sicht in die Badezimmer der Nachbarn. Einen Block weiter gab es ein Schwesternwohnheim, und ich vermutete, dass Henry davon zu seinen Sternenbeobachtungen angeregt wurde. Ich dachte, das sei ein recht harmloser Zeitvertreib für einen einsamen Mann, und urteilte darüber nicht mehr so hart, wie ich es früher getan hatte.
Das Zimmer war ordentlich und trist und überdekoriert, die Wände voll gehängt mit Bildern von Militärflugzeugen, die über azurblaue Himmel kreuzten. Ich erkannte einen Canberra-Bomber an einem Ehrenplatz über dem Kaminsims, und mir fiel ein, dass dies das Flugzeug war, mit dem Henry in seiner Zeit bei der Royal Air Force als Beobachter geflogen war.
»Einen Drink?«, fragte er, und als er sah, dass ich unschlüssig war, fügte er in ziemlich pathetischem Tonfall hinzu: »Sagen Sie, dass Sie einen wollen.«
»Sicher, Henry. Danke.«
»Normalerweise trinke ich um diese Zeit einen Gin Tonic, aber ich habe ...«
»Gin Tonic ist gut.«
»Bestens, bestens.«
Er huschte davon in die Küche. Ich ging langsam im Zimmer

umher. Eine hässliche Polstergarnitur aus karamellfarbenem Stoff. Silbertrophäen von Billard und Dart auf dem Kaminsims. Gerahmte Fotos an der Wand, auf der Henry als jüngerer Mann zu sehen war, wie er Prinz Charles die Hand schüttelt, wie er sich lässig gegen die Nase eines in Tarnfarben gestrichenen Flugzeugs lehnt, wie er zusammen mit ranghöheren Offizieren in der blauen Air-Force-Uniform dasteht. Ich schlenderte quer durchs Zimmer, stand einen Augenblick am rückwärtigen Fenster, neben seinem Teleskop.

»Ich weiß, welch großen Wert die Polizei Ihrer Aussage beimisst, Henry«, rief ich in die Küche hinüber, suchte nach etwas, was ihm die Befangenheit nehmen würde.

»War mir ein Vergnügen, das versichere ich Ihnen, sofern in dieser grässlichen Situation irgendetwas als Vergnügen bezeichnet werden könnte. Alles, was ich tun kann, um dazu beizutragen, dass dieser niederträchtige Kerl geschnappt und weggesperrt wird.« Er schnitt außer Sichtweite wie wild an etwas auf einem Brett. »Bei so etwas wünscht man sich, wir hätten noch die Todesstrafe. Obwohl die für den viel zu gut wäre.« Er kam mit zwei Kristallgläsern in der Größe von Blumentöpfen ins Zimmer zurück. In jedem schwamm das Viertel einer Zitrone. Er reichte mir ein Glas. Ohne es an meine Lippen zu heben, konnte ich riechen, wie viel Gin er hineingetan hatte.

»Sie scheinen hier der einzige Mensch zu sein, der die Augen offen hält«, sagte ich ihm, weil ich wusste, dass ihn das freuen würde.

»Eines der wenigen Dinge, die bei mir noch funktionieren … Augen wie ein Wanderfalke, Michael, selbst noch in meinem Alter. Aber auch wenn ich halb blind wäre, hätte ich ihn nicht übersehen können. Dieses dreckige Schwein.«

Seine Tirade stoppte abrupt, und eine Sekunde lang wurde es so still, dass ich das Zischen der Bläschen in den Drinks hören konnte.

»Tatsache ist ...«, sagte er. »Also ...« Er verzog den Mund und blickte zur Decke.

»Henry«, sagte ich, »warum erzählen Sie mir nicht, was nicht in Ordnung ist?«

»Na ja, sehen Sie ... Tatsache ist, Michael ...« Er richtete sich auf, als nehme er Habachtstellung ein. »Ich kann nicht schlafen. Denke dauernd, ich hätte mehr tun sollen. Komme mir vor, als hätte ich versagt. Völlig.«

Zu meiner Überraschung füllten sich seine Augen mit Tränen.

»Henry, wir alle haben dieses Gefühl. Wir fühlen uns alle hilflos. Ich mehr als alle anderen. Aber was hätten Sie denn mehr tun können?«

»Ich habe diesen Scheißkerl reingehen sehen. Ich habe irgendeine Streiterei gehört. Dass etwas zerbrochen ist. Glas oder so etwas. Die Wände sind ziemlich dick, aber trotzdem.« Er sah mich flehend an. »Michael, ich glaube, ich habe vielleicht gehört, wie die ganze schreckliche Sache passiert ist. Ich habe es natürlich zu Protokoll gegeben, aber ich scheine es nicht aus meinem Kopf zu bekommen. Ich werde mir das nie verzeihen.«

»Sie haben sich doch nichts vorzuwerfen, Henry. Was hätten Sie denn tun sollen?«

»Ich möchte, dass Sie wissen, Michael, dass ich zumindest den Kopf zur Tür hereingesteckt und nachgeschaut hätte, ob sie nach dem ganzen Krach auch in Ordnung war. Aber als ich Ihr Auto dort geparkt sah, bin ich davon ausgegangen, dass Sie im Haus sind. Ich wollte mich nicht einmischen. Ein kleiner Ehekrach, dachte ich mir. Etwas in der Art.«

»Henry, ich kann Ihnen nicht folgen. Sie haben mein Auto gesehen?«

Er stellte seinen Drink ab, fuhr sich nervös mit der Zunge über die Lippe und nahm das Glas wieder in die Hand. »Natürlich weiß ich jetzt, dass das nicht sein konnte. Ihres, meine ich. Und offensichtlich waren Sie gar nicht im Haus, aber damals ...«

Seine Stimme verebbte, und er blickte mich mit seinen Hundeaugen an. Er bemerkte meine Verwirrung, und das feuerte ihn erneut an.
»Na ja, sehen Sie es mal aus meiner Sicht«, drängte er weiter, als erwarte er verzweifelt so etwas wie eine Absolution. »Zuerst sehe ich Caitlin nach Hause kommen. Eine oder zwei Minuten später lässt sie diesen jungen Kerl herein. Er macht mit ein paar Blumen herum, die er aus dem Kübel neben Ihrer Haustür gepflückt hat. Hat den Romeo gespielt. Viel zu dick aufgetragen. Es ist ganz offensichtlich, dass sie sich, gelinde ausgedrückt, kennen. Nun, mir hat der Gedanke nicht gefallen, dass so was hinter Ihrem Rücken abläuft. Deshalb hab ich einen Blick hinten auf die Gasse geworfen, nur um zu sehen, ob Ihr Auto da steht. Um zu sehen, ob Sie zu Hause sind.«
»Mein Auto war während meiner ganzen Abwesenheit in der Garage.«
»Das weiß ich jetzt. Aber damals konnte ich nichts weiter sehen als die ganze Reihe den Zaun entlang geparkter Autos. Und eines von ihnen war dunkelrot, genau wie Ihres. Von hier aus kann man ja nur das Dach sehen, deshalb konnte ich es nicht genau identifizieren. Aber es stand direkt draußen hinter Ihrem Haus, deshalb nahm ich an, dass Sie da seien. Dachte nicht weiter darüber nach.« Er starrte mich hilflos an. »Es muss das Auto irgendeines verdammten Einkaufsbummlers gewesen sein, Michael. Wäre es nicht da gewesen, dann hätte ich nachgesehen. Hätte vorbeigeschaut. Ich dachte, Sie seien zu Hause, deshalb habe ich nichts unternommen. Das werde ich mir nie verzeihen.«
Es stimmte mich traurig, dass die kleinste falsche Annahme ihn derart belasten konnte. Den sinnlosen Schmerz in seinen Augen zu sehen, lehrte mich etwas. Etwas über das fragile Gleichgewicht in unserem Leben, über die Sinnlosigkeit der Frage, was gewesen wäre, wenn …
»Ich will Ihnen etwas sagen, Henry.« Ich stellte meinen Drink

ab und legte meine Hände auf seine Schultern. Ich hatte ihn nie zuvor berührt, und ich konnte sehen, dass es ihn erschreckte, aber ich zwang ihn dennoch, mich anzusehen. »Selbst wenn Sie die Polizei in dem Moment gerufen hätten, als Carrick das Haus betrat, wäre sie nicht rechtzeitig da gewesen, um Caitlin zu retten. Niemand hätte sie retten können. Ich konnte es nicht. Niemand hätte es gekonnt. Und Sie geben sich die Schuld an ihrem Tod, weil irgendein Einkaufsbummler ein rotes Auto in der Gasse geparkt hat? Das ist doch verrückt.«
Er stand eine Minute da, spitzte wieder den Mund. Dann sagte er: »Das ist nett von Ihnen, Michael«, und wandte sich zum Fenster um.
Ich wusste, dass ich eine Last von ihm genommen hatte, und ich war froh darüber. Aber ich merkte, dass irgendwo in mir eine viel schwerere und weit ältere Last begonnen hatte, sich zu verschieben, etwas, was ich nicht gleich identifizieren konnte. Ich wartete einen Moment, überlegte, ob ich noch etwas sagen sollte, aber Henry stand noch immer am Fenster, den Rücken mir zugekehrt, die Finger ineinander verschränkt, die Daumen schnell umeinander kreisend. Ich stellte meinen Drink ab und verließ leise das Zimmer.

Ich ging hinaus und den Weg hinunter zum rückwärtigen Tor und durch meinen Garten zurück zu meiner Hintertür. Ein paar Sekunden stand ich in der unbeleuchteten Küche. Schließlich tastete ich nach dem Lichtschalter. In dem Augenblick, als ich ihn berührte, schrillte das Telefon und erschreckte mich derart, dass ich den Hörer, ohne nachzudenken, aufnahm, bevor der Anrufbeantworter ansprang.
»Warum tust du mir das an?« Die Stimme war vor Wut und Kummer erstickt.
»Angie?« Ich erkannte sie kaum. »Was ist? Was ist los?«
»Wir hatten eine Abmachung, Michael. Dass wir einander in Ruhe lassen. Wir waren uns einig.«

Ihr Tonfall ängstigte mich. Sie klang krank, gequält.

»Angie, ich verstehe überhaupt nicht.«

Sie holte Luft. »Hör mir zu, Michael. Du schickst diese schottische Schlampe her, damit sie mir nachspioniert, und ich schwöre dir, ich werde ihr einen Stein in die Windschutzscheibe schmeißen und sie an den Haaren die Straße runterzerren.«

»Stella? Redest du von Stella?«

»Hast du etwa geglaubt, ich würde sie nicht bemerken? Sie und diese Klapperkiste, die sie fährt?«

Ich sagte: »Angie, das ist absoluter Quatsch.«

»Ein roter Golf«, sagte sie. Sie las mir die Buchstaben und Zahlen vor, forderte mich heraus. »Ist das ihre Autonummer oder nicht?«

Es war Stellas Nummer. Mir verschlug es die Sprache.

»Drei Mal in der letzten Woche, Michael!« Jetzt schrie sie, stand kurz davor, den letzten Rest an Kontrolle zu verlieren. »Was steckt dahinter, verdammt? Versuchst du, mir irgendein Signal zu senden, das du dich nicht getraust, mir selbst zu überbringen?«

Ich lehnte mich an den Küchenschrank und starrte in die Nacht hinaus. Ich schwieg so lange, dass sie rief: »Michael?«

»Ich kümmere mich darum«, sagte ich ihr und legte auf.

29

Ich ließ mich von dem Taxi in Queensway absetzen und ging über den Platz, blieb auf dem Gehsteig vor Stellas Souterrainwohnung stehen und legte die Hände auf das kalte Eisengeländer. Ein Teil von mir hatte gehofft, sie würde nicht zu Hause sein und ich könnte dieser Konfrontation irgendwie aus

dem Weg gehen, aber durch das Milchglas der Eingangstür fiel Licht, und einmal sah ich sogar, wie sich Stellas Schatten hinter den heruntergelassenen Jalousien hin und her bewegte.
Stella hatte die Wohnung gemietet. Sie behauptete immer, ihr Leben sei zu unstet, um sich auf Dauer irgendwo niederzulassen, aber in Wahrheit lebte sie schon seit Jahren hier, schon als ich sie kennen lernte. Ich konnte gar nicht mehr zählen, wie oft ich zu Partys oder zum Essen hier gewesen war, oder um über unseren nächsten Einsatz zu reden oder Manöverkritik an dem letzten abzuhalten. Und hierher hatte sie mich auch an dem Tag, als Caitlin gestorben war, gebracht. Das Haus sah jetzt von außen nicht anders aus, die fleckigen Betonstufen hinunter zu dem Schacht, in dem die Mülltonnen standen, und die einzelne, jämmerliche Geranie auf dem Regal neben Stellas Eingangstür. Ich holte tief Luft und ließ das Geländer los.
Stella musste gehört haben, wie ich die Stufen herunterkam, denn sie machte die Tür auf, bevor ich klopfen konnte. Sie trug eine fröhliche Schürze mit einem Kindergemälde vom Meeresstrand, mit lächelnder Sonne und blauem Meer. Aber sie lächelte nicht. Sie stand da, den Kopf in den Nacken gelegt, die Hände auf den Hüften. Ich hatte den starken Verdacht, dass sie auf mich gewartet hatte.
»Hallo, Michael«, sagte sie. »Sie hat mich also endlich entdeckt, nicht wahr?«
»Um Himmels willen, Stella. Was hast du dir denn dabei gedacht?«
»Du kannst dir deine Worte sparen. Falls du auf eine Entschuldigung wartest – von mir wirst du keine hören.«
»Ich dachte nicht an eine Entschuldigung. Aber ein Hinweis darauf, was du dir dabei gedacht hast, wäre gut.«
Sie legte den Kopf noch weiter zurück und ging in den Flur. Ich machte die Tür hinter mir zu und folgte ihr, bahnte mir den Weg vorbei an einem schiefen Stapel von medizinischen Zeitschriften, einem alten Computer, Kartons mit Büchern und

Altkleidersäcken mit der Aufschrift OXFAM. Im Wohnzimmer standen zwei große Stoffreisetaschen, ein Rucksack und sechs Teekisten aus Sperrholz. Sie hatte die Poster von den Wänden genommen, die auf dem Verputz blasse Quadrate und dort, wo die Reißzwecken, mit denen sie befestigt gewesen waren, verschmutzte Eindrücke hinterlassen hatten.

In der Küche drehte sie sich um und schaute mich an. Ich sagte: »Wir müssen miteinander reden.«

»Ja, ich habe eine ganze Weile versucht, dich dazu zu bewegen.«

»Stella, das ist nicht der Weg …«

»Möchtest du etwas essen?«, fragte sie plötzlich, überrumpelte mich, sodass ich verstummte. Bevor ich antworten konnte, fuhr sie fort: »Ich hab noch etwas Pasta von gestern Abend übrig. Es macht dir doch nichts aus, wenn die Pasta ein bisschen dunkel ist, oder?«

Ich war nicht sicher, wohin das führen sollte. Im Geiste zuckte ich ein wenig zurück. »Stella, nicht einmal du kannst Pasta verbrennen.«

»Sie ist nicht richtig verbrannt. Bloß ein bisschen knusprig. Ich habe nur etwas mehr Fleisch darauf getan. Ich warte, dass es die gleiche Farbe annimmt.«

Das war jene Art witziger Wortgeplänkel, die wir immer gehabt hatten, und dennoch war es, als würden die Sätze von Fremden abgelesen. Sie stand in ihrer bunten Schürze in der Tür, forderte mich auf, Einspruch zu erheben.

Ich sagte: »Willst du mir jetzt erzählen, was da vor sich geht?«

»Gleich«, fuhr sie mich an. »Herrgott, lass uns zumindest erst mal einen Drink nehmen. Wir könnten beide einen gebrauchen.« Sie ging an mir vorbei und packte aus einer der Teekisten eine Flasche und zwei Gläser aus. Sie füllte beide und gab mir eines, dann stieß sie so stark an, dass ich eine Sekunde dachte, meines habe einen Sprung bekommen. »*Cheers*«, sagte sie.

»Stella, hör zu …«
»Ja«, verkündete sie. »Ja, ich bin ein paar Mal nach Brixton gefahren, um mir deine kleine Freundin mal anzuschauen. Ist es das, was du hören willst?« Sie trank und zog die Augenbrauen hoch.
Ich setzte mich auf die Armlehne des Sofas. »Stella, warum?«
»Größtenteils, um meine Neugier zu befriedigen. Um zu sehen, was diese Neue mir voraus hat.«
»Ich habe einen Fehler gemacht. Wir beide, sie und ich.«
»Was macht das für einen Unterschied? Sie hat gepfiffen, und du bist angerannt gekommen. Ich wollte sehen, warum.«
Ich blickte in mein Glas. »Es tut mir so Leid, dass dich das alles so verletzt hat, Stella. Das wollte ich wirklich nicht.«
»Ach, mach dir keine Sorgen, Michael. Ich sehe, was sie für dich attraktiv macht. Sie hat wirklich etwas. Sie ist nicht genau eine Caitlin, aber sie hat mir offensichtlich einiges voraus. Trotz allem. Trotz allem, was wir gemeinsam durchgemacht haben. Aber ich denke, ein paar Jahre Freundschaft und gemeinsame Vergangenheit zählen am Ende nicht viel.«
»Das ist nicht fair, Stella.«
»Nicht? Du solltest versuchen, es von meiner Warte aus zu sehen.«
Ihr Gesicht verriet keinerlei Emotionen, aber ich spürte ihren Schmerz über die Zurückweisung in meiner Magengrube.
Sie stellte ihr Glas auf eine der Kisten, und ihr Tonfall wurde brüsk. »Ich musste es einfach mit eigenen Augen sehen, Michael. Das ist alles. Und jetzt hab ich es. In ein paar Tagen bist du mich sowieso los. Dann seid ihr mich alle los.«
Ich schaute mich in dem unordentlichen Zimmer um. »Du nimmst den Job in Venezuela also doch an?«
»Wie du gesagt hast: Wir sind nicht an der Hüfte zusammengewachsen.«
»Wann fliegst du?«
»Übermorgen.«

»Du verschwendest keine Zeit.«
»Nicht mehr«, sagte sie. Sie deutete mit ihrem Glas auf das Durcheinander der Kisten. »Ich habe beim St. Ruth gekündigt und auch den Mietvertrag hier. Ich habe sogar das Auto verkauft.«
Diesen letzten Punkt betonte sie mit einer gewissen Kampfeslust, wohlwissend, dass diese letzte Information ihre Entschlossenheit jenseits aller Zweifel deutlich machen musste. Sie fuhr diesen ramponierten Golf seit Ewigkeiten. Ich konnte sie mir ohne ihn gar nicht vorstellen und auch nicht, dass irgendjemand anderer ihn fahren könnte.
»Du hättest doch nicht zu kündigen brauchen. Curtiz hätte dir die Stelle für ein Jahr frei gehalten.«
»Zwecklos. Ich komme nicht zurück.« Sie griff nach ihrem Glas und hob es in meine Richtung. *»Salud dineros.* Und wer weiß? Vielleicht sogar *amor.«*
Ich stand auf und ging im Zimmer herum, nahm Dinge in die Hand und legte sie wieder hin, wich Stellas Blick aus. Ich sagte: »Du hast mir einmal gesagt, wir seien vom gleichen Schlag.«
»Hab ich das? Das klingt für meine Verhältnisse richtig clever.«
»Du hattest Recht.«
Der Rauchmelder schrillte. Ich sah Schwaden unter der Küchentür hervorquellen, und sofort konnte ich den Rauch riechen und das Brutzeln von verbranntem Essen in einer Pfanne hören.
Sie sagte: »Du hast ja sowieso keinen großen Hunger gehabt, oder?« Sie stand auf und rannte in die Küche.
Ich fand den Rauchmelder über der Tür und schaltete ihn ab. Ich riss die Verandatüren auf und auch das Schlafzimmerfenster, das nach vorn, zur Straße blickte, nahm die Gläser und brachte sie in die Küche. Zuerst konnte ich Stella in dem Qualm kaum sehen, aber ich konnte sie husten und am Herd herumklappern hören. Die Küche war noch immer voller

Rauch, aber sie hatte die Hintertür aufgerissen und die Pfannen zwischen die Mülltonnen rausgeworfen, und der Qualm verzog sich schnell in den kalten Abend, und schon bald konnte man wieder frei atmen. Ich stellte die Gläser auf den Küchentisch, füllte sie nach und tat die Flasche dazwischen.

»Na ja, dann habe ich ein paar Pfannen weniger einzupacken.« Stellas Augen waren feucht, vielleicht vom Qualm. Sie drückte sie zu und rieb mit den Knöcheln darüber. Als sie sich wieder gefasst hatte, ging sie zum Tisch, nahm ihr Glas, nippte daran und machte ein anerkennendes Gesicht. »Das ist gar nicht so schlecht. Großvater Macaulay hat immer gesagt, man sollte den Rauch drin schmecken können.«

Ich zog einen Stuhl zurück und setzte mich. Ich bemerkte, dass ein brauner Umschlag auf dem Tisch lag.

Stella starrte mich eindringlich an. »Sind wir noch immer Freunde, Michael?«

»Natürlich.«

»Dann will ich ganz offen mit dir reden. Weil ich nicht glaube, dass sich noch eine weitere Chance bieten wird.«

Sie zog ihren Stuhl zurück und setzte sich, dann nahm sie ihr Glas und rollte es nachdenklich zwischen den Handflächen. Die Hintertür, vor der sie saß, schwang vom Wind hin und her. In der Küche wurde es kalt, und Stella lehnte sich zurück und stieß die Tür zu. Sie stellte das Glas ab, legte die Hände flach auf den Tisch und schob mir den Umschlag hin.

»Was ist das?«, fragte ich.

»Nenn es einen letzten Versuch. Es ist nicht sehr fein, aber ich muss es probieren.«

Ich riss den Umschlag auf und ließ das Ticket zwischen uns auf den Tisch gleiten.

»Es ist ein Flug nach Caracas«, erklärte sie, »Rückflugtermin offen. Du musst es auch nicht gleich verwenden. Oder überhaupt. Aber es wird dich hinbringen. Es wird dich hier herausbringen.«

»Stella ...«
»Nimm es einfach. Mir zuliebe.« Sie beugte sich über den Tisch, hielt mein Jackett auf und steckte den Umschlag in die Innentasche. »Michael, ich weiß, dass du es mir nicht glaubst. Aber hier wird für dich alles schlecht ausgehen. Ich weiß es.« Sie sprach mit solcher Überzeugung, dass mir die Haut im Nacken zu kribbeln anfing. Ich hatte das ganz komische Gefühl, dass wir beide bis jetzt von dem gleichen Skript gelesen hatten, aber dass sie ohne Vorwarnung zu einem anderen gewechselt hatte. Ich hatte keine Ahnung, was als Nächstes kommen würde. Sie fasste über den Tisch und nahm meine Hände. Ihre waren warm und stark, und ihre Finger packten fest zu.
»Mach dir nichts vor, Michael«, sagte sie. »Du kannst jetzt nicht einfach deine Einstellung ändern. Menschen wie du und ich, wir sind nicht für ein geregeltes Leben geschaffen. Mit Porzellantellern an den Wänden, dem ganzen Zeug. Caitlin war verrückt, dich zu heiraten, wenn sie dachte, dass sie dich zähmen könnte. Ich hätte nie versucht, dich zu ändern. Pater Rafael hatte Recht. Menschen wie wir können nicht aufhören. Wir sehen die Welt, wie sie ist – total irrsinnig –, aber wir sind dazu verdammt, trotzdem den Versuch zu unternehmen, sie in Ordnung zu bringen. Wir sind wirklich vom gleichen Schlag.«
»Ich habe noch ein paar andere Dinge in Ordnung zu bringen«, sagte ich. »Ich hätte sie schon vor langer Zeit in Ordnung bringen sollen.«
»Zum Beispiel, Caitlin zu finden?«
Ich antwortete ihr nicht.
»Michael, wenn du sie nicht finden konntest, als sie am Leben war, wie stellst du dir denn vor, dass du das jetzt schaffst?«
Ich machte Anstalten, meine Hände wegzuziehen, aber sie hielt sie fest.
»Warum hast du überhaupt Catey gewählt? Hast du geglaubt, dass sie dich mehr bräuchte als ich? Na ja, vielleicht hattest du

in diesem Punkt Recht. Ich habe sie nie sonderlich gemocht, weißt du, mit ihrem geschliffenen Akzent und ihrer überkandidelten Art. Ich bin nicht gerade stolz darauf, aber als ich hörte, dass sie tot ist, da war ich einen Augenblick lang froh.«

»Bitte, Stella!«

»Oh, es fällt mir nicht leicht, das zu sagen. Aber mir kommt es dermaßen unfair vor, dass Schwäche so attraktiv sein soll. Ich finde, dass ich für meine Stärke belohnt werden sollte. Werde ich aber nicht. Werden Frauen in der Regel nicht. Wir werden dafür bestraft.« Sie schien direkt durch mich hindurchzusehen. »Oder bist nur du so, Michael? Du kannst nicht anders, ich weiß. Du warst schon immer ein Retter. Aber liegt es daran, dass *du* stark bist, oder daran, dass es dir das *Gefühl* gibt, stark zu sein?«

»Ich habe Caitlin geliebt. Ich habe sie wirklich geliebt. Und ich tue es noch immer.«

»Beziehungen sind nicht immer fifty-fifty, das weiß ich sehr wohl. Aber es sollte auch nicht so sein, dass auf der einen Seite hundert Prozent und auf der anderen null sind.«

»Du hast in vielen Punkten Recht, Stella. Aber da irrst du dich. Da war viel auf ihrer Seite. Mehr, als ich je geahnt habe.«

»Ach, zumindest hat eines für sie gesprochen. Sie hatte ein großes Bedürfnis, dass du angeritten kommst, um sie zu retten. Ich hatte das Bedürfnis nur ein Mal, in jener Nacht in Venezuela. Und was hast du getan? Du hast dein Ross in die andere Richtung gelenkt und bist in einer Staubwolke verschwunden.« Sie sah mir fest in die Augen. »Ich mag ja nicht die Prinzessin im Schloss sein, Michael. Aber ich kann dir eines sagen: Angie Carrick ist das auch nicht. Die braucht nicht gerettet zu werden. Du bist derjenige, der vor ihr gerettet werden muss. Du musst entschuldigen, wenn mich das mit einer gewissen gemeinen Genugtuung erfüllt.«

Ich zog meine Hände zurück. »Jetzt reicht es, Stella.«

»Sie hat dich an der Nase herumgeführt, das weißt du. Sie weiß ganz genau, wo ihr Bruder ist. Jeder, der nicht so verletzlich und leichtgläubig ist wie du, hätte das von Anfang an sehen können.«

»Hör auf, Stella!« Ich verlor allmählich die Geduld. »Was meinst du denn, was sie gemacht hat? Mich abgelenkt, während sie Barney Carrick im Besenschrank versteckt hat? Komm zur Vernunft!«

»Sie weiß, wo er ist, Michael.«

»Quatsch, Stella. Sie hat nicht mehr Ahnung, wo er ist, als ich.«

»Falls sie es zuvor nicht gewusst hat, jetzt weiß sie es jedenfalls.«

Plötzlich erinnerte ich mich an Angies völlig veränderte Stimme am Telefon.

Ich sagte: »Was heißt das?«

»Sie geht immer allein aus dem Haus, Michael. Sie fährt nicht mit dem Auto. Sie nimmt die U-Bahn ins Zentrum und bleibt jedes Mal sechs oder sieben Stunden weg. Warum sollte sie das tun? Sie nimmt den alten Mann nie mit. Sie kommt nie mit Einkäufen zurück. In der letzten Woche ist sie zwei Mal die ganze Nacht nicht nach Hause gekommen.«

»Vielleicht hat sie jemanden kennen gelernt.«

»Netter Versuch, mein Lieber.« Sie schüttelte den Kopf. »Ich bin ihr ein Mal gefolgt.«

»Du bist ihr *gefolgt?*«

»Ja. Ich dachte, ich könnte die Schlampe vor einen Zug stoßen und allen eine Menge Ärger ersparen.«

Diese Bemerkung war derart geschmacklos, dass es schwer fiel, genau festzustellen, ob sie tatsächlich Spaß machte.

»Ach, lass doch deine Entrüstung, Michael!«, spottete sie, als sie mein Gesicht sah. »Wenn du dich schon nicht um dich kümmern kannst, muss es ein anderer versuchen. Ich bin ihr den ganzen Weg durch London gefolgt. Es war nicht einfach. Sie ist in der U-Bahn drei oder vier Mal umgestiegen, hat den Bus gewechselt und so weiter. Sie hat nicht gewusst, dass ich da war, aber sie dachte, irgendjemand könnte ihr folgen. Was glaubst du, warum sollte eine Frau all das tun, wenn sie nicht versucht, etwas zu verbergen?«

»Und? Was ist deine Theorie?«

»Sie dachte natürlich, die Polizei könnte sie beschatten. Deshalb ist sie nicht mit dem Auto gefahren. Sie weiß, dass sie es mit einer Wanze versehen haben.«

»Werden wir hier nicht vielleicht ein bisschen paranoid?«

Stella machte sich nicht die Mühe, darauf zu antworten. Sie wartete. Sie wusste, dass ich fragen würde, und am Ende tat ich es. »Und, wohin ist sie gefahren?«

»London Bridge. Sie hat jede Menge Umwege gemacht, aber dort habe ich sie zum letzten Mal gesehen. Auf dem Übergang, als sie in Richtung Bahnsteige der Eastern Line ging.«

»Das beweist gar nichts, Stella.«

»Ja, du hast ganz Recht. Was für eine schreckliche Verleumdung der süßen kleinen Angie.«

Sie verschränkte die Arme und riss die Augen weit auf.

Ich erhob mich. »Du hast Recht, dass du gehst, Stella.« Ich zog den Mantel an. »Es tut mir wirklich Leid, dass es so weit gekommen ist, aber du tust gut daran, zu gehen.«

Ich ging zur Küchentür, blieb stehen, drehte mich um und sah sie ein letztes Mal an, wie sie da allein in ihrer fröhlichen Schürze am Küchentisch saß, eine Flasche und zwei Gläser vor sich. Sie hob das Gesicht und warf mir nur den Hauch eines Lächelns zu.

»Arzt«, sagte sie, »heile dich selbst!«

Es war an diesem Abend beinahe schon elf, als Angie zurückkam. Von dem Durchgang neben dem Wettbüro beobachtete ich sie, wie sie auf der anderen Seite der glänzenden Straße entlanghastete. Ihre Haare waren streng zurückgebunden, und ihre Lederjacke schimmerte im Regen. Sie ging schnell, und unter den Straßenlaternen wirbelte die feuchte Luft wie Heili-

genscheine über ihr. Sie kam an mir vorbei und ging hinüber zum Parkplatz hinter dem Asienladen.
Ich stieß mich von der Wand ab. Mir war kalt, ich war durchnässt und steif. Ich hatte zu lange dort gestanden, und meine Beine wollten mir zunächst nicht richtig gehorchen. Bis ich sie eingeholt hatte, war sie bereits an der Tür zum Treppenhaus, über ihre Schlüssel gebeugt.
»Hallo, Angie.«
Beim Klang meiner Stimme machte sie einen Satz wie eine Katze, fuhr herum und sah mich an, die dunklen Augen funkelten.
»Du warst aber lange aus«, sagte ich.
»Das geht dich nichts an, oder?« Ihre Stimme war heiser, fremd.
»Das sagst du.«
Der Regen hatte ihr die Haare über die Stirn geklebt, und plötzlich wirkte sie auf mich verletzlich, so wie das erste Mal, als ich sie gesehen hatte.
Ich sagte: »Angie, komm, wir gehen rein und reden drüber.«
»Lass mich in Ruhe!« Sie schlug meine ausgestreckte Hand zur Seite. Sie schluckte und senkte die Stimme. »Michael, bitte erspar uns diese Szene.«
»Angie, es geht hier nicht um dich und mich.«
»Um wen denn?«
»Du weißt, wo er ist, nicht wahr?«
»Nein.« Sie atmete schnell. »Verschwinde, Michael. Bitte.«
»Man wird dir wehtun, Angie. Die Sache ist jetzt nicht mehr aufzuhalten. Wenn du dich ihr in den Weg zu stellen versuchst, wird sie dich zermalmen. Ich möchte nicht, dass das passiert.«
Sie schloss müde die Augen. »Wozu soll das gut sein?«, flüsterte sie. »Meinst du denn, einer von uns könnte irgendetwas ändern, selbst wenn er es wollte?« Sie wandte sich um und fummelte am Schloss herum, sodass ihr blasses Gesicht im Dunkeln war, als sie weitersprach. »Du musst jetzt gehen, Michael.«

»Ich könnte glauben, dass es ein Unfall war.« Mir wurde klar, dass ich Barretts Worte wiederholte. Das Geräusch ihrer klimpernden Schlüssel stoppte mich augenblicklich. Ich sagte: »Ich meine …, dass es etwas war, was außer Kontrolle geraten ist. Das niemand mehr unter Kontrolle hatte. Etwas, was schon vor langer Zeit seinen Anfang genommen hat. Damit könnte ich mich abfinden, es verstehen.«

Sie drehte sich langsam zu mir um. »Barney hat sie nicht umgebracht, Michael«, sagte sie. »Das ist das Einzige, was du verstehen musst.«

Sie stand noch immer da, in ihrer Stimme und in ihren Augen diese marmorne Sicherheit. Ich wusste jetzt ebenso wenig wie früher, wie ich deren Oberfläche ankratzen könnte.

Ich sagte: »Es interessiert mich nicht mehr sonderlich, ob sie ihn finden oder nicht. Es gibt sogar Tage, an denen ich hoffe, dass sie ihn nicht schnappen, damit ich die ganze Sache nicht in irgendeinem schmutzigen Gerichtssaal wieder und wieder durchmachen muss. Ich weiß, dass es gar nichts ändern wird, wenn er verurteilt wird. Aber ich muss wissen, was in diesem Haus passiert ist, wie es mit ihr so weit kommen konnte. Und Barney ist der Einzige, der es weiß.«

Ihre Schultern hoben und senkten sich, aber sie antwortete nicht, und ich wusste, dass sie nichts mehr sagen würde. Ich wartete trotzdem noch ein paar Augenblicke, aber dann drehte ich mich um und ging davon.

»Michael …« Die Stimme versagte ihr.

Ich fuhr herum, und sie starrte mich mit leicht geöffnetem Mund an. Ihr Gesicht war nass, und mir wurde klar, dass sie weinte. Sie verschwand in der Dunkelheit.

30

Am nächsten Morgen stand ich um sieben Uhr auf und ging runter ins Arbeitszimmer. Ich stellte Caitlins Bild an seinen gewohnten Platz unter die Schreibtischlampe, sodass sie ins Zimmer lächelte, und setzte mich und wartete darauf, dass die winterliche Morgendämmerung anbrach.
Ich hatte keine Eile. Für mich stand zweifelsfrei fest, dass heute der entscheidende Tag sein würde, das Ende meiner Suche, und dass ich mich nicht zu beeilen brauchte, ihm entgegenzugehen. Kurz vor acht duschte ich, zog mir Jeans und Pullover an und ließ mir Zeit für das Frühstück. Eine Weile schien es so, als sei es ein ganz normaler Morgen, ein Morgen wie früher, als die Radionachrichten den Raum erfüllten und der Kaffeeduft in der Luft hing. Als der Berufsverkehr ein wenig nachgelassen hatte, schloss ich das Haus ab, holte den Audi aus der Garage und fuhr durch die Stadt Richtung Osten.
Ich brauchte über eine Stunde, bis ich durch die verstopften Vororte im Südosten gekrochen war, aber dann, als ich London hinter mir ließ, kam ich problemlos und schnell voran, durch immer ländlichere Gegenden. Bei der Anschlussstelle der A 20 fuhr ich von der Autobahn ab. Schon kurz darauf bog ich wieder ab, diesmal auf eine kleinere Nebenstraße, und brauste dann in Richtung Sevenoaks, durch die satte grüne Landschaft, an die ich mich noch von der letzten Fahrt erinnerte, eine Landschaft der Farmen und Dörfer und schönen Häuser, die reichen Leuten aus London gehörten.
Jetzt herrschte weit weniger Verkehr, und ich war froh voranzukommen. Ich machte es mir im Sitz bequem und ließ in Gedanken die vergangenen vierundzwanzig Stunden Revue passieren. Ich hatte ein lebhaftes Bild von Angie vor Augen, wie Stella sie gesehen haben musste, als sie, in ihrer Lederjacke wie eine französische Résistance-Heldin aussehend, die Über-

führung nach London Bridge East entlanghastete, argwöhnisch und angstvoll, jemand könnte sie verfolgen. Von London Bridge East fuhren die Züge in den Norden von Kent. Ich hatte nicht lange gebraucht, um diesen Zusammenhang herzustellen. Diese Züge waren nicht nur die Verbindung zu den Industriegebieten entlang der Themse, sondern auch zu den Kleinstädten und Dörfern tief auf dem Land.

Die Eichen und Buchen der Wäldchen links und rechts der Straße glichen Skeletten, ihre oberen Äste im Nebel verloren. Die Felder waren kahl, und die Erde war dort, wo Bauern die Stoppeln umgepflügt hatten, feucht und klumpig, die neuen Ackerfurchen von weißen Möwen gesprenkelt, die auf der Suche nach Futter von der Mündung hier eingefallen waren. Im Frühling und Sommer musste das eine schöne Landschaft sein, das reiche, verschlafene Postkarten-Kent. Der Garten Englands. Vielleicht waren sie auf Barneys Motorrad aus London herausgebraust. Ich konnte mir die schwere Maschine vorstellen, wie sie an einem Frühlingstag diese Landstraßen entlangdonnerte, wie die starken Abgase die Blüten des Klees davonbliesen. Ich sah Caitlin vor mir, ihre Hände locker um die Taille des Fahrers geschlungen und sich in die Kurven legend. Caitlin auf einem Motorrad. Ich wusste nicht, ob sie in ihrem Leben jemals auf einem Motorrad gesessen hatte. Ich fragte mich, wo ich wohl gewesen war, als dieses Abenteuer begonnen hatte, nicht nur in welchem Land ich gerade gearbeitet, sondern in welcher anderen Welt ich gelebt hatte.

Genau wie beim ersten Mal hätte ich das von der Hecke verborgene Schild nach Brightwell beinahe übersehen, und ich nahm die Abzweigung zu spät, sodass kahle Weißdornzweige an der Karosserie entlangkratzten. Schon einen Augenblick später war ich da. Der grüne Dorfanger mit seinen Eisenbänken und jungen Kastanienbäumen, geschützt von Hühnerdraht, die Reihe viktorianischer Cottages, das Pub und das Fachwerkpfarrhaus. Ich fuhr um die Grünfläche herum und weiter zu dem Parkplatz, bei dem man an einem Automaten bezahlen und den Schein aufs Armaturenbrett legen musste. Als ich das Ticket holte, warf ich einen Blick in den Garten des Pfarrhauses und sah den Wintergarten, in dem ich mich mit Derek Lonsdale, dem wie ein Bomberpilot aussehenden Pfarrer, unterhalten hatte. Hätte es dort irgendein Lebenszeichen gegeben, dann hätte ich gegen das Glas geklopft – allerdings war es nicht Lonsdale, den ich gern gesehen hätte. Aber das Haus wirkte verlassen, und ich ging die Gasse hinunter zum Dorfanger und über das feuchte Gras, das meine Jeans unten durchnässte, und bezog auf einer der Bänke Position. Das Gusseisen war so kalt, dass es mir durch meine Kleider wehtat.

Ich wartete eine Stunde. An diesem grauen kalten Vormittag waren nur sehr wenige Leute unterwegs. Eine alte Dame kam vorbei, führte einen kleinen Hund spazieren, der einen karierten Mantel anhatte; sie lächelte mich an. Ein Lastwagen, der Bier lieferte, lud vor dem Pub ab, und die Aluminiumfässer schepperten auf dem Pflaster wie Glocken. Ein Handwerkerauto bog in eine Einfahrt ein. Zwei elegant gekleidete Frauen tauschten vor dem Coop den jüngsten Klatsch aus. Schließlich stieg eine von ihnen in einen neuen Range Rover und fuhr mit lautem Hupen davon.

Endlich sah ich ihn, wie er auf seinem Royal-Mail-Fahrrad die Straße entlang ins Dorf gestrampelt kam, die Reflektorstreifen seines Anoraks blitzend. Er sah mich fast im selben Augenblick, stieg an der Haltebucht, an der ich ihn beim ersten Mal getroffen hatte, von seinem Rad und schob es über den Rasen auf mich zu. Ein paar Meter von mir entfernt lehnte er es gegen einen Baum.

»Hallo, Bob«, begrüßte ich ihn. »Bob ist doch richtig, oder? Der australische Postbote, der über alles Bescheid weiß.«

»Sie haben aber ein gutes Gedächtnis.« Er setzte sich neben mich.

»Vorsicht, das war ein Doppelalarm«, sagte ich. »Dass Sie hier über alles Bescheid wüssten.«

»Ohne Witz?« Er lächelte mich an, fasste in seinen Anorak, holte eine Blechdose und ein Päckchen Zigarettenpapier heraus und drehte sich einhändig eine Zigarette. Das hatte ich seit Jahren nicht mehr gesehen, und die Geschicklichkeit, mit der er das machte, faszinierte mich. Er zündete die Zigarette an, lehnte sich auf der Bank zurück und blies einen dicken Schwall Rauch zum Himmel.

»Ich hab Sie für den eifersüchtigen Ehemann gehalten, ja?«, sagte er.

»Das stimmt. Das war ich.«

»Ich hab schon ein paar Mal Probleme mit eifersüchtigen Ehemännern gehabt.«

»Haben Sie die beiden gekannt, Bob? Cate und Barney Carrick? Haben Sie Mitleid mit ihnen gehabt?«

»Ich habe keinen von beiden je gesehen. Ich glaube, das hat keiner hier vom Dorf. Und ich hab auch ihre Namen nicht gekannt.« Er schnippte die Asche von der krummen Zigarette. »Ich wollte bloß nicht derjenige sein, der es ihnen vermasselt.«

»Es vermasselt?«

»Das alte Cottage ist sehr geheim von einem jungen Paar gemietet, das keiner je zu Gesicht bekommt. Es ist ziemlich offenkundig, dass sie ihre Ruhe haben wollen. Die werden ihren Grund dafür haben, denke ich mir.«

»So etwas in der Art habe ich mir schon gedacht.«

»Deshalb hab ich Sie zu Lonsdale geschickt. Er ist ein guter Kerl. Aber er ist neu hier. Ich dachte, dass er das Cottage vielleicht gar nicht kennt.« Bob ließ den letzten Stummel seiner Zigarette ins hohe Gras fallen, wo er wie ein Miniaturleuchtsignal rauchte, bis der Tau ihn löschte. Er sagte: »Da war noch was.«

»Ja?«

Er schaute mich offen an. »Mann, mir hat Ihr Aussehen nicht

gefallen. Sie hatten so was an sich. Ich war nicht sicher, was Sie tun würden, wenn ich es Ihnen sage und Sie einfach dort hineinplatzen.«

»Und, habe ich jetzt auch etwas an mir?«

Er musterte mich einen Augenblick. »Nein«, sagte er schließlich. Er stand auf. »Vielleicht war der Anruf ein Fehler. Das weiß man nie, was?« Er zog den Reißverschluss seines Anoraks zu und ging zu seinem Fahrrad hinüber, dann schob er es zurück und blieb vor mir stehen. »Brightwell Leas Farm, direkt hinter der Kreuzung«, sagte er. »Das Cottage steht auf ihrem Grund, etwa eineinhalb Kilometer im Wald. Vom Farmhaus führt ein Weg hinüber, aber keine Straße.« Er blinzelte in den Himmel, als schätze er die Chancen auf Regen ein. »Sie wollte nicht, dass man sie findet, Ihre Frau, nicht wahr?«

»Ja und nein«, sagte ich.

Er nickte nachdenklich, dann hob er die Hand und schob sein Fahrrad über den Dorfanger davon, hinterließ dunkle Streifen im silbern glänzenden Gras.

Ich holte das Auto und fuhr an der Kirche vorbei, die kurvenreiche Straße aus dem Dorf hinaus, vorbei an den die Geschwindigkeitsbeschränkung aufhebenden Schildern, zwischen Weißdornhecken und Brombeergestrüpp, die die Straße einfassten und die Landschaft dahinter verbargen. Die Wolken hingen tief am Himmel, und das Land lag still darunter. Ich hatte den Eindruck, dass im Umkreis von einigen Kilometern der Audi das einzige sich bewegende Objekt war. Das Gatter war weit in die Hecke zurückgesetzt, obendrüber ein Wegweiser zur Farm. Dahinter führte ein Weg über Weideland zu einem hässlich modernen Bungalow mit Stahlanbauten. Das Auto holperte über den Feldweg, die breiten Reifen schleuderten Fontänen schmutzigen Wassers aus den Schlaglöchern.

Als ich mich den Farmgebäuden näherte, tauchte aus einer der

Scheunen eine Frau mit einem grünen Kopftuch auf, stand da und schaute mit in den Nacken gelegtem Kopf in meine Richtung. Sie trug eine modisch schäbige Barbour-Jacke und hatte in der einen Hand einen Eimer, in der anderen eine Heugabel. Beides stellte sie, als ich vorfuhr, an der Wand ab und klatschte in die Hände. Ein großer schwarzer Labrador kam auf sie zugesprungen, schlitterte ein wenig auf dem Schlamm im Hof und stellte, als er mich sah, die Ohren auf. Ich bemerkte, dass die Gummistiefel der Frau unter dem Schmutz den gleichen grünen Farbton hatten wie ihr Kopftuch. Ich ließ das Fenster herunter. Der Hund sprang hoch und legte seine schlammigen Pfoten auf den Rand meines offenen Fensters, beschmierte den Lack und keuchte mir in seiner ungestümen Willkommensfreude ins Gesicht.

»James, Himmelherrgott noch mal!« Die Frau packte den Hund am Halsband und zog ihn vom Fenster weg, und er setzte sich und starrte mich voll Bewunderung an. »Kein Benehmen, tut mir Leid. Kein Stammbaum.« Sie fixierte mich. »Was gibt's?«

»Es gibt da ein Cottage«, sagte ich, »irgendwo hinter der Farm. Wie komme ich dahin?«

Die Frau starrte mich an, verblüfft über meine Direktheit. »Meinen Sie das ehemalige Haus des Verwalters?«

»Wie komme ich dorthin?«

»Das ist Privateigentum, hören Sie.« Sie richtete sich auf, bemühte sich, würdevoll zu wirken. »Sie können nicht einfach dorthin spazieren.«

Ich stieg aus dem Auto. Der Hund schlug mit dem Schwanz auf den Boden.

»Na, hören Sie mal!«, protestierte die Frau. »Sie können diesen Wagen nicht einfach hier in der Einfahrt stehen lassen!«

»Die Schlüssel stecken«, sagte ich.

Ich ging hinüber zum Zaun.

Jetzt konnte ich den Weg erkennen, einen schlammigen Pfad,

der hinter der Scheune anfing und über unebenes Weideland zum angrenzenden Wald führte.

Die Frau kam hinter mir hergelaufen. »Ich weiß nicht, wer Sie sind ...«

»Haben Sie sie gesehen?«, fragte ich sie.

»Wen?« Sie blieb stehen, verwirrt über die Frage.

»Die Mieter. Haben Sie sie je richtig gesehen?«

»Nein, ehrlich gesagt, nein.« Sie versuchte, Ungeduld und Verärgerung in ihre Stimme zu legen, aber ich konnte sehen, dass sie allmählich ein wenig Angst vor mir bekam. »Wir wohnen nicht auf dem Grundstück«, fuhr sie fort. »Und jetzt, wenn es Ihnen nichts ausmacht ...«

»Ist das der Weg dorthin? Dieser Pfad?«

»Ja, aber ...«

»Danke«, sagte ich.

Ich schwang mich über den Zaun und ging über die klumpige Erde davon. Nach ein paar Schritten kam der Labrador neben mich gesprungen, Wolken von Dampf ausstoßend.

»James!« Ich hörte, dass sich die Frau auf die Oberschenkel klatschte, um den Hund zu sich zu rufen, immer wütender, weil es ihr nicht gelang, ihn zurückzulocken. »James!«

Der Weg führte durch einen alten Obstgarten mit Apfel- und Pflaumenbäumen, mittlerweile schwarz wie Eisen, das Gras dazwischen verwildert und durchweicht. Jenseits der hinteren Begrenzungsmauer fiel der Hang ab, dicht bewachsen mit Erlen und Birken, und das nasse Laub war weich unter meinen Füßen. Es wurde düster, als ich den Rand des ebenen Geländes erreichte und durch den Wald hinunterging, dabei hin und wieder auf dem nassen Boden ausrutschte. Der Pfad führte an der steilen Flanke in ein kleines Tal hinab. Die Luft wurde still, als ich dem Pfad weiter folgte. Unter den Bäumen, von denen die Nässe tropfte, herrschte eine Ruhe wie in einer Kathedrale, und ich bewegte mich, entsprechend der Stille, leise vorwärts.

Nach einer Weile bemerkte ich, dass der Hund verschwunden und ich allein war.
Der Pfad schlängelte sich weiter durch das Dickicht. Ich konnte nie mehr als ein paar Meter voraus sehen, aber ich war mir des sanften Rauschens eines Baches irgendwo weiter vorn zu meiner Rechten bewusst. Ich fragte mich, ob Caitlin wohl diesen Weg gekommen war, die Zweige an ihrer geliehenen Motorradjacke entlanggestreift waren, sie auf diese Wurzeln, auf diese weichen, nassen Blätter getreten war. Und Carrick mit ihr, vor ihr hergehend, die Zweige zur Seite schiebend und sie für sie zurückhaltend.
Der Pfad machte eine Biegung und führte dann direkt auf einen umgestürzten Baumstamm zu, eine liegende Säule aus verrottendem Holz, von Pilzen überwachsen. Er reichte mir bis zur Brust, und ich blieb dahinter stehen, das Holz fühlte sich unter meiner Hand schwammig an. Von hier aus konnte ich den steilen, bewaldeten Abhang bis hinunter ins Tal abfallen sehen.
Und auf einmal war es da, auf der anderen Seite des Baches, nur einen Steinwurf entfernt. Ein verfallenes Backsteincottage, halb von Efeu bedeckt, eine Regentonne neben der Eingangstür, ein gesprungenes Fenster. Ein Anbau mit einer losen Tür, ein paar fehlende Dachplatten und eine alte Egge, die draußen zwischen dem Unkraut vor sich hin rostete. Die Fenster waren schwarze Quadrate. Auf beiden Seiten hingen Baumäste über das Haus. Die Luft war erfüllt vom Rauschen des Baches über die Steine. Ich konnte das schrille Krächzen einer Krähe irgendwo oben in den Zweigen hören. Das Tal war erfüllt von Wachsamkeit.
Ich wartete eine Weile, konzentrierte mich, dann ging ich um den umgestürzten Baum herum, den Hang hinunter und überquerte den Bach.
Die Eingangstür stand einen Spalt offen und sprang, als ich sie berührte, sogleich leise quietschend auf. Der Türsturz war

niedrig, und ich duckte mich darunter hindurch direkt in einen kleinen, quadratischen Raum mit einem Dielenfußboden und einem leuchtenden blau-goldfarbenen Teppich in der Mitte. Ein paar tote Blätter waren über die Dielenbretter hereingeweht worden. Das Licht des Waldes fiel durch zwei Fenster in der rückwärtigen Wand und ließ die Farben des Teppichs glühen. Es war kalt in dem Raum, und die Luft ließ meine Nase prickeln, als sei das Haus eine Weile lang verschlossen gewesen. Ich erkannte sofort den schmalen Eisenkamin wieder, die gesprungene Fensterscheibe, das Blumenmuster der Tapete. Diese Details waren mir von Caitlins Zeichnungen so vertraut, dass ich einen Augenblick unmöglich glauben konnte, dass ich noch nie hier gewesen war, dass dieses Haus nicht irgendwie mir gehörte. Und dennoch wusste ich im gleichen Augenblick, dass das Cottage ganz anders war, als ich erwartet hatte, und dass gar nichts davon mir gehörte.

Der Raum war schäbig, aber gemütlich: ein niedriger Tisch mit einer billigen Leselampe darauf, zwei Rattansessel und ein etwas schiefes Büchergestell, in dem vielleicht zwanzig Bücher standen. Ich schaute sie mir an. Ein paar Sammlungen moderner Gedichte. Einige Kunstbände und zwei Ausstellungskataloge, einer über Cézanne, einer über Turner. Ein paar Biographien und ein paar Bücher über Geschichte. Caitlins Bücher. Auf einem Regal unter dem Fenster stand eine Kompaktstereoanlage mit einem Stapel CDs. Mahler. Strawinski. Bartók. Ich nahm ein paar der CD-Hüllen und drehte sie in den Händen. Caitlin hatte versucht, mir diese Komponisten näher zu bringen, aber ich hatte sie als anstrengend empfunden und mich nie für sie begeistern können. Und jetzt war die Musik, die sie liebte, hier, in einer Welt, die sie mit einem anderen geteilt hatte.

Dem Kamin gegenüber führte ein niedriger Türbogen in eine winzige Küche. Ein Holzfeuerherd. Ein Regal mit Tee- und Kaffeedosen. Eine Reihe gespülter Teller auf dem Abtropfbrett. Ein kleiner Kühlschrank mit gelben Haft-Notizzetteln an der Tür. Ich strich über die Papierfetzen. Caitlins kursive Handschrift. Kleine Notizen für sie selbst, Notizen, zu denen sie nie zurückgekehrt war, um sie zu lesen. Erinnerungen daran, Wein zu kaufen, den sie miteinander geschlürft hätten, mehr Holz zu besorgen, das sie gewärmt hätte.

Ich ging wieder ins Wohnzimmer zurück und weiter bis zur Schlafzimmertür in der Ecke gegenüber. Ich stand in der Tür, meine Hand an der Wand, und schaute hinein. Die Schlafkammer hatte eine Dachschräge und nur ein kleines Fenster. Draußen bewegten sich Zweige und klopften in einer Weise gegen die Scheiben, die mich an meine Kindheit und an Schattengestalten an der Wand erinnerten, Hexen und Drachen, und an Wärme und Sicherheit und ein breites Bett. Das breite Bett war da, und ich sah es mir schließlich an. Es füllte den kleinen Raum beinahe aus, eine altmodische, vielfarbige Patchworkdecke war darüber gebreitet und ordentlich zurückgeschlagen. Ich ging in die Kammer hinein und berührte das Bett mit den Fingerspitzen. Das Leintuch fühlte sich kühl auf meiner Haut an.

Die Schublade des Nachttischs stand einen Spalt offen, und ich zog sie auf. Ein Kamm lag darin, einer von Caitlins Schildpattkämmen. Ich setzte mich auf das Bett, hörte das behagliche Knarren der Sprungfedern. Caitlins Haare glänzten, als ich den Kamm in den Fingern hin und her drehte. Jede einzelne Zelle enthielt den gesamten Kode des gesamten menschlichen Wesens, sagten die Wissenschaftler. Das gesamte menschliche Wesen.

Ich fragte mich, wer je die Behauptung wagen könne zu wissen, was das sei. Draußen bebten und raschelten die Blätter an den Bäumen im Wind. Ich konnte den Bach über seine polierten Steine gluckern hören.

Zuerst hatte ich den Aktenkoffer nicht gesehen. Er war an das Bett gelehnt, ein identischer Lederkoffer wie der bei mir zu

Hause, schwarz, mit gewichtigen Metallschlössern. Ich hob ihn an, legte ihn aufs Bett und machte ihn auf.
Auf Caitlins Zeichnung lag Barney auf dem Bett ausgestreckt, auf diesem Bett. Die Hände hinter dem dunklen Kopf verschränkt, starrte er aus dem Bild, starrte sie, mich an. Er musste gerade aufgewacht sein. Die Decke war zerwühlt, die Schultern nackt, ein Bein ausgestreckt, schutzlos, verletzlich. Sie hatte die kräftigen Linien seines Körpers gezeichnet, glatt, klar. Sie hatte genau dort drüben gesessen, auf dem Stuhl mit der Holzlehne, in einer Stille, die nur von dem leichten Kratzen ihres Stifts auf dem rauen Papier und dem Klopfen der Zweige gegen die Scheiben gestört wurde.
Ich zwirbelte Caitlins Haare zwischen meinen Fingern. Sie bildeten beim Drehen im Licht eine goldene Scheibe. Und dann kam es mir so vor, als hörte ich ein Kratzen und Klopfen, ein Kratzen und Klopfen. Und ich hatte den Eindruck, in der kühlen Luft etwas wahrzunehmen: ein Parfum, einen reinen, etwas scharfen Duft. Das gesprenkelte Licht fiel auf den Stuhl, so wie es Jahre zuvor auf einen anderen Stuhl in einem anderen geheimen Versteck gefallen war, einem Versteck, in dem sie – nur für eine Weile – glücklich und sicher gewesen war. Und für einen Augenblick war sie, als ich hinsah, für mich da, mit schimmernden Haaren, in meinem zerknitterten Hemd, das ihr drei Nummern zu groß war. Vor lauter Konzentration runzelte sie bei der Arbeit die Stirn, der Ballen ihres Daumens glänzte vom Kohlestift, die Zungenspitze lugte rosa zwischen ihren Zähnen hervor. Und es war nicht mehr vor vielen Jahren: Es war hier und jetzt und immer, so wie es immer sein würde. Dann sah Caitlin zu mir auf, durch den Raum, ja sogar durch die Zeit, und lächelte mich an.
Ich schloss die Augen. Und sie war noch immer da, lächelte mich an, nur mich allein.
Die Eingangstür quietschte.
Ich öffnete die Augen. Ich wartete, aber es war kein weiteres

Geräusch zu hören. Ich klappte den Aktenkoffer zu, stellte ihn zur Seite. Ich erhob mich langsam vom Bett, das Rechteck der offenen Tür fest im Blick: Ich konnte ein Stück der Wand am anderen Ende des Wohnraums sehen, eine Ecke des Büchergestells, einen der beiden Rattansessel.

Mein Gehör und mein Sehvermögen wurden übernatürlich scharf. Es bewegte sich nichts. Kein Huschen eines Schattens. Kein Laut, außer dem Murmeln des Waldes. Ich fasste mich und ging schnell durch die Tür. Ich hatte gerade noch Zeit zu sehen, dass die Eingangstür offen stand, aber dann bewegte sich etwas schnell, verschwommen, und ich wankte, als mir der schwarze Hund gegen die Beine prallte, vor Freude über unser Wiedersehen in die Luft sprang und bellte. Ich beugte mich hinunter, redete ihm gut zu und streichelte ihn, beruhigte ihn, beruhigte mich. Er zitterte vor Aufregung, zeigte einen langen rosafarbenen Penis und starrte mich liebevoll an, wischte mit seinem Schwanz in großen Bögen über die Dielenbretter. Ich kraulte seine Brust, und er hob freudig den Kopf, und dann wurden seine braunen Augen größer, und seine Ohren stellten sich auf, und ich merkte, dass er gar nicht mehr mich ansah.

»Ich würde Ihnen dringend raten«, sagte Barney Carrick hinter mir, »jetzt keine hastigen Bewegungen zu machen.«

Ich richtete mich langsam auf, den Rücken ihm zugekehrt.

Er sagte: »Drehen Sie sich um.«

Er hatte einen Stoppelbart, und das ließ ihn älter aussehen, als ich erwartet hatte. Er war braun gebrannt und hatte Fältchen um die Mundwinkel, und seine Augen waren sehr hell, beunruhigend hell. Er trug eine blaue Wollstrickmütze, ein kariertes Hemd und eine khakifarbene Hose. Die Waffe, die er locker in der rechten Hand hielt, mit der Mündung nach unten, war am Griff mit schmutzigem Klebeband umwickelt. Ich konnte es nicht recht fassen, ein solches Ding hier, in diesem Raum, zu sehen.

Er ging an mir vorbei, behielt mich aber im Auge, und warf kurz einen Blick durch die Tür nach draußen. Er schnippte mit den Fingern in Richtung des Hundes. Der legte die Ohren an, trottete aber sogleich davon. Dann stieß Barney die Tür zu und schob mit seiner freien Hand den Riegel vor, kam zurück und stellte sich vor mich hin. Er war ein großer, kräftig gebauter Mann, aber er bewegte sich wie ein Leopard, leicht und behände. Er warf seine Wollmütze in die Ecke, und seine dunklen Haare fielen herunter. Er griff in meine Jacke, durchsuchte sie und musterte mich dann mit seinen hellen Augen. Ich konnte darin keinerlei Regung erkennen. Er trat einen Schritt zurück.

»Haben Sie Angst, Michael?«, fragte er leise.

»Ja, große Angst.«

»Gut. Es ist wichtig, dass Sie wissen, wie es sich anfühlt, Angst zu haben. Sie haben allen Grund dazu. Hierher zu kommen! Ausgerechnet Sie!«

»Ich weiß.«

»Dieses Haus geht Sie gar nichts an.« Seine Stimme wurde leiser. »Das war unser Haus. Sie haben hier absolut nichts zu suchen.«

»Ich musste es mit eigenen Augen sehen.«

»Und jetzt haben Sie es gesehen. Haben Sie gefunden, wonach Sie gesucht haben?«

»Ich habe herausgefunden, was ich herausfinden musste.«

Carrick legte den Kopf zur Seite.

»Sie haben sie geliebt«, sagte ich. »Und sie hat Sie geliebt. Deshalb musste ich herkommen. Um das zu begreifen.«

»Das ist sehr gut«, erwiderte er. »Sehr gut.«

Ich konnte sehen, dass sich ein Muskel seines Kiefers anspannte.

»Aber es ändert gar nichts. Ich trage dennoch die Schuld. Genau wie Sie.«

»Wir müssen einen Strich darunter ziehen, Barney. Zum Wohle aller.«

»O ja.« Er warf mir ein schwaches Lächeln zu. »Zum Wohle aller.«

Er drehte den Kopf, als wolle er seine Nackenmuskeln lockern, und legte die Pistole auf den Tisch neben sich, wo sie dalag wie ein Werkzeug, hässlich und funktional. Er würde mich nicht mehr mit der Waffe bedrohen, das wusste ich. Er demonstrierte mir, dass er sie gar nicht brauchte. Er setzte sich in einen der Sessel und schlug die Beine übereinander, deutete mit dem Kinn in meine Richtung, und auch ich setzte mich, auf die Kante des Sessels gegenüber.

»Wie haben Sie dieses Haus gefunden?«

»Angie hat mir nichts gesagt, falls Sie das meinen.«

»Oh, meine ich nicht. Unsere Angie meint, dass ich nichts Böses tun kann.« Er legte eine Pause ein. »Kann ich aber.«

»Barney, mir geht es nur darum, herauszufinden, wie das passieren konnte. Obwohl wir sie beide doch so geliebt haben.«

Er schaute mich nachdenklich an. »Wissen Sie, Michael, ich habe oft darüber nachgedacht, wie es wohl sein würde, Sie zu treffen. Ich habe früher nie zu den Eifersüchtigen gehört, aber ich bin oft in der Nacht aufgewacht, habe Caitlin angesehen und mir gedacht: Gott bewahre, dass sie jetzt die Augen aufmacht und sieht, was sie getan hat, sieht, was für eine Entscheidung sie getroffen hat. Ich habe in Angst davor gelebt.«

Ich schwieg.

»Aber jetzt, wo ich Sie treffe«, fuhr er fort, »fühle ich anders. Ich kann einfach nicht glauben, dass Sie ein solcher Idiot sein konnten. Dass Sie Caitlin einfach so haben wegwerfen können. Hatten Sie wirklich so viele zur Auswahl, dass Sie sich das leisten konnten?« Er saß reglos in dem gesprenkelten Licht. »Niemand hat mich je zuvor so gesehen. Nicht wirklich *gesehen.* Aber Caitlin? Allem Anschein nach lag ihr an jeder Faser von mir. Hat dort gesessen und mich gezeichnet. Stundenlang.«

»Es liegt an der Art und Weise, wie dein Körper seinen Raum in der Welt ausfüllt.«

Eine Sekunde sah er bestürzt aus, als habe ein Geist zu ihm gesprochen. »Ja.« Seine Gesichtsmuskeln zuckten, dann beruhigten sie sich wieder. »Ja. Genau das hat sie gesagt.«
»Ich war nicht derjenige, der sie weggeworfen hat, Barney.«
»Nein? Sie sind der schlaue Medizinmann. Was glauben Sie denn, was passiert ist?« Er beugte sich ein ganz klein wenig vor. »Lassen Sie mich raten. Ein kurzer Anfall von Wahnsinn? Afghanistan noch einmal durchgemacht? Der verdammte posttraumatische Stress?«
»Falls es so war, würde es wenigstens einen Sinn ergeben.«
»Der ist doch sowieso nur ein einfacher Soldat. Und man schaue sich bloß sein Vorstrafenregister an!«
»Barney, ich versuche nur zu verstehen. Sie hatten einen Streit. Ist es um das Kind gegangen?«
»Von dem Kind hab ich nichts gewusst.« Wie eine Peitsche knallte seine Stimme, und er spannte sich an.
Drei, vier, fünf Herzschläge lang blieb ich ganz still.
Dann sagte ich: »Das haben wir dann jedenfalls gemeinsam. Sie hat das Kind uns beiden verschwiegen.«
Er entspannte sich ein wenig. »Ich habe Caitlin nicht getötet«, sagte er ganz langsam. »Ich hätte mein Leben für sie gegeben. Aber Sie glauben mir das nicht, oder, Michael? Egal, was ich sage.«
»Ich habe mich die ganze Zeit bemüht, es mir zusammenzureimen, Barney. Als ich sie gefunden habe, lag sie im Sterben. Sie waren mit ihr im Haus gewesen. Was soll ich mir denn da denken?«
Er verschränkte die Arme. »Wir haben miteinander gestritten. Das ist wahr. Das heißt, bis wir gehört haben, wie Ihr Auto vorgefahren ist.«
»Mein Auto?«
»Und dann sind Sie hinten durch den Garten gekommen.« Er hielt meinem Blick stand. »Da hat sie angefangen herumzuschreien. Sie hat gesagt, dass ich verschwinden soll. Und

deshalb bin ich gegangen. Gerade noch rechtzeitig. Gerade, als Sie den Schlüssel im Schloss der Hintertür gedreht haben.«

»Barney, das ergibt überhaupt keinen Sinn.«

»Nein?«, fragte er unschuldig. »Aber so war es. Oder wollen Sie mich etwa als Lügner bezeichnen?«

»Ich bin nicht mit dem Auto gefahren. Und ich bin nicht durch die Hintertür hereingekommen.«

»Alles klar, Michael«, sagte er und lächelte mich nachsichtig an, als wäre ich ein etwas langsames Kind, das endlich auf dem richtigen Weg war, ein Rätsel zu lösen. »Alles klar. Es hat ja alles in den Zeitungen gestanden. Sie sind durch die vordere Tür hereingekommen, sind nach oben gegangen, haben sie dort gefunden. Haben versucht, sie zu retten.«

»Das ist alles wahr. Ich habe alles getan, was ich tun konnte.«

»Oh, ich glaube es Ihnen, Michael. Das ist der Grund, warum Sie noch am Leben sind.« Carrick verschränkte die Hände in seinem Schoß. »Aber es hat eine Zeit gegeben, da habe ich es überhaupt nicht geglaubt. Es hat eine Zeit gegeben, da dachte ich das Gleiche von Ihnen, was Sie jetzt von mir denken. Nur eine Antwort ergibt einen Sinn, dachte ich mir. Schließlich war sie gesund und munter, als ich gegangen bin. Dann, ein paar Minuten später, kommen Sie, und plötzlich ist sie tot. Was sollte ich mir da wohl denken?«

Ich machte den Mund auf, um etwas zu sagen. Aber in diesem Augenblick veränderte sich das Bild in meinem Kopf, und ich erkannte, dass seine Schlussfolgerung genauso stichhaltig war wie meine. Es war, als betrachte man einen Rorschachtest: Die Zeichen auf dem Papier bleiben die gleichen, aber ohne Vorwarnung interpretiert das Gehirn sie urplötzlich völlig anders. Eine Taube wird zu einem Dämon oder ein Engel zu einem Affen.

Er schien zu sehen, was in meinem Kopf vor sich ging.

»Machen Sie sich keine Sorgen, Michael. Unsere Angie sagt, dass Sie so etwas nicht tun könnten. Unsere Angie sagt, dass

Sie, selbst wenn Sie es getan hätten, sicher nicht davongelaufen wären. Wenn Sie mir das sagt, dann glaube ich ihr. Das ist Teil meiner Abmachung mit Angie.« Er lächelte. »Vielleicht hat sie Ihnen das Gleiche ein oder zwei Mal über mich gesagt. Nur, Sie haben ihr nicht geglaubt.«

»Warten Sie.« Ich fuhr mir mit der Zunge über die Lippen. Ich kämpfte darum, das neue Bild in meinem Kopf festzuhalten. »Da war ein Auto?«

»Ja, richtig, Michael.«

Draußen bellte der Hund einmal, dann noch mal, eindringlicher. Ich schaute mich bei dem Geräusch um, und als ich wieder zu ihm hinsah, war Carrick auf den Beinen und hatte sich die Waffe in den Hosenbund gesteckt.

»Sie sind doch wirklich ein gerissener Scheißkerl!«, zischte er.

Ich sagte wieder: »Warten Sie.«

Aber er entfernte sich rückwärts von mir, in Richtung Küche. Jetzt bellte der Hund draußen wütend. Ich konnte ihn vor der Eingangstür hin und her laufen hören. Dann plötzlich jaulte er auf und schrie, und ein unglaublicher Lärm brach los, ein Megaphon plärrte, Stiefelgetrampel, raue Stimmen, die sich etwas zubrüllten.

Carrick schaute mir für einen Sekundenbruchteil in die Augen, und ich stand da und versuchte, es über den Lärm hinweg abzustreiten, und vielleicht hörte er mich, vielleicht aber auch nicht. In der Küche zersplitterte etwas, und er drehte sich ruckartig dem Geräusch zu, und ich hörte die Eingangstür hereinkrachen, und zwei Männer stürzten brüllend ins Zimmer, den rechten Arm ausgestreckt, und einer von ihnen schlug mir fest über die eine Seite des Kopfes, und ich taumelte auf die Knie, und bevor ich mich wieder aufrappeln konnte, machte mich eine gewaltige Explosion taub.

Es war seltsam, surreal, es in dieser Stille zu beobachten. Carrick schien wie von einem zurückschnappenden Draht nach hinten gerissen zu werden, sein Körper krachte in die Gestelle und ließ Regalbretter, CD-Spieler, glänzende CDs und Bücher in einem Schwall auf ihn herabregnen. Noch bevor er auf dem Boden aufgeschlagen war, spritzte eine Blutfontäne fast zwei Meter die Wand hinauf.

Auf einmal war das Zimmer voll von bewaffneten Männern in blauen kugelsicheren Westen. Es waren wahrscheinlich nur vier oder fünf, aber es waren massige Männer, die sich da im Raum drängten, und als mein Gehör wieder zu funktionieren begann, dröhnte mir ihr Gebrüll den Kopf zu. Ich konnte Adrenalin und Kordit und Schweiß riechen. Ich rappelte mich auf, und jemand warf mich wieder zu Boden, und das machte mich derart wütend, dass ich gleich wieder aufstand.

»Polizei!«, bellte mir ein Mann ins Gesicht. Und noch einmal: »Polizei! Bleiben Sie zurück!« Und er packte mich, als ich wieder auf die Füße kam. Er war jung, und seine Augen waren sehr groß, und er keuchte. Vielleicht war ich noch immer benommen, aber es kam mir absurd vor, ausgerechnet in diesem Moment von einem aufgeregten Jungen angebrüllt zu werden. Ich befreite mich aus seinem Griff und bahnte mir den Weg an ihm vorbei und weiter durch die Mauer aus blauen Rücken. Als sei er unsicher, was er als Nächstes tun sollte, bellte er seine Warnung noch einmal: »Polizei! Bleiben Sie zurück!«

Carrick lag reglos auf dem Rücken, und die Blutfontäne spritzte aus seiner Leiste senkrecht in die Höhe und regnete auf ihn und die verstreuten Bücher und das zersplitterte Holz herab. Seine Augen waren offen. Ich kniete mich neben ihm nieder und beugte mich über ihn. Seine Strickmütze lag in der Ecke, wo er sie hingeschleudert hatte, und ich schnappte sie, stopfte sie in das Loch in seiner Leiste, presste sie mit den Händen fest. Einen Augenblick konnte ich spüren, dass die Arterie unter meinem Griff wie ein kleiner Feuerwehrschlauch pulsierte und zuckte. Hinter mir herrschte ein ungeheurer Lärm. Ich schottete mich dagegen ab und drückte noch fester.

»Es ist die Oberschenkelschlagader, nicht wahr?«, fragte

Carrick. Er hätte mich genauso gut nach der Uhrzeit fragen können.

Ich bewegte die Hände und presste noch fester.

»Ist das nicht das Ende?«, sagte er. »Die Oberschenkelschlagader?«

Unsere Blicke trafen sich. Es war mir unmöglich, ihn anzulügen. »Vielleicht«, antwortete ich. »Wahrscheinlich.«

Hinter mir wurde im Stakkato gesprochen, aber der Lärm hatte etwas nachgelassen. Ich konnte die Männer durch die anderen Räume trampeln hören. Glas ging zu Bruch, eine Tür krachte, hin und wieder ein Ruf. Schwere Schritte näherten sich mir, und ein Mann hockte sich neben mich, seine Oberschenkel direkt neben meiner rechten Schulter. Noch bevor ich hinsah, wusste ich, dass es Barrett war.

»Sie sind mir gefolgt«, sagte ich.

»Tut mir Leid, falls das Ihren privaten Terminplan durchkreuzt«, sagte er.

Barrett musterte den Verletzten von oben bis unten, als sei er ein besonderes Exemplar, ein Tiger, der auf einer Jagd zur Strecke gebracht wurde. Er lächelte ein wenig, zufrieden mit sich.

Ich sagte: »Fordern Sie umgehend einen Rettungshubschrauber an.«

»Die Chancen dafür stehen schlecht, würde ich meinen.« Barrett sog an den Zähnen. »Bei all diesen Bäumen.«

Die Wolle der Skimütze unter meinen Händen war bereits durchgeweicht.

»Hören Sie. Wenn ich sein Bein loslasse, stirbt er in ein paar Minuten. Sie müssen medizinische Hilfe beschaffen, und zwar schnell.«

»Ein paar Minuten?«, sinnierte Barrett. »Länger würde es nicht dauern?« Er legte seine große Hand auf meine Schulter und kam mit seinen Lippen so nahe an mein Ohr, dass ich seinen Atem riechen konnte. »Sagen Sie mir, Doc: Wie sehr haben Sie Ihre Frau geliebt?«

Ich verschob meine Hand, und Blut spritzte über Barrett, bevor ich die Arterie wieder abdrücken konnte. Er schreckte zurück, die Augen wie versteinert.

»Fordern Sie eine Ambulanz an!«, sagte ich zu ihm.

Er stand auf, zog ein Taschentuch heraus und wischte sich vorn über den Mantel, dann eilte er davon.

»Die halbe Taliban hat einmal auf mich gefeuert, verdammt«, sagte Carrick. Seine Stimme klang verträumt. »Und ausgerechnet irgendein Bobby, der noch nie auch nur einen Hasen geschossen hat, muss der Glückliche sein.«

Ich sagte: »Das hier ist schon schlimm genug, auch ohne Ihre Erinnerungen anhören zu müssen.«

Er gab ein Grunzen von sich, das auch ein Lachen hätte sein können, und bewegte die Schultern ein bisschen. Ich sah ihn an. Er war blass und schwitzte. Ich hoffte, dass die Arterie nicht ganz durchreißen möge. Denn in diesem Fall konnte sie sich in seinen Körper, aus meiner Reichweite, zurückziehen, und nichts würde ihn dann noch retten können. Ich überlegte verzweifelt, was ich zum Abbinden benutzen könnte. Die Muskeln meiner Unterarme begannen durch die Anstrengung bereits zu brennen.

Ich rief über die Schulter: »Ich brauche Hilfe hier.«

Im Raum wurde es still. Jemand scharrte mit den Füßen.

»Hör mir zu, Michael«, sagte Carrick.

»Halt einfach den Mund. Ich überlege.«

»Nein, hör zu …« Er leckte sich über die Lippen. »Caitlin wollte nicht mit mir weggehen.«

Mir stockte der Atem. Ich schaute ihn an. »Das spielt jetzt keine Rolle, Barney.«

»Gerade jetzt spielt es eine Rolle.« Er verzog das Gesicht, bewegte den Rücken ein wenig zur Seite.

»Herrgott, rühr dich nicht!«

»Sie hatte mich verlassen, Michael. Sie wollte nach Hause. Nach Hause zu dir. Darüber haben wir uns gestritten.«

Ein junger Polizist kam in seinen schweren Stiefeln angetrampelt, kniete sich neben mich und öffnete dabei die Klettverschlüsse seiner kugelsicheren Weste. Ich sah, dass es der junge Mann war, der mich vor ein paar Augenblicken angebrüllt hatte, aber jetzt war er scheinbar ganz unterwürfig. Er reichte mir ein Stück Stoff, ein Geschirrtuch, auf dem ein Rezept aufgedruckt war. Das Rezept war für Cottage Pie.

»Bringt das was?«, fragte er mich.

»Besorgen Sie mir einen Gürtel oder einen Riemen. Irgendwas, womit ich das festbinden kann.«

Er löste die Schnalle seines eigenen Gürtels, zog ihn aus den Schlaufen und gab ihn mir. »Stirbt er?« Seine Stimme war ein bisschen hoch, und mit seiner geöffneten Montur sah er gleich nicht mehr so martialisch aus. Ich nahm an, dass er derjenige war, der geschossen hatte.

»Tun Sie Ihre Daumen hier hin, da wo meine sind. Drücken Sie ganz fest. Und drücken Sie weiter, wenn Sie ihn nicht auf dem Gewissen haben wollen.«

Ich schob den Gürtel unter Carricks Bein durch, verdrehte ihn und zurrte ihn fest. Der junge Polizist drückte seine Daumen so kräftig auf den nassen Stoff, dass Carrick aufstöhnte.

»Ja, verdammt, dich werde ich verfolgen, Junge«, sagte er, »verlass dich drauf.« Carrick wandte mir den Kopf zu. »Du hast sie angerufen, Michael? Von irgendwo aus dem Ausland.«

»Ja.« Ich machte die Schnalle des Gürtels zu.

»Danach ist sie hierher gekommen, hat ihre Sachen geholt und mich verlassen. Ich bin ihr nach London nachgefahren, aber ich habe sie nicht dazu bringen können, mir zuzuhören.«

Jetzt saß der Gürtel fest, und ich löste eine meiner Hände und bewegte sie, versuchte, die Blutzirkulation wieder in Gang zu bringen. Meine Finger waren klebrig von Carricks Blut. Ich konnte ihn nicht ansehen. Ich fragte: »Caitlin wollte zu mir zurück?«

»Sie war zurück. Ihre Taschen standen oben an der Treppe, als ich gegangen bin.« Er streckte die Hand aus, eine rote Klaue, und packte mich am Handgelenk. »Ich hab sie gehen lassen, verstehst du, Michael? Ich hab sie so sehr geliebt, dass ich sie zu dir hab zurückgehen lassen. So etwas habe ich nie zuvor getan.«

Ich hockte mich auf die Fersen, sah auf das weiße Gesicht hinunter. Ich dachte, er würde noch etwas sagen, doch während ich ihn betrachtete, wurde sein Blick vage.

Ich sagte: »Barney?«

Ich schlug ihm ein paar Mal leicht gegen die Wangen. Meine Hände hinterließen rote Spuren auf seiner Haut.

»Barney?«

»Ist er tot?« Die Stimme des Polizisten überschlug sich.

»Er ist nicht tot, bis ich es sage.«

Ich fühlte Carricks Puls. Er war nicht tot, aber er war auch nicht mehr hier. Ich wusste, wo er hingegangen war. Er war zu Caitlins Dachraum zurückgekehrt, sah sie vor sich stehen, während er sie anflehte, sah sie groß und blond und von Trauer gebrochen, ihre Heimkehrtaschen zu ihren Füßen. Er lauschte, während Schritte näher kamen, den Gartenweg entlang auf die Hintertür zu.

»Der Hubschrauber ist gleich da«, rief jemand.

Oben auf der Anhöhe flackerten blaue Polizeilichter zwischen den kahlen Bäumen hindurch. Der Helikopter drehte sich eine Sekunde über uns, stand reglos auf einer Lichtsäule, während seine Rotorblätter die Luft peitschten, und dann knatterte er schnell Richtung Nordwesten davon. In nicht allzu großer Entfernung quäkten Funkgeräte und starteten Motoren. Ein stämmiger Polizist, noch immer in seiner kugelsicheren Weste, stand neben der eingetretenen Eingangstür des Cottage und betupfte mit einem Taschentuch die Wunde eines Hundebisses auf seiner Wange.

Ich hob den Deckel von der Regentonne neben der Tür, durchstieß die dünne Oblate aus Eis, schöpfte ein wenig von dem klaren Wasser und wusch mir, so gut ich konnte, das Gesicht und die Hände. Das Wasser war entsetzlich kalt, aber ich war froh über den Temperaturschock.

Barrett trat neben mich.

Wieder schöpfte ich mit beiden Händen Wasser und spritzte es mir ins Gesicht. Ich sagte: »Bis vor einer Stunde habe ich übrigens noch nicht einmal gewusst, wo dieses Haus steht. Nicht genau, wo.«

Er stand in dem kalten Nachmittag da und starrte mich an, seine Halsmuskeln traten hervor. Sein Kragen war von Carricks Blut befleckt.

»Ich mag Sie nicht, Doktor Severin«, sagte er schließlich. »Hab Sie nie gemocht, vom ersten Augenblick an, als ich Sie sah. Leute wie Sie meinen, dass es ein Gesetz für Sie und eines für alle anderen gibt. Und wissen Sie, was mich so ankotzt? Dass es meistens zutrifft.«

»Tut mir Leid, wenn Sie so denken.«

Eine Weile atmete er schwer. »Stirbt er? Carrick?«

»Ich glaube nicht. Sicher ein zäher Bursche.«

»Schade. Hätte dem Steuerzahler eine Menge Geld gespart.«

Ich schüttelte mir das eisige Wasser aus den Haaren. »Er hat jemanden ins Haus kommen hören«, sagte ich. »Gerade, als er rausging.«

»Das hat er Ihnen erzählt, was?«

»Jemand, der durch die Hintertür reingekommen ist. Er hat gesagt, sie hätten es beide gehört, Caitlin und er. Sie dachten, dass ich es wäre.«

»Ach, Ihre Frau hat es auch gehört? Na, wie praktisch! Jetzt braucht der gute Barney nur noch ein Medium, das Mrs. Severin dazu bringt, aus dem Jenseits seine Geschichte zu bestätigen, und schon ist er fein raus.«

»Ich glaube ihm.«

»Ja, Doc. Klar, dass Sie das tun. Sie haben den Glauben in aussichtslose Fälle zur Kunstform erhoben, nicht wahr?« Er kam nahe an mich heran. »Hören Sie. Ich habe längst aufgehört, auch nur einen Scheiß auf das zu geben, was Sie glauben. Aber nur der Vollständigkeit halber: Es gibt keinen einzigen Mörder, der nicht leugnet, dass er es getan hat. Das tun sie alle. Sie erzählen Ihnen alles. Wirklich alles. Sie haben ja nichts zu verlieren.«

»Ich glaube, dass er die Wahrheit sagt.«

»Dieser Kerl bumst Ihre Frau. Er hat ein beachtliches Vorstrafenregister. Er entzieht sich der Verhaftung. Wir wissen dank eines Zeugen, dass er zur Tatzeit am Tatort war. Sobald er glaubt, dass er sterben muss, erzählt er Ihnen, dass er irgendeinen mysteriösen Fremden ins Haus hat kommen hören – und das genau im entscheidenden Moment –, und deshalb ist er am Ende unschuldig. Und Sie glauben ihm natürlich.«

»Sergeant …«

»Barney Carrick ist so schuldig wie die Sünde. Wenn ich Sie wäre, Doc, würde ich das nicht vergessen. Ihrer Frau zuliebe würde ich das nicht vergessen.«

Er ging zielstrebig in den düsteren Nachmittag davon.

31

Als ich nach Hause kam, ging ich nach oben und duschte mir den Schmutz und die letzten Spuren von Barney Carricks Blut und den Geruch von Angst und Schweiß ab.

Ich zog mich an und ging wieder runter, schenkte mir einen Scotch ein, setzte mich hin und trank ihn. Bilder blitzten in meinem Kopf auf, eines nach dem anderen, wie immer wieder ablaufende Filmclips. Aber mit der Zeit wurden sie langsamer, verschwammen, verloschen flackernd. Das letzte zeigte mir eine Frau in einer Lederjacke, die auf einer spärlich erhellten Lichtung stand, so ängstlich wie ein Reh. Sie sah aus wie eine Heldin der französischen Résistance, und sie trug eine Baskenmütze, deshalb konnte ich nicht erkennen, ob ihre Haare blond oder schwarz waren.

Ich holte mir die Flasche, stellte sie neben mich auf den Esstisch, goss mir noch einen Scotch ein und trank ihn stetig, wartete auf Frieden oder irgendeine Form davon. Der Scotch war rauchig und dunkel, und die Lampen schimmerten auf dem polierten Holz.

Der Sommer war schon vorüber, der nasse Wind blies gegen die Fenster, und die Lichter Londons liefen an den Scheiben runter. Es war fast ein Uhr morgens, eine stürmische Septembernacht, die Nacht, bevor Stella und ich nach Venezuela aufbrechen sollten. Ein Miles-Davis-Song kam murmelnd von der Stereoanlage, und die Kerzen spiegelten sich in Silber und Glas auf dem langen Esstisch. Ich war leicht angeheitert und betrachtete den Kreis von Gesichtern, sah mir eines nach dem anderen an. Anthony, mit seinem silbernen Haar und dem zerknitterten dunklen Anzug, wie ein würdiger Senator am Kopf des Tisches sitzend. Caitlin, in grauer Seide schimmernd. Stella, mir gegenüber, allmählich immer lauter werdend. Und Gordon neben ihr, der nervös lächelte und dessen Brille blitzte. Sie erfüllten den Raum mit ihrer Wärme und ihrer Energie.

Caitlin sah mich über den Tisch hinweg kurz an und lächelte, bevor sie sich wieder ihrer Unterhaltung zuwandte. Sie hatte sich vor ein paar Monaten ihre langen Haare abschneiden lassen. Ich hatte ihre Haare immer geliebt und war skeptisch gewesen, als sie erzählte, dass sie plane, sie sich kurz schneiden zu lassen. Aber jetzt, wo sie ab waren, fand ich, dass die Veränderung ihr jenes knabenhafte Aussehen von vor vielen Jahren zurückgegeben hatte, an das ich mich noch so gut erinnerte. Urplötzlich war ich von einer schmerzhaften Zärtlichkeit für sie erfüllt, einem Bedürfnis, sie in den Armen zu halten und sie zu beschützen. Ich hatte dieses Gefühl schon seit geraumer Zeit nicht mehr in einer solchen Intensität verspürt. Diese Erkenntnis erschreckte mich ein bisschen, und für eine Sekunde bedauerte ich, dass ich so bald weggehen würde. Der hell erleuchtete Raum schien zu flimmern. Ich konnte die dunklen Einbuchtungen unter Caitlins Schlüsselbeinen sehen. Ich folgte mit den Augen der Linie ihres Kiefers und der langen Kurve ihres Halses. Sie hatte einen Schwanenhals, den Hals einer Tänzerin. Ich fragte mich, wie bald ich die anderen wohl loswerden konnte.

Caitlin schaute nicht mehr zu mir herüber. Sie und Anthony unterhielten sich ernsthaft. Normalerweise flirtete Caitlin mit Anthony, und er reagierte darauf mit schwerfälliger, altmodischer Galanterie. Es war, als beobachte man ein Fohlen, das zusammen mit einem Ackergaul herumspringt, ein Spiel, das sie beide genossen, das jedoch keiner von ihnen ernst nahm. Aber ich hatte die beiden noch selten in eine so ernste Unterhaltung versunken gesehen. Ein einziger Satz von Anthony drang an mein Ohr, und es schien zu passen, dass ich ausgerechnet diesen mitbekam.

»Schon ganz früh, meine Liebe«, sagte Anthony, holte das königsblaue Einstecktuch aus seiner Brusttasche und fächelte sich damit Luft zu, »schon ganz früh in meinem Leben habe ich den Eindruck gewonnen, dass die einzig wirklich wichtigen Verpflichtungen diejenigen sind, die wir füreinander eingehen.«

Damals hatte ich nicht verstanden, warum, aber Caitlin sah beunruhigt aus, als er das sagte. Stella, die zu dieser Zeit gar nichts mehr wirklich beunruhigte, ließ den Kopf auf den Tisch sinken und begann zu schnarchen.

Später, als es im Haus still war, streckte ich mich auf dem Bett aus, meinen Scotch schräg in der rechten Hand und Beamish, den Bären, unter den linken Arm geklemmt. Caitlin kam von der Dusche ins Zimmer zurück und fing an, sich die kurzen Haare trocken zu rubbeln. Ich konnte den Ausdruck in ihren Augen nicht deuten. Sorge. Zuneigung. Aber noch mehr. Ich wusste, dass ich zu viel getrunken hatte, und vielleicht war das der Grund, warum ich ihren Gesichtsausdruck nicht enträtseln konnte, vielleicht aber auch nicht. Sie starrte mich so lange an, dass ich mich allmählich unbehaglich fühlte.

Schließlich sagte sie: »Michael, wenn die Leute von ÄRZTE OHNE GRENZEN dich jetzt sehen könnten! Den unerschrockenen Chirurgen und den kahlen Bären.«

Ich drehte Beamishs Kopf, sodass er sie anstarrte, sein Auge im Licht feurig aufblitzte. Ich hielt das Glas hoch, damit der Bär daraus trinken sollte. »Meinst du, dass der Scotch sein Auge rot macht?«, fragte ich sie.

»Deine macht er jedenfalls rot. Ich bin froh, dass ich morgen nicht von dir operiert werde.«

Caitlin ging ein paar Schritte zum Fenster und blieb dort mit dem Rücken zu mir stehen. Ich betrachtete die Art, wie sie sich hielt, die Rundung ihrer Hüften, die Muskeln an ihren Schenkeln. Ich wartete, aber sie sagte nichts mehr. Ich setzte mich im Bett auf und lehnte Beamish gegen Caitlins Kissen neben mir.

»Du siehst heute Abend umwerfend aus«, sagte ich ihr.

»Umwerfend?« Sie verzog das Gesicht, dann stand sie ein paar Augenblicke da und betrachtete mich nachdenklich.

»Willst du reden?«, fragte ich.

Sie bemerkte, dass sie das Handtuch immer noch in der Hand hielt, und warf es auf den Wäschekorb. Sie zog den Stuhl vom Frisiertisch neben das Fenster, setzte sich nackt darauf und schaute mich an. Das Fenster stand einen Spalt offen, und der Lufthauch bewegte den Vorhang, und ein schwarz-cremefarbener Nachtfalter schlüpfte ins Zimmer und umkreiste ein paar Mal die Lampe. Es machte mich schwindlig, seinen taumelnden Flug zu verfolgen, und ich war froh, als er sich an der Wand unterhalb des gerahmten Fotos von Lady Lavinia niederließ. Selbst in ihrem altmodischen schwarzen Kleid sah Lady Lavinia Caitlin bemerkenswert ähnlich: die gleichen großen Augen, das gleiche ovale Gesicht, eine Andeutung von einem Lächeln auf den Lippen.

Caitlin sagte: »Nicht heute Nacht. Heute Nacht sollten wir nicht miteinander reden.«

»Nicht?« Ich wusste, dass etwas unausgesprochen blieb, etwas, was nicht die Möglichkeit erhalten sollte, sich davonzustehlen, und ich sagte: »Wir haben seit Italien nicht mehr richtig miteinander geredet. Vielleicht bin ich daran schuld.«

Aber sie wiederholte: »Heute Nacht sollten wir nicht reden.«

Ich wünschte mir, Caitlin würde sich nicht so verschlüsselt ausdrücken. Ich kam mir immer unbeholfen und dumm vor, wenn sie das tat. Der Falter hob von der Wand ab und flog – eine Acht beschreibend – durchs Zimmer, und ich verfluchte stillschweigend seinen schwindlig machenden Flug und die Menge, die ich getrunken hatte.

Es war mir schon seit einer Weile durch den Kopf gegangen, und bevor ich es mir anders überlegen konnte, sagte ich laut: »Cate, möchtest du, dass ich Venezuela absage?«

»Was?« Sie starrte mich an.

»Du weißt, was ich meine. Ein bisschen mehr zu Hause sein. Das hier auf die Reihe bringen?«

»Man muss mich nicht auf die Reihe bringen, Michael!«, fuhr sie mich an. »Ich bin nicht ein mechanisches Spielzeug, das regelmäßig aufgezogen werden muss.«

Dann sah sie mein überraschtes Gesicht, kam schnell herüber, legte die Arme um mich und drückte meinen Kopf fest gegen ihren Bauch.

Einige Stunden mussten vergangen sein. Ich wurde mir nur langsam bewusst, dass ich wach war. Ich hatte den Eindruck, dass ich hier eine Stunde oder mehr gelegen hatte, benommen von Alkohol und einem halb eingestandenen Zweifel, zwischen Schlafen und Wachen treibend. Sicher würde es schon bald dämmern, das erkannte ich an den Geräuschen der Stadt draußen. Ein unterdrücktes Zischen, wie Dampf, der irgendwo in der Ferne entweicht.

Caitlin bewegte sich neben mir.

Ich streckte die Hand aus und berührte ihre warme Schulter. »Du solltest nicht wach sein.«

Sie kuschelte sich fest an mich. »Du auch nicht.«

Ich küsste sie auf den Kopf. Ihre Haare waren warm.

»Michael, ich will nicht, dass du aufhörst. Das habe ich dir früher schon gesagt. Darum geht es auch gar nicht.«

Ich schloss die Augen in der Dunkelheit. Ich wusste, ein Teil von mir hatte sich danach gesehnt, dass sie das sagen, mir erneut eine Genehmigung erteilen würde. Ich wiegte sie eine Weile sachte hin und her. Ich fand, dass ich ihr eine Erklärung schuldete, obwohl ich sicher war, dass sie bereits besser verstand als ich.

»Manchmal«, sagte ich, »in einem Restaurant oder bei einer Party – oder hier, jetzt, wenn alles warm und sicher ist – ertappe ich mich dabei, dass ich denke: Wäre ich jetzt nur dort, vielleicht könnte ich helfen. Wäre ich geblieben, vielleicht hätte ich dann mehr tun können.«

Sie stützte sich auf einen Ellenbogen. Sie tastete mit der anderen Hand nach dem Schlüssel an der Kette um meinen Hals, schloss sie darum zu einer Faust und zog ein bisschen daran. »Michael, du kannst nicht für alles verantwortlich sein.«

»Ich sage ja nicht, dass es vernünftig ist.«

Eine ganze Weile später sagte sie: »Soll ich dir sagen, wie ich fühle?« Sie legte ihre Wange an meine Schulter. »Auch wenn es ebenfalls nicht vernünftig ist?«

»Sag's mir.«

»Mein Ritter ist angaloppiert gekommen, genau wie im Märchen, und er hat mich aus dem Turm gerettet, in den ich eingesperrt war, und er hat mich zu sich auf sein weißes Ross gezogen.« Sie schmiegte ihr Gesicht ein wenig an meine Haut, und ich wusste, dass sie in der Dunkelheit zu mir aufsah. »Und dann hat er mich in sein Schloss mitgenommen. Und hat mich zur Herrin gemacht. Und er hat mir alles gegeben, worum ich ihn bat. Und wir lebten glücklich bis ans Ende unserer Tage.«

Sie begann leise zu weinen.

Um neun Uhr ging ich aus dem Haus. London im Dezember war kalt wie Glas unter dem harten Licht, und die Helligkeit blendete mich, aber es tat gut, draußen an der frischen Luft zu sein. Ich ließ das Auto stehen und ging eine Weile zu Fuß, schlängelte mich zwischen den morgendlichen Pendlern hindurch. An den Laternenpfosten hingen Weihnachtsdekorationen, glitzernde Explosionen aus rotem und goldenem Flitter – Sterne und Kometen, die herumwirbelten und blitzten und funkelten. Mir drehte sich davon alles im Kopf, und ich konnte gar nicht mehr hinsehen.

Ein roter Bus hielt vor mir an. Vorne drauf stand Parliament Square, und ich stieg ein, hauptsächlich deshalb, weil ich wusste, wo der Parliament Square ist, und es war beruhigend, das Ziel zu kennen. Ich bezahlte mit einer Zehnpfundnote und musste für das Wechselgeld zurückgerufen werden. Ich setzte mich und lehnte mich gegen das Fenster. Vielleicht war ich ein paar Minuten eingeschlafen, denn als Nächstes wurde ich mir bewusst, dass mein Gesicht immer wieder gegen das glatte Glas schlug.

Ich stieg aus, und an einem Kiosk vor der U-Bahn-Station kaufte ich mir ein Schinkenbrötchen und einen Styroporbecher mit Milchtee, in den ich reichlich Zucker schüttete. Ich fand eine Parkbank mit Blick auf den Fluss, setzte mich und nahm den Deckel von dem Tee, sodass er in der Kälte außergewöhnlich dampfte. Ich hatte keinen Hunger, aber ich aß das Brötchen trotzdem, kaute langsam. Mit der Zeit fühlte ich mich ein wenig gestärkt. Ich saß unter den kahlen Bäumen, und die roten Busse rumpelten hinter mir über den Platz. Mir gefiel das Geräusch. Mir gefiel es, den Fluss zu meinen Füßen Richtung Meer dahingleiten zu sehen, und ich mochte den feuchten Geruch des Wassers. Ich trat an das Geländer und starrte über die stahlgraue Themse.

Schwaches Sonnenlicht sickerte zwischen den kahlen Bäumen hindurch. Ich hatte das heruntergekommene Cottage vor Augen und das Licht des Waldes, das auf das Bett fällt, und die einfachen Haushaltsdinge, die Kaffeetassen und die Bücher und die paar CDs mit einer Musik, die zu mögen ich mir nie die Mühe gemacht hatte. Ich sah den Aktenkoffer, und ich stellte mir Caitlin beim Zeichnen vor, stundenlang, die Bilder eines Mannes, der lange genug still saß, um gezeichnet zu werden. Ich sah ihre Handschrift auf den gelben Haftzetteln am Kühlschrank, Erinnerungen daran, Lebensmittel und Wein für einen Mann einzukaufen, der lange genug bleiben würde, um das mit ihr gemeinsam zu genießen.

Und ich dachte an Stella. Inzwischen würde sie wohl abgereist sein. Ich stellte sie mir vor, wie sie zielstrebig durch eine Flughafenhalle marschiert, die Umhängetasche gegen ihre Hüfte klatschend. Ich fragte mich, wer wohl in ihre Wohnung einziehen würde. Es war unmöglich, sich auszumalen, dass irgendjemand anders dort lebte. Ich fragte mich, wo sie nur einen Käufer für einen ramponierten, zwölf Jahre alten Golf, handlackiert in zwei nicht ganz zusammenpassenden Rottönen, gefunden hatte.

Ich hatte ein lebhaftes Bild von ihr auf der übervollen Straße vor dem Flughafen von Caracas vor Augen, Primärfarben, hupende Taxis, der Geruch von Diesel und Chili in der heißen Luft: Sie würde sich mit irgendeinem Fahrer herumstreiten, die Hände in die Hüften gestemmt, die Brille in die roten Haare hochgeschoben, ihre abgewetzten Taschen im Staub zu ihren Füßen. Später würde sie in einem dieser billigen Hotels einchecken, die sie bevorzugte. Ich konnte sie sehen, wie sie die dünne Matratze testet, dann die Fensterläden aufmacht und den würzigen tropischen Abend über sich hereinströmen lässt. Sie würde duschen und dann durch die laute Gasse zu irgendeinem Straßencafé schlendern und ein San Miguel trinken, während die Palmen ihre dunklen Wedel in einen lavendelfarbenen Himmel reckten. Ein Kind in Lumpen würde sie um eine Münze anbetteln. Sie würde sich großzügig zeigen. Sie konnte es sich leisten. Sie war frei und unabhängig. Trotz all dem, was abwesend war in ihrem Leben – vielleicht gerade deswegen –, war sie frei und unabhängig. Sie war die Einzige von uns, die das war.

Ich zog das Ticket, das Stella mir gegeben hatte, aus meiner Jackentasche und betrachtete es eine Weile, dann riss ich es sehr sorgfältig in kleine Stücke, sodass die Schnipsel mit dem Wind davonwirbelten.

Harry Judahs Laden befand sich in einer schäbigen Gasse, die von der Edgware Road abzweigt. Seit Jahren war ich nicht mehr hier gewesen, obwohl Anthony mich früher nach den Sonntagsmärkten häufig hierher mitgenommen hatte. Er und Harry trafen sich angeblich, um irgendein wertvolles Stück zu begutachten, aber in Wahrheit trafen sie sich, wie ich sehr wohl wusste, weil sie Freunde waren. Dann feilschten und lachten sie an Harrys altem Tisch im Hinterzimmer, beschimpften sich gegenseitig als Halsabschneider und tranken dabei eine ganze Menge von Harrys Flaschen-Guinness.

Als Schuljunge verlor ich mich meist eine Stunde oder zwei oben im Lagerraum und ließ die beiden in Ruhe. Ich langweilte mich nie. Ich mochte das Chaos exotischer Dinge und die Stapel alter Zeitschriften und die ausgestopften Tiere in Kisten und den geheimnisvollen Geruch von uraltem Staub. Vor allem mochte ich die Geräusche der beiden Männer unten, die Witze rissen und lachten. Das hatte etwas Dauerhaftes an sich, etwas Verlässliches und Sicheres.

Ich stieß die Eingangstür des Ladens auf. Harry stand, als ich hereinkam, über die Theke gebeugt, eine Lupe im Auge, seine unregelmäßigen Zähne vor Anstrengung, sie dort festzuhalten, entblößt. Er blickte nicht auf. Sein Filzhut lag auf der Glastheke neben ihm. Ich hatte das Gefühl, als hätte ich ihn nackt im Badezimmer überrascht.

»Sorry. Geschlossen.«

»Nein, ist es nicht, Harry.«

Er richtete sich überrascht auf, ließ die Lupe aus dem Auge fallen und fing sie, ohne hinzusehen, geschickt auf. »Mr. Michael.« Seine andere Hand schnappte den Filzhut und setzte ihn sich schwungvoll auf den Kopf. »Na, so eine Überraschung!«

Ich lächelte ihn an, nicht ganz sicher, wie ich anfangen sollte. Ich schaute mich im Laden um: Sämtliche Regale voll gestellt mit mechanischem Spielzeug, roten und grünen Dampfmaschinen, emaillierten Rennautos in Torpedoform, Vitrinen voller Uhren, Wecker, Armbanduhren, Sprungdeckeluhren, Uhrketten.

»Es gibt da etwas, was ich Sie fragen muss, Harry.«

Er verzog den Mund und atmete durch die Nase aus. »Es geht immer noch um diesen Krach mit Mr. Gilchrist«, sagte er schließlich. »Oder etwa nicht?«

»Ja.«

»Ich habe den alten Kerl seitdem nicht mehr gesehen«, erklärte Harry. »Er war nicht auf den Märkten. War gar nicht hier in der Gegend. Ich weiß, dass ich das nicht hätte sagen dürfen, aber ...«

»Es war nicht Ihre Schuld, Harry.«

»Mr. Michael, es steht mir nicht an ...«, er zögerte, war verunsichert. »Ich würde mich ja bei ihm entschuldigen, wissen Sie? Es irgendwie wieder gutmachen. Die Sache in Ordnung

bringen. Nur kann ich eben nicht dorthin gehen, in sein großes Haus. Ich meine, es geht nicht um meinen Stolz, aber ich weiß nicht, ob ich willkommen wäre. Nicht mehr.«
»Erzählen Sie mir von Amsterdam, Harry.«
Die Frage traf ihn unvorbereitet. »Was ist damit?«
»Nur über den letzten Tag. Den Freitag. War Anthony an diesem Tag mit einem seiner ... Freunde unterwegs?«
Harry sah mich misstrauisch an. »Ich sage nicht gern, wo er war, Mr. Michael.«
»Harry, ich muss nur wissen, ob er dort war. Das ist alles.«
»Ich habe ihn am Donnerstag beim Abendessen gesehen«, erklärte er. »Das ist alles, was ich sagen kann.«
»Aber danach nicht mehr?«
»Worum geht es denn, Mr. Michael?«
»Zerbrechen Sie sich darüber nicht den Kopf, Harry.« Ich ging zur Ladentür. »Sie waren mir eine große Hilfe.«
»Mr. Michael ...«
Aber ich hatte die bimmelnde Tür bereits geschlossen und lief die Gasse hinunter.

Eine Stunde später setzte mich das Taxi am Ende von Anthonys Straße ab. Langsam ging ich den Hügel hinauf, hatte es nicht eilig, dort anzukommen, vorbei an den selbstzufriedenen Vorstadthäusern, an die ich mich so gut erinnerte. Hier war alles ordentlich. Hier wurden lobenswerte, respektable Leben gelebt in einer gleichmäßigen Abfolge von Arbeit, Golf, Autowaschen, Kindererziehung, Renten und Ferien an anspruchslosen Orten, wo das Essen akzeptabel und die Sonne nicht zu stark war.
Anthonys Haus hob sich da nur ein klein wenig ab, so wie es das für mich schon immer getan hatte. Ein bisschen schäbig, der Garten ein bisschen überwuchert. Selbst von außen hatte es jenes undefinierbare Flair von Boheme. Ein flüchtiger Blick durch die Erkerfenster auf dunkle Möbel verlieh ihm das Aus-

sehen eines Raritätenladens. Der ziemlich alte weiße Rover stand in der Einfahrt, an seinem gewohnten Platz, und obwohl es noch hell war, sah ich, dass in Anthonys Arbeitszimmer eine Lampe brannte und Rauch aus dem Kamin aufstieg, und ich war beruhigt. Ich hatte befürchtet, er könnte nicht da sein, durch die Antiquitätengeschäfte streifen oder bei einem Räumungsverkauf sein, aber das Haus sah genauso aus, wie es immer ausgesehen hatte, genau wie ich es aus meiner Kindheit in Erinnerung hatte, ein Zufluchtsort in Krisenzeiten. Das sollte es jedenfalls sein.

Ich holte tief Luft und machte die Eingangstür auf. In dem dunklen Flur zog ich den Mantel aus, hängte ihn über das Treppengeländer und blieb eine Weile stehen, um den vertrauten Geräuschen des Hauses zu lauschen, dem Ticken der Uhren, dem Knacken des Kaminfeuers im Arbeitszimmer. Und noch etwas, was ich seit langem nicht mehr gehört hatte, Musik, wunderbar erhebende Musik: La Boheme, von der Callas gesungen.

Anthony stand in der Mitte des Zimmers neben der Stereoanlage. Er trug seinen besten dunklen Nadelstreifenanzug und eine dunkelrote Fliege, fast als habe er sich für irgendeinen offiziellen Anlass angezogen, habe es sich aber im letzten Moment anders überlegt und sei nicht hingegangen. Als ich die Tür öffnete, blickte er auf, und Freude erhellte sein Gesicht. Er drehte die Lautstärke runter, dann wandte er sich um, sah mich an, und seine Augen verrieten große Erleichterung.

»Michael, mein lieber Junge. Ich war nicht sicher, ob du zurückkommen würdest. Nicht so bald.« Er setzte ein kleines, schiefes Lächeln auf. »Vielleicht nie mehr.«

»Du weißt, dass ich zurückkommen musste, Anthony.«

»Ich habe gehört, was passiert ist. Mit diesem Carrick. Wird er …«, er schluckte, »wird er überleben?«

»Ja.«

»Gott sei Dank.« Er stieß langsam den Atem aus. »Lange Zeit

habe ich gedacht, dass ich wohl sehr froh wäre, wenn ihm etwas Schreckliches zustoßen würde. Aber ich merke, dass es jetzt nicht mehr so ist. Es hat genug Schmerz und Trauer gegeben. Manchmal habe ich den Eindruck, in dieser dunklen Welt gibt es nichts anderes als Schmerz und Trauer.« Er ging ein paar Schritte und setzte sich in seinen angestammten Sessel neben dem Feuer. Er schaute zu mir auf. »Aber er ist wenigstens hinter Schloss und Riegel. Man hat den Eindruck, das bringt die Sache zur Entscheidung.«

»Zum Abschluss, nennen sie es.«

Anthony verzog angewidert das Gesicht. »Was für ein scheußliches Wort. Und nicht einmal zutreffend.« Er seufzte. »Überall verschiebt sich der Standard, fürchte ich, alter Junge. Manchmal ist es eine solche Last, ihn aufrechtzuerhalten.«

Ich bemerkte, dass zu seinen Füßen eine schöne Rosenholzschatulle auf dem Kaminvorleger stand, jene Art von Schatulle, in der ein Mann, wenn er alt wird, vielleicht seine persönlichen Schätze aufbewahrt – ein Schulabzeichen, den Ring einer Geliebten, den verblassten Schnappschuss eines verlorenen Sohnes. Ein Kristallglas stand auf dem Beistelltisch neben Anthony und eine Karaffe mit Cognac. Ich hatte ihn selten am Tage allein trinken sehen. Von der Stelle aus betrachtet, an der ich stand, tanzte das Licht des Feuers in dem warmen Ton des Cognacs.

Da sich meine Augen allmählich dem schwachen Licht angepasst hatten, sah ich, dass die Rosenholzschatulle nicht der einzige hervorgeholte Schatz war. Sie waren alle um den Kamin verteilt, Dinge, die ich seit Jahren nicht mehr gesehen hatte: antike Uhren mit großen Zifferblättern und Gehäusen in der Farbe von Portwein, eine kannelierte silberne Kaffeekanne, ein paar exquisite Stücke Meißner Porzellan, ein Kästchen mit azurblauen Schmetterlingen, spiralförmig aufgespießt, ledergebundene Erstausgaben, eine Spieldose mit einer Ballerina, die geräuschlos Pirouetten drehte. Während ich hinsah, blieb

sie stehen, ihre Aufziehmechanik war abgelaufen. Hinter ihr stand das Porträt meines Vaters.
»All meine schönen Sachen«, sagte Anthony. Er griff nach der Karaffe, schenkte mir einen Cognac ein und reichte ihn mir. »Du siehst erschöpft aus, mein Junge. Setz dich doch.«
Ich nahm den Cognac. Ich trank einen Schluck, setzte mich aber nicht gleich. Die Musik ging schluchzend zu Ende, und ich ging hin und schaltete sie ab.
Anthony sagte: »Stella hat auf dem Weg zum Flughafen noch vorbeigeschaut, um auf Wiedersehen zu sagen. Das war sehr nett von ihr, fand ich. Ich muss gestehen, dass ich sie immer für eine ziemlich aufdringliche junge Frau gehalten habe, aber so, wie sie sich in den letzten paar Wochen verhalten hat, na ja, ich weiß nicht. Es hat mir sehr Leid getan, dass sie ging.«
»Mir auch.«
»Mit ihrer Abreise ist das, was von unserem kleinen Kreis noch übrig war, endgültig dahin, nicht wahr?«
Ich ließ mich in den riesigen braunen Sessel ihm gegenüber sinken. Das Feuer zwischen uns knackte und zischte. Anthony starrte mich wieder einmal mit den Augen eines Boxerhunds an. Es machte mich unendlich traurig, ihn so zu sehen, wie er mit seiner flotten dunkelroten Fliege dasaß, geschlagen und verwirrt. Ich streckte die Hand aus und legte sie auf seine rundliche Faust auf der Armlehne des Sessels. Er schaute auf meine Hand hinunter, die die seine bedeckte.
Für einen Moment schloss er die Augen. Er zog seine Hand zurück, tätschelte meine, ergriff sein Glas. »Ich hatte in meinem ganzen Leben noch nie einen Menschen geschlagen, weißt du das?« Er sagte das beinahe im Plauderton. »Ich hatte keine Ahnung, was für einen Schaden man damit anrichten kann. Du musst wissen, dass ich das nicht wollte …, das, was passiert ist. Wer würde das schon? Ich habe sie geschlagen, und sie ist heruntergestürzt. Diese groteske Marmorbüste, die sie oben an der Treppe stehen hatte, ist ebenfalls heruntergefallen.« Er

schaute zu mir auf. »Und die …«, er suchte nach dem richtigen Wort, »… die hat sie zerbrochen. Wie eine Porzellanvase. Wie einen hübschen Gegenstand, einfach zerbrochen.«
Ich sagte nichts.
»Ich hab mich gern um sie gekümmert, wenn du weg warst«, sprach er weiter. »Mir hat der Gedanke nicht gefallen, dass sie so einsam war. Mit Einsamkeit kenne ich mich bestens aus. Und deshalb habe ich immer mal vorbeigeschaut.« Er nippte an seinem Cognac und strich sich mit der Hand übers Gesicht. »Sehr häufig war sie gar nicht zu Hause. In den letzten paar Monaten immer häufiger.«
»Anthony, warum hast du nicht mit mir darüber geredet? Warum?«
»Aber mein lieber Junge, ich habe nie irgendeinen Verdacht geschöpft.« Er war entsetzt über den Gedanken. »Ich hätte nicht im Traum daran gedacht, dass die reizende Caitlin unser Vertrauen missbrauchen würde. Ich kann es noch immer nicht glauben. Und wäre ich nicht einen Tag früher aus Amsterdam abgereist, dann hätte ich es nie gewusst. Ich konnte mich nicht dazu durchringen, beim Abschlussessen neben dem armen Harry Judah zu sitzen und mir seine Witzeleien anzuhören. Oh, er hat es gut gemeint. Ich glaube, er wollte mir zeigen, dass er es versteht. Aber es hat so wehgetan. So unglaublich weh. Und deshalb bin ich nach London zurückgeflogen.«
»Und zu Caitlin gegangen.«
»Direkt vom Flughafen aus. Ich war eine ganze Woche weg gewesen. Und ich wusste, dass sie sich solche Sorgen um dich machen würde, nach dem Erdbeben. Wir wussten natürlich alle, dass du damit zu tun haben würdest.«
»Du hast einen Leihwagen genommen. Diesen großen dunkelroten Volvo, mit dem du mich abgeholt hast. Henry Kendrick hat ihn für meinen gehalten.«
»Und er war da. Dieser Mann. Dieser Fremde. Er hat mich nicht gesehen, aber ich ihn, vom Gartentor aus, für eine Sekun-

de. In deinem Haus!« Anthony atmete schwer, fasste sich. »Ich konnte nicht einfach weggehen. Ich habe mir gesagt, dass ich die Situation schon irgendwie meistern, mich wie ein zivilisierter Mensch verhalten würde.«

»Verstehe.« Ich fühlte mich auf einmal schrecklich müde. »Ja, ich verstehe.«

»Das habe ich davor immer getan, wie du weißt, Michael.« Er sah mich hilflos an. »Mein ganzes Leben lang habe ich mich wie ein zivilisierter Mensch verhalten.«

»Das stimmt, Anthony. Alles, was du getan hast, war immer sehr zivilisiert.«

»Ich bin durch die Hintertür reingegangen. Ich glaube, dass sie mich gehört haben müssen, weil er weg war, als ich oben ankam. Und Caitlin hat geschrien. Ich kann dir gar nicht beschreiben, wie sie geschrien hat. Wie ein Tier, das in der Falle sitzt. Ich habe dieses sinnlose Geschrei nicht ertragen können. Sie war völlig hysterisch. So etwas habe ich noch nie erlebt. Sie hat herausgeschrien, dass sie dich betrogen hat. Uns alle betrogen hat. Sich selbst betrogen hat. Es war einfach unerträglich.« Seine Hände zitterten. Er trank noch einen Schluck Cognac, verschüttete ein wenig auf das Revers seines Jacketts und wischte vergeblich daran herum, verlegen wegen seiner Ungeschicklichkeit.

»Hinterher habe ich nicht erwartet, dass sie jemand Bestimmten beschuldigen.« Seine Stimme war jetzt ruhig. »Ich dachte, es würde einfach einer dieser ungelösten Fälle sein. Der oder die Täter unbekannt. Das war naiv von mir, aber ich habe sogar gedacht, dass du vielleicht nie von Caitlins … Fehltritt erfahren müsstest. Ich habe darum gebetet, dass dir das erspart bleiben möge. Vielleicht hättest du dann auch nicht erfahren müssen, was ich getan hatte. Ich habe mich selbst in dem Glauben gewiegt.«

»Damit wäre alles in Ordnung gewesen? Wenn ich es nicht erfahren hätte?«

»In Ordnung?« Er starrte mich entgeistert an. »Wie hätte je irgendetwas dies wieder in Ordnung bringen können? Michael, du meinst doch nicht etwa, dass es mir um mich gegangen ist? Glaubst du, ich könnte das Leid je vergessen, das ich verursacht habe? Ich werde dafür natürlich büßen. Ich büße jetzt schon dafür. Jede Sekunde. Aber was könnte es dir helfen, wenn du es weißt? Was hilft es dir jetzt?«
In meinem Kopf hämmerte es, kleine Schmerzstacheln drangen in meinen Schädel ein. Ich zwang mich, einen Schluck Cognac zu trinken.
Anthony stierte in sein Glas. »Ich habe mir keinen Plan zurechtgelegt. Ich dachte mir, wenn ich einfach so tun würde, als sei das alles ein entsetzlicher Albtraum gewesen, dann wäre es auch so, verstehst du? Nur ein Albtraum. Ich bin nicht nach Hause gegangen. Ich habe die Nacht in einem Hotel verbracht, bis ich dich am nächsten Tag bei der Polizeistation abholen konnte. Ich habe dir gesagt, ich sei direkt vom Flughafen gekommen. Kannst du dir vorstellen, dass ich das damals selbst fast geglaubt habe? Bis zum letzten Moment dachte ich, dass ich vielleicht aufwachen und alles wieder in Ordnung sein würde.«
Er wartete eine Weile, blickte auf seine verlorene Welt der Hoffnung zurück.
»Aber natürlich war nichts in Ordnung. Konnte es ja gar nicht sein. Sie war so schön. In dem Wissen zu leben, dass ich eine solche Schönheit zerstört habe! Das ist unerträglich.« Er zückte sein dunkelrotes Seideneinstecktuch, rieb es zwischen den Handflächen und steckte es wieder weg, achtete dabei darauf, dass es an seiner Brust wie eine Orchidee erblühte.
»Ich kann nicht zulassen, dass sie Barney Carrick dafür anklagen«, sagte ich. »Das kann ich nicht tun, Anthony. Nicht einmal für dich.«
Er sah schockiert aus. »Aber natürlich kannst du das nicht, mein Junge.« Er fasste in sein Jackett, zog einen cremefarbenen

Umschlag heraus und zeigte ihn mir. Er war fein säuberlich an Detective Inspector Emma Dickenson adressiert. »Wie du siehst, bin ich der Meinung, dass auch ich das nicht kann.«
Ich wollte sein Gesicht nicht sehen. Deshalb blickte ich zu Boden. Das Licht des Feuers flackerte über die lackierte Rosenholzschatulle auf dem Kaminvorleger und auf ihre glänzenden Messingscharniere und -beschläge. Sie war halb offen, und ich konnte im Deckel die Platte sehen und die Aufschrift lesen: »Wheelers London, Qualitätsfeuerwaffen«. Anthony stand auf und zog die Revers seines Jacketts herunter. Er beugte sich vor und lehnte den cremefarbenen Umschlag gegen die Porzellanballerina, die ruhig und still auf ihrer Spieldose stand, und dann schaute er mich an, wartete darauf, dass ich ebenfalls aufstand.
»Ich glaube, es ist Zeit, dass du gehst«, sagte er. »Meinst du nicht auch?«
Ich stand langsam auf und sah ihn an. »Anthony, glaubst du wirklich, dass ich dich das tun lasse?«
»Dein Vater war ein feiner Mensch, das weißt du«, sagte er, als habe das mit dem, was ich gesagt hatte, direkt zu tun. Er nahm das gerahmte Foto und hielt es so, dass das Licht darauf fiel, auf dem Glas schimmerte. Mein Vater grinste uns entgegen, verwegen, gut aussehend, für immer jung.
Anthony stellte das Bild wieder auf den Tisch, stand da und betrachtete es. »Du musst versuchen, uns beiden zu verzeihen, Michael. Wir haben uns so sehr bemüht, dich vor Leid zu bewahren. Aber wir sind alle so schwache Kreaturen. Wie können wir die Welt ändern? Wir sind ja nicht einmal Herr unserer selbst.«
Wir standen eine Sekunde da, nur Zentimeter voneinander entfernt. Ich sah, wie seine Augen im Schein des Feuers zu leuchten begannen. Ohne zu registrieren, dass ich mich bewegt hatte, merkte ich, dass ich seinen stämmigen Pinguinkörper an mich drückte, und ich konnte das leichte Kitzeln seiner Wange

an meinem Hals spüren und den starken Duft seines altmodischen Rasierwassers riechen.
»Anthony, du kannst mich doch nicht bitten, einfach ...«
»Mein guter alter Junge«, sagte er. Er tätschelte mir beruhigend den Rücken und schob mich dann sanft von sich. »Wenn du mich nur ein wenig lieb hast.«

Ich war nie sicher, ob ich es hörte oder nicht. Ich kam am Ende der Straße an, ging blind an den Pseudo-Tudorhäusern mit ihren ordentlichen Gärten vorbei. Ein roter Bus fuhr in die kiesbestreute Haltebucht, und eine Frau stieg mit einem Kinderwagen aus. Leute strömten in das Wein- und Spirituosengeschäft auf der anderen Straßenseite oder kamen heraus. Ein paar Meter weiter unten reparierte ein Mann einen Zaun. Ich taumelte ein wenig, und die Frau mit dem Kinderwagen hielt mich am Arm und stützte mich, und ihr gut gemeinter Griff schien einen Augenblick die letzte Kraft aus mir zu saugen, und ich war ganz benommen, und ich dachte, irgendwo von hinten käme, gerade als der rote Bus wieder anfuhr, ein kurzer, scharfer Knall. Aber es hätte durchaus auch nur der Schlag des Hammers eines Handwerkers auf einen Nagel sein können. Und als ich wieder richtig zu mir kam und an dem freundlichen und besorgten Gesicht der Frau vorbeiblickte, konnte ich lediglich einen Schwarm Tauben am weißen Winterhimmel kreisen sehen, aufgeschreckt durch irgendein kurzes Geräusch.

32

Ich wartete eine Woche. Bis die schlimmsten Formalitäten erledigt, die schlimmsten Fragen gestellt und die Protokolle abgeschlossen waren. Und dann, an einem Spätnachmittag, holte ich das Auto aus der Garage und fuhr nach Westen.

Es war noch nicht ganz dunkel. Die untergehende Sonne fiel gerade in die Wolken wie eine rot glühende Eisenkugel in einen großen Kessel, und ich steuerte direkt in dessen Zentrum hinein. Nicht bewusst, aber ohne zu zögern. Es war eine Erleichterung, sich fortzubewegen, meinen Körper, die Augen und einen Bereich meines Gehirns beschäftigt und beteiligt zu wissen. Ich fuhr, rauschte mit dem Auto immer weiter das lange Band der Autobahn entlang auf den Lichtfächer im Westen zu. Aus der kurzen blauen Dämmerung wurde Nacht.

Ich fuhr von der Autobahn ab, und auf der Landstraße war kein Verkehr, ein mondbeschienener Pfad, gesäumt von schwarzen Bäumen und frostüberzogenen Grünstreifen, die im Licht der Scheinwerfer glitzerten. Einmal zeichnete sich eine Eule zauberhaft in den Lichtkegeln ab, ihre großen Augen loderten, und dann flog sie tief über das Auto hinweg. Die Uhr im Armaturenbrett sagte mir, dass es wenige Minuten vor acht war, als ich zwischen den Backsteinsäulen des Tors hindurchfuhr und weiter durch den dunklen Tunnel aus Blutbuchen und Zedern. Hier herrschte starker Frost, und die Rasenflächen waren ein Teppich aus Silber.

Die Lichter der hohen Fenster im Erdgeschoss brannten, und Margot Dacre stand bereits oben auf den Stufen, als ich aus dem Auto stieg. Ihr Atem dampfte in der Kälte. Sie wartete, bis ich über den Kies und die Stufen raufgegangen und nur noch ein paar Schritte von ihr entfernt war, dann erst sagte sie etwas.

»Michael.« Sie trug einen dunkelblauen Pullover und rehbrau-

ne Reithosen, und in diesen Kleidern wirkte sie schlank und beherrscht. »Ich habe dich erwartet.«
Wir standen eine Weile schweigend da. Dann richtete sie sich ein wenig auf und blickte über meine Schulter auf die glitzernden Rasenflächen.
»Hätte sich Caitlin mir je anvertraut«, sagte sie, »dann hätte ich ihr – ungeachtet meiner damaligen persönlichen Gefühle dir gegenüber – geraten, die ganze schmutzige Geschichte ans Licht zu bringen. Ich möchte, dass du das weißt.«
»Ich weiß es, Margot.« Ich atmete die kalte Luft tief ein. »Ich glaube, sie hat versucht, es mir selbst zu sagen. Sie hat mir Hinweise, Signale gegeben. Eine ganze Menge. Ich glaube, sie wollte, dass ich die Zeichen lese und ihnen nachgehe. Aber ich war zu blind, um sie zu erkennen.«
Sie sah mich direkt an. »Hinweise und Signale und Zeichen.« Sie wiederholte die Wörter verächtlich. »Das dumme Kind. Du meine Güte, als ob das Leben nicht schon mysteriös genug wäre!«
Sie drehte den Kopf ein wenig und starrte wieder über die dunklen Wiesen.
»Margot, ich würde sehr gern über Nacht bleiben.«
Ich riss sie damit aus ihren Gedanken, und sie lächelte mich an. Nicht das alte, harte Lächeln, das nie ganz ihre Augen erreicht hatte, sondern ein Lächeln, das nur mir galt und in dem ich ein Spiegelbild ihrer Tochter sah. Sie nahm meine Hand und zog mich ins Haus. Sie führte mich durch den Flur und durch das riesige Speisezimmer in den angenehmen Wintergarten auf der Rückseite des Hauses. Ein Fernsehgerät lief, und ein bequemer Sessel war davorgeschoben worden. Ich hatte keine Ahnung, dass es im Haus der Dacres überhaupt etwas so Dekadentes wie einen Fernseher gab, und ich erkannte in dieser unbedeutenden Neuerung das Wiederaufleben der frisch verwitweten Margot. Ein alter Schwarzweißfilm lief, Teil irgendeines Weihnachtsprogramms.

»Setz dich, Michael«, sagte sie. Dann deutete sie auf den Bildschirm. »Das sind recht alte Filme und einige davon ziemlich albern. Aber ich denke, dass ich auf diesem Gebiet noch eine ganze Menge aufzuholen habe.«
Ich setzte mich. Margot brachte ein paar Sandwiches und eine Flasche Wein, und wir aßen und tranken in dem heiteren Raum, den Caitlin umgestaltet hatte, wie ein normales Paar, das sich am Sonntagabend einen alten Film anschaut, nichts sagt, sich nichts zu sagen braucht.
Nach einer Weile stand Margot auf. »Du würdest sicher gern in Caitlins Zimmer schlafen«, meinte sie. »Ich werde es für dich herrichten.«

Kurz vor Tagesanbruch wachte ich auf. Ich musste mich im Schlaf leicht bewegt haben, und das Krachen der alten Sprungfedern hatte mich aufgeweckt. Das Fenster stand offen, und der Vorhang wehte sacht im nächtlichen Wind. Ich rollte mich im Bett herum. Das Fenster blickte nach Westen, und der Himmel über den bewaldeten Hängen auf der anderen Seite des Tals war noch immer schwarzgrau. Ich stützte mich auf den Ellenbogen und konnte sehen, wie der milchige Nebel über den Fluss trieb, der unten im Tal dahinglitt – genau so musste Caitlin all die Jahre ihrer Kindheit von hier hinuntergeblickt haben.
Ich hatte geschlafen, ohne zu träumen, und ich fühlte mich erholt und ruhig. Ich schlüpfte aus dem Bett und zog mich an, dann ging ich leise aus dem Zimmer und durch den holzgetäfelten Korridor, die hintere Treppe hinunter und durch die Küche hinaus in einen Morgen, der so schwarz und hart wie Obsidian war.
Die Luft war schneidend, und ich konnte den Fluss riechen. Ich ging über den Rasen, und hinter mir am Himmel war inzwischen genügend Licht, dass meine schwarzen Fußspuren im reifüberzogenen Gras zu sehen waren. Ich ging hinunter

und vorbei an dem Zedernstumpf, bei dem ich sie das erste Mal gesehen hatte, dann weiter durch das hohe Gras, über das sie mich einst geführt hatte, und den düsteren Gang zwischen den Buchen entlang, und der schwarzsilberne Fluss daneben murmelte unter einem Dunstschleier vor sich hin. Ein paar Meter flussabwärts dröhnte das Wehr dumpf in der Dunkelheit.

Von dem Anlegesteg war nicht mehr viel übrig, ein paar in seltsamen Winkeln herausragende schiefe Pfosten, an denen sich das Wasser brach, und nur ein paar Bretter dazwischen, die wie die Sprossen einer verrückten Leiter aufs Wasser hinausführten. Ich testete das erste Brett mit dem Fuß, und es verschob sich unter meinem Gewicht ein wenig. Irgendwo dort unten in dem weichen Schlamm lag seit neun Jahren mein Münzgeld. Ich hatte es über die Bretter klappern und in den Fluss fallen hören, während ich Caitlin küsste. Wir hatten es beide gehört, aber so getan, als ob nichts wäre. Ich machte noch einen wackeligen Schritt, dann noch einen und kniete mich schließlich auf das nasse Holz.

Als ihre Asche aus dem Behälter fiel, wirbelte sie auf dem schwarzen Wasser, sammelte sich rund um die schiefen Pfosten unter mir, blieb dort haften. Und dann glitt sie in einem langen, fahlen Band in den Nebel davon, auf das dröhnende Wehr zu. Ich sah ihr nach, bis sie verschwand. Welchen Teil des Flusses hatten wir besessen?, überlegte ich. Den von heute oder den von gestern?

»Man kann nicht zurück«, sagte sie hinter mir. »Es wird nie mehr so, wie es war. Und du wirst nie wieder so sein, wie du warst.«

Für mich war das Caitlins Stimme, aber ich hatte überhaupt keine Angst mehr, weder wegen diesem hier noch wegen irgendetwas anderem. Ich empfand nur Trauer, als ich mich umdrehte, denn ich wusste, dass die Stimme nicht ihre sein konnte.

Margot stand im Dunkeln auf der anderen Seite des Pfads, wegen der frühmorgendlichen Kälte eingemummelt in eine dunkle Fleecejacke. Sie trat vor, sodass ich sie sehen konnte. Der Himmel hatte im Osten die Farbe von Champagner angenommen, und das neue Licht fiel auf ihr Gesicht. Ich sah einen Reiher am seichten Ufer stehen, keine zehn Meter von mir entfernt, und ein Fisch sprang hinter mir aus dem Wasser und platschte wieder hinein. Der Tag brach an.

»Sie ist manchmal hierher gekommen«, sagte Margot. »Als sie noch ein kleines Mädchen war. Natürlich war ihr das strikt verboten. Sie dachte, dass ich es nicht wüsste. Aber selbstverständlich wusste ich es.« Sie atmete die kühle Luft tief ein und ließ ihre Arme sinken. »Ich habe sie gehen lassen. Entkommen lassen. Ich wollte, dass sie entkommt, was mir nicht gelungen war.« Sie blickte den dahingleitenden Fluss hinauf und hinab. »Jetzt komme ich selbst hierher, und jedes Mal hoffe ich, sie hier wieder zu treffen.«

»Und, triffst du sie?«

Sie lächelte. »In gewisser Weise, ja.«

»Und, was sagst du ihr?«

»Dass es mir Leid tut. Dass ich sie im Stich gelassen habe.«

»Was antwortet sie dir, Margot? Was sagt sie dir?«

Sie blickte auf und sah mich an. »Sie sagt, dass jeder jeden im Stich lässt. Und sich selbst. Sie sagt, dass es nun einmal so ist. Sie sagt, dass die Kunst darin besteht, weiterhin zu versuchen, es nicht zu tun.«

Ich stieg die Böschung hinauf auf den Weg und stellte mich neben sie. »Genau das sagt sie mir auch.«

»Aber sie sagt mir noch etwas, Michael. Sie sagt, dass von niemandem mehr erwartet werden kann, als es zu versuchen. Dass man nicht perfekt zu sein braucht. Dass man sich nur einfach genügend anstrengen muss.«

Caitlins Mutter nahm meinen Arm, und wir gingen in dem heller werdenden Licht den Weg zurück.

»Ich bin froh, dass du sie gefunden hast, Michael«, sagte sie. Sie blieb stehen, schaute mich an und hielt mich an beiden Armen. »Aber es kommt die Zeit, die Toten hinter sich zu lassen. Eine Zeit, sich den Lebenden zuzuwenden.«

33

Caitlins Dachzimmer war endlich leer, und nur ein hallender Raum blieb von ihrer Musik und ihren Büchern und ihren Gedanken.
Ich konnte hören, dass die Möbelpacker den letzten Rest der Sachen aus den Zimmern im Erdgeschoss hinaustrugen. Sie wussten, was hier passiert war, und sie lachten nicht und redeten nicht viel oder pfiffen gar bei der Arbeit. Den ganzen Vormittag über hatten sie mich mit einem freundlichen Respekt behandelt, den ich zu schätzen wusste, obwohl ich ihn inzwischen nicht mehr brauchte. Der Rest der Arbeit war bald erledigt. Sie hatten schließlich nicht mehr viel mitzunehmen. Die Auktionsleute hatten das Haus recht gründlich leer geräumt. Einen Teil von dem, was noch übrig war, hatte ich in Kartons verpackt und an Margot geschickt, ein oder zwei Stücke an andere Freunde. Alles, was noch blieb, sollte in das York-Road-Zentrum gebracht werden. Ich wusste nicht, was sie damit anfangen würden, aber ich hatte keinen Zweifel, dass es die richtige Adresse dafür war.
Ich lauschte und wartete, bis ich sicher sein konnte, dass die Männer fertig waren. Ich war froh, dass ich es geschafft hatte, gnadenlos zu sein, aber ich wollte nicht zusehen, wie sie die bescheidenen Haushaltsgegenstände hinaustrugen. Sie waren wertlos, diese Dinge, aber sie waren die Sachen unseres All-

tagslebens gewesen, die Teller und Becher und Messer und Gabeln und die Taschenbücher und billigen Möbelstücke und die Töpfe für die Zimmerpflanzen und die Videos, die wir aufgenommen und uns nie angeschaut hatten, und der Dosenöffner und die Seifenschale und die Kühlschrankmagneten und die Geschirrtücher.

Unten wurde es ruhig, und ich hörte die Eingangstür ins Schloss fallen. Die Männer würden in ihrem Lastwagen warten, die Räder auf dem Randstein, den Verkehr blockierend, ungeduldig, loszufahren, aber zu rücksichtsvoll, um mich zur Eile zu drängen. Ich ging über die hallenden Dielenbretter ans Fenster. Das war ihre Aussicht gewesen, Caitlins Aussicht, von ihrem ganz privaten Raum. Schiefe Giebel, Schmutz von Taubennestern in der Dachrinne eines Nachbarn und ein großartiger Blick auf den fahlen Himmel. Tag für Tag, während ich woanders lebte, an irgendeinem pulsierenden Ort voll lebte. Und ich wusste jetzt, was sie vor sich gesehen hatte. Szenen eines geordneten und anständigen Lebens, aufgereiht als eine Perlenkette von Versprechen, eins ins andere übergehend, letzten Endes bedeutungslos, weil keines davon je eingehalten wird. Sie hatte mir einmal gesagt, wovor sie Angst hatte: vor einem Leben ohne Meilensteine.

Ich ging aus dem Zimmer und die Treppe runter, die Wendeltreppe, auf der ich sie gefunden hatte, an der Tür unseres Schlafzimmers vorbei, die zweite Treppe runter in den Flur und sofort, ohne noch einmal stehen zu bleiben, durch ihn hindurch. Ich nahm meine Jacke vom Haken neben der Eingangstür, schlüpfte hinein, öffnete die Tür, ging hinaus und schloss sie hinter mir zu.

»Kein gutes Neujahr für Sie, was?« Der Fahrer war ein Glatzkopf mit einem Stiernacken und einem Ohrring. Sobald er das gesagt hatte, wandte er den Blick von mir ab. Sie waren zu dritt in der Kabine, und er war der Boss, und ich wusste, dass er es für notwendig gehalten hatte, etwas zu sagen, dass es ihm jetzt

aber peinlich war. Die anderen beiden Männer schauten starr zum Beifahrerfenster hinaus.
Ich lächelte ihn an, damit er sich besser fühlte. Ich nahm das Klemmbrett von ihm entgegen und unterschrieb an der Stelle, auf die er zeigte, fand etwas Geld und drückte es ihm in die Hand. Er dankte mir, schaute an mir vorbei zum Haus hinauf. Ich gab ihm das Klemmbrett zurück und stellte fest, dass er mich ansah. In seinen Augen konnte ich jenes ehrfurchtsvolle Mitleid erkennen, das ich auf den Gesichtern anderer Leute gesehen hatte, die mir viel Glück wünschten, aber nicht erwarteten, dass ich es tatsächlich haben würde. Er ließ den Motor an.
»Pass auf dich auf, Kamerad«, sagte er. Dann legte er den Gang ein, rollte vom Randstein und reihte sich in den Verkehr ein.
Die Straße war einen Moment vom Rattern des Lastwagens erfüllt, deshalb hörte ich das Läuten des Handys nicht sofort.
»Ich bin's«, sagte Angie.
Eine Sekunde wusste ich nicht, was ich antworten sollte. Ich ertappte mich dabei, dass ich kerzengerade stand, als habe jemand »Stillgestanden!« gerufen. »Ich habe gar nicht gewusst, dass ihr noch in London seid«, sagte ich.
»Wir fahren ab. Heute.« Sie legte eine Pause ein. »Können wir uns treffen? Nur ganz kurz. Ich würde gern … Es ist Onkel Stanley. Er will nichts davon hören, dass wir abreisen, ohne dich noch mal zu sehen.«
»Ihr könnt nicht hierher kommen«, sagte ich. »Hier gibt es inzwischen nichts mehr.«
»Wir treffen dich irgendwo. An irgendeiner leicht zu findenden Stelle. Schlag du vor, wo.«
»Tower Bridge«, sagte ich, wählte dieses Wahrzeichen zufällig aus. »Auf der Brücke. Genau in der Mitte.«
Sie zögerte, als sei ihr diese Wahl nicht ganz recht. »Okay«, sagte sie schließlich. »Geht es bei dir jetzt gleich?«
»Wenn du willst.«

»Ja.«
Es entstand eine Pause.
»Ich werde dort sein«, sagte ich. »Ich habe etwas, was ich dir geben muss.«
Ich ließ mich vom Taxi auf der Seite des Stadtzentrums am Straßenrand absetzen und sah die beiden auf dem Gehsteig genau in der Mitte der Brücke stehen. Onkel Stanleys gelblichbrauner Mantel flatterte im Wind. Angie stand ein wenig hinter ihm, ans Geländer gelehnt, und starrte flussabwärts. Ich wusste, dass sie nicht nach mir Ausschau halten wollte. Ich bezahlte den Fahrer und stieg aus. Ich schulterte meinen Rucksack und ging die letzten paar hundert Meter zwischen den blauen Eisenpfeilern hindurch.
»Der junge Doktor Seven!« Onkel Stanley kam auf mich zu. Er hatte seine kurze Pfeife im Mund, und der Januarwind, der den Fluss hinunterfegte, blies den Rauch davon. Er streckte seine knochige Hand aus, und ich schüttelte sie, und er beugte sich ein wenig vor und fixierte mein Gesicht mit seinen blauen Augen. »Ich hab's ja gleich gesagt«, meinte er.
Sie trat hinter ihn, stand da und schaute mich an, das Gesicht verschlossen, die Arme vor der Brust verschränkt. Ihre Haare waren hochgesteckt, aber der Wind hatte einzelne Strähnen gelöst. Ihre Augen waren tiefschwarz.
»Hallo, Angie«, begrüßte ich sie.
Sie sagte nichts und rührte sich nicht von der Stelle.
»Beachte sie gar nicht«, riet mir Onkel Stanley überheblich. »Ich weiß immerhin, wie man sich zu benehmen hat, auch wenn sie das nicht weiß. Und es ist unhöflich abzureisen, ohne Adieu zu sagen. So, jetzt hab ich's gesagt.«
Er tätschelte meinen Arm, ging an mir vorbei und blieb erst wieder stehen, als er schon ein ganzes Stück entfernt war. Er lehnte sich ans Geländer, schaute zu dem wuchtigen Turm hinauf und auf die glänzenden Gebäude der City dahinter und ließ uns beide allein.

»In einem Punkt hat er Recht«, sagte sie. »Ich sollte nicht abfahren, ohne dir zu danken. Wegen Barney. Man hat mir gesagt, dass er ohne dich gestorben wäre.«
»Das ist mein Job«, antwortete ich. Ich tat mein Bestes, ihr zuzulächeln. »Ich bin schließlich im Rettungsgeschäft tätig.«
Diese Wörter nahmen etwas von der Spannung zwischen uns, und wir gingen ein wenig zur Seite, zu einer Stelle, an der ein Pfeiler uns ein wenig Schutz vor dem Wind bot. Sie blickte hinunter auf den glitzernden Fluss.
»Ich hab dir etwas mitgebracht«, sagte ich. Ich stellte den Rucksack zwischen uns aufs Pflaster und öffnete ihn.
Sie schaute hinein und sah die beiden ledernen Aktenkoffer, und ich hörte, dass sie die Luft anhielt.
»Sie gehören mir nicht«, sagte ich. »Sie gehören ihm. Barney. Du kannst sie ihm geben, von ihr.«
Sie stand da und starrte die Koffer lange an. »Caitlins wunderbare Zeichnungen«, sagte sie. Sie blickte auf. »Ich kann dir aber nichts schenken.« Traurig schlang sie die Arme um sich.
Ich trat einen Schritt vor, um sie zu berühren, aber sie wich mir aus.
»Was soll ich nur machen?«, platzte sie heraus. »In meiner kleinen Wohnung in Leeds sitzen und darauf warten, dass mein weißer Ritter die M1 heraufgaloppiert kommt, wann immer er mal aus dem Ausland zurück ist? Wohl kaum.«
Ich beobachtete ihr Gesicht. Jetzt flatterten ihre Haare lose im Wind, gorgonengleich, und das verlieh ihr ein ungezähmtes und gefährliches Aussehen.
»So muss es doch nicht sein«, sagte ich. »Ich habe einiges dazugelernt.«
»Was für einen Unterschied macht das am Ende?« Sie starrte auf den Fluss hinab. »Es ist, wie Onkel Stanley sagt. Wir haben kein leeres Blatt, auf das wir unsere Geschichte schreiben können. Nicht mehr. Vielleicht hatten wir es nie.«
»Wir könnten es versuchen«, sagte ich.

Sie fuhr herum und sah mich an. »Verstehst du denn nicht? Ich bin beschäftigt. Ich muss mich um einiges kümmern. Ich muss mir Gedanken um diesen bekloppten alten Kerl machen. Ich hab einen Job. Mein eigenes Leben zu leben.« Sie bückte sich nach dem Rucksack und hängte ihn sich über die Schulter. »Du bist nämlich nicht der Einzige im Rettungsgeschäft, Michael.«

Das Gespräch schien beendet zu sein, aber keiner von uns war bereit zu gehen.

Schließlich sagte sie, ruhiger: »Was machst du denn jetzt?«

»Eine Weile gar nichts.«

»Aber wenn du wieder so weit bist?«

»Dann werde ich wieder an meine Arbeit gehen, denke ich. Es ist das Einzige, was ich kann. Die Welt retten.«

»Dann kann ich dir ja doch auch etwas geben.«

»Ach ja?«

»Ich kann dir einen Rat geben.«

»Und der lautet?«

»Steig in deinen Luxusschlitten, Michael, und fahr eine Woche. Nach Süden. Der Sonne entgegen. Geh und such dir einen schönen Flecken am Wasser und setz dich mit einer Flasche Wein ans Ufer. Geh und finde dein Ithaka. Und gib der Welt eine Chance, dich zu retten.«

»Und wenn ich das mache?«

»Das wirst du nicht«, sagte sie traurig. »Du kannst es nicht.« Sie hob die Hand und legte ihre Fingerspitzen ganz sanft auf die Mitte meiner Brust, wo der Schlüssel unter meinen Kleidern hing. Plötzlich war mir schwindlig, und ich schloss die Augen, und da wurden die Bilder auf einmal lebendig, eine ganze Kette von Bildern, leuchtend und klar.

Caitlin, die im kalten Wasser steht, mit lachendem Mund, aber flehenden Augen und Hilfe suchender Körperhaltung. Caitlin, die im Morgengrauen auf der Wiese steht, ihre Schuhe an einem Finger über ihre Schulter baumeln lässt und mich an-

lächelt. Caitlin, die meine Hand über ihren Bauch führt, den Schlüssel in der Dunkelheit hin- und herschwingen lässt.
Ich sagte: »Ich hatte die Tür abgeschlossen.« Ich war über die Klarheit meiner Stimme bestürzt. »Die Hintertür des Hauses. Damals, in der Nacht, als es gebrannt hat. Und ich hatte den Schlüssel mitgenommen. Es war mir nicht erlaubt, den Schlüssel mitzunehmen. Aber ich dachte, wenn mein Vater herunterkommen und feststellen würde, dass die Tür verschlossen war, würde er glauben, ich sei in meinem Zimmer, dort, wo ich sein sollte. Anstatt durch die Straßen zu laufen und ihn dafür zu verfluchen, dass er mich zurückließ. Wieder einmal.«
»Du warst noch ein Kind«, sagte Angie. »Bloß ein Kind.« Ernst stand sie da, der Wind fuhr ihr durchs Haar, und sie wartete darauf, dass ich weitersprach.
»Als ich zurückkam, konnte ich die Flammen durch das Glas der Küchentür sehen. Ich wusste, dass sie in der Falle sitzen würden, aber ich konnte nicht rein, um sie zu warnen. Ich bin in Panik geraten. Ich habe nicht einmal so viel Verstand aufgebracht, einen Nachbarn zu rufen. Ich hatte den Schlüssel in der Dunkelheit verloren. Ich schaute fünfzig Mal in meiner Tasche nach. Ich kroch auf dem Boden herum, tastete danach. Ich fand ihn eine Woche später, etwa einen halben Meter entfernt im Gras, aber im entscheidenden Moment konnte ich ihn nicht finden, nicht, als ich ihn brauchte. Ich konnte sie nicht aufwecken. Ich habe gegen die Tür gedonnert, bis die Polizei kam. Jemand anderes hatte sie gerufen, nicht ich. Ich hatte so fest gegen die Tür getrommelt, dass ich mir drei Finger brach. Ich hatte mit meinen Händen das Türglas eingeschlagen und musste mit vierzig Stichen genäht werden. Ich hatte so laut geschrien, dass es eine Woche dauerte, bis ich meine Stimme wiederhatte. Aber ich habe den Schlüssel nicht finden können. Ich habe die einzige Möglichkeit, sie zu retten, nicht finden können.«
Einen Augenblick rührte sie sich nicht. Dann stellte sie den

Rucksack vorsichtig ab, trat einen Schritt vor, legte die Arme um meinen Hals, zog mich zu sich herunter und küsste mich innig, und als wir so umschlungen dastanden, steckte sie plötzlich ihre Hand in mein Hemd und riss es auf, sodass die Knöpfe davonflogen. Sie packte den Schlüssel und zerrte wie wild daran, bis die Kette riss, und dann schleuderte sie ihn in hohem Bogen übers Geländer. Ich beobachtete, wie er sich drehte und in dem schwachen Sonnenlicht aufblitzte, bis er weit, weit unten mit einem ganz leichten Spritzen auf dem unruhigen Wasser aufschlug.

Eine schiefergraue Möwe schoss hinab, aber da sie nichts fand, stieg sie wieder auf und glitt über den Fluss dahin. Als ich aufblickte, ging Angie über die Brücke davon, ihren Arm in den des alten Mannes geschoben, den Rucksack über der Schulter. Ich sah, dass Onkel Stanley den Kopf schüttelte, aber Angie schaute sich nicht mehr um.

Epilog

Nico brachte das Boot sanft dahingleitend durch die felsige Hafeneinfahrt herein und drosselte den Motor, sodass das Rattern des alten Diesels nachließ und zu einem gleichmäßigen Hämmern wurde.

Ich liebte diesen Teil der Fahrt, wenn mir der Wind vom offenen Ionischen Meer über das Gesicht strich, es sich in der Abendsonne gespannt und warm anfühlte und unter uns die Felsen auf dem Grund des Hafens in Sicht kamen. Es waren riesige Felsblöcke, so groß wie Häuser, aber das aquamarinfarbene Wasser war zu dieser Jahreszeit derart klar, dass sie weit unten im Schatten des Holzrumpfs sichtbar waren und dort wie die Bauklötze eines Kindes aussahen. Ein Schwarm Silberfische kreiste unter dem Boot und verteilte sich wie eine Rauchschwade. Über uns drängten sich blaue und weiße Häuser an dem felsigen Berghang. Es war beinahe sechs Uhr abends, und ich konnte Essensgerüche von den Tavernen am Ufer riechen, Kräuter und heißes Öl und gebratenes Fleisch.

Ich fühlte mich fit und entspannt und von der Sonne und der Anstrengung wie berauscht. Es fuhren noch andere Boote in den Hafen ein – mehr Boote als gestern –, und das dritte der vier Taxis des Dorfs war aus seinem Winterschlaf geholt worden. Der Besitzer, ein dicker Mann namens Georgios, war bereits dabei, sein Auto in Erwartung neuer Einnahmen direkt vor uns am Kai zu waschen. Auch die Taverne gegenüber und der Waschsalon und der Motorradverleih und das Touristenbüro gehörten Georgios – Feriengäste waren ihm also hochwillkommen. Aber es war erst April, und noch waren nicht nennenswert viele Urlauber angereist, und ich hatte den Ort vorläufig noch größtenteils für mich allein.

Nico steuerte das Boot an den Kai, ganz nahe an die Stelle, an der Georgios bei der Arbeit war, und sprang leichtfüßig an Land. Ich reichte ihm die Körbe hinauf, bei einem davon hing der Arm eines Tintenfischs heraus, als suche er das Sonnenlicht. Mir tat der Tintenfisch ein wenig Leid, aber ich konnte mir bereits vorstellen, wie gut er in ein paar Stunden schmecken würde, und das dämpfte mein Mitgefühl.

»He, Georgios«, Nico schnipste seine Zigarettenkippe ins Wasser, »Mike heute beinahe Fisch gefangen.«

»Wirklich?« Georgios schleuderte sein Waschleder auf die Motorhaube des Autos und kam zum Kai gewatschelt.

»Kommt schon, Jungs«, sagte ich. »Es war immerhin ein Schwertfisch.«

»Wirklich gut«, sagte Georgios und ergriff meine Hand, um mir aus dem Boot zu helfen. »An den meisten Tagen sind es doch nur Sardinen, die du beinahe fängst.«

Sie brüllten vor Lachen und klopften sich wie gewohnt auf die Schultern und riefen den Witz in Griechisch nur etwa sechs oder acht Mal die Straße rauf und runter, sodass ich sicher sein konnte, dass er mich noch ewig verfolgen würde.

Ich half Nico, das blaue Boot festzumachen, dann ging ich über die Straße auf Georgios' Taverne zu und begrüßte ein paar der alten Männer, die dort Backgammon spielten. Ich holte mir selbst ein Hellas-Bier aus dem Kühlschrank und setzte mich an meinen angestammten Platz an einen Tisch hinten unter der Markise. Mir gefiel es, von hier aus die Aktivitäten in dem kleinen Hafen zu beobachten. Die Donnerstagabendfähre von Lefkas hatte gerade am anderen Ende des Kais angelegt. Ich konnte die Passagiere aussteigen sehen, ein paar Inselbewohner, die vom Markt zurückkamen, aber auch eine kleine Gruppe von Ausländern, deren Taschen auf den Pflastersteinen standen, und die Frauen aus dem Dorf, die sich um sie scharten und ihre Fremdenzimmer anboten. Es waren wohl Aktivtouristen, Vogelbeobachter oder Leute, die gekommen waren, um zu wandern und die Wildblumen zu bestaunen, vielleicht auch ein oder zwei Eigentümer von Apartments auf der Insel.

Die Hafeneinfahrt war nicht breit genug für die modernen Tragflächenboote, und die Fähre von Lefkas war ein umgebauter Fischkutter und wurde von einer einheimischen Familie betrieben, wann ihr gerade danach war. Ich nahm an, dass eines Tages irgendjemand die alte Hafeneinfahrt in die Luft sprengen würde, damit die größeren Schiffe hereinfahren und den Handel in Schwung bringen könnten. Ich hoffte, das würde noch nicht so bald der Fall sein.

Ich lehnte mich auf meinem Stuhl zurück und trank mein Bier. Nico und ein Bruder und ein oder zwei Cousins wollten später vorbeikommen, sobald sie ihre Boote sauber gemacht und ihren Familienpflichten Genüge getan hatten. Andere würden dazukommen – der Dorfpolizist, der belgische Besitzer der noblen Bar, die erst im Mai aufmachen würde, Fischer, vielleicht ein paar der neugierigeren Touristen. Dann würde das Lokal hier zum Leben erwachen und sich der Abend zu jenem nächtlichen griechischen Ritual entwickeln, das man überall sonst als Party – sogar als wilde Party – bezeichnet. Auch die würde ich genießen, aber unterdessen war es gut, zu beobachten, wie die Sonne im Meer unterging, und von meinem Schwertfisch irgendwo dort draußen zu träumen, der ungefangen wie ein phosphoreszierender Komet dahinschoss.

Georgios war mit der Autowäsche fertig und trug einen Teil von Nicos Fang zwischen den Tischen hindurch, und ich hörte ihn in der Küche hinter mir herumklappern. Nach einer Weile kam er heraus und stellte eine Karaffe Retsina vor mich auf den Tisch und ein dickes Glas daneben. Er trug seine Schürze, was bedeutete, dass die Taverne jetzt offiziell geöffnet war. Bevor Georgios sich die Schürze nicht umgebunden hatte, wurde

niemand bedient. Mir war erlaubt, ein Bier aus dem Kühlschrank zu holen, weil ich das schmale weiße Haus nebenan gemietet hatte, das selbstverständlich auch ihm gehörte.
»Nun, Mike!«, rief Georgios mit der Stimme, die er immer gebrauchte, wenn er die Aufmerksamkeit des gesamten Lokals erregen wollte. »Welchen Fisch möchtest du beinahe essen? Den, den du beinahe gefangen hättest?« Er schlug sich auf die Schenkel und mir auf die Schulter, lachte wieder schallend und schenkte mir den Wein ein.
»Hallo, Michael«, sagte Angie.
Augenblicklich wurde es still in der Taverne. Georgios sah mein Gesicht und verschwand. Bevor ich Luft holen konnte, kam er mit einem zweiten Glas zurück, füllte es, schob Angie strahlend einen Stuhl hin und verschwand wieder. Ich konnte ihn in der dunklen Küche hinter mir spüren.
Sie trug eine weiße Leinenbluse, und sie war von der Sonne gebräunt. Ihre schwarzen Haare waren zur Seite gebunden und fielen ihr über die Brust. Sie reichten ihr beinahe bis zur Taille.
»Du hast meinen Rat also tatsächlich befolgt«, sagte sie und sah sich um. »Das hätte ich nie gedacht. Du hast Ithaka gefunden.« Sie lächelte mich an und setzte sich. »Nun, es war eine Heidenarbeit, dich aufzustöbern.«
»Wie hast du es geschafft?«
»Ich hab mich immer weiter durchgefragt. Irgendeine Frau in deinem alten Krankenhaus hat am Ende Mitleid mit mir gehabt. Meredith Soundso? Ich soll dir das eigentlich nicht sagen. Und auch sie hatte keine richtige Adresse. Ich habe allein zwei Tage gebraucht, um ein Schiff von Lefkas hierher zu kriegen.« Sie nahm ihr Glas und trank etwas Retsina, verzog das Gesicht, legte den Kopf zur Seite und trank noch einen Schluck. »Nicht schlecht, oder?«, sagte sie, »wenn man sich daran gewöhnt hat.«
»Nein. Und ich bin's. Daran gewöhnt.«
»Du siehst großartig aus, Michael, das muss ich schon sagen.«

Sie stellte das Glas ab. »Der scheint dir zu bekommen.« Ich war mir der Stille in der Taverne sehr deutlich bewusst. Von Zeit zu Zeit konnte ich die Backgammonsteine klappern hören, aber niemand sprach. Es war, als versuche man, in einem voll besetzten Theater auf der Bühne eine Unterhaltung zu führen.
Angie holte tief Luft. »Sei unbesorgt, Michael. Ich bin nicht gekommen, um deinen Frieden zu stören.«
»Ich bin nicht besorgt.«
»Tatsächlich bin ich gekommen, um dir eine Nachricht zu überbringen. Eine etwas traurige Nachricht.«
»Ach?«
»Onkel Stanley. Er ist vor einer Woche gestorben. Vor zehn Tagen, glaube ich.«
»Tut mir Leid. Was ist passiert?«
»Sie haben gesagt, dass es letzten Endes sein Herz gewesen sei, aber ich glaube, er war einfach verbraucht. Er war nur ein paar Tage im Krankenhaus. Und er war bereit zu gehen. Er war fünfundachtzig, weißt du. Hättest du das gedacht?«
»Ich bin froh, dass er nicht hat leiden müssen. Er war ein netter alter Mann. Ich mochte ihn.«
»Na ja, er mochte dich offensichtlich auch.« Sie stellte ihre Tasche auf den Tisch und zog einen dicken weißen Umschlag heraus. »Er hat gewusst, dass er nicht mehr viel Zeit hatte. Er hat mir das Versprechen abgenommen, dir das zu geben. Und zwar unverzüglich.« Sie äffte Onkel Stanleys Akzent und seine gespielt strenge Ausdrucksweise nach. »›Gleich, nachdem sie mich unter die Erde gebracht haben, mein Mädchen.‹ Kannst du ihn das nicht auch buchstäblich sagen hören? Und er wollte nicht auf mich hören. Er wollte partout nicht, dass ich es zur Post bringe. Übergib es persönlich, hat er gesagt.«
»Was ist es?«
»Er wollte es mich nicht sehen lassen. Hat nur gesagt, dass ich es dir bringen muss. Er wollte mir sogar das Geld für die Reise

geben. Aber unverzüglich. Es müsste unverzüglich überbracht werden. Und da ist es!«

Der Umschlag war in krakeliger Handschrift an Dr. Michael Seven adressiert. Ich drehte ihn ein paar Mal in meiner Hand. Ich war nicht sicher, ob ich ihn hier, auf der Stelle, vor ihr, öffnen sollte. Er war ziemlich dick. Um Zeit zu gewinnen, sagte ich: »Es muss für dich seltsam sein, Onkel Stanley nicht mehr zu haben.«

»Ja«, sagte sie. »Es macht mich traurig. Und dankbar, dass ich ihn hatte.« Sie trank noch einen Schluck Wein. »Und frei.« Sie stellte ihr Glas ab und sah mich direkt an. Sie hatte eine Ruhe an sich, die ich vorher nie bemerkt hatte. »Mach ihn auf, Michael.«

Ich schlitzte den schweren Umschlag mit dem Fingernagel auf und zog das Papierbündel heraus. Es waren vielleicht ein Dutzend Blätter. Ich schaute sie kurz durch.

Sie sagte: »Sie sind unbeschrieben, nicht wahr?«

Ich hielt die weißen Blätter hoch, damit sie sie sehen konnte. Sie lächelte und schenkte uns noch etwas Wein nach. Sie stützte die Ellenbogen auf den Tisch und legte das Kinn in ihre verschränkten Hände. Hinter uns tuckerte ein Boot über das abendlich beleuchtete Wasser auf die Hafenausfahrt zu. Wir lauschten ihm nach, bis es die Hafenausfahrt längst passiert hatte und das Knattern des Motors über das magentafarbene Meer davongetrieben wurde.

Danksagung

Vielen Menschen steht ein Wort des Dankes für ihre Mitwirkung an der Entstehung dieses Romans zu. Und wie es bei verdienstvollen Leuten so oft der Fall ist, werden in dieser Hinsicht die meisten leer ausgehen. Hier seien jedoch einige ausdrücklich genannt.

In London gilt mein Dank der charmanten Peta Nightingale und dem nicht ganz so charmanten Mark Lucas von Lucas, Alexander & Whitley für ihre Freundlichkeit, ihren Humor und ihr nicht nachlassendes Drängen. Und ebenfalls dem hervorragenden und engagierten Team von ÄRZTE OHNE GRENZEN.

In Oxford geht mein Dank an meine leidgeprüfte Frau Jenny, die auf dieser Liste und auf jeder anderen natürlich ganz oben steht, und an all meine Nachbarn, die sich jedes Mal, wenn ich den Fuß vor die Tür setzte, gnadenlos nach dem Fortschritt meines Buches erkundigten. Und an Kriminalinspektor Dermot Norridge von der Thames Valley Police.

In Deutschland danke ich all meinen Lesern, deren Begeisterung mich angespornt hat, und insbesondere Iris Grädler für ihre Geduld und Unterstützung und meiner unermüdlichen Übersetzerin Theresia Übelhör.

Einen besonderen Dank an meine medizinischen Ratgeber Dr. Campbell Hand, »Zwei-Hammer-Hand«, in Oxford und in Sydney, Australien, an Dr. John Baffsky und sein Team, dem (bis dato) Professor Buchbrenner, Father O'Malley, Schwester Nipples und Phil Slyme angehören.

Tim Griggs,
Oxford 2003

Eine Hymne an die Liebe

Tim Griggs
Die Vergebung

Roman

Der Rockstar Matt Silver stürzt mit seinen beiden kleinen Töchtern im Auto in die eiskalte Themse. Wie durch ein Wunder wird die kleine Freya lebend geborgen, ihre Schwester Gudrun jedoch ist tot – und von Matt Silver fehlt jede Spur. Alle Welt hält ihn für tot – auch seine Frau Lauren, die mit ihm sehr unglücklich war. Sie knüpft zarte Bande zu dem Inspektor, der in Matts Fall ermittelt. Doch ist der Star vielleicht noch am Leben?

Eine Familiengeschichte um
Verzweiflung, Verrat und
Vergebung!

Knaur Taschenbuch Verlag